HÉLÈNE DE CHAMPLAIN

12/22

NICOLE FYFE-MARTEL

HÉLÈNE DE CHAMPLAIN

Tome III

Gracias a Dios !

Catalogage avant publication de Bibliothèque et Archives nationales du Québec et Bibliothèque et Archives Canada

Fyfe Martel, Nicole

    Hélène de Champlain

    Sommaire: t. 1. Manchon et dentelle – t. 2. L'érable rouge – t. 3. Gracias a Dios.

    ISBN 2-89428-642-2 (v. 1)
    ISBN 2-89428-790-9 (v. 2)
    ISBN 978-2-89428-985-3 (v. 3)

1. Boullé, Hélène ca 1598-1654 – Romans, nouvelles, etc. I. Titre.
II. Titre: Manchon et dentelle. III. Titre: L'érable rouge. IV. Titre: Gracias a Dios.

PS8561.Y33H44 2003   C843'.6   C2003-940170-7
PS9561.Y33H44 2003

Les Éditions Hurtubise HMH bénéficient du soutien financier des institutions suivantes pour leurs activités d'édition:

- Conseil des Arts du Canada
- Gouvernement du Canada par l'entremise du Programme d'aide au développement de l'industrie de l'édition (PADIÉ)
- Société de développement des entreprises culturelles du Québec (SODEC)
- Programme de crédit d'impôt pour l'édition de livres du gouvernement du Québec

Illustration de la couverture: Luc Normandin
Maquette de la couverture: Geai Bleu Graphique
Maquette intérieure et mise en page: Martel en-tête

Les références à la représentation théâtrale du *Cid* de Corneille ont été tirées de l'ouvrage suivant: Corneille, *Le Cid*, «Petits Classiques», Larousse, Paris, 2006.

Éditions Hurtubise HMH ltée   Librairie du Québec/DNM
1815, avenue De Lorimier   30, rue Gay-Lussac
Montréal (Québec) H2K 3W6   75005 Paris FRANCE
          www.librairieduquebec.fr

ISBN: 978-2-89428-985-3

Dépôt légal: 4e trimestre 2007
Bibliothèque et Archives nationales du Québec
Bibliothèque et Archives du Canada

Imprimé au Canada
www.hurtubisehmh.com

À Math, Sim et Gab,
trois vaillants mousquetaires.

*« Les grandes eaux ne pourront éteindre l'amour,
ni les fleuves le submerger. »*

LE CANTIQUE DES CANTIQUES

DE LA MÊME AUTEURE

Hélène de Champlain, tome I, *Manchon et dentelle*, Montréal, Hurtubise
    HMH, 2003.

Hélène de Champlain, tome II, *L'érable rouge*, Montréal, Hurtubise
    HMH, 2005.

Personnages historiques

Hélène Boullé : Fille cadette de **Marguerite Alix** et **Nicolas Boullé**, secrétaire à la Chambre du roi de France. Née en 1598, à Vitré ou Paris, elle sera mariée au sieur Samuel de Champlain le 30 décembre 1610.

Samuel de Champlain : Né à Brouage vers 1570. Il cumulera les charges d'officier dans les armées du roi, de capitaine pour le roi en la marine de Ponant et de cartographe de la cour de France. De l'an 1611 à 1635, il sera lieutenant des vice-rois en Nouvelle-France.

Eustache Boullé : frère cadet d'Hélène Boullé. Il vivra en Nouvelle-France de l'an 1618 à 1629. De retour à Paris, il entre dans la communauté des Frères Minimes.

Geneviève Lesage : Sage-femme, épouse de Simon Alix, frère de Marguerite Alix, mère d'Hélène Boullé.

Ysabel Tessier : Servante engagée par Samuel de Champlain le 22 juillet 1617.

Jacqueline Barbeau : Servante d'Hélène Boullé en 1636.

Marguerite Macrelon : Servante d'Hélène Boullé en 1636.

Marie Rollet : Épouse de **Louis Hébert**. Elle eut trois enfants : Anne, Guillemette et Guillaume.

Guillemette Hébert : fille de Louis Hébert et de Marie Rollet. Au mois d'août de l'an 1621, elle épousera **Guillaume Couillard**, matelot et charpentier, résidant à Québec depuis 1614. Hélène de Champlain et Eustache Boullé furent les témoins officiels de ce premier mariage en Nouvelle-France.

Marguerite Langlois : Épouse d'**Abraham Martin**, surnommé l'Écossais. Ce couple s'installe définitivement à Québec en 1619.

Eustache Martin : Fils d'Abraham Martin, né à Québec, en 1621.

Françoise Langlois : Épouse de **Pierre Desportes**. Ce couple s'installe définitivement à Québec en 1619.

Hélène Desportes : Premier enfant français à naître à Québec en août 1621. Hélène Boullé en sera la marraine.

Marguerite Lesage : Femme de Martin Pivert, arrivée en Nouvelle-France en juin 1623, mère adoptive d'une jeune nièce âgée d'environ 8 ans.

Martin Pivert : Époux de Marguerite Lesage. En 1624, il installe sa famille dans la ferme du cap Tourmente.

Robert Giffard : Apothicaire et maître-chirurgien de Mortagne-au-Perche. Le 15 janvier 1634, il se fait concéder la seigneurie de Beauport par les Cent-Associés.

Joseph Le Caron : Père récollet natif des environs de Paris. Il fut aumônier du dauphin Louis, futur Louis XIII. Il hiverne en Huronie en 1615-1616 et 1623-1624, puis avec les Montagnes*, en 1617-1618. On lui doit les premiers dictionnaires en langue huronne, algommequine et montagne.

Charles Lalemant : Né à Paris en 1587, ce fils de juge au criminel fait son noviciat à Rouen chez les Jésuites en 1607. Il vit à Québec de 1625 à 1627. Sera directeur spirituel d'Hélène Boullé pendant quelques années.

Denis Jamet : Père récollet ayant vécu à Québec de 1620 à 1622.

Iréné Piat : Père récollet ayant vécu à Québec de 1622 à 1624.

Guillaume de Caën : Neveu d'Ézechiel de Caën, capitaine de navire, il sera le chef du consortium des de Caën.

François Gravé du Pont : Capitaine de navire impliqué dans l'exploration du Nouveau Monde avec Champlain.

Thierry Desdames et **Olivier Letardif** : Commis des Compagnies de traite.

Sieur de Santis : Commis de la Compagnie des Cent-Associés.

Étienne Brûlé : Interprète qui vécut chez les Hurons. Tué en Huronie en 1633.

---

* Les noms attribués aux Premières Nations sont tirés des *Œuvres de Champlain* : Algommequins (Algonquins), Montagnes (Montagnais), Yroquois (Iroquois), Sauvages (peuples indigènes de la Nouvelle-France).

Marie Camaret: Cousine germaine de Samuel de Champlain.

Duchesse d'Aiguillon: Nièce du **cardinal de Richelieu**, elle dispose d'une fortune colossale qu'elle distribue aux bonnes œuvres. Bienfaitrice des Augustines, elle favorisera l'installation du premier hôpital de la Nouvelle-France en 1639.

Madame de La Peltrie: Bienfaitrice des Ursulines, elle accompagnera Marie de l'Incarnation à Québec où elle vivra jusqu'à sa mort.

M. de Bernières: Trésorier de France à Caen, ange tutélaire de Madame de La Peltrie.

Mère Marie de l'Incarnation: Religieuse de la communauté des Ursulines de Tours, fondatrice du premier couvent d'enseignement à Québec où elle vivra de 1639 à 1672.

Mademoiselle de Fay: De très noble naissance, disgraciée par la nature, elle supporte avec le sourire sa pénible infirmité: une jambe hydropique. Elle se dévoue auprès de monsieur Vincent de Paul.

Françoise Boursier: Sage-femme et fille de Louise Boursier, également sage-femme à la cour de France qui assista la reine Marie de Médicis lors de la naissance de Louis XIII et du duc d'Orléans.

Vincent de Paul: Prêtre qui consacra sa vie aux miséreux. Il fonda avec Louise de Marillac la communauté des Filles de la Charité. Il sera précepteur des enfants de Philippe de Gondi, général des Galères.

Antoine Marié: Chirurgien barbier de la région de Paris, au début du XVIIe siècle.

Charlotte Guillain: Fille de Pierre, meunier de la seigneurie de Bochard.

Sœur Sainte-Marie de Sainte Magdeleine: Supérieure du couvent des Ursulines du faubourg Saint-Jacques de Paris.

Corneille: Auteur dramatique du XVIIe siècle.

Antoine Guérin: Sergent priseur pour le compte de Marie Camaret lors de l'inventaire du couple Champlain-Boullé en 1636.

Bonaventure Desbruyères: Sergent priseur pour le compte d'Hélène de Champlain lors de l'inventaire de ses biens.

Miritsou: Montagne qui se liera d'amitié avec Samuel de Champlain. Il sera élu chef en 1622. Champlain lui offrira d'ensemencer des terres près de la rivière Saint-Charles.

Erouachy: Chef montagne ayant côtoyé les Français de Québec au temps de Champlain.

Cherououny : Montagne ayant assassiné deux Français à l'île d'Orléans en 1616.

Simon le Montagne : Montagne qui assomme un Yroquois en 1624.

Il est fait mention de...

Nicolas Boullé : Frère aîné d'Hélène Boullé, apprenti chez l'honorable homme Jacob Bunel, peintre ordinaire du roi.

Marguerite Boullé : Sœur aînée d'Hélène Boullé, épouse de Charles Deslandes, secrétaire du prince de Condé.

Jacques Hersant : Époux de Marie Camaret.

Anne d'Autriche : Fille de Philippe III d'Espagne, elle épouse Louis XIII en 1615. Sera régente de France de mai 1643 à juin 1654.

Louis XIII : Fils d'Henri IV et de Marie de Médicis. Né à Fontainebleau en 1601, il sera roi de France de 1610 à 1643.

Louise La Fayette : Dame de compagnie d'Anne d'Autriche dont Louis XIII s'entiche. Elle entre au couvent de la Visitation en 1637.

Cardinal duc de Richelieu : Homme d'État français qui fut l'aumônier de Louis XIII, avant de devenir son premier ministre. Il eut une influence majeure dans la vie politique, économique et religieuse de la France.

Monseigneur Ségnier : Évêque de Meaux lors de la fondation du couvent des Ursulines à Meaux par Hélène de Champlain en 1648.

Père Le Roy : Chanoine en lien avec le couvent des Ursulines de Meaux.

Père Jaquinot : Provincial de la Compagnie de Jésus de la province de France.

Père Dinet : Recteur de la Compagnie de Jésus à Tours.

Abraham Bosse : Graveur et peintre français qui vécut de 1602 à 1676. Ses eaux-fortes (1500 environ) constituent un précieux témoignage de la vie au XVIIe siècle.

Seigneur de Vaubongon : Père de Madame de La Peltrie.

Monsieur de Grival : Seigneur de La Peltrie, époux de Madame de La Peltrie.

Louis Hébert : Arrivé en Nouvelle-France en 1617, cet apothicaire sera le premier colonisateur à s'installer définitivement à Québec. En 1621, il obtient la charge de procureur du roi.

Henri Choppard: Engagé de Louis Hébert, arrivé à Québec en 1622.

Carigonan: Sorcier montagne.

Jean Lecocq: Engagé qui meurt accidentellement à Québec, le 8 mai 1623.

Maître Jérôme Bignon: Avocat général du Parlement de Paris.

Maîtres Pierre Barbet et **Claude Berroyer**: Avocats impliqués dans les procès concernant la succession de Samuel de Champlain.

Maître Boileau: Avocat de Jacques Hersant et Marie Camaret dans les procès concernant le testament de Champlain.

Maître Montholon: Défenseur des Jésuites dans le procès impliquant les héritières de Samuel de Champlain, soit Marie Camaret et Hélène de Champlain.

Bras-de-Fer de Chateaufort: Signataire du testament de Champlain.

Pierre Beauvais: Écuyer et conseiller du roi. Sous-loue une partie du logis de la maison d'Hélène de Champlain, rue de Jouy.

Nicolas Galois: Acquiert une part de la maison d'Hélène de Champlain, située rue de la Verrerie.

Michel Petit: Maître coffretier et malletier demeurant rue de la Calandre, se porte acquéreur du Champ de l'Alouette.

Sieur Cheffault: directeur de la Compagnie des Cent-Associés.

Georges Lefèvre: Conseiller du roi.

Claude Le Vacher: Commissaire au Châtelet.

Guillaume Barbeau et **Pierre Fieffé**: Priseurs impliqués dans l'inventaire des biens du couple Champlain-Boullé.

Sœur Anne de Sainte Claire et **sœur Marguerite Flécelles de Saint-Athanase**: Ursulines missionnaires arrivées à Québec vers 1640.

Fillandre: Première femme de chambre d'Anne d'Autriche.

Madame de Longueville: Noble dame de Paris impliquée dans la Fronde.

Marie de Rohan-Montbazon, duchesse de Chevreuse: Épouse du connétable de Lynes, puis du duc de Chevreuse, elle prit part aux intrigues contre Richelieu et Mazarin.

Marie de Médicis: Née à Florence en 1573, elle épouse Henri IV en 1600. Elle sera la régente de son fils, Louis XIII, de 1610 à 1617.

Hélène de Champlain
Manchon et dentelle

À Paris, au mois de mai 1610, Henri IV est assassiné. Nicolas Boullé, secrétaire à la Chambre du roi, envoie sa fille Hélène passer l'été dans sa maison de Saint-Cloud. En compagnie de Noémie, sa nourrice, et de sa tante Geneviève, Hélène découvre les joies et les désagréments de la vie à la campagne. C'est là qu'elle fait la connaissance de Ludovic Ferras, le jeune neveu d'un fermier de la région. Au fil des jours, une solide amitié se tisse entre eux. Plus encore, ils vivent leurs premiers émois amoureux. L'automne venu, ils se quittent à regret.

De retour à Paris, les événements se précipitent. Hélène est forcée d'épouser le sieur Samuel de Champlain, cartographe, grand explorateur et ami de son père. Il a plus de quarante ans. Elle en a douze !

Profondément troublée, elle doit se soumettre aux volontés de son père et de son époux. Elle se convertit au catholicisme, cohabite avec le mari imposé et doit bientôt l'accompagner dans ses voyages à travers la France. Malgré tout, elle ne peut oublier son tendre ami de Saint-Cloud. L'espoir de retrouver Ludovic la suit partout. De Paris à La Rochelle, de Brouage à Brest, de Chartres à Saint-Cloud, elle tente de renouer les liens amoureux que la vie s'acharne à briser.

À cette époque où « les femmes naissent pour obéir », Hélène défend vaillamment sa vie, ses amours et ses volontés. Pendant que le sieur de Champlain poursuit son rêve de colonisation en Nouvelle-France, elle s'efforce de suivre les élans de son cœur, un cœur épris de Ludovic.

Hélène de Champlain
L'érable rouge

En proie à une étrange dépression depuis son retour forcé en France, Hélène choisit de relater dans un cahier secret les premières années qu'elle vient de passer en Nouvelle-France, faisant renaître, par la voie de l'écriture, ses souvenirs les plus vivaces de ce long périple qui la marquera pour le reste de son existence. Elle revit la difficile traversée, la rencontre avec les peuplades amérindiennes, la vie avec les colons, la découverte de la nature chatoyante de ce pays et la poursuite de son rêve d'amour avec Ludovic, le pelletier de son cœur.

Forte de sa passion et armée du plus vif courage, elle est aussi appelée à soutenir son époux dans sa plus grande quête : celle de bâtir en Nouvelle-France une colonie prospère qui fera honneur à la France et à son roi. Mais cette nouvelle mission ne sera pas des plus aisées…

Lorsqu'elle quitte les pages de son cahier, Hélène use de tous les stratagèmes possibles pour retourner en Nouvelle-France, où elle est persuadée que son amant l'attend, sous l'érable rouge. Elle se voit néanmoins toujours confinée à la France, qui est ébranlée par de multiples conflits politiques. Voulant à tout prix retrouver Ludovic et faire revivre la passion qui la lie à lui, elle fait alors un pacte avec elle-même : elle donnera sa vie à Dieu et se fera religieuse en échange d'une rencontre avec son fils.

Déchirée entre cette Amérique si belle et sauvage où tout est possible et la France, lieu de confinement traversé par les guerres et les famines, madame de Champlain se battra, même contre les démons intérieurs qui la possèdent.

PREMIÈRE PARTIE

AUX PORTES DES ROYAUMES

Québec, automne 1635

1

La Faucheuse

La violence du nordet étouffa le sieur de Champlain. Il eut un vertige. Chancelant, il agrippa la rampe du promenoir de l'Habitation. Une rafale souleva son chapeau de feutre rouge qui tourbillonna un moment avant de disparaître derrière les cordes de bois alignées devant le magasin. Le vent redoubla de vigueur. Apeuré, le lieutenant repéra le drapeau blanc orné de fleurs de lys dorées qui, hissé au mât de son logis, claquait dans la brune. Des larmes brouillaient sa vue.

— Il tiendra bon, contre vents et marées, il tiendra bon, affirma-t-il. Cette colonie survivra, foi de Champlain !

Se tournant vers le large, il scruta les eaux qui l'avaient mené là où sa vie s'achevait. Sur le grand fleuve, de fortes vagues écumaient.

« Que de tempêtes traversées pour en arriver là ! songea-t-il. Toutes ces années à bâtir et à rebâtir, à commencer et à recommencer, sans cesse et toujours. »

— Si seulement vous étiez en ce royaume ! Mon Adorée, ma Perle, ce pays c'est pour vous que je l'ai rêvé. Ludovica, notre ville ! Si seulement..., vous, ma passion dévorante, vous, mon Éternité.

S'appuyant à la balustrade, il retira fébrilement un feuillet du rebras de sa manchette et le déplia en tremblotant.

— Seigneur, donnez-m'en la force.

Le vent agitait la lettre. Par crainte qu'elle ne se déchire, il recula de quelques pas et s'adossa au mur. Dans ses yeux, d'agaçants points noirs déformaient l'écriture pâlotte. Peu lui importait, il n'avait pas à lire. Ces mots, il les connaissait par cœur. Fébrilement, craignant que le temps lui manque, il récita.

En octobre dernier, j'ai lié ma destinée à celle de Rémy Ferras, un
très cher ami d'enfance. Dès que je lui avouai le tourment qui m'affli-
geait, il n'hésita pas un instant, et offrit de m'épouser. Nous avons
conclu un pacte. Il me promit de chérir l'enfant que je portais comme
s'il était le sien. Je lui promis que notre enfant ne connaîtrait jamais le
nom de son véritable père.

Notre fils aura bientôt cinq mois, Samuel. Il est fort et vigoureux.
Ses yeux sont ambrés, tout comme les vôtres. Ils me parleront de vous
quand les brumes me cacheront les reflets de la lune. Ils me parleront de
vous lorsque les étoiles quitteront les nues pour sombrer dans les profon-
deurs de la mer. Ils me parleront de vous quand les vents du nord
dévasteront les landes et que les froids intenses glaceront les rochers. Notre
enfant sera ma raison de vivre.

Je vous aime, Samuel. Jamais je ne vous oublierai.
Louise

— Louise, pardonnez-moi, je vous en conjure, Louise, par
pitié, pardonnez-moi! sanglota-t-il.

Sa poitrine se resserra. Sa tête éclatait. Une larme tomba sur
le papier jauni.

«Non, non, surtout ne pas l'abîmer!»

Vitement, il replia la lettre et la glissa dans une chiquetade de
son pourpoint. Les picotements au bout de ses doigts s'intensifièrent.

— Notre fils fut heureux, Louise. Ludovic fut heureux ici, en
Nouvelle-France. Par ma faute, j'ai tout gâché. Par ma faute, par
ma très grande faute!

L'engourdissement gagna ses bras.

«Pitié, Seigneur!»

Ses jambes faiblirent. Le noir de la nuit s'intensifia.

— Ludovic croyait en cette colonie tout autant que moi.
Louise, notre fils que j'ai conduit à sa perte. Notre fils…

Derrière lui, des pas. Quelqu'un venait. Il voulut se retourner
mais en fut incapable.

— Ah! Monsieur de Champlain, je vous cherchais, s'exclama
Robert Giffard en l'apercevant.

La sombre silhouette ne broncha pas.

— Mais que diable faites-vous, seul, par un froid pareil?
Octobre achève…

Étourdi, Champlain tangua.

— Monsieur de Champlain, monsieur de Champlain! s'écria Giffard.

Le lieutenant de la Nouvelle-France s'affaissa dans ses bras.

En ce dix-septième jour de l'an de grâce 1635, l'infirmerie du couvent des Jésuites avait l'allure d'un bureau de notaire. La grande table du réfectoire avait été transportée et installée le long du mur, juste en face du lit sur lequel le sieur de Champlain reposait depuis son attaque. Tôt le matin, le père Le Jeune y avait déposé les parchemins sur lesquels allait être rédigé le testament de Samuel de Champlain, capitaine de Ponant, lieutenant du vice-roi en Nouvelle-France.

L'apothicaire Giffard se pencha au-dessus du visage du sieur de Champlain pour mieux sentir son haleine. Son souffle était régulier.

Rassuré, il se redressa.

— Il dort, chuchota-t-il aux pères Le Jeune et Lalemant.

Ces derniers, debout au pied du lit, réagirent bien différemment. Le père Lalemant se réjouissait, car le sommeil engourdissait les souffrances. Mieux valait que le malade dorme. Le père Le Jeune, quant à lui, était plutôt contrarié.

— Regrettable, mais il faut absolument le réveiller. La rédaction de son testament ne peut attendre. Hier, déjà, sa lucidité déclinante...

Scandalisé, le père Lalemant jugea nécessaire d'intervenir.

— Ces périodes de confusion sont embarrassantes, mon père. Comment espérer que le testateur exprime clairement ses volontés dans ces conditions?

— La situation est pourtant simple. Hier, le lieutenant nous a dit mot pour mot, et je cite: *Je désire que la Sainte Vierge Marie soit l'unique héritière de tout ce que j'ai ici de meuble d'or et d'argent. Je donne donc à la chapelle Notre-Dame de Recouvrance tout ce qui se trouvera ici en Nouvelle-France.* N'est-ce pas là une volonté clairement exprimée?

— Oui, si nous limitons notre réflexion à cette déclaration, oui certainement.

— C'est pourtant la seule dont nous disposons. Alors, assez perdu de temps, procédons!

Tiraillé par le remords, le père Charles Lalemant crut bon d'insister.

— Peut-être notre lieutenant aura-t-il oublié…

— Oublié quoi ? Qu'aurait-il oublié ?

— Cette volonté contredit le contrat de mariage du lieutenant. En décembre 1610…

— 1610 ! Mais cela fait plus de vingt-cinq ans si je compte bien !

— Ce contrat existe, mon père. Il serait imprudent de l'ignorer.

— Allons bon !

— D'après ce contrat, sa veuve aurait droit à l'usufruit de tous leurs biens communs, et ce, jusqu'à sa propre mort.

— Usufruit ! Jusqu'à sa mort ! D'où vous vient cette idée saugrenue ?

— J'ai eu l'occasion d'en discuter personnellement avec madame de Champlain à plusieurs reprises.

Cette révélation remua quelque peu le père Le Jeune. Sourcillant, il pinça les lèvres, observa le crucifix suspendu au-dessus du lit du mourant, écrasa le scrupule qui se profilait et redoubla d'ardeur.

— Qu'importe ce contrat ! Un testament est l'acte ultime. Il supplante tous les autres documents de quelque ordre qu'ils soient.

Giffard qui, sans en avoir l'air, avait suivi la conversation avec intérêt, délaissa le chevet du malade et vint les retrouver.

— Soyons logiques, père Lalemant, le sieur de Champlain agonise ici, en Nouvelle-France. Or, madame de Champlain vit en France. Un océan les sépare. Qui sait, peut-être n'est-elle plus de ce monde à l'heure qu'il est !

— Voilà un argument de taille ! s'exclama le père Le Jeune. Sa veuve est-elle oui ou non trépassée ? Qui saurait le dire ?

Inclinant la tête, il réfléchit un bref instant avant de renchérir.

— Supposons, oui, supposons un instant que son épouse l'ait devancé dans la mort. Cela est possible. Il suffit parfois d'une forte fièvre pour nous mener en terre. Si cela était, si sa veuve était décédée l'été dernier ou en septembre, la nouvelle ne nous parviendrait qu'au printemps prochain, au retour des premiers navires. Vous en convenez, père Lalemant ?

— Oui.

— Ignorant les faits réels…

Soulevant les épaules, il conclut à l'évidence.

— ... nous agissons donc de plein droit.

— Dans l'éventualité où sa dame l'aurait précédé dans la mort, Champlain a été formel, reprit Giffard.

— Formel et d'une précision sans équivoque, coupa le père Le Jeune. Les parts qu'il détient dans les compagnies de la Nouvelle-France et du fleuve Saint-Laurent reviendraient alors à la mission des Jésuites de Québec.

S'approchant du père Lalemant, il le défia du regard.

— Sans un testament écrit en bonne et due forme, ces legs échapperont à notre mission.

— Je comprends, admit le père Lalemant.

— Pensez à tous les fils de Caïn peuplant ces terres. Tant d'âmes à libérer des griffes des démons, tant d'âmes à mener aux portes du Royaume!

— Tant de terres à défricher, à ensemencer, renchérit Giffard en cherchant à son tour l'approbation du réticent.

Le père Lalemant considéra l'argumentation. Durant leurs très brèves rencontres, madame de Champlain ne lui avait-elle pas démontré un vif intérêt pour l'avenir de la colonie? N'avait-elle pas été jusqu'à lui exprimer le désir d'y revenir afin d'œuvrer auprès de son époux? Il se remémora son visage, lorsque, suppliante, elle lui avait avoué préférer se faire religieuse plutôt que d'avoir à vivre loin de ce pays, de ces gens qu'elle avait tant aimés. Sa mort n'était que présomption, mais sa conviction et sa générosité étaient bien réelles. Il en avait été le témoin privilégié.

— Alors, qu'en dites-vous? s'impatienta son supérieur.

— Soit. Qu'il soit fait selon votre bon jugement, mon père.

— *Ad majorem Dei gloriam!* conclut le père Le Jeune.

— Pour la plus grande gloire de notre Seigneur, répéta le père Lalemant.

Soulagé, Paul Le Jeune souleva le long chapelet dissimulé dans les plis de sa robe de bure et en baisa furtivement la croix de bois. Puis, se tournant vers Robert Giffard, il se frotta les mains.

— Fort bien, fort bien, récapitulons. Giffard, ce matin, j'ai remis la liste des donations du sieur de Champlain à Bras-de-fer de Châteaufort, notre secrétaire. Sommes-nous prêts à rédiger l'acte notarié devant les témoins désignés?

— Nous sommes prêts, indiqua Giffard. Je fais entrer les témoins?

— Sans plus attendre, commanda le père Le Jeune.

— Pour la gloire de notre Seigneur Tout-Puissant, dit le père Charles Lalemant afin d'atténuer le relent du remords qui persistait.

Les sept témoins entrèrent. Le sieur de Champlain s'éveilla en sursaut. Le bruit de leurs pas résonna dans son crâne, tels des tirs de mousquet. Effarouché, il entrouvrit les paupières et chercha à identifier la position des ennemis.

— Une troupe approche, s'affola-t-il en tentant de soulever son torse.

Ce fut peine perdue. Son corps, à demi paralysé, resta cloué à la paillasse.

— Les Huguenots attaquent ! À vos armes ! s'égosilla-t-il d'une voix éteinte. Soldats, à vos armes !

Il songea à empoigner son épée, mais son bras droit refusa d'obéir. Ne perdant pas courage, il agita sa jambe encore valide afin de repousser les assaillants.

— Lieutenant, calmez-vous, calmez-vous, répéta Giffard en s'accroupissant près du moribond. Il n'y a aucun ennemi dans cette pièce. Ces hommes qui entrent sont les témoins choisis pour la rédaction de votre testament. Votre testament, vous savez bien ? Nous avons longuement discuté hier de vos dernières volontés.

Les yeux hagards du malade l'inquiétèrent. Délicatement, il essuya la bave s'écoulant des commissures de la bouche relâchée.

— Lieutenant, votre testament... rappelez-vous, hier, nous avons convenu de vos donations. Vous en avez approuvé la liste.

— Giffard ? souffla-t-il faiblement.

— Oui, c'est moi, Robert Giffard de la seigneurie de Beauport.

Le lieutenant ferma les yeux. Beauport... Il revit les maisons construites l'année précédente sur la côte de Beauport, non loin de Québec. Le chant des dames et des enfants besognant dans les prés de cette nouvelle seigneurie l'exalta.

— Québec vivra ! s'écria-t-il subitement. Capitaine, montez sur la dunette du navire, annoncez la bonne nouvelle à l'équipage. Québec vivra ! Hissez le Fleur de lys, hissez le Fleur de lys... hissez les voiles !

Une quinte de toux freina son heureux délire.

— Monsieur de Champlain, ressaisissez-vous ! implora Giffard.

— Giffard ? gémit-il.

— Oui, c'est moi, Giffard. À mes côtés, le père Le Jeune, celui-là même qui recueillit vos dernières volontés hier. Souvenez-vous, hier…

Les yeux du lieutenant s'exorbitèrent. Des larmes coulèrent dans les plis de ses joues creuses.

— Nous devons procéder! ordonna le père Le Jeune.

Ayant essuyé les larmes du moribond, Giffard trempa un coin de sa serviette dans un verre d'eau et humecta ses lèvres asséchées. Puis, soulevant le bras flasque du malade, il prit son pouls.

— Faible, très faible, même. Peut-être que…

— Il n'y a pas de peut-être qui tienne! Nous devons rédiger ce testament dans les minutes qui viennent!

— Il devra signer de la main gauche.

— Nous le guiderons, nous le guiderons.

Giffard fut pris de compassion.

— Au nom de Dieu, Giffard, pour l'amour du ciel!

Giffard opina de la tête. C'était la triste réalité. Malgré le piètre état du malade, ce testament devait s'écrire dans les plus brefs délais. Il se leva.

— Derré, venez, j'ai besoin de votre aide.

Le colosse s'approcha.

— Tandis que je tente de soulever ses épaules, tirez sur l'oreiller.

Terrifié, Champlain tressaillit. L'ennemi s'emparait de lui. Il tenta de repousser l'assaillant de son bras gauche.

— Gravé, De Mons, on m'attaque! En garde! ordonna-t-il péniblement.

— Quoi, que dit-il? s'énerva le père Le Jeune.

— Il appelle ses vieux amis à son secours.

— Rien de grave?

— Non, rien de grave, mon père. Derré, l'oreiller!

Derré saisit l'oreiller. Giffard enfouit ses mains sous les aisselles du malade.

— À trois, je soulève votre torse, mon lieutenant. Un, deux, trois! Nous y sommes!

Lorsqu'il eut redressé sa tête, il chercha vainement l'approbation dans les yeux hagards qui avaient peine à rester entrouverts. Le père Le Jeune vint près de la couche.

— Mon lieutenant, voyez-vous ces messieurs autour de la table? demanda-t-il d'une voix doucereuse.

Le lieutenant resta inerte. Désirant vérifier l'état de conscience du testateur, le père Le Jeune agita le crucifix de son chapelet devant son visage.

— Aaaaah, s'exclama ce dernier, faucille! Aaaaah, la Faucheuse! La mort approche, la mort!

— Champlain, n'ayez crainte, c'est moi, le père Le Jeune, n'ayez crainte, Dieu est avec vous.

Derrière la table, Marc-Antoine de Bras-de-Fer de Châteaufort, secrétaire désigné pour la rédaction du testament de Samuel de Champlain, trempa sa plume dans l'encrier et écrivit:

Au nom du Père, et du Fils et du Saint-Esprit, moi, Samuel de Champlain...

Seul dans le noir, Louis Hébert veillait son lieutenant depuis plusieurs heures. La porte de la chambre s'ouvrit. Il se leva. Le père Lalemant le rejoignit sur la pointe des pieds. Tout en déposant sa custode et son bénitier entre les bougeoirs de la table de chevet, il interrogea l'apothicaire du regard.

— La fièvre est virulente, l'informa faiblement ce dernier.

Le râle du moribond s'intensifia.

— Est-il conscient? demanda le père à voix basse.

— Par moments, une certaine lueur dans ses yeux...

— Je veillerai sur lui, Louis. Il est temps de vous rendre à la chapelle, la messe de minuit débute à peine.

— Je préfère rester auprès de lui.

Le père Lalemant regrettait d'avoir à le contrarier.

— Il est de mon devoir de pasteur d'insister, murmura-t-il. À la toute fin, il arrive parfois que la conscience s'éveille: péchés inavoués, fautes cachées. L'ultime confession.

Louis Hébert comprenait. Malgré tout, il lui répugnait de quitter son vieil ami. Ils avaient tant combattu coude à coude. Leur vie commune défila dans son esprit comme dans un songe: Port-Royal, leur installation à Québec, les balbutiements de la colonie française en Canada. Toutes ces années à défricher, à construire, à résoudre des conflits, à revendiquer, à débattre, à défendre, bec et ongles, les fragiles acquis.

— Grandes déceptions et petites victoires... cette vie quotidienne, tous ces rêves qui furent les nôtres, marmonna-t-il.

Le père Lalemant toucha son bras.

— Mon ami, il est temps…

La larme à l'œil et le cœur gros, Louis recula d'un pas feutré et referma lentement la porte derrière lui. .

Soulagé, Charles Lalemant fit le signe de la croix. S'agenouillant, il observa attentivement le mourant. Ce visage squelettique couvert d'une courte barbe grisonnante le bouleversa. Son souffle était faible et irrégulier. Il émanait de sa bouche déformée une odeur nauséeuse, une odeur d'outre-tombe.

— Devant la mort, nul n'est superbe, déplora-t-il.

Ayant fait une onction sur son front brûlant de fièvre, il souleva la branche de buis de son bénitier et l'aspergea.

— *Asperges me, Domine, hyssopo, et mundabor : lavabis me, et super nivem dealbabor.* « Aspergez-moi, Seigneur, et je serai purifié : lavez-moi, et je serai blanc comme neige », récita-t-il tout haut.

Le lieutenant ouvrit tout grands les yeux. Devant lui, sur le mur, le tableau de la Vierge Marie s'anima. Son voile blanc tomba à ses pieds. Ses longs cheveux couleur de blé ondulèrent sous la poussée du vent. Louise lui souriait, lui tendait les bras, l'invitait à la rejoindre. Une lumière intense réchauffa tout son être. Cette peau blanche comme neige, cette bouche vermeille…

« Ah, la douceur de ce regard ! Louise, Louise ! La Bretagne, Brest, la pointe du monde… »

Cette ombre près de lui.

« Qui est-ce ? » s'énerva-t-il.

— Au terme de la lutte, l'épreuve finale sera le jugement, dit la voix.

« La Mort, la Faucheuse ! »

— L'heure du jugement a sonné.

« Jugement dernier, jugement, le jugement ! »

— Monsieur de Champlain, Notre-Seigneur, le Tout-Puissant est miséricordieux.

« Miséricorde ! Miséricorde ! » résonnèrent au loin les clairons du Royaume.

— Le Divin vous attend aux portes du Paradis, proclama la voix.

« Paradis ! Paradis ! Des portes d'or qui se ferment. »

— Désirez-vous une dernière communion avant d'entrer au Paradis ? Vous m'entendez, monsieur de Champlain ?

« Qui parle ? Cette torture ! »

— Libérez votre âme de toutes souillures et communiez.

Un faible hochement de tête stimula le confesseur.

— Mon fils, mon ami, votre mort est proche. Bientôt, vous verrez Dieu dans toute sa splendeur.

« Dieu, Dieu ! s'affola le pécheur. Péché… lettre… Louise, lettre… péché ! »

Dans un ultime effort, Champlain souleva légèrement sa main gauche qui s'affaissa aussitôt sur le rebord de sa paillasse. Il voulait parler.

— Péééc… paillasse, marmonna-t-il péniblement.

Un subtil mouvement de ses doigts attira l'attention du père. Il prit la main du lieutenant dans la sienne et tendit l'oreille.

— Oui, mon lieutenant ?

— Essous, de… dessous …aillasse, insista le sieur.

— Dessous la paillasse ? tenta de traduire le jésuite.

L'agonisant cligna des paupières.

— Ah, dessous la paillasse !

Croyant comprendre, le père glissa une main sous la paillasse pour en ressortir un sachet de cuir.

— Éché, ardonnez… é… s'agita son confident.

Faisant aussi vite qu'il pouvait, Charles Lalemant délia les cordons du petit sac et en sortit un papier jauni qu'il déplia.

— Une lettre ! s'étonna-t-il.

— Éché, soupira fortement le mourant.

Le regard du jésuite s'attarda sur la signature.

— Louise ! Qui est cette Louise ?

Sa question resta sans réponse. La Faucheuse était passée.

DEUXIÈME PARTIE

LUMINEUSE CHARITÉ

Paris, printemps 1636

2

La prière

Peu avant son départ pour la Nouvelle-France, le sieur de Champlain avait acquiescé à la demande de mon père. Nous avions alors déménagé rue d'Anjou, au premier étage du logis familial.

Mère se remettait difficilement du décès de ma sœur Marguerite. Croyant bien faire, père insistait pour que je me dévoue à sa consolation. Hélas, il se trompait grandement. Loin de la consoler, ma présence exacerbait plutôt sa peine.

— Pourquoi Marguerite, pourquoi elle? se lamentait-elle chaque fois que je l'approchais.

Habituellement, cette introduction déclenchait une litanie de souvenirs, fiel intarissable de son chagrin. Comme elle repoussait tout propos réconfortant, je supportais ses jérémiades en silence.

— Marguerite est morte. Dieu est injuste! Je ne méritais pas un tel châtiment, répétait-elle constamment.

— Soyez charitable, ma fille, votre mère souffre corps et âme. De fortes migraines, soyez charitable, implorait mon père.

Alors, je m'asseyais auprès d'elle et l'écoutais. Mon dévouement nourrissait sa douleur, mais je savais pertinemment qu'il apaisait celle de mon père. Cela suffisait à stimuler ma charité.

Le feu pétillait dans l'âtre. Poussée par les rafales, la pluie cinglait aux vitres de ma chambre.

— Désolant, ce temps est désolant!

Sur le manteau de la cheminée, l'horloge sonna cinq heures. Je délaissai la tapisserie que j'étais à broder, pris le bougeoir et me rendis à la fenêtre.

— Tout est si sombre! Début janvier, l'hiver sera long, soupirai-je.

En bas, au coin de la rue boueuse, deux charretiers se disputaient le passage.

— Pourvu que Paul ne soit pas sur les routes par un tel déluge.

Depuis son départ, je n'avais cessé de m'inquiéter. J'étais celle qui lui avait imposé ce voyage, et ce, malgré la menace des troupes espagnoles qui approchaient à grands pas du nord de Paris.

« Vitement qu'il revienne de Meaux, pensai-je. Qui l'eût cru, Ludovic ? Clotilde, votre gentille nièce, novice au couvent de la Visitation de Meaux ! Clotilde la blonde et Rosine la brune... Je les revois, toutes petites, courant dans le pré derrière l'église de Saint-Cloud. Souvenez-vous, Ludovic. C'était au temps de notre folle jeunesse. »

Ma respiration embua la vitre. J'y dessinai un cœur.

« Clotilde, celle que votre beau-frère Claude réservait pour le fils du cordonnier. Que de patience et de détermination il lui aura fallu pour contrer l'opposition de son père ! Vous connaissez la ferveur religieuse de votre beau-frère Claude ? Un pasteur protestant convaincu s'il en est ! Imaginez un peu sa désillusion. Non seulement sa fille aînée repousse l'alliance proposée du revers de la main, mais encore se convertit-elle au catholicisme afin de se faire religieuse ! Et moi qui prends parti pour elle en versant les cinq cents livres de dot requises pour son entrée au couvent ! Pas étonnant que la porte de la maison de votre sœur Antoinette me soit fermée depuis. Injuste ? Je perds une amie, une confidente. Mais voilà, Clotilde désirait tellement se consacrer au service des pauvres et des malades ! Servir sous le fanion protestant ou catholique, quelle différence, dites-moi ? L'essentiel n'est-il pas le bien qui en découle ? Avec le temps, ses parents reviendront à de meilleurs sentiments. Peut-être aurai-je droit à leur clémence, à leur pardon ? »

— Suivre le chemin de son cœur, murmurai-je.

Le cœur dessiné dans la buée n'était déjà plus. Je frissonnai.

— Le feu s'éteint, observai-je.

Une fois les bûches déposées dans l'âtre, je m'accroupis et soufflai sur les tisons. Ils rougirent. Les flammes s'intensifièrent, enveloppèrent les rondins et dansèrent de plus belle. Je fermai les yeux. Quitter ce lieu, quitter le temps, quitter l'espace et m'abandonner à mes fantaisies. Je me remémorai Ludovic, m'appliquant à le recréer trait pour trait. Son visage lumineux, sa chevelure aux reflets dorés nouée sur la nuque, ses larges épaules, ses longues jambes robustes, son sourire taquin, ses yeux d'ambre... Cette vision me réconfortait toujours. J'aimais ces moments privilégiés où je le sentais si présent, si proche, tangible presque. J'avais tant à lui dire. Il avait tant à m'apprendre. Nous avions tant à nous confier.

Je me prêtai au jeu de mon esprit, imaginant nos conversations.

— Meaux, la ville où vécut notre fils, Ludovic.

— Vous en êtes certaine ?

— Mais oui ! Je vous ai souvent raconté cette histoire. Il y a deux ans, Marie, la fille d'Angélique, aima un certain Mathieu qui avait pour mère adoptive Élisabeth Devol. Selon Marie, ce garçon vous ressemblait.

— Elle a dit ça, Marie ?

— Pas tout à fait, pas en ces termes... enfin, il aurait des yeux verts. Non mais, douteriez-vous de moi, maintenant ?

— Halte-là, ma toute belle, je n'ai jamais douté de vous ! Admettez seulement qu'il existe plus d'un jeune homme aux yeux verts dans le royaume de France.

— Il y avait bien plus que les yeux verts. L'âge, l'adoption, son désir de se faire pelletier tout comme vous. Tout coïncidait. Plus encore, cette Élisabeth Devol est précisément la mère du fils de François de Thélis. Vous imaginez un peu ?

— Les apparences étaient de bon augure. Alors, vous et François avez fait parvenir une lettre au pelletier Darques...

— ... qui resta sans réponse. Un mois plus tard, n'en pouvant plus d'attendre, nous décidâmes de nous rendre à l'atelier Darques. Le maître, fort étonné de notre visite, nous apprit qu'Élisabeth Devol et ses deux fils avaient quitté la ville, sitôt après qu'elle lui eut confié une missive nous étant destinée. Vraisemblablement, elle ne nous était jamais parvenue. Égarée en cours de route, fort probablement. Par temps de guerre, vous savez ce que c'est. Élisabeth Devol et ses fils, Thierry et Mathieu, disparus subitement sans laisser de trace. Incroyable, n'est-ce pas ?

— Surprenant, en effet.

— Sachant que nous les recherchions, ils auraient fui comme des voleurs. Nos fils et leur mère s'étaient envolés. Cette fuite confirmait nos présomptions, non ? Sinon, pourquoi cette femme aurait-elle fui ? Tout devenait vraisemblable. Échouer si près du but ! Lamentable ! La désolation nous paralysa.

— Vous regrettez toujours de ne pas être partis à leurs trousses.

— Toujours! Nous aurions dû suivre la Marne, passer à Château-Thierry, aller jusqu'à Vitry ou encore remonter vers Reims, vers Amiens, je ne sais trop. Mais non! Nous sommes bêtement revenus à Paris. Depuis, plus rien, le néant. Cette nouvelle guerre contre l'Espagne n'arrangera rien, croyez-moi. Tout est chamboulé. Retrouver cette femme équivaut à rechercher une aiguille dans une botte de foin.

— Ne perdez pas courage, *Napeshkueu*, vous retrouverez notre fils.

Pour un peu, je sentais la chaleur de son bras autour de mes épaules. Un tison pétilla. Je sursautai. Des bruits de vaisselle me parvenaient de la cuisine.

— Ysabel était moins bruyante, notai-je en attisant les flammes. Comme elle me manque!

«Égoïste, rétorqua ma conscience. Jonas est bon pour elle, bon comme du bon pain. Elle aura grandement mérité son bonheur. Leur récent mariage met un baume sur son passé. Sa jeunesse, la violence de son père, les abus de son oncle, la mort de Damiel, la perte de son enfant, la trahison d'Eustache.»

— Si seulement le déshonneur subi en Nouvelle-France lui avait été épargné. Maudite soit cette Marie-Jeanne! maugréai-je en me relevant.

Ce pénible souvenir m'attrista. Je retournai vers ma fenêtre, pris ma cape de peau laissée sur le dossier de ma chaise et m'en revêtis.

— Enfin, le passé est le passé, admis-je en la serrant autour de mes épaules. Si par grand bonheur, Dieu leur accordait un enfant de surcroît... Ce soir, je prierai pour eux.

Jacqueline apparut à ma porte.

— Le souper de la *señora* est servi.

— Madeleine partagera-t-elle notre repas? demandai-je en allant à sa rencontre.

— Non, votre *madre* a besoin d'elle *porque* de fortes migraines la clouent à son lit.

— Alors, rien de grave.

Elle porta une main à la croix d'argent maintenue à son cou par un ruban noir.

— Si vous me permettez, *señora*, votre *madre* souffre beaucoup.

— Et je suis une fille ingrate, je sais !

— *Impotente señora.*

Mon regard s'attarda dans le noir de ses yeux vifs. Jacqueline voyait juste. Était-ce son esprit dévot ou tout simplement son instinct espagnol ? Je ne savais le dire. Mais elle avait le don de dire le bon mot au bon moment.

— Impuissante, oui, je suis totalement impuissante. Impossible pour moi de soulager les souffrances de mère. Elle se vautre dans le deuil de Marguerite. Quoi que je dise, quoi que je fasse, je l'irrite.

— Votre *madre* aimait beaucoup votre sœur. Perdre un enfant *es muy doloroso.*

— Je sais pertinemment ce qu'est la douleur de perdre un enfant, rétorquai-je en le regrettant aussitôt.

Jacqueline fronça les sourcils.

— Et je sais aussi que mère adorait ma sœur, enchaînai-je rapidement. Mais voilà près de deux ans qu'elle est décédée et... et moi je suis toujours vivante !

— Vivre n'est pas une faute, *señora.*

Elle tendit la main vers le bougeoir que je tenais. Je le lui remis.

— Mère laisse entendre que Dieu a fait un mauvais choix. Entre Marguerite et moi...

— Votre *madre* s'égare. Notre Père éternel sait ce qu'il fait.

Je soupirai longuement. Cette discussion était inutile. Mère souffrait et je n'y pouvais rien.

— La *caridad, señora*, implora-t-elle, la *caridad !*

— La charité, oui, la charité, répétai-je tout bas.

Elle déposa le bougeoir sur le guéridon près de la porte, croisa ses mains sur sa poitrine et accrocha un léger sourire sur ses lèvres vermeilles. Sa peau basanée et son épaisse chevelure noire contrastaient avec le blanc de son bonnet. Son nez un peu soulevé vers le milieu était agréablement proportionné à l'ovale parfait de son visage. Une harmonie absolue. Une beauté dont Jacqueline n'avait que faire. Elle ignorait tout de la vanité. Je lui rendis son sourire.

— Soit. Demain, j'irai la visiter.

— *Gracias a Dios !* s'exclama-t-elle la mine réjouie.

— Alors, ce souper est prêt, semble-t-il ?

— *Muy bien, señora*, dit-elle en s'engageant dans le couloir.

Je la suivis. Sa démarche, énergique et dansante, dénotait sa joyeuse assurance.

— Quel arôme ! En ces temps de misère, vos talents de cuisinière font des miracles, Jacqueline.

— La *señora* est trop bonne.

— Non, je dis les choses comme elles sont. Nos marchés sont déserts. Les denrées se font de plus en plus rares. Cette guerre contre l'Espagne appauvrit toute la France.

— Une omelette aux oignons servie avec piments et courgettes… et du pain. *Cebolla, pimiento*, un brin espagnol, ce repas, taquina-t-elle fièrement.

— Un repas espagnol ! Holà, l'ennemi sous mon toit !

Ses talons battirent le sol. Ses bras s'élevèrent en ondoyant. Un peu plus et j'entendais le son des castagnettes simulées par le jeu de ses mains.

— Olé ! s'exclama-t-elle tournoyant sur elle-même.

La cadence de ses talons s'accéléra. Le visage digne, elle fit virevolter ses jupons. La gravité de l'instant m'impressionna. Je réprimai mon envie d'applaudir, car pour ma servante espagnole, la danse était sacrée. Tout en elle me fascinait : sa fougue, son intense piété, son profond mystère. Bien qu'elle partageât ma vie depuis plus d'un an, je ne savais presque rien d'elle.

— Olé ! termina-t-elle en s'immobilisant.

— Olé, répétai-je en claquant des mains à sa manière.

Elle tendit gracieusement son bras vers la table.

— Si la *señora* veut bien approcher.

— Où donc avez-vous déniché ces œufs, Jacqueline ? Les poules pondent donc malgré la guerre ?

— Si les poules ne pondaient pas pendant les guerres, *señora*, plus de poules sur cette terre depuis fort longtemps, plaisanta-t-elle en tirant ma chaise.

— Judicieux ! Réjouissons-nous donc de la fidélité de nos poules, Jacqueline.

— Et de la bonté divine, conclut-elle en posant la main sur son cœur.

— La bonté divine ?

— *Si, señora, divina bondad.* Dieu est bon, il suffit de le prier. « Demandez et vous recevrez », a dit *El Señor*. La prière peut tout, affirma-t-elle en baisant sa petite croix d'argent.

J'inspirai longuement. L'odeur du feu de bois de la cheminée de ma chambre me rappelait tant de merveilleux souvenirs. Elles étaient si loin, ces flambées de la Nouvelle-France! Je me souvenais de certaines d'entre elles dans les moindres détails. D'autres m'échappaient totalement. Automne 1636. Déjà plus de onze ans depuis mon retour et pourtant... Mon regard erra vers la petite armoire de bois de sapin dans laquelle étaient cachés tous mes trésors du Nouveau Monde.

— Voilà près d'un an qu'elle est fermée à clé, me désolai-je. Les dessins de là-bas, mon cahier inachevé, notre histoire inachevée, Ludovic.

« Lâche! » accusa ma conscience.

— Il est vrai que le passé m'effraie. La vérité est parfois si cruelle. Pourquoi insister?

J'eus chaud. Déposant ma cape sur la chaise de velours vert, je me rendis dans le coin de ma chambre où j'avais établi mon oratoire. Depuis la mort de ma sœur Marguerite, le soir, avant d'aller dormir, j'aimais y prier. Je priais pour Ludovic et pour notre fils. Je priais pour tous ceux que j'aimais, les vivants comme les morts, ceux de France et ceux de Nouvelle-France. Je priais pour la paix, fugace trésor de tous les royaumes. Sans trop savoir pourquoi, il me semblait que ces prières apaisaient mes peines, modéraient mes impatiences, rassuraient mes inquiétudes. Je m'agenouillai sur mon prie-Dieu, le long duquel était suspendue mon épée.

— *Au nom du Père, et du Fils et du Saint-Esprit*, chuchotai-je en me signant.

Je levai les yeux vers le tableau de la Charité. Il m'avait été offert par mon père lors de notre dernier déménagement. C'était une œuvre de mon frère Nicolas. Au centre de la toile, une dame, tête baissée et cheveux au vent, portait un nourrisson dans le creux de son bras. Sa main libre tenait celle d'une petite rouquine collée à sa jupe. L'enfant devait avoir dans les six ans. À gauche de la Charité, un chérubin portait une fleur. Au-dessus d'eux, un croissant de lune se devinait sous les nuages. Mon regard revint sur les cheveux de la petite fille.

— Des cheveux semblables à ceux de Marianne, me dis-je.

Je fermai les paupières en espérant que Ludovic me surprenne.

— Vous souvenez-vous de Marianne, Ludovic? l'interpellai-je.

— Comment pourrais-je l'oublier, elle avait votre satané tempérament, taquina-t-il.

— Non, vous n'allez pas recommencer !

— Et pourquoi m'en priverais-je, dites-moi, gente dame ?

— Vous m'attristez.

Je sentis presque sa main effleurer mon épaule.

— Je vous adore, *Napeshkueu*, chuchota-t-il à mon oreille.

— Il est dit : « Vous n'adorerez que Dieu seul. »

— C'est une manière de dire, vous savez bien !

— De dire quoi, noble chevalier ?

— Alors là, toujours aussi maligne !

— Quoi, quoi ? J'insiste !

— Je vous ai tant aimée, murmura-t-il.

— Ah, voilà qui est mieux ! Je préfère aimer à adorer. Tenez-vous-le pour dit, monsieur. Revenons-en au tempérament de notre Marianne. Elle était un peu espiègle, je veux bien l'admettre.

— Et vous l'adoriez.

Je ris.

— Vous n'aurez donc rien compris ?

— J'ai tout compris. Vous traitiez cette enfant comme votre propre fille.

— Vous exagérez !

— Si peu. Admettez qu'elle savait vous émouvoir comme pas une.

— Il y avait de quoi ! De ma vie, je n'ai vu de muette aussi bavarde.

Ludovic s'esclaffa.

— Vous savez la dernière nouvelle ? repris-je.

— Son mariage ?

— Marianne a épousé *Nigamon*, le fils de la Meneuse.

— Vous m'avez raconté ce mariage à maintes reprises, *Napeshkueu*. C'était prévisible, ces deux-là s'entendaient comme larrons en foire.

— Souvenez-vous, les parents de Marianne n'avaient pas encore mis les pieds sur le quai de Québec, qu'elle chassait déjà le lièvre avec lui.

— J'ai eu droit au récit plusieurs fois, ma toute belle. Vous avez du nouveau, ce soir ?

— Oui, oui ! Dans sa dernière lettre, sa mère m'annonce la naissance de leur premier-né. Comme j'aimerais être auprès d'elle! Pensez donc, Marianne, maman d'une petite fille, qui plus est, prénommée Séléné. Quel prodigieux hasard, ne trouvez-vous pas?

— *Séléné, Séléné du fond des eaux profondes, je t'attendrai de toute éternité.*

— Non, Ludovic, non, ne me quittez pas, je vous en prie, ne me quittez pas! me désolai-je.

Je gardai les yeux fermés, espérant qu'il revienne. En vain. J'étais de nouveau seule devant la Charité. Son visage était si serein! Une femme soutenant et protégeant, une Bienheureuse.

— De toutes les vertus, la charité est la plus grande, a dit le Seigneur. Ce que vous ferez au plus petit que moi...

«Jacqueline voit juste. Ma vie est tissée d'égoïsme. Je vis ici, confortablement installée dans mon logis, n'espérant que mon prochain retour en Nouvelle-France, alors que la misère est partout. Richelieu et son conseil n'en finissent plus d'augmenter les taxes et les charges pour couvrir le coût de la guerre. Résultat, les bourgeois s'enrichissent et les pauvres gens souffrent de plus en plus. Mendiants, enfants abandonnés, veuves éplorées et filles perdues errent dans les villes et les campagnes. La pauvreté avilie, la pauvreté tue corps et âme. Il y a tant à faire ici-bas!»

— Mon Maître, mon Dieu, je vous en conjure, faites-moi connaître votre Sainte Volonté. Par quel chemin me mènerez-vous? En Nouvelle-France, si tel est votre désir. Voilà plus de dix ans que j'attends impatiemment d'y retourner pour revoir mes gens, et, oui... pour retrouver celui que mon cœur aime. Une passion fautive, je le confesse. Mon désir est impur, je le sais. Cet éloignement serait-il un châtiment pour racheter ma faute? Dans ce cas, Seigneur, vous n'auriez pu trouver mieux. Pardonnez mon insolence, mais dix ans, ne serait-ce pas suffisant?

«Orgueilleuse, hurla ma conscience. Comment oses-tu t'adresser au Tout-Puissant de la sorte?»

— Soit, soit, je suis orgueilleuse, je l'admets! Pardonnez à votre servante, Seigneur, murmurai-je. Aujourd'hui, me voici à vos pieds. Faites de moi votre servante, je m'en remets à vous, mon Seigneur et mon Dieu. Amen.

J'allais me relever.

— Ah, j'oubliais! Si vous pouviez faire en sorte qu'Ysabel devienne grosse, quel bonheur vous lui feriez, Seigneur Dieu. Amen.

Derrière moi des pas pressés. Je me levai. Jacqueline déposa une aiguière sur ma table de noyer.

— La *señora* excusera mon impolitesse, mais je ne pouvais attendre. Je dois me rendre à mes dévotions.

— Vous allez à l'église par un temps pareil ? m'étonnai-je.

— J'affronterais toutes les tempêtes pour le Chef divin, *señora*, affirma-t-elle en se redressant.

— N'y a-t-il pas suffisamment de tableaux de piété en ce logis ? Tous les murs en sont couverts. Tenez, recueillez-vous dans mon oratoire, si vous le désirez.

— Je suis plus près de Dieu en sa demeure, *señora*.

— Votre ferveur est admirable.

— Je ne suis qu'une pauvre pécheresse devant *El Señor. Buenas noches, señora.*

— Bonne nuit, Jacqueline.

Je me rendis à ma fenêtre. Sa silhouette apparut sous le réverbère. Elle s'empressa de traverser la rue, longea les deux corps de logis et disparut dans l'église Saint-Jean-en Grève, comme elle le faisait chaque soir après le souper. Tous les matins, à l'aube, elle y retournait afin d'assister à la messe. Jacqueline m'avait avoué n'aspirer qu'à une chose : se faire religieuse. Son travail de servante n'avait qu'un seul but : amasser une dot suffisante pour entrer au monastère. J'enviais sa certitude. Sa vie avait un sens. La mienne avait perdu le cap.

« Quand donc cesseras-tu de te plaindre de ton sort ? » blâma ma conscience.

— Je suis un bateau à la dérive, murmurai-je.

« Parce que tu le veux bien ! »

« Ma vie n'est qu'une éternelle attente. J'attends le retour du sieur de Champlain. Il revient. Je crois pouvoir retourner avec lui en Nouvelle-France. Malheur, il s'y oppose.

— Les Anglais n'ont laissé que cendres et désolation à Québec. À part les maisons des Hébert, Couillard, Martin et Desportes, tout est à reconstruire, m'a-t-il déclaré pour appuyer son refus de m'y ramener.

J'attends qu'il revienne à nouveau, voilà qu'il retarde son retour d'un an. Seize cent trente-six et je suis toujours à me languir en France ! »

« Madame se complaît à gémir sur son sort », fit remarquer ma conscience.

— Comme mère, conclus-je lamentablement.

L'horloge sonna huit heures. Je m'approchai de mon lit et dénouai les rubans de mon corsage. Demain, cette rencontre chez madame de Combalet…

— La relation de Paul Le Jeune! m'exclamai-je, j'allais l'oublier.

Je me rendis dans la salle de notre logis. Deux tapisseries des Flandres décoraient les murs séparant les trois longues fenêtres. Sur la première, des villageois dansaient dans une kermesse. Sur la deuxième, des paysannes travaillaient au champ.

«La fête et le labeur, pensai-je, les deux piliers de la vie.»

J'aimais ces œuvres. Ayant longé la longue table de noyer, je m'arrêtai devant notre bibliothèque qui était, somme toute, fort bien garnie. Je scrutai attentivement le dos des livres.

«*Fleurs des Saints*, non. *La Triple Couronne de la Bienheureuse Vierge…*»

— Non. Ah, voilà! *La Relation du jésuite Paul Le Jeune, 1634. Un Français au pays des « bestes sauvages »*, me réjouis-je en le retirant de la tablette.

Ce livre m'avait été remis en cadeau par le père Jérôme Lalemant. Son frère Charles, jésuite lui aussi, avait été mon directeur spirituel avant de s'embarquer avec le sieur de Champlain pour la Nouvelle-France.

«Charles Lalemant!»

La seule évocation de son nom me couvrait de honte. Le souvenir de notre dernière rencontre me fit rougir. Je nous revis debout, dans l'austère parloir du noviciat de la Compagnie de Jésus.

— Les voies du Seigneur sont impénétrables, madame.

— Impénétrables, il est vrai, mon père. Pourquoi me refuser ce retour en Nouvelle-France?

Hésitant, il avait lentement glissé son index le long de son nez fin.

— Madame, je comprends votre profonde déception. Toute femme aimante répugne d'être longuement séparée de son époux.

J'avais baissé la tête.

— Votre volonté de soutenir son œuvre de colonisation et d'évangélisation est admirable. Dieu sait votre sacrifice, n'en doutez pas.

Il s'était tourné vers le long crucifix suspendu derrière son bureau.

— Le Christ a tant souffert pour nous, avait-il déclaré.

Mon remords s'était amplifié.

— Ce sacrifice est bien inutile. Il suffirait de me faire une toute petite place sur un navire.

— Nul sacrifice n'est futile. Offrez-le pour le salut des âmes de ces nations sauvages.

Ma gorge s'était asséchée.

— Servir fidèlement celui à qui Dieu nous a unies, n'est-ce pas le lot de toutes les épouses? avais-je insisté.

— Fidèle pour le meilleur et pour le pire, n'est-ce pas?

La honte avait empourpré mes joues.

— Dieu sait tout, Dieu voit tout, Dieu entend tout, ma fille. Votre peine sera récompensée, soit en ce monde, soit dans l'autre.

J'avais fixé le long crucifix.

— Remettez votre destinée entre les mains de Dieu. Comme un bon pasteur, il veille sur chacune de ses brebis afin qu'elle ne s'égare.

J'avais mordu ma lèvre en soupirant.

«La brebis est perdue à jamais», clama ma conscience.

— Offrez ce sacrifice pour le salut de ces primitifs que vous aimez tant.

— Pour le salut des âmes de là-bas, avais-je répété en retenant mes larmes.

«Et pour le salut de la vôtre, madame de Champlain», avait complété ma conscience.

Le souvenir s'atténua. Mon remords me suivit jusque dans mon lit.

— Si seulement ce bon père Charles avait su! Égoïste est un faible mot en ce qui me concerne, avouai-je bien humblement.

Je m'enfouis sous ma couverture de laine verte et feuilletai le livre.

— Bien, *Un Français au pays des «bestes sauvages»* de Paul Le Jeune. S'il y a un livre à remettre à madame de La Peltrie demain, c'est bien celui-là!

Je le déposai sur ma table de chevet.

— Ainsi, je ne risque pas de l'oublier.

Je soufflai ma bougie. Dans l'âtre, le feu crépitait. La lueur des flammes dansait sur les tableaux de ma chambre. Je remontai ma couverture jusque sous mon menton et croisai les mains sous ma nuque.

« Quelques mois encore avant mon retour en Nouvelle-France. Dans la dernière lettre écrite à son frère, Charles Lalemant a fait mention des nombreuses familles nouvellement installées non loin de Québec. Que de gens il y aura bientôt dans cette colonie ! J'ai peine à croire qu'Hélène, ma petite fleur de lys, ait épousé Guillaume Hébert. Je l'imagine encore enfant. Marguerite et Abraham Martin auraient maintenant un garçon et deux filles. Guillemette et Guillaume Couillard, deux filles. Je me souviens de leur mariage comme si c'était d'hier. Et Petite Fleur, mariée à un ouvrier français, déjà mère de trois fils. Quel bonheur ce sera de les retrouver tous ! Ce Nouveau Monde grouillant de vie…

"Des descendants forts et vigoureux naîtront sur ces terres nouvelles", se plaisait à répéter le sieur de Champlain. »

— Au printemps 1637, je reprendrai la mer. Prestement me retrouver au royaume de mes amours. Nous nous reverrons, Ludovic, je vous le promets, je vous retrouverai.

« Si telle est la volonté de Dieu », précisa ma conscience.

— Si telle est la volonté de Dieu, admis-je en fermant les yeux.

3

Au salon de la duchesse d'Aiguillon

La pensée de me rendre au palais de notre reine avec François de Thélis me réjouissait. Mon fidèle ami mettait vraiment tout en œuvre pour m'accommoder. Dès que je lui parlai de cette surprenante invitation au salon de la duchesse d'Aiguillon, il offrit de m'y accompagner. J'avais accepté.

Je m'étirai longuement. Marguerite, une nouvelle servante engagée par mon père, terminait la vaisselle du déjeuner. Le faisceau de lumière entrant par l'étroite fenêtre de notre cuisine dorait son bonnet blanc.

«Il fait beau temps. Tant mieux, notre sortie sera d'autant plus agréable», me dis-je.

— Madame de La Peltrie, murmurai-je.

— Vous dites, madame? me demanda Marguerite.

— Rien, je réfléchis tout haut.

— Ah, bon!

«Madame de La Peltrie, Ce nom m'est totalement inconnu.»

Je repris la lettre d'invitation déposée près du pot de beurre et en parcourus rapidement les premières lignes.

— … Invitation, ce jeudi, au Petit Luxembourg, marmonnai-je.

Mon doigt s'arrêta sur «de La Peltrie».

— Ah, de La Peltrie, dame fortement intéressée par la Nouvelle-France.

— Pardon, madame?

— Rien, je lis tout haut.

— Madame a de ces habitudes! maugréa-t-elle à voix basse.

Son irritation me fit sourire. Marguerite s'irritait pour un rien. Je poursuivis la lecture du billet en silence.

«Nul doute, j'ai vraiment bien compris!»

Rassurée, je le remis dans ma poche. Madame de La Peltrie désirait me rencontrer afin d'en apprendre davantage sur notre colonie en Amérique. Cette considération, bien qu'intrigante, aviva ma fierté. Mais tout d'abord, ce matin, je devais absolument passer un petit moment auprès de mère.

« Une promesse est une promesse », pensai-je en me levant de table.

— Bien, bien. Marguerite, m'accompagnerez-vous chez mes parents ?

Hésitante, elle déposa lentement son chiffon sur le rebord de son seau d'eau.

— C'est que je dois me rendre au marché, madame.

— Ah, je croyais que Jacqueline y était déjà. Où serait donc allée notre dévote ?

Faisant la sourde oreille, Marguerite alla suspendre le poêlon propre sur la droite de la cheminée et revint ranger nos assiettes dans le grand buffet sans un mot. Cette impolitesse ne lui ressemblait guère.

— Marguerite, je vous ai demandé si vous saviez où était passée Jacqueline ?

Se retournant, elle pointa le nez vers la fenêtre.

— La fenêtre ! D'accord, elle est sortie.

Elle opina nerveusement de la tête.

— Mais où est-elle allée ?

Rentrant les épaules, ses yeux fixant le parquet, elle hésita.

— Marguerite, j'attends une réponse, insistai-je.

— Au monastère du Val-de-Grâce, madame, marmonna-t-elle faiblement.

Croyant ne pas avoir bien compris, je l'approchai.

— Vous dites ?

— Jacqueline est au monastère du Val-de-Grâce.

— Au Val-de-Grâce, si tôt le matin ! Étrange…

— É… étrange, madame ?

— Pourquoi Val-de-Grâce si tôt le matin ? S'il vous plaît, Marguerite, pourriez-vous me regarder quand je vous adresse la parole ?

Marguerite releva la tête mais garda ses paupières closes. Je crus remarquer que ses joues avaient rosi. Elle glissa lentement ses larges mains sur son tablier de toile brune.

— Jacqueline vous aura-t-elle informée de l'objet de sa visite ?

Sa bouche s'entrouvrit.

— Pourquoi Val-de-Grâce ? redemandai-je.

— Mais… mais je ne sais trop, moi, madame ! Jacqueline connaîtrait une religieuse de ce couvent et… et elle aura voulu lui rendre visite après la messe. Ce n'est pas sorcier. Y a pas de quoi fouetter un chat, débita-t-elle d'une seule traite.

Son malaise piqua ma curiosité.

— Marguerite ?

— Oui, madame ?

— Regardez-moi bien.

Elle battit des paupières.

— La France et l'Espagne sont en guerre l'une contre l'autre, Marguerite.

— Je sais, madame, le bruit court.

— Vous n'ignorez pas que Jacqueline est espagnole, n'est-ce pas ?

— Je sais, madame. Son véritable prénom est Manuella.

— C'est un secret dont il ne faut absolument pas parler à qui que ce soit.

— Pro… promis, madame.

J'agitai mon doigt devant son visage hébété. Elle gonfla sa lourde poitrine et retint son souffle.

— Marguerite, si Jacqueline commet une imprudence, ne serait-ce qu'une seule toute, toute petite, imprudence, insistai-je, je ne donne pas cher de sa vie, ni de celle de mes parents, ni de la mienne, ni de la vôtre d'ailleurs. Au mieux, nous irons tous croupir dans les cachots de la Bastille. Au pire…

Je feignis de me trancher la gorge.

— Suis-je assez claire, Marguerite ?

— Oui, oui, ma… madame, bredouilla-t-elle.

Soulevant les pans de son tablier, elle couvrit sa bouche en tremblotant.

— Val-de-Grâce, ce matin ?

— J'ai dit tout ce que je sais à madame, gémit-elle.

Je soupirai.

— Soit, je veux bien vous croire.

La pauvre me fit pitié. J'avais peut-être exagéré la menace. Qu'importe, en ces temps incertains, la vigilance s'imposait.

— Si jamais vous apprenez quoi que ce soit de louche, je tiens à en être informée sur-le-champ. Vous m'entendez, Marguerite, sur-le-champ !

— Oui, madame, sur-le-champ !

— Bien.

— Je peux me rendre au marché, maintenant, madame ? implora-t-elle.

— Fort bien, allez au marché. Soyez prudente, évitez de parler aux inconnus. On ne sait jamais à qui on a affaire, les espions du cardinal courent les rues.

Son tablier couvrant toujours sa bouche, elle déguerpit aussi vitement qu'elle le put.

— Marguerite me cache quelque chose, j'en mettrais ma main à couper.

Je plongeai mon bol dans le seau d'eau pour ensuite l'essuyer lentement. Quelqu'un m'avait parlé du Val-de-Grâce dernièrement, de ce monastère de bénédictines précisément. Qui donc ?

Sitôt mon bol rangé sur l'étagère, je regagnai ma chambre. Les carillons de Paris annonçaient huit heures. Ils devançaient mon horloge de quelques secondes.

— Jacqueline aura négligé de remonter l'horloge. Ce n'est pourtant pas dans ses habitudes d'oublier, remarquai-je tout bas.

Assise à ma coiffeuse, j'observai distraitement mon reflet dans le miroir.

«Ces cheveux en broussailles, surtout, les coiffer soigneusement avant de paraître devant mère.»

J'entrepris de brosser ma lourde tignasse.

«Val-de-Grâce… Qui m'a parlé du Val-de-Grâce ? Ah, j'y suis ! Madame Berthelot, il y a quelques semaines, chez Christine. Un ragot de palais : une dame d'honneur de notre reine aurait rapporté que Sa Majesté se rend au Val-de-Grâce toutes les semaines. Y aurait-il un lien avec cette jeune Louise de La Fayette dont notre roi serait épris ? Notre reine s'y réfugie peut-être pour prier ou encore pour préparer son entrée au couvent. Selon ses suivantes, elle en aurait plus d'une fois manifesté le désir. Comme elle n'a toujours pas donné d'héritier au trône de France après plus de dix-sept ans de mariage…»

Je divisai mes cheveux en trois couettes et entrepris de les natter.

«Ce n'est probablement rien de tout cela. Anne d'Autriche visite régulièrement tous les couvents de Paris. C'est une fervente dévote. Pourquoi pas celui-là ?»

Je terminai ma tresse. Quelque chose me chicotait dans cette affaire, quelque chose que je n'arrivais pas à définir. Je soupirai longuement, ouvris mon coffret à babioles et saisis le premier ruban qui me tomba sous la main.

«Un ruban argenté, cela conviendra parfaitement. Une jupe de serge couleur de roi garnie d'un galon argenté et ce ruban argenté dans mes cheveux. Cette fois, mère ne trouvera rien à redire, tout s'agence parfaitement. *Muy bien!* comme dirait Jacqueline.»

— Espagnoles! J'y suis! Notre reine et Jacqueline sont toutes deux espagnoles. Voilà bien ce qui me chicotait.

«Espagnoles, oui, mais encore…»

Je me levai, secouai quelque peu mes jupons, redressai les épaules et souris à mon miroir.

«Folle, tu vois des complots partout.»

— Il y a de quoi! Les rois complotent les uns contre les autres, les grands seigneurs complotent contre les rois, Richelieu et ses ministres complotent contre les grands seigneurs, les reines et les duchesses complotent contre Richelieu, les bourgeois complotent contre les nobles…

Je pinçai mes joues afin de les rosir.

— Néanmoins, je le concède, Jacqueline n'est pas la seule Espagnole de la cité. Bien, me voilà fin prête. Mère chérie, voici venir votre fille adorée, ironisai-je en quittant ma chambre.

Père m'ouvrit. Sa mine attristée m'alarma.

— Qu'y a-t-il, père?

— Votre mère est au plus mal, chuchota-t-il tout bas. Elle ne cesse de gémir. Une forte fièvre sans doute. Peut-être serait-il sage d'aviser Geneviève ou maître Antoine?

— Tante Geneviève est à Saint-Cloud. Un bon ami à elle est gravement malade.

— Ce maître pelletier? Son nom m'échappe. Attendez… Ferras?

Je baissai les yeux.

— Clément Ferras, oui. Elle veille sur lui, dis-je le plus froidement possible.

— Maître Antoine alors? Vous savez où nous pourrions le trouver?

— Il a rejoint les armées du roi en Lorraine, à la mi-novembre. J'ignore s'il en est revenu. Vous permettez que je regarde de quoi il retourne ?

— Venez.

Mère persistait à donner à sa chambre une allure mortuaire. Autour de son lit, des courtines de velours noir fortifiaient sa couche d'endeuillée. Sur le mur de gauche, un immense tableau consacré à la crucifixion remplaçait les tapisseries colorées d'antan. Sur le manteau de la cheminée, trois statues de saintes tendaient leurs bras vers une toile sur laquelle des humains terrorisés repoussaient, tant bien que mal, les démons émergeant des flammes de l'enfer.

Nous approchâmes d'elle à pas de loup.

— Elle dort ? chuchotai-je.

— Je ne crois pas.

Elle entrouvrit ses paupières.

— Mère, c'est moi, Hélène.

— Je sais qui vous êtes ! Me croyez-vous totalement abrutie, ma fille ? Vous êtes Hélène, la sœur de ma pauvre Marguerite. Dieu ait son âme.

Je soupirai de soulagement. Elle n'était pas aussi malade qu'elle le laissait croire.

— Père m'apprend que vous êtes fiévreuse. Je peux ? demandai-je en approchant ma main de son front.

— Pourquoi demander puisque vous êtes à le faire ? Allez, allez, vérifiez, qu'on en finisse !

— Père s'inquiète pour vous.

— Faites donc, à la fin !

Je touchai son large front ridé. Il était tiède.

— Alors, votre curiosité est satisfaite ?

— Oui, ma curiosité est satisfaite. Aucun signe de fièvre, rétorquai-je en repoussant ma tresse derrière mon épaule.

Elle eut une moue de dédain.

— Cette rebutante coiffure que vous vous obstinez à porter ! Vous n'êtes plus au pays des Sauvages, ma fille ! Quand donc apprendrez-vous à vous parer comme une dame de votre rang ? Votre sœur Marguerite, elle…

— Marguerite vous manque à ce point ?

Ma question la confondit. Détournant la tête, elle ferma les yeux. Je pris sa main dans la mienne. Elle la retira promptement.

J'étais là devant une femme qui préférait se flageller du passé plutôt que de tendre la main au présent.

« Si seulement je pouvais la toucher, susciter chez elle ne serait-ce qu'un peu de cette fierté qu'éveille le souvenir de Marguerite. Sa fille aînée, son orgueil... »

Une idée me vint.

— Mère, j'ai été invitée au salon de la duchesse d'Aiguillon.

Se redressant, elle ouvrit grand les yeux.

— La duchesse d'Aiguillon, madame de Combalet, la nièce du cardinal Richelieu ?

— Précisément. Celle-là même, mère.

— Vous... vous chez... Quand ?

— Cet après-midi.

Elle me toisa de la tête aux pieds.

— Vous n'allez tout de même pas vous présenter au Petit Luxembourg dans ces atours de misère ? Pensez à l'honneur des Boullé, ma fille. Nicolas !

Je reculai d'un pas. Père prit tendrement la main qu'elle lui tendait.

— Nicolas, faites venir ma chambrière immédiatement. Votre fille a grandement besoin de son conseil.

Je reculai d'un autre pas.

— Je n'ai besoin de personne, mère.

— Oh que si ! répliqua-t-elle en repoussant ses couvertures.

— Nicolas, passez-moi ma robe de chambre.

Père l'aida à l'enfiler. La deuxième manche n'était pas en place qu'elle se levait déjà.

— Très chère, ne vous agitez pas ainsi, s'inquiéta père. Est-il sage de...

— Parfaitement sage ! Et cette chambrière, elle vient ?

— Je n'ai aucunement besoin d'elle, mère.

— J'en ai besoin. Elle seule sait dans quelle malle se trouvent les robes de votre sœur.

Ce disant, elle se rendit devant sa coiffeuse pour ouvrir son coffre à bijoux.

— Tenez, vous porterez son collier de perles fines importé de Chine et... et sa robe rouge garnie d'hermine aux poignets. Marguerite savait éblouir, elle.

Je ne pus en entendre davantage. Redoutant une montée de larmes, je sortis.

Je n'allais tout de même pas pleurer pour un collier de perles fines.

Paul arrêta notre carrosse devant le pavillon central du Petit Luxembourg. François de Thélis ouvrit la portière et descendit le premier.

— Vous êtes ravissante, déclara-t-il lorsque je fus à ses côtés.

— Cessez de me taquiner !

— Mais c'est la pure vérité ! Qu'en dites-vous, Paul ?

— Quoi, quoi ? Pourriez-vous répéter, maître Thélis, je deviens dur d'oreille, répliqua notre cocher.

— Je parle de la beauté de madame.

— La duchesse d'Aiguillon ? Hélas, je n'ai jamais eu l'honneur.

— De madame de Champlain, je parle de la beauté de madame de Champlain.

Paul se pencha jusqu'à ce que le rebord de son chapeau touche celui de François.

— Madame n'est toujours pas veuve que je sache, maître Thélis !

Le visage de François s'allongea. Paul me décocha une œillade et se redressa.

— Je vous reprends ici même dans deux heures, mademoiselle ?

— Fort bien, dans deux heures, approuvai-je quelque peu embarrassée.

Je le saluai de la main. Il claqua du fouet. De toute évidence, Paul désapprouvait la pressante galanterie de François.

— Il vous faudra réfréner cette ardente courtoisie, badinai-je à l'intention du galant.

Impassible, François restait immobile.

— Hum, hum ! Maître Thélis ?

Il souleva le coin de sa cape, le projeta par-dessus son épaule, posa la main sur son baudrier et me dévisagea.

— Vous croyez qu'il est réellement contrarié ?

— Au plus haut point ! Paul est un vieux loup de mer. Il a l'œil pour débusquer les pirates.

Il porta à nouveau le regard vers notre carrosse qui disparaissait dans le tournant de la rue Vaugirard avant d'éclater de rire.

— Paul ne va tout de même pas s'imaginer que vous et moi… enfin, que je vous… ?

— Prenez garde, vous risquez de m'offenser.

— Vous offenser, vous ! J'en perds mon latin.

— Rien de grave à cela.

— Quoi ?

— Peu importe que vous perdiez votre latin, je n'en ai guère !

Il rit encore.

— Retrouvez votre sérieux, maître Thélis. Une visite au Petit Luxembourg impose un certain décorum. Voyez cette magnifique cour d'honneur, cette galerie en arcades autour des bâtiments, cette porte monumentale surmontée d'un dôme.

Plus je brossais le tableau et plus je m'imprégnais de la beauté du palais. La perfection de son élégance relevait presque de l'intemporel, du sacré. C'était comme si une force indescriptible nous invitait à y entrer dans le respect et la dignité.

— La force du destin ! m'exclamai-je en fixant la large porte. François, ici se jouera la suite de notre destinée, j'en ai l'intime conviction. Je le sais, je le sens, ce salon changera le cours de notre vie.

— Hélène, très chère amie, nous ne sommes pas au théâtre !

— Votre bras, maître.

— Alors, vous ! dit-il en soulevant son coude.

J'y glissai ma main.

— Vous êtes ravissante, murmura-t-il en engageant notre marche.

— Paul, à l'aide !

Son rire rebondit sous les arcades.

Un valet nous escorta jusqu'à la porte d'une grande salle devant laquelle deux hallebardiers croisaient leurs armes. D'un geste cadencé, ils les relevèrent afin de nous libérer le passage.

— Maître François de Thélis, de la Chambre de commerce de Paris… et sa dame, clama le portier.

— Une dame sans nom, raillai-je tout bas.

Il me sourit.

— Vous, ma dame. Quel honneur !

— Insolent ! badinai-je.

Il sourcilla. Je lui souris.

— Trêve de plaisanterie, maître. Connaissez-vous la duchesse d'Aiguillon ?

— Vous connaître me suffit.

— Fort bien, puisque le sérieux vous fait défaut, je la trouverai seule !

— Je le voudrais que je ne pourrais vous être d'un grand secours. Je ne l'ai aperçue qu'une fois et de loin. Attendez, blanche de peau, brune de chevelure… et assez bien formée.

— François ! m'indignai-je.

— Juré, je ne sais rien de plus.

J'étouffai mon rire derrière mon éventail. Nous fîmes quelques pas.

La pièce était vaste et somptueuse. Répartis ici et là, des femmes et des hommes discutaient ferme. Les sons mélodieux d'une harpe agrémentaient leurs joyeux bavardages. La vue de tant d'inconnus m'embarrassa. Mon pouls s'accéléra.

« Tant de noblesse dans un lieu si faste. Tout cela est si loin de la vie de là-bas ! » m'alarmai-je.

La gêne me gagna. D'avoir à discourir sur la Nouvelle-France avec une duchesse me parut soudainement fort extravagant.

« D'autant qu'il y a si longtemps ! Raviver le passé, pourquoi ? Si je commets des impairs, si je dessers la cause plutôt que de la défendre ? »

— Ma hardiesse me perdra. Noémie l'a prédit.

— Vous dites, madame ?

— J'ai peur, François. J'ai soudainement très peur. Je suis terrorisée !

Il me sourit.

— Vous, peur ? Incroyable !

— Je crains d'éveiller ma peine. Toutes ces souvenances…

— Ma parole, vous ne jouez pas la comédie. Vous parlez sérieusement !

— Évoquer ces souvenirs, j'en tremble !

— Ma tendre amie, c'est probablement ce que vous avez de mieux à faire.

Je le regardai sans trop comprendre.

— En parler, pour soulager votre peine, précisa-t-il.

Sa sympathie me toucha. Il posa sa main sur mon épaule.

— Votre fidèle chevalier est là, tout près, au cas où…

Je lui souris.

— D'ailleurs, avez-vous le choix ? Ne seriez-vous pas la seule femme ici présente à savoir tirer à l'arc, à avoir pêché et chassé avec des Sauvages? Courage, que diable! Cette lâcheté ne vous ressemble guère.

— Certes. Vous dites juste. Je me ressaisis. Tenez.

Redressant les épaules, je relevai le menton en inspirant fortement.

— Merci, fidèle chevalier.

— Fidèle, et ce, depuis toujours et pour toujours. Ne l'oubliez jamais.

L'intensité de son regard me troubla. Tant de souvenirs, tant d'espérances et tant de déceptions nous liaient l'un à l'autre. Il baisa ma main.

— Si nous abordions ensemble la suite des choses, madame? proposa-t-il galamment.

Confortée, je pris le bras qu'il m'offrit. Nous n'avions pas fait trois pas qu'un homme sobrement vêtu s'approcha.

— François de Thélis! proclama-t-il avec emphase.

— Maître Corneille, vous à Paris! Je vous croyais à Rouen. Laissez-moi vous présenter: madame de Champlain, maître Corneille, avocat du roi et auteur de comédie.

Le visage angulaire de l'homme s'empourpra.

— Surtout auteur, insista-t-il avant de se courber légèrement. Mes hommages, madame!

— Monsieur.

— Maître Corneille est à la solde du Cardinal, m'apprit François.

— Du Cardinal?

— Oui. Je suis un des cinq auteurs chargés de composer des pièces sur les idées du Cardinal, poursuivit-il. Vous connaissez cette société?

— J'avoue tout ignorer de la comédie, monsieur. Vous m'en voyez désolée.

— Légère est la faute. En ces temps de guerre, le théâtre est un luxe quasi indécent.

— Ah, je m'insurge! s'exclama François. Je crois bien au contraire que la comédie est essentielle, surtout par temps de guerre. Elle distrait de l'horreur. Prenons pour exemple votre première pièce...

— *Mélite*.

— *Mélite*, c'est bien ça. Elle m'a beaucoup plu. Ce personnage...

Discrètement, je délaissai leur conversation pour mieux admirer la salle. Sur la gauche, deux longues fenêtres garnies de rideaux bourgogne donnaient sur un jardin. Entre ces deux fenêtres, un tableau chevaleresque ornait le mur tapissé aux armoiries du cardinal. Au fond de la pièce, des dames se tenaient debout devant une large cheminée de marbre blanc. Un homme au dos voûté ayant l'allure d'un clerc s'approcha de l'une d'elles. Elle l'accueillit aimablement avant de le présenter à ses compagnes.

« L'hôtesse. Une dame digne et belle, la duchesse probablement », pensai-je.

Ses cheveux noirs et bouclés tombaient en grappe de chaque côté de son gracieux visage. Le vert de sa robe satinée rehaussait son teint clair. Une complaisante simplicité émanait de ses gestes lents et discrets.

— *Le Cid*, répondit maître Corneille à François.

— *Le Cid*? s'étonna François. Un drame espagnol alors que la France est en guerre contre l'Espagne. Quelle audace !

Mes deux compagnons étant absorbés par leur discussion, je retournai à mon observation. Sitôt présenté, le clerc capta l'attention des autres dames. Voyant que leur conversation allait bon train, la dame en vert délaissa ce groupe pour aller rejoindre un couple, assis à la table ronde située sous le tableau chevaleresque. À son arrivée, l'homme se leva et s'inclina longuement. Ses habits disaient son aisance. Un collet de dentelle couvrait ses larges épaules. Les soyeux tissus de son pourpoint et de ses hauts-de-chausses mariaient des tons de brun et d'ocre. Des broderies d'or ornaient le pourtour de son court manteau. Sa moustache fringante et sa barbiche taillée en pointe ressemblaient à celles du sieur de Champlain. La dame qui l'accompagnait, tout aussi élégamment vêtue, se leva à son tour. Sa frêle stature me rappela vaguement celle de la Guerrière.

« Ce couple, serait-ce madame de La Peltrie et son ange tutélaire ? »

Cela se pouvait. François ne m'avait-il pas rapporté qu'un généreux bienfaiteur soutenait l'entreprise de cette veuve ?

« Puissent mes propos servir justement la cause de la Nouvelle-France ! » souhaitai-je ardemment.

Cette fois, le défi stimula ma hardiesse. Une douce fébrilité me gagna. Si son désir était véritable, cette madame de La Peltrie m'accompagnerait peut-être à Québec le printemps prochain...

«Halte-là! s'écria ma conscience. Calme ces ardeurs. Cette femme a demandé à te voir, rien de plus.»

— Il est vrai, il est vrai. Soit, soit, murmurai-je.

— Plaît-il, madame? questionna François.

— Rien d'important. Dites-moi, maître Corneille, madame Combalet, enfin la duchesse d'Aiguillon, serait-ce cette dame parée de vert? demandai-je en pointant discrètement mon éventail vers elle.

— Précisément.

— Si vous le permettez, messieurs, j'ai à converser avec elle.

— Vous m'excuserez, maître Corneille, enchaîna François, je…

— Je m'en voudrais d'interrompre votre entretien. Restez, je saurai me débrouiller sans vous.

L'auteur approuva d'un faible hochement de la tête.

— Bien, puisque madame insiste, admit François. Si vous avez besoin de moi…

— Je sais où vous trouver.

Il me sourit. Je remarquai alors que les mèches grises de ses cheveux bouclés ajoutaient à son charme. Mon ami était décidément un homme très séduisant. Il se retourna vers le dramaturge et reprit la discussion là où il l'avait laissée. J'inspirai fortement, sortis le livre du père Le Jeune de ma poche, et me dirigeai vers le couple qui m'intriguait.

— À la guerre comme à la guerre!

À mon approche, la dame en vert arrêta de parler. Je fis une courte révérence.

— Duchesse d'Aiguillon?

— Oui. À qui ai-je l'honneur?

— Hélène de Champlain, duchesse.

— Quel heureux hasard, nous parlions justement de vous, dit-elle avec un bienveillant sourire.

— De moi! m'étonnai-je.

— Vous suscitez bien des curiosités. Rares sont les dames ayant vécu en terres païennes.

— Je n'aspire qu'à y retourner, précisai-je hardiment.

— Quel zèle apostolique! s'exclama l'homme richement vêtu.

— Laissez-moi vous présenter, enchaîna aimablement la nièce du Cardinal.

J'avais deviné juste. Ce couple était bel et bien madame de La Peltrie et son tuteur. Par contre, je m'étais trompée sur leur âge. En réalité, madame de La Peltrie s'avérait être beaucoup plus jeune que je ne l'avais cru. La pâleur de ses cheveux châtains, le bleu de ses grands yeux de biche et l'éclat de son teint de pêche accentuaient l'aspect juvénile de sa silhouette. Elle devait avoir dans les vingt-cinq ans, tout au plus. Quant à son protecteur, à voir les rides de son visage et le blanc de ses cheveux, je pouvais aisément supposer qu'il ait atteint la cinquantaine.

Une fois les présentations terminées, madame de La Peltrie s'ouvrit à moi sans réserve. Elle me raconta son histoire d'une traite, une histoire à la fois différente et semblable à la mienne : libertés bafouées, désirs étouffés, âme brisée.

J'appris donc que depuis sa tendre enfance, madame de La Peltrie, alors Marie-Madeleine de Chauvigny, désirait ardemment se consacrer à Dieu. Malgré tous ses efforts pour entrer en religion et après des torrents de larmes, elle dut finalement se soumettre à la volonté de son père, le seigneur de Vaubongon. Lorsqu'elle eut vingt ans, il la maria à monsieur de Grival, seigneur de La Peltrie. Son mari, déjà avancé en âge, décéda cinq ans après leur union, la laissant seule et sans enfant, leur petite fille étant morte le jour de son baptême.

— Votre enfant, mort à la naissance, quelle douleur ! compatis-je.

— Perdre un enfant est une horrible épreuve. Vous avez des enfants, madame ?

— Non, m'empressai-je d'affirmer, hélas, non. Mais je vous comprends.

Un silence lourd de tristesse ébaucha notre complicité.

— Si nous revenions au but de notre rencontre, très chère amie, enchaîna tendrement son protecteur.

Madame de La Peltrie reprit la parole. Dorénavant veuve et riche, elle ne désirait plus qu'une chose : se faire religieuse. Son père s'opposa de nouveau à son désir. Elle se résigna pour la deuxième fois. Puis une longue maladie faillit la laisser pour morte. On mit son retour à la santé sur le compte du miracle. Peu de temps après, une *Relation des Jésuites* lui tomba entre les mains. Cette lecture la bouleversa. Elle ressentit une telle compassion pour les Sauvages, qui se perdaient dans l'ignorance de la foi catholique, qu'elle prit alors la ferme résolution de consacrer sa fortune et sa vie au salut de ces âmes perdues. Son vénéré père mourut à son tour. Dès lors, elle put enfin donner libre cours à sa pieuse entreprise. À cette fin, son compagnon, monsieur de Bernières, trésorier de France à Caen, l'assistait puissamment.

Tant je fus attendrie et révoltée par le récit de sa vie, tant je fus estomaquée et ravie par son ambitieux projet. La colonie avait un si grand besoin de telles bienfaitrices!

— Vous ne sauriez imaginer à quel point nous avons espéré cette rencontre! avoua monsieur de Bernières.

— Je l'ai souhaitée plus que tout au monde, renchérit madame de La Peltrie. Vous avez affronté fatigues et dangers pour mener ces malheureux idolâtres vers la Lumière. Je vous en prie, parlez-nous d'eux.

Ses grands yeux bleus brillaient d'admiration. Je ne la méritais pourtant pas. Le remords me gagna. En toute honnêteté, je me devais d'ajuster sa vision de la situation, quitte à y perdre quelques plumes.

— À la vérité, je n'ai fait que mon devoir d'épouse. Le sieur de Champlain étant le lieutenant du roi en Nouvelle-France, je me devais de l'accompagner.

— Le simple devoir conjugal ne peut tout expliquer, contesta monsieur de Bernières. Un esprit évangélique inspira assurément votre soumission. Tous ces sacrifices librement imposés...

Je croulai sous le poids de la vertu.

— L'amour seul guida mon choix.

Soulevant les bras, il les balança de part et d'autre.

— L'amour, évidemment! L'amour de Dieu, l'amour des âmes à secourir. De plus en plus louable. La preuve est faite, notre rencontre est l'expression de la volonté divine.

— Votre humilité vous honore, ajouta madame de La Peltrie.

L'auréole ne me convenait pas. Mais bon, puisqu'ils insistaient.

— Racontez-nous, implora-t-elle, nous voulons tout savoir de votre vie auprès de ces malheureux.

— Je vous en prie, madame de Champlain, cette colonie en Canada est pour nous d'un grand intérêt, insista la duchesse.

— À cet effet, je me suis permis d'apporter cette *Relation des Jésuites*, celle du père Lejeune. La plus récente.

Une fois que nous fûmes tous bien installés autour de la table, je leur présentai le livre. Le bon père l'avait écrit à l'hiver 1634, alors qu'il accompagnait un groupe de Montagnes aux pays des bêtes sauvages, leurs territoires de chasse. Une question en entraîna une autre, tant et si bien que nous passâmes plus d'une heure à converser. Je leur racontai la vie à l'Habitation, leur parlai des vaillants colons, des femmes laborieuses et des redoutables mais indispensables compagnies de traite. Je leur parlai encore des Sauvages, de leurs croyances, de leurs coutumes. Ils déplorèrent leur ignorance de Dieu et la perte de leurs âmes, condamnées irrémédiablement aux flammes de l'enfer. J'insistai sur le courage et la débrouillardise des femmes sauvages et leur avouai toute l'affection que je portais à leurs enfants, particulièrement à Petite Fleur, Perle Bleue et Étoile Blanche. Madame de La Peltrie se désola. La duchesse d'Aiguillon s'indigna. Des filles sauvages ne connaîtraient jamais les joies du paradis, ne verraient jamais la Splendeur Divine, quelle désolation! Je convins avec elles que la colonie tout entière bénéficierait grandement d'une école pour instruire toutes les jeunes filles de ce pays.

— Et d'un hôpital pour les soigner, ajouta la duchesse. Toute société digne de ce nom a besoin d'une école et d'un hôpital.

Nous étions si absorbés par la cause que l'approche du clerc que j'avais remarqué à mon arrivée nous surprit. Il s'adressa d'abord à notre hôtesse. Sa voix était aussi douce que les traits de son visage. Une calotte noire couvrait son crâne que l'on devinait à demi dégarni. Le blanc de sa courte barbe se confondait avec le blanc de son étroit collet. Ses yeux petits, noirs et perçants, semblaient nous regarder sans nous voir.

«Un regard d'aigle, me dis-je, un regard puissant tourné vers l'intérieur.»

— Vous auriez bien un instant à me consacrer, nobles gens, demanda-t-il d'une voix ténue.

Sans plus attendre, il enchaîna.

— Dieu nous réclame, tous autant que nous sommes. Dieu nous veut à son service.

Madame de La Peltrie agrippa le col de dentelle noire couvrant sa poitrine. Monsieur de Bernières sourcilla. Je fus saisie. La requête était simple, directe, sans équivoque.

— Les affamés, les enfants abandonnés, les malades, les aliénés, les filles perdues, les possédés, tous les répudiés du royaume de France vous tendent la main, au nom de Jésus notre Sauveur. Répondrez-vous à son appel?

Confus, nous ne sûmes que répondre.

— Monsieur Vincent de Paul est général de Saint-Lazare, expliqua la duchesse. Il tente de créer un vaste réseau de charité dans tout Paris, d'où ses fréquentes visites à mon salon.

— La Confrérie de la Charité, ici dans Paris pour servir Dieu, précisa monsieur Vincent. La charité, ici à Paris.

« La charité, ici dans Paris », me répétai-je.

Cette information me fit l'effet d'une oasis de lumière au bout d'une longue route ténébreuse.

« La réponse à ta prière, clama ma conscience, le sens à donner à ta vie. »

— Cette confrérie m'intéresse, monsieur Vincent, lançai-je promptement.

— Dieu vous bénisse, madame, me dit-il en se signant.

Il se tourna ensuite vers madame de La Peltrie. Elle entreprit alors de lui exposer brièvement ses aspirations. Il l'écouta sans l'interrompre, tête baissée, comme plongé dans une profonde réflexion. Lorsqu'elle eut terminé sa plaidoirie en faveur des âmes de la Nouvelle-France, il la fixa intensément.

— Notre Seigneur vous guide, ma fille. Allez fonder ce couvent en terres païennes, allez répandre la Bonne Nouvelle afin que notre Divin Maître soit connu, aimé et adoré de toutes ces nations. La moisson de Dieu est infinie. Heureux ses moissonneurs, ils verront la gloire du Très-Haut.

Après une brève interruption, il reprit.

— Frappez à la porte des Ursulines, elles vous ouvriront, l'assura-t-il simplement.

— Les Ursulines ! s'étonna-t-elle.

— Frappez à leur porte, elles vous accueilleront. Dieu vous bénisse, bonnes gens !

Puis, s'adressant à la duchesse, il ajouta :

— Je dois me rendre immédiatement aux Petites-Maisons. Une mourante à ondoyer. Même les simples d'esprit ont droit au royaume éternel.

Sans plus attendre, il se dirigea vers la porte. Nous le suivîmes du regard jusqu'à ce que les soldats aient décroisé leurs hallebardes.

— Un prêtre remarquable, une clairvoyance hors du commun, un saint homme ! déclara la duchesse.

Puis, pointant son éventail vers la cheminée, elle ajouta.

— Madame de La Peltrie, si nous allions exposer votre projet à ces dames ? Chacune d'elles est engagée dans la Confrérie de la Charité de monsieur Vincent. Des femmes généreuses, favorables à toutes les saintes causes. La Nouvelle-France saura les émouvoir.

— C'est mon vœu le plus cher, reprit madame de La Peltrie.

Avant de les suivre, je remarquai avec étonnement que le cavalier de la peinture chevaleresque était en fait la duchesse d'Aiguillon. Habillée d'une longue robe et coiffée d'un chapeau empanaché, elle montait un fougueux cheval blanc. La dignité de son allure égalait sa tranquille assurance.

« Une valeureuse battante, me dis-je. Une noble dame au cœur d'or. Une perle rare ! »

J'approchai madame de La Peltrie.

— Si vous permettez, madame, je connais personnellement une ursuline du couvent du faubourg Saint-Jacques.

— Vous fréquentez ce couvent ? demanda-t-elle les yeux pétillants d'espoir.

— Je l'ai fréquenté du temps de ma jeunesse. Sœur Bénédicte m'a instruite de la religion catholique peu après mon mariage. J'en garde un excellent souvenir.

— Vous ne l'avez jamais revue depuis ?

— Hélas non ! Par contre, selon ma tante Geneviève qui est son amie, elle y vit toujours. Si vous le désirez, je peux tenter de vous obtenir un entretien avec elle.

Elle agrippa mon bras et le serra fortement.

— La Sainte Providence me comble. J'attendrai un mot de vous. Nous logeons à…

« Seigneur Dieu, me réjouis-je. Me voilà engagée dans deux missions, pas une, mais deux : celle de la Charité de Paris et celle des bienfaitrices de la Nouvelle-France. Jacqueline avait raison : priez et vous recevrez. »

Avant de quitter le salon de la duchesse d'Aiguillon, je promis à mes nouvelles compagnes d'adhérer à leur confrérie. Je tenais à participer à la prochaine réunion à l'Institution des Filles de la Charité. Leur enthousiasme me transporta totalement.

— Toutes unies pour le service de Dieu ! clamions-nous d'une même voix avant de nous quitter.

Lorsque nous franchîmes le parvis de la porte du palais, je m'arrêtai.

— Quand je vous disais que ce salon allait changer ma vie, François!

Il remit son chapeau.

— Ce fut à ce point?

— Vous connaissez monsieur Vincent de Paul?

— Ce prêtre au dos voûté?

— Oui.

— J'en ai vaguement entendu parler.

— Un saint, probablement.

— Un saint, rien de moins! Il vous aura vraiment impressionnée, dites donc!

— Cet homme consacre sa vie aux laissés-pour-compte.

François enfila ses gants et m'offrit son bras.

— Paul nous attend, gente dame.

— Oui, Paul est bien là, admis-je en le suivant. J'en ai long à lui raconter. Vous avez entendu parler de la Confrérie de la Charité?

Mon chevalier pressa le pas sans répondre. Je dus accélérer le mien.

— Et des Petites-Maisons? Des maisons où logent des simples d'esprit, enfin les gens…

Il s'arrêta net.

— Qu'y a-t-il, François?

Son visage se crispa. Il devint livide.

— Si vous tenez à notre amitié, madame, ne me reparlez jamais plus de ces Petites-Maisons, vous m'entendez!

Je figeai sur place. Jamais mon ami ne m'avait apostrophée de la sorte. Il tourna les talons et s'élança tout droit rue Vaugirard.

— Mais, mais… François! m'écriai-je en courant après lui.

Ce fut peine perdue. Il disparut derrière notre carrosse.

— Peste! Qu'ai-je dit de si horrible?

J'étais encore estomaquée lorsque Paul posa sa main sur mon épaule.

— Que vous arrive-t-il, mademoiselle? Monsieur de Thélis ne rentre pas avec vous?

— Je n'y comprends rien. Nous parlions simplement lorsqu'il s'est enfui sans aucune explication. Pas un mot !

— Grand bien lui fasse ! Une bonne course lui ramonera la cervelle.

— Paul ! Où est passée votre charité ?

— Je la réserve pour ceux qui en ont réellement besoin.

— Ah bon ! La Confrérie de la Charité, vous connaissez ?

Il tortilla les poils de son large sourcil et ferma ses paupières à demi.

— Une question tout innocente, posée comme ça, tout bonnement, j'imagine ?

— Peut-être que oui, peut-être que non. Tout dépend.

— Mademoiselle, dans quelle galère êtes-vous encore montée ?

— Rien de vilain. Me voici membre de la Confrérie de la Charité.

Sa large main claqua son front.

— Mademoiselle, vous n'êtes pas en train d'insinuer que j'aurai à vous conduire ici et là dans les rues de Paris, alors que des boulets espagnols risquent de nous tomber sur la tête à tout moment ?

— Vous exagérez, Paul ! Le roi n'en finit plus d'envoyer des armées au combat !

— De la poudre aux yeux, mademoiselle ! La France est attaquée de tous bords, tous côtés. Les frontières de la Picardie, de l'Alsace et de la Franche-Comté sont menacées. Or, les coffres royaux sont vides ! Nos soldats désertent les champs de bataille et les munitions se font de plus en plus rares : des armées de paille, si vous voulez mon avis.

— Les rumeurs seraient-elles si désastreuses ?

— Je crains fort que la réalité le soit davantage. La révolte gronde en Bretagne, l'armée des croquants menace d'envahir Paris.

— Raison de plus pour ne pas baisser les bras. Les dames de la Confrérie parlent de fonder des établissements pour les enfants trouvés, les pauvres, les filles perdues, les malades.

— Par tous les diables, vous voulez notre perte ! s'exclama-t-il en dépliant le marchepied.

Il m'ouvrit la portière.

— Montez donc, mademoiselle.

— Dites-moi, vous connaissez les Petites-Maisons ?

— L'asile de fous ? Non, alors là, vous passez les bornes ! Je vous interdis d'y mettre les pieds, vous m'entendez, je vous l'interdis !

— Pourquoi donc ? Monsieur Vincent s'y rend bien, lui.

— Vous tenez à ce que vos cauchemars réapparaissent ? Approchez ce lieu et ils reviendront, vrai comme je suis là. Vous n'avez pas idée de l'horreur qui s'y trouve. Jamais, vous m'entendez, jamais je ne vous y mènerai.

— Petites-Maisons ! C'est précisément les mots qui ont fait fuir François.

— Il y a de quoi prendre la poudre d'escampette. Ne vous y trompez pas, mademoiselle, c'est à vous et à vous seule que je pense. Vous voulez aider ? Je n'ai rien contre, si cela est fait avec bon sens. La charité a ses limites !

— Ah, tout n'est pas perdu, alors ?

Il posa les mains sur ses hanches.

— Par tous les diables ! Montez, montez. J'ai suffisamment perdu de temps.

Il me tendit la main.

— Merci. Vous êtes trop bon.

— Vous, vous !

Je soulevai mes jupes et m'installai sur la banquette.

— À la maison, mademoiselle ?

— Pour l'heure, oui, à la maison.

Il leva les yeux au ciel et referma la portière.

Décidément, ces Petites-Maisons ne laissaient personne indifférent. Jamais je n'avais vu François dans un tel état. À bien y penser, si, une fois, à Québec, il y avait fort longtemps. Je me souvins de son étonnante réaction quand Ysabel et moi avions discuté des jumelles Langlois devant lui. Il s'était enfui tout comme aujourd'hui. Y aurait-il un lien entre ces deux événements ? Mais non ! Alors pourquoi ces fuites ? Si je l'avais contrarié, ce fut bien malgré moi. Enfin, je verrais à éclaircir ce malentendu lors de notre prochaine rencontre.

Notre carrosse s'ébranla. Excitée, je me complus dans les espérances soulevées par mes bienfaisantes rencontres. Nul doute, la Sainte Providence veillait au grain. Le salon de la duchesse m'avait comblée. Pour la première fois depuis des années, je sentis qu'il y avait pour moi une toute petite place en ce monde. Ma vie avait enfin un but, un dessein : servir. Madame de La Peltrie désirait installer un couvent pour les jeunes filles sauvages en Nouvelle-France? Je l'aiderais, plus encore, je l'assisterais. Le sieur de Champlain accueillerait cette nouvelle avec un tel contentement! Veuve et riche, j'aurais fait tout comme elle. Comme je n'étais ni veuve ni riche, j'allais m'employer à soutenir cette bienfaitrice. Je partageais dorénavant leur rêve. D'ici notre prochain départ vers le Canada, il y avait cette Confrérie de la Charité à laquelle je comptais bien me consacrer malgré tous les désordres de ce royaume, n'en déplaise à Paul.

— Monsieur Vincent, la voix du Seigneur, murmurai-je.

Je répondrais à son appel. J'irais aider là où les miséreux tendent la main, jusqu'aux Petites-Maisons s'il le fallait.

Je me penchai à la fenêtre de ma portière. Au loin, la porte du palais du Luxembourg disparaissait. J'avais vu juste, ce salon transformait ma vie : il me donnait des ailes.

— *Gracias a Dios!*

4

Derrière les grilles

Qui pouvait bien frapper à ma porte à six heures du matin ? Il faisait encore nuit ! Pourquoi Jacqueline ne répondait-elle pas ? Ses dévotions, elle devait faire ses dévotions.

J'enfilai ma robe de chambre, allumai ma lampe et courus ouvrir.

— Tante Geneviève ! Quelle heureuse surprise !

— Et si tôt le matin ! Non, je ne suis pas un fantôme, c'est bien moi.

— Plutôt une charmante sorcière.

— Chut ! Tais-toi, malheureuse ! Les sorcières terminent leurs jours sur un bûcher. Tu désires vraiment me voir rôtir ?

Je ris.

— Bien sûr que non ! Vous m'êtes précieuse !

Elle rit.

— Précieuse, maintenant ! Je n'ai pourtant rien d'une précieuse, ma très chère nièce, ni dans le raffinement de mon langage ni dans l'élégance de mes habillements. Tu vois ma chevelure en bataille, mes jupons boueux ? Peut-être pas, il fait encore sombre.

La lueur de ma lampe accentuait les traits tirés de son visage. Elle me parut épuisée et amaigrie.

— Une précieuse sorcière peut aussi mourir de fatigue, vous savez.

— Je suis si mal que ça ?

— Peut-être pas à ce point, mais...

— À la vérité, je t'avouerai avoir un urgent besoin d'un remède précis.

— Vous êtes malade ! m'alarmai-je. De quel remède s'agit-il ?

— Un bon déjeuner !

— Ah, si ce n'est que ça ! m'exclamai-je soulagée. Venez, entrez !

— Je savais bien que je pourrais le trouver sous ton toit. Grand merci à la Sainte Providence ! Allons, menez-moi jusqu'à votre table, jeune fille.

— Vous êtes à Paris depuis… ?

— Depuis hier. J'ai voulu te faire une courte visite avant de commencer ma journée. J'ai tant de choses à te dire. Nos bavardages me manquent.

— Ne perdons pas une seconde, alors.

— Préparons le déjeuner d'abord, je meurs de faim.

Une fois la table dressée, elle attaqua son récit et sa galette de sarrasin avec le même mordant. Oncle Clément avait frôlé la mort. Elle avait craint pour sa vie. Terrifiée à l'idée de le perdre, elle l'avait veillé jour et nuit. Après deux semaines de douleurs et de tourments, l'abcès intestinal qui avait failli l'emporter s'était finalement résorbé. Quel soulagement elle avait ressenti lorsque sa fièvre avait baissé ! Quel contentement de voir ses forces revenir ! Sa convalescence allait tant et si bien qu'il comptait reprendre son travail à l'atelier *Aux deux loutres* la semaine suivante.

— Tu sais, j'accepterais presque tout de Dieu, mais de le perdre, ça jamais !

— Dieu sait être si cruel, parfois…

Délaissant son bol de lait, elle posa une main sur la mienne.

— Pardonne-moi. Je n'ai pas voulu réveiller tes peines.

Je lui souris.

— Ce n'est rien. Ne gâchons pas ce beau moment. Racontez-moi, pour les autres, pour Antoinette…

Le hasard avait voulu qu'elle la croisât, un matin, au marché du hameau de Saint-Cloud. Quelques mots avaient suffi pour qu'elle comprenne. Claude et Antoinette n'avaient toujours pas pardonné à leur fille d'avoir délaissé la foi protestante. Par ricochet, ils me gardaient rancune de lui avoir offert la dot nécessaire pour son entrée au couvent.

— Surprenant ! conclut-elle. J'aurais cru qu'un pasteur, un homme de pensée, un homme d'Église… Vraiment surprenant qu'il s'entête à lui refuser son assentiment et qu'Antoinette…

— Antoinette est mon amie depuis si longtemps ! Nous avions à peine douze ans lors de notre première rencontre.

— Souhaitons que le bonheur de leur fille les mène vers la clémence.

— Puisse le temps adoucir l'humeur de mon amie, soupirai-je.

—Je crois aussi que le temps fera son œuvre. Tu retrouveras ton amie, va.

—Espérons. Cette brouille aurait profondément chagriné Ludovic. Il aimait sa sœur et...

—Il vous aimait toutes deux. Cependant, comme tu n'as pas voulu cette situation, tu n'as rien à te reprocher. Hélène, si tu ne ranges pas immédiatement cette morosité sous le tapis, je me blâmerai de l'avoir provoquée.

—Non, non, surtout pas! Je suis contente de savoir et surtout si heureuse de vous avoir là, avec moi. Non, plus de morosité.

Elle me sourit, essuya son couteau, le glissa dans sa poche et frotta vigoureusement ses mains l'une contre l'autre.

—Délicieux, ce déjeuner! reprit-elle avec un regain d'énergie. Merci mille fois. Alors, et toi, que t'arrive-t-il?

Retrouvant mon aplomb, je m'appliquai alors à lui raconter dans les moindres détails ma visite chez la duchesse d'Aiguillon. Elle fut ravie d'apprendre que j'avais adhéré à la Confrérie de la Charité et n'eut que des éloges à l'endroit de monsieur Vincent de Paul. Lorsque je lui résumai la vie de madame de La Peltrie, elle s'indigna.

—Tous ces rêves foulés aux pieds, au nom de la soumission au père! Comme si nous n'avions pas d'âme, comme si les femmes ne pouvaient avoir leurs propres désirs, leurs propres ambitions. Désolant, désolant! Tiens, moi, si je n'étais pas sage-femme...

Son exaltation m'attendrit.

—Mais vous êtes sage-femme! Et qui plus est, une sage-femme savante et dévouée. Un exemple pour nous toutes. La preuve vivante que notre cause n'est pas sans issue. Trouver notre voie malgré toutes les contraintes est un exploit admirable, un exploit chevaleresque.

Un sourire éblouissant illumina son visage.

—Le bonheur que tu me causes, Hélène!

—Je suis si fière de vous, très chère tante! Vous me faites envie. J'envie votre savoir, votre passion, votre indépendance d'esprit. Vous vivez pleinement.

—Cesse ou l'orgueil m'emportera. Si nous revenions à cette madame de La...

—Peltrie, oui. Eh bien, elle a un ambitieux projet.

—Ambitieux?

— Fonder un couvent pour les jeunes filles sauvages en Canada.

— Un couvent en Canada !

— Oui, vous imaginez un peu ! Un couvent à Québec ! J'irai avec elle. Je retournerai là-bas avec elle.

— Hélène, pourquoi cultiver une telle chimère ? Ton retour à Québec est plus qu'incertain ! Combien de fois l'as-tu espéré inutilement ?

— Cette fois sera la bonne, je le sais. Je ne peux y retourner cette année, mais au printemps prochain, au printemps 1637, je le pourrai. Je reprendrai la mer avec le sieur de Champlain.

— Un an, c'est long, Hélène. Tant de choses peuvent survenir d'ici là.

Son objection me vexa. Je me levai et fis deux fois le tour de la table. Elle n'avait pas tort. Mon emballement m'avait plus d'une fois joué de mauvais tours. Mais de là à renoncer définitivement à mon retour en Nouvelle-France…

— Bien sûr, tout peut arriver. Le meilleur comme le pire. Tenez, il y a la peste, les fièvres, les naufrages, et pourquoi pas la mort, pendant qu'on y est ? Pourquoi pas la mort ?

— Calme-toi, calme-toi ! Je veux simplement t'éviter une autre déception. Tu as été suffisamment éprouvée de ce côté, non ?

— La vie m'a appris à flairer le vent.

— Méfie-toi ! Le vent peut tourner si brusquement.

Elle se leva. Nous étions face à face.

— Et il n'y a pas seulement madame de La Peltrie ! La duchesse d'Aiguillon elle-même aspire à fonder un hôpital à Québec. Deux généreuses bienfaitrices… Vous imaginez un peu, un couvent et un hôpital à Québec ! Des femmes partiraient prochainement pour la colonie et je ne serais pas du voyage ? C'est insensé ! Je suis l'épouse du lieutenant de la Nouvelle-France, ma tante, son épouse !

Tante Geneviève revêtit sa capeline et enfila ses gants.

— Comment ne pas appuyer ces rêves ? m'emballai-je. Tenez, votre sœur Marguerite et son mari, avec leur fille Marianne, établis dans leur ferme au cap Tourmente, Marianne, votre filleule… Comment ne pas espérer le meilleur pour elle, pour son avenir ? Trente familles se sont installées près de Québec au printemps dernier.

Mon plaidoyer resta sans écho. Elle s'achemina vers la porte.

— Tante Geneviève ! l'implorai-je.

S'arrêtant, elle revint vers moi.

— Hélène, tu confonds tout !

— Confondre, moi ?

— Parfaitement ! Tu confonds tes désirs et ceux de ces dames. Tu réduis ma prudence à de l'étroitesse d'esprit. Oui, ce sont de beaux projets. Oui, ce sont de beaux rêves. Oui, je désire le bien-être de ces gens tout autant que toi. Et qui plus est, si ce n'était de l'amour qui me lie à Clément, je n'hésiterais pas une seconde à me joindre à l'aventure.

Elle saisit sa trousse de sage-femme laissée sur le coin de la table.

— Mais nous sommes en France, Hélène, et la France est de nouveau en guerre ! Tu sais quand nous arriveront les prochaines missives de la Nouvelle-France ? Avec le retour des bateaux à l'automne prochain, dans plus de neuf mois ! Saurais-tu prédire à l'avance le contenu des lettres écrites par ces femmes que tu affectionnes, par Marguerite, par Marie et toutes les autres ?

— Non. Je suis désolée. Pardonnez-moi. C'est que je désire tant...

Elle serra mes épaules.

— Je sais. C'est pourquoi je souhaite ardemment que tu puisses retourner dans ce pays si cher à ton cœur. Mais en attendant, tu dois vivre ici. Nous vivons d'espoir, il est vrai. Mais n'oublie pas que la vie nous réserve aussi son lot d'embarras et de déceptions. Je t'en prie, préserve-toi.

Elle frôla ma joue du revers de sa main. Je répugnais à la laisser partir sur cette note discordante. Notre amitié transcendait tous nos différends. Qui plus est, son raisonnement valait le mien.

— Je regrette. Cette journée avait pourtant si bien commencé. J'ai tout gâché !

— Si j'ai un tant soit peu ébranlé tes certitudes, mon emportement aura valu la peine. Au contraire, la journée a très bien commencé. Crois-moi, la sorcière a jeté le bon sort.

Je ris de soulagement.

— Promets-moi de garder la tête froide, du moins jusqu'au retour de ton époux. S'il est d'accord, alors tu auras ma bénédiction pour tous les couvents que tu voudras. Mais en attendant...

— Je garde la tête froide, c'est promis.

Elle me sourit. Je lui rendis son sourire.

— De mon côté, je garde l'œil ouvert. Ah, c'est que je connais la témérité de ma nièce!

Je ris.

— *Napeshkueu*, la femme intrépide, comme dit Ludovic.

Son visage se rembrunit.

— Car c'est bien de lui qu'il s'agit, n'est-ce pas? Tous ces efforts pour le retrouver.

— Avant tout, mais pas uniquement. Que voulez-vous, c'est plus fort que moi, votre modèle m'inspire. Accomplir, réaliser, instruire, aider.

— Ah, oui, la sage-femme! Cette Confrérie de la Charité est un bon début, il me semble.

— C'est un bon début.

Elle me serra dans ses bras.

— Eh bien, *Napeshkueu*, la sorcière a beaucoup à faire aujourd'hui. Trois femmes doivent entrer en gésine sous peu: l'une à Montmartre, la deuxième place Maubert et l'autre au faubourg Saint-Jacques. Il me faudra courir aux quatre coins de Paris.

Une idée me vint.

— Au faubourg Saint-Jacques, dites-vous?

— Oui, pourquoi?

— Madame de La Peltrie souhaiterait la faveur d'un parloir avec sœur Bénédicte. Selon monsieur Vincent de Paul, les Ursulines pourraient s'intéresser à son projet. Accepteriez-vous de lui en glisser un mot?

— Puisque tu as promis d'être vigilante, pourquoi pas? En discuter permettra d'éclaircir les idées. Je laisserai un mot à l'intention de sœur Bénédicte à ce sujet.

— Vous feriez ça pour elle?

— Pour elle, pour toi et pour sœur Bénédicte. Elle sera ravie de te reparler.

— J'ai tant changé.

— Ne crains rien, elle te reconnaîtra… malgré les grilles.

— Les grilles?

— Oui, les nouvelles mesures de l'ordre des Ursulines imposent la clôture à ses religieuses.

— Qu'est-ce à dire?

— Que tu devras te contenter de parler à sœur Bénédicte. Vous serez séparées par une grille et un rideau. Seules les jeunes filles étudiant au couvent peuvent maintenant approcher les mères enseignantes.

— Quel dommage !

— C'est ainsi. Au siècle dernier, Thérèse d'Avila fut la première à imposer la clôture aux carmélites espagnoles. À la suite des recommandations du concile de Trente, de plus en plus de congrégations religieuses l'adoptent.

— Pourquoi cette réforme ?

— Il paraîtrait que les mondanités des parloirs émoustillaient les novices. Des courtisans se glissaient parmi les visiteurs. Les vocations s'étiolaient. Le silence et la prière remplacent maintenant les rendez-vous doux.

— Quelle existence ! Jamais je ne pourrais supporter un tel isolement.

— Les plus vertueuses réclament cette réclusion. La contemplation de Dieu est à ce prix.

— Ces aspirations me dépassent.

— À chacune sa vocation.

— L'essentiel est que la requête de madame de La Peltrie soit entendue malgré la grille, n'est-ce pas ?

— La cause est louable. Sœur Bénédicte aidera, par-delà la grille.

Notre carrosse s'immobilisa devant le couvent, celui-là même où j'étais si souvent venue jadis.

« Vingt ans déjà ! Comme le temps passe », regrettai-je.

Madame de La Peltrie se pencha à la fenêtre de la portière.

— Voilà, nous y sommes ; le couvent des Ursulines, faubourg Saint-Jacques, les informai-je.

— Souhaitons que monsieur Vincent ait vu juste, dit monsieur de Bernières.

Paul nous ouvrit la portière. Le soleil m'éblouit. Le ciel était d'un bleu éclatant.

« Un ciel de mer », me dis-je.

— Cette religieuse nous attend bien aujourd'hui ? s'inquiéta madame de La Peltrie.

— Aujourd'hui, mercredi, en début d'après-midi. C'est bien ce qui est écrit sur le billet qu'elle m'a fait parvenir, la rassurai-je.

Le domaine du couvent des Ursulines était ceinturé par un haut mur de pierre au-delà duquel nous parvenait la rumeur des voix enjouées des jeunes filles. Paul fit tinter la cloche de cuivre suspendue près d'une large porte de bois brun.

— Tous ces bruits dans la cour d'un monastère! s'étonna madame de La Peltrie.

— Ce couvent est fréquenté par une trentaine de jeunes filles, m'a dit tante Geneviève.

— Sotte, oui, où ai-je donc la tête? Ces révérendes mères sont à la fois contemplatives et enseignantes.

La mère tourière ouvrit. Les charnières de la porte grincèrent. Yeux baissés, elle nous salua néanmoins d'un léger sourire. Je remarquai qu'une étole de toile blanche s'était ajoutée au costume religieux de naguère.

« Un autre aspect de la réforme, probablement », supposai-je.

— Que puis-je pour vous, bonnes gens?

— Bonjour, révérende mère, nous avons rendez-vous avec sœur Bénédicte, répondis-je.

— Veuillez me suivre... en silence, précisa-t-elle.

— Je vous attends dans le carrosse, mademoiselle, dit Paul.

— À bientôt.

Nous entrâmes dans l'enceinte. La mère tourière verrouilla la porte derrière nous.

Les ailes du bâtiment s'avançant dans la cour intérieure, le cloître et ses arcades, tout était bien comme au temps de ma jeunesse. Au loin, derrière le puits central, des jeunes filles vêtues de longs manteaux de couleurs sombres cessèrent de jouer à la marelle pour mieux nous observer. Au bout de l'aile gauche, un autre groupe s'amusait à colin-maillard. Seule la fillette aux yeux bandés ignora notre passage. L'attention de toutes les autres s'était portée sur les visiteurs.

— La récréation du midi sera bientôt terminée, nous indiqua la mère tourière. Suivez-moi.

Les tuiles d'ardoise du long couloir étaient aussi lustrées que dans mon souvenir. La même odeur de cire d'abeille flottait dans l'air.

« Les cierges de la chapelle », me rappelai-je.

La mère ouvrit une lourde porte.

— Le parloir, chuchota-t-elle. Veuillez patienter un moment, bonnes gens. Je préviens sœur Bénédicte.

La pièce exiguë dans laquelle elle nous avait introduits était froide d'aspect. Quelques chaises rustiques étaient alignées devant le large treillis de bois sombre couvrant presque entièrement le fond du local. Tout autour se dressaient des murs de crépi blanc complètement dépouillés. Nous approchâmes du treillis. Derrière, un rideau noir occultait les petits orifices en forme de losanges. Il me sembla que ce décor austère convenait bien peu à l'aimable sœur Bénédicte qui avait été mon amie. J'appréhendais de la retrouver. Il s'était écoulé tant d'années depuis notre dernière conversation.

« Que de chemin parcouru depuis ! Et tout au long de ma route, si peu d'égards pour ce Dieu qu'elle m'avait fait connaître. Était-elle la même ? Sa voix si douce… »

Je me rappelais le violet de ses yeux, son regard bienveillant. Je regrettais d'en être privée à jamais.

Des bruits de pas derrière la grille. Des pieds de chaise glissant sur des dalles…

— Mère Bénédicte vous salue, bonnes gens.

— Bonjour, mère, avons-nous répondu en chœur en nous regardant les uns les autres, tant l'inusité de la situation nous déconcertait.

— Remercions Dieu pour la grâce de cette rencontre, reprit sa voix douce. Votre présence me réjouit.

Un léger malaise brouilla mes idées.

— Il est déplorable que cette grille nous sépare, dis-je tout naturellement.

Un silence plana. Madame de La Peltrie me jeta un œil inquiet.

— L'essentiel n'est-il pas de regarder avec les yeux du cœur ? répondit sœur Bénédicte.

— Voir avec les yeux du cœur, certes. Ce n'est pas chose aisée, mère.

— Rien n'est aisé ici-bas, Hélène.

Je tressaillis. Monsieur de Bernières se redressa sur sa chaise. Mon malaise s'amplifia.

— Vous n'êtes pas seule, madame de Champlain ?

La raison de notre présence me revint subitement.

— Non, pardonnez mon impolitesse. Madame de La Peltrie et monsieur de Bernières m'accompagnent.

— Madame, monsieur, soyez les bienvenus dans ce couvent. Dame Geneviève m'a brièvement exposé votre projet. Qu'en est-il exactement?

Madame de La Peltrie prit la parole et la garda pendant un long moment. Un fébrile enthousiasme la portait. Elle avoua désirer investir ses biens dans l'instruction des filles françaises et sauvages de la Nouvelle-France. Cette résolution n'avait pas été prise à la légère, loin de là. Depuis plus de sept ans, elle avait été le sujet de ses entretiens intimes avec Dieu. Lors d'une retraite, de puissants mouvements l'avaient incitée à répandre la gloire de Celui qui possédait totalement son cœur. Elle était prête à tous les sacrifices.

Un long silence suivit la fin de son discours. Monsieur de Bernières se dandina nerveusement sur sa chaise.

— La Volonté de notre Seigneur s'est manifestée à vous de manière si évidente, déclara enfin sœur Bénédicte. Laissez la voix du Divin Maître vous guider vers les chemins qu'Il vous a tracés.

Madame de La Peltrie soupira d'aise.

— C'est pourquoi j'en appelle à vous, révérende mère.

— Vous demandez l'assistance de l'ordre des Ursulines afin de recruter des religieuses missionnaires prêtes à vous suivre dans cette entreprise?

— Tel est le but de ma requête.

— Qui plus est, vous auriez le désir de vous rendre personnellement en Nouvelle-France?

— Si telle est Sa Volonté, révérende mère.

Un nouveau silence se prolongea. Quelque peu intriguée, je croisai les mains sous mon menton tout en reluquant mes compagnons du coin de l'œil.

— Il y a peut-être cette ursuline de Tours…, sœur Marie de l'Incarnation, une religieuse d'exception, habitée par un ardent esprit apostolique. Lors de notre dernier chapitre, nous fûmes informés de son zèle missionnaire. Dieu l'inspire. Elle attend un miracle de la Sainte Providence pour réaliser sa grande inclinaison de partir en Canada.

Nous restâmes muets tant notre étonnement était grand.

— Je parlerai de votre généreuse intention au père Poncet dès que possible. Il fut le directeur spirituel de sœur Marie de l'Incarnation lorsqu'il professait à Tours.

— Comment vous remercier, révérende mère ? s'extasia enfin madame de La Peltrie.

— Priez, madame, priez Dieu et ne cessez jamais de Le prier. Dieu vous garde, braves gens, conclut sœur Bénédicte. Au revoir, Hélène.

Le bruit léger de ses pas, le froissement de ses jupes, les cliquetis de son chapelet... sœur Bénédicte nous quittait.

« Déjà ! »

Je le regrettai.

Pourtant, ma naïveté me confondait. Jeune, j'avais cru être son amie. Quelle illusion ! En réalité, elle avait été pour moi un guide, une lumière, une certaine conscience de la vie, mais je ne la connaissais pas. Sa vie derrière les grilles relevait pour moi du plus profond des mystères.

Notre carrosse longea le mur de pierre du couvent avant de s'engager dans une rue transversale où il s'immobilisa bientôt. Cela nous alarma.

— Une barricade ! supposa monsieur de Bernières. Est-ce possible, des croquants seraient entrés dans Paris !

— Les croquants dans Paris ! s'affola madame de La Peltrie.

Paul ouvrit notre portière.

— Monsieur, mesdames, un léger contretemps. Des mousquetaires bloquent la rue. Ils protègent le carrosse royal. Nous devons attendre. Ça ne devrait pas être trop long. Plusieurs dames sortent du monastère Val-de-Grâce.

— Ce pourrait bien être notre reine, remarqua madame de La Peltrie, elle vient souvent au Val-de-Grâce. On dit qu'elle y est chez elle.

— Il fut bâti à sa demande, très chère dame, précisa monsieur de Bernières. Elle y a transféré les Bénédictines de Clamart au début des années vingt.

— Vraiment ! s'exclama sa protégée. On la dit d'une telle dévotion ! Elle irait d'un monastère à l'autre, d'une église à l'autre, sans relâche.

Je me penchai par la portière afin de mieux les apercevoir. C'était bel et bien notre reine. Tout de noir vêtue, elle avançait au milieu de ses courtisanes, suivie de son portemanteau. Je me penchai encore davantage. Lorsqu'elles atteignirent la grille du mur de pierre entourant le monastère, une silhouette se détacha du groupe, une silhouette qui allait d'un pas énergique et dansant, panier sous le bras.

— Jacqueline ! Jacqueline au Val-de-Grâce avec Anne d'Autriche ! m'étonnai-je.

Mais que diable pouvait bien faire ma servante, en plein après-midi, derrière les grilles de ce couvent ?

5

Le secret des Petites-Maisons

La lecture de la dernière lettre de madame de La Peltrie m'avait réjouie. Sa rencontre avec le jésuite Poncet donnait lieu d'espérer. Selon lui, l'ambition de fonder une communauté religieuse en Nouvelle-France correspondait en tous points aux vœux de mère Marie de l'Incarnation. Il mettait cet étonnant hasard sur le compte de la Divine Providence. Par conséquent, il lui promit de défendre puissamment sa requête auprès de l'archevêque de Paris. Comme l'approbation de Son Éminence n'était que le point de départ d'une longue démarche menant à la concrétisation de son projet, il lui recommandait patience et prière. Madame de La Peltrie se disait prête à attendre le temps qu'il faudrait, tant elle était convaincue que Dieu la mènerait au but en son heure. Sa foi était inébranlable. Un jour, la Nouvelle-France aurait son couvent.

Je repliai sa lettre et la déposai avec précaution dans ma cassette de bois blanc. Forte de ces certitudes, je m'imaginais déjà foulant cette terre où m'attendait mon Bien-Aimé. Sur mon chemin, plus d'obstacle. L'automne prochain, j'allais préparer avec elle notre départ. Le sieur de Champlain, de retour à Paris, n'y verrait que du bon.

«Si Dieu le veut», objecta fortement ma conscience.

Je verrouillai ma cassette.

— Si Dieu le veut, admis-je en glissant la clé dans ma poche.

L'horloge sonna huit heures.

«Jacqueline reviendra bientôt de ses dévotions», pensai-je.

Je pris ma lampe et me rendis à ma fenêtre. Ma secrète servante espagnole n'allait pas tarder à sortir de l'église.

Le mois dernier, sitôt revenue de ma visite au couvent des Ursulines, je l'avais longuement interrogée. Lorsqu'elle sut que je l'avais aperçue sortant du monastère Val-de-Grâce, elle se confondit en excuses, déplorant de s'y être rendue sans mon assentiment. Je lui répliquai que mon mécontentement venait du fait que nous étions en guerre, et qu'en temps de guerre, la maîtresse de la maison se devait d'être avisée des allées et venues de tous ses gens. Elle admit sa négligence et s'appliqua à la réparer. Son explication déjoua toutes mes suppositions. En fait, Jacqueline était la cousine germaine de mère Saint-Étienne, l'abbesse de ce monastère de Bénédictines. Plusieurs religieuses et novices étaient aussi espagnoles. Comme elles expédiaient fréquemment des lettres et des colis en Espagne, Jacqueline profitait de leurs colporteurs pour correspondre avec sa propre famille. En échange de cette faveur, elle assistait les religieuses converses du Val-de-Grâce quand notre reine s'y rendait. Tout était simple. Rien ne contrevenait aux lois, ni à celles de Dieu ni à celles de notre pays.

— *No se preocupa, señora, no se preocupa*, avait-elle insisté avec un éclatant sourire.

— Tout est simple, il est vrai. Tu as raison, dans ces conditions, pourquoi m'inquiéter ? avais-je concédé.

— *Muy bien, señora. Gracias a Dios!*

Elle avait battu ses talons sur le parquet, puis exécuté un joli pas de danse qui avait fait virevolter ses jupons. Ses bras s'étaient élevés gracieusement vers ce Dieu de toutes les largesses. Difficile de résister à un tel débordement d'enthousiasme.

— *Gracias a Dios!* avais-je répété.

Néanmoins, une légère inquiétude persista dans mon esprit. La régularité et la fréquence de ses visites au monastère du Val-de-Grâce me tracassaient. J'avais l'intime conviction que cette correspondance n'expliquait pas tout. Je repoussai le rideau. En bas, une silhouette appuyée sur une canne descendit les marches de l'église.

« Étrange ! C'est bien la troisième fois que je vois cette vieille dame sortir de l'église un peu avant Jacqueline. Et elle est là précisément les jours où Jacqueline se rend au Val-de-Grâce en après-midi. »

À peine trois minutes plus tard, ma servante sortit à son tour du lieu de culte, traversa la rue, et entra dans notre maison. En bas, la porte de mon logis s'ouvrit. Regagnant vitement mon oratoire, je m'agenouillai sur le prie-Dieu. C'est tout juste si je l'entendis revenir dans sa chambre tant elle le fit discrètement. Je levai les yeux vers le tableau de la Charité. « Que faire, dites-moi, dame de toutes les bontés ? »

Tant de coïncidences… trop de coïncidences dans cette affaire. Sur le tableau, la petite fille aux cheveux cuivrés souriait à la Charité. Je fermai les yeux. Ludovic se tenait debout devant moi, un léger sourire au coin des lèvres.

— Ne vous moquez pas de moi, Ludovic. Mes idées s'embrouillent, je ne sais trop quoi penser.

Je croisai mes mains sur l'appui. Il s'accroupit et les enveloppa dans les siennes.

— Cessez de vous tourmenter, *Napeshkueu*.

— Mais notre pays est en guerre contre l'Espagne, Ludovic !

— Je sais.

— Et ma servante est espagnole.

— Monsieur votre père l'a personnellement engagée par contrat. Douteriez-vous de sa clairvoyance ?

— Bien sûr que non ! Il est d'une extrême vigilance pour la gouverne de sa maison.

— Voilà qui devrait vous rassurer.

— Mais toutes ces missives envoyées en Espagne, et si fréquemment…

— Votre père est un homme perspicace, à l'affût des intrigues de la Cour. Si cette domestique constituait une menace, si minime soit-elle, il sévirait.

— Devrais-je lui confier mon tracas ?

Il se leva. Je regrettai la chaleur de ses mains. S'adossant sur la Charité, il croisa les bras et fit la moue avant de poursuivre.

— Cette domestique est travaillante ?

— Bien sûr que oui !

Je soupirai longuement.

— Je n'ai rien à lui reprocher, bien au contraire, poursuivis-je. Sa vivacité égaie cette maison. C'est plus fort que moi, depuis que vous n'êtes plus à mes côtés, j'imagine toujours le pire.

— Méfiez-vous, l'imagination est la folle du logis. Tenez-vousen aux faits.

— Soit ! Jacqueline se rend au Val-de-Grâce pour visiter sa cousine, aider les sœurs converses dans leurs travaux et expédier des lettres à sa famille. Voilà les faits. Il n'y a rien de plus.

— Gardez tout de même votre lampe allumée, gente dame. Comme vous le dites si bien, notre pays est en guerre.

— Ludovic, moi qui étais presque rassurée !

Il rit.

— Si seulement vous étiez là ! déplorai-je.

— Mais je suis là.

Il s'inclina.

— Je vous aime, *Napeshkueu*, souffla-t-il à mon oreille.

— Je vous aime, Ludo…

Ma déclaration resta en suspens. Son image se confondit au tableau de la Charité. Il disparut.

— Ludovic, Ludovic, revenez ! suppliai-je.

J'ouvris les yeux. La Charité tenait toujours la main de la petite fille aux cheveux cuivrés.

Ce soir-là, lorsque je m'enfouis dans mes draps froids, je regrettai amèrement les caresses de mon Bien-Aimé. J'étais à peine assoupie qu'il se glissa tout contre moi pour tendrement m'enlacer. Sa bouche me couvrit de mille baisers. Je m'enivrai de son étreinte. Dans le secret de la nuit, deux pigeons roucoulaient à ma fenêtre.

Assise à ma droite sur la banquette de notre voiture, madame de Fay offrait son joli visage au doux soleil du printemps. Issue d'une noble famille de Poitiers, cette femme au cœur d'or œuvrait auprès de monsieur Vincent de Paul depuis plus de deux ans. Le mois dernier, lors de notre première rencontre à la Confrérie de la Charité, nous avions sympathisé d'emblée. Depuis, malgré les objections de Paul, je l'avais accompagnée dans ses nombreuses visites aux nécessiteux. Malades, enfants trouvés, filles perdues l'attiraient tout autant que le sucre attire les abeilles. Elle lavait les uns, pansait les autres, offrait un bol de lait, une paillasse, une jupe, trouvait un toit, un refuge, soulageait des poux et libérait des griffes du démon, toujours au nom de Dieu, toujours avec le sourire. Malgré les peines encourues, jamais je ne l'avais entendue se plaindre de l'infirmité qui l'accablait.

«Cette canne me mènera partout où Dieu m'appelle», se plaisait-elle à répondre à ceux qui soulignaient le malheur de sa jambe hydropique.

Ce matin, craignant que ma première visite aux Petites-Maisons ne me déconcerte, elle m'avait prise à l'écart, afin de bien m'y préparer. Elle me parla de ces pensionnaires avec bonté et respect. Tout en me décrivant l'insolite de leurs agissements, elle insista sur la nécessité de les regarder avec les yeux du cœur plutôt qu'avec ceux de la raison.

— Rien ne peut expliquer leur démence, m'enseigna-t-elle. D'où provient leur mal ? Même nos savants l'ignorent. Sont-ils possédés du démon ? Des prêtres ont pourtant bien tenté de les exorciser à maintes reprises, sans résultat apparent. Ont-ils été ensorcelés par quelques sorciers maléfiques, lors même qu'ils étaient encore dans le ventre de leur mère ? Peut-être que oui, peut-être que non, allez donc savoir ? Leur folie relève du mystère, et c'est précisément à ce mystère que nous devons nous attarder. Si Dieu a permis leur existence, alors leur existence a forcément un sens.

— Que les aveugles voient, que les sourds entendent, nous dit le Seigneur, avais-je prestement répliqué.

— Tout juste ! Croyez-moi, ces fous sont des enfants de Dieu tout autant que nous. En cela, ils méritent que nous soignions leur corps, à défaut de soigner leur âme. Vous verrez, auprès d'eux notre foi vibre.

Cette discussion avait eu pour effet de décupler ma bonne volonté. J'allais vers ces fous, le cœur débordant d'allégresse, persuadée d'être guidée par la main de Dieu tout autant que par madame de Fay. Notre charrette s'immobilisa. Madame de Fay sursauta.

— Quelle impolie je fais ! déplora-t-elle. Pardonnez-moi. Je somnolais en votre compagnie. Ce soleil engourdit.

— Il n'y a pas de faute. Vos nuits sont plutôt courtes et...

— Nous y voilà, mesdames, annonça monsieur Vincent, les Petites-Maisons sur votre gauche.

Le gardien sortit de son office, alla se poster devant la porte de la muraille de pierre, écarta ses bottes à larges revers et croisa les bras. Un rayon de soleil fit scintiller l'anneau de clés suspendu à son baudrier.

Sitôt qu'il nous eut aidées à descendre, monsieur Vincent le rejoignit. Nous le suivîmes de près, nos paniers sous le bras.

— Bien le bonjour, m'sieur Vincent ! s'exclama l'homme rondelet en se décoiffant.

— Comment allez-vous, Jacquot ?

— Fort bien, fort bien ! Et vous, mon père ? répondit-il en reluquant par-dessus l'épaule voûtée du prêtre.

Monsieur Vincent tendit le bras vers nous.

— Des dames de la Confrérie de la Charité. Vous reconnaissez madame de Fay ?

Le portier fit un pas de côté afin de bien nous apercevoir.

— Bien le bonjour, madame de Fay ! Henriette a justement demandé après vous hier.

— Comment va ma protégée ?

— Oh, à part une p'tite crise d'affolement par-ci, par-là, je dirais qu'elle va plutôt bien.

— Le soleil du printemps fait son œuvre.

L'homme souleva son chapeau vers le ciel bleu.

— Avec le soleil du Bon Dieu et la bonté de monsieur Vincent, nos pensionnaires ne peuvent qu'aller mieux, aucun doute là-dessus !

Il rigola tout en me reluquant. Comprenant son inquiétude, madame de Fay l'informa.

— Madame de Champlain m'accompagne chez vos gens aujourd'hui... enfin si vous n'y voyez pas d'inconvénients ? ajouta-t-elle en me faisant une œillade.

— Madame de Champlain, dites-vous, une bourgeoise ?

— Madame est l'épouse du sieur de Champlain, expliqua monsieur Vincent. Vous savez bien, ce grand explorateur du Nouveau Monde.

— Sieur de Champlain, sieur de Champlain ? répéta-t-il en portant une main à son front. Nouveau Monde...

Il réfléchit un moment.

— Non, jamais entendu parler.

— Cette dame a vécu quatre années parmi les peuples sauvages, précisa madame de Fay.

Le gardien resta bouche bée.

— Des Sauvages, des indigènes, les impies, les dénaturés ! s'excita-t-il.

— Oui, tout cela, oui. Elle s'est jointe à notre Confrérie depuis peu, poursuivit monsieur Vincent. Madame de Fay l'a prise sous son aile.

— Alors là ! Si madame a fréquenté des primitifs...

Le gardien frotta son nez épaté avant d'agiter son doigt sous le mien.

— Je veux bien vous laisser entrer, ma p'tite dame. Sachez cependant qu'il importe de ne pas effaroucher nos gens. Tenez-vous-le pour dit. Les simagrées des Sauvages, c'est pas pour c't'endroit.

— Allons donc, Jacquot! reprit le prêtre. Vous pensez bien que madame de Fay a eu la précaution d'instruire cette dame des usages de la maison.

L'homme redressa les épaules.

— Ouais, puisque madame de Fay...

— Ne craignez rien, madame de Champlain est digne de confiance, insista ma compagne. Vous avez ma parole.

— Je veux bien vous croire, moi. Reste que ces dames de la haute avec leurs chichis...

— Vous voilà bien suspicieux, mon ami! s'impatienta monsieur Vincent.

— Normal avec tout ce qui se trame dans Paris. Les taxes qui augmentent, la grogne des bourgeois. Tenez, encore hier, une émeute s'est déclarée, pas très loin d'ici, rue Saint-Denis. Alors, ne faudrait pas en rajouter sur le brasier, bonnes gens.

Il recula d'un pas, avança de deux et balaya l'espace du regard.

— Tout ce qui se trame entre les murs des Petites-Maisons est quasi secret d'État. Une simple fuite et vlan! Jacquot est sur le carreau!

Son bras gauche fendit l'air tel un couperet de guillotine. Se penchant légèrement vers nous, il plaça son chapeau au côté de son visage comme pour se protéger des fureteurs.

— C'est qu'ils n'y vont pas de main morte, ces bourgeois! L'honneur, m'sieurs-dames, le sacré saint honneur! Bourgeois et nobles tiennent à leur réputation comme à la prunelle de leurs yeux. Par contre, pour ce qui est de la charité... Oh là là, faut pas trop en demander!

Agitant mollement sa main, il fit la moue et poursuivit.

— Y a qu'à voir comment ils abandonnent ces pauvres malheureux à leur triste sort. Chut!

Il traça une croix sur ses lèvres, se redressa et remit son chapeau.

— Jacquot, Jacquot, ne nous égarons pas, reprit doucement monsieur Vincent. Je peux vous assurer de l'entière discrétion de madame de Champlain. Elle n'a rien d'une espionne, croyez-moi. N'est-ce pas, madame ?

— Je vous promets d'oublier tout ce que je verrai ici, affirmai-je. Motus et bouche cousue !

Le portier me toisa de haut en bas. De toute évidence, cette inspection ne le rassura qu'à demi.

— Je veux bien vous croire. Reste que…

— Jacquot ! interrompit fermement monsieur Vincent. Les dames de la Charité ont-elles brisé la règle du silence, ne serait-ce qu'une seule fois ?

Il dodelina de la tête.

— N… non ! Il est vrai que ces dames sont la discrétion même.

— Nous venons en serviteurs de Dieu, Jacquot ! Auriez-vous perdu confiance en Dieu, mon ami ?

— Bien… bien sûr que non, mon père, bien sûr que non !

— À la bonne heure ! s'exclama monsieur Vincent. Alors, puisque vous voilà rassuré, auriez-vous maintenant l'obligeance de nous laisser entrer ?

Le portier souleva son anneau de clés, déverrouilla la porte, mais se garda bien de l'ouvrir. Visiblement, ma présence le contrariait. Désireuse d'amadouer sa réticence, j'empoignai mes jupes et m'approchai de lui.

— Prenez garde, m'dame de Champlain, dans ce royaume, les fous sont rois, me nargua-t-il.

— Que dois-je craindre ? Je viens pour aider ces enfants de Dieu.

— Avant de les aider, il vous faut les aimer.

Madame de Fay me sourit.

— Je vous avais prévenue, chuchota-t-elle, ce gardien défend son territoire avec les griffes du lion.

— Jacquot besogne ici depuis plus de vingt ans, l'excusa monsieur Vincent.

— Oui, mon père. C'est dire que je connais chacun des pensionnaires comme si je les avais tricotés, affirma-t-il fièrement.

— Vous êtes leur visiteur préféré, Jacquot. Nul ne prendra votre place auprès d'eux. Vous êtes toujours là. Nous ne faisons que passer.

Flatté, le rude gardien eut un bref sourire.

— Alors, pouvons-nous maintenant entrer pour aider vos protégés ?

— Parce que c'est vous, hein, mon père.

— Votre vigilance est tout à votre honneur, Jacquot.

Ce dernier ouvrit finalement la porte.

— Merci, Jacquot. Après vous, mesdames, nous invita monsieur Vincent.

— Merci, Jacquot, lui dis-je en m'efforçant de sourire.

Il me jeta un regard noir et referma la porte d'entrée derrière madame de Fay.

Nous avançâmes lentement dans cette bruyante enceinte, où hommes et femmes s'adonnaient à des activités disparates. Autour de la cour, une vingtaine de maisonnettes de pierres grisâtres s'adossaient à la muraille. Au centre, sous le pommier en fleurs, une jeune femme debout tenait un pigeon dans le creux de ses mains. À ses pieds, une cage vide. À quelques toises d'elle, un jeune homme, courbé à demi comme s'il ployait sous un poids très lourd, tournait autour d'un banc en criant :

— Jésus de Nazareth, Jésus de Nazareth porte sa croix ! Jésus de Nazareth sauve les pauvres pécheurs. Portez votre croix, pauvres pécheurs, portez votre croix. Jésus de Nazareth ! Jésus de Nazareth !

Vêtue d'une élégante robe de bal défraîchie, une dame monta sur la longue galerie reliant les maisonnettes les unes aux autres. Elle allait d'un pas lent, gracieusement, comme dansant au rythme d'une musique. Arrivée devant une porte, elle frappa trois fois, attendit un petit moment en agitant son éventail, et redescendit tout aussi gracieusement dans la cour en clamant à tue-tête :

— Non, monsieur Avillon n'est pas là ! Monsieur Avillon est parti à la guerre ! Non, monsieur Avillon n'est pas là !

Puis elle remonta sur la galerie, frappa à une autre porte, attendit, et redescendit pour s'écrier à nouveau :

— Non, monsieur Avillon n'est pas là ! Monsieur Avillon est parti à la guerre !

Un vieillard terrifié s'écroula soudainement devant monsieur Vincent.

— Pitié, pitié ! Exorcisez-moi, mon père ! quémanda-t-il en levant ses bras vers le prêtre. Arrière, démons, arrière, Satan. Aaaaaaah !

Monsieur Vincent posa sa main sur le bonnet brun que le malheureux portait enfoncé jusqu'aux oreilles. Il se calma aussitôt. Sa bouche édentée s'ouvrit toute grande. Le prêtre lui parla un moment avant de le bénir. Le pauvre fondit d'abord en larmes. Puis, se relevant soudainement, il s'élança vers le pommier fleuri en hurlant :

— Béni soit le Tout-Puissant. Je suis guéri, je suis guéri ! Béni soit le Seigneur Tout-Puissant !

Sur son parcours, il croisa celui qui allait et venait de part et d'autre d'un pas alerte, sans se préoccuper de qui que ce soit. Cette confusion extrême m'étourdit. Le trouble qu'avait éveillé l'extrême méfiance du gardien s'amplifia. Je m'arrêtai. Madame de Fay s'arrêta aussi.

— Prenez tout votre temps. De prime abord, leur différence effraie toujours.

Monsieur Vincent remarqua mon embarras. Madame de Fay le rassura d'un geste de la main. Il acquiesça de la tête pour ensuite s'avancer vers celui qui marchait sur les genoux. Deux planches de bois fixées le long de ses tibias facilitaient ses mouvements. Il était amputé des deux pieds. La vue de cet infirme me chavira. Je détournai le regard. Debout devant un arbuste, une jeune fille, l'air hagard, mordillait une mèche de cheveux englués par la morve s'écoulant de son nez. Sa jupe et sa chemise déchirées étaient empoussiérées. Son visage, ses bras et ses pieds nus étaient couverts de plaies purulentes. J'eus un haut-le-cœur. Madame de Fay posa sa main sur mon épaule.

— Cette petite, regardez dans quel état elle est ! Ces plaies… Comment peuvent-ils la laisser ainsi ? m'indignai-je.

— C'est Marie-Ange. Nous reviendrons soigner ses plaies avant de partir, m'assura-t-elle. Allons d'abord rencontrer Henriette. J'ai promis à son frère.

Non loin de Marie-Ange, un homme accroupi creusait le sol à l'aide d'un bâtonnet à peine plus gros qu'un brin de paille. Il devait bien y avoir une trentaine de trous et autant de petits tas de sable autour de lui. Madame de Fay soutint mon regard éploré.

— Leur sort nous paraît insupportable, n'est-ce pas ? Malgré tout, je peux vous assurer qu'ils vivent dans de bien meilleures conditions que la plupart de leurs semblables.

— Comment peut-il y avoir pires conditions ?

— Croupir parmi les pourceaux, vivre enchaîné aux poutres d'un grenier, être abandonné dans une forêt inconnue, au bord d'une rivière, livré aux loups et aux mécréants, voilà pire destin.

— C'est inhumain !

— Inhumain, cruel et insensé, mais pourtant réel. À tout le moins, ici, on les nourrit et on les soigne.

Une profonde désolation m'envahit.

— Comment se retrouvent-ils dans cet asile ?

— Leurs familles les y amènent.

— Leurs familles !

— Oui, ces fous sont de la noblesse ou de la bourgeoisie. Seuls les riches peuvent assumer les frais d'un tel isolement. La qualité du sang vaut son pesant d'or, si j'ose m'exprimer ainsi. Qui voudrait unir sa famille à celle d'un fou ? D'où l'obligation de cacher les tares de la race. L'endroit est idéal pour ensevelir les secrets honteux, ne trouvez-vous pas ?

Elle pointa sa canne vers le seul arbre de la place.

— Voyez cette femme debout sous le pommier tenant un pigeon. C'est Henriette. Elle vit ici depuis sa tendre enfance. Son frère est de la magistrature parisienne.

— Pourquoi est-elle ici ?

— Vers l'âge de quatre ans, elle fut renversée par un coche. Le sabot d'un cheval lui fracassa le crâne, d'où la large cicatrice déformant son visage.

— Sa famille l'a enfermée ici pour une simple cicatrice !

— Il y a plus grave. Elle a de longues absences, des visions.

— Comme tous les occupants de cet asile.

— Leur présence est confondante, n'est-ce pas ? Leur corps est ici, mais leur esprit est ailleurs, dans un monde qui n'appartient qu'à eux seuls.

— Il vous arrive de leur parler vraiment ?

— Bien sûr ! Parfois une parole, un geste ou encore un objet les touchent au point de capter toute leur attention. Il m'arrive de converser avec Henriette normalement, et ce, pendant un long moment. Puis, sans préavis, ses yeux se voilent. Elle déserte le présent et je n'existe plus.

Sous le pommier, Henriette lança le pigeon qu'elle tenait dans le creux de ses mains. Il s'envola. Elle éclata de rire. Ce faisant, elle attira l'attention de l'homme habillé d'une peau de mouton assis sur le banc devant elle. Il éclata de rire à son tour. Son voisin enfouit sa tête sous sa cape de drap noir. Peu à peu, le rire d'Henriette se transforma en sanglots. Elle s'écroula au sol en hurlant.

— Pigeon, pigeon, reviens, reviens, pigeon !

Son désespoir était si intense qu'il donnait à penser que sa survie dépendait de l'oiseau qui s'était envolé. Une vieille dame aux cheveux blancs se précipita sur elle et se mit à la frapper avec son baluchon.

— Sorcière, sorcière, au bûcher, la sorcière ! s'égosillait l'assaillante en la rouant de coups.

Plus la vieille dame frappait et plus Henriette hurlait. Devant elles, l'homme riait toujours aux éclats. Un colosse, qui me parut être un surveillant, courut vers elles. Une dame, tout de gris vêtue, le suivit ; une domestique, probablement. Elle réussit tant bien que mal à éloigner la vieille dame tandis que le colosse saisissait Henriette par les épaules. Elle lui mordit une main. Malgré tout, il la força à se relever. Elle se débattait avec tant de vigueur qu'il eut du mal à lier ses poings avec une courroie de cuir. Sitôt qu'elle fut attachée, elle se ramollit telle une marionnette de guenille et se laissa entraîner vers la petite maison qui devait être la sienne. Le colosse la fit entrer. La servante referma la porte derrière eux. Mis à part la vieille dame, l'incident n'avait affecté aucun autre pensionnaire de la cour.

— Un pigeon s'envole et sa vie bascule, murmura madame de Fay. Vous avez vu comme elle est fragile ?

— Un amour s'envole et tout s'écroule.

Une vive chaleur monta à mes joues. Je regrettai cette allusion. Ma compagne me sourit avec complaisance.

— Rien n'est acquis ici-bas, Hélène. Dieu est notre seule certitude.

Une ombre obscurcit l'éclat de ses grands yeux bruns. Elle observa un moment monsieur Vincent qui, de l'autre côté de la cour, jouait à la balle avec l'homme sans pied.

— Dieu avant tout et pour tout, soupira-t-elle longuement avant de me sourire.

Puis, soulevant son panier, elle ajouta presque gaiement :

— Je crois que nous avons tout ce qu'il faut pour consoler Henriette dans ce panier. Prête, madame de Champlain ?

Retrouvant quelque peu mon assurance, je soulevai aussi le mien.

— Peigne, fil et aiguille à repriser, chemises propres, guenilles, rubans, figues et biscuits, tout y est, énuméra-t-elle pour me rassurer.

Armée de sa canne et de son panier, madame de Fay se dirigea vers la maison d'Henriette. Tout juste avant de frapper à la porte, elle me chuchota :

— Rappelez-vous, elle est fragile.

Je lui souris. Elle frappa. Le colosse ouvrit, nous salua de la tête et sortit. La pénombre de la pièce exiguë contrastait avec le soleil du dehors. À droite, le long du mur, une poupée de chiffon reposait sur le grabat. Sur la gauche, tout au fond, assise sur le plancher, Henriette balançait son torse en gémissant. La servante nous fit la révérence.

— Bonjour, mesdames. Madame de Fay.

— Notre Henriette vous donne du fil à retordre, on dirait.

— L'orage est passé. La voilà déjà plus calme. Vos bons soins achèveront de l'apaiser. Je vous laisse. C'est l'heure de mener notre Marie-Ange aux latrines.

— Elle est dans un piètre état, dites-moi ? s'enquit madame de Fay.

— Rien d'étonnant, depuis que notre pommier est en fleurs, elle y grimpe dès qu'on a le dos tourné. Apparemment, elle aime l'odeur de ses fleurs. Pas besoin de vous préciser qu'elle dégringole une fois sur deux. D'où les égratignures, les déchirures et la poussière.

— Et ces plaies purulentes ? osai-je.

Gênée, la servante questionna madame de Fay du regard.

— Parlez en toute confiance, la rassura cette dernière.

— Cette petite se mutile. Nous n'y pouvons rien, c'est sa folie. Suffit qu'un objet pointu lui tombe sous la main, un rien, tenez, un caillou ou un bâtonnet, et voilà qu'elle s'écorche la peau. Il faudrait constamment l'avoir à l'œil.

— Nous sera-t-il possible de soigner ses plaies avant de partir ? lui demanda madame de Fay.

— Mais oui, mais oui ! Vous avez ma bénédiction. Comme nous ne sommes que quatre servantes pour tous ces fous, toute aide est la bienvenue. Cependant, attendez-vous à quelques meurtrissures. Parce que pour les coups de pied, elle n'a pas son pareil, notre Marie-Ange.

— Peu importe, lui dis-je. L'essentiel est de nettoyer ses plaies. Auriez-vous quelques feuilles de plantain ?

— Je ne connais rien aux simples, madame. Il faudrait passer chez notre apothicaire.

Elle m'invita à m'approcher de l'étroite fenêtre et m'indiqua où regarder.

— Voyez la première maison près de la porte cochère ? C'est la boutique de notre apothicaire.

— Bien. Je verrai ce que nous pouvons y trouver.

— À votre guise. Je dois y aller, sinon des crottes s'ajouteront à la poussière de ses robes. Bien le bonjour, mesdames.

La servante fit une courte révérence et partit vitement. Henriette gémissait toujours.

— Laissons la porte ouverte, la lumière la rassure, m'indiqua ma compagne.

Madame de Fay déposa son panier sur le coffre situé au pied du grabat et s'accroupit devant elle. Henriette couvrit son visage de ses bras.

— Bonjour, Henriette, c'est moi, madame de Fay. Vous souvenez-vous de moi ?

Henriette ne broncha pas.

— J'amène une amie avec moi. Elle se nomme Hélène. Nous venons pour vous coiffer, vous laver, changer votre chemise, nettoyer vos jupes.

— Pigeon, oiseau pigeon, envolé le pigeon, pigeon, bredouilla-t-elle en découvrant son visage.

— Je n'ai pas de pigeon, Henriette, mais j'ai une amie qui a de beaux biscuits.

Madame de Fay me fit signe d'approcher. Malgré la pénombre, je pus observer la disgrâce de ses traits bigarrés. Une boursouflure violacée divisait son front, descendait le long de son nez en trompette, déviait sur sa narine droite pour s'arrêter à la commissure de ses lèvres pulpeuses. Le creux de sa joue accentuait sa pommette saillante.

« Les pigeons reviennent là où ils sont nourris », m'avait appris Ludovic, il y a de cela fort longtemps.

— Puis-je lui parler ? chuchotai-je à madame de Fay.

— Bien sûr !

Je m'accroupis aussi.

— Si on essayait de faire revenir votre pigeon, Henriette?

— Revenir le pigeon? répéta-t-elle.

Ses bras se déployèrent en un large battement d'ailes.

— Oui! J'ai ici de bons biscuits. Si nous déposions un biscuit dans sa cage pour l'attirer. Peut-être le pigeon reviendra-t-il, lui expliquai-je en l'approchant.

— Vous comprenez, Henriette, mon amie essaie de vous expliquer qu'elle tentera de faire revenir votre pigeon.

Henriette tendit une main. Madame de Fay la prit et me sourit.

— Vous aimeriez connaître mon amie?

— Oui, mon ami le pigeon, oui.

— Venez, levons-nous. Allons chercher la cage.

Madame de Fay l'attira jusqu'à la porte. Je les suivis.

— Dehors, dehors, le pigeon dehors, s'écria Henriette entre deux éclats de rire.

— Si nous allions sur la galerie? lui suggéra madame de Fay.

Elle resta figée sur le seuil.

— Vous entendez, Henriette? Si nous allions sur la galerie? Qu'en dites-vous?

La silhouette d'Henriette se détachait à contre-jour.

«Cette stature! m'étonnai-je. Cette silhouette ne m'est pas inconnue. Non, c'est impossible! Henriette vit ici depuis l'âge de quatre ans. Pourtant...»

Henriette éclata de rire.

«Ce rire... Henriette me rappelle quelqu'un, mais qui?»

— Venez, Henriette, venez, votre pigeon reviendra, l'attirait sa bienfaitrice. Venez sur la galerie.

Henriette fit soudainement volte-face. Ses yeux jaunes me fixèrent intensément.

— Ami pigeon, ami, dit-elle en mimant un battement d'ailes.

L'autre côté de ce visage, celui que le sabot avait épargné, c'était le visage de...

«Ce visage, cette stature, ces yeux jaunes...»

— Marie-Jeanne! m'exclamai-je.

Henriette rit aux éclats.

«Le rire de Marie-Jeanne!»

Je couvris ma bouche afin de retenir mes cris.

— Qu'y a-t-il, Hélène? s'alarma madame de Fay.

Henriette riait toujours.

— C'est que... C'est qu'Henriette ressemble étrangement à une dame de ma connaissance. Aurait-elle une sœur?

— Non, Henriette n'a qu'un frère.

— François, François de Thélis?

— Vous connaissez maître Thélis?

— Maître Thélis, celui qui a une charge au tribunal de commerce de Paris?

— Précisément.

— François! Marie-Jeanne! m'exclamai-je à nouveau.

Henriette vint vers moi.

— Marie-Jeanne, François? répéta-t-elle.

Si Henriette était la sœur de François, elle était aussi la sœur de Marie-Jeanne. Il ne pouvait en être autrement.

«Une sœur jumelle! Une sœur jumelle tarée!»

— Marie-Jeanne, François, gémit Henriette en se jetant dans mes bras.

— Marie-Jeanne, Marie-Jeanne, se lamentait-elle, Marie-Jeanne, Marie-Jeanne...

Elle me serra fortement.

Je compris, dès lors, combien le secret des Petites-Maisons serait lourd à porter.

6

Le retour du pigeon

C'était plus fort que moi, je ne pouvais plus imaginer l'une sans l'autre. Dès que le visage de Marie-Jeanne m'apparaissait, celui d'Henriette s'y greffait. La tristesse de leurs yeux se confondait. Leurs peines tissaient la toile de leur folie. Pourquoi Marie-Jeanne ne m'avait-elle jamais parlé de sa sœur jumelle durant ces quatre années passées en Nouvelle-France ? Et François ? Moi qui croyais être son amie…

Depuis mon retour des Petites-Maisons, je ne cessais de tourner en rond. J'avais beau m'agenouiller sur mon prie-Dieu, supplier la Charité de m'inspirer la voie à suivre, j'avais beau appeler Ludovic à ma rescousse, rien n'y faisait.

Après une longue semaine de dialogue de sourds, je dus me résigner à l'évidence. J'allais devoir me débattre seule dans les dédales de ma conscience. Que faire ? D'un côté, garder le silence, respecter ma promesse, ne rien dévoiler de ma visite à l'asile. De l'autre, courir chez mon ami François pour tout lui confier. Cette ambivalence me torturait.

À deux reprises, je m'étais laissé entraîner par ma conscience :

«Tu pourrais alléger leurs tourments. Ce secret empoisonne leurs existences. Malgré sa folie, Henriette se souvient de son frère et de sa sœur et pâtit de leur détachement. Tu as vu comment François fuit à toutes jambes dès qu'il est question de jumelles ou des Petites-Maisons ? N'est-il pas évident que la hargne de Marie-Jeanne se nourrit de ce secret ? Lâche n'est pas le mot juste. Cruelle, oui, tu es cruelle !»

Je m'étais alors rendue jusqu'à la porte de François où, réfrénée par ma raison, ma main n'avait osé frapper :

«Tu as promis de te taire. Traîtresse ! Pense à tous ceux qui t'ont fait confiance : monsieur Vincent, madame de Fay, Jacquot, le gardien. Ton indiscrétion leur apportera tracas et soucis et, qui sait, peut-être pire encore. François a-t-il vraiment besoin de ton aide ? Ce secret appartient à sa famille. S'il avait voulu te le confier, il l'aurait fait depuis longtemps. Quelle superbe tu fais !»

J'étais alors revenue à mon logis, persuadée que ma lâcheté n'avait d'égale que ma vanité.

Assise à la table de notre cuisine, je terminais mon vin tout en observant les pâles rayons du soleil couchant. Ils se déversaient par notre fenêtre, telle une jolie cascade dorée.

— Les merveilleuses chutes du grand fleuve, Ludovic, vous rappelez-vous ? terminai-je dans un long bâillement.

«Le sommeil ne sera pas long à venir», me dis-je, somnolente.

Lorsque les cliquetis des ustensiles plongés dans le seau de lavage cessèrent, je me tournai vers ma servante Marguerite. Étirée de tout son long, elle déposait nos deux assiettes propres sur la plus haute tablette de l'étagère. Je revins à ma réflexion. Une tasse d'étain rebondit sur le bois du plancher. Je sursautai.

— Pardonnez-moi, madame, je... La tasse, bafouilla-t-elle en la ramassant.

— Ce n'est rien, va. Ce n'est rien.

Je bâillai à nouveau. Elle cligna nerveusement des paupières et me sourit.

— Madame est trop bonne.

Sitôt qu'elle eut déposé la tasse, elle alla suspendre le chaudron à la crémaillère et revint essuyer le dessus de la table avec son tablier.

— Vous est-il arrivé de porter un lourd secret, Marguerite ?

Son geste ralentit.

— Un... secret ? hésita-t-elle en se redressant.

— Oui, vous savez bien, un secret qui vous ronge de l'intérieur, tellement que vous ne savez si vous devez le dévoiler ou le taire.

La main qui couvrit sa bouche étouffa un léger cri d'étonnement.

— Oui, c'est bien cela. Ne rien dire, même si le secret vous brûle la langue.

Ses deux mains couvrirent tout son visage.

— Oui, oui, la honte que l'on éprouve à reconnaître sa lâcheté, vous n'avez pas idée !

— Pitié, madame ! s'exclama-t-elle en agrippant son bonnet blanc de ses deux mains.

— C'est à devenir fou, je sais.

Elle alla à la fenêtre devant laquelle elle agita nerveusement le doigt qu'elle pointait. Je fus étonnée. La compréhension de ce geste m'échappait. Je mis ma lenteur sur le compte de l'assoupissement qui m'accablait. Marguerite baissa le bras, piétina sur place, regarda à gauche et à droite et pointa à nouveau son doigt vers le dehors.

— J'y suis! La lumière vaut mieux que les ténèbres! C'est aussi mon avis, Marguerite. Révéler, expliquer, vaut mieux que masquer, faire semblant.

— Non, non! L'église, madame, l'église Saint-Jean-en-Grève. Il faut aller à l'église!

— À l'église! Pourquoi l'église?

— Pour... pour...?

Un long gémissement émergea peu à peu du plus profond de son être. Elle fit vitement le signe de la croix, baissa la tête et éclata en sanglots.

— Pardonner... trop parler, entendis-je tandis qu'elle s'élançait vers la porte.

Je tendis mon verre de vin vers elle.

— Mais, mais, Marguerite?

Je fixai la porte par laquelle elle était sortie, le bras tendu, le verre en suspens.

— Peste, qu'ai-je encore dit de si terrible? À croire que j'ai un don pour troubler cette servante!

Je résistai à l'envie de courir vers elle afin de démêler ses propos et peut-être, qui sait, de la consoler. Ce soir, je ne m'en sentais pas la force.

— Demain, j'y verrai demain.

Je bus le reste de mon vin, déposai mon verre sur la table et allai à la fenêtre.

« L'église! Ah, bon, je crois comprendre... Marguerite me suggère de confier mes lourds secrets à Dieu! Oui, cela a beaucoup de sens. Chercher la voie de Dieu dans le temple de Dieu. Mais oui! Pauvre Marguerite, elle tente de m'aider et voilà que je la mets dans tous ses états. Et de plus, elle a parfaitement raison. S'en remettre à Dieu, n'est-ce pas le premier geste à faire lorsque le doute nous ronge? Femme de peu de foi, de peu d'espérance, de peu de cha... »

— Non, là tu exagères la flagellation ! Tu n'es tout de même pas totalement dépourvue de charité ! Et puis, qu'as-tu fait ces derniers jours, sinon servir ? Femme de peu de foi suffira !

« Et si je suivais le conseil de Marguerite ? Le sommeil peut toujours attendre. Après tout, je n'ai qu'une rue à traverser. »

L'église Saint-Jean-en-Grève était située derrière l'hôtel de ville, tout juste devant l'église Saint-Gervais. Chacune de ses nefs était couverte de hauts plafonds en arceaux. De chaque côté, sous les multiples arcades de pierre grège, des lampions scintillaient devant les statues des saints et des saintes. J'avançai d'un bon pas dans l'allée de droite, celle au bout de laquelle se trouvait l'autel de la Vierge Marie. Guidée par la bienfaisante espérance, j'allais lui ouvrir mon cœur. Mon trouble était grand et je n'attendais rien de moins de la Bienheureuse Mère de Dieu, qu'une réponse claire et nette à ma question : devrais-je, oui ou non, révéler mon terrible secret à mon ami François ? Le profond silence calma peu à peu ma hardiesse. Plus mon pas ralentissait et plus ma prétention s'altérait. « Non, tu ne peux rien exiger de la Vierge Marie. Tout au plus la supplier d'accorder une oreille attentive à la pauvre pécheresse que tu es. »

— *In nomine Patris, et Filii et Spiritus Sancti, Amen*, me signai-je en m'agenouillant.

Des chuchotements coulissant entre les colonnes de l'église attirèrent mon attention. J'en cherchai la provenance. Au fond de la nef gauche, sous la dernière arcade, deux dames échangeaient un petit colis. Celle qui le reçut l'enfouit sous sa longue cape et se dirigea aussitôt vers la sortie. Un bruit sec précédait ses pas.

« Une canne, la dame à la canne ! » me dis-je.

La porte se refermait à peine que l'autre avait déjà parcouru la moitié de la nef. La démarche déterminée et dansante confirma mon impression.

« Jacqueline ! »

C'était bien ma servante espagnole que je reconnaissais là ! Elle s'arrêta devant la statue de Madeleine de Magdala, alluma un cierge, s'agenouilla, fit une courte prière, et retourna vers la sortie de l'église. Le claquement de la porte me tira de mon hébétude.

« Jacqueline a passé l'après-midi au Val-de-Grâce. Or, voici qu'elle remet un colis à cette dame à la canne, qui vient dans cette église précisément les jours où elle se rend au monastère ! »

Je fixai le visage serein de la Vierge Marie.

« Et Marguerite me guide jusqu'ici, au même moment. Est-ce un pur hasard ? »

Ma confusion redoubla.

« Que pouvait bien tramer ma servante dans cette église ? »

Décidément, la vie avait de ces surprises !

— Sainte Mère de Dieu, je vous en prie, éclairez-moi, murmurai-je déconfite à celle qui tenait précieusement l'Enfant-Dieu dans ses bras.

La Vierge Marie ne m'avait été d'aucun secours, hormis peut-être que cette nuit-là, malgré les turbulences de mon esprit, je dormis profondément. Ce fait me surprit, puisque, comme Paul me l'avait prédit, depuis ma visite aux Petites-Maisons des cauchemars perturbaient à nouveau mon sommeil.

Six heures sonnèrent à mon horloge. Je sortis prestement de mon lit, me rendis à ma table de toilette, saisis l'aiguière et versai un peu d'eau dans la bassine afin de m'en asperger le visage.

« La Volonté de Dieu, la Volonté de Dieu, je veux bien, maugréai-je en m'épongeant le cou. Reste que je n'ai toujours pas de réponse à mes questions ! »

Vitement mes jupons ! Je me glissai dans ma secrète puis dans ma modeste, attachai solidement ma poche autour de ma taille et me recouvris de ma friponne. Dans la cuisine, Jacqueline fredonnait un air espagnol. On eût dit une complainte. Sitôt le lacet de mon corsage noué, je la rejoignis, bien décidée à exiger d'elle le total éclaircissement de ma lanterne.

— *Buenos dias, señora !* Ce sera une belle journée, aujourd'hui…

— *Porque ?* l'interrompis-je froidement en croisant les bras.

Ses grands yeux noirs s'arrondirent. Elle cessa de brasser son mélange, déposa son bol sur la table et versa un peu de lait dans la tasse qu'elle me tendit.

— *Porque ?* répétai-je en ignorant son geste.

Un large sourire apparut à ses lèvres. Elle tendit la tasse de lait vers la fenêtre.

— *Porque hace sol, señora.* La journée sera belle et chaude.

— *Porque hace sol.* Le soleil, mais encore, Jacqueline ?

— *Porque Dios es bueno.*

— Est-ce ce Dieu très bon que vous allez prier tous les soirs à l'église?

— Je vois, je vois, déduisit-elle en déposant la tasse près du bol.

— Je doute que vous voyiez clairement, Jacqueline.

Elle leva les bras et les yeux vers le plafond.

— *Porque*?

— Parce qu'hier soir, je vous ai vue! articulai-je lentement.

Étirant son menton, elle attendit la suite.

— Je vous ai vue remettre un colis à cette... cette dame à la canne, celle-là même qui se retrouve dans cette église précisément les jours où vous vous rendez au monastère du Val-de-Grâce.

— Et alors?

Je décroisai les bras et posai les mains sur mes hanches.

— Que contenait ce colis?

— *En realidad*, je l'ignore, *señora*. Je le jure sur la tête de mon honorable père, je l'ignore to-ta-le-ment.

— D'où provenait-il?

— *Señora, señora*, moi, votre servante, une voleuse! s'offusqua-t-elle en tapotant une main sur sa poitrine.

— D'où venait ce colis?

Elle approcha une chaise.

— Tenez, assoyez-vous que je vous explique. Vous verrez, c'est tout simple.

— Merci, je préfère rester debout.

— *Muy bien, muy bien*, se résigna-t-elle en soulevant ses épaules.

— Alors, Jacqueline?

— J'ai déjà tout expliqué à la *señora*! Les religieuses du monastère ont parfois des lettres ou des objets pour des parents, des connaissances, des amis, m'expliqua-t-elle tout en agitant gracieusement ses mains devant son visage.

Se tournant vers la fenêtre, elle réfléchit un moment, comme pour trouver les mots qu'il convenait de dire.

— *En realidad*, je suis leur colporteur. Voilà, oui, leur colporteur!

— Leur colporteur! Et pourquoi remettre ces colis dans une église? Pourquoi ne pas le faire chez les gens, au marché, dans la rue?

Ses bras décrivirent un immense cercle autour d'elle.

— Trop de personnes, *señora*. Vous connaissez la règle des cloîtres ?

— Bien peu, admis-je à regret. À part la grille des parloirs, bien peu.

— Ah bon !

Se penchant, elle ajouta à mi-voix :

— Pour ces religieuses, très peu de lettres. Pas permis. La règle !

Elle se redressa et attendit.

— Dois-je comprendre que ma servante agit clandestinement ?

— *Claro !* Comprenez que les pauvres filles vivent loin de leur famille. Quelquefois un petit mot, une nouvelle…

Elle leva les bras et le visage vers la Céleste Vérité. J'étais à demi rassurée.

— Et la dame à la canne ?

— Qu'allez-vous imaginer, *señora* ? Cette vieille dame est la tante de sœur Sainte-Gertrude, une novice au Val-de-Grâce. Alors que cette novice était encore enfant, une grande famine emporta ses parents dans la tombe. Sa tante, la vieille dame à la canne, l'adopta. Elles vécurent ensemble jusqu'à ce que la jeune fille entre au couvent. Imaginez la peine de cette vieille dame. *Santa Maria !*

La tête légèrement inclinée, elle joignit les mains sous son menton et ferma les paupières.

« Sainte madone », me dis-je.

Puis elle cligna innocemment des paupières de manière à prendre, sans trop en avoir l'air, le pouls de mon humeur.

Son procédé força mon sourire. Visiblement satisfaite de la brèche taillée dans ma suspicion, elle se détendit et poursuivit.

— *Señora*, comprenez que sœur Sainte-Gertrude fait tout ce qu'elle peut pour remettre ses bontés à sa vieille tante.

Son resplendissant sourire acheva d'étouffer mon appréhension. Encore une fois, je succombai à son charme et baissai les bras.

— Décidément, vous avez réponse à tout !

— Demandez et vous recevrez, dit *El Señor. Señora, no se preocupa !*

Elle me tendit à nouveau la tasse de lait. Cette fois, je la pris et bus.

— Je prépare des crêpes. Cela vous plaira ?

— Oui, cela me plaira.

— À la bonne heure ! J'aime bien quand madame est bien.

— Madame ? m'étonnai-je en souriant.

— *Porque* la *señora* retrouve le sourire.

— Ah bon ! Je me disais aussi.

— La *señora* pense trop, badina-t-elle en reprenant son bol. Ah, j'allais oublier !

Elle retira une lettre de sa poche.

— Pour vous, du maître Thélis.

— De François !

— J'ai croisé monsieur sur le pas de votre porte, ce matin, en revenant de la boulangerie. Il m'a demandé de vous remettre cette lettre, le plus tôt possible.

Sur le dessus du parchemin, *Madame de Champlain* était écrit en grosses lettres. Je vérifiai derrière. C'était bien le sceau de mon ami François.

— Monsieur a même ajouté qu'elle contenait une nouvelle qui allait vous plaire, *señora*.

— Mais pourquoi n'est-il pas monté me saluer ?

— Monsieur a dit avoir beaucoup à faire. Cependant, il a insisté pour que vous lisiez cette lettre le plus tôt possible.

— Vraiment ? Une visite de François... Serait-ce la réponse de la Vierge Marie ? m'exclamai-je.

— *Porque* la Vierge Marie ? taquina-t-elle.

Je ris.

— La Vierge Marie répond à ma prière. Vous aviez vu juste, Jacqueline, ce sera vraiment une bonne journée !

— *Gracias a Dios, señora.*

Elle se remit à battre le mélange à crêpes et reprit son chant.

Excédée, je brandis la lettre à la figure de François.

— Vous saviez que cette Élisabeth Devol était revenue à Meaux depuis plus d'un mois, et c'est maintenant seulement que vous m'en informez !

— J'ai préféré réfléchir à la situation.

— Réfléchir à la situation ? Un mois pour réfléchir à la situation ?

François remplit les coupes posées sur son armoire de bois de pin et vint m'en offrir une.

— Trinquons à notre amitié.

Je la repoussai du revers de la main.

— Mon fils vit à quelques lieues de Paris depuis plus d'un mois et vous me l'avez caché. Comment avez-vous pu ? le blâmai-je. Traître, bourreau ! Moi qui croyais en vous. Moi qui croyais en notre amitié. L'amitié, François, savez-vous seulement ce qu'est l'amitié ?

Il vida les deux coupes d'une traite et retourna les déposer sur l'armoire sans répondre.

— Maître Thélis n'aurait-il rien à dire pour sa défense ? raillai-je, tant j'étais hors de moi.

Il se contenta d'arpenter son petit salon de long en large, les mains derrière le dos.

— Nos fils, François, le mien et le vôtre. Les voir, les connaî-tre enfin ! Après tant d'années d'inquiétudes et de tâtonnements.

— Justement, lança-t-il bien haut, après tant d'années, comme madame le dit si bien.

— Peste, peste et repeste ! Il est vrai que d'aborder une maî-tresse demande un certain courage, monsieur de Thélis. Qui plus est, une maîtresse que l'on a abandonnée grosse de son enfant.

Une de ses mains s'éleva pour s'arrêter subitement tout près de ma joue.

— Ah, si vous n'étiez pas mon amie, madame ! ragea-t-il les yeux larmoyants.

— Vous n'oseriez tout de même pas ?

— Oh que si, j'oserais ! Si je ne partageais pas votre déchire-ment, croyez-moi, madame, oui, je vous giflerais à vous en rougir la peau !

Je me précipitai vers l'armoire, remplis une coupe et la vidai.

— Jamais je n'aurais cru cela possible ! Voyez où votre mutisme nous mène ? *Porque*, François, *porque* ?

— Espagnole maintenant, espa…

Son rire ne s'arrêta qu'au moment où il se laissa choir dans son fauteuil. Je ne savais trop que faire. Partir ou rester ? Je résolus de me verser un deuxième verre de vin que je bus tout aussi rapide-ment que le premier. Je me risquai ensuite à m'approcher de lui. Penché vers l'avant, il tenait sa tête entre ses mains.

— Pourquoi ? répétai-je tout bas.

Je m'accroupis à ses genoux.

— François, mon ami, murmurai-je.

Il pleurait. Le remords noua ma gorge. Je maudis mon tempérament. Rien ne m'affligeait davantage que les peines provoquées par mes débordements. Assise près de lui, j'attendis.

Dix minutes plus tard, lorsque nous eûmes retrouvé calme et entendement, François me fournit une explication pleine de sens. Entre le cœur et la raison, il avait choisi la raison.

Nos fils, il est vrai, n'étaient plus des enfants. Le sien avait près de dix-sept ans et le mien plus de vingt. Ils vivaient auprès de celle qui avait pris soin d'eux depuis leur naissance. À quel titre pouvions-nous frapper à sa porte, requérant nos droits de père et de mère ? Au nom de quelle justice ? Nous n'avions rien partagé de leurs vies. Nos fils avaient-ils seulement envie de nous connaître ? Qu'avions-nous à leur offrir, sinon trouble et honte, redoutables menaces à leur bonheur ?

— Advenant le cas où cette Élisabeth Devol aurait besoin de...

— Leur mère, Hélène, si leur mère avait besoin de quoi que ce soit, alors j'interviendrais.

Sa réplique me darda au cœur. Je fermai les yeux. Des larmes chaudes coulèrent sur mes joues. Ses bras m'enlacèrent. Je me blottis contre lui.

— Pleurez, Hélène, pleurez.

Une demi-heure s'écoula avant que nous convenions d'une marche à suivre. Dès que les routes seraient plus sûres, nous ferions le voyage jusqu'à Meaux. Les troupes espagnoles étaient aux portes de Paris. S'ajoutait à cette menace l'armée des Croquants, ces révoltés de la Bretagne qui n'hésitaient pas à attaquer tout ce qui ressemblait un tant soit peu à un carrosse de nobles ou de bourgeois. Sitôt ces risques dissipés, nous irions ensemble là où vivaient nos fils. C'était promis.

— Un dernier verre pour sceller notre entente, très chère amie ?

— Oui, mon ami, répondis-je.

Je l'observai du coin de l'œil, hésitant à aborder l'autre sujet qui me brûlait les lèvres. J'avais déjà passablement perturbé ses humeurs. Était-ce charitable d'en rajouter ?

— Trinquons à l'amitié retrouvée.

Sa coupe frappa la mienne. Il me sourit.

« Si seulement j'osais, au nom de l'amitié. »

— Croyez-vous que des amis soient libres de tout se dire ?

Il but.

— Une dame se doit de tout confier à son directeur de conscience. Nous n'en sommes pas là, fort heureusement.

— Que laissez-vous entendre ?

— L'amitié est parfois si proche de la passion.

— L'amitié, la passion… murmurai-je distraitement.

J'observai les trois eaux-fortes au-dessus de son armoire de pin. Elles étaient d'Abraham Bosse. L'une d'elles représentait des gens réunis dans un cabinet de procureur, l'autre, deux familles rassemblées chez le notaire afin de signer un contrat de mariage. Sur la troisième, un convoi funèbre se dirigeait vers une église baroque. Sur la droite, une mendiante estropiée tendait la main.

— Auriez-vous déjà perdu des proches, François ?

— Forcément ! Qui n'a pas de défunts dans sa famille ?

— Qui ?

— Ma mère nous a quittés il y a fort longtemps.

— Ah ! De quoi est-elle morte ?

— Un accident bête. Des chevaux se sont emballés. Comme elle était sur leur passage avec… avec… avec ma sœur. Heureusement que Marie-Jeanne a pu s'enfuir, sinon…

Je le fixai intensément. Sa main s'était crispée sur son verre.

— Sinon ? murmurai-je.

Il secoua son abondante chevelure.

— Sinon elle aussi aurait… enfin serait tombée sous la roue de la voiture tout comme notre mère, avoua-t-il faiblement. Son cou… Mère eut le cou fracassé et mourut aussitôt.

— Vous y étiez ?

Déposant son verre, il enfouit une main sous le revers de son pourpoint et se rendit à la fenêtre.

— Oui.

— Ce doit être terrible d'assister à un tel accident. Vous n'étiez qu'un enfant.

— Terrible, oui. J'avais tout juste huit ans. Mes sœurs n'en avaient que quatre. Marie-Jeanne et moi n'avons rien pu faire pour les sauver.

— Vos sœurs ? Vous dites bien vos sœurs, pour les sauver ?

Il se retourna prestement.

— Pour la sauver, pour sauver notre mère.

— Ah, j'avais cru comprendre que votre mère n'était pas seule, que la voiture la frappa après que le sabot d'un cheval eut écrasé la tête de…

Il me dévisagea froidement. Des gouttes d'eau perlèrent sur son front.

— Je n'ai rien pu faire pour sauver notre mère, susurra-t-il entre ses dents.

— Il y a plus d'une manière de sauver ceux qu'on aime, hasardai-je.

Il enfouit ses mains dans sa chevelure grisonnante.

— Vous n'êtes plus un enfant, François.

— Quelle perspicacité !

— Marie-Jeanne a une sœur jumelle, n'est-ce pas ?

— Vous êtes allée aux Petites-Maisons, c'est bien cela ? ragea-t-il près de mon visage.

Ses yeux me fusillaient.

— Je vous avais interdit d'y mettre les pieds.

— De quel droit ?

— Le droit, le droit ! Comment avez-vous su pour Henriette ?

— N'allez surtout pas croire à quelques indiscrétions de la part des soignantes ou des dames de la Charité. Aucune d'elles ne m'a révélé quoi que ce soit. Mais leur ressemblance est tellement frappante que…

— Henriette est morte avec notre mère ! Elle n'existe plus pour nous.

— Non, votre sœur…

— Ma sœur Marie-Jeanne est de la courtisanerie de la duchesse de Chevreuse.

— Et votre sœur Henriette vit aux Petites-Maisons.

Il saisit la clochette déposée sur l'armoire et l'agita violemment. Son tintement fit accourir sa servante.

— Florentine, cherchez la capeline de madame. Elle doit nous quitter.

Elle fit une courbette.

— Bien, monsieur.

— Il y a erreur, Florentine, madame ne part pas ! clamai-je en dévisageant François.

— Fort bien ! Florentine, cherchez plutôt ma cape. J'ai une affaire urgente à régler à la Chambre de commerce.

Florentine refit sa courbette.

— Bien, monsieur.

J'avançai vers elle.

— Réflexion faite, j'accompagnerai monsieur, Florentine. Apportez aussi ma capeline.

— Il n'en est pas question !

— Oh, que si !

Florentine tournait la tête au rythme de nos réparties.

— De quel droit ?

— Du droit de la charité, du droit de l'amitié ! Votre sœur Henriette vit seule, abandonnée de son frère et de sa sœur.

— Chut, non mais ! Allez, Florentine, allez, commanda-t-il en lui indiquant le couloir. Allez, allez, je vous rappellerai, allez.

Florentine déguerpit. François saisit mon bras.

— Je ne suis pas le frère cruel que vous imaginez ! Savez-vous seulement ce qu'il m'en coûte pour assurer sa subsistance dans cet asile ? Si jamais son existence était dévoilée au grand jour, fini la charge à la Chambre de commerce, fini les revenus, fini tout ! La honte s'abattrait sur notre famille. Mon fils, pensez un peu à mon fils !

— Vous me faites mal. Lâchez mon bras !

D'un pas vif, il se rendit à la porte qu'il ouvrit.

— Sortez de cette maison !

— Voilà donc enfin le vrai visage de mon ami. Ce notaire peut affronter les malveillants en justice, défendre les grands de la Cour, diriger des causes juridiques et financières. Il a beau connaître les lois, les codes et les règles de ce pays comme le fond de sa poche, reste qu'en matière de compassion, d'humanité et de cœur, il est le plus ignare, le plus manchot, le plus asséché de tous les abrutis de cette terre !

— Sortez ! hurla-t-il.

— Cela m'est impossible.

Il vint vers moi d'un pas lourd. Son nez s'arrêta à deux doigts du mien.

— De quoi vous mêlez-vous à la fin ?

— De notre amitié, de l'amitié que je porte à Henriette.

— Henriette ne sait rien de moi, ni de Marie-Jeanne, ni de tout ce que fut notre vie avant cet accident. Henriette est folle ! Alors, madame, vous sortez par vous-même ou je vous expédie hors de mon logis ?

— Accordez-moi seulement le temps de vous raconter ce qu'a fait Henriette lorsque j'ai prononcé votre nom devant elle.

— Henriette ne peut rien comprendre. Tout lui échappe ! Elle est folle !

— Eh bien, permettez-moi de vous en apprendre sur les fous, monsieur le vénérable notaire. Lorsque j'ai prononcé votre nom, cette folle s'est effondrée dans mes bras : «François, mon grand frère François», s'est-elle lamentée en pleurant.

Son visage devint livide. Il s'appuya sur l'armoire.

— Malgré les nombreuses absences de son esprit, votre sœur Henriette se souvient parfaitement de vous, par moments. Elle se souvient de ce frère qui aurait tant voulu la sauver des sabots de ce cheval, mais qui ne l'a pas pu, de ce grand frère qui l'aimait et qui l'aime toujours.

Il ferma les yeux.

— Combien de temps encore la priverez-vous de cet amour-là, François ? terminai-je sur un ton de confidence.

Florentine apparut, ma capeline sur un bras, sa cape sur l'autre.

— Si nous allions marcher au-dehors ? proposai-je. Il fait si beau, le vent est doux.

Lorsque nous allâmes la première fois aux Petites-Maisons, François apporta pour sa sœur Henriette une jolie cage dans laquelle vivait un doux pigeon. Lorsque Henriette vit l'oiseau, elle s'écria : «Le pigeon, revenu le pigeon !»

— C'est le pigeon de François, le pigeon de votre frère, François, lui dis-je.

Délaissant l'oiseau, elle s'approcha de lui et l'observa intensément, en silence. Puis, passant délicatement sa main autour de son visage, elle lui sourit.

— François, François, le grand frère d'Henriette ? murmura-t-elle.

— Oui, Henriette. C'est moi, François, votre frère.

Elle se glissa dans ses bras. Il la serra contre lui, la berçant tendrement.

TROISIÈME PARTIE

LES LEURRES
Nouvelle-France, 1622

7

Les Oies babillardes

L'aigle noir planait au-dessus des eaux du grand fleuve. Sur la berge, une femme sauvage armée d'un arc et d'une flèche poursuivait une biche qu'elle darda au flanc. La bête s'effondra sur le sable blanc. L'aigle noir piqua droit sur elle, déchira sa chair, extirpa le cœur de ses entrailles, l'agrippa de ses serres et s'envola. La femme tendit son arc vers lui. La flèche fendit le cœur en deux. Une moitié resta prisonnière du rapace, l'autre tomba. Sur la grève, la Sauvage s'élança pour la recueillir. Le demi-cœur aboutit dans le creux de ses mains. Elle l'offrit au Grand Esprit des Cerfs avant de le manger. Le sang s'écoulant de sa bouche s'épandit sur les eaux du grand fleuve. Tout rougit.

Je me réveillai en sursaut. Il faisait nuit. J'étais transie.

« Un autre cauchemar ! Ce cœur séparé en deux, ces deux demi-cœurs... Marie-Jeanne et Henriette, séparées depuis ce terrible accident. »

Je me levai, me couvris de ma cape de peau et m'accroupis devant les flammes.

« Les tisons rouges comme sang, le sang de la mère morte, le sang de la sœur blessée. Cette catastrophe qui rompit le cœur des jumelles... » méditai-je.

Avant notre visite aux Petites-Maisons, François m'avait raconté leur histoire. Depuis leur naissance, ses sœurs jumelles étaient inséparables. Elles jouaient, dormaient, mangeaient, pleuraient et riaient ensemble. Elles ne se quittaient presque jamais. Elles avaient un peu plus de quatre ans lorsque le drame survint. En voyant chuter sa mère et sa sœur sous l'attelage du coche, Marie-Jeanne voulut se précipiter vers elles. François l'avait retenue. Elle l'avait roué de coups en hurlant et en pleurant, avant de s'évanouir. Lorsqu'elle avait repris conscience, les blessées avaient été transportées à l'hôpital le plus proche. Quelques semaines après l'inhumation de leur mère, Henriette avait été transférée à l'asile. Anéanti par le chagrin, son père avait mis cinq années avant de lui rendre une première visite. Marie-Jeanne l'avait accompagné. Sitôt qu'Henriette eut compris qui ils étaient, elle s'accrocha désespérément au cou de sa jumelle. Celle-ci la repoussa si brutalement qu'elle tomba sur le sol.

— Marie-Jeanne, Marie-Jeanne, Marie-Jeanne, s'égosilla-t-elle en agrippant désespérément les jupons de sa sœur.

Terrifiée, Marie-Jeanne déguerpit à toutes jambes. Elle se faufila entre les autres pensionnaires rassemblés dans la cour, clamant à tue-tête que ce monstre de l'asile ne pouvait être sa sœur, que sa jumelle Henriette était morte dans l'accident qui avait emporté leur mère. Après cette visite, elle ne reparla jamais plus de celle qui l'espérait aux Petites-Maisons.

« Henriette et Marie-Jeanne, deux jumelles, deux folies. Celle d'Henriette est innocente. Celle de Marie-Jeanne se nourrit de méchanceté. Cette folie aura empoisonné nos existences, brisé nos amours », compris-je enfin.

Depuis le récit de François, la seule pensée de Marie-Jeanne éveillait en moi un nébuleux sentiment empreint d'amertume et compassion. Sa souffrance était bien réelle. La mienne l'était aussi. Pardonner m'était impossible.

« Retourne là-bas, retourne au pays de l'érable rouge, dicta ma conscience. Revis le passé. C'est le seul et unique chemin pour retrouver la paix de l'âme. Ce soir, scrute tes souvenirs. »

— Le courage me manque. Il s'y passa de si belles choses… et de si vilaines !

« *Napeshkueu* est ton nom », argua ma voix intérieure.

— *Napeshkueu*, il est vrai.

« Retourner au pays de l'aigle. Notre demi-cœur de pierre, Ludovic, vous en souvenez-vous ? La moitié de mon cœur est restée là-bas auprès de vous, mon Bien-Aimé. C'est bien ainsi que je le sens. Tel est peut-être le véritable sens de mon rêve ? Retrouver votre demi-cœur, l'unir au mien, pour enfin revivre. »

« *Myosotis*, ne m'oublie pas », insista ma voix.

— Tous ceux-là que j'ai aimés, qui ont partagé mes quatre années au pays des Sauvages…

« Le premier pas est le plus difficile. Ose. »

— Un premier pas. Allons, *Napeshkueu*, un premier pas. Avoue que tu en meurs d'envie.

J'allumai une bougie, allai vers la chaise sur laquelle étaient déposés mes jupons et plongeai ma main dans le fond de ma poche.

« La clé de mon armoire de pin, l'armoire aux souvenirs, une toute petite clé d'argent. Ah, la voici ! »

Je fouillai dans ma gibecière garnie de poil de porc-épic et en sortis mon demi-cœur de pierre. Je l'approchai de la flamme de la chandelle. Autour de son centre creux, les cristaux scintillèrent. Je le portai à mes lèvres avant de le déposer près de mon écritoire. Puis je caressai la couverture pourpre du cahier sur lequel était inscrit : *Voyage au Pays des Poissons*.

« Le Pays des Poissons, me rappelai-je, c'est ainsi que les Sauvages nomment les terres longeant le fleuve Saint-Laurent, de Tadoussac aux Trois-Rivières. Ils y viennent l'été, alors que les rivières regorgent de poissons. Le pays des poissons, le pays de mes amours… »

Je tournai fébrilement les pages déjà pleines de mots, m'abstenant de les relire, tant le désir de poursuivre l'écriture de mon récit était ardent. Trouver la dernière ligne, là où tout s'était arrêté.

C'était en automne. Après une longue absence, Ludovic et moi nous étions enfin retrouvés sous l'érable rouge. Forts de notre amour, nous avions rêvé de bâtir un pays. Ce souvenir m'exalta au point que je soulevai ma plume d'aigle en tremblotant. Je fermai les yeux.

Aussitôt, le printemps de l'an 1622 surgit à mon esprit. Sur le grand fleuve, le blanc des glaces s'était totalement dissous dans le bleu des eaux. Le vent tiédissait et les branches des arbres se teintaient de vert tendre. Nous étions à la fin d'avril, tout juste avant la lune des fleurs, *wabikon kisis*.

— *Wabikon kisis*, murmurai-je. *La lune pleine au miroir de l'onde…*

Mon Bien-Aimé s'avança jusqu'à ma table d'écriture, se pencha et caressa ma joue de ses lèvres.

— *Emporte à jamais dans sa folle ronde*, chuchota-t-il. Ne vous laissez pas distraire, belle dame, poursuivez notre histoire. Je me languis de vous.

J'ouvris les yeux, il n'était plus là.

— Notre histoire... Ludovic, mon si tendre amour...

Je trempai ma plume d'aigle dans l'encre noire.

— *Wabikon kisis, wabikon kisis*... murmurai-je, l'esprit déjà dans l'autrefois.

Sur les rives du grand fleuve

À la lune des fleurs, soit d'avril à mai, les bêtes sauvages mettaient bas. Afin que les petits naissent et croissent en toute quiétude, les Montagnes quittaient alors les forêts giboyeuses où ils avaient passé l'hiver. Attirés à la fois par les poissons, les oiseaux migrateurs, les racines, les fruits, les baies et l'écorce des grands bouleaux dont ils tiraient leurs canots, ils descendaient les rivières jusqu'aux rives du grand fleuve.

En cours de route, ils échangeaient des marchandises avec les Algommequins et les Hurons venus des terres du Nord et de l'Orient, en quête des mêmes attraits. Au fil des ans, les marchands des compagnies de traite s'étaient immiscés dans leur commerce. Les Sauvages n'en prenaient pas ombrage, y trouvant même des avantages. Les nouveautés et les commodités des peuples venus de l'autre monde les fascinaient. Ils échangeaient bien volontiers leurs peaux de fourrure contre les chaudrons, couteaux, haches, miroirs, couvertures, épingles, boutons, chaînes d'or et objets de porcelaine, enfin toutes ces marchandises transportées par les impressionnants navires qui, disaient-ils, ressemblaient à de grands goélands.

Cette année-là, en acceptant de cabaner tout l'hiver près de l'Habitation, le clan de *Miritsou* avait rompu avec le cycle des Anciens. Cette proximité nous favorisa grandement, puisque ces habiles chasseurs avaient généreusement partagé leurs gibiers avec nous, les Français, allant jusqu'à nous faire cadeau d'un élan, alors que nous étions rationnés à l'huile, au pain et aux pois. Le pacte d'amitié passé entre *Miritsou* et monsieur de Champlain s'en trouva renforcé.

« *Wabikon kisis... Wabikon kisis...* » me rappelai-je.

À la lune des fleurs, les premières volées d'oies sauvages striaient le ciel de Québec pour ensuite s'arrêter au cap Tourmente, à sept lieues en aval. Raffolant de la folle avoine qui poussait en abondance sur ses berges, elles y séjournaient jusqu'aux premières gelées avant de poursuivre leur périple vers les régions nordiques.

Nous nous réjouissions de cette attraction depuis plus d'une semaine lorsque *Miritsou* convia tous les Français à une cérémonie de prières, prélude sacré de leurs chasses. Ce rituel se déroula autour des trois feux allumés sur la grève, le soir avant la pleine lune. Pour l'occasion, les chasseurs avaient peint leur visage de rouge et de noir, et les femmes orné leur cou, leurs poignets et leurs chevilles de multiples matachias. Coquillages, piquants de porc-épic, griffes et ossements de bêtes scandèrent le rythme des danses et des chants jusqu'à ce que le sorcier Carigonan sorte de sa cabane en agitant des hochets faits de carapaces de tortues. Alors, le silence se fit. Immobiles, tous l'observèrent. La figure rayée de noir et la tête couronnée des plumes et du bec d'un oiseau de proie, il se rendit près du feu central devant lequel il agita les bras et les jambes en émettant des sons lugubres semblables à des incantations. Après avoir exécuté contorsions, jeux de mains et mimiques dont lui seul connaissait les pouvoirs, il jeta du tabac dans les flammes. La fumée blanche qui s'en échappa s'éleva vers les étoiles. À leur manière, les Montagnes remerciaient le Grand Esprit des oiseaux pour les oies qui seraient sacrifiées le lendemain, précieux gibier assurant leur subsistance.

À la fin de la célébration, la Meneuse vint nous retrouver.

— Dames françaises venir à la chasse aux oies, nous proposa-t-elle.

Aussi surprise qu'embarrassée, j'hésitai. Excitée par la proposition, Marie-Jeanne accepta promptement. Sa réaction stimula mon intérêt. Je laissai entendre à la Meneuse que son invitation nous intéressait grandement.

De retour à l'Habitation, j'en parlai à monsieur de Champlain. Perplexe, il reçut notre demande avec réticence. Comprenant notre envie, François plaida notre cause auprès de lui. Il douta encore. Prétextant la chance unique de pouvoir contempler autant de si beaux oiseaux amassés en un seul lieu, Ludovic et Eustache se liguèrent à François. Leur insistance eut l'effet escompté. Il accepta.

— Pourvu que les flèches des Sauvages ne confondent pas les oies à abattre, plaisanta-t-il.

Les hommes rirent de bon cœur. Pantoise, je regardai Marie-Jeanne qui, le corps rigide et le nez retroussé, pinçait les lèvres.

— «Oies babillardes», c'est ainsi que les Sauvages surnomment les Français en général, nous expliqua Eustache, et pas seulement les femmes, les hommes aussi. Nous parlons trop, beaucoup trop, enfin selon eux…

Monsieur mon mari plissa les yeux et releva le menton en tortillant sa barbichette.

— Sachez, mesdames, qu'une telle chasse se fait dans le plus sérieux des silences. Saurez-vous vraiment tenir votre langue ?

— Les Oies babillardes resteront muettes comme une tombe, décrétai-je en soutenant son regard.

— Muettes comme une tombe, répéta Marie-Jeanne dans mon dos.

— Soit. J'en parlerai à *Miritsou*. S'il y consent, vous participerez à cette chasse.

Ludovic me fit une merveilleuse œillade. Je me réjouis sous cape.

Miritsou donna son accord. Les femmes françaises seraient de cette fameuse chasse aux oies.

La marée basse du matin nous favorisant, nous atteignîmes la baie des Puants en moins de deux heures. Plus nous l'approchions et plus le sourd ramage provenant du large suscitait notre curiosité. Ludovic fit accoster nos barques non loin du canot de la Meneuse.

— Il doit y avoir des milliers et des milliers d'oies ! s'exclama-t-il en prenant ma taille afin de m'aider à débarquer.

Je remarquai la brillance de ses yeux.

— Mais la plus belle est entre mes mains, chuchota-t-il furtivement.

Je réprimai mon sourire. Il me posa sur le sol glaiseux dans lequel mes sabots s'enfoncèrent légèrement.

— La chasse sera bonne ? demandai-je innocemment.

— Votre présence est de bon augure. Vous nous porterez chance, madame.

Marie-Jeanne, debout dans la barque, interpella Eustache en lui tendant les bras.

— Eustache, mon bon ami, j'aurais besoin de vous.

Eustache s'empressa. Sitôt débarquée, elle m'apostropha.

— À chacune son galant homme, très chère madame de Champlain.

Piquée au vif, je m'indignai.

— Qu'insinuent ces propos, Marie-Jeanne ?

— Rien de plus que ce qui est.

— Plaît-il ?

— Mesdames, mesdames, nous interrompit Paul, venez, mesdames.

— Hum !

Retroussant le nez, elle passa devant lui. Paul posa un doigt sur ses lèvres.

— Chut ! Rappelez-vous, mademoiselle. À la chasse, le silence est d'or.

— Mais Paul, vous l'avez entendue, m'offusquai-je à voix basse.

— L'indifférence, l'indifférence, une arme redoutable.

Je lui souris.

— Sagesse de l'âge ?

Le regard empreint de tendresse, il m'indiqua le chemin.

— La chasse est ouverte. Après vous, mademoiselle.

— Merci, Paul.

Retroussant mes jupons, je m'engageai sur la piste de la chasseresse qui, semblait-il, m'avait dans sa mire. Le vent tiède agitait les plumes d'autruche piquées dans son large chapeau de paille.

« Dois-je réellement me méfier de cette intrigante ? m'inquiétai-je. Comment savoir ce qu'elle sait vraiment ? "À chacun son galant homme." Non mais, comment ose-t-elle ? D'une part, Eustache ne peut être son galant homme puisqu'il aime Ysabel. Quant à mes amours... Que peut-elle réellement savoir ? Bah, cette remarque n'était probablement qu'une provocation malveillante lancée à la légère. Reste sur tes gardes tout de même, la chasse est ouverte. »

De fil à fil, nous nous engageâmes plus avant dans la vaste prairie couverte de jeunes pousses de chaume. Bordée par la baie des Puants sur la droite et par un cap rocheux sur la gauche, elle s'étendait jusqu'à la lisière des grands pins derrière lesquels se devinait le Saint-Laurent.

Portant de longs filets de pêche sur leurs épaules, *Nigamon* et *Tebachi*, les deux fils de la Meneuse, emboîtaient le pas aux trois fils de *Miritsou*. Les couteaux suspendus à leurs ceintures cliquetaient gaiement. Les quatre oies blanches apprivoisées par *Nigamon* se dandinaient à leurs côtés en cacardant. Armés d'arcs et de flèches, et portant couvertures et peaux, Ludovic, Eustache et Guillaume Couillard suivaient la Meneuse et la Guerrière, dont les leurres, quatre magnifiques oies blanches empaillées, oscillaient sur leur dos nu. Guillemette, Marie-Jeanne et moi, paniers de vivres à la main, précédions Paul et François qui protégeaient les arrières de notre troupe, armés de mousquets et d'arbalètes. Les courroies de mon carquois et de mon arc croisées sur ma poitrine, j'allai, soucieuse, les yeux rivés sur la crinière déjà blondie de mon Bien-Aimé.

« S'il fallait que notre amour lui cause nuisance, jamais je ne me le pardonnerais. »

Je me tournai vers Paul. Son sourire me réconforta.

Plus nous avancions vers les battures et plus le jacassement des oies s'intensifiait. Bientôt, rien d'autre ne s'entendit plus que leur assourdissante clameur. D'intrigants miroitements coulaient entre les branches des grands pins dont nous franchîmes rapidement la lisière. Éblouis, nous figeâmes sur place. Devant nous, à perte de vue, une multitude d'oiseaux lumineux animait l'espace. Le chatoiement de leur blanc plumage couvrait la grève et scintillait dans la folle avoine, vaste étendue d'herbes bordant les rives du fleuve. Tandis que des essaims s'y nourrissaient, d'autres les survolaient. Le bleu des herbes, le bleu des eaux et le bleu du ciel se paraient de mille reflets nacrés. Chacun de nous déposa délicatement ses effets sur le sable. Ludovic me regarda. Je lui souris. Marie-Jeanne glissa son bras sous celui d'Eustache. Guillemette se colla à Guillaume. Le fils aîné de *Miritsou*, récemment baptisé Simon par le père Le Caron, gonfla le torse devant la Guerrière. Négligeant sa prétention, elle persista à fixer la beauté qui s'offrait.

— Par tous les diables ! s'exclama Paul à mi-voix.

— Chut ! fit François.

La magnificence du spectacle se passait de mots. Abandonnés à la contemplation, nous sursautâmes lorsque *Nigamon* s'élança en hurlant.

— *Upauk^u pipun-pineshishat, upauk^u, upauk^u, upauk^u !*

Du coup, une volée d'oies s'éleva, décrivit un gracieux mouvement de vague et plana au-dessus des eaux pendant un moment avant de se poser.

— *Nikamun, ka manitushiss!* s'exclama la Meneuse en tapant du pied.

Les frères de l'audacieux riaient à gorge déployée. Ludovic appuya une main sur mon épaule et se pencha tout près de mon visage.

— Regardez par là, dit-il en pointant vers la droite. Voyez ces monticules de verdure. En réalité, ce sont des canots recouverts de branchages : les caches de *Miritsou.*

— Ah, je comprends. Ainsi, les oies les approchent sans se méfier.

— Quelle perspicacité, très chère! railla Marie-Jeanne. Indiquez-moi où se trouvent les leurres, Eustache. Il importe que je comprenne tous les aspects de cette chasse. Guillemette et moi avons fait un pari.

— Un pari! m'étonnai-je.

— Laquelle d'entre nous abattra le plus d'oies, très chère.

— Qui de vous ou de moi?

— Précisément! C'est bien ce dont nous avons convenu, n'est-ce pas, Guillemette?

— Oui, admit-elle timidement, dame Marie-Jeanne a insisté.

« Et si ce défi nous rapprochait enfin? » osai-je espérer.

— Vous m'en voyez ravie! Je tiens le pari, Guillemette.

— Vraiment, madame Hélène? Moi qui craignais de vous offenser.

— Bien au contraire! C'est une excellente idée. Quel est l'enjeu, dites-moi, Marie-Jeanne?

— Si vous gagnez, je servirai Guillemette une journée entière, du lever au coucher du soleil. Si vous perdez, Guillemette devra me servir.

— Servante, vous, ma sœur! s'étonna François.

— Quoi, quoi! Douteriez-vous de mon adresse, mon frère?

— Oh, non, non! Simplement, cette charge me semble si éloignée de votre nature.

Son regard suivit la volée d'oies passant au-dessus de nous.

— Sachez, mon frère, que ces travaux domestiques ne m'intimident guère. Nul doute que mon talent surpassera, et de loin, celui d'Ysabel. Vous verrez, vous verrez ! N'êtes-vous pas de cet avis, Eustache ?

— Il faudrait voir, madame, Ysabel sait y faire.

Marie-Jeanne s'esclaffa.

— Que ces Sauvages disent vrai ! Les Oies babillardes babillent bien inutilement. Je n'aurai pas à servir Guillemette, puisque je gagnerai ce pari. Elle aura à me servir.

— Dame Hélène, dois-je comprendre que le sort de ces dames est entre vos mains ? demanda Ludovic.

— Parfaitement. Voilà pourquoi je ferai appel à votre adresse de chasseur, maître Ferras. Puis-je me joindre à vous pour cette chasse ? lui proposai-je hardiment.

— Oui, oui, de mieux en mieux ! Chassons en couple, s'excita Marie-Jeanne en tapant dans ses mains. Vous et moi, Eustache. Quel beau couple nous ferons !

— Hé, hé. La chasse se corse, messieurs ! s'enthousiasma Paul.

— Ah, les femmes ! Que de temps perdu à jacasser ! s'impatienta Guillaume.

— Il y a du bon dans cet affrontement, mon ami, rétorqua Paul. Deux couples de chasseurs s'efforçant de se surpasser. Parlez-moi d'une chasse ! Tenez, pour en remettre, j'irai jusqu'à miser un sol sur le couple Champlain-Ferras. Qui dit mieux ?

— Je mise deux sols sur le couple Thélis-Boullé, renchérit François.

— Et vous, Guillaume ? quêta Marie-Jeanne.

Mal à l'aise, il se tourna vers Guillemette.

— Que proposez-vous, ma mie ?

— Comme madame de Champlain chasse en ma faveur, je miserai sur le couple Champlain-Ferras.

— Nous n'avons guère le choix, approuva Guillaume. Dame Marie-Jeanne, nous devons parier sur le couple Champlain-Ferras.

Il fouilla dans le sac de cuir suspendu à sa ceinture et brandit un sol.

— Un sol pour le couple Champlain-Ferras, paria-t-il fièrement.

— Tant pis, vous l'aurez voulu, s'offusqua-t-elle. Sachez qu'Eustache est le meilleur chasseur ici présent.

— Ah, ne jamais vendre la peau de l'ours… commença Paul.

— Avant de l'avoir tué, avions-nous achevé en chœur.

— Quatre sols iront donc au couple gagnant. Ajoutons à l'enjeu. Couple Couillard-Hébert, Champlain-Ferras, Thélis-Boullé et… et… ? François, mon ami, vous devrez vous contenter du compère Paul, j'en ai bien peur. Un p'tit couple, vous et moi, cela vous irait ?

Tandis que nous étions à rire, Marie-Jeanne s'empara de l'arbalète.

— Halte-là, madame ! déclara Paul. Soyons justes ! L'arbalète et le mousquet seront tirés à la courte paille.

Le sort décida de nos armes : le mousquet alla au couple Thélis-Boullé et l'arbalète à Paul et François. Ludovic et moi allions devoir nous contenter de nos arcs et de nos flèches. Mais qu'importait, j'allais vivre quelques heures, seule, avec le chasseur de mon cœur. Dans les circonstances, ce privilège valait bien une couronne de laurier. Quant à Guillemette, je lui offrirais de la seconder auprès de Marie-Jeanne, advenant le cas où, par ma faute, elle perdrait son pari.

— Vous aurez un net avantage, mon frère, lui dis-je, lorsqu'il prit le mousquet.

— Vous êtes si douée en tout, très chère ! railla Marie-Jeanne. Votre adresse conjuguée à celle de maître Ferras… Pensez donc, ce valeureux Ludovic chassant à vos côtés une nuit entière.

La toux exagérée de Paul força mon silence. Ludovic termina de poser la courroie de son carquois sur son épaule avant de répliquer.

— Madame de Champlain est une dame de grand talent, il est vrai. Et qui plus est, elle sait faire preuve d'une honnête retenue. Force est de constater que c'est loin d'être le cas de toutes les Oies babillardes ici présentes.

— Oh, oh, oh ! Un soufflet, monsieur ! Eustache, entendez-vous ce poltron ? Défendez-moi, dites quelque chose !

— Chut, chut, dit-il en agitant sa main, silence, vous effrayez les oiseaux.

Outrée, Marie-Jeanne souleva le mousquet d'une main et ses jupons de l'autre, fit un pas vers la gauche, hésita, un autre pas vers la droite et hésita encore.

— Eustache, vous venez à la fin ?

— Je vous suis, gente dame.

— Non mais, assez de verbiage ! On la fait, cette chasse, oui ou non ? s'impatienta Guillaume.

— Mais où sont donc passés nos Montagnes ? s'enquit Paul.

Au loin, sur la gauche de la grève, la Meneuse et ses fils terminaient la cache de pin derrière laquelle ils allaient se dissimuler à la marée montante. Sur la droite, la Guerrière et les fils de *Miritsou* installaient leurs filets. Constatant leur vive industrie, nous restâmes béats d'admiration.

— Alors là ! s'exclama Paul, Oies babillardes, disions-nous ? Tandis que nous bavardons, d'autres s'activent. L'heure est à l'ouvrage, assez parlé !

Comme nos amis montagnes avaient disposé leurs caches en bordure du fleuve, il importait que nous campions les nôtres à bonne distance afin de ne pas leur nuire. C'est pourquoi nous reprîmes armes et bagages afin de retourner vers la plaine d'où nous étions venus. Nous suivions les autres lorsque Ludovic s'arrêta.

— Attendez-moi ici, me dit-il.

Sans un mot de plus, il rejoignit *Nigamon* près de la folle avoine, discuta un moment avec lui et revint en tenant fièrement une cordelette, au bout de laquelle trottinait une oie apprivoisée.

— Que faites-vous, Ludovic ?

— Je m'assure de la victoire de madame.

— Avec cette oie ?

— Oui, madame ! Rien ne vaut une oie vivante pour en attirer d'autres : la ruse du leurre. Elle vaut bien des mousquets, croyez-moi !

— Ah ! Une oie vaut des mousquets ?

— On a beau être armé jusqu'aux dents, encore faut-il qu'il y ait des oies à portée de vue.

— L'oie captive en attire d'autres ?

— Vrai comme je suis là ! Allons, nous n'avons pas une minute à perdre.

Je jetai un œil tout autour avant de baiser sa joue.

— Nous gagnerons, foi d'Hélène, nous remporterons ce pari !

— Vous n'avez pas idée de tout ce que nous rapportera cette chasse, mon Adorée.

Comme nous passions sous les branches d'un grand pin, il m'attira à lui et plaqua sa bouche sur mes lèvres.

— Her-onk, her-onk, her-onk, cacarda l'oie apprivoisée.

De l'autre côté de la pinède, les couples de chasseurs s'étaient dispersés aux quatre coins de la prairie. Tandis que Guillemette et Guillaume finissaient de planter des branches de pin autour d'un rocher, Paul et François trouvaient refuge derrière un talus broussailleux. Non loin de l'endroit où nous avions laissé nos barques, Marie-Jeanne et Eustache s'appliquaient à construire un affût d'aulne et de quenouilles.

« Que peut bien mijoter cette Marie-Jeanne ? Tout ceci est fort éloigné de ses habitudes. Une dame si raffinée, construire une cache de chasse ! »

Plongée dans ma réflexion, je butai sur Ludovic qui venait de s'arrêter brusquement à quelques toises du boisé dans lequel nous avions convenu d'installer nos pénates.

— Pardon !

— Pas de faute.

— Que faites-vous ?

— Tenez solidement notre oie, je cherche un piquet.

Ludovic m'avait préalablement expliqué que les oies ne s'aventuraient jamais trop près d'un bois, par crainte des prédateurs. Une fois le piquet solidement fixé, il y attacha notre oie. Notre leurre bien en place, il prit ma main et m'attira dans le petit bois derrière une talle de sapins bien fournis.

— Cette oie seule dans cette prairie... Elle devrait attirer d'autres oies, dites-vous ?

— Elles viendront, mais pas avant la tombée de la nuit. Le jour, les oies volent. La nuit, elles se pavanent dans les champs. D'ici là...

M'entourant de ses bras, il me serra contre lui.

— Quelle merveilleuse oie blanche, vous faites, madame ! Ne craignez-vous pas les crocs du lynx ?

Il m'embrassa si voluptueusement que l'oie se livra délibérément à son prédateur. Oh, il ne me fit aucun mal, bien au contraire ! S'appliquant à caresser mes plumes, il bécota mon cou de si belle manière que l'oie en perdit la tête. Bien vite, elle ne désira plus qu'une chose : être totalement et entièrement croquée. Mon prédateur étendit une couverture sur le sol humide et m'amadoua. Oubliant risques et menaces, je goûtai ses lèvres sans vergogne.

— J'aimerais posséder l'arme ultime afin de vous capturer à tout jamais, murmurai-je.

— Ma biche, mon cœur, point n'est besoin d'arme, un seul de vos regards suffit. Vous savez m'appâter comme pas une !

— Moi, vous appâter ?

— Vous êtes le plus merveilleux leurre qu'il m'ait été donné d'approcher.

— Approcher un leurre est audacieux. Ne craignez-vous pas pour votre vie, monsieur ?

Il dénoua le ruban de mon collet et fit glisser ma chemise sur mon épaule avant de la mordiller.

— Ah, mourir dans vos bras, madame ! Mourir de vous, mourir par vous !

— Ludovic, vous dites des sottises !

Il me regarda intensément, le visage presque triste.

— Je vous aime tant ! N'oubliez jamais à quel point je vous aime.

— Je n'oublierai jamais.

Nos caresses scellèrent ma promesse. Les filets de la volupté nous enveloppèrent. Lorsque sa main vagabonda sous mes jupons, je l'implorai de me prendre. Le prédateur et la proie se régalèrent.

Étendus l'un contre l'autre, nous somnolions presque lorsque l'humidité des mousses traversa notre couverture. Je voulus me lever. Ma main s'embourba dans le sol glaiseux.

— Aïe, aïe !

— Que vous arrive-t-il ?

Il se redressa. Je lui tendis ma main souillée. M'aidant à me relever, il m'offrit son mouchoir. J'étais encore à l'essuyer lorsque d'étranges craquements nous alarmèrent. Derrière les sapinages de notre cache, une ombre se profila. Des mains fines et gantées écartaient les branches.

— Coucou ! ricana Marie-Jeanne.

Nous nous levâmes si prestement que nos têtes se heurtèrent.

— Outch ! m'écriai-je, en posant ma main sur mon front.

— Mille excuses, madame ! se désola Ludovic. Au moins une boursouflure qui ne sera pas attribuable à ces damnés insectes. Que pensez-vous des insectes, dame Marie-Jeanne ?

Tournoyant sur elle-même, elle feignit de les rechercher.

— Insectes, insectes, où êtes-vous ? ironisa-t-elle.

Ayant contourné les sapins, elle poursuivit.

— Alors, chasseurs d'oies, c'est ainsi que je vous surprends à roupiller. Ce n'est pas de bon aloi ! réprimanda-t-elle en agitant son doigt devant son nez retroussé. Blottis l'un contre l'autre, ho, ho, ho !

— Roupiller? rétorqua Ludovic. Vous divaguez, très chère amie. Madame est tombée, je l'aidais à se relever. Voyez nos arcs et nos flèches, là, tout prêts. Nous, roupiller? Sottise! Nous faisions le guet. Nous avons un pari à gagner, nous, madame!

Saisissant son arc, il l'arma d'une flèche qu'il pointa vers la curieuse. Horrifiée, elle recula promptement.

— Non mais, que faites-vous? À moi, à l'aide! Eustache, Eustache, hurla-t-elle, en déguerpissant à toutes jambes. Eustache, à moi, au secours! On me menace, on m'attaque!

Une main tenant son chapeau, elle courut jusqu'à ce qu'un faux pas provoque sa chute. Elle tomba tête première dans la terre glaiseuse et les pousses de foin. Ses cris rebondirent sur le cap pour nous revenir en écho. Eustache, François, Guillaume et Paul se précipitèrent vers elle. Ludovic retint son rire. Autour du piquet, alarmée, notre oie battait des ailes en cacardant.

— Ludovic, c'en est fait de nous!

Il passa son bras autour de mon épaule.

— Allons, allons, rassurez-vous. Ce n'est rien, une simple boutade, ne vous en faites pas.

Vivement, je me dégageai de son étreinte.

— C'est horrible, elle sait, elle sait!

— Elle sait quoi?

— Pour nous, pour nous deux! Elle sait! Voici que vous ajoutez cette insulte à ses soupçons. Ludovic, nous sommes perdus!

— Tout cela est insensé. Comment l'aurait-elle appris?

— Je l'ignore, mais je sais qu'elle sait. Surtout après nous avoir débusqués, ici, là…

— Mais nous sommes à la chasse. Il est tout à fait normal que les chasseurs s'accroupissent derrière les buissons lorsqu'ils sont à la chasse. Ne vous inquiétez pas. Elle ne peut rien contre nous.

— Elle m'épie constamment. Que dire de sa malveillance? La pauvre Ysabel attrape et supporte ses insultes encore et encore. Sa méchanceté est sans limites. Je crains pour nous, Ludovic.

Il baisa mon front.

— Restez ici, je tente de réparer ma bourde.

— Je viens avec vous.

— Compte tenu de ses supposés soupçons, il vaudrait mieux que j'y aille seul. Je cours m'excuser et reviens.

Au milieu de la prairie, entourée de tous les chasseurs, Marie-Jeanne vociférait. L'arrivée de Ludovic lui cloua le bec. L'ayant écouté pendant un moment, elle lui tourna subitement le dos et courut vers sa cache. L'un après l'autre, les hommes retournèrent dans leurs affûts. Ludovic revint s'accroupir près de moi.

— Et puis ?

— Et puis, rien. J'ai expliqué ce qui s'est passé aux autres. Ils ont ri dans leur barbe. Elle s'est offusquée, et voilà !

— Que lui avez-vous expliqué, au juste ?

— J'ai raconté que nous étions à faire le guet, que vous êtes tombée, que je vous ai aidée à vous relever pour ensuite tendre mon arc vers l'oie qui s'aventurait devant notre cache.

Écartant les jambes, il croisa les bras.

— De toute évidence, mon explication... mon...

N'en pouvant plus, il éclata de rire.

— Ludovic, je n'ai pas le cœur à rire. Vous en avez remis sur sa vexation. Quand je vous dis qu'elle est capable du pire ! Comment faire ? Comment nous sortir de ce guêpier ? À moins que...

Son rire s'atténua. Intrigué, il fronça les sourcils.

— À moins que nous perdions ce pari, suggérai-je.

— Quoi ! Perdre de notre propre chef ?

— Oui, oui ! Une stratégie : flatter son orgueil pour racheter votre faute.

— Halte-là, madame, mes talents de chasseur sont en jeu !

— Notre amour l'est aussi, monsieur. Supposez un instant qu'elle rapporte ces incidents au lieutenant en exagérant vos intentions, ou pire encore, si...

Soupirant longuement, il leva les yeux au ciel.

— Mais nous n'avons rien fait de répréhensible.

Je mordis ma lèvre.

— Vraiment ?

— Elle n'a rien vu de notre... de notre chasse intime.

— Elle peut toujours l'imaginer, voire même la suggérer. Nous deux, accroupis dans les sapinages, quelle belle amorce pour un récit romanesque.

J'approchai de lui et redressai le col de sa chemise.

— Sachons éviter le pire. Je tiens à vous.

Il me serra dans ses bras.

— Et moi, je tiens à ma proie. Tant qu'à avoir mis le grappin dessus...

— Oh !

Il rit.

— Soit. Puisqu'il le faut, au diable l'honneur! Je serai la risée de...

Mon tendre baiser le rassura.

La pleine lune illuminait la prairie au point que nous y voyions quasiment comme en plein jour. Non loin de notre affût, notre oie apprivoisée remplissait admirablement bien son rôle. Des bandes d'oies sauvages déambulaient continuellement autour d'elle. En fait, notre champ de tir débordait d'oies. Malheureusement pour nous, et fort heureusement pour elles, notre entente nous obligeait, le plus souvent possible, à rater notre cible. Aussi, au milieu de la nuit, seulement trois oies inertes gisaient dans notre cache. De temps à autre, effarouchées par un coup de mousquet, une bande d'oies s'élevait au-dessus de la cache d'Eustache et de Marie-Jeanne. À chaque fois, la fierté de Ludovic s'effritait un peu plus.

— Regardez-moi tout ce gibier qui se perd, se désolait-il en braquant son arc vers les oies qui se pavanaient à portée de vue. De quoi aurons-nous l'air au petit matin, dites-moi? Trois oies abattues, alors que des centaines auront passé la nuit sous notre nez!

— Humiliant, j'en conviens. D'autant que notre espionne, croulant sous le poids des oies abattues, aura probablement tout oublié.

— Ah, je ne vous le fais pas dire! Si je me fie aux coups de mousquet entendus, ils en auront plus d'une trentaine. Vous savez combien de cibles peut atteindre un seul coup de mousquet? Cinq, six, sept...

Mon chasseur adoré piétinait sur place. Je ris.

— Ne vous moquez pas, de surcroît!

Je fis un gros effort pour retrouver mon sérieux.

— J'entends leurs moqueries d'ici, tenez. Ferras le manchot par-ci, Ferras le borgne par-là.

Appuyée sur mon arc, j'observais ce vaillant chasseur que notre amour condamnait à la raillerie.

— Faut-il que vous m'aimiez!

Redressant les épaules, il repoussa ses cheveux derrière ses oreilles en piétinant d'impatience. Une bouffée de tendresse me submergea.

«Et si j'avais exagéré la menace, si les suppositions de Marie-Jeanne n'étaient qu'un vil prétexte pour capter l'attention? Si la fierté de mon Bien-Aimé avait été sacrifiée en pure perte?»

— Ils en auront abattu plus d'une trentaine, croyez-vous ?

— D'après ce que j'ai entendu, au moins trente !

— Dans ces conditions, peut-être que de notre côté... une douzaine... question d'atténuer les railleries ?

— Une douzaine ? Ah, pour ça, une douzaine sauverait la face.

— Votre honneur serait sauf !

Je déposai ma main dans celle qu'il me tendait.

— Faut-il que vous m'aimiez, murmura-t-il avant de la porter à ses lèvres.

Ses yeux luisaient presque autant que la lune. La douzaine fut atteinte en moins d'une demi-heure.

— La douzième pour madame, dit-il fièrement en retirant la flèche du cou flasque et ensanglanté.

Il la déposa sur les autres. J'eus la nausée.

— Pour moi. Pauvre bête, déplorai-je.

— Approchez, ma toute belle, notre chasse est terminée. Venez, il est temps de vous reposer.

Blottie dans ses bras, les yeux fermés, je savourai ce bonheur qui nous était offert.

— Puisse cette nuit ne jamais finir, Ludovic. Si le jour refusait de se lever, si nous pouvions demeurer ainsi, l'un contre l'autre...

Baisant ma joue, il soupira.

— Hélas, le jour se lève, ma toute belle.

— Dormez, dormez, soleil. Je n'ai point besoin de votre lumière. Mon Bien-Aimé est là, tout contre moi.

Un cri retentit.

— Marie-Jeanne ! m'exclamai-je.

Je me redressai.

— Encore elle ! Décidément... bougonna mon valeureux chasseur.

Nous nous précipitâmes vers sa cache. Les autres firent de même. Ce faisant, nous affolâmes les bandes d'oies qui s'agitèrent dans la prairie, avant de s'envoler dans la pâleur du crépuscule. Le brondissement de leurs battements d'ailes s'ajoutait au vacarme de leurs jacassements. Étonnamment, les cris stridents de Marie-Jeanne perçaient le chahut. Ils étaient si intenses que je la crus blessée.

« On ne sait jamais, me dis-je, un coup de mousquet un peu trop à droite, un peu trop à gauche, et vous voilà amputée d'une main ou, pire encore ! »

Mes craintes s'estompèrent dès que je la vis sautiller en agitant ses bras de tout bord, tout côté.

— Pourquoi ces cris ? m'alarmai-je.

Ludovic pointa sa main devant Eustache qui, non loin de là, plié en deux, riait aux éclats.

— Quelle horreur ! m'exclamai-je en agrippant son bras.

Sur le sol, une oie sans tête clopinait toutes ailes déployées, tel un matelot ivre. Par l'orifice béant de son cou flasque, du sang giclait de toutes parts. L'oiseau moribond tangua à bâbord, puis à tribord en émettant des sifflements bizarres. Dans un ultime effort, il fit quelques pas en battant péniblement des ailes, tournoya sur une patte, puis sur l'autre, avant de s'affaisser.

— L'oie sans tête, l'oie sans tête ! hurlait Marie-Jeanne.

Plus elle criait, plus Eustache riait. Tuer l'oie en utilisant la méthode du tordage de cou ne lui avait visiblement pas réussi. En des cas rarissimes, il arrivait que le cou de l'oie se rompe avant la suffocation de la bête. Si je me fiais aux éclaboussures de sang couvrant la robe et le visage de Marie-Jeanne, il était probable que le corps de l'oiseau ait rebondi sur elle avant d'effectuer ses dernières pirouettes... privé de sa tête !

— Seigneur Dieu ! s'exclama Guillemette en reculant de quelques pas.

— Par tous les diables ! s'étonna Paul en se signant du signe de la croix. Le trépas d'une oie sans tête ! Un mauvais présage. Aux dires des sorcières, le sang qui gicle est le sang du diable.

— Le sang du diable ! J'ai du sang partout, s'époumona Marie-Jeanne en tapotant ses jupons. Ah, vous, vous !

Elle bondit sur Eustache en le martelant de coups. Plus elle frappait, plus Eustache riait.

— Cessez, cessez, suppliait-il en s'efforçant de parer ses bourrades.

Saisissant sa sœur par les épaules, François parvint à l'immobiliser.

— Calmez-vous, calmez-vous, Marie-Jeanne. Ce n'est rien. L'oie est morte. Regardez, elle ne bouge plus.

— Lâchez-moi ! Vous êtes tous contre moi ! Je vous hais tous ! J'ai le sang du diable partout sur moi !

Son frère l'attira à lui. Elle se réfugia dans ses bras et sanglota à fendre l'âme.

— Revoici les Montagnes ! s'exclama soudainement Guillaume.

Marie-Jeanne cessa de crier. Eustache s'arrêta net de rire. Nos amis Montagnes, la mine réjouie, les mollets et les bras couverts de boue, marchaient d'un pas alerte, comme s'ils venaient de se lever. Lorsqu'ils purent nous observer de plus près, ils se moquèrent des piteuses Oies babillardes qui, silencieuses, les regardaient venir. D'ores et déjà aguerris à leurs penchants railleurs, nous crurent bon d'ignorer leur rigolade plutôt que de nous en offusquer. Un hiver passé à côtoyer le clan de *Miritsou* nous avait cuirassés. À certains moments, mieux valait se taire. Surpris du peu d'effet de leur plaisanterie, ils retrouvèrent leur sérieux et poursuivirent leur route.

— *Tshima minupanit tshe natauiek*[u], *nishteshat, tshima mishtanapatatsheiek*[u] ! clama fièrement *Miritsou* en s'attardant.

— Ils nous narguent ou quoi ? Bonne chasse, bonne chasse, maugréa Paul, non mais, vous avez vu ces Montagnes chargés comme des mulets ?

De fait, les doubles colliers d'oies mortes, dégoulinantes de sang, que chacun d'eux portait, impressionnaient grandement.

— Seigneur Dieu ! s'étonna Guillemette, comment peuvent-ils porter autant d'oies autour de leur cou ?

— Eh bien ! enchaîna Eustache, si ses qualités de capitaine égalent ses talents de chasseur, *Miritsou* sera un chef redoutable !

— *Uapishkat tshe muakaniht mashinatautishunanut*, déclara *Miritsou*. Parlez de la chasse au grand capitaine des Français. Festin, demain festin, mes amis.

— *Uemut nika uitamuanan*, l'assura Ludovic.

Nigamon qui revenait en compagnie de ses trois oies apprivoisées, récupéra en passant celle qui nous avait servi de leurre.

— Her-onk, her-onk, her-onk, clama-t-elle en clopinant derrière les autres.

— *Tshinashkumitin Nikamun, nushimuikunan tshuapishkim*, lança Ludovic.

Pour toute réponse, le fils de la Meneuse brandit son arc en guise de salut.

— Souhaitons seulement que Champlain tienne parole, s'inquiéta François. *Miritsou* compte sur lui.

— Notre lieutenant tiendra parole, affirma Ludovic. Qui plus est, il réussira à convaincre tous les autres chefs de sa valeur.

— Cela suffira-t-il à favoriser son élection ? demandai-je.

— J'en doute, répondit Paul. Selon leur coutume, un chef doit être élu par les autres chefs.

— Paul! Oseriez-vous douter des talents de négociateur de notre lieutenant? s'indigna Guillaume.

— Par tous les diables, non que non! Les talents du lieutenant ne sont pas en cause, pas plus que l'amitié qui nous lie à ces Sauvages. Seulement, force est d'admettre que ces peuples tiennent mordicus à leurs coutumes.

— Champlain s'est engagé à les assister contre tous ceux qui leur causeraient du déplaisir, en temps de paix, comme en temps de guerre, affirma Ludovic. Cela devrait suffire à les convaincre.

— Notre lieutenant leur a aussi promis que si les Montagnes semaient du maïs dans leur champ, ils n'auraient plus jamais faim, ajouta Guillaume. C'est beaucoup promettre, ne trouvez-vous pas, messieurs?

Perplexes, nous observâmes les Montagnes dont les canots glissaient déjà sur l'eau.

— Peut-être bien, reprit Eustache. En tous les cas, pour ce qui est de la faim, avec toutes ces oies, ce n'est pas pour demain.

— Pas de doute, ce festin auquel nous a conviés *Miritsou* saura nous rassasier, renchérit Paul.

Son visage s'éclaircit. Il frotta vigoureusement ses mains l'une contre l'autre. Le bref regard qu'il jeta vers Marie-Jeanne suffit à raviver son hystérie. Elle reprit son esclandre là où elle l'avait laissé. Ses sanglots se répercutèrent dans l'air frais du petit matin.

— Ah non, ma sœur, vous n'allez pas en remettre! blâma François.

Décidé à rétablir le calme, Paul s'approcha d'elle en la dévisageant.

— Dame Marie-Jeanne, dame Marie-Jeanne, nous sommes à la chasse! À la chasse, des oies perdent parfois la tête et d'autres perdent leur pari! articula-t-il fermement tout près de son visage. Pari, pari, cela vous dit quelque chose? À moins que vous renonciez en faveur de votre rivale. Alors là…

Son pleurnichement cessa. Elle se moucha.

— Non, non, je ne renonce pas.

Un large sourire apparut sur toutes les lèvres.

— Bien, bien, poursuivit Paul. L'heure des comptes est venue, mes amis. À quel couple iront donc ces quatre sols?

Réunis au centre de la plaine, chacun dénombra ses prises : quinze oies pour Paul et François, huit oies pour Guillaume et Guillemette, onze oies pour Marie-Jeanne et Eustache et douze oies pour Ludovic et moi.

Tandis que Paul et François partageaient les quatre sols, Guillemette parvenait difficilement à cacher son malaise. Contre toute attente, et bien malgré moi, j'avais gagné le pari. Marie-Jeanne aurait donc à servir une journée durant chez Guillemette.

— Jamais je n'aurais cru cela possible, s'étonna Ludovic. Pourtant, au nombre de coups de mousquet tirés...

— Ah, c'est que dame Marie-Jeanne tenait au mousquet, se défendit Eustache. Madame insistait ! Madame sait chasser ! La preuve est là, sous nos yeux !

Irritée, Marie-Jeanne passa son mouchoir sur son visage souillé de boue et de sang.

— Tout ceci est de votre faute, l'accusa-t-elle. Pas une fois vous n'avez voulu guider mon bras.

— Un chasseur qui se targue de savoir chasser sait le faire seul, madame !

— Nous formons un couple, Eustache !

— Un couple de chasse, sans plus.

— Si je peux me permettre, dame Marie-Jeanne, osa timidement Guillemette, puisque j'ai gagné mon pari, vous pourrez venir me servir le jour qu'il vous plaira.

Marie-Jeanne, les yeux exorbités, les joues presque aussi rouges que les taches de sang dont elles étaient picotées, frappa du pied. Sa botte s'embourba.

— Oh, que oui, je vous servirai ! Et comment !

Elle dut s'y prendre à deux reprises pour dégager sa botte de la glaise. Une fois dégagée, folle de rage, elle saisit le mousquet et détala à travers la prairie jusqu'à la butte menant à la baie des Puants. Éberlués, les hommes se regardèrent.

— Par tous les diables ! On croirait presque qu'elle le prend mal, déduisit Paul.

Chacun de nous contrôla tant bien que mal son éclat de rire. Baissant la tête, François lia le cou de sa dernière oie à la courroie qui servirait à les transporter.

— Ne craignez rien, Guillemette, ma sœur vous servira tel que promis. J'y veillerai personnellement.

Il chargea ses oies sur ses épaules.

— Pour sa défense, j'ajouterai que ma pauvre sœur a tout de même reçu une oie en pleine figure. Reconnaissons que pour une précieuse…

— Alors là, je suis de votre avis, approuva Paul. Admettons que son orgueil fut quelque peu malmené. Néanmoins, il en va de la chasse comme de la guerre, nous devons être prêts à tout.

— Au meilleur comme au pire, approuva Ludovic en me lançant une œillade.

— Allons, messieurs, assez babillé, nous avons à discuter avec notre lieutenant, reprit Eustache.

— Vrai. Cette histoire d'élection le tracasse plus qu'il ne le laisse entendre, enchaîna Ludovic en lui emboîtant le pas.

— Mieux vaudrait l'accompagner aux Trois-Rivières. L'élection de *Miritsou* ne semble pas acquise, proposa Eustache.

— D'après ce qu'on dit, trois aspirants réclament le titre de chef, poursuivit Guillaume. Champlain aura besoin de votre appui, messieurs.

Guillemette marchait à mes côtés, soucieuse, tête baissée.

— Vous n'avez rien à vous reprocher, osai-je, pour la rassurer.

— Qu'ai-je fait pour la courroucer de la sorte, dites-moi ? Nous avions un pari. Je n'y peux rien si elle l'a perdu, se désola-t-elle

Guillemette n'avait que seize ans. Sa naïveté m'attendrit.

— Comprenez que Marie-Jeanne fut doublement humiliée.

« Qui plus est, en s'attirant l'antipathie de tous. Quelle adresse tout de même ! »

— Je sais bien, mais pourquoi m'en veut-elle ? J'ai voulu l'accommoder en lui offrant de venir me servir le jour où elle voudra.

— Elle ne vous en veut pas particulièrement. En fait, je crois qu'elle est en colère contre nous tous.

— Mais pourquoi ?

— Parce que nous l'avons vue sous un jour, disons, pas très reluisant. Basculer dans la boue, se faire asperger par le sang d'une oie sans tête, être humiliée par la perte d'un pari, tout cela ternit quelque peu l'éclat de l'élégante précieuse qu'elle s'efforce d'être, n'est-ce pas ?

— Ah, c'est donc ça !

— Probablement.

Une idée me vint.

— Guillemette, si vous me le permettiez, je pourrais la seconder lorsqu'elle ira vous servir?

— Oh, moi je veux bien! Tout pour alléger son courroux, affirma-t-elle avec un large sourire.

Près des barques, Marie-Jeanne trépignait sur place.

— À la vérité, votre bonté me soulage, poursuivit-elle. L'intérêt que dame Marie-Jeanne me manifeste depuis quelque temps m'inquiète. Ce serait un leurre que je n'en serais pas surprise.

— Un intérêt exagéré, dites-vous?

— Surprenant, dame Hélène. Depuis votre arrivée à Québec, elle me traitait avec indifférence, voire même avec mépris.

— N'agit-elle pas de la sorte avec toutes les autres dames de la colonie?

— Oui, mais depuis la semaine dernière…

— Depuis la semaine dernière?

— Elle m'aborde gentiment, me questionne sur ma maison, mes ancêtres, sur Guillaume.

— Peut-être désire-t-elle se lier d'amitié?

— Sincèrement, j'en doute.

— Un leurre, dites-vous?

— Si j'étais une oie, je me méfierais!

Nous eûmes un sourire complice.

Debout sur la grève rocailleuse, nous attendions que les hommes aient terminé de charger nos effets. Rageuse, Marie-Jeanne cachait son visage souillé derrière son mouchoir.

— Montez, dit Guillaume en retenant notre barque.

Dès que Guillemette se fut avancée de quelques pas, Marie-Jeanne me bloqua le passage. Les plumes d'autruche ornant son chapeau de paille pendouillaient de chaque côté de son rebord ébréché. Sous le rebord, les yeux jaunes avaient l'allure de mousquets prêts à tirer.

— N'auriez-vous pas perdu un certain mouchoir, jadis, sur le *Saint-Étienne*? Un certain mouchoir enfariné? susurra-t-elle froidement.

Sitôt son poison lancé, la mégère me tourna le dos et courut vers Eustache. Son venin atteignit directement mon cœur. Il s'arrêta de battre. Mon sang se glaça. Mes mains couvrirent ma bouche.

«Notre mouchoir, Ludovic! Non! Elle sait! Est-ce possible?
Pour nous deux, depuis le début, elle sait!»

— Madame de Champlain, vous montez? m'interpella mon
Bien-Aimé.

Son appel me tira de ma torpeur.

«Me ressaisir, me ressaisir à tout prix, il le faut! Soit, elle sait,
maintenant, je sais qu'elle sait.»

Je soulevai mon arc et mon carquois en tremblotant.

— Surtout, ne pas oublier mes armes, murmurai-je, la chasse
ne fait que commencer.

8

L'esprit des femmes

Les Sauvages organisaient de multiples festins. L'initiateur, maître de la fête, invitait parents et amis à manger, danser, jouer, fumer et chanter pendant un ou plusieurs jours. Préparer une chasse, rendre grâce pour les proies capturées, planifier une guerre, célébrer une victoire, se soumettre aux exigences d'un rêve, obtenir une guérison, pleurer un mort ou proclamer un chef, étaient les prétextes les plus courants de ces grands rassemblements. À ces manifestations d'envergure s'ajoutaient toutes les autres agapes qui s'improvisaient au hasard des caprices.

Ce fut le cas du repas offert par Simon, le fils aîné de *Miritsou*, au lendemain de notre chasse aux oies. Une fois sa harangue de bienvenue terminée, il déclara ouvertement son inclinaison amoureuse à la Guerrière, devant tous les invités. Elle ne s'y attendait pas. Visiblement mal à l'aise, elle reçut froidement sa déclaration et partit sans un mot. L'affront était grand. Non seulement quittait-elle la fête avant la fin, mais encore repoussait-elle un glorieux prétendant, le fils d'un futur chef montagne. Ce qui n'empêcha pas les convives de déguster les oies rôties, jusqu'à s'en lécher les doigts.

Une semaine après ce festin, alors que nous pêchions au bord de la rivière Saint-Charles, la Guerrière m'exprima son désarroi. Bien sûr, elle vouait une reconnaissance sans bornes à l'Aînée qui l'avait recueillie quinze ans plutôt, lorsque ses parents yroquois, capturés par les Montagnes, périrent sous les tortures qu'ils leur avaient infligées. *Miritsou* l'avait, depuis, nourrie et protégée comme si elle eût été sa propre fille. Aussi considérait-elle Simon comme un frère. Partager sa couche, elle ne le pouvait pas.

— Simon, mon frère, mon frère! se désola-t-elle en piquant son dard dans l'eau.

Son poisson frétillait encore, lorsqu'elle le fit tomber sur la dizaine déjà empilée sur la roche où elle était accroupie.

— *Mishkushtikuaneu Shimun!*

Elle frappa son poing sur sa tête.

— *Mishta-mishkushtikuaneu!* Têtu!

— Entêté, dis-tu?

— *Eshe, eshe!*

Sautant à l'eau, elle s'approcha de la rive où je tendais ma ligne. Avec signes et gestes, elle parvint à me raconter comment, tous les soirs, Simon allumait devant son *wigwam* des bâtonnets qu'elle refusait d'éteindre.

— Simon têtu! Guerrière aussi! clama-t-elle en piquant le poisson qui approchait de mon hameçon.

— Guerrière!

Feignant la vexation, je tendis la main. Elle me remit l'achigan que je m'empressai de ranger dans mon sac tandis qu'elle poursuivait son récit. La ténacité de Simon eût été compréhensible si elle lui avait laissé le moindre espoir. Comme ce n'était pas le cas, elle devenait gênante, voire même embarrassante. Plus Simon s'entêtait, plus la Guerrière l'évitait. Ce qui, d'après ce que j'en comprenais, jetait apparemment plus d'huile que d'eau sur le feu de son désir.

— Guerrière quoi faire? Guerrière sait pas!

Un autre poisson s'approcha. Cette fois, elle le laissa mordre à mon appât. Ce qui n'était pas bon signe; sa combativité faiblissait. Me faisant rassurante, je lui recommandai de miser sur le temps, la patience était un bon remède pour les maux du cœur. À moins, bien sûr, que son sentiment ne change, qu'à force de persévérance Simon n'attise sa flamme, suggérai-je.

— *Mauat! Mauat! Apu nita, mauat!*

Cette idée lui déplut. Soulevant sa jupe de peau, elle retourna vers la roche sur laquelle elle bondit comme une gazelle. Ce corps gracieux, ce visage fier, cette longue chevelure ondoyante… À la voir si belle, je présumai que Simon misait lui aussi sur le temps.

Je pris du recul, observai un moment les marguerites que je venais de déposer dans le pichet, en redressai quelques-unes, et reculai à nouveau.

— Qu'en dites-vous, Guillemette?

Elle leva les yeux du rideau couleur pensée qu'elle était à coudre.

— Joli, très joli, même. Placées ainsi au centre de la table, ces fleurs égayent toute la maison. Qu'en pensez-vous, dame Marie-Jeanne?

— Hum? Ce que je pense de quoi? demanda cette dernière.

Debout devant la fenêtre, Marie-Jeanne semblait concentrée sur ce qu'elle voyait au-dehors.

« Probablement les hommes travaillant aux champs », supposai-je.

— Ce bouquet de fleurs des champs que dame Hélène et moi avons cueilli pendant que vous vous échiniez à nettoyer les coffres, les armoires et les ustensiles de cette maison?

Ajustant les deux plumes d'autruche enfoncées dans sa chevelure torsadée, elle s'approcha de la table, un sourire narquois aux lèvres.

— Il me fut très aisé de dépoussiérer vos babioles, très chère. J'oserais même avouer en avoir retiré un certain contentement. Oui, faire briller vos pacotilles de misère fut une distraction sans pareille.

Guillemette rougit. Visiblement déconcertée par la réplique, ne sachant trop quoi répondre, elle piqua son aiguille dans le tissu, déposa son rideau sur la table et se pencha au-dessus des fleurs qu'elle sentit longuement avant d'éternuer.

— Atchoum!

— Atchoum! railla Marie-Jeanne.

Elle ricana avant d'ajouter.

— Voilà ce qu'il en coûte de frotter son nez à de la mauvaise herbe. Des marguerites, hum! Juste bon à jeter à nos deux vaches, notre bœuf et notre âne… pour brouter!

Effleurant sa joue fardée de son index gauche, elle observa tout autour en ajoutant:

— De fait, elles égayent particulièrement bien cette chaumine, je vous le concède.

Le camouflet ajouta à l'embarras de Guillemette. Épaules courbées et tête baissée, elle tordit nerveusement le coin de son tablier. J'hésitai à intervenir, tout en le regrettant. L'adversaire possédait une arme redoutable : elle savait pour le mouchoir de mon amour. Néanmoins, le caquet de cette insolente méritait d'être rabattu.

— Une bourgeoise comme vous, raffinée à l'extrême, insensible à la beauté d'une fleur ? Je m'étonne !

Je retirai une marguerite du pichet et la lui tendis.

— Observez bien la finesse de ces pétales blancs. Voyez comme ils sont harmonieusement disposés autour d'un minuscule soleil doré, le cœur de la fleur, insistai-je, car toute fleur a un cœur, le saviez-vous ?

Ma réplique donna de l'élan à Guillemette.

— Sans vouloir vous offenser, dame Marie-Jeanne, je trouve, moi, que cette mauvaise herbe s'harmonise parfaitement à mes babioles. Je vous le concède, mis à part les deux bijoux de famille reçus en cadeau de ma mère, il n'y a rien de grande valeur dans notre maison. Cela ne m'importe guère, puisque mon véritable trésor…

— Quoi, quoi ? Il y aurait un trésor enfoui dans votre caveau ?

— Mon véritable trésor, c'est mon Guillaume.

Marie-Jeanne s'esclaffa.

— Votre Guillaume ! Que de nobles sentiments ! Revenez sur terre, mignonnette, nous vivons au pays des Sauvages !

— Et alors ?

— Les mœurs…

— Quoi, les mœurs ?

— La liberté, cette liberté des femmes sauvages…

— Ces femmes ont leurs coutumes. Nous avons les nôtres.

Elle rit de plus belle.

— Quelle naïveté, quelle fraîcheur d'âme ! Une marguerite au cœur tendre…

Le doigt qu'elle agita devant le visage livide de Guillemette frôla le bout de son nez.

— Si j'étais vous, jeune jouvencelle, je surveillerais mon Guillaume de près, de très, très près. La courtoisie dont il m'honore, vous n'avez pas idée !

Se détournant vivement, elle me toisa.

— Les mœurs des Sauvages, vous en savez quelque chose, vous, madame de Champlain ?

Reculant d'instinct, j'essuyai lentement les postillons dont elle venait de me gratifier avec le coin de mon tablier. Ce bref délai me permit d'évaluer qu'il valait mieux déjouer son attaque.

«Riposte, riposte!»

— Marie-Jeanne, cette hargne aurait-elle pour seul motif la perte de votre pari? Je n'ose y croire! La charité chrétienne...

— Tiens donc, coupa-t-elle, deux saintes nitouches sous un même toit. C'en est trop! Insupportable! Comtesse Guillemette, mes obligations étant satisfaites, puis-je disposer?

Sitôt sa courbette terminée, elle tourna les talons et se précipita vers la porte.

— Je vous aurai prévenues! clama-t-elle en l'ouvrant.

Elle la referma si bruyamment que son claquement nous fit sursauter. Guillemette, les bras ballants, le visage blême et les yeux humides, haussa les épaules.

— Qu'ai-je fait? Qu'ai-je dit? C'est pourtant elle qui a insisté pour que je tienne ce stupide pari!

— Guillemette, vous n'avez rien à vous reprocher.

Tandis qu'elle réprimait sa peine, je scrutai mes appréhensions.

«Je vous aurai prévenues, une réplique anodine ou une réelle menace? Jusqu'où ira sa méchanceté? Elle sème d'abord le doute dans l'esprit de Guillemette, mais après? Contre nous Ludovic... notre mouchoir?»

— Se pourrait-il que mon Guillaume... sanglota Guillemette.

Je m'appliquai alors à dissiper ses craintes, à éclaircir ses idées. Oui, Guillaume lui était fidèle. Oui, elle pouvait lui faire confiance. Oui, Marie-Jeanne s'amusait d'elle. Non, elle n'aspirait aucunement à tisser des liens d'amitié. Oui, l'intérêt soudain qu'elle lui manifestait était bel et bien un leurre, mais pour cacher quoi, pour tromper qui et à quelle fin? Pour l'instant, nous n'en savions rien. Nous allions devoir user de patience et de finesse, de beaucoup, beaucoup de finesse, car la supercherie était élégamment dissimulée sous d'exquises plumes d'autruche.

Depuis le jour de la chasse aux oies blanches, la crainte d'étayer les soupçons de Marie-Jeanne ne me quittait plus. Aussi limitai-je mes rencontres avec Ludovic aux formalités de la vie courante.

Si, par inadvertance, nos regards se croisaient, ses yeux me questionnaient.

« Qu'y a-t-il ? Pourquoi m'évitez-vous ainsi ? »

Je cherchais alors l'objet, la personne ou le lieu pouvant servir d'alibi pour m'échapper. Comme je trouvais toujours, ses questions restaient sans réponse. Mon seul regret était de ne pouvoir apaiser son inquiétude. Ma seule certitude était qu'ainsi, je lui évitais le pire.

En ce dernier mercredi de mai, Ysabel et moi étions occupées à semer dans le jardin situé en bordure du grand fleuve, devant la palissade de l'Habitation. À l'est, par-delà l'île d'Orléans, les premières lueurs de *Kiichikouai*, dieu Soleil des Montagnes, éclataient derrière les collines violacées. Peu à peu, un rose flamboyant teinta les brumes du petit matin. Dans le ciel bleuté de la coupole céleste, la dernière étoile s'éteignit. Le gazouillis des oiseaux agrémentait le bruissement des jeunes feuillages qu'agitait un vent frisquet. Sur le rivage, mon chien Aie sautillait joyeusement dans les flaques d'eau laissées par la dernière marée. Désireuse de goûter la splendeur de l'aurore, je me redressai.

— N'est-ce pas merveilleux, Ysabel ? Nous habitons un véritable coin de paradis. Comment ne pas être heureuse ici, dis-moi ?

Pour toute réponse, elle me sourit.

« Une seule ombre au tableau, me dis-je, Marie-Jeanne. »

« Nenni, rétorqua ma conscience, chasse ces pensées moroses et profite du moment. Le bonheur est ici, dans cet instant, saisis-le. »

Inspirant profondément, je déployai largement les bras. L'odeur de la cuisson des pains se mêlait aux subtils parfums des fleurs des pommiers, pruniers et cerisiers, plantés ici et là autour de l'Habitation.

— Hum, quelles délices ! *Nipinoukhi* fait des merveilles ! Tu humes ces arômes, Ysabel ?

Sans se laisser distraire, elle planta un frêle pied de concombre, issu de notre serre, sur le petit tas de terre qu'elle avait préalablement façonné.

— Délicieux parfums !

L'ayant bien recouvert, elle se releva.

— Ce *Nipinoukhi*, qui est-ce ?

— La divinité qui ramène l'été.

— Dites donc, elle vous en apprend des choses, cette Guerrière !

— Non, pour ce dieu, ce fut Perdrix Blanche la semaine dernière, lorsque…

— Ah, oui ! Vous avez vu ses jumeaux ?

— Ils sont adorables avec leurs yeux en amande. Leurs cheveux noirs sont d'une raideur ! Ils pointent comme des flèches sur le dessus de leur crâne. Amusant… Tout juste un an et ils marchent déjà.

— Ces divinités, vous y croyez ?

— Bien sûr que non ! Il n'y a qu'un seul Dieu. Tous les autres sont…

S'étant accroupie, elle s'affaira à reformer un autre amas de terre. Visiblement, son esprit était ailleurs.

— Au fait, tu as pu discuter avec maître Jonas ?

— Oui, hier matin en allant quérir le pain.

— Et alors, comment a-t-il réagi à l'annonce de tes fiançailles ? Pas de rancune, de vexation ?

— Jonas, rancunier ! Non, déçu peut-être, mais pas vexé.

Elle se releva, plongea sa main dans son tablier transformé en sacoche pour l'occasion et en ressortit une poignée de graines.

— Cet homme est bon comme du bon pain. Malgré tout, il se réjouit sincèrement pour moi. Dommage pour lui…

Elle baissa les yeux. Son visage se rembrunit.

— Ysabel, tu mérites ce bonheur, tu le mérites grandement. Ton sentiment pour Eustache est là depuis si longtemps !

— Depuis la Normandie. Plus de neuf ans…

— La Normandie, neuf ans déjà, ajoutai-je avec un léger pincement au cœur. Comme le temps passe…

À cet instant précis, le soleil dora tout. L'évanescente luminosité m'envoûta. Autour de moi, les pommiers en fleurs de la Normandie, le vent salin, les hortensias… Je humais les parfums, grosse de notre enfant.

— Abominable bonheur interdit, murmurai-je.

Ysabel posa sa main sur celle que j'avais appuyée sur mon ventre. Les yeux suppliants, elle la prit et la serra entre les siennes.

— Pardonnez-moi. Cette souvenance que j'ai maladroitement éveillée, pardonnez-moi.

Sa peau était dorée, son bonheur palpable et ma peine égoïste. Le passé était passé. Regretter était bien inutile. Je choisis de miser sur sa joie.

— Il n'y a pas de faute, Ysabel. Je te sais sans malice. Nous parlions de toi et d'Eustache.

La lumière rosit. Son visage se détendit.

— En fait, nous abordions l'heureux sujet de nos fiançailles, précisa-t-elle.

Son sourire dissipa les poussières de tristesse folâtrant dans l'éblouissante lumière.

— Hélène, vous vous imaginez un peu, moi, fiancée à votre jeune frère ?

— Oh que oui, j'imagine fort bien !

— Moi, j'hésite encore…

— Tu doutes de ta décision ?

— Ce rêve m'habite depuis si longtemps qu'il m'est difficile de croire qu'il se réalisera enfin. Un rêve est un rêve, je ne suis pas de votre rang, et…

— Ysabel, nous vivons en Nouvelle-France. Crois-tu réellement que les usages étriqués de notre société française aient leur place en ce pays ? En avons-nous seulement les moyens ? Où sont les familles de laboureurs, charpentiers et maçons que devaient installer ici les dirigeants des compagnies de traite ? Je n'en vois guère. Notre lieutenant ne cesse de le déplorer. Des femmes braves, industrieuses et hardies, voilà ce dont ce pays a besoin. Des femmes dont les enfants poursuivront le rêve.

Elle opina de la tête.

— Tu as vraiment tout ce qui convient, insistai-je.

— J'ose l'espérer.

Ce fut à mon tour de serrer ses mains dans les miennes.

— Qui plus est, nous sommes nombreux à nous réjouir pour vous deux. Même le sieur de Champlain approuve votre union.

— Merci, Hélène…

Les premiers rayons de soleil miroitèrent sur l'eau.

— C'est un beau pays. Nous y serons heureux. Nous sommes à bâtir ce bonheur futur, Ysabel. N'est-ce pas là une noble cause ?

Elle glissa une main dans le creux de son tablier en agitant nerveusement les grains qui s'y trouvaient.

— Reste que l'annonce de nos fiançailles a grandement contrarié dame Marie-Jeanne. Maître Jonas comprend, mais elle...

— Comment pourrait-elle défier votre amour, sans nous défier tous ? Ne crains rien, le 26 juillet prochain, Eustache et toi serez fiancés, ne lui en déplaise.

Elle regarda vers l'Habitation, saisit la mèche brune que la brise collait à sa joue et la glissa sous sa coiffe blanche.

— Moins de deux mois, murmura-t-elle.

— Cela aurait pu se faire en juin. Eustache était prêt. Hélas, aucune sainte de ce mois ne convenait à madame mon amie Ysabel, plaisantai-je.

Elle rit.

— Je tenais à célébrer nos fiançailles le jour de la fête de la bonne sainte Anne en souvenir de ma mère. Combien de fois l'ai-je vue prier cette sainte, la suppliant de protéger notre père parti en mer.

Un voile de tristesse couvrit brièvement le gris de ses yeux. Puis la joie revint.

— Hier soir, je lui ai écrit une lettre. L'automne prochain, je l'expédierai avec mes gages par le premier navire retournant en France. Ainsi, mère saura ma chance. Puisse cette bonne nouvelle adoucir quelque peu ses tourments.

— Généreuse Ysabel.

— Je lui dois tout. Son courage me guide.

Dans la brillance de ce matin chargé d'espérance, la cicatrice de sa joue disparaissait presque.

— Eustache et moi, vivant ici, dans cette colonie avec tous ceux que nous aimons. Travailler ensemble à édifier une nouvelle société, notre paradis bien à nous. Vivement la Sainte-Anne !

Nous regardâmes de nouveau vers l'Habitation.

— Puisse le serpent de ce paradis ne pas être trop venimeux, souhaitai-je ardemment. Prions, Ysabel, prions afin de conjurer le mauvais sort.

— Prions et plantons, badina-t-elle.

— Plantons, oui. Parce qu'en plus du serpent, il nous faut défier la famine.

— Le froid de l'hiver et la menace des tomahawks, renchérit-elle.

— Tu imagines nos scalps suspendus au bout d'une perche ?

— Je les imagine fort bien. Trois belles chevelures : une rousse, une brune et une noire.

— Une noire ?

— Celle de dame Marie-Jeanne, pardi ! Parions que son scalp sera garni de plumes d'autruche.

Notre rigolade favorisa nos semences. Le rang de fèves fut terminé en un rien de temps.

— Pour la suite, les navets ou les pois ? demandai-je.

— Les pois, le plus gros des sacs au bout de ce sillon. J'y vais.

Profitant de cette pause, je m'avançai vers la grève. Sur les eaux, des milliers de petits miroirs jouaient à cache-cache avec le soleil. Je songeai à mon précieux miroir dont j'avais récemment perdu la trace. Tout en tâtant l'endroit où j'avais coutume de l'accrocher, à ma ceinture, je me remémorai la dernière fois où je l'avais touché.

— Je l'avais pourtant bien rangé sur ma table de toilette, dimanche dernier.

— Vous voilà bien songeuse.

— Mon miroir, je ne l'ai toujours pas retrouvé.

— Ah ! Ne vous inquiétez pas, me rassura Ysabel en déposant le sac de pois à nos pieds. Il aura probablement glissé derrière un de vos coffres ou sous votre lit. Oubliez ce tracas. Ce soir, je le chercherai avec vous.

Elle alla près de l'eau, y trempa ses mains, et se releva en les secouant. La vague qui lécha le sable effaça aussitôt les traces de ses sabots. Les cris rauques des goélands s'ébattant gaiement dans la rade attirèrent notre attention. Derrière l'Habitation, tout en haut du cap rocheux, scies et marteaux étaient à l'œuvre. Notre fort serait terminé avant la fin de l'été. C'était, du moins, le souhait du sieur de Champlain.

— Il y a tant de vie ici, et tant à faire. Voilà pourquoi il m'est si difficile de comprendre le besoin d'éloignement de mon époux, lui révélai-je tandis qu'elle transférait des pois secs du sac au creux de mon tablier.

— Le sieur de Champlain ?

— Oui, celui-là, l'époux officiel.

Son visage se crispa. Elle grimaça.

— Ce n'est rien. Je ne suis pas vexée. On s'habitue à tout, même à vivre avec deux époux, badinai-je.

Déposant le sac à demi vide, elle me sourit.

— Vous disiez ? Ce mari donc ?

— Son désir de découvrir sans cesse de nouvelles contrées, de voyager vers des terres inconnues, je ne le comprends pas. D'une part, il s'ingénie à promouvoir l'installation d'une colonie florissante ici, à Québec, d'autre part, il souhaite se rendre toujours plus avant vers l'Ouest. Je sais qu'il a droit à la moitié des acquis lors des explorations, mais ces profits n'expliquent pas tout.

— Sa nature d'explorateur le ronge.

— Crois-tu ?

Elle toucha mon bras et scruta les alentours avant de poursuivre.

— Vous me promettez le secret ?

— Bien entendu.

— L'autre soir, le sieur de Champlain discutait avec Eustache.

— Et...

— Alors que je pliais les draps, non loin de l'escalier...

— Qu'as-tu appris ?

— Il disait à peu près ceci. Le sieur de Champlain attire la maisonnée de *Miritsou* près de l'Habitation afin de s'assurer de leur fiabilité lors des explorations.

— Fiabilité ?

— Leurs femmes et leurs enfants restant ici tout près, ils seront bien forcés d'y revenir.

— Les femmes et les enfants, des otages ! m'étonnai-je.

— Ainsi, plus de désertions et d'abandons au beau milieu d'une expédition. Les accompagnateurs montagnes guideront les Français du début jusqu'à la fin.

— Ce qui s'avère essentiel, puisqu'ils connaissent ces contrées mieux que quiconque.

— Qui plus est, votre époux a clairement affirmé que sans la complicité des Montagnes, aucun Français ne pourrait aller plus avant, ni vers l'Ouest ni vers le Nord, car eux seuls peuvent négocier les droits de passage sur les territoires occupés par les autres nations.

— Ce qu'il a vainement tenté de faire à plusieurs reprises. Ainsi donc, son désir d'établissement des colons et de conversion des âmes viendrait en second lieu.

— C'est du moins ce que j'ai cru comprendre.

— Une fois *Miritsou* élu chef, il comptera sur lui pour influencer les autres chefs en ce sens. Voilà donc pourquoi il prépare son élection avec autant d'ardeur, déduisis-je.

— On peut le voir ainsi, oui, je le crois.

Haletant, Aie s'immobilisa près de mes jupes et s'ébroua. Je me penchai afin de caresser le pelage doré de son cou. Il me lécha la joue.

— Beau chien, beau chien! Quoi, que dis-tu? Ah, oui, moi aussi, je t'aime.

— Moi aussi, je vous aime, dit-on dans mon dos.

Je me redressai d'un bond.

— Ludovic, d'où sortez-vous?

— Du purgatoire où vous me confinez, madame.

Ysabel s'appuya sur le manche de sa pioche.

— Maître Ferras, quelle heureuse surprise! s'exclama-t-elle. Depuis cette fameuse chasse aux oies, on ne vous voit guère. Vous nous fuyez?

— Ma parole, vous lisez dans mes pensées! C'est précisément la question que j'allais poser à madame de Champlain.

Elle agita sa main afin de repousser les moustiques tournoyant autour de sa coiffe.

— Ah, bon, vous avez à discuter? Fort bien, je vous laisse. J'avais justement des pois à semer au bout de ce rang, dit-elle en s'éloignant.

Un léger malaise s'infiltra dans le silence qui suivit. N'osant le regarder, je fixai le col de sa chemise de lin.

— Qu'y a-t-il, Hélène? murmura-t-il tendrement. Ce trouble dans vos yeux, qu'y a-t-il? Je vous en prie, parlez-moi. Si un souci vous accable, je veux savoir.

— Soit. Elle sait, Ludovic.

— Qui sait quoi?

— Marie-Jeanne. Elle sait pour nous deux.

— Elle sait pour nous deux? Quoi, quoi pour nous deux?

— Votre mouchoir…

— Mon mouchoir, quel mouchoir…?

Le bras qu'il levait s'immobilisa. Sa bouche se referma, son visage se figea.

— Notre mouchoir brodé d'un H écarlate, précisai-je, le mouchoir de nos premiers serments, le mouchoir enfariné perdu sur le *Saint-Étienne*. Oui, pour ce mouchoir-là, elle sait!

Il plissa le front, fronça les sourcils, cligna des yeux, pour finalement lisser ses cheveux derrière ses oreilles.

— Attendez, attendez, un moment, attendez! Elle sait pour notre mouchoir, dites-vous. Comment l'avez-vous appris?

— L'autre jour, à la chasse, elle m'a parlé d'un mouchoir enfariné perdu sur le *Saint-Étienne*.

— Et?

— C'est tout.

— C'est tout! Un mouchoir enfariné perdu et c'est tout?

— C'est bien suffisant! Si elle sait qu'il était enfariné, c'est qu'elle vous a vu me le remettre sur le pont du *Saint-Étienne* à Honfleur.

— Fort bien, mais encore…

— Tout est là! me désolai-je.

— Tout est là? Rien de plus, et tout est là!

Il éclata de rire. Plus il riait et plus ma perplexité augmentait.

— Voilà bien l'esprit des femmes! Deux mots, «mouchoir enfariné», et du coup, la tragédie grecque s'amorce.

— Ludovic, je vous en prie! J'ai vu ses yeux menaçants, j'ai senti sa malice, et ce, plus d'une fois. Il faut me croire, cette intrigante n'hésiterait pas à vous discréditer auprès de monsieur de Champlain. Songez à votre honneur, songez à votre avenir, songez… à nous.

Il ne riait plus.

— Pardonnez mon insouciance. Vous avez raison. Cette preuve, bien que négligeable, pourrait vous compromettre.

Il braqua ses yeux dans les miens.

— Selon vous, Marie-Jeanne aurait-elle d'autres indices nous concernant?

— Je l'ignore. Il y a bien ses allusions malveillantes de temps à autre, mais rien de précis.

— Bien. Serait-il possible qu'elle nous ait entendus sur le *Saint-Étienne* et que, par la suite, question de s'immiscer dans vos affaires, elle soit allée voler le mouchoir dans votre cabine, sans trop savoir de quoi il retournait?

— C'est possible.

— Par la suite, elle vous parle de ce mouchoir dans l'espoir de vous piéger. Si vous réagissez, elle a de quoi nourrir sa méchanceté.

— Je n'ai rien dit et je n'ai rien fait!

— Alors, elle ne peut rien contre nous. Vous aviez donc raison d'user de prudence. Évitons de nous retrouver seuls pour quelque temps. Votre sécurité avant tout, belle dame. Je pâtirai en silence.

— Dans quelle galère vous ai-je entraîné, maître Ferras ?

— La plus merveilleuse qui soit. Je…

Plaçant sa main en visière, il fixa le fleuve en aval.

— Tiens donc, des canots, de si bon matin ? Ce ne peut être que *Miritsou* et les chefs. Ils viennent débattre de son élection.

Pensif, il tapota un moment son aumônière avant de prendre ma main.

— Le devoir m'appelle, Hélène. Champlain aura besoin de tous ses hommes. L'élection de *Miritsou* servira l'avenir de ce pays. Resserrer nos liens avec les Montagnes est capital.

Il me fit un distrait baisemain, faillit partir, et se ravisa.

— La galère sur laquelle nous voguons me convient parfaitement, madame. Quittez-la et je me jette à l'eau.

Il frappa son poing contre son cœur et me salua de la tête avant d'enjamber les sillons du jardin. Dès qu'il fut sur la grève, il courut vers le quai afin d'accueillir les visiteurs, nos frères montagnes.

Suivi par une dizaine d'engagés, le lieutenant traversait le pont-levis afin de descendre à leur rencontre. Les salutations et accolades terminées, tous remontèrent vers l'Habitation. Je remarquai que deux des Sauvages portaient des ballots de peaux de castor.

— Un cadeau en échange de l'appui du lieutenant, murmurai-je.

Aie s'assit à mes pieds. Au bout du rang, Ysabel semait avec une application soutenue.

« Terminer ce jardin, pensai-je, afin de nourrir les hommes qui préparent nos lendemains. Une noble tâche, la tâche des femmes depuis la nuit des temps. Nourrir. »

J'allais me remettre au travail lorsque je vis deux dames passer le pont-levis.

— Marie-Jeanne et Lorraine, l'épouse du commis Letardif ! Où peuvent-elles bien se rendre si tôt ?

Elles longèrent le fossé et s'engagèrent sur le chemin montant vers le fort. Ysabel tenant ses jupons d'une main et son équilibre de l'autre, venait à petits pas dans l'étroit sillon.

— Vous avez vu ? Dame Marie-Jeanne avec dame Lorraine ! s'étonna-t-elle.

— Oui. Que peuvent-elles bien mijoter ? À moins que…
Françoise, Marguerite et Guillemette ne devaient-elles pas jardi-
ner chez les Hébert aujourd'hui ?

— Oui, cela me revient. Marie-Jeanne et Lorraine avaient
convenu d'aller donner un coup de main au moment des semences. Comme maître Louis passe l'été à Tadoussac, Marie doit voir
à tout.

— Il semblerait que les semences soient pour aujourd'hui. Cela
expliquerait les atours de Marie-Jeanne. Tu as remarqué sa jupe
de drap gris et son chapeau de paille à large bord ? Elle n'a pas
l'habitude de tels accoutrements. De loin, comme ça, on croirait
une servante.

— Besogner chez Guillemette lui aura peut-être donné envie
de participer aux tâches paysannes, comme elle dit si bien ?

Nous nous dévisageâmes. Sceptique, elle écarquilla les yeux.

— Un tantinet surprenant, j'en conviens, admit-elle.

— Inquiétant, même, ajoutai-je. Ce revirement soudain, cette
envie de servir chez l'une et chez l'autre…

— L'influence des divinités montagnes ou l'intervention de la
bonne sainte Anne ?

— À moins que le charmant serpent…

— Dieu nous en préserve !

Nous fîmes un signe de la croix.

— Bonne sainte Anne, priez pour nous ! implorai-je.

— Amen ! agréa Ysabel.

9

Mahigan Aticq

Miritsou avait tenu sa promesse. Non seulement tous ceux de son clan avaient-ils cabané tout l'hiver à une demi-lieue de Québec, mais encore, le printemps venu, avaient-ils mis en labour quelque sept arpents de terre, afin d'y semer de ce blé d'Inde dont ils se nourrissaient abondamment. C'était maintenant au tour du lieutenant d'honorer sa parole. Comme promis, il devait influencer les chefs montagnes, afin qu'ils élisent *Miritsou* comme nouveau capitaine. Or, cette démarche s'avéra plus ardue qu'il l'avait d'abord escompté.

La confiance en son pouvoir de persuasion baissa d'un cran lorsque *Miritsou* l'informa que quatre autres Montagnes récemment descendus des Trois-Rivières et logeant non loin de leur campement, aspiraient aussi au titre de chef. Leur notoriété surpassant la sienne, voilà qu'il se retrouvait bon dixième sur la liste des plus anciens. Inévitablement, ce rang le desservait. Surpassant ses propres appréhensions, le sieur de Champlain se fit rassurant. Il n'avait pas à se mettre en peine, puisque les Français le reconnaissaient déjà pour chef. Fort de son autorité de grand capitaine, il saurait convaincre ses frères de sang de le préférer aux autres, foi de Champlain !

Sa conviction fit son œuvre. *Miritsou* et ses hommes retournèrent donc, confiants et satisfaits, vers leur campement au bord de la rivière Saint-Charles. Sitôt qu'ils furent repartis, le sieur de Champlain fit ranger les quarante peaux de castor, laissées en cadeau, dans le magasin de la compagnie. Le lendemain, invités par le lieutenant, les concurrents montagnes de *Miritsou* se présentèrent à l'Habitation. Cette fois, les pourparlers se prolongèrent tout le jour.

Après le souper, profitant de notre promenade quotidienne sur la grève, Eustache me rapporta que le sieur de Champlain avait eu bien du mal à les persuader d'abandonner leurs aspirations à l'avantage de *Miritsou*. Ayant d'abord longuement insisté sur les qualités de l'homme, valeureux et industrieux, habile chasseur et grand orateur, il leur expliqua comment *Miritsou* avait hardiment gagné non seulement l'appui, mais encore l'amitié des capitaines français de La Ralde, Gravé du Pont et de Caën. Par le fait même, tous les colons, les ouvriers et les engagés de deux compagnies de traite lui vouaient le plus grand respect.

Devant leur réticence, il avait redoublé d'ardeur, s'attardant à faire valoir tous les bénéfices que leur nation pourrait retirer de ces nouvelles amitiés. Si *Miritsou* devenait capitaine, les Français seraient davantage enclins à traiter avec leurs amis montagnes, cela ne faisait aucun doute. À qui voudraient-ils offrir le meilleur profit pour leurs peaux, sinon à ceux qui auraient appuyé la candidature de *Miritsou* ? Avec qui iraient-ils en guerre contre leurs ennemis les Yroquois, sinon avec ceux qui auraient compris et appuyé leur choix ? Ne voyaient-ils pas les avantages d'avoir un chef cabanant tout près des Français, non loin de Québec, ce poste de traite situé à mi-chemin entre les Trois-Rivières et Tadoussac ? Autant de privilèges qui risquaient d'échapper à leur nation s'ils s'entêtaient dans leurs aspirations. Secoués, les chefs rivaux promirent d'y réfléchir.

Lorsque leurs canots quittèrent le quai de Québec, le lieutenant croisa les doigts. Si *Miritsou* était élu, tous ses projets iraient de l'avant. Ce soir-là, les habitants de Québec eurent la même prière.

— Seigneur Dieu Tout-Puissant, faites que *Miritsou* soit élu chef.

Notre prière fut exaucée. On nous rapporta qu'au lever du jour, dans le *wigwam* du sorcier Pilotoua, après une nuit d'intenses réflexions et de sérieuses discussions, les chefs, l'esprit avivé par la fumée des calumets, choisirent *Miritsou* comme nouveau chef.

En après-midi, vêtu d'un simple pagne, la peau bien huilée, les joues peintes de rouge et de noir, de multiples colliers ornant sa poitrine, *Miritsou* monta fièrement vers l'Habitation. Précédant tous les autres chefs, il arborait un extravagant panache fait de griffes d'ours et de plumes d'aigle. Tous ces Montagnes venaient rendre hommage au grand capitaine des Français qui avait si bien guidé leur choix. Pour ce faire, ils lui remirent soixante-cinq peaux de castor, l'assurèrent de leur amitié et déclarèrent que dorénavant, les Montagnes tenaient les Français pour frères. Le sieur de Champlain mit l'heureux dénouement sur le compte de sa diplomate intervention. Régénéré et ragaillardi, désireux de célébrer à la fois l'élection de *Miritsou* et l'amitié de tous nos frères montagnes, il les convia à un festin digne de leur tradition.

Les canots des Montagnes avaient disparu depuis longtemps lorsque le sieur de Champlain quitta le quai au bout duquel il avait longuement savouré sa prouesse.

L'organisation du festin promis à *Miritsou* ne fut pas une mince affaire. Pendant plus de deux jours, tous les engagés durent s'affairer aux préparatifs. Une fois la cour de l'Habitation débarrassée des charrettes, scies et marteaux, barils et tréteaux, le lieutenant commanda à quatre hommes d'aller chez les Rollet, afin de rapporter l'immense chaudière dans laquelle les colons fabriquaient habituellement leur bière. Ils l'installèrent près des deux autres, prêtées pour l'occasion par Jonas, le boulanger et par Théoret, le cuisinier de l'ancienne compagnie. Puis tous les chasseurs disponibles ratissèrent les bois et les champs avoisinants, de sorte qu'elles furent vite remplies de tourtes, lièvres, gélinottes, porcs-épics et perdrix. Lorsque le cuisinier alluma le feu sous les chaudrons, le sieur de Champlain chargea le commis Letardif d'aller prévenir les invités montagnes que le festin était prêt.

La cohorte arriva dans l'heure qui suivit. Les canots s'alignèrent sur la grève, et leurs occupants, parés de leurs plus beaux atours, écuelle et cuillère accrochées à leur ceinture, entrèrent en parade dans la cour de l'Habitation. Des colliers se superposaient autour de leur cou et de multiples bracelets sautillaient tant à leurs poignets qu'à leurs chevilles. Le visage des hommes était peint plus généreusement qu'à l'habitude. Je remarquai que la Meneuse, dorénavant sœur de chef, avait tiré ses cheveux vers l'arrière en une longue queue enrubannée de peau de serpent. Un anneau de perles colorées ornait sa narine droite. La Guerrière, quant à elle, arborait une garniture que je ne lui avais jamais vue : un collier auquel était suspendue une carapace de tortue.

— Quelle horreur ! s'était exclamée Marie-Jeanne, dans le creux de sa main gantée de soie, en les regardant venir.

Sitôt entrées, Petite Fleur, Perle Bleue et Étoile Blanche entraînèrent cinq jeunes garçons et deux fillettes autour de l'enclos, dans lequel nos deux vaches supportaient sans broncher le béguètement de nos chèvres et le caquètement de nos poules. Leurs mères, tantes et grandes cousines s'alignèrent au fond, le long du magasin.

Debout devant la porte de son logis, flanqué de Ludovic et d'Eustache à sa gauche et de *Miritsou* à sa droite, le sieur de Champlain, maître du festin tout de rouge vêtu, recevait, droit et fier, les bons mots des hommes montagnes. Chacun d'eux lui manifestait son contentement. Chaque contentement le rapprochait de son but ultime : la découverte des terres inconnues.

Une fois la cour aussi pleine que les chaudières, il commanda la levée du pont-levis. Il le fallait, car selon la croyance des Sauvages, la présence d'un intrus à tout festin était un mauvais présage.

Par la suite, ainsi que le voulait la coutume, le sieur de Champlain fit une harangue qu'Eustache s'efforça de traduire tant bien que mal dans leur langage. Pour les remercier d'avoir répondu à son invitation, il les assura de sa fidélité et s'engagea à les seconder contre tous ceux qui leur voudraient du déplaisir, tant et aussi longtemps qu'ils choisiraient de vivre en amitié avec les Français. Il félicita *Miritsou*, le nouveau chef, et se dit honoré de les compter tous pour frères.

Durant tout le discours, *Miritsou* se tint les épaules redressées, le visage noble et les yeux fixes, comme s'il regardait vers l'intérieur. Quand le lieutenant se tut, il déposa ses mains dans les siennes avant de s'incliner bien bas devant celui qui lui rendait hommage. Lorsque lentement il se releva, il lui ouvrit les bras. Les acclamations répétées des *Hé, hé!* rebondirent sur les murs de la palissade. Les deux capitaines s'étreignirent un long moment avant que le nouveau chef dresse sa lance afin d'obtenir le silence. Son port était digne, sa voix profonde et lente. Eustache s'approcha de notre groupe afin de nous traduire.

— *Miritsou* annonce qu'il n'est plus.

Un murmure s'entendit. Le chef l'apaisa en levant les bras.

— Dorénavant, son nom sera *Mahigan Aticq*.

— *Mahigan Aticq*! s'étonna le sieur de Champlain. Pourquoi deux noms si contraires ?

— *Mahigan* veut dire loup, traduisit Eustache. En ce pays, point de bête plus cruelle qu'un loup. *Aticq* veut dire cerf. En ce pays, point de bête plus douce qu'un cerf. Ainsi, le chef sera bon et doux pour ceux qui lui voudront du bien, mais furieux et vaillant contre ceux qui outrageront et offenseront son peuple. Ainsi parle le chef.

Sa harangue terminée, *Mahigan Aticq* se plaça face au sieur de Champlain.

— *Mahigan Aticq*, mon frère, chef des Montagnes, proclama le lieutenant.

Chacun d'eux saisit les bras de l'autre et les serra intensément en opinant de la tête.

— *Hé, hé! Hé, hé!* scandèrent tous les autres convives.

— Frères montagnes, que la fête commence! clama alors le maître du festin.

Tandis que les chaudières se vidaient, la Guerrière, qui nous avait rejointes sous la galerie, nous expliqua, avec ses mains autant qu'avec ses mots, que les chefs montagnes cherchaient à convaincre les Yroquois, peuple contre lequel ils étaient en guerre depuis plus de cinquante ans, à moyenner une paix entre eux.

— Une paix avec les Yroquois! s'étonna Marie.

— Inimaginable! renchérit Françoise.

— Impensable! ajouta Marguerite.

— Incroyable! Une paix, avec… les Yroquois! Aaah! se pâma Marie-Jeanne en touchant son front du revers de sa main.

— Quoiqu'à la vérité… réfléchit Marie.

— En y pensant bien… enchaînèrent Françoise et Marguerite.

Eustache était encore sous l'effet de la surprise quand Ludovic vint l'apostropher.

— Eustache, j'ai besoin de ton aide, nous devons intervenir. Le chef *Cherououny* et son père sont ici.

— Quoi, *Cherououny*, le meurtrier de 1616!

— Précisément! Regarde près des barils de vin. Ils sont par là! Viens, suis-moi!

— Champlain leur a pourtant interdit de paraître à Québec. Ces crapules se seraient faufilées parmi les invités, s'indigna Eustache.

— Viens, viens, s'impatienta Ludovic.

Les deux comparses se frayèrent un chemin parmi les convives.

— Aaaaaah! gémit Marie-Jeanne en s'appuyant sur la balustrade de la galerie.

Par-delà le bruit des voix, des pieds, des mains et des parures, la voix du lieutenant retentit.

— Puisque tu es le chef, *Mahigan Aticq*, chasse-les immédiatement d'ici!

Sa forte exhortation fit diminuer le brouhaha de la fête. Je suivis du regard les plumes d'aigle ornant la tête de *Mahigan Aticq*. Elles allèrent tout droit vers la porte du magasin, où se trouvaient les barils de vin. Là, elles s'agitèrent pendant un long moment avant de revenir vers le panache rouge du chapeau du lieutenant.

— Quoi! Que dis-tu? hurla le sieur de Champlain.

Les plumes rouges de son chapeau foncèrent vers la porte du magasin dans lequel il entra. Eustache et Ludovic le suivirent. Ils en ressortirent, chacun brandissant un mousquet. Le silence partit de la pointe des armes et s'étendit dans la cour de l'Habitation à la vitesse d'une traînée de poudre à laquelle on aurait mis le feu.

— Marie, Françoise, vous avez vu? s'exclama Marguerite.

— Les armes, ils ont sorti les armes, m'alarmai-je.

— La guerre, la guerre! s'écria Marie-Jeanne en s'élançant dans le logis où elle s'enferma.

Les plumes de *Mahigan Aticq* s'agitaient autant que les plumes du chapeau du sieur de Champlain.

— Qu'ils sortent sur-le-champ, sur-le-champ! vociféra-t-il.

C'est alors que Ludovic et Eustache saisirent les mécréants par les bras, les forçant à se rendre vers le pont-levis.

Le lieutenant grimpa sur une charrette.

— Baissez le pont-levis, cria le lieutenant en brandissant son arme. Baissez le pont-levis et sortez-les d'ici!

— *Eshk^u tshika uapamitinan, eshk^u tshika natshishkatinan!* tempêtaient le meurtrier et son père, à l'intention de Ludovic et d'Eustache qui les menaient virilement vers la sortie.

Dans les minutes qui suivirent, la cour de l'Habitation se vida presque aussi rapidement qu'un baril de vin sans bouchon. Ne restaient autour des chaudières vides que les Français médusés et le lieutenant qui, figé de rage, braquait toujours son mousquet vers la sortie de l'Habitation.

— *Mahigan Aticq*, Loup Cerf, Cerf Loup, murmurai-je.

J'eus alors la profonde certitude qu'un loup et un cerf vivaient en chacun de nous. Pour protéger les siens, pour défendre son honneur, le sieur de Champlain savait être loup. La seule pensée qu'il puisse un jour découvrir ma liaison avec Ludovic me donna froid dans le dos. Le souvenir de la vision du meurtrier menaçant Ludovic accentua mon tourment.

« Il y a plus d'un loup en ce royaume », redoutai-je.

Je frissonnai.

10

La paix à deux tranchants

Le lendemain, au déjeuner, le sieur de Champlain but son vin d'une traite avant de mordre farouchement dans sa miche. Sitôt fait, il saisit un œuf débarrassé de sa coquille et l'enfouit tout rond dans sa bouche. Les joues gonflées, l'air renfrogné, les yeux fixant le vide, il mastiqua fermement le tout. Respectant son silence rageur, chacun picorait dans son pain, tout en le surveillant du coin de l'œil. Je bus mon vin, déposai lentement mon verre et relevai la tête en toussotant légèrement. Ludovic passa un doigt sous le collet de sa chemise. Eustache me jeta un regard noir. François couvrit sa bouche d'une main tandis que les doigts de l'autre tapotaient le rebord de son assiette. Je crus comprendre qu'il valait mieux me taire. Le défi était trop beau. Redressant les épaules, je m'élançai.

— Ce fut un beau festin, un surpren...

Le lieutenant s'étouffa. Ysabel, qui se tenait debout derrière lui, s'empressa de remplir sa coupe de vin. Il la vida à nouveau. Puis, agrippant son couteau, il coupa si vigoureusement son lardon qu'un morceau rebondit hors de son assiette. Je camouflai mon sourire derrière ma serviette de table. Retenant leur souffle, les trois autres se redressèrent à l'unisson. Leurs yeux me criaient : « Taisez-vous ! » Convaincue qu'il valait mieux crever cet abcès, je persistai.

— Marie-Jeanne n'est pas là ? Serait-elle souffrante, François ?

Il se tourna vers le lieutenant qui, la tête enfoncée dans les épaules, mâchouillait son lardon, les paupières à demi fermées. Comprenant que ce sujet nous éloignait du délicat de la situation, François répondit.

— Ma sœur et dame Letardif ont quitté l'Habitation dès l'aurore. Elles prêteront main-forte à dame Martin, aujourd'hui.

— Servir ? Encore ! m'étonnai-je.

Ma réplique tomba comme un plat caillou dans une mare asséchée. Le pesant silence persista. N'en pouvant plus, je lançai à tout hasard :

— Cette paix avec les Yroquois, qu'en pensez-vous, messieurs ?

Le sieur de Champlain planta son couteau dans la table et se leva d'un bond.

— Taisez-vous ! Comment osez-vous ? Vous m'insultez, madame. Je suis le lieutenant, je suis votre époux ! Il y aura une discussion quand j'aurai envie d'une discussion. Suis-je assez clair ?

— Suffisamment. Mais ma curiosité reste à satisfaire. Cette paix…

— Savez-vous seulement de quoi vous parlez, madame ? La paix, la paix, voilà des années que la France court après cette chimère !

Dégageant vigoureusement son couteau de la table, il le pointa vers moi.

— La paix est une anguille, un mirage inaccessible, une dévoreuse d'hommes, de femmes et d'enfants. Recherchez la paix et vous aurez la guerre !

Il se mit à arpenter la pièce.

— Depuis des années que je m'échine à découvrir, à peupler ces terres, quémandant, suppliant les grands seigneurs du Conseil royal de nous porter secours avant qu'il ne soit trop tard. Que me laissent-ils entendre ? « Votre colonie devra attendre, la France est en guerre ! » La France défend ses territoires, le roi défend sa couronne, les seigneurs défendent leurs pouvoirs, pendant que nous croupissons ici, en attendant quoi ? La paix ! Veuillez m'en croire, l'aide nécessaire au développement de ce pays, ce n'est pas pour demain ! Mettons la main à la pâte et forçons ensemble, messieurs, et pour longtemps encore. Car la paix passe avant le développement, figurez-vous ! La paix ici, madame, un leurre, un abominable leurre !

Arrêtant sa marche à ma droite, il agita nerveusement son couteau sous mon nez.

— Oui, monsieur ?

Un de ses cheveux tomba dans mon assiette. Sa chevelure clairsemée était si près de mon visage.

« Plus de cheveux blancs que de noirs. Notre lieutenant vieillit », observai-je.

Furieux, il retourna à sa place.

— La paix, la paix ! Parlons-en de cette sacro-sainte paix !

Il se rassit et but son vin. Interloqué, inerte, chacun attendait la suite.

« Cette surprenante démonstration dépasse assurément sa pensée, déplorai-je. La fatigue et la contrariété le poussent au découragement. La paix doit bien avoir quelques avantages, que diable ! »

Repoussant mes réticences, j'en remis.

— Iriez-vous jusqu'à dire que la paix désirée par les Montagnes entraînerait nécessairement la guerre ?

— L'une ne va pas sans l'autre ! Seuls les rêveurs naïfs se cramponnent à la paix.

Les autres convives se dévisagèrent.

— Mais monsieur… tenta Eustache.

— Quoi, monsieur ? Avons-nous seulement du temps pour y réfléchir ? N'avons-nous pas suffisamment à faire ? Les Montagnes et les Yroquois veulent la paix. Soit ! Qu'ils la fassent !

— Je crois que… reprit Eustache.

— Quoi, que croyez-vous ?

— C'est que…

— En finir avec les différends des compagnies de traite, attirer le plus de nations possible sur les rives du Saint-Laurent le printemps venu, préparer cette colonie pour tous ceux qui y viendront après nous, n'est pas suffisant ?

— Justement, la paix pourrait…

— Assez ! trancha-t-il. Tenons-nous-en aux défis qui nous incombent.

Ayant projeté son couteau dans son assiette, il passa sa serviette sur son visage.

Cette abdication ne lui ressemblait guère. Irrité, les traits tirés, les épaules tombantes, il me parut fortement accablé par le poids de sa charge. Le retard des bateaux français l'inquiétait. Plus d'un engagé parlait de retourner en France, l'automne venu. Hier, indignés par la présence du meurtrier dans nos murs, plusieurs lui reprochèrent ouvertement de ne pas l'avoir jugé et pendu en temps et lieu selon l'ordre de la justice française. Tous ces tracas viendraient-ils à bout de son courage ? Non, cela ne pouvait être, il me fallait réagir.

— Vos soucis pèsent lourd, monsieur. Peut-être brouillent-ils quelque peu votre vision des choses ? Je puis vous assurer que nous, femmes de ce pays, Montagnes et Françaises, toutes autant que nous sommes, croyons fermement aux bienfaits de cette paix.

Sa mâchoire se relâcha. Il me parut surpris. Avais-je apaisé ou excité son transport ? Comment savoir ? S'adossant à sa chaise, il fit mine de chasser quelques miettes de pain sur le devant de son pourpoint noir, en l'effleurant négligemment du bout de ses doigts. Puis il glissa ses pouces sous son large ceinturon de cuir et gonfla le torse.

— Les femmes de ce pays croient à la paix. Les femmes ? insista-t-il.

— Oui. Les femmes la défendront.

Son poing s'abattit sur la table. Blanc de colère, il bondit.

— La défendre ! Les femmes défendre la paix ! clama-t-il haut et fort. Depuis quand les femmes, ces êtres faibles et débiles, osent-elles prétendre à la réflexion ? Depuis quand les femmes pensent-elles ? Depuis quand se forgent-elles des opinions ? Depuis quand ont-elles droit de parole ? Votre infatuation est insupportable, madame !

Appuyant ses mains de chaque côté de son assiette, il avança son torse comme pour me parler d'un peu plus près.

— Croyez-moi, poursuivit-il, si un souci brouille ma vision, c'est bien celui d'avoir à supporter votre insolence. Vous pensez trop, vous parlez trop, vous osez trop ! Si j'ai un blâme à m'adresser, c'est bien celui de vous accorder de l'importance, de vous écouter pérorer sans relâche, d'oublier que vous n'êtes qu'une femme, poussant l'absurde jusqu'à vous octroyer le privilège d'être assise avec nous, ici, à cette table !

L'escalade verbale l'avait emporté. Sa voix résonnait encore, lorsque je me levai lentement. Tous les autres hommes en firent autant.

« Ses soucis pèsent plus lourd que je ne l'avais imaginé », conclus-je.

Jamais je ne l'avais vu aussi courroucé. Il fallait bien qu'il le soit. Afficher un tel mépris à l'égard des femmes ne lui était pas coutumier. Elles l'indifféraient, certes, le contrariaient parfois, mais de là à les bafouer de la sorte ! Debout derrière le maître, Ysabel tordait son tablier. Ludovic redressa les épaules, faillit ouvrir la bouche, me regarda, le regarda et se retint. Je fis une courte révérence, replaçai ma chaise sous la table et me rendis au pied de l'escalier. J'allais y monter lorsque le lieutenant vociféra.

— Ah, vous, vous ! Si nous étions à Paris, si nous étions à Paris !

La tête haute, je me tournai vers lui.

— Mais nous sommes à Québec, monsieur, rétorquai-je calmement. Puis-je vous rappeler que les femmes montagnes ont droit de parole dans leur société ?

Debout à ses côtés, Ludovic blêmit. Leur tournant le dos, je gravis une marche.

— Madame ! explosa le lieutenant. Je vous somme de reprendre votre place immédiatement !

Ce lieutenant, pourtant du sexe viril, supposément fort et raisonnable, m'apparut en cet instant plutôt faible et désemparé. Un sentiment de compassion me submergea. Ma conscience me dicta la soumission.

— Puisque vous insistez.

Ysabel vint tirer ma chaise. Je posai mon fessier sur le rebord, le dos droit, baissant les yeux, selon les convenances de notre distinguée société française. Tous reprirent leurs sièges. Je voulus mon visage impassible et mon ton froid.

— Puis-je prendre la parole, monsieur ?

Soupirant longuement, il dodelina de la tête. Je conclus qu'il acceptait.

— Soit dit en toute humilité, je ne crois pas avoir mérité vos injures, monsieur, enfin pas entièrement. Cette colère, que vous déversez sur moi ainsi que sur les femmes de ce pays, m'apparaît injuste et, par là même, indigne de vous, puisque je vous sais honnête et équitable. Ma réflexion de femme, qui vaut ce qu'elle vaut, me pousse à croire que ce *Cherououny* vous martèle le cerveau. Les engagés des compagnies vous reprochent de ne pas lui avoir passé la corde au cou, et ce, depuis belle lurette. Vous résistez à leurs doléances. En cela, je vous comprends et vous appuie. La paix avec nos frères montagnes est à ce prix. Si vous appliquez rigoureusement la justice française en condamnant *Cherououny* à la mort, le risque est grand qu'ils le vengent en tuant un des nôtres à leur tour. Une roue sans fin : une vengeance en entraînant une autre. Comme nous sommes peu nombreux et qu'ils sont d'habiles guerriers, vous n'avez guère le choix de passer outre à nos lois et d'épargner ce meurtrier.

Sans bouger la tête, l'observant du coin de l'œil, je vis qu'il écoutait, le menton relevé, sa barbiche pointant vers ma faible nature. Je poursuivis.

— Vous n'êtes en rien responsable de la présence de *Cherououny* à ce festin, pas plus qu'aucun d'entre nous d'ailleurs. Seuls les nigauds vous en tiendraient rigueur. Puis-je maintenant quitter cette table, monsieur ?

Sa réponse se fit attendre. Personne n'osa lever le petit doigt.

— Non, restez !

Se rendant devant la cheminée, il bourra sa pipe, l'alluma et fuma. Quand un mince filet de fumée grise s'extirpa de son fourneau, il revint vers les convives.

— Cette histoire de paix avec les Yroquois, comment est-elle venue à vos oreilles ?

— Quoi, moi, une femme, discuter de politique ?

— Parlez, je vous l'ordonne !

« Surtout garder mon calme… »

— Ma mémoire défaille, lieutenant. Une cervelle de femme, vous savez…

— Parlez ou je… ! hurla-t-il.

— J'ai un trou de mémoire, c'est hors de ma volonté. Une volonté de femme…

Sachant, pour s'y être déjà frotté, que ma volonté de femme pouvait être aussi tenace que la sienne, il relâcha tout son être.

« Un chevalier délaissant son armure », me réjouis-je.

— Soit, bien, fort bien ! J'avoue avoir quelque peu dépassé les bornes. Alors, cette paix ?

— Je parle beaucoup trop, monsieur. Tant de soucis vous assaillent qu'il serait malvenu d'en remettre.

Il inspira longuement. Ses traits se détendirent au point que je crus discerner un léger rictus sur ses lèvres, un rictus teinté de fierté… à mon endroit ? Non, impossible, je n'étais qu'une simple femme.

— Madame, vous avez précédemment émis l'idée d'une paix avec les Yroquois, reprit-il d'une voix presque courtoise. Auriez-vous l'obligeance d'être plus explicite ? Le lieutenant de cette colonie vous le demande.

— À la vérité, cela me revient presque.

Cette fois, il s'efforça de sourire.

— S'il plaisait à madame.

— Ah, j'y suis !

Ludovic soupira de soulagement. Eustache me fit une œillade.

— Hier, lors de ce festin…

M'attendant au pire, j'hésitai à poursuivre. Je redressai l'échine.

— Au cours de ce festin… poursuivez, poursuivez…

— Hier, donc, la Guerrière m'informa que les chefs montagnes projettent d'entreprendre des pourparlers de paix avec les Yroquois.

— Avec les Yroquois, appuya François.

— Poursuivez, poursuivez… s'impatienta le lieutenant.

— Chacune des deux nations désire oublier les rancunes passées. Chacune d'elles désire retrouver ses frères retenus prisonniers dans le camp ennemi.

— La paix avec les Yroquois, répéta le lieutenant comme pour s'en convaincre.

Il tâta son oreille droite, jadis amputée de son lobe par la pointe d'une flèche yroquoise, et reprit sa marche.

— Les Yroquois, les Yroquois, marmonnait-il.

Il fit signe à Ysabel de lui apporter sa tabatière, emplit à nouveau son fourneau et y remit le feu. Après avoir tiré deux longues pipées, il dit simplement.

— Madame, retirez-vous. Nous avons à discuter entre hommes.

Aie, qui dormait depuis le début du déjeuner devant la cheminée, me devança dans l'escalier. J'allais refermer la porte de ma chambre lorsque le lieutenant rompit enfin le silence.

— Alors, messieurs, cette paix avec les Yroquois, qu'en pensez-vous ?

Paul n'en revenait pas. Il claqua la fesse du pourceau qui entrait dans l'enclos en grognant. Après s'être appuyé sur une perche de la clôture, il souleva son chapeau, essuya son front avec la manche de sa chemise et se recoiffa.

— Par tous les diables, une paix avec les Yroquois, un couteau à deux tranchants !

Ma filleule, la petite Hélène, me tendit les bras.

— Lène, Lène, ends-moi, ends-moi.

Je la pris. Enroulant ses bras à mon cou et ses jambes à ma taille, elle me serra fortement.

— Eh, quel beau câlin! me réjouis-je.

Elle bécota ma joue.

— Cette paix me semble plutôt une bonne affaire, poursuivis-je. Pourquoi la redouter?

— Oui, pourquoi? répéta Marie en poussant sa brouette non loin du pourceau.

Tout en refermant la clôture, elle poursuivit.

— Je n'y vois que des avantages, moi. Pensez donc, nos hommes n'auraient plus à craindre les attaques sournoises lorsqu'ils voyagent en forêt.

— Les femmes montagnes partagent le même avis, renchéris-je. Cette paix permettrait aux deux nations d'étendre leur territoire de chasse, une sorte d'échange libre en quelque sorte.

— Plus de raids, plus de prisonniers, plus de tortures barbares, plus de tueries, et plus d'horribles scalps! ajouta Marie.

La petite Hélène vit passer la chatte grise que j'avais prénommée Séléné, en souvenir de la chatte de ma jeunesse.

— …ate …éné, s'enthousiasma-t-elle en gigotant.

Je baisai sa joue avant de la déposer au sol.

— Ne t'éloigne pas trop de la maison, lui recommandai-je, alors qu'elle s'élançait derrière Séléné.

Nous observâmes attentivement les lignes que Paul traçait sur le sol avec la pointe de son épée. Peu à peu, une carte géographique se dessina.

— Regardez, mesdames. Ici, au sud du pays des Yroquois, coule la rivière Hudson. Là, à l'ouest de cette rivière, vivent les nations huronnes, nations, on le sait, avec lesquelles toutes les autres, tant du Nord que de l'Ouest, viennent traiter. Voyez, ici?

Il encercla ces territoires.

— Oui, oui, lui dit-on en chœur.

— Ce qui fait que les Hurons sont au centre du commerce de cette région. Revenons plus à l'orient, au sud du lac de Champlain, là où les Hollandais ont construit le fort Orange.

— Non loin de l'Atlantique, observai-je. Ces Hollandais ne commercent-ils pas avec les Yroquois?

— Comme vous dites! Suivez l'axe nord-sud. Ces Yroquois vivent ici, très précisément à mi-chemin entre les Hollandais et les Montagnes. Advenant une paix avec les Yroquois, nos Montagnes…

Son épée tira une ligne droite entre les Montagnes et les Hollandais.

— Oh ! fis-je.

— Ah ! fit Marie.

— Vous comprenez que nos Montagnes pourraient filer tout droit vers les Hollandais sans encombre. Une paix avec les Yroquois signifie que nos Hurons n'hésiteront plus à descendre l'Hudson pour traiter avec les Hollandais qui acceptent d'échanger des armes contre les peaux, ce que désapprouve fortement Champlain.

Il avait insisté sur « échanger des armes ».

— Tandis qu'ici, seuls les Montagnes baptisés ont droit de posséder une arme, rétorqua Marie.

— Comprenez-vous l'attrait quasi irrésistible de cette route, mesdames ?

Son épée pointa le pays des Hurons, longea le fleuve Hudson pour s'arrêter au fort Orange.

— Non ! Non ! Non ! s'exclama Marie.

— Quelle affaire ! m'alarmai-je.

— Cette paix risque de favoriser le commerce entre les Hurons, les Montagnes et les Hollandais, au détriment des commerçants français, termina-t-il en appuyant sur chacun de ses mots.

— Moins de fourrures aux postes de Tadoussac et des Trois-Rivières, déduisit Marie.

— Et encore moins de fourrures à Québec, compléta Paul.

— Cette paix met la colonie en péril, me désolai-je.

— Un gros risque à courir, j'en ai bien peur, mademoiselle.

Il rengaina son épée.

Debout sur des roches au bord de la rivière, non loin du campement des Montagnes, Ysabel et moi tenions nos lignes tout en écoutant la Guerrière qui tentait de nous expliquer pourquoi Simon le Montagne s'opposait farouchement à la paix que la plupart des siens espéraient. Comme notre compréhension tardait à venir, elle mima une scène, les bras levés vers l'amont du fleuve. Je crus saisir qu'elle tentait de nous démontrer à quel point Simon craignait qu'elle ne s'envole vers le pays des Yroquois, ses frères de sang.

— Si paix, Simon peur moi parte. Moi, quitte Montagnes.

— Tu irais au pays des Yroquois ?

Laissant tomber sa jupe de peau sur la rive, elle s'avança dans l'eau claire, s'arrêta près de ma roche et me sourit. Ses dents blanches éclataient entre ses lèvres roses.

— Voir *Orani* mon frère, mes sœurs, mes ancêtres, *eshe, eshe* ?

Ses yeux bridés se voilèrent. La pureté de ses traits, son large front droit, ses joues saillantes et ses cheveux huilés, tombant droit sur ses épaules, lui donnaient l'allure d'une madone, une madone coupée de ses racines, une triste madone. Je me penchai vers elle.

— *Tshika uapamauat kau.* Je prierai Dieu pour toi et tu les reverras.

— Di…eu ? Dieu. Qui Dieu ?

Sa question me troubla. Une question simple, limpide comme l'eau, fuyante comme les poissons. Qui est Dieu ?

— Ça mord, ça mord ! s'exclama Ysabel en tirant sur sa ligne.

Le bois de sa canne se courba. Ma ligne se tendit.

— Moi aussi !

La Guerrière s'élança vers la rive, saisit son filet par le manche et revint le glisser sous l'eau. Lorsqu'elle le ressortit, nos poissons gigotaient dedans.

— *Nishtᵘ nameshat, nishtᵘ nameshat !* s'excita-t-elle en le soulevant bien haut.

Attirées par nos exclamations, Petite Fleur, Perle Bleue et Étoile Blanche délaissèrent les paniers d'écorce qu'elles étaient à fabriquer à l'ombre des érables et accoururent vers la rivière. Se saisissant de nos prises, elles les déposèrent dans une large sacoche en tapant dans leurs mains. Puis, elles se mirent à sautiller tout autour.

— *Nameu, nameu, tshinashkumitin, tshinashkumitin, Ka Tipenimat namesha !* chantaient-elles en dansant.

— Que disent-elles ? demandai-je à la Guerrière.

— Merci, Grand Esprit des poissons.

La Guerrière retourna au milieu de la rivière. Quelques minutes plus tard, les petites dansèrent à nouveau afin de remercier pour les huit autres poissons.

Pieds nus, le rebord de mes jupons fixé à ma ceinture, une main sur mon chapeau de paille, une autre tenant ma ligne, je regagnais le rivage en posant prudemment les pieds sur les galets du fond de l'eau. La Guerrière remit sa jupe de peau.

— Qui Dieu? me redemanda-t-elle.

— *Mishtikushuat utshishe-manitumuau*, fut la seule réponse qui m'apparut convenable.

Ses bras se levèrent vers le ciel bleu.

— Oui, le Grand Esprit des Français vit là-haut, lui dis-je.

Son visage s'éclaira. Elle me fit alors comprendre que le Grand Esprit des Montagnes y vivait aussi. Cela sembla lui plaire.

— Dieu veut paix?

— Oui, Dieu veut paix.

— Prier Dieu avec toi. Viens, dansons!

Durant le premier tour de notre ronde pour la paix, sa question m'obséda: «Qui est Dieu?»

— *Tshiam-inniun, tshiam-inniun, tshiam-inniun*, scandions-nous à l'intention du Grand Dieu des Français et du Grand Esprit des Montagnes.

Au deuxième tour, l'image de l'Enfant-Dieu naissant dans une crèche s'imposa.

— *Tshiam-inniun, tshiam-inniun*, paix…

Au troisième tour, il m'apparut évident que la révélation de Dieu passait par la connaissance de son Fils: «Parler de Jésus pour expliquer Dieu!»

— Mais oui! m'exclamai-je. *Tshiam-inniun, tshiam-inniun*, paix…

«Une grossesse, une naissance. Dieu fait homme. Sa mère, la Vierge Marie donnant vie à un enfant. Cela, nous pouvons tous le comprendre», me persuadai-je.

C'est alors que mon idée se précisa. Ensemble nous allions imaginer une petite comédie. Ensemble nous allions jouer la naissance de Jésus, le Fils de Dieu fait homme. Oui, Marie, Joseph, l'Enfant-Dieu…

J'allais en parler à Ysabel lorsque des canots s'engagèrent dans l'embouchure de la rivière pour s'arrêter devant la palissade des Montagnes.

— Ces canots arrivent des Trois-Rivières. Des Sauvages venus pour la traite, probablement, supposa Ysabel.

La Guerrière, les mains en porte-voix, cria haut et fort. Dans les instants qui suivirent, plus de dix femmes gagnèrent la berge où s'immobilisaient les canots. Nous les rejoignîmes.

Erouachy, nouvellement élu second chef, escortait *Mahigan Aticq* qui montait vers le campement. Tous deux portaient à leur ceinture les épées offertes en cadeau par le sieur de Champlain lors de leur élection. Cinq autres Sauvages les suivaient.

Deux d'entre eux n'étaient pas des Montagnes. Ces étrangers, plus grands, plus élancés, le visage moins rond, le nez plus long, plus fin et légèrement arqué, avaient une démarche auguste. Sous leur peau basanée et huilée se devinaient des muscles puissants. Des formes ressemblant quelque peu à des oiseaux, des serpents et des têtes de cerf étaient tatouées sur leur torse et leurs bras. Leurs joues étaient rayées de traits noirs. Dans leurs cheveux d'ébène, en partie enroulés en toque au-dessus de leur crâne, des plumes d'aigle étaient piquées. Les cicatrices, réparties ici et là sur leur corps, évoquaient leur vie rude. Le bout d'une patte d'ours noir pendait sur la poitrine du plus jeune.

— *Kaumikunimiht!* s'exclama la Guerrière.

À cet instant, le plus âgé des deux étrangers s'arrêta pour l'observer. Ses yeux perçants la scrutèrent intensément.

— *Kaumikunimit a tshin? Tshikanuenimikun a ute?* demanda-t-il.

— *Eshe, kaumikunimit nin, nikanuenimikun ute*, répondit *Mahigan Aticq* en opinant de la tête.

Il s'approcha de la Guerrière, remarqua ses doigts coupés, déposa ses larges mains sur sa tête pour les glisser autour de son visage. Puis, reculant de deux pas, il proclama :

— *Kaumikunit, eshe, kaumikunikut kanuenimakanu ute! Orani, Orani.nitishinikashun.*

— *Orani, nishtesh a?* répondit-elle, subjuguée.

— *Nishim.*

— Se pourrait-il que ce soit son frère ? demandai-je à Ysabel.

— *Orani*, il a bien dit *Orani* ?

— C'est aussi ce que j'ai compris. La Guerrière nous a plus d'une fois parlé de son frère *Orani*.

Debout, l'un devant l'autre, ils s'observèrent intensément jusqu'à ce que le deuxième étranger touche l'épaule du premier. *Orani* prit la main de la Guerrière et la déposa dans la main de celui qui arborait un collier garni d'une patte d'ours.

— *Atironda, kanataupanisht Atironda*, dit-il en guise de présentation.

C'est alors que le Montagne Simon vint s'interposer entre la Guerrière et *Atironda*. Piquant le bout de son arc dans le sable, il proclama.

— *Nika uitshimau ne!*

Un léger chuchotement circula entre les femmes montagnes. Plus grand que Simon d'une demi-tête, le nouveau venu le toisa de haut. La Guerrière fit un pas de côté de manière à être bien vue d'*Orani*.

— *Apu auen tshika uitshimak!* clama-t-elle.

— Elle est vexée, chuchota Ysabel. Vous comprenez?

— Contrariée, fortement contrariée, mais pourquoi?

Mahigan Aticq s'adressa fermement à Simon. Le visage de ce dernier s'assombrit. Les femmes montagnes approchèrent des trois protagonistes. La Guerrière prit la parole. Visiblement insulté, Simon déguerpit vers le campement sans que personne intervienne. La Guerrière ne réagit pas. Sa fuite ne lui importait guère. *Atironda* accaparait toute son attention, une attention soutenue, une attention partagée. *Atironda* et la Guerrière semblaient envoûtés l'un par l'autre.

— Que se passe-t-il? chuchota Ysabel.

— La Guerrière nous a parlé de l'insistance de Simon à son égard.

— Il la courtise contre son gré.

— Bien qu'elle décline ses avances.

— Il persiste.

— Tout porte à croire qu'elle vient de le repousser ouvertement.

— Voilà ce qui l'aurait contrarié, déduisit Ysabel.

— Outragé et humilié! Souhaitons qu'il ait enfin compris… et, surtout, qu'il ne lui en tienne pas rigueur.

Mahigan Aticq parla haut et fort. Les femmes montagnes chuchotèrent à nouveau. *Orani* salua la Guerrière. *Atironda* aussi. Tous suivirent le chef.

— *Tshekuannu ma uet taht ute kaumikunimiht?* demandai-je.

— *Ui punuat e natupaniht, eukuan uet takushiniht*, répondit distraitement la Guerrière.

— Des ambassadeurs yroquois pour la paix?

La Guerrière ne quitta pas *Orani* et *Atironda* des yeux.

— *Eshe, ui punuat e natupaniht*, confirma-t-elle comme ils s'éloignaient.

— Pour la paix, oui, pour la paix, murmurai-je.

Cette nuit-là, l'idée de la petite comédie sur la naissance de l'Enfant-Dieu me fit rêver aux anges. Vêtus de longues robes blanches, ces êtres évanescents allaient et venaient entre les étoiles en proclamant de leurs voix chantantes la venue de l'Enfant-Dieu. À mon réveil, je débordais d'enthousiasme. Le ciel approuvait mon idée, j'en étais certaine.

Sitôt après le déjeuner, je soumis l'idée au lieutenant. Il n'y vit que du bon. La chose favoriserait à coup sûr le rapprochement de nos deux sociétés et la propagation de notre foi. Il prit sur lui de transmettre l'heureuse nouvelle au père Le Caron.

Le matin même, sachant l'enthousiasme de Marie pour les nouveautés, je rejoignis Paul qui se rendait chez elle pour réparer la clôture du pré des bêtes. C'est dans sa cuisine que se prendraient les décisions. Où, quand et comment allait se dérouler la séance de la Naissance de l'Enfant-Dieu?

— Qui fera qui? me demanda Marie, les mains sur ses hanches.

D'un commun accord, nous convînmes que les trois anges seraient Montagnes. Je voyais déjà Petite Fleur, Perle Bleue et Étoile Blanche, parées d'ailes et d'auréoles, volant au-dessus de la crèche, légères comme des nuages. Pour le rôle du roi Balthazar, le choix de notre boulanger Jonas s'imposa de lui-même. Une fois son visage enduit d'un mélange de suie et de graisse d'ours, il serait plus noir que le plus noir des rois d'Orient. Quant à Gaspar et Melchior, Marie se dit assurée de pouvoir convaincre Abraham et Pierre de porter la myrrhe et l'encens.

— Dommage que mon Louis soit encore à Tadoussac, regretta-t-elle.

— Il reviendra avant l'août?

— Je le souhaite. Ce bougre de mari me manque plus que je ne l'aurais imaginé. Il est vrai qu'après vingt ans passés côte à côte…

— Vous avez de la chance, lui dis-je avec conviction.

Elle me versa un verre de lait de chèvre. Pour les bergers, nous hésitâmes quelque peu : Montagnes ou Français ?

— Et pourquoi pas deux Montagnes et deux Français ?

Sa suggestion me plut. Les deux fils de la Meneuse, Guillaume et le commis Letardif nous paraissaient tout indiqués pour conduire nos moutons à la crèche.

— Fort bien, fort bien ! se réjouit-elle. Vous désirez un autre verre de lait ? Notre chèvre est généreuse. Pour l'enfant Jésus, ce ne peut qu'être qu'Eustache Martin. Il a près de huit mois, plus tout à fait un nourrisson…, reste que c'est le plus jeune enfant de la colonie.

— Les jumeaux de Perdrix Blanche ont plus d'un an. Oui, Eustache est le plus jeune. Et oui, je reprendrais bien un peu de lait.

Plongée dans sa réflexion, une main sur l'anse du pichet, elle poursuivit.

— Pour Joseph, voyons, voyons… Un homme d'un certain âge, vigoureux…

— Maître Ferras ? proposai-je spontanément.

Le lait déborda de mon verre.

— Oups ! Pardonnez-moi ! L'idée de ce théâtre m'excite. Excusez-moi. Maître Ferras, dites-vous ? Peut-être, quoique…

Elle chercha une guenille et s'attarda à éponger le dégât. Son malaise m'inquiéta. Marie savait-elle ? Un peu ? Beaucoup ? Une certitude, un soupçon ? Mieux valait clarifier.

— Vous disiez, Marie ?

Levant les yeux vers les bouquets d'herbes séchées pendant à la poutre, elle agita une main au-dessus de son bonnet, comme si elle eût voulu dépoussiérer ses idées.

— Je disais… bien que…

— Bien que… ?

Tirant une chaise, elle la posa devant la mienne et s'y assit.

— Hélène, croyez-vous en mon amitié ?

— Bien sûr !

Soulagée, elle me sourit avant de poursuivre.

— Alors, j'irai droit au but.

— Faites, faites !

Passant son tablier sur son visage, elle s'exclama :

— Quelle chaleur ! Et nous ne sommes qu'en juin. Imaginez ce que sera juillet…

— Marie, dis-je posément, n'hésitez pas, allez droit au but.

Ayant bien lissé son tablier sur ses genoux, elle redressa les épaules.

— Pour Joseph, maître Ferras, disiez-vous ?

— Oui. Une suggestion comme ça à la volée.

— À mon avis, il vaudrait mieux écarter maître Ferras de ce projet.

Sa réplique confirma mes doutes. Elle savait. Pour Ludovic et moi, elle savait. Mi-inquiète, mi-soulagée, je me rendis à la fenêtre.

— Comment l'avez-vous appris ?

— Il y a des regards qui ne trompent pas.

Une seule idée : aller au bout de cette allusion.

Sa main se posa sur mon épaule. Je me tournai vers elle. Ses yeux débordaient de compassion.

— Je ne vous juge pas, chuchota-t-elle.

— Je sais.

— Vous avez droit à vos secrets.

— Je sais.

— Je suis votre amie, Hélène.

— Je sais.

— C'est pourquoi j'insiste. Mieux vaudrait tenir maître Ferras loin de tout ceci. Vous n'êtes pas sans savoir que la réputation du sieur de Champlain est entachée. Certains associés lui reprochent encore la perte des bénéfices due au changement de monopole de l'été dernier.

— Il n'y était pour rien. Au contraire, ces gens devraient le remercier à genoux. S'ils n'ont pas tout perdu, c'est bien grâce à lui !

— On aura beau dire et beau faire, les hommes sont parfois ingrats, injustes et même volontairement méchants. D'où le besoin de prudence. Si votre liaison avec maître Ferras éclatait au grand jour, quel beau prétexte ils auraient pour médire sur le lieutenant, sa dame et son amant. Ils n'hésiteraient pas à vous jeter la pierre. Songez au déshonneur…

— Arrêtez ! Arrêtez, j'ai compris.

La honte me gagna. Malgré tout, je voulus en apprendre davantage.

— Depuis quand savez-vous ?

— Depuis notre première rencontre. L'amour qui vous lie se voit, se sent... enfin pour qui sait lire les sentiments.

— D'après vous, qui d'autre saurait lire les sentiments dans cette colonie ?

Songeuse, elle regarda vers le dehors, appuya son bras le long du rideau fleuri et réfléchit.

— Je ne voudrais pas trop m'avancer et je peux me tromper, mais je crois que Françoise et Marguerite l'ont compris aussi. Nous n'en avons jamais discuté. Ne craignez rien, elles sont et seront toujours loyales envers vous.

J'étais tout près d'elle. Les manches de nos chemises blanches se touchaient. Je posai une main sur un carreau de verre. Dans le jardin, les duveteuses pousses vertes des carottes pointaient déjà.

— J'ai connu Ludovic peu de temps avant que l'on me marie au sieur de Champlain. J'avais douze ans. Depuis notre première rencontre et malgré de fréquentes et douloureuses séparations, nous n'avons jamais cessé de nous aimer. Or, l'amour est un luxe qui se paie très cher. La vie n'a pas son pareil pour être à la fois bonne et cruelle. Nous pouvons nous aimer, certes, mais en secret, comme des voleurs. Il y a huit ans, je lui ai donné un fils que je dus abandonner à sa naissance.

Ma main se crispa sur le verre.

— Je doute encore qu'il me l'ait totalement pardonné.

Sa large main de paysanne réchauffa la mienne.

— Il vous a pardonné.

— D'où vous vient cette certitude ?

— Il y a des regards qui ne trompent pas... pour qui sait voir.

La franchise de ses yeux humides me persuada presque. Pourtant, je savais bien qu'au fond de lui, enfoui sous les mortifications imposées par notre amour, subsistait ce regret inavouable, ce désir inassouvi, cette douleur sourde de n'avoir jamais pu tenir notre enfant dans ses bras.

— À part Françoise et Marguerite, qui d'autre sait ?

— Selon moi, personne d'autre. Ysabel...

— Ysabel sait depuis longtemps. Marie-Jeanne ?

— J'en doute.

Je fus intriguée.

— Et pourquoi pas ?

— Parce qu'elle est aveugle à tout ce qui l'entoure, à moins que ses intérêts ne soient en jeu. De toute évidence, votre frère Eustache la préoccupe bien davantage que maître Ferras. Néanmoins, ne tentons pas le diable, écartons-le de notre entreprise.

Sa pertinence ne faisait aucun doute.

— Le diable ne sera pas tenté.

Elle cligna des yeux. Je lui souris. Sa complicité allégea mon esprit, éloigna mes craintes et enthousiasma mon cœur. Partager mon secret avec elle décupla les forces de mon âme.

— Merci, Marie.

— Pour Joseph, pourquoi pas votre frère Eustache ?

— Eustache, le fiancé ! Évidemment, ce privilège lui revient, cela va de soi. Il sera notre Joseph. Eustache en Joseph, et le petit Eustache, son filleul, en Enfant-Dieu ! Et la Vierge ?

— Ysabel, sa fiancée, il va sans dire, dit-elle la mine réjouie.

— D'une logique sans faille, très chère amie, approuvai-je avec enthousiasme.

La chatte Séléné traversa le jardin en courant. Aie la poursuivait en jappant.

— Marie, votre jardin ! Il faudra demander à Paul de le clôturer, sinon adieu légumes, aromates et simples d'apothicaire.

— Ah, ce Paul, si je ne l'avais pas ! Le sieur de Champlain est généreux de m'accorder son aide. Si seulement les bateaux pouvaient arriver de France. L'année dernière, le sieur de Caën a promis à Louis qu'il ramènerait un engagé pour le soutenir dans ses tâches. Il va sans dire qu'il sera le bienvenu.

— Vous n'êtes pas la seule à vous languir des arrivages. Chaque jour qui passe ajoute au courroux du lieutenant.

S'éloignant de la fenêtre, elle claqua ses mains l'une dans l'autre et les frotta vigoureusement.

— Bon, assez de jérémiades ! Ces bateaux finiront bien par arriver, n'est-ce pas ? Entre-temps, évertuons-nous à faire de cette petite séance un heureux événement. Vous aviez une date en tête ?

— J'avais pensé que la soirée précédant le jour des fiançailles d'Ysabel et d'Eustache serait tout indiquée. Chacun pourra y venir après sa journée de travail.

— Parfait ! Le 25 juillet, du théâtre en l'honneur de notre bonne sainte Anne !

— Et des fiancés.

— À la bonne heure ! Place à la comédie.

La chatte rebondit entre les sillons. Aie galopait toujours à ses trousses.

— Marie, le jardin !

Dans la colonie de Québec, l'arrivée des deux Yroquois chez les Montagnes avait suscité un émoi qui alla s'accroissant. Le 7 juillet, le sieur de Santis, commis de la nouvelle compagnie, arriva de Tadoussac. Après avoir longuement discuté avec les engagés et les soldats, les sieurs de Champlain et de Santis décidèrent d'un commun accord qu'il serait sage et prudent de s'immiscer dans cette démarche de paix. Pour ce faire, une délégation fut chargée de se rendre chez les Montagnes. Au matin du 9 juillet, armés de mousquets et portant un drapeau à fleur de lys, les hommes choisis montèrent dans une barque avec pour mission de se rendre au campement montagne voir de quoi il retournait vraiment.

— Une barque de grande valeur à mes yeux, confiai-je à Paul en la regardant s'éloigner du quai.

Il me répondit par une œillade.

— Ils reviendront sains et saufs. Que peuvent deux Yroquois contre tant de valeureux Français, dites-moi ?

Debout à l'avant de la barque, le lieutenant tenait le fanion qui claquait au vent. Assis tout juste derrière lui, le sieur de Santis ramait tant bien que mal. À ses côtés, Eustache, mon frère, suppléait à sa maladresse. Venaient ensuite François et les deux soldats. À l'arrière, Ludovic agita son chapeau dans notre direction avant de prendre ses avirons. Je songeai aux retrouvailles de la Guerrière avec son frère *Orani*. Je revis *Atironda* envoûté par ses charmes.

— Nous n'avons rien à craindre de ces Yroquois, Paul. Je les ai vus de mes propres yeux. Je les crois sincères, ils désirent réellement faire la paix.

— Quand je pense que vous étiez là, toute seule, à leur arrivée. Je m'en veux encore de vous avoir abandonnée au campement des Montagnes.

— Ce n'était que pour quelques heures. De plus, j'étais loin d'être seule. Il y avait Ysabel, la Guerrière, les…

— Je sais, je sais! Néanmoins, le sieur de Champlain comptait sur moi pour vous protéger.

— Cessez de vous tourmenter. Tout s'est déroulé sans encombre. Qui plus est, les dindons de votre chasse étaient succulents.

La barque des Français disparut derrière le cap. Bras dessus, bras dessous, nous remontâmes vers l'Habitation. Sur le pont-levis, protégée par son ombrelle de dentelle, Marie-Jeanne, telle une grande dame sortant de son palais, avançait pompeusement.

«La chenille devenue papillon», me dis-je.

Nouvellement convertie en gente dame, elle s'efforçait de prodiguer à tous et chacun le bon mot qui étonnait toujours, tant il était inattendu. Même Ysabel avait droit à ses délicatesses. Portait-elle un seau d'eau, qu'elle s'offrait à la soulager. Désherbait-elle les jardins, qu'elle piochait de bon cœur avec elle. Depuis quelques jours, elle m'abordait de manière affable, avec une courtoisie toute proche de l'amabilité. Je n'osais y croire tant elle me surprenait. Nous attendions ce miracle depuis si longtemps! Si cette attitude perdurait, il nous faudrait admettre l'évidence: Marie-Jeanne nous proposait ni plus ni moins qu'un pacte de paix. Plus d'un avait remarqué cette métamorphose. Plus d'un était prêt à oublier l'ancienne Marie-Jeanne. Quant à moi, j'hésitais.

«Paix et guerre sont acoquinées, répétait souvent le sieur de Champlain. *Si vis pacem, para bellum*: qui veut la paix prépare la guerre, selon l'antique dicton.»

— Et s'il disait vrai? murmurai-je.

«Et s'il se trompait?» répliqua ma conscience.

— Oser faire confiance à la paix, affirmai-je.

Paul croisa les bras et m'examina en sourcillant.

— Par tous les diables! Vous, plus courageuse que moi, un pirate des mers! Ça non!

— Ah, bon! Le courage des femmes surpasserait celui des hommes... parfois?

— Hum, le parfois me plaît assez.

— Rendons aux hommes ce qui revient aux hommes. Vos audaces surpassent les nôtres. Vous êtes plus forts, plus habiles, plus...

Son éclat de rire me réconforta.

— Pour l'heure, votre bon sens surpasse le mien, convint-il en passant son bras autour de mes épaules. Pourquoi craindre ces

Yroquois, surtout si leur bouche parle de paix ? Vous avez parfaitement raison, mademoiselle. À la vérité, les dangers sont partout, souvent là où on les redoute le moins.

— Bien le bonjour, dit Marie-Jeanne d'une voix mielleuse.

Elle tendit sa main gantée à Paul. Le baisemain obligé se fit du bout des lèvres. Ses yeux jaunes fouinèrent par-delà nos épaules.

— Braves, ces hommes ! Aller rencontrer des Yroquois. On les dit féroces, voire barbares ! Faut-il qu'ils soient courageux !

Son exagération me fit sourire. Elle faillit parler, se retint et pinça les lèvres.

— Que ne ferait-on pas pour la paix, n'est-ce pas ? hasardai-je.

Elle prit le temps de faire tournoyer son ombrelle au-dessus de ses plumes d'autruche avant de me répondre. Elle prenait sans doute plaisir à me faire languir.

— La paix, la paix ! Ne seriez-vous pas un tantinet romanesque, très chère ?

Son sourire narquois fit craquer son masque de poudre blanche.

« Les dangers sont partout. Surtout ne pas me fier aux apparences. »

— Entrons, mademoiselle, suggéra Paul.

J'enfouis ma main sous le bras qu'il m'offrait.

11

Volte-face

Assise sur la galerie de l'Habitation, l'esprit émoustillé par la perspective de notre sainte comédie, je cousais allègrement le voile bleu de la Vierge lorsque des voix montant de la cour me tirèrent de ma joyeuse réflexion. Arrêtant le va-et-vient de mon aiguille, je déposai mon ouvrage sur ma chaise, m'approchai de la rampe sur la pointe des pieds et tendis l'oreille.

— Vrai comme je vous le dis, du Pont ! insista le sieur de Champlain. Le chef *Cherououny* fut projeté hors du *wigwam* à la vitesse de l'éclair pour se retrouver à quatre pattes, cul par-dessus tête, à mordre la poussière. Quelle poigne, ce Ferras !

— Devant les chefs montagnes et les ambassadeurs yroquois de surcroît ! renchérit la voix grave du capitaine du Pont. Des couilles de fer, ce Fer... Fer...

— Ferras ! Des couilles de fer ! Ah, pour ça, il a de qui tenir ! clama le lieutenant.

— D'où sort ce gaillard ? Bourgeois, noblesse de sang ?

Il y eut un long silence. Le lieutenant se racla la gorge à deux reprises avant de poursuivre.

— Bourgeoisie, noblesse, qu'importe ? Des couilles, des bras industrieux et de la jugeote, Ferras a ce qu'il faut pour l'industrie de la colonie. Il m'est d'un grand secours. Et je le paie avec les écus de mes poches. Aucun commis ne pourra en redire sur sa présence ici.

— Bras de mer ! Perspicace, Champlain ! Vous prévenez tous les coups !

Un autre silence.

— Tout de même, enchaîna le capitaine du Pont, ce bougre a réellement culbuté un Sauvage devant ses chefs ?

— Devant plus de dix chefs réunis dans le *wigwam*. Je puis en témoigner, je l'ai vu, de mes yeux vu ! Ah, *Cherououny* ne l'avait pas volé! Nous étions dans la cabane de *Mahigan Aticq* avec des chefs montagnes et des ambassadeurs yroquois. Après les harangues, les réflexions et le partage du calumet au sujet de la paix, les Montagnes dansèrent devant les Yroquois. Les danses terminées, tous et chacun vinrent me tendre la main, que je serrai de bonne grâce, jusqu'à ce que le meurtrier *Cherououny* me présente la sienne. Le véreux!

— Culotté, ce *Cherou… rou…*

— *Cherououny*, et futé comme pas un! Me voilà pris au piège. Voyez le dilemme. Comment prétendre négocier la paix, tout en refusant de serrer la main d'un frère montagne devant des Yroquois! Dans quel maudit piège je me trouvais!

— Le jeune Ferras comprend votre désarroi et…

— Empoigne le frondeur par le bras, le tire jusqu'à l'entrée et le flanque dehors.

Le rire des capitaines rebondit dans toute la cour de l'Habitation.

— À la bonne vôtre, Champlain!

— À la paix!

— Cul sec!

Ce que je venais d'entendre m'horrifia. Ludovic avait insulté le meurtrier, Ludovic avait malmené *Cherououny* pour la deuxième fois! Dans mon souvenir, le dernier Français ayant agi de la sorte avait été jeté dans le fleuve, les deux pieds ligotés à des pierres.

— Aaaaaah! soupira d'aise le capitaine du Pont. Hébert fabrique cette bière, dites-vous?

— Exact! Depuis deux ans.

— Pas mal, pas mal! Conclusion, ce *Cherououny* court toujours. Bras de mer, il a pourtant tué deux Français il y a quelques années, non?

— Comme je vous l'ai expliqué, nous avons les mains liées dans cette affaire.

— Eurk!

La résonance de la cour décupla la puissance de son rot. L'impuissance des Français devant les meurtriers de ces nations décupla ma frayeur.

— Une autre bière? offrit le lieutenant.

— Eurk! Volontiers! Eurk! Si ma mémoire est bonne, le dernier des nôtres à s'être attaqué à cet assassin mange les pissenlits par la racine depuis plus de six ans. Il a vraiment des couilles de fer, ce Fer...

— Ferras, Ferras! s'énerva le lieutenant. Réfléchissez un peu, que diable, le meurtrier n'osera jamais remettre ça! La paix est dans l'air. Français et Montagnes s'efforcent de tisser des liens de confiance de part et d'autre. Un nouveau meurtre compromettrait tous ces efforts.

— Liens de confiance, quelle naïveté! Vous ne cesserez jamais de m'étonner, Champlain! Avec quelques-uns, peut-être, les plus proches, ceux de la maisonnée du nouveau chef, ce *Mahigan A, A...* Eurk!

— *Aticq, Aticq! Mahigan Aticq!*

— Peut-être bien ceux-là, mais il y a tous les autres, ceux que nos échanges déçoivent, ceux qui préfèrent marchander avec les Rochelais et les Basques, ceux qui redoutent notre incursion dans leurs voies de commerce. Prenez garde, Champlain, leur fiabilité, quant à moi...

— Clair comme de l'eau de roche! Ne craignez rien, j'ai déjà bu de leur vinaigre, figurez-vous. Ils sont capables d'une volte-face en tout temps. Que ce meurtrier s'attaque à nouveau à un seul de mes hommes et cette fois...

— La corde ou la roue?

— Nous lui laisserons le choix. Bienvenue en Nouvelle-France, vieux pirate!

Les bocks de bière s'entrechoquèrent.

La conviction du sieur de Champlain ne me rassura guère. Les réticences du capitaine du Pont étaient sensées. Si ce *Cherououny* s'était naguère vengé d'une insulte par un meurtre, il pouvait fort bien recommencer. Nous n'étions qu'une poignée de Français. Facile pour lui d'allier à sa cause une armée de guerriers récalcitrants.

«Ludovic, m'alarmai-je, voilà ta vie menacée!»

— Où peut-il bien être? murmurai-je.

— Vous dites?

Je sursautai.

— Ysabel! Quelle peur tu me causes!

— Pardonnez-moi, ce n'était pas mon intention. Je viens pour le voile.

— Le voile? Ah, oui, le voile de la Vierge! Il... il n'est pas complètement terminé.

Elle inclina la tête sur son épaule.

— Un souci ? Cet air morose, cette nervosité ? Quelque chose vous préoccupe ?

Je faiblis. Ce fut comme si le poids de la terrible nouvelle s'abattait tout d'un coup sur mes épaules. Je m'appuyai sur le dossier de ma chaise.

— Hélène, vous m'inquiétez !

— C'est Ludovic.

— Quoi, Ludovic ?

— L'autre jour, lorsqu'il se rendit avec les autres chez les Montagnes pour cette sacrée paix !

Tout tourna autour de moi. Elle saisit fermement mes épaules.

— Hélène, asseyez-vous !

Je me laissai tomber sur le voile.

— Aïe !

M'agrippant à elle, je me relevai vitement.

— Qu'y a-t-il ?

— L'épingle, l'épingle du voile ! Elle est plantée dans ma fesse droite.

— Où, mais où ?

Ma main tapota entre les plis de ma jupe. Sa main suivit la mienne.

— Là, un peu plus à droite, oui, là !

— Je l'ai ! s'écria-t-elle.

— Il y a un problème, mesdames ? s'écria le lieutenant qui avait reculé au milieu de la cour afin de nous apercevoir.

— Demande-lui où trouver Ludovic, chuchotai-je à son oreille.

Étonnée, elle sourcilla.

— Demande, demande !

— Non, lieutenant. Juste une légère incommodité de femme. Vous savez ce que c'est, répondit Ysabel.

— Ludovic ! m'impatientai-je.

— Mon lieutenant, vous sauriez où trouver maître Ferras ?

— À l'heure qu'il est, Ferras et Boullé sont dans les environs de la chute Montmorency. Pour la chaux, ils recherchent des pierres. Ils reviendront bien avant vos fiançailles, ne vous affolez pas.

La vigueur me revint. Je me redressai. Ysabel se pencha au-dessus de la rampe et le salua.

— Merci, lieutenant.

Offensée, elle me rendit l'aiguille et ajusta sa coiffe d'un geste vif.

— Pour qui me prend-il? Je sais bien qu'Eustache sera de retour pour les fiançailles. Encore un mois à attendre.

— Rien n'est moins sûr, coupai-je en repiquant l'aiguille dans le voile.

Posant ses mains sur ses hanches, elle ajouta:

— Que se passe-t-il à la fin?

Sans un mot, je l'attirai dans ma chambre et refermai la porte derrière nous.

— Le meurtrier, ce *Cherououny*, dis-je en déposant le voile au pied de mon lit.

— Quoi le meurtrier? Je n'y comprends rien.

— Je viens d'apprendre que Ludovic a brutalisé le meurtrier lors de la rencontre chez les Montagnes. Maudite soit cette paix de malheur! Peste! Peste!

— Eh bien! Pour une volte-face, c'en est toute une! Vous défendiez cette paix hier encore.

— Hier, cette paix ne menaçait pas l'homme que j'aime.

— Allons donc, vous perdez l'esprit!

Je me rendis à ma fenêtre, revins m'asseoir près du voile, pour aussitôt me relever.

— Calmez-vous! Votre inquiétude est vaine.

— La dernière fois qu'un Français a brutalisé ce *Cherououny*, tu sais ce qu'il en a fait, tu le sais?

— La gorge...

La vue de sa main passant sur son cou me fit horreur.

— La gorge tranchée, les pieds liés, le fond du fleuve, oui! Mon inquiétude est loin d'être vaine!

Désemparée, elle haussa les épaules.

— Les deux, Ysabel, le serrurier et son compagnon, tués sur l'île d'Orléans, il y a six ans!

— Et alors? En quoi cela nous concerne-t-il?

Je pris ses épaules et la regardai droit dans les yeux.

— Eustache et Ludovic sont en danger de mort! déclarai-je fermement. Ne le comprends-tu pas? En danger de mort! Ludovic a malmené ce meurtrier. S'il les avait suivis aux chutes pour les... les...?

J'agitai mon bras vers l'Est. Ma voix fut étouffée par le sanglot que je m'efforçais de retenir. L'heure n'était pas à l'apitoiement, l'heure était à l'action.

— Tout de même, Hélène, ce *Cherououny* n'oserait pas !

— Et pourquoi pas ? Il l'a bien fait une fois. « Qui a bu, boira ! Qui a tué, tuera ! »

— Les Montagnes sont maintenant nos amis. Ne nous ont-ils pas fait cadeau de cent peaux de castor ?

— Pour racheter l'affront que *Cherououny* nous fit en venant au festin du lieutenant la semaine dernière, je sais, je sais !

— Pour établir cette paix avec les Yroquois, ils auront besoin de l'appui des Français. Non, jamais il n'oserait s'attaquer à l'un de nous.

J'essuyai mes yeux du revers de la main.

— Soit, puisque tu ne veux rien comprendre, je m'y rendrai seule.

— Vous rendre seule où ?

— Aux chutes, Ysabel ! Il ne sera pas dit que je laisserai Ludovic périr sous le tomahawk de cette crapule sans lui porter secours. Mon arc et mon carquois ? Ah, près de ma porte. Bien ! Mon épée ? Tu sais où est mon épée ? Ah, oui ! Au fond de mon armoire. Elle me sera utile. Que ce mécréant s'approche de lui et je lui transperce le cœur.

Ysabel, les yeux écarquillés et les bras ballants, se laissa choir sur le banc de ma coiffeuse.

— Alors, là !

— Alors là quoi ? Tu m'accompagnes ou non ?

— Moi, vous… où ça ?

— Aux chutes Montmorency, je te dis ! Tu sais, les immenses, les éblouissantes chutes à quelques lieues d'ici.

— Mais… mais…

J'ouvris mon armoire, écartai mes jupons, saisis mon épée et la déposai sur le plancher afin de mettre la main sur mes culottes de cuir, mon arc et ma gibecière, que je projetai à côté d'elle, à la volée.

— Mes jupons… enlever ces encombrants jupons.

Je n'arrivais pas à en dénouer les rubans tant mes doigts tremblotaient.

— Ysabel, vas-tu m'aider, à la fin ?

— Hélène, vous n'êtes pas raisonnable !

— Oh que si! Plutôt mourir que de le laisser affronter ce danger sans moi.

— La route est incertaine.

— Paul me guidera. Il le fera pour moi. C'est un ami fidèle, lui!

— Votre absence à l'Habitation sera remarquée.

— Mon absence... Je dirai que je loge chez Marie. Louis est à Tadoussac. Elle a besoin de moi pour amasser du bois, chasser le lièvre, quérir de l'eau à la rivière, cueillir les framboises, préparer les repas et tout... tout le reste. Marie sait pour nous deux. Elle me comprendra, elle!

Ysabel approcha ses doigts des boucles de mon corselet qui s'obstinaient à résister à mes tâtonnements.

— Laissez, je m'en charge, dit-elle d'une voix douce.

Lorsque mes rubans furent dénoués et mes jupons déposés sur son bras, elle me tendit mes culottes de cuir. Je les enfilai sans rien dire. Elle m'observa sans broncher. Lorsque je bouclai mon baudrier, elle alla déposer les jupes sur mon vertugadin. Je revêtis mon pourpoint, enlevai mes souliers, les glissai sous mon lit sur lequel je m'assis pour passer mes culottes.

— Nos amours sont en danger, Ysabel. Eustache et Ludovic sont en danger de mort! Ton fiancé, ne trembles-tu pas pour ton fiancé?

— Votre panique n'est-elle pas quelque peu exagérée? Ce voyage n'est-il pas plus menaçant pour nos amours que le danger que vous redoutez?

— Ysabel! Tu divagues, ma parole!

Ne comprenant absolument pas son hésitation, je marchai jusqu'à ma porte, passai la courroie de mon carquois sur mon épaule et pris mon arc.

— Les culottes de cuir...

— Quoi, les culottes?

— Il vaudrait peut-être mieux les camoufler sous une jupe? Il y a deux capitaines dans la cour.

— Tu as raison, une jupe pour cacher la culotte et l'épée. Oui.

Elle me tendit la friponne.

— Je viens avec vous, dit-elle.

Je restai bouche bée.

— Chez Marie, je vous accompagne jusque chez Marie.

— Ah bon! Pourquoi chez Marie?

— Paul besogne chez Marie aujourd'hui. Comme vous comptez sur lui pour guider votre escapade, vous devez d'abord passer chez Marie.

— Tout juste. Où ai-je la tête?

— Oh, ça!

— Cesse tes sarcasmes. Viens, suis-moi!

— Votre friponne…

— Ah oui! Ma friponne!

Ysabel leva les yeux au plafond.

«Elle ne comprend vraiment rien à rien», regrettai-je.

Paul fut pris d'un rire bonhomme. Il rit tant et si bien que je pris mon arc avec la ferme intention de partir sans lui. Il agrippa mon bras.

— Pas si vite, mademoiselle!

— Cessez de rire alors, j'en ai plus qu'assez! La vie de Ludovic est en péril, ne comprenez-vous pas?

— Bêêê! Bêêê! fit la chèvre que Marie était occupée à traire.

— Paul est sage, me dit-elle. Vos hommes devraient revenir sous peu, fort probablement avant la tombée de la nuit.

Le lait pissait dru, de la mamelle à la chaudière.

— J'y pense, dit Paul en relâchant mon bras, ce *Cherououny*, n'aurait-il pas été envoyé comme ambassadeur chez les Yroquois avec trois autres Montagnes?

Il jeta un œil vers Ysabel.

— Oui, oui, ça me revient! C'est bien ce que m'a expliqué Eustache. Lors de la rencontre des chefs à l'Habitation, après les discussions, le lieutenant leur recommanda d'envoyer des députés montagnes chez les Yroquois afin de négocier le traité de paix. Pourquoi n'y ai-je pas songé plus tôt?

Marie se releva, essuya ses mains sur son tablier et souleva le seau plein de lait.

— Si votre meurtrier est du nombre, vous n'avez plus rien à craindre.

Elle alla déposer son seau sous un érable et revint en passant son tablier sur son front.

— Je doute qu'un meurtrier soit fiable et honnête, il ne peut être du nombre, réfutai-je.

Paul enfonça vigoureusement sa pelle dans le tas de fumier qu'il épandait dans le jardin.

— Selon leur code d'honneur, mademoiselle, celui qui venge un outrage est un être courageux et fiable.

— C'est bien ce qui me terrifie !

Il retroussa ses hauts-de-chausses.

— Mademoiselle, n'aviez-vous pas une comédie à préparer, des habits à coudre, des ailes d'anges à fabriquer, une crèche à installer, des comédiens à exercer ?

— Soit ! Puisqu'il en est ainsi...

Je tournai les talons et m'engageai dans le sentier menant à la rivière Saint-Charles. J'avais tout ce dont j'avais besoin : mon épée, mon arc et mon carquois, une gourde pleine d'eau et quelques biscuits. Personne ne m'interpella, personne ne me suivit. Tant pis ! Poussée par l'ardent désir de retrouver ceux dont la vie était menacée, j'enfonçai mon chapeau de paille et accélérai le pas.

Une fois au bord de la rivière, je réalisai qu'une chose me manquait : une barque pour la traverser. Qu'à cela ne tienne ! J'enfouis ma tresse sous mon chapeau, enlevai mes culottes pour les accrocher à mon cou. Puis, écartant herbes et quenouilles, je posai les pieds sur les roches et m'immergeai jusqu'à la taille, avant de m'élancer à la nage. Quelques brasses suffirent pour atteindre l'autre rive. Trempée, mes culottes gorgées d'eau, je remontai à quatre pattes sur la terre ferme et les laissai égoutter avant de les remettre. Je repris sans plus attendre la marche en direction des chutes mirifiques.

J'avançai entre les broussailles, les buissons et les arbustes avec la détermination d'une amazone allant au combat.

Lorsque le soleil atteignit son zénith, je repérai un rocher entouré de trois bouleaux. Il m'apparut être l'endroit idéal pour me reposer quelques instants. C'est alors que la flèche qui effleura mon chapeau piqua dans l'arbre juste derrière moi. Me projetant contre la roche, j'armai mon arc.

« Le meurtrier ! » redoutai-je.

Une seconde flèche se planta sous la première, bientôt suivie d'une troisième qui s'aligna au-dessus des deux autres. Que faire, seule, coincée ainsi entre l'arbre et le rocher ? Rien ne bougeait, l'ennemi ne se montrait pas. N'osant me lever, je rampai de l'autre côté du rocher. Sur ma droite, une branche craqua. Je tirai. Ma flèche aboutit dans un immense sapin. Un autre craquement sur la gauche, non loin d'un érable. J'armai à nouveau mon arc et tirai. Ma flèche percuta un tronc avant de rebondir. Un petit rire étouffé s'entendit. Je tendis à nouveau ma corde. Telle une nymphe gracieuse tombant directement du ciel, une femme atterrit alors dans les fougères.

— Guerrière ! m'écriai-je en me redressant.

Elle vint vers le rocher en riant.

— Hélène, toi dans forêt des Montagnes !

Mon soulagement était tel que je n'eus que l'envie de m'élancer vers elle pour la serrer dans mes bras. Je me retins. Les Sauvages n'avaient pas coutume des caresses. D'un bond agile, elle sauta sur le rocher, extirpa ses flèches de l'écorce blanche et les remit dans son carquois.

— Toi seule, *Napeshkueu* ?

Je m'appuyai au rocher. La Guerrière s'y assit et croisa ses jambes sous elle. Repoussant ses cheveux derrière ses épaules, elle me redemanda :

— Toi, seule ici, *Napeshkueu* ?

Elle arborait un éclatant sourire.

— Dis-moi, Guerrière, que t'arrive-t-il ? Tu sembles d'humeur plutôt joyeuse ?

Sans pudeur, de but en blanc, elle me confia qu'elle avait revu *Atironda*. Il était l'un des cinq ambassadeurs venus discuter de paix avec leurs chefs. Son bonheur était grand, il avait partagé sa couche. Avant de repartir, il lui avait signifié son intention de parler de leur alliance avec l'Aînée, sa grand-mère.

— Guerrière, tu as… ?

Mon hébétement la fit sourire.

— *Atironda* plaît à moi. *Atironda*, ma nation, ma famille.

— Ne crains-tu pas la colère de Simon ?

Sautant du rocher, elle se tint devant moi, droite et fière.

— *Napeshkueu*, femmes montagnes choisir homme. *Atironda*, homme à moi !

— Oui, les femmes sauvages choisissent leurs époux, je sais. Mais il y a Simon !

Sa tête et ses mains s'agitèrent à l'unisson, rabrouant mes craintes.

— Ici, femmes choisir, *Napeshkueu*. Simon, mon frère, pas mon homme !

— Soit, puisqu'il en est ainsi.

Mes tourments ressurgirent. Je repris mon carquois et mon arc.

— Guerrière, mon frère est en danger, son ami, maître Ferras, est en danger. Je dois les prévenir.

De toute évidence, elle ne comprenait pas. Avec gestes et paroles, je tentai de lui expliquer la terrible situation. Au bout d'un moment, ses deux doigts coupés pointèrent vers le territoire yroquois. Son visage se voulait rassurant.

— Pas peur, toi. *Cherououny* parti chez Yroquois, parti *Cherououny*.

Puis, m'informant que des Montagnes avaient aperçu Eustache et Ludovic dans la matinée, elle m'offrit de me mener vers eux. Ils revenaient vers Québec par un sentier qu'elle connaissait bien. La joie au cœur, je me laissai guider.

Une brise légère agitait les feuilles verdoyantes. L'ombre fraîche contrait la chaleur accablante. La Guerrière avançait pieds nus, sautillant par-dessus les branches et les rochers, avec l'agilité d'une gazelle. De temps à autre, discernant un bruit particulier, elle s'immobilisait, flairait le vent, tendait l'oreille et scrutait tout autour avec la précaution d'un éclaireur avisé. Deux fois, dissimulée derrière un arbre, elle tira une flèche. Deux fois, elle abattit un lièvre qu'elle accrocha fièrement à la ceinture de sa jupe. Son torse nu enduit de graisse d'ours luisait comme du marbre quand, au passage d'une clairière, le soleil nous éclaboussait de sa chaude lumière. Je l'enviais. Se promener en forêt dépourvue de graisse d'ours attirait inévitablement des armées d'insectes qui n'hésitaient pas à profiter de la négligence. Mon départ fut si précipité que j'avais oublié cette précaution.

Comme nous approchions d'un épais bosquet, elle se pencha en agitant son bras derrière elle. J'allais l'imiter quand j'entendis les voix d'hommes venant au loin.

« La voix de Ludovic, me réjouis-je, Ludovic et Eustache ! »

À moins d'une demi-lieue, à l'orée du bois, Eustache et Ludovic marchaient l'un derrière l'autre, chargés comme des mulets.

— Ludovic, Eustache ! m'exclamai-je en m'élançant dans la cavée.

La Guerrière me suivit. Je sautai par-dessus un ruisselet pour ensuite dévaler la pente menant vers la clairière.

— Hélène! s'étonna Ludovic en s'arrêtant.

Ils déposèrent leurs sacs. Ludovic accourut.

— Hélène! s'exclama-t-il en me soulevant au bout de ses bras. Hélène, vous ici!

— J'ai eu si peur pour vous...

La fougue de son baiser me réduisit au silence. Il m'étreignit, tant et si bien que j'en oubliai toute convenance. Je lui rendis son baiser. Lorsque j'ouvris enfin les yeux, la Guerrière, debout derrière Eustache, souriait d'aise.

«La loyauté des Sauvages n'est jamais acquise», répétait le sieur de Champlain.

Regrettant mon laisser-aller, je délaissai vitement Ludovic. Voulant minimiser mon emportement, je fis à Eustache une extravagante accolade.

— J'ai eu si peur pour vous deux! lui dis-je en me tournant vers la Guerrière.

Comprenant mon malaise, Eustache en remit. Me prenant par la taille, il me souleva à son tour.

— Ma sœur, ma sœur. Vous aviez peur pour nous, dites-vous? Mais pourquoi donc?

— N'en faites pas trop, Eustache, lui chuchotai-je alors que mes pieds retouchaient le sol.

J'ajustai mon chapeau.

— À cause de ce *Cherououny*, poursuivis-je tout haut.

La Guerrière s'approcha.

— Pas peur, *Napeshkueu*!

Posant ses doigts coupés sur sa bouche, elle ajouta.

— Guerrière, sans parole.

Sa main couvrit le haut de son visage.

— Guerrière, sans yeux.

Ludovic et Eustache se dévisagèrent.

— Elle a tout compris, enchaîna Eustache à voix basse.

— On dirait bien. Merci, Guerrière, lui dis-je, presque rassurée.

Rieuse, elle allait repartir lorsque Eustache lui demanda.

— Je vais devant. Puis-je vous accompagner, divine Guerrière?

— Vous allez devant? Pourquoi, mon frère?

— Le temps que maître Ferras apaise vos craintes, badina-t-il. Votre inquiétude mérite qu'on s'y attarde.

— Très bonne idée, Eustache, approuva Ludovic.

— Ah bon… compris-je enfin. C'est une excellente idée ! Maître Ferras et moi avons à discuter.

— Alors discutez tant qu'il vous plaira. Ludovic, je prends votre sac ?

— Parfait, nous vous rejoignons sous peu.

— Prenez tout votre temps.

La Guerrière disparaissait déjà derrière les buissons.

— Suivez-moi, dit Ludovic en me tirant par la main sur la piste d'où il venait.

— Où me menez-vous ?

— Chut ! Venez.

— Si vous saviez comme j'ai eu peur pour vous ! Ce *Cherououny*, le meurtrier !

Il rit.

— Adorable idiote, qu'avez-vous encore imaginé ?

— Vous l'avez insulté. Il voudra se venger, vous tuer !

— Chassez immédiatement ces sottes idées de votre jolie cervelle.

— J'étais prête à tout pour vous sauver.

Plus nous avancions et plus le bruit cristallin de l'eau s'intensifiait.

— Ai-je l'air d'un mort, dites-moi ?

— Non, bien sûr que non, mais…

— Nous sommes passés à cet endroit il y a quelques instants à peine. Et ici, madame, ici, j'ai rêvé de vous. De quoi réveiller un mort !

— Cessez de vous moquez !

Il rit encore.

— Ludovic…

Le sérieux lui revint.

— Vos tourments furent bien inutiles, gente dame. Pendant ce temps, moi, je me languissais de vous.

Nous contournâmes une talle de sapins.

— Regardez.

Il tendit le bras vers le ruisseau. L'onde cristalline sautillait joyeusement autour des pierres émergeant d'une berge à l'autre.

— Vous avez rêvé de moi, ici ?

— Oui, madame ! S'il me faut mourir, c'est ici et avec vous, et pas autrement !

— Ici…

Ses lèvres couvrirent les miennes. D'un baiser à l'autre, notre fièvre nous enflamma. Fébriles, nous partagions le même désir. Nos mains tremblantes dénouèrent d'abord corselet et pourpoint, pour ensuite soulever les chemises sous lesquelles elles glissèrent sur nos peaux humides. Saisissant ses fesses, je les pétris sans retenue. Ma culotte le surprit.

— Une, une cul…

— Culotte! Laissez, m'empressai-je en déliant les courroies.

Ma culotte tomba sur mes chevilles. Tandis que je sautillais pour la dégager, Ludovic enlevait tout aussi rapidement ses hauts-de-chausses. S'agenouillant, il saisit ma taille, embrassa fébrilement mon ventre avant de m'inciter à m'étendre sur la mousse verte aux odeurs d'algues fraîches. Puis, il s'allongea sur moi.

— Hélène!

— Ludovic!

Affamés, nous mordîmes l'un dans l'autre comme on mord dans des fruits bien mûrs, les sucs délectant nos bouches avides, les chairs affriolant notre gourmandise. Nous mangeâmes jusqu'à satiété. Tout fut consommé, jusqu'au plus délectable des frissons.

Indifférente aux offensives des moustiques, je n'avais aucune envie de mettre fin à notre étreinte. Son ventre couvrant mes cuisses, sa joue réchauffant mon sein, ses doigts caressant mes cheveux, il reposait. J'aurais tant aimé que cet instant s'éternise à tout jamais!

— Je vous aime, dis-je, mes doigts errant le long de ses flancs.

— Ah, mourir dans vos bras, madame!

— Taisez-vous, vilain, ou je…

Il se hissa jusqu'à ce que nous fussions nez à nez. J'en profitai pour diriger mes mains vers les parties mâles de son anatomie. Il gémit.

— Que faites-vous, vilaine?

— Certains rapportent que maître Ferras a des couilles de fer.

Ses mains agrippèrent mes poignets, me forçant à délaisser ce que je chatouillais.

— J'ai une poigne de fer. Pour les couilles…

Il baisa mon cou avant de mordre dans mon épaule.

— Pour les couilles? susurrai-je lorsque ses lèvres effleurèrent ma joue.

— À vous de conclure, madame !

Se relevant d'un bond, il courut plonger dans la rivière. Je le rejoignis et nous nageâmes allègrement, telles de joyeuses loutres n'ayant d'autre visée que le pur plaisir.

Assis sur les galets du ruisseau, nous nous prélassions sous le doux soleil de cette fin d'après-midi, entrelacés devant une grosse roche. L'eau qui s'en écoulait frappait si intensément mes épaules que j'avais du mal à maintenir mon équilibre. Chaque fois que je tanguais, ses jambes se resserraient autour de ma taille.

— Vos seins...

— Mes seins... ?

— Ils sont si beaux !

— Vous me gênez, maître Ferras.

— Ils flottent sur l'eau comme de jolis bateaux.

J'enroulai mes bras autour de son cou.

— Hum, et cette croupe, gémit-il. Dieu qu'elle me manque par moments.

Ses lèvres prêtes au baiser dévièrent de leur trajectoire, pour aboutir sur les bateaux. Je faillis couler dans l'eau frémissante. J'agrippai ses épaules.

— Cette mousse sur la grève, Ludovic.

— La mousse ?

— Une couche de mousse conviendrait-elle à monsieur ? Parce qu'ici, la noyade nous guette.

Il se releva et m'attira contre lui.

— Qui plus est, ajoutai-je, entre vous et moi, ces couilles de fer...

— Quoi, quoi, les couilles de fer ? s'offusqua-t-il.

— La preuve reste à faire, monsieur !

Le dernier quartier de la lune était déjà bien haut lorsqu'en sourdine je franchis le pont-levis de l'Habitation. Discrètement, je regagnai ma chambre pour aussitôt me poster devant ma fenêtre, attendant qu'il allume une bougie devant la sienne. Lorsque sa flamme attesta qu'il était bien rentré, je fus totalement rassurée.

— Mon Bien-Aimé est sain et sauf. Dieu est bon !

«Mon tourment était probablement exagéré. Ce *Cherououny* n'était peut-être pas si cruel après tout? Pardonnez à vos bourreaux et priez pour ceux qui vous persécutent», clama ma conscience.

Ce soir, j'étais prête à tout pardonner. Mon amoureux était là, près de moi. Il m'aimait et me désirait toujours. Je regardai le croissant de lune.

— *La lune pleine au miroir de l'onde, emporte à jamais dans sa folle ronde*, murmurai-je.

Je lui lançai un baiser.

— Bonne nuit, mon tendre amour.

J'allais me réfugier sous mes couvertures lorsqu'un oubli me ramena devant ma fenêtre.

— Ludovic, couilles de fer ou pas, je les aime telles qu'elles sont. Surtout, n'y changez rien!

12

Les Anges

Le 13 juillet, le sieur de Caën débarqua enfin à Québec. Tous l'attendaient de pied ferme. Depuis plus d'un an, le changement de compagnie de traite alimentait les différends. Lui seul détenait le pouvoir d'apaiser les esprits échauffés.

Debout, face à la palissade du fort Saint-Louis, nous assistions religieusement à la cérémonie organisée en son honneur. De chaque côté de notre prestigieux invité, debout devant l'assistance, les capitaines Gravé du Pont et de la Ralde, coiffés de leurs chapeaux les plus empanachés, écoutaient notre lieutenant qui, monté sur une estrade de fortune, terminait la lecture d'une lettre écrite par Louis XIII, roi de France et de Navarre :

... suivant lequel je veux que vous vous gouverniez avec lesdits nouveaux associés, maintenant le pays en paix, en y conservant mon autorité, en tout ce qui sera de mon service, à quoi m'assurant que vous ne manquerez, je prie Dieu qu'il vous ait, Monsieur de Champlain, en sa sainte garde. Écrit à Paris le 20 de mars 1622.

— Signé : Louis, proclama-t-il fièrement en brandissant bien haut le parchemin.

Les applaudissements retentirent.

Si j'interprétais bien ce que je venais d'entendre, le règlement de la mise en place de la société de Caën suggérait de verser aux associés de l'ancienne Compagnie de Rouen et de Saint-Malo un dédommagement de dix mille livres. De plus, chacun d'eux aurait la possibilité d'entrer à titre individuel dans la nouvelle compagnie, s'il le souhaitait.

— Mes amis, mes amis, s'époumona le lieutenant en abaissant les bras afin d'obtenir le silence.

L'auditoire s'apaisa.

— Mes amis, répéta-t-il. Nous l'attendions depuis le printemps, voici qu'il nous arrive enfin! Depuis hier, un des trois principaux actionnaires de la nouvelle compagnie de traite nous honore de sa présence. J'ai nommé... Guillaume de Caën.

— La mi-juillet, c'est pas trop tôt! maugréa Marie.

L'invité monta à son tour sur l'estrade pendant que le lieutenant de la colonie en descendait.

Guillaume de Caën devait avoir la mi-trentaine. Son allure altière et son visage austère imposaient d'emblée respect et soumission. Les passements dorés ornant le pourtour de ses habits marron, le lustre du cuir raffiné de ses bottes noires et les dentelles de son large collet de soierie blanche confirmaient son importance et sa fortune.

— Lieutenant du vice-roi Montmorency, illustres capitaines, fidèles engagés de la Compagnie de Caën, commença-t-il lentement d'une voix grave et puissante.

Posant une main gantée sur la garde dorée de son épée, il étira le cou et promena son regard au-dessus de la mêlée. On eût dit un suzerain.

— Depuis mon arrivée, Champlain ne cesse de louer le courage et la ténacité des engagés des deux sociétés qui, m'affirme-t-il, se sont efforcés de cohabiter en bon entendement.

Marquant une pause, il se tourna lentement vers le lieutenant. Celui-ci opina de la tête.

— Voilà qui est de très bon augure. Associés, évitons les querelles inutiles, unissons plutôt nos forces afin de retirer de notre commerce tous les bienfaits escomptés. Au nom des principaux dirigeants de la société de Caën, je peux vous assurer que la réglementation qui sera élaborée ici, cet été, par vos dirigeants, sera présentée au roi et à son Conseil dès mon retour en France. Dieu vous ait en sa sainte garde.

Soulevant son chapeau, il proclama:

— Vive le roi!

— Vive le roi! clama la foule.

— Vive la Nouvelle-France! lança-t-il dans un nouvel élan.

— Vive la Nouvelle-France!

— Vive la Compagnie de Caën!

Il y eut un surprenant silence. Décontenancé, le suzerain reprit.

— Vive Champlain!

— Vive Champlain! s'enthousiasmèrent alors les quelque quatre-vingts habitants réunis pour l'occasion.

Sitôt qu'il remit les pieds sur le sol, les auditeurs l'encerclèrent. Les questions pleuvaient de toutes parts. Au bout d'un moment, il m'apparut évident que le règlement imposé par la nouvelle compagnie indisposait les engagés plus qu'il ne les rassurait. Quel gage leur reviendrait-il au bout du compte? Quel serait le coût des actions de la nouvelle compagnie? Qui perdrait sa charge? Qui la conserverait? Autant de questions auxquelles le nouveau venu devait répondre. Les tensions étaient palpables.

— Guillaume de Caën, quel distingué bourgeois! s'extasia Marie-Jeanne en agitant son éventail.

— Et pas seulement beau parleur. Si vous saviez quel soulagement son arrivée me procure! renchérit Marie.

Nous la dévisageâmes.

— Tiens donc! badina Françoise.

— Dame Rollet, infidèle! Je n'ose y croire, elle si vertueuse! railla Marie-Jeanne.

— Des précisions s'imposent, Marie. Votre réputation est en jeu, plaisanta Marguerite.

— Quoi? Non! Vous n'allez pas supposer que… Moi infidèle, jamais!

Françoise rit sous cape. Guillemette rougit.

— Quelle prétention! enchaîna Marie-Jeanne. Oser seulement penser que nous puissions imaginer que ce grand marchand s'abaisse… à… à vous courtiser! Non mais, il faudrait avoir perdu la raison, très chère paysanne. Or, le fait est que nous sommes apparemment toutes saines d'esprit. Du moins, le suis-je! Et je peux vous assurer que jamais cette idée ne m'a effleurée, ne serait-ce qu'un…

— Marie, coupai-je posément, il suffit d'expliquer. Vous faites allusion à Henri Choppard, n'est-ce pas?

Son front se dérida quelque peu.

— Bien sûr que je fais allusion à Henri Choppard! Vous savez bien, cet engagé que le sieur de Caën a ramené de France pour servir mon mari, qui est, je vous le rappelle, très chère précieuse, le procureur de cette colonie! riposta-t-elle vertement à la frondeuse.

Appuyant les mains sur ses hanches, elle fit deux pas vers elle. Redoutant le pire, Guillemette recula. Marie-Jeanne agita son éventail un peu trop près du nez de son interlocutrice. Marie fulminait.

— Une dame de jugement ne se promène pas à travers champs parée de plumes d'autruche et de diamants. Nous ne sommes pas à la cour du roi de France, ici, vénérable saine d'esprit!

Marie-Jeanne ferma d'un coup sec son éventail et le claqua sur la joue de Marie.

— Bagaude, cul-terreuse, ignare! clama-t-elle à tue-tête. Savez-vous seulement de quoi vous parlez?

Marie passa sa main sur sa joue éraflée, souleva le coin de son tablier et l'essuya lentement.

— Surtout éviter la contagion, expliqua-t-elle froidement, on ne sait jamais avec la folie. Elle s'est jetée sur vous à votre arrivée ou seriez-vous tarée de naissance?

— Aaaaaaah! hurla Marie-Jeanne en brandissant à nouveau son éventail.

Saisissant son poignet au passage, je parvins à l'immobiliser avant qu'elle ne frappe à nouveau.

— Lâchez-moi, vermine, lâchez-moi! Toutes pareilles, toutes complices!

Marguerite et Françoise tiraient de part et d'autre sur Marie qui s'apprêtait à attaquer celle que je m'efforçais de retenir.

— Comtesse de mes fesses!

— Peigne-cul, nigaude!

— Calmez-vous! Marie-Jeanne, calmez-vous! répétai-je en m'interposant entre les deux.

— Venez, Marie, venez, insistaient Marguerite et Françoise, venez.

Sans trop de résistance, elle les suivit.

— Vous nous rejoignez chez Marie? me demanda Françoise.

— Dès que je le peux, lui répondis-je.

Je n'osais bouger tant je craignais que Marie-Jeanne ne parte à leurs trousses. Le visage rouge de colère, elle me fusilla de ses yeux jaunes.

— Vous me le paierez, susurra-t-elle entre ses dents. Foi de Thélis, vous me le paierez!

Tournant les talons, elle déguerpit vers le sentier menant à l'Habitation. Lorsqu'elle disparut derrière les buissons, une sourde panique me gagna.

— Le mouchoir enfariné! m'alarmai-je. Peste de peste, qu'ai-je fait?

Interloquée, je cherchai Ludovic du regard. De toute évidence, l'esclandre des femmes était passé inaperçu. Les hommes discutaient toujours. Au centre du groupe, le sieur de Caën répondait encore aux multiples interrogations. Non loin du lieutenant, Ludovic, Eustache et François buvaient ses paroles. J'éprouvai un léger vertige. S'il fallait que mon intervention ait attisé le désir de vengeance de notre comtesse!

— Mais pourquoi Marie-Jeanne s'acharne-t-elle à semer la discorde, ne s'attirant par là que mépris et solitude? Pourquoi? Comme si elle était sous l'emprise du malin, de l'ange mauvais, murmurai-je.

Cette arrogance, cette fermeture à toute amitié relevaient assurément d'un troublant mystère. Plus les mois passaient et plus je désespérais de le percer.

— Un jour, peut-être…

Les quatre pères récollets emboîtèrent le pas au lieutenant qui entraînait le sieur de Caën et les capitaines dans le fort qui faisait sa fierté. Après plusieurs mois de laborieux travaux, voilà qu'il s'achevait enfin. La défense du poste de traite de Québec était assurée, du moins en fortification.

— Pour ce qui est des hommes et des armes, c'est une tout autre histoire. N'ébruitons pas la criante lacune et surtout, surtout, évitons de provoquer l'ennemi, badinait-il de temps à autre.

«Les ennemis, les ennemis, pensai-je. Priez pour vos ennemis, nous dit le Seigneur. Voilà bien la seule arme qu'il me reste. Prier pour que la douceur, la bonté, la charité, l'amabilité soient un jour accordées à notre comtesse. Seigneur, cela relève du miracle, je le sais.»

J'étais seule sur le cap, seule sous un soleil de plomb. Le ciel d'un bleu d'azur était sans nuage.

— Priez, oui, priez. Dieu notre Père Tout-Puissant, mon ultime recours…

Résignée, les pensées troubles et le cœur lourd, je pris la piste menant à la maison de Marie. Peu à peu, les pépiements des oiseaux endormirent ma morosité. Plus j'avançais et plus l'éclatante lumière la contrariait; il faisait si beau! Arrêtant ma marche, je me retournai vers le fort où notre communauté pourrait d'ores et déjà se réfugier en cas de besoin.

«Rassurant!» me dis-je.

J'admirai l'horizon. D'amont en aval coulait le fleuve majestueux.

«Une force tranquille, une force éternelle», me confortai-je.

Regardant vers le chemin menant à l'Habitation, je tentai de me convaincre.

«Marie-Jeanne crie haut et fort, mais agit peu. Sa méchanceté est à son image, superficielle et vaine.»

— Et je ne laisserai pas cette malveillante gâcher cette merveilleuse journée, affirmai-je.

Je repris ma route.

Mes amies et moi avions convenu de terminer la préparation de notre comédie aujourd'hui même. Le temps nous pressait. Nous n'étions plus qu'à dix jours de la fête de la bonne sainte Anne, à dix jours des fiançailles, donc à neuf jours de notre représentation.

«Demain, Paul m'accompagnera au campement des Montagnes afin que je m'entretienne de notre foi avec l'Aînée, la Meneuse, pensai-je. Sitôt leur accord obtenu, j'en parlerai à leurs filles. Petite Fleur sera l'ange rose, Perle Bleue, l'ange bleu, et Étoile Blanche, le blanc, cela va de soi. Notre ange blanc ira annoncer la Bonne Nouvelle aux bergers. Après, ne restera qu'à trouver le moyen de faire répéter nos comédiens.»

Imaginer Ysabel en Vierge Marie et Eustache en Joseph ramena totalement ma bonne humeur.

— Place à la comédie! clamai-je en frappant à la porte de Marie.

Non loin du *wigwam* de l'Aînée, assis en cercle sous le grand pin, nous respections le silence commandé par sa profonde réflexion. Sans son consentement, ses trois petites-filles ne pourraient participer à notre spectacle. Sans son consentement, point d'anges pour la Naissance de l'Enfant-Dieu.

Ses doigts déformés par la maladie tenaient une longue pipe dont elle extirpait de temps à autre une bouffée de fumée bleutée. Ses cheveux blancs contrastaient avec la poudre d'ocre dont elle avait enduit la peau plissée de son visage. Les paupières de ses yeux bridés étaient si lourdes qu'elles les couvraient presque entièrement. Je la trouvai fort belle.

« Une prêtresse, me dis-je, une vestale consacrée à la protection des siens. »

À mes côtés, le ventre de Paul gargouilla. Impatient, il me lorgna du coin de l'œil. Il avait faim et quand Paul avait faim… Je lui fis un large sourire. Levant ses yeux vers les peaux suspendues aux branches du pin, il soupira fortement. Sa désobligeance piqua la Meneuse. L'Aînée déposa sa pipe dans un petit bol de terre cuite, prit l'amulette d'osselets qui s'y trouvait pour l'agiter au rythme des sons gutturaux qu'elle émit. Lorsqu'elle la laissa retomber dans le creux de sa jupe de peau, elle agrippa les griffes d'aigle de son collier et chanta de sa voix éraillée. On eût dit un psaume triste, un chant montant d'outre-tombe. La Guerrière, la Meneuse et ses trois petites filles la fixaient intensément.

Son chant terminé, elle tendit une main tremblotante vers moi, me demandant en montagne :

— *Napeshkueu, tipatshimushtunan tshitshishe-manitum utipatshimun ?*

La Meneuse me transmit sa demande tout en me recommandant de parler lentement afin qu'elle puisse traduire notre échange.

— Par tous les diables, marmonna Paul, elle vous demande de raconter l'histoire de Jésus. Ah, nous ne sommes pas sortis de l'auberge !

— Ne vous inquiétez pas. Je vous promets que nous serons de retour à l'Habitation avant le coucher du soleil.

— Le coucher du soleil ! s'alarma-t-il.

Je lui fis un clin d'œil qui ne le rassura guère. Je lui souris pour ensuite reporter mon attention sur la Meneuse et ses filles qui étaient suspendues à mes lèvres.

— Hum ! *Tshitaieshkupin a ka takuaitshet ?*

— *Eshe !*

— Alors, il y a plus de mille six cents ans…

— Aaaaaah ! s'étonnèrent les petites filles.

D'un geste, la Meneuse leur ordonna le silence. Je repris.

— Voilà plus de mille six cents ans, dans le village de Bethléem, une femme vierge, nommée Marie, donna naissance à un petit garçon dans une étable.

— *Utauassimu eka neshtuapamat napeua !* s'étonna la Meneuse.

— Oui, vierge et mère, répétai-je.

— *Tshekuan ne* une étable ? demanda Perle Bleue.

— *Eka tshimuein, tshika unuin ute patshuianitshuapit !* la réprimanda sa mère.

La curiosité de Perle Bleue me réjouit.

— Laissez, Meneuse, j'ai compris. Je peux lui répondre brièvement, si vous le permettez.

— *Eshe.*

— Une étable est un abri rempli de paille où dorment souvent les bœufs, les ânes et…

Paul toussota.

« Surtout ne pas trop m'éloigner du cœur du sujet. »

— *Eshe !* fit Perle Bleue, visiblement satisfaite.

Je revins à Jésus.

— Ce petit garçon était en fait le Fils de Dieu.

— *Tshitshishe-manitumuau ukussa tshipa inniu ut ishkueua e teshanashkueunit ?* demanda l'Aînée.

— Oui, un fils né d'une vierge. C'est un mystère.

— *Tshekuan ne* un mystère ?

— Un mystère est une grande vérité que notre raison ne peut comprendre.

Comme le silence s'étirait, Paul agita sa main afin de m'inciter à poursuivre. Je m'appliquai à réduire l'histoire à sa plus simple expression. Je passai vitement sur l'enfance que vécut Jésus dans la maison de Joseph, le menuisier. Je leur racontai qu'une fois devenu adulte, il prêcha la parole de son Père, notre Dieu, tout en guérissant les malades, en soulageant les miséreux et en supportant les opprimés. Partout, il parlait d'amour, allant même jusqu'à recommander d'aimer nos ennemis.

— *Mauat, mauat !* s'exclamèrent toutes mes auditrices, de l'Aînée jusqu'à Petite Fleur.

— Votre Jésus serait sans courage ? s'exclama la Meneuse.

— Non, non… tentai-je.

L'hilarité que ma déclaration venait de soulever m'obligea à une pause. En réalité, leur réaction ne m'étonnait guère. Chez les Sauvages, seuls les lâches pardonnaient un affront. Pour eux, une seule loi : « Œil pour œil, dent pour dent ! » Si un ennemi tue un des vôtres, vous extirpez de multiples cadeaux à sa famille en guise de rachat ou, mieux, vous tuez un des leurs. Mieux encore, vous organisez un raid dans son camp, faites des prisonniers que vous torturez jusqu'à ce que mort s'ensuive. Puis, ultime récompense, vous extrayez le cœur chaud des entrailles de celui qui aura supporté vos supplices sans trop se plaindre, afin de vous approprier sa bravoure. Ne reste plus qu'à arborer fièrement les scalps, comme autant de trophées.

La brève vision du scalp de Marie-Jeanne se balançant au bout d'un manche à balai me fit rougir de honte. Cette image diabolique me troubla.

L'Aînée agita son amulette. Le calme revint aussitôt. D'un signe de la main, elle m'invita à reprendre la parole. J'inspirai fortement afin de retrouver mon aplomb. Une fois ressaisie, j'abordai les souffrances et la mort du Fils de Dieu, tout en redoutant que l'événement de sa résurrection provoque une nouvelle rigolade. Elle ne vint pas. Lorsque la Meneuse leur traduisit ce miracle, l'incrédulité s'imposa. Les yeux tout écarquillés, la Guerrière s'écria :

— *Manitushiu! Sheshuss manitushiu!*

— Jésus, sorcier! Par tous les diables, nous n'en sortirons pas!

— Non, non, Jésus est le Fils de Dieu! affirmai-je. Voilà pourquoi il est revenu du pays des morts. C'est un mystère, le plus grand mystère de notre foi.

— *Eka tshituk[u], nitanishat!* commanda l'Aînée. *Shaputuepan Napeshkueu.*

Comprenant qu'il était bien inutile d'insister davantage, je conclus que Jésus fit le sacrifice de sa vie pour sauver tous les hommes des flammes de l'enfer, autant les Français que les Sauvages de ce pays. Si nous suivions la Voie qu'il nous avait tracée, nous aurions le salut éternel, nous irions au paradis.

— *Kie ninan, nikanuenitenan uashku, tshia nukum?* demanda Étoile Blanche.

— *Katshi nipiaki, nitatshakushinanat tshika ishpanuat nete nikanishinanat etaht, nete tshiuetinussit e patshishimut pishim[u]. Mamu anite nika tanan atshinu.*

— Que dit-elle? chuchotai-je à Paul.

— Elle parle d'un grand village à l'ouest, un lieu où se rend l'esprit de leurs morts.

— Leur paradis?

— Je suppose.

Ses petites étant rassurées, l'Aînée me demanda :

— *Auen ne anisheniu, Napeshkueu?*

Je répondis que les anges étaient des créatures surnaturelles servant d'intermédiaires entre Dieu et les hommes. Représentés avec des ailes et des auréoles, ils protégeaient et guidaient chacun de nous.

— Ainsi, mes trois petites-filles seront transformées en créatures ailées!

Je lui confirmai que ce serait bien le cas, le temps de notre petit théâtre. L'Aînée reprit sa pipe. La Guerrière alla plonger une paille dans le feu de bois et vint la rallumer. Elle fuma quelques instants sans rien dire.

— Par tous les diables! s'impatienta Paul tout bas, pourquoi tant de simagrées? La question est pourtant simple. Veut-elle, oui ou non, que ses petites-filles soient costumées en anges?

Pointant ses petites-filles du manche de sa pipe, l'Aînée reprit la parole.

— Mes filles, nous traduisit la Meneuse, nul besoin d'anges sur notre terre montagne. En ce pays, tous les êtres vivants possèdent une âme: les hommes, les bêtes, les plantes, les rivières, les lacs, les rochers, tout. Ces âmes vivent en harmonie sur notre mère la terre. Toutes ces âmes sont protégées par de bons esprits. En rêve, ces esprits nous révèlent les désirs que nous devons satisfaire, tout autant que les embûches que nous devons éviter. Si de graves malheurs nous accablent, nous en appelons au pouvoir de nos chamans qui communiquent avec nos esprits les plus puissants, les *Oki*. Le plus grand d'entre eux est le Ciel. Pour lui, nous prions, dansons et chantons. Mes filles, au pays des Montagnes, les anges sont bien inutiles.

Visiblement déçues, ses trois petites-filles courbèrent la tête.

— Mes petites, n'oubliez jamais la parole des Anciens. Soyez fières des croyances de notre peuple.

Le visage flétri de l'aïeule s'illumina. Celui des petites s'attrista davantage. L'Aînée tira encore quelques pipées.

— Cela étant convenu, si mes petites-filles désirent jouer aux anges, je veux bien accepter qu'elles participent à cette comédie.

Les fillettes bondirent de joie.

— *Tshinashkumitinan nukum, oh, tshinashkumitinan nukum!*

Aidée par la Guerrière, l'Aînée se leva. Ses petites-filles l'enlacèrent. J'étais ravie.

— Enfin! s'exclama Paul en se redressant. Vous aurez mérité vos anges, mademoiselle!

Je pris la main qu'il me tendait et me relevai. La Meneuse vint se planter devant moi.

— Mes filles sont Montagnes, Montagnes pour toujours, me déclara-t-elle de sa voix grave.

Dans ces yeux de braise, aucune équivoque : les anges n'étaient qu'un jeu.

13

La Vierge crucifiée

Les derniers préparatifs de la comédie allèrent bon train. Tout se déroula comme prévu, de sorte que, la veille de l'événement, nous avions pu transporter tous nos costumes dans la chambre que les bons pères récollets avaient mise à notre disposition, au deuxième étage de leur couvent. J'y avais laissé Ysabel et Marie afin qu'elles procèdent aux derniers ajustements de la robe de la Sainte Vierge.

Dans la cour intérieure, j'achevais d'attacher l'étoile des bergers à la branche d'un pommier sur lequel mûrissaient les pommes encore vertes. Le père Le Caron sortit un mouchoir de la poche de sa robe de bure, épongea son large front, arpenta la crèche de sapinage, scruta la mangeoire, redressa le banc sur lequel allait s'asseoir la Vierge Marie, repoussa quelques cailloux avec le bout de sa sandale, tout en évitant de me regarder. Je pressentis qu'il était quelque peu embarrassé. J'essuyai mes mains gommées avec le coin de mon tablier.

— Cette crèche vous satisfait, mon père ?

Hésitant, il essuya sa tonsure.

— Est-elle conforme au récit des Saintes Écritures ? insistai-je.

— Parfaitement, parfaitement : dénudée, rustique, une étable digne du Roi des rois. Oui… non… À la vérité…

— Qu'y a-t-il, mon père ? Tout n'est-il pas à votre convenance ?

S'arrêtant de marcher, il enfouit un pouce sous son ceinturon de cuir et haussa son double menton.

— Ainsi donc, ces païennes auraient été instruites de la naissance du Christ, notre Sauveur ?

— Oui, pour la représentation, il a bien fallu.

— Bien, un bon début pour mener ces âmes jusqu'à la conversion. Pour la suite des choses, je leur apprendrai le *Je vous salue,*

Marie et le *Notre Père*, peut-être même le *Notre Père* avant le *Je vous salue, Marie*. Parce que dans le *Notre Père* tout est dit: l'adoration, la soumission à la Sainte Volonté, l'humilité, le pardon… Oui, le *Notre Père*!

— Je saurais le faire, mon père, ces femmes et ces filles étant mes amies…

— Avec tout le respect que je vous dois, madame de Champlain, il semble que vous ayez déjà suffisamment outrepassé les préséances de votre sexe. La religion est affaire d'hommes, qui plus est, d'hommes consacrés.

— En quoi parler de l'histoire de Jésus est-il répréhensible?

— L'orgueil est forcément répréhensible.

— L'orgueil! Mais, mon père, je vous assure que j'ai tout simplement voulu servir la cause de Dieu.

— Que savez-vous de Dieu?

— Ce que la lecture de la Bible m'en a appris.

— Quoi! Lire la Sainte Bible, vous. La perversion des Réformés, l'orgueil des protestants subsisteraient encore dans votre esprit, et ce, malgré votre adhésion au catholicisme! Ma pauvre fille, cette dérogation vous plonge directement dans le péché! Seuls les hommes d'Église ont le privilège d'approcher les Saintes Écritures.

Son mouchoir virevoltait au rythme de ses blâmes.

— J'ai aussi appris de sœur Bénédicte, une ursuline, m'empressai-je d'ajouter afin d'alléger ma disgrâce. Son enseignement favorisa ma conversion au catholicisme.

— Une femme vous mena jusqu'au baptême. Voilà qui explique tout! Ce qui donne raison à nos évêques; ces Ursulines en mènent beaucoup trop large! Certaines vont même jusqu'à prêcher au coin des rues. Perversion! Sacrilège! Vitement la clôture des couvents!

Je fus estomaquée. Apparemment son embarras s'était totalement dissipé. Il en remit.

— Évangéliser est l'affaire des hommes de Dieu, madame! blâma-t-il fermement. Aussi, dorénavant, je vous somme de laisser aux récollets le soin de guider les âmes moribondes de cette colonie vers le salut.

Il épongea prestement son visage. Je n'en croyais pas mes oreilles.

— Madame, je me dois d'informer votre époux de ce déplorable écart de conduite. Quant à votre faute, je vous recommande d'implorer Dieu de vous pardonner. Des prières, des privations, voire des mortifications, s'imposent.

Ne désirant nullement compromettre le spectacle qui devait avoir lieu le lendemain, je décidai de passer outre à la remontrance, d'étouffer l'humiliation et de réfréner mes ardeurs.

— Fort bien, mon père, à l'avenir, je m'en tiendrai aux stricts privilèges féminins.

Comme j'allais le quitter, il me redemanda :

— Vous avez parlé de la Vierge Marie avec ces païennes, m'avez-vous dit ?

— Comment parler de Jésus sans parler de Marie ?

— Et de l'Enfant-Dieu ?

— Brièvement, vous savez...

— Alléluia ! se réjouit-il en joignant ses mains qu'il leva vers le toit de sapinage. Seigneur, accordez-moi de sauver ces petites âmes, de les mener jusqu'à Vous, de les instruire de votre Magnificence, de votre Suprême Bonté, Vous, le Tout-Puissant, Vous le Maître Absolu, vous le...

— Mon père, ce ne sont que de toutes jeunes filles. Leur grand-mère est plutôt réticente à leur conversion. Peut-être vaudrait-il mieux les amener à la Divine Connaissance par le biais de leurs propres convictions ?

— Ainsi raisonne le faible esprit des femmes ! Honte à vous, ma fille ! Ces païens adorent les arbres, les roches, les poissons, autant dire à peu près tout et n'importe quoi. Or, il n'y a qu'un seul vrai Dieu.

— Je sais, mon père. Néanmoins, si vous insistez, je crains qu'elles se rebutent et...

— Hélène, Hélène, m'interpella Ysabel du haut de la fenêtre, venez un moment, il nous faut ajuster le voile et la jupe de la Vierge.

— J'arrive. Excusez-moi, mon père.

— Un instant, un instant ! dit-il en agitant sa main consacrée devant mon nez. Pour cette comédie, l'âne sera bien ici, dans le coin gauche ?

— C'est ce dont nous avons convenu.

— Les chèvres et les bergers arriveront de l'étable comme ceci.

Son bras décrivit le parcours.

— Par là, oui ! Dès qu'Ysabel, enfin que notre Vierge aura déposé bébé Eustache, notre Enfant-Dieu, dans la mangeoire du bœuf, l'Ange du Seigneur ira annoncer la Bonne Nouvelle aux bergers qui l'attendent dans votre étable. Bien, si vous voulez m'excuser. Il reste tant à faire !

— Attendez, attendez. Ces anges montagnes…

— Ces anges, simplement, mon père.

— Fort bien, fort bien. S'exprimeront-ils dans notre langue ?

— Parfaitement. Nous leur avons appris les textes et les chants en français. *« Ne vous effrayez pas, dira l'Ange au Berger, je vous apporte la nouvelle d'une grande joie : Aujourd'hui, un Sauveur est né : c'est le Christ, notre Seigneur. Vous le trouverez enveloppé de langes et couché dans une crèche. »* Le français étant plus simple que le latin…

— Certes, certes ! Votre petite a appris tout ça ?

— Étoile Blanche a dix ans. Elle en a été fort capable, mon père.

— Hélène, vous venez ? Marie s'impatiente ! m'interpella à nouveau Ysabel.

— Excusez-moi, mon père, mais cette fois… Coudre les costumes est affaire de femme, n'est-ce pas ?

Il s'épongea de plus belle.

— Faites, ma fille, faites.

Dans la chambre du couvent, entre les costumes, les épingles, les bobines de fil, les ailes des anges et les présents des mages, nous attendions, impatientes, l'arrivée d'Eustache, qui devait ramener du campement des Montagnes les trois petites-filles de l'Aînée.

— Bien, bien, dis-je à Ysabel, récapitulons. Paul incarnera notre bœuf. Au fait, la queue ?

— Je l'achève à l'instant.

— Bien ! Notre âne est dans l'étable des pères, poursuivis-je. Nos deux bergers devront se contenter de chèvres. Quant à nos trois mages, ils rendront hommage au Roi des rois, sans avoir vu une seule bosse de chameau.

Ysabel ajusta les plis de sa jupe. Je la trouvai fort belle.

— Ce costume de la Vierge vous sied comme un gant, très chère amie, lui dis-je.

— N'est-ce pas? répliqua-t-elle en tournant sur elle-même. Pensez donc, en fin de journée, la répétition générale. Demain soir, la représentation. Et le lendemain, 25 juillet, mes fiançailles! Tant de bonheurs en si peu temps!

«Lumineuse de félicité», me dis-je.

— J'ajouterai même que le bonheur te sied à merveille, Ysabel.

— Personnifier la Vierge Marie, s'extasia-t-elle, quel honneur! Moi, une simple servante… Comme j'aimerais être auprès de ma mère lorsqu'elle recevra la lettre que je lui écrirai dès ce soir, oui, dès ce soir. Je lui expliquerai tout dans les moindres détails, depuis la préparation de notre comédie jusqu'au lendemain de mes fiançailles. Ce sera une lettre d'au moins dix pages. Tout est trop beau, j'ai peine à y croire, Hélène.

— Les habits sont pourtant bien réels. Crois-y, n'en doute plus jamais.

— Alors, ce voile? poursuivit Marie.

Laissant Marie et Ysabel à leur essayage, j'entrepris de passer en revue les costumes accrochés ici et là autour de la pièce: celui de Joseph, robe brune, turban noir, bâton de pèlerin, ceux des mages, couronnes, capes galonnées d'or et d'argent, ceux des bergers…

— Il me tarde de voir *Nigamon* et *Tebachi* transformés en bergers.

J'écartai les robes des anges afin de bien voir les ailes alignées contre le mur.

— Marie, il manque une aile! m'alarmai-je. J'en compte cinq, il en manque une! Où est passée l'autre?

— Impossible!

— Comptez vous-même.

Elle les souleva l'une après l'autre.

— C'est pourtant vrai! Elle doit être là sur le lit. Regardez sous les vêtements d'Ysabel.

Je soulevai la pochette de toile grise qu'Ysabel portait habituellement à sa ceinture et la déposai avec précaution sur le coffre au pied du lit. Puis, je regardai sous ses jupes et son corselet.

— Rien!

— Rien. J'en ai pourtant transporté six dans la charrette ce matin. À moins que…

— Qu'une aile soit tombée de la charrette en chemin, compris-je. Malheur de malheur! Impossible d'en fabriquer une autre maintenant, c'est beaucoup trop long. Poser les feuilles de maïs séchées une à une...

— Je ne vous le fais pas dire!

— Paul la trouvera assurément en cours de route. Il viendra par le même chemin que nous, suggéra Ysabel.

— Puisse Dieu vous entendre, très chère Vierge, badina Marie.

— Et si ce n'était pas le cas? m'affolai-je. Nous devons prévoir le pire. Et Joseph qui n'a toujours pas essayé ses habits. S'il fallait raccourcir ou, pire, allonger! Le temps nous manquera.

— Nous n'aurons rien à retoucher sur l'habit de Joseph, affirma calmement Ysabel.

Sa conviction nous étonna.

— Comment en être certaine? m'étonnai-je.

— Je les ai portés à sa chambre, hier soir. Il les a essayés et m'a assuré que tout lui convenait ce matin même.

— Tiens donc! insinua Marie.

— Je vous donne ma parole: jamais je n'ai passé le seuil de la porte de monsieur Eustache, précisa-t-elle en agitant nerveusement la queue du bœuf au bout de sa main. Tout fut fait avec courtoisie, il faut me croire.

Marie inspira longuement. Je ris.

— Nous vous croyons, dit-on en chœur.

— Jamais je n'oserais...

— Très Sainte Vierge, nous vous croyons, nous vous croyons, insistai-je pour la rassurer.

Ysabel nous sourit, reprit les fesses du bœuf et retourna vers la table sur laquelle étaient posés nos paniers de couturières.

— Voyons voir. Du fil brun pour cette queue...

— Pour celle-là, c'est la couleur qui convient, plaisanta Marie.

— Marie! m'exclamai-je, vous parlez à notre Vierge! Tout de même!

Prise d'un nouvel éclat de rire, elle courut vers la fenêtre. À voir le sautillement de ses épaules, nous comprîmes tout l'effort dont elle faisait preuve pour respecter le nom de la Très Sainte Vierge Marie.

— Bien, revenons à cette aile perdue, repris-je afin de l'aider à retrouver ses esprits.

— Gardons notre calme et misons sur la bonne fortune de Paul, proposa Ysabel. Il ne devrait pas tarder.

Marie se pencha exagérément à la fenêtre. Son bras pointait droit devant.

— Quelqu'un vient, quelqu'un… Oh non! s'exclama-t-elle en agrippant sa coiffe à deux mains.

— Quoi? Qu'y a-t-il? m'énervai-je.

— C'est elle, elle avec notre aile.

— Elle, qui elle?

Ses mains ondoyaient au-dessus de sa tête, telles des plumes agitées par le vent.

— Marie-Jeanne? redoutai-je.

Elle acquiesça de la tête.

— Peste! me désolai-je.

— Il ne manquait plus que ça!

La visite de Marie-Jeanne avait de quoi nous surprendre. Depuis la cérémonie d'accueil de Guillaume de Caën, elle nous évitait toutes.

— Cette visite ne me dit rien qui vaille, redouta Marie.

La menace du mouchoir enfariné refit surface.

«Surtout ne pas jeter d'huile sur le feu. Plutôt m'efforcer d'étouffer les braises», me persuadai-je.

— Elle nous rapporte l'aile, Marie, rappelai-je. Un gros tracas en moins. N'est-ce pas généreux de sa part?

— Qu'allez-vous supposer? Elle l'aura trouvée en chemin, voilà tout. Le prétexte est bon pour venir fouiner dans nos affaires, argua Marie.

— Peut-être bien. Néanmoins, comme nous n'avons guère le choix de la recevoir, je suggère que nous misions sur l'amabilité. Soulignons son bon geste.

Ysabel déposa le bœuf sur le plancher et se leva.

— Je suis de votre avis, Hélène. Plus nous l'accueillerons aimablement, moins elle aura à critiquer, et plus vite elle retournera à l'Habitation, raisonna-t-elle.

— Qui descend la première? demanda Marie. Parce que moi…

La porte s'ouvrit brusquement. L'aile de l'ange précéda Marie-Jeanne.

— Coucou, mesdames! s'exclama-t-elle. Je ne vous dérange pas? Parce que si c'était le cas…

Marie posa les mains sur ses hanches.

— Pas le moins du monde, m'empressai-je de répondre. Marie-Jeanne, comme c'est gentil à vous de nous rapporter cette aile. Nous l'avions…

— J'ai trouvé cette chose étrange à quelques toises du couvent.

— Cette chose est une aile d'ange. Pas étonnant qu'elle vous semble étrange, railla Marie.

— Comme vous savez, notre représentation aura lieu demain, enchaînai-je. Nous vous réserverons une place de choix, une place assise, il va sans dire.

— Comment ignorer cette mascarade ? On pérore sur le sujet dans toute la colonie. « La comédie de dame Hélène par-ci, la comédie de dame Hélène par-là… » Curieux tout de même qu'on m'ait écartée de l'événement. J'aurais pu vous être d'un grand secours. Ne vous ai-je jamais fait entendre ma voix ?

Exaspérée, Marie croisa les bras en soupirant exagérément.

— Vous chantez ? m'étonnai-je poliment.

— Je suis pour ainsi dire une parfaite maîtresse chanteuse.

— Maître… esse chanteuse ? hésitai-je.

— Ma voix donne des frissons, m'a-t-on dit.

— Des frissons ! s'esclaffa Marie.

— … tant elle est vibrante et pure, renchérit Marie-Jeanne. Une voix céleste… N'auriez-vous pas besoin d'une telle voix pour cette comédie ?

Ysabel se laissa choir sur le coffre. Sa pochette grise tomba à ses pieds. Elle la ramassa et l'accrocha à son ceinturon. Revenue de la distraction, je poursuivis.

— Vous chantez joliment, dites-vous ? Dommage, si seulement nous l'avions su plus tôt, je vous assure que nous aurions exploité votre talent. Hélas, il est maintenant trop tard.

— D'autant que nous avons enseigné à quelques fillettes montagnes notre *Adeste Fideles* qui sera chanté par elles, en français, en remit Marie.

— Des Sauvages vont entonner l'*Adeste Fideles* ? Quel choix déplorable ! Enfin, il est vrai que prêter ma voix à cette modeste affaire… Fort bien, puisque vous disposez de tout ce dont…

— … nous avons besoin, s'énerva Marie, vraiment de tout ! Ysabel, Hélène, veuillez m'excuser. J'ai un message urgent à transmettre au père Le Caron. Cela ne peut vraiment pas attendre.

— Un message urgent, dites-vous ? reprit Marie-Jeanne. Je redescends à l'instant. Confiez-le-moi. Je le transmettrai de votre part au bon père.

— Ah, si vous redescendez à l'instant, le message est moins urgent, se ravisa-t-elle.

— Marie-Jeanne, repris-je. Ce que Marie veut dire...

— Elle ne peut souffrir ma présence. N'y voyez surtout pas d'insulte. Le fait est que c'est réciproque. Alors, puisque mes services ne sont pas requis, je m'en voudrais de m'immiscer davantage dans vos pieux préparatifs.

Elle allait passer la porte, lorsqu'elle hésita.

— Ah, j'oubliais ! À quelle heure, cette divine comédie ?

— À dix-neuf heures, dans la cour du couvent, précisai-je.

— À dix-neuf heures, demain soir. Comptez sur moi, j'y serai.

À peine refermée derrière elle, la porte s'ouvrit à nouveau.

— Une dernière chose. J'ai dû égarer mon bracelet de rubis, car il n'est plus dans mon coffret à bijoux. Quelqu'une d'entre vous l'aurait-elle aperçu quelque part ?

Perplexes, nous nous regardâmes les unes les autres en niant de la tête.

— Bien, au revoir, alors.

Ne s'entendit plus que le frou-frou de ses jupons dans l'escalier. Un malaise aussi subtil qu'un battement d'ailes plana un moment dans la chambre.

— Inquiétant, tout de même, déclara Marie. Notre comtesse serait venue de l'Habitation par cette chaleur, et sans escorte, simplement pour nous offrir le luxe de sa voix ?

— Cette femme me hait, s'alarma Ysabel. Je le sais, je le sens.

— Bonne sainte Anne, priez pour nous, implorai-je en joignant les mains.

— Rabat-joie ! éclata Marie. Comment fait-elle ? Chaque fois qu'elle paraît, elle réussit à nous enfumer.

Retroussant les manches de ma chemise, je pris le parti d'aller de l'avant.

— Mesdames, notre divine cantatrice nous a tout de même rapporté l'aile de l'ange. C'est un signe.

— Un signe ! s'étonna Marie.

— Un signe ? questionna Ysabel.

— Si elle s'était laissé toucher par la bonté des anges ?

La grimace d'Ysabel témoigna de ses doutes.

— Un premier miracle en cette Nouvelle-France! ironisa Marie en levant les bras vers le paradis.

Debout à la fenêtre, je constatai avec satisfaction que tous les recoins de la cour du couvent des Récollets étaient occupés. Les engagés des compagnies, les colons et les Montagnes avaient répondu à notre invitation. Debout derrière les chefs *Mahigan Aticq*, *Erouachy* et les capitaines du Pont Gravé et de Champlain, les spectateurs attendaient patiemment le début de la fête.

« Toute la communauté de Québec est là, me réjouis-je. Plus de cent personnes. »

Près de l'étable, Ludovic et François discutaient avec Abraham Martin, le véritable père de notre Enfant-Jésus. À droite de l'enceinte, entassés dans la remise, les personnages de notre comédie attendaient, fébriles, le moment d'entrer en scène. Tout était en place. Le spectacle pouvait commencer. Je délaissai la fenêtre.

— Petite Fleur, viens un peu par ici, Petite Fleur.

La Guerrière lui suggéra de relever sa longue robe bleue afin de marcher avec plus d'aisance.

« Quel ange magnifique! » me dis-je.

Ce bleu poudre rehaussait joliment le doré de sa peau. Éclairant son visage rondelet, ses yeux bridés brillaient comme deux petites perles noires. Une épaisse frange de cheveux d'ébène couvrait son front. J'ajustai le bandeau retenant son auréole dorée. Elle voulut la toucher.

— Non, non, laisse! Ne touche pas. Ne crains rien, elle tiendra. Tout est parfait, ne touche pas.

Son large sourire découvrit ses dents blanches comme le lait. Je pinçai sa joue.

— Quel magnifique ange tu fais! Belle, très belle. Prête pour la crèche?

— Oui, dame Hélène, dit-elle aisément.

— Marie, le temps est venu.

— On dirait bien! L'heure de la naissance approche. Venez, descendons.

Jetant un dernier coup d'œil vers la remise, je vis la Vierge et Joseph, bras dessus, bras dessous, se regardant les yeux dans les yeux. Ysabel resplendissait de bonheur. Eustache était aux anges.

— Quel plaisir de les voir si heureux. Ils l'auront bien mérité.

— Venez, Hélène, venez, m'interpella Marie.

— *Venez l'adorer avec nous, Venez adorer le Seigneur*, entonnèrent nos choristes pour une dernière fois.

L'écho de leur voix résonna dans l'enceinte. Les applaudissements éclatèrent. Je tendis les bras vers notre ange bleu. Négligeant mon aide, Petite Fleur agrippa sa jupe et sauta prestement de la branche du pommier sur laquelle elle était juchée.

— Bravo, *tshimishta-pikutanau!* lui dis-je.

Le temps d'un radieux sourire et la voilà qui courait vers ses sœurs. Alignés de part et d'autre du saint couple, tous les comédiens saluaient joyeusement la foule qui les acclamait. La chaleur de l'ovation le confirmait : le spectacle avait plu. Le sieur de Champlain nous rejoignit.

— Ah, pour une belle représentation, c'était une belle représentation ! Je ne vous connaissais pas ce talent, madame. Il faudra en user plus souvent. Cela me rappelle la Ligue du Bon Temps, en Acadie. Rien ne vaut un tel divertissement pour alléger le fardeau quotidien. Merci, madame, merci !

Je fis une courte révérence.

— Sans oublier nos comédiens et tous ceux qui ont aidé. Venez tous, Ysabel, approchez, Eustache, Jonas, venez.

Après avoir félicité tous et chacun, le sieur de Champlain posa la main sur l'épaule de notre Balthazar.

— Un roi venu de l'Orient, qui l'eût cru ! Prestation réussie, maître boulanger.

— Merci, mon lieutenant.

— Venez que je vous présente à Gravé. Ce bougre en est déjà à son septième verre de vin. Nous aurons probablement besoin de vos bras pour le ramener à l'Habitation.

Derrière eux, Ludovic me fit une œillade. Lorsqu'ils s'éloignèrent, il s'approcha.

— Épatant, vraiment épatant, ce spectacle !

Sa fierté m'alla droit au cœur. Je regrettai de ne pouvoir me blottir dans ses bras.

— Vous avez aimé, maître Ferras ?

— Passionnément, madame.

La chaleur de mes joues s'amplifia.

— Un peu de vin pour celle à qui nous devons cette charmante distraction ?

Il me tendit son bras. Je glissai ma main dessous.

— Faute de mieux, oui, je prendrais bien un peu de vin.

Son coude pressa ma main contre lui.

Le jour tombait et la fête s'achevait. Chacun s'apprêtait à retourner chez soi. Les Montagnes n'en finissaient plus de remercier pour les galettes, les gâteaux et le vin dont la plupart avaient quelque peu abusé. Comme les comédiens n'allaient pas tarder à remonter dans la chambre du couvent afin de se départir de leurs costumes, je décidai d'y amener nos anges afin d'éviter l'affluence.

— Venez, venez, leur dis-je en les entraînant vers le couvent. Il est temps de vous changer.

— Garder robes, ailes ? demanda Perle Bleue.

— Vous désirez conserver vos costumes ?

La réponse se lut aisément sur leurs joyeux visages. Elles exprimaient encore leur contentement lorsque j'ouvris la porte du rez-de-chaussée. Marie-Jeanne descendait l'escalier de la chambre, la pochette bleue d'Ysabel à la main. Sa présence me surprit.

— Marie-Jeanne, que faites-vous ici ?

— Je prépare mon chant.

— Votre chant ? Que voulez-vous insinuer ?

Passant devant moi sans répondre, elle sortit. Interloquée, je la suivis du regard. Elle se dirigea prestement vers la crèche, devant laquelle le sieur de Champlain discutait avec Eustache. Auprès d'eux, notre Vierge souriait à l'Enfant-Jésus qui dormait dans les bras de sa mère Marguerite. Le tableau était trop beau.

Vêtue d'une somptueuse robe noire, Marie-Jeanne fonçait droit sur eux.

« L'ange noir, redoutai-je, l'ange maléfique. »

Plus elle les approchait et plus mon malaise augmentait. Arrivée devant le sieur de Champlain, elle lui adressa quelques mots avant de lui présenter la pochette d'Ysabel. Hébété, il l'ouvrit lentement. Ce qu'il vit le troubla. Il la montra à Eustache qui sembla tout aussi éberlué que lui. Tous se tournèrent vers la Vierge Marie. Marie-Jeanne la pointa du doigt.

— Voleuse, cette servante n'est qu'une vulgaire voleuse ! vociféra-t-elle, une voleuse, une voleuse ! Honte à Ysabel Tessier !

Son apostrophe s'abattit sur la foule telle une lame déferlante. Submergés, tous les invités se turent.

— Cette fille n'est qu'une vulgaire voleuse ! tonnait-elle devant l'assistance qu'elle venait de captiver.

Tous dévisageaient Ysabel. Lorsque le sieur de Champlain lui présenta la pochette, elle acquiesça de la tête pour ensuite nier fermement. Désespérée, elle s'approcha d'Eustache. Muet, il resta de glace. Ysabel éclata en sanglots.

— Qu'y a-t-il, que se passe-t-il ? me demanda Marie qui revenait des latrines.

— Le chant de Marie-Jeanne…

— Que voulez-vous dire ? Quel chant ?

— Je n'en sais trop rien, mais je doute que ce soit un chant d'amour.

— Qu'a-t-elle encore inventé ? Notre Ysabel est en larmes !

Elle s'élança vers notre cantatrice. Lâchement, j'hésitai à la suivre.

« Si le mouchoir enfariné était dans cette pochette ? redoutai-je. Lâche, ton amie a besoin de toi, cours la rejoindre. »

Je recommandai aux anges de rester sur place et me lançai dans la mêlée.

Il n'y avait aucun doute. Notre maîtresse chanteuse était douée. Dans le fond de la pochette d'Ysabel se trouvait le collier de perles que Marie avait égaré, la bague de diamant que Marguerite ne retrouvait plus, la broche d'argent dont Françoise déplorait la perte, le petit miroir que je recherchais depuis le mois de juin et le bracelet de rubis dont Marie-Jeanne avait annoncé la disparition. Selon le scénario de la cantatrice, Ysabel aurait profité de ses visites chez chacune d'entre nous pour nous extirper ces objets précieux. La preuve était formelle. Notre Vierge était coupable !

Ce fut le tollé général. Surprise, colère, doute, cris et reproches fusèrent de toutes parts. Le sieur de Champlain s'efforça d'apaiser du mieux qu'il put l'agitation soulevée par l'incroyable dénonciation. Aussi promit-il de mettre tout en œuvre pour que justice soit faite.

Cette démarche était bien inutile. Le cruel châtiment s'imposait de lui-même. Eustache pouvait-il se fiancer à une voleuse ?

Car tel était bel et bien la conséquence du chant de notre cantatrice : la rupture des fiançailles annoncées.

Les flammes des torches suspendues au poteau de la galerie se tordaient sous la poussée du vent. Appuyée à la rampe, j'observai les reflets dansants de la lune sur les vagues houleuses du grand fleuve.

— Un orage se prépare, déplorai-je.

À la fin de la pénible soirée, Eustache, tiraillé entre sa raison et son cœur, avait hésité à proclamer l'innocence d'Ysabel. D'un côté, une réputation à tenir, une charge à sauvegarder. De l'autre, une fiancée à défendre, un amour à protéger.

Au matin, après la messe célébrée en l'honneur de la bonne sainte Anne, Paul m'apprit qu'Eustache avait suivi les engagés, partis à l'aurore faire la traite aux Trois-Rivières.

Depuis le scandale, Ysabel restait confinée dans sa chambre. Chaque fois que j'avais frappé à sa porte, je n'avais obtenu aucune réponse.

Le soir tombait lorsque j'aperçus, en bas, une ombre se faufiler dans la cour.

— Ysabel ! m'étonnai-je.

Elle traversa le pont-levis, descendit vers le fleuve et se rendit au bout du quai.

— Non !

Soulevant mes jupons, je dévalai l'escalier à toutes jambes et courus à ses trousses. Sa frêle silhouette noire vacillait dans la pénombre.

« Ysabel, je t'en prie, non ! »

Je misai sur le clapotis des vagues pour couvrir le bruit de mes pas. Le quai enfin ! Soulevant ses bras vers le large, Ysabel laissait s'échapper de multiples petits morceaux de papier blanc. Ils s'envolaient de ses mains et tourbillonnaient dans le noir avant de disparaître dans l'encre des eaux.

— Ysabel, murmurai-je, Ysabel, que fais-tu ?

— Je noie mes rêves, répondit-elle froidement sans se retourner.

— Les lettres à ta mère ?

Elle chancela.

— Ysabel! m'écriai-je, en agrippant son bras.

Je la retins.

— Laissez-moi, je veux mourir, s'écria-t-elle en me repoussant.

— Ysabel! Non, tu n'as pas le droit! Ysabel, je ne t'abandonnerai pas! J'ai besoin de toi, crois-moi, j'ai besoin de toi, insistai-je en secouant ses épaules.

— Mes rêves... gémit-elle le visage défait. Mes fiançailles, mon amour, Eustache...

— Ysabel...

— Tout est détruit.

Je l'étreignis.

— Chut!

— Rien, il ne me reste plus rien!

— Je suis là, Ysabel, je suis là.

Blottie dans mes bras, elle pleura longuement.

14

La goutte du capitaine

Toute personne la connaissant refusa de croire que notre douce et timide Ysabel eût commis ces larcins. Mais les justiciers ne s'encombrent pas de bons sentiments. Nos plaidoyers ne firent pas le poids contre la pochette de bijoux volés, trouvée par notre perfide dans la chambre des costumes, sous les jupons de l'accusée. Aux yeux de la plupart des engagés, il ne faisait aucun doute, elle était fautive.

La loi française avait coutume de punir un tel crime en fouettant la voleuse sur la place publique, avant de la laisser croupir au cachot pendant trois longues années. Or, notre modeste colonie ne possédait ni cours de justice ni cachot. Certains prônaient son renvoi en France, allant même jusqu'à réclamer qu'elle soit fouettée, ici, dans l'enceinte du fort Saint-Louis, avant son exil.

Bien qu'informé de l'opinion et de l'empressement des bien-pensants, une semaine s'écoula sans que le sieur de Champlain revienne sur l'événement. Qui plus est, il se comporta comme si rien ne s'était passé, comme si l'odieuse calomnie n'avait pas réduit les fiançailles en poussière, comme si la réputation d'Ysabel n'avait pas été entachée à tout jamais, comme si Eustache n'avait pas lâchement abandonné dans la tourmente celle qu'il avait prétendu aimer.

Je mis son attitude évasive sur le compte de ses nombreuses préoccupations. Sachant pertinemment que l'élaboration des articles devant régir l'intégration des deux compagnies de traite n'allait pas sans peine, que les commis de Santis et Letardif avaient l'habitude de débattre des points litigieux pendant de longues heures, que les excès de vin du capitaine du Pont retardaient la prise de décision, j'hésitais à défendre auprès de lui la cause de celle qu'il savait accusée à tort, tout autant que moi.

François n'osa prendre parti. L'honneur de sa famille l'obligeait à une lâche partialité. Son trouble était cependant palpable. Visiblement tenaillé, il esquivait mes regards et fuyait ma présence. Deux fois, j'osai l'approcher. Deux fois, il s'empressa d'orienter notre conversation sur la révision des ententes des compagnies de traite, insistant sur la pertinence de ses interventions, sur ses qualités de notaire, sur le sérieux qu'il mettait à soutenir Champlain dans sa tâche. Je compris que cette surprenante vantardise n'avait qu'un seul but : camoufler sa honte. Respectant son malaise, j'abandonnai l'espoir de recourir à lui pour convaincre sa sœur de revenir sur ses accusations afin que soit rétablie la vérité.

La nouvelle habitude de Marie-Jeanne renforça ma décision. Pressée par un soudain élan de fraternité, elle se mit à suivre son frère dans chacun de ses déplacements. Le corps raide, le visage rigide et le geste rare, elle allait et venait accrochée à ses basques comme s'il avait été à la fois sa cuirasse et son arme. Ses plumes d'autruche pouvaient bien se balancer à qui mieux mieux, je me jurai que jamais plus je ne croirais une seule de ses paroles. Qui plus est, dorénavant, j'allais m'appliquer à l'ignorer.

Le teint blafard, les yeux bouffis et rougis, Ysabel vaqua à ses occupations, tel un automate. Lors de ses inévitables déplacements, elle allait furtivement, son tablier couvrant presque entièrement sa figure. À son approche, les plus hargneux l'accablaient d'injures, certains allant même jusqu'à lui cracher au visage. Les plus généreux se contentaient de la dévisager ou encore disparaissaient dès qu'ils l'apercevaient. Sitôt qu'elle avait le dos tourné, tous cancanaient sur la voleuse de bijoux, l'orgueilleuse servante, l'ambitieuse qui avait poussé l'audace jusqu'à manigancer des fiançailles avec Eustache Boullé, le beau-frère du sieur de Champlain, lieutenant de la colonie. La prétentieuse, selon eux, avait forcé sa chance et c'était bien fait pour elle.

Choquée par ces méchancetés, j'insistai pour l'accompagner où qu'elle aille. Invoquant mon titre, mon rang, ma classe, ma notoriété, elle arguait que ma place n'était pas aux côtés d'une paria, que ma réputation ne pouvait qu'en souffrir. Je rétorquais que je la connaissais suffisamment pour savoir que ma compagnie la réconfortait. C'était l'essentiel. Devant mon insistance, elle abandonnait.

Je l'escortai donc jusqu'au jour où, revenant du jardin nord, mon tablier plein de haricots, je surpris, au détour du pont-levis, la conversation de deux mécréants qui affirmaient bien haut que la voleuse m'asticotait afin d'obtenir grâce auprès du lieutenant. Redoutant alors que ma vigilance n'accentue la malveillance qu'on lui portait, je me soumis à son désir tout en recommandant à Paul de prendre auprès d'elle la place que je laissais. Il accepta de bon cœur et fit si discrètement qu'elle n'eut pas à en souffrir.

Lors d'une brève rencontre devant le magasin, notre boulanger Jonas m'apprit qu'elle avait exigé de lui qu'il dépose dorénavant les pains qu'elle venait quérir tôt le matin sur une tablette près de la porte de sa maison. Ainsi, il n'aurait plus à pâtir de sa présence. Gêné, il m'avoua regretter leurs matinaux bavardages, déplorant surtout de ne pouvoir lui accorder le soutien dont elle avait tant besoin.

— Ysabel est incapable du crime dont on l'accuse.

— Je sais, Jonas.

— Si seulement je pouvais la défendre contre ceux qui lui veulent du mal ! regretta-t-il.

— Je lui dirai votre amitié, Jonas.

— Vraiment, madame ?

— Bien sûr !

— Si jamais quelqu'un ose porter la main sur elle...

Le poing qu'il leva vers le ciel menaçait autant que les gris nuages.

— Ne craignez rien, Jonas, nous veillerons à ce que rien de fâcheux ne lui arrive.

Cette remarque m'apparut bien inutile, puisque le mal était déjà fait. Il le savait, je le savais.

« Que pouvait-il lui arriver de pire ? » pensai-je.

— Si vous avez besoin de moi, je suis votre homme.

— Je m'en souviendrai. Merci, Jonas.

Marie, Françoise et Marguerite vinrent à deux reprises à l'Habitation. À chaque fois, Ysabel refusa de les rencontrer.

— Pourquoi ? l'implorai-je derrière sa porte close. Elles sont nos amies. Jamais elles n'ont douté de toi. Elles savent la fourberie de Marie-Jeanne.

Ma requête resta sans réponse. Ysabel, telle une bête traquée, se terrait dans sa peine.

— Cessez de vous torturer ainsi, supplia Ludovic en m'appuyant sur la porte de la redoute.

Ses mains glissèrent le long de mon dos pour s'arrêter sur les plis de ma jupe.

— Ysabel est désespérée.

Ses lèvres effleurèrent mon front…

— J'ai beau chercher, je ne sais que faire, me désolai-je.

… et mes joues.

— C'est injuste ! m'indignai-je.

… et mon nez.

— Une brebis innocente immolée sur l'autel de la jalousie, et je laisserais faire sans tenter de la secourir ? Ça, jamais !

— Chut ! murmura-t-il à mon oreille. S'il fallait que quelqu'un passe par ici et vous entende ! Un scandale suffit, *Napeshkueu*.

Ses doigts s'agrippèrent à mes cheveux, sa bouche se colla à la mienne. L'engourdissement qui suivit me fit perdre le fil de mes pensées. Tout devint confus. Un vague sentiment de culpabilité s'immisça dans le plaisir qui s'imposait.

— Ludovic, nous parlions de…

— Chut ! répéta-t-il tandis que ses doigts s'activaient à dénouer les rubans de mon justaucorps. Chut !

— C'est qu'elle a besoin…

Furetant sous ma chemise, ses mains firent tant et si bien que mon fiévreux désespoir se mua peu à peu en fiévreux désir. Quant à ce qui se passa sous mes jupons… Dieu me pardonne, lâchement, j'oubliai tout.

Ludovic baisa le galbe du sein que notre extravagance avait dénudé. Puis, le sourire narquois, le teint rougi et les cheveux en broussailles, il refit avec précaution la boucle de ruban sur mon épaule, recula d'un pas afin d'observer le résultat, sourcilla et revint enfouir ses doigts sous la dentelle de ma chemise.

— Un faux pli, expliqua-t-il le plus sérieusement du monde en s'appliquant davantage à caresser ma peau tiède qu'à lisser le tissu.

— Hum !

— Voilà !

— Déjà !

L'œil heureux, il me pressa contre lui.

— Alors, madame, vous disiez donc que…

À la vérité, je n'avais plus aucune envie de parler. J'étais si bien, là, blottie contre lui. Je me sentais si légère, si paisible !

— Régénérée, comme la forêt après une ondée, murmurai-je.

— Plus fort, chuchota-t-il avant de mordiller mon oreille.

Sa bouche me souriait. Ses yeux d'ambre me souriaient.

— Alors, vous disiez, madame ?

— Vous avez un véritable don pour diluer mes idées, très cher monsieur.

— Un don ?

— Oui. Un coup de baguette et mes pires cauchemars s'étiolent.

— Un coup de baguette, vraiment ?

La grivoiserie m'avait échappé.

— Non… je ne…

Il rit en me serrant davantage.

— Sotte ! N'avez-vous donc rien compris ?

— Compris quoi, monsieur ?

— « *Un seul de vos regards me fait perdre le sens.* » Si baguette il y a, c'est vous qui la tenez.

— Je vous envoûterais à ce point ?

— À ce point, oui.

— « *Mon Bien-Aimé a passé les mains dans mes cheveux et, du coup, mes entrailles ont frémi.* »

— Ah ! Ainsi donc, le pouvoir de la baguette serait partagé ?

Ma main se joignit à la sienne.

— Quel piètre adversaire je fais, dit-il, dévoiler ainsi mes failles.

Je l'embrassai.

— Aimez-moi, Ludovic. Aimez-moi jusqu'à la fin des temps.

— La fin des temps, c'est un peu court, ne trouvez-vous pas ?

Je ris. Après avoir posé un tendre baiser sur ma joue, il se rendit à la table et tira les deux tabourets faits de billots de bois.

— Si madame veut bien prendre place, dit-il en saluant bien bas.

Je m'exécutai. Il s'assit face à moi.

— Et prière de retenir les soupirs, les yeux langoureux et la bouche en cœur, plaisanta-t-il. Nous avons à parler sérieusement.

— Mais, mais…, tenteriez-vous d'insinuer que mes manières…

— Absolument.

— Mais je n'y suis pour rien !

— Vous y êtes pour tout et c'est bien ainsi, divine coquine. Si nous revenions à notre innocente brebis. Parce qu'avant que vous me poussiez à vous séduire…

— Oh !

Il prit mes mains dans les siennes.

— … vous étiez bien à me confier votre tourment, n'est-ce pas ?

Son sérieux me ramena sur terre.

— Il est vrai.

— J'y ai longuement réfléchi et…

— Réfléchir à Ysabel, vous ? m'étonnai-je.

— Une insulte, madame ! badina-t-il en redressant le torse. Douteriez-vous des capacités de mon esprit ?

— Non, qu'allez-vous imaginer ? Je sais votre…

— Mon génie, mon génie, n'hésitez pas !

— Un génie à qui je cause bien du souci.

Il me fit un clin d'œil.

— Je vous aime. Cela fait de moi un génie bienheureux.

— Merci.

— Attendez un peu avant de remercier. Écoutez plutôt. J'ai un plan.

— Un plan ?

— Parfaitement. J'en ai longuement discuté avec Champlain. Il est d'accord.

— Avec Champlain ! Vous et lui ?

— C'est notre lieutenant, convint-il en haussant les épaules. Ai-je le choix ?

— Non, admis-je, nous n'avons pas le choix.

Il reprit mes mains.

— Bien, voilà de quoi il retourne.

Deux jours plus tard, Champlain avait convié ses gens au rez-de-chaussée de son logis. Intrigués, nous attendions, silencieux, qu'il revienne de sa tournée matinale dans le magasin. Debout devant le buffet, je souris à Paul. Se voulant rassurant, il serra discrètement mon coude avant de croiser les bras. À ma gauche, les doigts de Ludovic tapotaient la garde de son épée. Je mordis ma lèvre.

De l'autre côté de la salle, debout devant la fenêtre, François tortillait nerveusement le parchemin qu'il tenait à la main. Non loin de la cheminée, sous le regard attentif du commis de Santis, le capitaine Gravé secoua sa coupe de vin au-dessus de sa bouche entrouverte.

— Ah, bon jusqu'à la dernière goutte ! clama-t-il avant d'essuyer son épaisse barbe noire du revers de la main.

— Pour ça, on ne saurait vous accuser de gaspillage, fit remarquer le commis de Santis. Boire son vin jusqu'à la dernière goutte, telle est votre devise, capitaine ?

— Bras de mer, vous ne croyez pas si bien dire, matelot. J'ai horreur du gaspillage, toutes les formes de gaspillage, je tiens à le préciser. Pas une miette de pain n'est laissée dans mon écuelle. Il en est des victuailles comme du travail, mon ami. Sur terre comme sur mer, toutes les ressources doivent être utilisées à bon escient. C'est au capitaine d'y voir.

— C'est exactement le but de notre rencontre, proclama le sieur de Champlain en refermant la porte derrière lui. Éviter les gaspillages !

— Que Dieu vous entende ! renchérit le capitaine Gravé.

Champlain s'arrêta devant François, qui lui tendit son parchemin.

— Alors, notaire Thélis, tout est conforme ?

— Oui, monsieur.

— Fort bien. Poursuivons la démarche.

Il déroula le parchemin sur sa table de travail et le signa. François jeta un œil furtif vers l'escalier.

— Mesdames, messieurs, déclara le lieutenant. Le regrettable événement survenu lors de la présentation de la comédie de la Nativité aura soulevé bien des controverses. Après maintes requêtes et discussions, une résolution fut prise, résolution qui, espérons-le, sera accueillie favorablement par tous les habitants de cette…

Marie-Jeanne apparut au haut de l'escalier.

— Mademoiselle de Thélis, l'interpella le lieutenant. Justement, venez, cette déclaration vous concerne directement.

Elle descendit lentement, s'attardant sur chaque marche, son éventail noir cachant presque complètement son visage. Lorsqu'elle eut rejoint son frère, le lieutenant souleva le parchemin et lut.

— En rapport avec l'accusation de vol portée contre dame Ysabel Tessier, servante du sieur de Champlain, sous contrat depuis le 26 juillet 1617...

Délaissant le parchemin, il poursuivit.

— Mesdames, messieurs, Du Pont Gravé l'a proclamé, le gaspillage est un luxe. Or, il en va des gens de cette colonie comme des passagers d'un navire. Tous et chacun doivent mettre la main à la pâte. Tous et chacun doivent gagner leur pitance à la sueur de leur front, en servant le bien commun.

Se tournant vers Marie-Jeanne, il fit une pause.

— Pour le bien commun, reprit-il en haussant la voix.

Une autre pause.

— Les fainéants et les profiteurs sont à jeter par-dessus bord. C'est une question de survie!

François observa sa sœur qui, distraite, agitait mollement son éventail devant son visage stoïque.

— Les accusations portées contre Ysabel Tessier sont bien surprenantes, vu la dévotion qu'elle met à nous servir depuis plus de cinq ans, cinq ans déjà... insista-t-il en hochant la tête, cinq ans de loyaux services sans un accroc, sans qu'on ait la moindre peccadille à lui reprocher, ne trouvez-vous pas?

Les balancements de l'éventail se firent plus énergiques.

— Absolument! s'offusqua Paul. Par tous les diables, cette petite n'a rien d'une voleuse, y a pas de doute là-dessus! Pardonnez-moi, demoiselle Thélis, je ne sais pas qui vous a mis ces sottises dans la tête, mais elles sont fausses! Notre Ysabel est innocente!

L'éventail cessa de battre. L'interpellée leva le nez et pinça ses lèvres. Un lourd silence pesa sur l'assemblée. Je regardai Ludovic du coin de l'œil.

— Pour le bien de notre communauté, poursuivit Champlain, il en sera fait comme décidé. Dorénavant, le territoire entourant l'Habitation sera formellement interdit à Ysabel Tessier. En mon droit et privilège, je la condamne à servir Marguerite Martin, Marie Rollet et Guillemette Couillard, trois des honorables personnes lésées par son méfait. De plus, Ysabel Tessier devra éviter tout contact avec les engagés de la compagnie, les dames et les messieurs de l'Habitation. La sentence, qui s'appliquera à compter d'aujourd'hui, s'étendra sur une période d'un an, soit jusqu'au lundi 23 août de l'an de grâce 1623.

Les battements de l'éventail reprirent de plus belle. Au-dessus de son écran de dentelle, Marie-Jeanne retroussa son nez en trompette.

— Par ailleurs, poursuivit-il, les ressources de notre petite société étant limitées, tout gaspillage est à éviter, vous en convenez tous, mes amis?

Son bras balaya l'assistance.

— Oui, mon lieutenant, approuvèrent les hommes.

Étant dans le secret des dieux, je me contentai d'opiner de la tête.

— … je me vois obligé d'expulser de ce pays toute personne refusant de collaborer à l'œuvre commune. Ainsi, c'est à regret qu'il me faut demander à dame Marie-Jeanne de choisir.

L'éventail s'arrêta net de battre. Il se tourna vers elle.

— En réalité, l'alternative suivante s'offre à vous, très chère demoiselle Thélis. Mes propositions sont claires, honnêtes et définitives. Ou bien vous acceptez de prendre la charge de servante occupée jusqu'ici par Ysabel Tessier.

L'éventail se ferma d'un coup sec. Sa bouche s'ouvrit toute grande. Pas un son n'en sortit.

— Pour une année de service, vous recevrez trente livres tournois en gage, tel que le stipule le contrat de notre servante.

— Qu… qu… quoi! bafouilla-t-elle.

Ses joues s'empourprèrent.

— Ou bien vous pourrez accumuler vos gages jusqu'en septembre afin de payer votre droit de passage sur le *Bon Rapport* ou le *Catherine*, navires qui, comme vous le savez, quitteront Tadoussac pour retourner en France l'automne venu. Bien entendu, cette option suppose que vous ayez déjà en poche quelques économies. Le prix d'un passage s'élève à… combien, du Pont?

— Autour de cinquante livres, mon capitaine.

— Cinquante livres, dame Thélis, répéta le lieutenant.

Sidérée, elle sembla figée comme une statue.

— Vous entendez, dame Thélis? insista Champlain.

Sortant de son effroi, elle regarda tour à tour François, Champlain, l'assistance, puis François et Champlain à nouveau.

— Mais, mais… s'affola-t-elle, mais!

Elle s'étouffa. François lui tapota le dos.

— Moi… Moi, servante, parvenions-nous difficilement à entendre entre ses toussotements. Aaaaah !

Prise d'une faiblesse, elle s'écroula dans les bras de son frère.

— Messieurs, mesdames, veuillez m'excuser, on m'attend. La rencontre est close, termina prestement le lieutenant.

Il roula le parchemin, le remit au commis de Santis et se dirigea vers la porte. S'arrêtant devant moi, il claqua des talons.

— Mes respects, madame, fit-il en soulevant son chapeau.

— Monsieur, dis-je en faisant une courte révérence.

Il agita un bras.

— Du Pont, Paul, Ludovic, suivez-moi, de Caën devrait revenir sous peu des Trois-Rivières. Nous avons à faire au magasin. Cette trappe dans le plancher facilite un peu trop l'accès à la cave. Nos barils se vident. On vole notre vin. Gaspillage !

Ludovic me fit un clin d'œil et referma la porte derrière eux. Retrouvant aussitôt son aplomb, Marie-Jeanne se mit à taper des pieds en vociférant.

— François, faux frère ! Tu les laisses m'humilier sans rien dire ! Lâche, tu n'es qu'un lâche ! Non mais, tu as entendu, moi servir, moi, la servante de cette… de cette…

— … de la première dame de la colonie, compléta François.

Il ne put esquiver ses premiers coups de poing, mais recula afin d'éviter les autres. Plus il s'éloignait, plus elle hurlait. La porte s'ouvrit. Le sieur de Champlain réapparut. Elle s'immobilisa, les bras en l'air.

— J'allais oublier, dame Thélis. Réfléchissez bien, prenez tout votre temps… et donnez-moi votre réponse au souper, sans faute. Nous devons clore cette affaire au plus tôt. Pour le bien commun. Vous savez ce qu'est la bureaucratie, n'est-ce pas, notaire ?

Il referma la porte. Elle projeta son éventail dans sa direction.

Et nous n'en étions qu'au début du plan rédempteur.

Lorsque je lui appris la décision du lieutenant, Ysabel éclata en sanglots.

— Il te sait innocente. Tout cela n'est qu'une mise en scène pour piéger Marie-Jeanne. Dans un mois tout au plus, tu reviendras à l'Habitation. Sèche tes larmes, ne pleure plus, je t'en prie ne pleure plus.

— Ma vie n'a plus de sens. Ne pouvez-vous comprendre la honte que j'ai ?

— Honte ? Honte de quoi ? Tu n'es coupable de rien !

— Je suis la cause de tout. Mon orgueil est la cause de tout. Une servante doit savoir tenir sa place ! Péché, oui, j'ai péché par orgueil et par vanité. Ce châtiment vient de Dieu. Je Le supplie de me pardonner. Eustache me pardonnera-t-il ? Et vous, me pardonnerez-vous ?

— Je n'ai rien à te pardonner. Quant à Eustache, il t'est redevable.

Ses pleurs redoublèrent. J'étais désemparée.

L'abomination était qu'elle se croyait réellement coupable. L'horreur était qu'elle ne croyait plus en elle. J'eus beau tenter de la raisonner, l'invitant à espérer que notre plan fasse éclater la vérité au grand jour, que Marie-Jeanne, repentante, avoue enfin sa faute, qu'Eustache, une fois revenu des Trois-Rivières, s'excuse à genoux de l'avoir abandonnée dans la tempête, rien n'y fit. Elle demeurait inflexible. Une fois ses larmes asséchées, elle m'avoua froidement :

— Je remercie le ciel de m'avoir si cruellement ouvert les yeux. C'est fort heureux que monsieur Eustache soit parti aux Trois-Rivières. Il l'a fait parce qu'au fond de lui il sait que c'était folie de croire que nous puissions nous fiancer. Il sait qu'une alliance avec une servante ne peut lui apporter que peines et tracas. Je n'ai ni dot ni titre de noblesse. Oui, vraiment, fuir était ce qu'il avait de mieux à faire.

Elle ouvrit la porte de sa chambre.

— Et c'est ce qu'il aurait fait chaque fois que sa réputation aurait été menacée à cause de moi.

Je voulais la dissuader, j'en fus incapable. Devant l'évidence, je m'inclinai. Comment faire confiance à celui qui dit vouloir vous fiancer un jour, pour vous renier le lendemain ?

— Je vous en conjure, Hélène, si vous avez la moindre estime pour moi, ne me parlez plus jamais de cet amour déraisonnable. Au nom de notre amitié, promettez-le-moi.

— Je te le promets.

Prostrée, je pleurai devant sa porte close. Je pleurai sur la lâcheté des hommes, sur la méchanceté des femmes, sur la froide lucidité qui pouvait réduire en cendres le plus merveilleux des rêves.

La suite des choses m'appartenait. Rien ne serait facile, puisqu'elle m'imposait de contrevenir à mes principes, à mes croyances, à mes habitudes. Néanmoins, pour le bien d'Ysabel, le bien d'Eustache, le bien de notre petite communauté et peut-être aussi, qui sait, il est permis d'espérer, le bien de Marie-Jeanne, j'avais accepté l'épreuve.

Peu fière de l'attitude que j'allais devoir adopter et craignant surtout que la cruauté me fasse défaut, j'implorai le Seigneur de me donner la force nécessaire pour accomplir ce qui devait être accompli. Transformée en mégère, j'allais devoir abuser, punir et mentir afin que la vérité soit rétablie et que justice soit faite.

— Vous qui avez chassé les voleurs du temple, vous qui avez décrié les sépulcres blanchis, comprenez-moi ! La charité impose parfois l'usage d'un gant de fer. Aidez-moi, Seigneur, aidez-moi !

Selon le plan, j'allais devoir exiger de ma nouvelle servante rien de moins que l'observance formelle de la rigoureuse étiquette de la cour de France, mis à part les atours, les ornements, les vanités, les parades, les fêtes, les festins, les seigneurs et les ragots. Elle devait répondre à mes demandes à la lettre. Je devais la pousser à bout.

— Cette mèche de cheveux, un peu trop frisée.

— Quoi, encore cette paillasse défraîchie !

Mes draps par-ci, mes jupons par-là, ces bougies à remplacer, et ce bois à transporter, ces pains à chercher, ces souliers à nettoyer, ce plancher à astiquer, ces œufs à lever, ce jardin à bêcher…

Trois jours suffirent pour que notre cantatrice, un panier de linge frais lavé sous le bras, me supplie d'alléger sa tâche. Faisant fi de sa requête, je lui commandai d'aller puiser l'eau trois fois par jour plutôt que deux. Le linge frais lavé se retrouva sur le plancher. Le lavage fut à recommencer.

— Il est impératif que tout soit relavé aujourd'hui même, insistai-je.

Tout ordre fut donné sans un sourire, tout effort récompensé par un reproche ou une nouvelle demande. Tandis que ma voix tranchante commandait, ma petite voix intérieure s'efforçait d'étouffer les remords, de refouler la pitié que la vision de cette femme, soumise à l'aridité du cœur, m'inspirait.

Au bout de cinq jours, elle hurla de rage, agrippa mes rideaux de tulle et les déchira. J'exigeai alors qu'elle les recouse et les réinstalle avant la tombée du jour, et surtout, de manière à ce que rien n'y paraisse.

— Mais comment le pourrais-je avec toutes ces corvées !

— Allons donc, Marie-Jeanne, si une simple paysanne peut le faire, une dame de votre qualité le pourra aussi, rétorquai-je en tordant mes doigts derrière mon dos. Ah, j'oubliais, les verres de faïences sur le buffet, vous savez bien, dans la salle du…

— Oui, je sais. Et alors ?

— Voyez à les laver avec précaution. Le sieur de Champlain y tient comme à la prunelle de ses yeux : un souvenir de sa mère. J'ai cru remarquer une goutte de vin sur l'un d'eux ce matin.

— Une… une… relaver tous les verres pour une goutte !

— Oui, pour une simple goutte, oui.

Je mordis ma lèvre.

Cette étape devait durer une semaine au moins. Elle me parut une éternité. Chaque soir, je demandais pardon à Dieu pour l'odieux de mon comportement. Chaque soir, je priais pour ceux que mes méchancetés servaient. J'implorais le Sauveur notre Dieu de poser un regard bienveillant sur toutes celles qui souffraient, y compris Marie-Jeanne.

En plus d'user la patience de ma nouvelle servante, une deuxième tâche m'incombait : semer des graines de suspicion autour de moi. La honte m'étreignait rien que d'y penser, mais je dus m'y résoudre. L'acquittement d'Ysabel l'exigeait.

— Étrange, déclarai-je devant tous les convives lors du souper du mardi soir, mon petit miroir d'argent gravé d'un croissant de lune a de nouveau disparu.

— Quelqu'un aurait-il retrouvé mon peigne d'ivoire dans la cour de l'Habitation, par hasard ? demandai-je au déjeuner du lendemain.

— La bague de diamant que m'a offerte le sieur de Champlain pour souligner le premier anniversaire de notre arrivée, disparue ! m'indignai-je bien haut, un beau matin, devant les engagés qui rangeaient des peaux de castor dans le magasin.

La suite coula de source. Ayant usurpé une pochette de Marie-Jeanne pour la cause, je la remplis des effets que je m'étais évertuée à déclarer perdus.

Une semaine jour pour jour après que notre cantatrice eut revêtu ses habits de servante, j'avais, à la demande du lieutenant, apporté cette pochette pour le repas du midi.

— Alors, de Caën, satisfait de vos traites ? demanda Champlain en déchirant son pain.

— Il va de soi que la remise des vingt-quatre mille livres aux associés de l'ancienne compagnie gruge nos profits. Nous devrons essuyer un déficit, j'en ai peur.

Tapotant sa bouche de sa large serviette blanche, il ajouta :

— Une année de transition difficile. C'était à prévoir.

Marie-Jeanne s'approcha d'eux, un bol de soupe dans chaque main. Le moment d'attention qu'elle voua au seigneur de Caën lui fut néfaste. Elle heurta la table. Des gouttes de soupe aboutirent sur le revers de la chemise du lieutenant.

— Mademoiselle ! s'indigna-t-il.

— Pardonnez-moi, monsieur.

— Déposez ces bols ! Cherchez vite un torchon pour nettoyer le dégât.

Le seigneur de Caën redressa le menton.

— Ces manières ne seraient pas tolérées en France. Une telle domestique serait vite confinée au décrottage des latrines.

Agrippant son bonnet de servante, elle le projeta au milieu de la table.

— Sachez que je ne suis pas une servante, monsieur ! Je suis une bourgeoise, une grande dame ! Voilà pourquoi j'échappe des gouttes de soupe sur les chemises, pourquoi je déchire les rideaux, pourquoi le bois manque pour les feux ! On me torture ici, monsieur de Caën ! Dites-le au vice-roi. Rapportez à la cour de France comment le lieutenant de cette colonie traite les honnêtes dames !

S'étant levé, François passa son bras autour de ses épaules. Inébranlable, le sieur de Champlain choisit ce moment précis pour en remettre. Il se leva, exhiba sa pochette devant elle. Surprise, elle voulut s'en saisir. Il fit en sorte qu'elle ne l'atteigne pas.

— Cette pochette est bien à vous ? Est-ce bien la vôtre, dame Thélis ?

— Oui, c'est ma pochette.

Il la vida sur le buffet.

— Comment… Mais ces objets ne sont pas à moi !

Ses mains couvrirent sa bouche avant de cacher son visage.

— Regardez-moi, madame, ordonna le lieutenant, regardez-moi droit dans les yeux.

François saisit ses poignets, la forçant à baisser les bras.

— Ainsi se crée une voleuse, madame ! Demain, au sortir de la messe, ou bien vous avouez votre méprise concernant l'accusation portée contre Ysabel Tessier, reconnaissez votre calomnie et implorez son pardon devant toute la communauté de Québec, ou alors...

Il balança sa pochette devant ses yeux exorbités.

Le lendemain, à l'heure dite, Marie-Jeanne, dépouillée de ses plumes et de ses bijoux, s'exécuta. Avouant s'être bêtement laissé berner par les apparences, elle affirma qu'Ysabel avait assurément été la victime d'un odieux personnage qui aurait glissé, à son insu, les objets volés dans sa pochette afin de lui nuire. L'honnêteté dont elle avait toujours fait preuve envers ses maîtres ainsi que la gentillesse et le dévouement qu'on lui connaissait proclamaient bien haut son innocence. Devant l'attroupement de colons, elle lui demanda humblement pardon de l'avoir offensée, allant jusqu'à lui offrir son aide afin de réparer les préjudices que sa calomnie lui avait injustement infligés.

À mon grand étonnement, je la crus presque. Et je ne fus pas la seule, puisque sa déclaration soulagea la plupart des gens de Québec. Certains suivirent même le courant de son repentir. Plus d'un s'excusa auprès de celle qu'il avait vulgairement insultée, méprisée et jugée. Impassible, Ysabel ne voyait rien, n'entendait rien, ne sentait rien... hormis la brûlure de son cœur trahi.

Dans l'heure qui suivit, elle regagna ses pénates et reprit sa charge à l'Habitation. Le lendemain matin, je me postai devant sa porte avant l'aurore et attendis qu'elle sorte de sa chambre avec l'intention de lui proposer de l'accompagner chez notre boulanger.

— Comme il vous plaira, dit-elle simplement.

Nous traversâmes la cour encore sombre. Le gloussement des poules, le béguètement des chèvres et le roucoulement des pigeons me rassurèrent. Pas de doute, la vie allait reprendre. Le soleil allait de nouveau se lever. Nous approchions de l'enclos des animaux.

— C'est Violette qui sera contente.

Ma remarque l'intrigua. Elle se tourna vers notre vache.

— Il fallait voir Marie-Jeanne traire ses mamelles gonflées. Oh là là !

Violette agita sa queue afin de chasser les mouches qui s'agitaient autour de son fessier. Je lui tapotai le flanc.

— Terminé le dégoût, ma Violette! affirmai-je, Ysabel est revenue.

Ma joyeuse tentative resta sans écho. Ysabel reprit sa marche.

— Patience, elle reviendra s'occuper de toi, conclus-je en regardant la frêle silhouette de mon amie se diriger vers la porte arrière de la palissade.

Une fois le petit pont traversé, nous longeâmes l'Habitation.

— Mes respects, mesdames, salua le père Irénée qui sortait de la chapelle.

— Bonjour, mon père. Belle journée d'automne, n'est-ce pas?

— Remercions le ciel, mes filles. Bonne journée, dame Ysabel.

Comme nous passions devant lui, il souleva son chapeau de feutre rond dans sa direction. Elle poursuivit sa route comme s'il n'existait pas. Me tournant vers lui, je ralentis le pas.

— Excusez-nous, mon père, nous allons chez le boulanger. Le pain, pour le déjeuner…

— Faites, faites. Notre lieutenant est à son logis?

— Je le crois. Sinon au magasin…

— Merci, madame.

Remettant son chapeau, il se dirigea vers l'Habitation. Je courus rejoindre Ysabel. En d'autres circonstances, j'aurais souligné son impolitesse, mais aujourd'hui… L'odeur du pain frais me donna à espérer.

— L'odeur de ce pain à de quoi mettre en appétit, ne trouves-tu pas?

— L'odeur du pain? Ah oui, l'odeur du pain.

— Jonas sera là, l'informai-je. Je lui ai demandé…

Elle s'arrêta net. Visiblement contrariée, elle me dévisagea sans mot dire.

— Tout doit reprendre comme avant, Ysabel.

Elle n'eut pas le temps de détourner la tête que maître Jonas l'abordait.

— Quel plaisir de vous revoir, dame Ysabel.

— Je viens pour le pain, dit-elle sèchement.

— Ils sont prêts. Vous permettez que je prenne vos paniers?

Elle les lui tendit.

— Venez, mesdames. Une bonne fournée ce matin. Une douzaine de pains vous attendent sur la tablette.

Il déposa nos paniers au côté des deux rangs de pains dorés. Sitôt qu'ils furent pleins, Ysabel les recouvrit d'une serviette de toile de lin.

— J'ai toujours eu foi en vous, lui avoua-t-il timidement.

Elle fixa un moment le bout de ses sabots. Lorsqu'elle releva la tête, un faible sourire se dessina sur ses lèvres closes.

— Merci, Jonas.

« Enfin, me dis-je. Enfin ! »

Sans plus attendre, elle reprit nos paniers et repartit devant.

— Merci pour tout, Jonas. Passez une bonne journée.

Il ne m'entendit pas.

— Vous reviendrez demain, dame Ysabel ? lui cria-t-il.

— Oui. Demain et tous les autres jours, répondit-elle sans se retourner.

— Fort bien, fort bien !

Le visage de l'ami boulanger s'illumina. Comme Ysabel était déjà loin, je m'élançai à sa poursuite.

— Bonne journée, dame Hélène.

— À vous aussi, Jonas.

La jupe grise d'Ysabel balançait au rythme de ses pas. De l'autre côté de l'Habitation, derrière les collines, montait une douce lumière.

« Une lumière d'espérance », souhaitai-je.

— Cocorico, cocorico ! chanta le coq.

Le mercredi suivant, le capitaine de Caën et les commis de l'ancienne et de la nouvelle compagnie les ayant approuvés, le sieur de Champlain fit publier les articles du contrat des nouveaux associés. Du haut de la galerie, il les lut haut et fort, afin que tous les engagés réunis en bas dans l'enceinte saisissent bien tous les tenants et aboutissants de chaque clause.

— Vive la Compagnie de Caën ! proclama-t-il en terminant.

— Vive la Compagnie de Caën, répétèrent tous les gens de Québec avec enthousiasme.

Une vague de contentement parcourut l'assistance. Les applaudissements le confirmèrent. Les clauses satisfaisaient et rassuraient tout à la fois. Chacun pouvait entrevoir son avenir.

— Est-ce vraiment le cas ? murmurai-je en jetant un coup d'œil sur ma droite.

Ludovic regarda par-dessus son épaule. Nous eûmes un sourire complice. De ce côté, il n'y avait aucun doute. Notre amour était aussi solide que le roc du cap Diamant. Je soupirai de bonheur. Au bout de la rangée, en retrait derrière son frère, je remarquai que Marie-Jeanne ne portait toujours pas ses plumes d'autruche et ses bijoux. Ce nouveau dépouillement était-il de bon augure ? Je ne savais le dire. À la gauche du sieur de Champlain, malgré l'heureux dénouement des affaires des compagnies, Eustache affichait une triste mine. Depuis son retour des Trois-Rivières, il fuyait Ysabel tout autant qu'elle le fuyait. Entre eux, tout était à reconstruire.

Le mercredi 25 août, notre lieutenant ayant décidé de reconduire le sieur de Caën jusqu'à Tadoussac, toute la communauté les escorta sur le quai de l'Habitation.

— Alors, madame ? me dit-il, avant de s'embarquer, une nouvelle compagnie de traite, les engagés satisfaits… et Ysabel revenue parmi nous. Nous voilà prêts pour un nouveau départ, on dirait bien ?

— Puisse Dieu vous entendre.

— Comme dit l'adage : aide-toi et Dieu t'aidera…

Puis, s'adressant à tous les autres, engagés et colons, il poursuivit.

— Mes amis, je vous laisse aux bons soins de Gravé, nommé commis en chef de Québec pour le temps de mon voyage à Tadoussac. Je dois m'y rendre. Je me dois de régler cette querelle religieuse entre Hébert et de la Ralde une fois pour toutes ! Les rivalités entre protestants et catholiques font suffisamment de ravages en France. Gardons-nous bien d'importer cette calamité dans notre colonie.

— Vous y parviendrez, lieutenant. Bonne chance, lieutenant, l'encouragèrent tous ses gens.

— Durant les deux prochaines semaines, Paul veillera sur vous, madame, termina-t-il.

— Qui plus est, j'ai mon épée, ajoutai-je.

Un léger rictus apparut au coin de ses lèvres.

— Votre épée. Bien, me voilà rassuré.

— Je suis entre bonnes mains. Partez en paix, monsieur.

— Je suis, là-dessus, tranquille. Les gens qui vous entourent vous sont tout dévoués, ajouta-t-il, une certaine pointe d'ironie au fond du regard.

Soulevant son chapeau, il l'agita vers tous ceux qui lui souhaitaient bonne route.

— Ah! Ludovic, François, soyez vigilants. Gravé a de ces habitudes!

— Nous n'y manquerons pas, mon lieutenant, l'assura Ludovic.

— Québec sera bien gardé, Champlain, renchérit François.

Les deux sieurs s'entassèrent dans les barques chargées à ras bord de ballots de fourrures. Les cinq engagés et les trois matelots désignés pour faire le voyage s'embarquèrent à leur suite.

— Québec est tout à vous, Gravé, cria le lieutenant avant de donner son premier coup de rame.

Debout au bout du quai, le premier commis, jambes écartées et mains sur les hanches, rit grassement.

— N'ayez crainte, Champlain, pas une seule goutte ne sera gaspillée, foi de Gravé!

QUATRIÈME PARTIE

LES COÏNCIDENCES
Paris, 1636

15

Le signe

Je ressortis ma plume de l'encrier. Au bout de sa pointe, rien.

— Peste, plus d'encre !

Après l'avoir déposée dans l'écritoire, je soulevai le petit pot de verre taché de noir pour observer attentivement son fond.

— Plus une seule goutte d'encre. Il est vrai qu'après trois jours d'écriture...

Je le remis dans l'espace lui étant réservé et enfouis mes mains dans ma chevelure ébouriffée.

— Pas une seule goutte ne doit se perdre, disait le capitaine. Eh bien, il serait bougrement fier de moi !

Je répandis la poudre à sécher sur ma dernière page d'écriture et m'étirai longuement. Ma fatigue était grande, ma tête lourde, mon cœur triste. Je ressentais un vide, un très grand vide.

« Ma vie, là-bas, était si pleine de sens ! Revenir ici, à Paris, à ma vie présente... », regrettai-je.

J'étais déconcertée, déroutée, désorientée. Autour de moi, mon lit, ma coiffeuse, ce miroir, cette fenêtre donnant sur le temps gris et sombre, cette bougie qui ne tarderait pas à s'éteindre, mon oratoire...

— Que de monotonie, que d'ennui ! Tout était si vivant sur les rives du grand fleuve !

Passant le bout de mon doigt sur les derniers mots écrits, je constatai qu'ils étaient secs.

— Secs... tout comme moi. Ne reste plus qu'à ranger tout ça, me résignai-je. Plus d'encre, plus d'écriture.

Je refermai mon cahier.

« C'était il y a si longtemps ! »

— Reviens ici, aujourd'hui, dans le corps de logis de ton père. Nous sommes en 1636, me pressai-je fermement.

«Dans ce Paris tourmenté, dans cette France agitée… Ma vie, ici, si lamentablement dépourvue de sens!»

— Folle, pourquoi ressasser de tels souvenirs!

«Tu savais que ce retour en arrière te bouleverserait. Tant pis pour toi!»

— Marie-Jeanne…

Cette méchanceté qu'elle portait comme une deuxième peau, si bien camouflée sous ses habits d'apparat. Si seulement j'avais su alors pour sa sœur Henriette, pour son malheur, pour son désarroi. Aurais-je pu l'apprivoiser? Aurais-je pu adoucir sa peine, éviter ce drame qui brisa les fiançailles d'Ysabel et Eustache? Qui sait ce qu'il serait advenu d'eux s'ils s'étaient fiancés? Alors que maintenant… Eustache chez les Minimes et Ysabel mariée à son fidèle Jonas.

— La vie nous joue parfois de si vilains tours.

Si seulement la méchanceté de notre précieuse s'était finalement tarie! Mais non! Il a fallu qu'elle brise tout, absolument tout! Vous et moi…

— Non, suffit! Une autre fois!

Un frisson me parcourut. Le spectre de l'horrible incident qui précipita notre départ de Québec deux ans plus tard me paralysa.

— Non, pas maintenant, je ne suis pas prête. Et puis, il n'y a plus d'encre. Une autre fois, peut-être…

Je passai la main sur la couverture rêche de mon cahier rouge, le pressai contre mon cœur et m'empressai d'aller le remettre à sa place dans mon armoire de pin. Je pris soin de bien la verrouiller, glissai la clé au fond de ma poche avec précaution, et m'appuyai sur ses portes.

Cela ne faisait aucun doute, ma vie se scindait en deux: avant et après la Nouvelle-France. Et liant l'une et l'autre, Ludovic, cet amour impossible que mon âme ne pouvait oublier. J'étais en deuil de lui, de nous, de nos rêves depuis si longtemps! Plus de dix ans maintenant…

J'essuyai la larme furtive coulant sur ma joue. Je ne l'avais pas voulue. Pleurer, je ne pouvais plus, pleurer sur mon sort, je ne le voulais plus. Cet amour m'avait procuré des années de bonheur. Dorénavant, je n'avais plus qu'une envie: m'abreuver à la source de cette merveilleuse souvenance, me nourrir de ce que nous fûmes.

J'allai d'un pas alerte vers mon oratoire et m'agenouillai sur mon prie-Dieu. La petite fille rousse tendait toujours sa main vers la Charité.

— Voyez, Ludovic, voyez comme je reste digne. Vous êtes disparu sans laisser de trace, vous m'avez abandonnée à ma vie et, malgré tout, je vous en remercie. Non pas de n'être plus là, parce que pour l'absence, je m'en serais passée, mais pour le reste, pour tout ce que vous avez éveillé en moi. «*Mon Bien-Aimé a passé les mains dans mes cheveux et du coup, mes entrailles ont frémi.*»

Je soupirai. Ma gorge était sèche.

— At… attendez-moi un peu, je reviens.

Je me précipitai à la cuisine et ouvris le buffet.

— À la bonne heure, il est là!

Je sortis le cruchon de vin d'Espagne, pris un verre d'étain, retournai vers le tableau de la Charité et me servis.

— À la bonne vôtre, Ludovic! trinquai-je en levant mon verre.

Je bus d'une traite et m'en versai un deuxième.

— Quoi, quoi? Mais non, je ne vais pas vous oublier. Qu'allez-vous supposer-là?

Une gorgée, puis deux, puis trois.

— Vous me peinez. Bien sûr que vous me manquez! Vous me manquerez toujours.

Une douce chaleur monta à mes joues. Soulevant la carafe déposée près du prie-Dieu, je me resservis.

— Mais que voulez-vous, je dois m'y faire, vous n'êtes plus là!

Le vin déborda. Les gouttes éclaboussèrent le parquet de bois.

— Oups! Ah, le capitaine ne serait pas content de moi. Le gaspillage… Vous souvenez-vous de ces jours qui suivirent le départ du sieur de Champlain? Oui, en août 1622, précisément. La joie que son éloignement m'avait procurée, vous n'avez pas idée! Je devrais m'en confesser d'ailleurs. Non mais, j'étais une dame mariée, monsieur! Avec vous aussi, bien sûr, mais c'était, comment dire…, moins officiel.

La gorgée de vin me brûla la gorge. J'y portai la main.

— Seigneur, pardonnez-moi d'avoir péché. La luxure, c'est bien ainsi qu'on appelle la faute dont je me réclame. Oui, oui, je m'en réclame! J'ai fauté contre Dieu, contre l'Église et tous ses saints préceptes. Un jour, je m'en confesserai, un jour viendra où je regretterai amèrement toutes ces fautes commises dans vos bras, mon Bien-Aimé, mon tendre époux, mon prince…

Sa silhouette se superposa à la Charité.

— Ludovic, c'est bien vous ? Je ne rêve pas ?

Je bus encore.

— Divine coquine, vous tentez le diable !

Je bus encore. Ce vin d'Espagne me plaisait de plus en plus.

— Alors, madame ne sait que répondre ? Madame a ses humeurs ?

— C'est que vous revoir me fait toujours autant d'effet, monsieur.

Ludovic et la Charité se confondaient. Ma vue se brouillait.

— Est-ce bien vous, Ludovic ?

Posant la main sur le manche de son épée, il ajouta.

— Un assaut, madame ?

— Ah, comme il me plairait de croiser le fer avec vous !

Je fus prise d'un fol éclat de rire.

— Vous souvenez-vous de cet assaut près de la grange à Saint-Cloud ?

— Votre chemise était un peu trop claire. Indécente, j'oserais dire.

— Cette blessure que vous m'avez infligée au cou…

— J'ai pleuré ce soir-là, madame.

— Non !

— Si ! C'est que votre audace est sans bornes, *Napeshkueu.*

— *Napeshkueu*, vous savez si bien le dire. Répétez-le, je vous en prie.

— *Napeshkueu, Napeshkueu, Napeshk…*

Ma vue se brouilla davantage. Il disparut derrière la Charité.

— Non, non, ne partez pas, ne me quittez pas. Ludovic, je vous l'ordonne, revenez ! hurlai-je au tableau.

J'eus beau taper du pied, rien n'y fit. Soulevant mon verre, je tentai d'en extraire une dernière goutte. Ce fut en vain. Il était vide. Je pris la carafe et la secouai au-dessus.

— Vide, elle aussi. Peste, peste et repeste ! dis-je en l'échappant.

Un léger étourdissement m'incommoda. Je m'agrippai au prie-Dieu.

— Vous m'aban… donnez, m'abandonnez encore et encore. Et puis, tiens, je parie que vous n'avez jamais été là. Vous me bernez, vous abusez de moi ! accusai-je en faisant un pas vers la Charité.

Je basculai sur le côté. Mon épaule frappa le mur. Ma tresse rebondit au milieu de ma figure. Je tentai de me redresser. Mes bras tâtonnants s'efforçaient de rejoindre mon prie-Dieu. Je ratai ma cible et basculai vers l'avant. Mon nez s'aplatit sur la Charité. Le tableau s'inclina.

— Peste! Dans quel état je me trouve. Ivre que je suis... ivre. Ivre de vous! Oui, à cause de vous! Et vous n'êtes même pas là pour... Vous n'êtes plus là, sanglotai-je.

— Non, plus de sanglots, plus... plus... assez pleurer, ne plus pleurer! m'imposai-je. Quoi, vous êtes toujours là? Non, cette fois, vous ne m'aurez pas. Non, non, je refuse de vous croire, hic... monsieur!

— Je suis là, *Napeshkueu*, je serai toujours là, chuchota-t-il.

J'ouvris les yeux le plus grand possible. Malgré tous mes efforts, je ne vis que trois petites filles rousses lever leurs trois petites mains vers les trois Charités.

— C'est faux! Ou alors, si vous êtes là, faites-moi un signe, un signe, un tout petit signe, implorai-je en titubant vers la chaise de velours vert que je savais être près de ma fenêtre.

— Elle est bien là, constatai-je, vaguement diffuse dans la lumière, hic..., mais tout de même, hic! Normal, elle est à contre-jour. Cette foutue brume brouille tout!

J'avançai les bras écartés, question de contrer le déséquilibre de mes vacillations. Une fois bien devant, je m'effondrai entre ses accoudoirs.

— Ouf! Quelle traversée! Alors, Ludovic, ce signe? Jacqueline ne cesse de me le répéter. La vie n'est qu'un chapelet... hic... de signes. La Volonté du Divin... se manifeste par des signes... Ouvrez l'œil... ayez la foi! Tenez, la maladie de son père était le signe que Dieu la voulait en Andalousie. En conséquence, je suis privée de ma servante depuis... hic... depuis combien de temps, déjà? Sept jours... une semaine... Alors, Ludovic, si vous êtes là... le signe!

Un rire soudain m'entraîna dans une folle rigolade. Plus je riais et plus mon envie se faisait pressante. Vint un moment où je ne pus la retenir. Le tangage du plancher m'obligea à me rendre à quatre pattes vers ma chaise d'aisance. Une fois la nature satisfaite, une légère nausée m'accabla.

— Non, je ne vais tout de même pas vomir! La fenêtre, ouvrir la fenêtre, ouvrir... hic.

Une fois la fenêtre atteinte, je dus m'y reprendre à trois fois pour attraper la poignée. Sitôt ouverte, des gouttes de pluie me fouettèrent le visage. J'inspirai profondément.

— Quelles odeurs écœurantes!

Ma nausée s'accentua.

— Parfums de sapins, d'épinettes, de cèdres, où êtes-vous? Gibiers rôtissant dans les feux de bois, où vous cachez-vous? Où êtes-vous, forêts de mes amours? hurlai-je.

Des taches blanches folâtrèrent dans la grisaille. Je frottai mes yeux.

— Non, serait-ce possible?

M'appuyant sur le rebord de la fenêtre, je me penchai au-dessus de la rue. C'est alors que je crus voir danser de jolis flocons entre les murs gris des hôtels. Ils tombaient tels de tout petits papillons blancs balancés par le vent.

— Il neige, m'émerveillai-je. Il neige, il neige! Ludovic, il neige comme dans ce pays où nous fûmes heureux! C'est le signe! Le signe! Vous êtes bien là!

Folle de joie, je me précipitai aussi vite que je le pus, lentement, chancelante, avançant d'un pas, reculant de deux, tâchant de marcher droit vers la porte par laquelle je devais sortir pour atteindre l'escalier qui me mènerait à la rue. Un pas un peu trop à droite, un pas un peu trop à gauche.

— Oups! Le cadre de porte. Longer le corridor, l'étroit corridor... l'escalier!

J'empoignai la rampe à deux mains et posai les pieds lentement, un à la fois, sur chacune des marches qui me parurent d'une hauteur exagérée.

— Dehors, enfin!

Je m'élançai dans la rue en ouvrant tout grands les bras. Les souliers enfoncés dans la boue, et le visage offert aux flocons qui tombaient, je me mis à tourner sur moi-même.

— Il neige, hurlai-je de bonheur, il neige, il neige! Comme là-bas, comme au pays des poissons. C'est le signe. Merci, oh merci, Ludovic! Il neige...

Ma danse se fit de plus en plus rapide et mes cris de plus en plus forts. La roue d'une charrette frôla ma jupe.

— Holà, dégagez, ma p'tite dame! vociféra le conducteur.

— Il neige!

— Hélène, Hélène, entendis-je crier derrière moi. Hélène !
Une large main empoigna mon bras.

— Ludovic… pè…père ! m'étonnai-je.

— Ma fille, quelle honte ! Vous offrir ainsi en spectacle en pleine rue ! Voyez ces passants qui vous observent.

— C'est le signe, père, le signe de Ludovic… cette neige…

— La folie vous gagne, ma fille ! Nous sommes en juin et il pleut à verse ! Suivez-moi.

Je sentis qu'il resserrait sa prise.

— Le déshonneur, ma fille, pensez au déshonneur de la famille ! Bafouer ainsi le nom des Boullé, quelle honte !

— L'honneur, l'hon… hic, et le bonheur, père, pensez-vous seulement au bon… heur ?

Il m'entraîna vers notre maison. M'empêtrant dans mes jupes, je faillis perdre pied.

— Mais vous êtes ivre, ma parole !

— Noooon, je suis heu… hic… reuse !

— Nom de Dieu ! Et moi qui comptais sur vous pour m'accompagner au palais du Luxembourg.

— Au… palais du Lux… Luxembourg ?

La porte qu'il referma derrière nous claqua fortement. Ma tête vibra.

— Parfaitement ! Richelieu présente les chartes de l'Académie française cet après-midi, et je suis invité à la cérémonie, figurez-vous !

Hébétée, je ne sus que dire.

— L'Académie française, Hélène ! Pas question de vous y amener dans cet état.

Prenant appui sur le mur, je relevai fièrement le menton.

— Mais j'irai, père, j'irai ! Et qui plus est, je vous ferai honneur.

— Impossible ! Vous n'êtes pas présentable.

— La duchesse d'Aiguillon y sera ?

— Pour sûr que la duchesse y sera. C'est la nièce du Cardinal !

— Aaaaaah, je connais bien cette duchesse, père ! Je pourrais vous pré… senter.

À voir son front se dérider, ses narines se dégonfler et ses lèvres se desserrer, je crus comprendre qu'il revenait à de meilleurs sentiments.

— Il est vrai que nous avons quelques heures devant nous.

— Aaaah! De plus, j'ai à lui parler très sérieusement de la Nouvelle-France. La Nouvelle-France, là où vit encore le sieur de Champlain, mon é… poux, ce mari qui vous fait tant honneur. S'il vous plaît, père, laissez-moi vous accompagner!

Posant les mains sur ses hanches, il m'observa un moment. Sa colère s'attrista.

— Soit! Vous avez trois heures pour vous préparer. Je vous envoie Marguerite.

— Pour m'aider à revêtir des vêtements con… hic… venables. Je vous l'accorde, la boue sur ces jupons détrempés… Cela ne convient pas du tout pour… l'Acadé… mi… mie. N'ayez crainte, je vous ferai hon… hic… neur, père.

— Prenez mon bras, je vous aide à regagner votre logis. Là!

Mes pas étant aussi imprécis que ma vue, les quatre premières marches du long escalier furent assez pénibles à gravir. Mes chaussures tâtonnaient, hésitaient, glissaient. Mes genoux fléchissaient, mes mains parvenaient difficilement à agripper la rampe. Père me soutenait.

— Mais pourquoi donc vous mettre dans un tel état?

— Aaaah, c'est un secret! Un signe entre lui… lui et moi. Mon bonheur!

— Vous m'affligez, ma fille!

— Non! Moi, vous affli… hic… ger! Incroyable, père! Vous avez vu? Il neige à Paris!

— Il pleut, Hélène. Ceci n'a rien d'exceptionnel.

— Très exceptionnel! C'est le signe… hic… que j'attendais.

— Il neigeait souvent en Nouvelle-France, n'est-ce pas?

— Souvent. Une neige pure, abondante et si blanche. J'aimais cette neige!

Il s'arrêta au milieu de l'escalier. Je crus remarquer que ses yeux étaient brouillés. Était-ce moi qui voyais mal ou était-ce l'effet du vin? Sa main tapota la mienne.

— Je l'ai tant aimé, père!

— Ceux qu'on aime sont toujours là, près de nous.

— Vrai… hic… ment, père?

— Croyez le vieil homme que je suis.

— Vous y croyez, vous croyez réellement que ceux que l'on a aimés sont toujours près de nous?

Ses souliers boueux se posèrent sur l'autre marche. Je soulevai mes jupes et le suivis presque sans hésitation jusque sur le palier de mon logis.

— Cette averse vous aura rendu quelque peu votre aplomb, on dirait?

— Je vous en prie, père, répon… dez-moi!

Il plissa ses yeux.

— Vous l'avez aimé à ce point?

J'opinai de la tête.

— Alors, cet amour vivra tant que vous vivrez, ma fille.

— Ooooh, père!

Il ouvrit ses bras. Je m'y blottis. Il me serra tout contre lui.

— Ma fille, ma petite fille, ma toute petite…

C'était doux à entendre, mais difficile à croire. L'ivresse me bernait. Cela ne pouvait être.

— Ma petite, il faut me croire, il faut me croire, répéta-t-il tendrement.

J'étais ivre, mais cette fois, j'en étais certaine, cette tendresse, cette affection dans l'étreinte était bien réelle.

S'il y avait un signe auquel je ne me serais jamais attendue, c'était bien celui-là. Et c'était bien Ludovic qui l'avait provoqué. Alors, je crus.

16

Le cœur d'Alençon

La tête un peu lourde et les idées vaporeuses, je m'efforçais de concentrer mon attention sur le tableau de la duchesse d'Aiguillon devant lequel le cardinal Richelieu terminait la présentation des quarante premiers membres de l'Académie française. La chaleur de la salle accentuait mon indolence. Les faisceaux de lumière dorée, déversés par les deux larges fenêtres, se répandaient sur près d'une centaine de distingués invités. Nous étions debout, entassés comme les abeilles d'une ruche.

« Ce sourd bourdonnement... »

L'atmosphère était suffocante. J'avais peine à garder les paupières entrouvertes.

— Ressaisissez-vous, ma fille! marmonna mon père en me toisant du coin de l'œil.

Il avait raison. Je devais me ressaisir. Comme mon intention était de m'enquérir de madame de La Peltrie auprès de la duchesse d'Aiguillon, je voulus la repérer. Redressant les épaules, je m'élevai sur la pointe des pieds, étirai le cou et regardai de part et d'autre entre les toques emplumées et les chapeaux feutrés.

— Cessez de lorgner en tous sens. C'est impoli! blâma mon père.

— La duchesse, ne l'auriez-vous pas aperçue? rétorquai-je en m'approchant de son oreille.

Son regard fut sans équivoque. Mon intérêt devait se porter exclusivement sur le Cardinal qui exposait, d'une voix pompeuse, les tenants et les aboutissants de la nouvelle Académie.

— Cette société aura comme seul et unique mandat de protéger et de perfectionner notre langue, précisa-t-il haut et fort.

Son propos m'irrita. Enrichir notre langue, quelle futile ambition! À croire que les pauvres gens se nourrissent de mots. Éveillez-vous, Cardinal! Les pauvres gens de ce pays s'échinent du matin au soir pour une bouchée de pain, quand ils ne succombent pas à la peste, au typhus ou à la dysenterie. Et cette nouvelle guerre et toutes les rébellions qu'elle suscite… À qui servira vraiment le polissage de notre langue ? Elle sera l'apanage des princes et des seigneurs, des hommes de robe et de lettres. Elle fleurira dans les salons des précieuses, mais encore ?

— La langue définit une nation, poursuivit-il, la langue unit un peuple. Tous les Français, rois et princes, nobles et bourgeois, marchands et paysans, sans exception, s'appuieront sur cette force inaltérable, ce pilier indestructible, ce château invincible, cette cathédrale sacrée que sera notre langue : une langue recherchée, une langue rigoureuse !

Sa conviction m'ébranla. Nos frontières étaient menacées de toutes parts. Espagnols, Anglais, Autrichiens n'avaient qu'un but : envahir notre pays, s'emparer de nos territoires, soumettre grands et petits. Tout bien considéré, raffermir la langue du royaume de France était de bonne guerre.

— Une société dont le rayonnement s'étendra du Languedoc à la Gascogne, de la Lorraine à la Bretagne, du Canada aux Antilles. Une société qui nous survivra !

La révélation m'éblouit. L'Académie française en Nouvelle-France ! La langue française transmise par les mères, mais aussi par les femmes chargées d'instruire les filles. La connaissance d'une langue : savoir lire, savoir écrire, n'était-ce pas le premier pas vers la liberté ? L'Académie française favoriserait l'apprentissage des jeunes filles que nous aurions à instruire en Nouvelle-France ! Mes pensées étaient de plus en plus claires et mon intérêt de plus en plus marqué.

— Défendre notre langue, c'est défendre la couronne de France ! proclama le Cardinal.

« Défendre la langue, c'est défendre les femmes ! » m'enthousiasmai-je.

J'étais complètement dégrisée.

— Vive l'Académie française !

— Vive l'Académie française ! clamai-je avec tous les autres.

— Vive le roi !

— Vive le roi ! Et vive la langue de la Nouvelle-France, terminai-je tout bas.

Les applaudissements retentirent. C'est alors que j'aperçus la duchesse. Elle était un peu sur la gauche, non loin de la cheminée de marbre blanc. Elle me remarqua. Je brandis mon éventail dans sa direction.

— Permettez, père, que je rejoigne la duchesse ? J'ai à lui parler.

— Faites, faites. J'ai quant à moi à discuter d'une ordonnance avec le procureur.

La proclamation du Cardinal avait exacerbé mon enthousiasme. L'accueil que me fit la duchesse me remplit d'aise. Nous échangeâmes un long moment sur les activités des dames de la Confrérie de la Charité.

— Toutes unies dans la charité pour la plus grande gloire de Dieu : une source de joie infinie, n'est-ce pas ? se réjouit-elle.

— Juste, tout juste, duchesse.

Une sympathique connivence s'installa entre nous. Elle me mit bientôt dans la confidence du voyage qu'elle projetait. Madame de La Peltrie l'avait invitée dans son hôtel particulier d'Alençon et elle avait accepté.

— Aimeriez-vous m'y accompagner ? Ce serait, n'est-ce pas, l'occasion rêvée de nous instruire davantage de cette Nouvelle-France qui nous est si chère.

Je restai pantoise. Cette proposition était tellement inattendue !

— Juillet à la campagne, cela vous plairait, madame de Champlain ? Bien sûr, cela implique que vous délaissiez vos œuvres de charité pendant quelque temps, du moins celles de Paris. Alençon a son lot de miséreux.

Elle agita son éventail.

— La misère est partout, admis-je.

« L'été, l'air de la campagne, la liberté, et surtout, surtout, le plaisir de revoir madame de La Peltrie, celle qui partageait mon désir de servir en Nouvelle-France. »

— Soit, j'accepte !

— Vous m'en voyez ravie.

— Ce serait un privilège de vous y accompagner, duchesse.

— Marie-Madeleine. Entre nous, en toute amitié, point de duchesse.

— Alors, ce sera Hélène, en toute amitié.

Un mousquetaire l'approcha.

— Duchesse, Son Éminence vous réclame à ses côtés.

— Je dois vous laisser. Rendez-vous dans trois jours, dans la cour du palais, à l'aurore.

— J'y serai! Dans trois jours, à l'aurore, dans la cour, j'y serai!

Quitter Paris me mettait en joie.

«Rencontrer madame de La Peltrie chez elle. Voilà un bonheur inespéré!»

— *Gracias a Dios!* murmurai-je.

Assise aux côtés de mon père, je l'observai discrètement. Depuis que Paul avait refermé la portière de notre carrosse, il regardait fixement devant lui. Soucieux, les mains appuyées sur le pommeau de sa canne, il réfléchissait. Il me sembla si profondément absorbé dans ses pensées que j'hésitai à lui partager la joie qui m'habitait. Un long bâillement le tira de sa réflexion.

— Bah, assez, c'est assez! Laissons cette affaire suivre son cours, déclara-t-il subitement en agitant son mouchoir devant son front, comme pour chasser un agaçant moustique.

Il me regarda brièvement et s'épongea le visage.

— Quelle chaleur!

«Devrais-je m'ouvrir à lui? S'il fallait qu'il s'oppose à mon projet de voyage!»

«Tu passerais outre!» rétorqua ma lucide conscience.

— Sans l'ombre d'un doute! chuchotai-je.

Un soubresaut imposé par le mauvais état de la rue me tassa contre lui.

— Pardon! Excusez-moi, père.

— Il n'y a pas de faute.

Il repoussa le rideau de la fenêtre et s'y pencha.

— Le pont Saint-Michel est en vue. Nous en avons encore pour un moment. Alors, cette rencontre avec la duchesse? Vous y avez pris plaisir, il me semble.

— Vous ne sauriez imaginer à quel point, père!

— Racontez-moi.

— Eh bien, Marie-Madeleine...

— Marie-Madeleine! Quelle licence, ma fille! Il s'agit d'une duchesse!

— Oui, mais cette duchesse est d'une telle simplicité. Elle insiste pour qu'entre nous... elle m'appelle Hélène et je l'appelle Marie-Madeleine.

— Une telle familiarité! Intrigant... Méfiez-vous, demeurez sur vos gardes. On ne sait jamais avec cette noblesse. En ces temps incertains, toute alliance est fragile, voire suspecte.

— Je vous assure que la duchesse est sans malice et d'une gentillesse peu commune. Figurez-vous qu'elle m'invite à être du voyage qu'elle prépare. Un séjour chez madame de La Peltrie à Alençon! Moi, à Alençon, quel bonheur!

Il redressa l'échine.

— Alençon, n'y pensez pas, ma fille! Une ville si près de la Bretagne! Son armée de croquants court les routes! C'est qu'ils sont fort mécontents, les croquants! Les tailles augmentent, les dettes augmentent, la grogne augmente. Résultat, nos paysans font la guerre, armés de fourches et de faucilles. Les champs sont désertés. La famine n'est pas loin! Et la peste! On dit qu'à Nancy...

— Père, la duchesse d'Aiguillon est la nièce du Cardinal. Des mousquetaires l'escortent où qu'elle aille. Nous n'aurons rien à craindre.

— Rien à craindre, c'est vite dit! Paris est tapissé d'espions. Son itinéraire serait connu de tout Paris à l'heure qu'il est que je n'en serais pas surpris. Duchesse, duchesse, personne n'est à l'abri des guets-apens, des pièges, des escrocs, pas même les duchesses!

— Personne, il est vrai. Notre roi Henri IV n'a-t-il pas été assassiné ici-même dans Paris?

Il sourcilla, se gratta le bout du nez, renifla, ouvrit la bouche puis hésita.

— Oui, père?

Il expira fortement.

— Vous resterez à Paris, ma fille.

— Refuser l'invitation d'une duchesse!

— Madame, votre mère est très malade, elle a grandement besoin de vous.

— Madeleine et Marion veillent sur elle. Qui plus est, compte tenu de la répugnance que je lui inspire, moins elle me voit, mieux elle se porte.

— Ne blasphémez pas! Madame votre mère est votre mère!

— La vérité serait-elle un blasphème? Mère vit du souvenir de Marguerite. Cela lui suffit et vous le savez aussi bien que moi.

Il empoigna le pommeau de sa canne et frappa sur le plancher.

— Jamais je ne permettrai ce voyage à Alençon, sous aucune considération, vous m'entendez !

Je glissai sur la banquette afin de m'éloigner le plus possible de lui.

— Vous avez pourtant permis mon voyage en Nouvelle-France. Deux longues traversées en mer... Vous avez alors songé aux tempêtes, aux pirates et aux maladies ? Et ces quatre années à vivre parmi les Sauvages sur les rives du Saint-Laurent, quatre années dans des logis de misère où le froid et la pluie traversent les toits et les murs. Tout ça avec votre bénédiction, pour l'honneur de notre famille, alors que j'avais à peine vingt ans ! Et voilà maintenant que vous me refusez un séjour de trois semaines à Alençon, une ville située à moins de cinquante lieues de Paris ?

Ses mâchoires se crispèrent. Ses yeux se mouillèrent. Je le défiai froidement.

— Vous n'irez pas à Alençon. Je vous l'interdis !

— Je ne peux vous obéir, père.

— Ingrate !

— Toute femme de cœur se doit de l'être un jour ou l'autre, c'est forcé !

— Égoïste !

— Faux ! J'ai à discuter très sérieusement avec madame de La Peltrie qui vit présentement à Alençon. Cette dame projette d'établir un couvent d'Ursulines en Nouvelle-France, un couvent où les jeunes filles pourraient apprendre notre très belle langue française. N'est-ce pas le vœu de notre Cardinal ? Sachez que je compte prendre part à cette charitable entreprise. Il n'y a donc rien d'égoïste dans ma requête.

— Quoi ! Ai-je bien entendu ? Cette femme serait une illuminée ! Vous me demandez de vous abandonner aux chimères d'une illuminée ? Ne cherchez plus la raison de mon refus. Cette idée est grotesque, ma fille !

Notre carrosse s'immobilisa. Je restai silencieuse. Paul ouvrit la portière.

— Monsieur Boullé.

Père fulminait. Sans plus attendre, il descendit du carrosse. Je me précipitai derrière lui.

— Paul, si jamais ma fille quitte cette ville, je vous en tiendrai personnellement responsable. Vous me comprenez bien, Paul ?

— Pour comprendre, je ne sais trop. Mais pour entendre, ça, j'ai entendu.

— Suivez-moi, j'ai à vous parler sur-le-champ !

— Je vous suis, monsieur.

— Ma fille doit demeurer à Paris, coûte que coûte ! Sinon, gare à vous !

— J'ai plus de trente-sept ans, père ! répliquai-je en les regardant traverser la cour. Voilà belle lurette que je ne suis plus accrochée aux basques de Paul !

Père fit la sourde oreille. Il entraîna son cocher dans la maison. Pissedru hennit. Le tonnerre gronda. La pluie reprit. Cette fois, je n'y vis que de la pluie. Aucun flocon de neige. J'étais sobre et je savais pertinemment où je voulais aller : à Alençon !

J'inspirai profondément. L'odeur des pains alignés sur l'étal de la boulangerie *Nouvelle-France* me ravigota.

— Quel délice !

Jonas ouvrit toute grande la porte derrière moi.

— L'odeur attire les clients, badina-t-il en déposant la roche lui servant de butoir.

Il se releva, frotta ses larges mains l'une contre l'autre et me fit un clin d'œil.

— Cela permet aussi à la fraîcheur d'entrer et à la chaleur de sortir. Après la cuisson, le four… vous savez ce que c'est.

Un sourire éblouissant illumina son visage.

— Ysabel ne devrait pas tarder. De légers malaises le matin… depuis quelque temps.

— Des malaises tôt le matin ?

Il posa son index sur sa bouche.

— Chut ! Il ne faut pas trop en parler, elle craint que cela porte malheur. Le mauvais sort. Chut !

— Êtes-vous à me dire que… ? chuchotai-je en mimant un gros ventre.

Il acquiesça de la tête.

— Non !

— Si !

J'eus envie de lui sauter au cou. Je me retins. J'étais si excitée que je ne savais plus trop où donner du bonheur. Un regard vers

Jonas, un regard vers le rideau de l'arrière-boutique, un regard vers Jonas.

— C'est merveilleux, c'est merveilleux!

— Hélène, quelle heureuse surprise! s'exclama Ysabel en apparaissant entre les pans du rideau.

— Ysabel! Comment vas-tu ce matin?

Elle regarda par-dessus mon épaule et sourit à Jonas.

— Ah, ah! Quelqu'un aurait-il divulgué un certain secret?

Affichant l'air contrit d'un enfant fautif, Jonas releva exagérément les épaules et les bras.

— J'implore votre pardon à genoux, ma mie, plaisanta-t-il.

Ysabel rit. J'étais suspendue à ses lèvres.

— Alors, Ysabel, vous seriez…

— Grosse! Oui, me voilà bel et bien grosse!

— Ysabel… Jonas… Vous me voyez si heureuse pour vous deux!

Sa félicité m'exalta. Comme elle la méritait!

— Ysabel, toi, grosse! J'ai peine à y croire.

— Il faudra vous y faire. Cette rondeur, déjà!

Lissant son tablier, elle me sourit.

— Touchez.

J'effleurai délicatement la promesse qui se dessinait.

— Déjà!

— En décembre prochain, n'est-ce pas, Jonas?

— Le boulanger aura une bouche de plus à nourrir. Vrai comme je suis là, madame! Dieu est bon!

— Bon comme votre bon pain! ajouta fièrement Ysabel.

— Plus de trois mois sans m'en parler!

— J'ai failli bien des fois.

— Pardonne-moi! Je ne veux surtout pas te faire des reproches. L'important est que tu te portes bien. Tu te portes bien au moins? De légers vomissements, c'est tout à fait normal, mais des crampes, des tiraillements? Tu n'as rien de tout ça, j'espère?

Elle rit. Jonas posa sa main sur son épaule.

— Rassurez-vous. Ysabel n'a rien de tout ça.

— Ah! Fort bien, fort bien.

— Puisque vous êtes en si bonne compagnie, ma mie, poursuivit-il, j'en profiterais pour aller aux Halles. J'ai à y quérir deux sacs de farine.

— Allez en paix, Jonas, lui dis-je, je resterai avec Ysabel le temps qu'il faudra.

— Prenez soin de vous deux, ma mie, dit-il tendrement.

— Partez tranquille, Jonas, d'autant que Marie ne devrait plus tarder. J'aurai deux dames de compagnie pour patienter jusqu'à votre retour.

Il lui sourit, lui remit son tablier, baisa sa main et se dirigea vers la porte.

— La voilà qui vient, nous informa-t-il en mettant le pied dans la rue.

Il salua et disparut.

— D'ordinaire, Marie arrive avant le lever du soleil. Jonas tient à ce qu'elle soit là quand les pains sortent du four. Il redoute que la chaleur…

— Bonjour! Dame Hélène! Vous ici de si bon matin! s'exclama-t-elle en entrant.

— Bonjour, Marie.

Elle restait figée dans l'encadrement de la porte. Sa silhouette de jeune femme se dessinait à contre-jour, une silhouette toute semblable à celle de sa mère, Angélique. D'indomptables frisures blondes s'extirpaient du pourtour de sa coiffe blanche.

— Approchez, Marie, approchez, l'invita Ysabel.

— Serait-ce moi qui vous effraie? Aurais-je l'allure d'un fantôme? badinai-je.

Elle s'anima, retrouva son sourire et s'approcha.

— Non, bien sûr que non! C'est l'heureuse coïncidence.

— La coïncidence, quelle coïncidence?

— J'espérais vous rencontrer, et vous êtes là, comme par hasard. Attendez…

Elle ouvrit fébrilement l'enveloppe qu'elle tenait à la main et en sortit un petit cœur de dentelle.

— Qu'il est joli! m'exclamai-je.

— Une lettre et un cœur? s'étonna Ysabel. Tiens, tiens…

Les grands yeux bruns de Marie scintillaient de mille feux.

— Une lettre d'Alençon, annonça-t-elle fièrement. Une lettre de Mathieu.

— Alençon? Mathieu? répétai-je médusée.

— Mathieu! Le Mathieu d'autrefois, celui auquel vous rêvez depuis si longtemps, ce Mathieu-là? insista Ysabel.

Elle inclina la tête plusieurs fois.

— Le Mathieu qui fut adopté à sa naissance ? Celui qui a un frère dans la quinzaine ? Celui qui a les cheveux cuivrés et les yeux verts ? m'excitai-je.

Ses hochements de tête s'accélérèrent.

— Celui dont la mère adoptive est Élisabeth Devol ?

— Celui-là même, mon Mathieu !

— Dieu du ciel ! m'extasiai-je.

— Incroyable ! dit Ysabel.

Marie porta le petit cœur à ses lèvres.

— Tout ce temps, il a pensé à moi, tout ce temps... cinq ans sans un mot et, hier, je reçois cette lettre et ce cœur de dentelle.

Ma gorge se serra, ma bouche s'assécha. Elle déplia la lettre.

— Cette lettre, osai-je, vous dites qu'elle provient d'Alençon ?

Elle soupira d'aise et la pressa sur sa poitrine.

— Oui, il y vit depuis plus d'un an. Sa mère serait chambrière chez une certaine madame de La Peltrie.

— Ma... madame de La Peltrie ? Cela ne peut être vrai ! Cette veuve...

— Oui, cette dame est bien veuve. Du moins, c'est ce qu'il m'écrit. Il serait apprenti à l'atelier du pelletier Duloup. Son frère Thierry est...

Les oreilles me bourdonnaient, mes jambes flageolaient. Je portai une main à mon front.

— Hélène, s'empressa Ysabel, tenez, prenez cette chaise.

Je m'assis.

— Madame de Champlain, vous n'allez pas bien ?

— Ça ira, ça ira, leur dis-je. Ça ira...

— Serais-je la cause de votre tourment, dame Hélène ? s'inquiéta Marie.

— Pas du tout, du tout, c'est... c'est la chaleur, n'est-ce pas, Ysabel ? Il fait chaud, l'été, dans une boulangerie.

— Parce que je n'aurais pas voulu...

Je pris appui sur son bras et me levai.

— Non, c'est le bonheur. Tant de bonheur à la fois. Toi, Ysabel et toi, Marie. J'étouffe de bonheur, expliquai-je en secouant mes mains devant mon visage. Ouf, un peu d'air frais me ferait le plus grand bien.

Je marchai jusqu'à la porte et pris quelques bonnes respirations. Il me fallait absolument apaiser ma nervosité, organiser mes pensées, retrouver mon sang-froid. Mon fils, à Alençon ! Élisabeth

Devol chez madame de La Peltrie. Était-ce Dieu possible ? Un signe de la Sainte Providence ! Aucun doute, le temps était venu. Je pouvais enfin me présenter à… à notre fils, Ludovic !

Je sentais bien qu'elles attendaient patiemment derrière moi. Je devais me retourner comme si de rien n'était, comme si je n'étais pas totalement bouleversée, comme si je n'étais pas entièrement grisée d'allégresse. Je replaçai ma tresse sur mon épaule, ajustai la manche de ma chemise, redressai le menton et inspirai à nouveau. La puanteur de la rue m'étouffa. Je toussai.

— Hélène, tout va bien ? demanda Ysabel.

— Oui, oui, ce n'est rien, dis-je en faisant demi-tour.

— Si vous nous disiez de quoi il retourne ? Vous me cachez quelque chose, je le sens.

— Moi, te cacher quelque chose… Si, à la réflexion, tu vois juste. Ce matin, je venais pour t'annoncer mon départ.

— Ah ! Un voyage ?

— Oui, un voyage à Alençon.

— Quelle coïncidence ! dirent-elles à l'unisson.

— Tenez-vous bien, pas une, mais deux coïncidences. Un voyage à Alençon, chez madame de La Peltrie.

— Non ! reprirent-elles d'un même élan.

— Est-ce vrai, madame ? s'ébahit Marie.

— Aussi vrai que ton cœur de dentelle, Marie.

— Alors, peut-être accepteriez-vous de me rendre un petit service.

Elle sortit un papier de sa poche.

— Cette lettre, je l'ai écrite pour Mathieu.

Elle me la tendit.

— Je l'ai écrite ce matin. J'avais tellement envie de lui répondre. Il y a si longtemps que j'attendais de ses nouvelles. Dire que je suis allée jusqu'à croire qu'il m'avait oubliée. Je suis impardonnable.

Je la pris.

À Mathieu Devol
Apprenti pelletier à l'atelier de maître Duloup
Alençon.

Mes doigts glissèrent sur ces mots, des mots enchantés.

— Mathieu Devol, murmurai-je.

— Si vous parveniez à lui parler, s'il vous plaît, dites-lui combien je pense à lui.

Malgré tous mes efforts, j'eus la larme à l'œil.

— La joie que j'aurai à le faire, comment te dire?

— Merci, oh merci, dame Hélène! s'exclama-t-elle en serrant la dentelle d'Alençon contre son cœur.

Je n'avais pas assez de mots pour remercier le ciel.

«Priez et vous recevrez», disait Jacqueline.

Je me signai.

— *Gracias a Dios!*

— Vrai comme je vous le dis, mademoiselle, appuya Paul. Le coursier de la duchesse a déposé ce billet pour vous, ce matin, au moment même où elle quittait Paris.

— Mais c'est impossible! Nous avions rendez-vous demain, à l'aurore, au palais du Luxembourg.

— La duchesse aura eu un contretemps. À moins que cette décision relève du Cardinal? Avec tout ce qui se trame dans les couloirs de la noblesse, allez donc savoir? Sa garde aura voulu déjouer les espions. Une vieille ruse…

Il s'éclaircit la gorge, essuya son front du revers de sa manche, soupira et attendit. Je déposai le billet sur la table de la cuisine avec un calme olympien pour ensuite avancer vers lui. Il recula jusque dans le couloir.

— Paul, n'y aurait-il pas de mon père là-dessous? Jurez-moi qu'il n'est pas intervenu auprès de la duchesse.

Il tortilla le rebord de son chapeau, entrouvrit sa bouche et la referma.

— Paul, pas de cachotteries entre nous. Je tiens à la vérité.

— La vérité est que votre père craint pour vous, mademoiselle, et… et il n'a pas tort!

— Alors, c'est bien ça! Il a fait en sorte que la duchesse m'écarte de ce voyage.

— Mademoiselle, vous savez l'estime que je vous porte. Ce voyage n'a pas de sens. Les soldats espagnols sont aux portes de Paris. Les croquants s'attaquent à tous ceux qu'ils croisent.

Je le dévisageai froidement.

— Ainsi donc, vous aussi ! Vous me décevez, Paul, vous me décevez grandement. Je tiens à ce voyage plus qu'à la prunelle de mes yeux. Mon bonheur en dépend, mon avenir en dépend, ma vie en dépend ! Gare à celui qui se mettra en travers de ma route !

Agrippant mes jupons, je marchai vers l'arrière du logis, dévalai l'escalier donnant sur la cour et courus jusqu'à l'écurie. Une fois la lampe allumée, je passai devant la stalle dans laquelle Pissedru broutait du foin pour me rendre jusqu'au fond, là où étaient accrochées les sacoches. J'allai en prendre une lorsque Paul saisit mon bras.

— Que faites-vous, mademoiselle ?

— Pour que vous vous empressiez d'aller tout raconter à mon père ! Non merci ! Laissez-moi.

Il recula d'un pas.

— Vous me peinez, mademoiselle.

Pissedru hennit. Je soupirai longuement.

— Je sais, pardonnez-moi ! Ce que je m'apprête à faire ne regarde que moi, Paul. Je m'en voudrais de vous compromettre. Je vous en prie, faites-moi confiance.

— S'il vous arrivait malheur, j'en mourrais, mademoiselle.

Je fixai ses yeux bleu de mer.

— Paul, mon ami, je sais votre affection. Nous avons défié la mer, les neiges, les glaces, les tempêtes ensemble, mais ce voyage, je dois le faire seule.

— Votre témérité vous perdra. Noémie ne cessait de le répéter.

— Dieu me protégera. Il m'a envoyé un signe, un signe clair, sans équivoque. Je dois y répondre.

Le visage sombre, il se décoiffa, baissa la tête et repoussa quelques brindilles de foin du bout de sa botte avant de me sourire.

— Soit. Dieu ne vous aurait-il pas suggéré la présence d'un compagnon de route à tout hasard ?

— Absolument pas ! Je dois y aller seule.

Je soulevai la sacoche, lui tournai le dos et marchai vers la sortie.

— Sur le billet, la duchesse s'excuse auprès de vous et regrette sincèrement de ne pas avoir tenu promesse… tout en précisant qu'elle bifurquera par Rambouillet avant de rejoindre Dreux, pour ensuite gagner Alençon. Mormoulins, tout près de Dreux, je connais bien, mademoiselle. Le meunier est un vieil ami à moi. Je saurais m'y rendre les yeux fermés. Une route directe : Paris, Plaisir, Grosgrove, Dreux.

— Et... ?

— Ces bourgs sont entourés de bois denses et sombres...

— Vous ne parlez pas sérieusement ! J'ai connu les forêts du Nouveau Monde, Paul.

— Et toutes ces prairies marécageuses longeant l'Eure et la Sarthe. Tant de dangers vous guettent, mademoiselle. L'enlisement, les sables mouvants, les moustiques, les truands et les soldats !

Mon pas ralentit.

— Nous pourrions être à Dreux demain, avant la tombée du jour, probablement avant la duchesse. Lorsqu'elle y passera, vous lui expliquerez l'embrouille, elle vous comprendra, vous invitera dans son cortège et tout rentrera dans l'ordre.

— Que dira père ? lui répondis-je exaspérée. Votre absence... il compte sur vous. Vous êtes son écuyer.

— Votre père désapprouve ce voyage, mais je veux bien donner mon âme au diable s'il me blâmait de m'être associé à votre bêtise.

— Comme vous n'êtes pas bête, vous resterez à Paris.

— Bête, je le suis, j'ai fauté contre vous. Sur l'ordre de votre père, j'ai déposé une lettre dans laquelle il informait la duchesse que vous ne désiriez plus faire ce voyage avec elle.

— Quoi ! Il a osé mentir !

— Pour votre plus grand bien.

— Et vous l'avez aidé !

— Je suis fautif, et de ce fait, je vous suis grandement redevable. Mademoiselle, je vous en conjure, laissez-moi racheter ma faute, laissez-moi vous accompagner. Permettez que je prenne cette sacoche ? Elle est beaucoup trop lourde pour vous !

La saisissant, il la projeta sur son épaule.

— Qui plus est, je brûle d'envie de courir les grands chemins. Vous me laisseriez croupir ici dans la chaleur de ce Paris terne, puant et gris ? Aucun brigand, aucun malandrin à se mettre sous la dent... Si vous saviez comme les assauts me manquent ! Ah, le bon vieux temps des bagarres, mademoiselle !

Il joua du poignet comme s'il tenait une épée à bout de bras. Je soufflai le plus fortement possible sur la lampe afin de réprimer mon envie de rire et l'accrochai à la poutrelle. Ne restait plus que la lueur de la lune. Les yeux implorants de Paul brillaient dans la pénombre.

— Certes, vu sous l'angle d'un mousquetaire en manque de combat, peut-être.

— Justifiée en diable, ma demande, hein, mademoiselle?

Je souris malgré moi.

— Soit, je vous l'accorde! Mais je vous assure que si un seul mot parvient aux oreilles de père...

— Pour ça, non! Plutôt brûler en enfer, mademoiselle! Parole de vieux mousquetaire!

— Bien, redonnez-moi cette sacoche... pour mes effets personnels. Préparez plutôt les chevaux. Nous partirons avant l'aube. Personne ne doit savoir, vous m'entendez, Paul, personne!

— Par tous les diables! Tout le monde me croit sourd, on dirait bien.

Tout mon être se relâcha. J'eus un éclat de rire. En un moment pareil, je riais! Bah! C'était probablement ce qu'il y avait de mieux à faire. Et puis, il fallait bien l'avouer, l'insistance de Paul me faisait chaud au cœur.

— À l'aube, sans faute!

— Sans faute, mademoiselle.

J'étais au milieu de la cour lorsqu'il me rattrapa.

— Surtout, n'oubliez pas votre épée.

— Paul, vous êtes irremplaçable!

— Quand je vous disais...

Il porta sa main droite sur son cœur.

— Avec vous pour toujours, mademoiselle.

— Sacré pirate! Vous m'avez bien eue!

— À l'aube...

Il me fit une œillade et fila vers l'écurie.

17

Au moulin de Mormoulins

Le galop de nos chevaux résonnait dans le silence de la campagne endormie. Depuis la porte Saint-Denis, nous n'avions croisé âme qui vive.

«La crainte des soldats en déroute confine les gens à demeure. Tu n'es pas de cette race, *Napeshkueu* est ton nom», me dis-je.

Je regardai par-dessus mon épaule. Au loin, derrière la noire silhouette des coteaux parisiens, une brillante lumière rosée étincelait. Le jour se levait.

— Yae, yae, yae, criai-je, en talonnant les flancs de Pissedru.

— Yae, yae, yae, fit Paul à son tour.

Nos montures accélérèrent la cadence. Crinières et queues retroussées, elles fonçaient tout droit devant. Au bout de ce voyage, mon fils! Dans les bagages de mon âme, les regrets du pénitent et l'ardeur du pèlerin.

De part et d'autre de la route, les brumes matinales léchaient le creux des vallons. Nichés sur les buttes, des moulins offraient leurs ailes aux promesses du vent. Paul pointa le doigt vers une fine bande sombre s'étalant à l'horizon.

— Les bois d'Yvelines, hurla-t-il à mon intention.

— Vitement Yvelines! Yae! Yae!

Nos chevaux fonçaient toujours à vive allure. Des taillis succédèrent aux prairies percées d'innombrables étangs. Ici et là, des clochers se dressaient au centre des hameaux. Un bocage, une fermette, un marécage, un autre bocage, de plus en plus d'arbres, de moins en moins de champs.

Je chevauchais, indifférente aux paysages. Mon esprit était ailleurs, dans les rues d'Alençon, devant la boutique du pelletier Duloup. Dans cet atelier œuvrait mon fils! Je me voyais hésitant à y entrer. Mon cœur battait à se rompre.

« Que vais-je lui dire ? Comment me présenter à lui ? Garçon, je suis votre mère… Non ! Trop cruel, trop direct. Je l'ai abandonné à la naissance. Il m'en voudra, refusera de me parler, s'enfuira. Surtout ne pas l'effrayer, ne pas le bouleverser, ne pas le peiner. Le questionner ? Non ! Je suis une inconnue, une parfaite inconnue. Le regarder, l'observer…, peut-être bien. L'observer, prendre le temps de l'apprivoiser, oui ! »

La forêt s'épaissit, le chemin se rétrécit. Nous dûmes ralentir. Je le regrettai. Plus de trois jours me séparaient encore de lui. Une éternité ! Paul se dirigea vers un taillis. Des cerfs, affolés par notre tapage, déguerpirent en bondissant.

« La chasse aux cerfs ! Les forêts du Nouveau Monde… Que de souvenirs, mon Bien-Aimé ! Bientôt je vous y rejoindrai. Notre fils aussi ! Pourquoi pas ? Bientôt peut-être, qui sait, nous serons enfin réunis, tous les trois, après tant d'années… »

Le bras de Paul m'invita à ralentir davantage. Je tirai sur les rênes. Pissedru passa du petit galop au trot.

— Qu'y a-t-il ? m'inquiétai-je.

— Rien de grave, les chevaux ont soif. Pas très loin derrière ces arbres, un ruisseau coupe une clairière. Je passe devant pour repérer l'endroit. Attendez mon sifflement avant de quitter la route. On n'est jamais trop prudent.

Malgré l'opiniâtre odeur de guerre, l'eau vive ruisselait gaiement. Elle était si claire, si limpide, que nous pouvions aisément contempler les ronds cailloux de son fond.

« Tout comme celle de la rivière Saint-Charles », observai-je.

Je mis le pied à terre. Les robes moites de nos montures luisaient au soleil du matin. Je caressai le flanc argenté de Pissedru. Elle agita ses oreilles et hennit d'aise avant de plonger son museau dans l'eau fraîche.

— Plaisir ne devrait pas être très loin, dit Paul. Vous verrez, c'est un joli petit village niché au creux d'une cuvette. Ce cours d'eau s'appelle le Maldroit. À partir d'ici, nous suivrons plus ou moins son parcours jusqu'au village. Vous désirez un peu de pain ?

— De l'eau et du pain, pourquoi pas ?

Je m'étirai en inspirant profondément. Une fois penchée au-dessus du ruisseau, je m'aspergeai le visage et le cou avant de boire.

— Ne buvez pas de cette eau, mademoiselle ! m'avertit Paul. Il y a tant de marécages aux alentours.

— Elle est cristalline !

— Qu'importe ! Les apparences sont trompeuses.

Il déchira sa miche et me tendit un morceau.

— Merci ! Nous sommes encore loin de Plaisir ?

— Quatre lieues, tout au plus.

— Fort bien ! Plus tôt nous le traverserons, plus tôt nous serons à Dreux.

— Par tous les diables ! Quelle hâte ! Vous y tenez, à cette duchesse, dites donc !

— Oui, admis-je fermement, je tiens absolument à la rattraper. Il me tarde de me joindre à elle pour gagner Alençon.

— Ne vous inquiétez pas, nous la retrouverons.

Je lui souris.

— Merci, Paul.

— Ah, mais y a pas de quoi ! Y a rien comme une p'tite chevauchée entre deux tranchées pour stimuler un vieux pirate !

Je ris.

— Vous exagérez.

— Plus vous approcherez d'Alençon, plus ce pourrait être le cas. Alençon n'est pas très éloignée de la Bretagne, je vous le rappelle. Les croquants ne font pas dans la politesse. Une fourche dans le fessier, ça vous dirait ?

— Alençon vaut le risque, si pénible soit-il !

Il renifla fortement, gonfla le torse et releva le menton.

— *Napeshkueu*, je vous suivrai tant que je le pourrai, foi de pirate !

Je ris encore.

« Paul, fidèle complice de mes fredaines… »

— Encore un peu de pain ?

— Volontiers, redoutable pirate !

Il rit à son tour. J'observai les alentours. Le ruisseau serpentait entre ses berges d'herbe tendre que nos chevaux broutaient paisiblement. On eût dit deux tapis moussus. Cette quiétude contraria mon empressement.

— Si nous la rations ? Si la duchesse était déjà repartie de Dreux à notre arrivée ?

— Cela m'étonnerait. Voyons voir ! Elle a quitté Paris hier matin. Il lui aura fallu une journée pour atteindre Rambouillet. Selon son plan, elle devait y passer la nuit. Il est donc probable qu'elle soit repartie ce matin de cet endroit. Mais on ne sait jamais avec les femmes, hein, mademoiselle ?

— C'est bien pourquoi je crains.

— Mais non, mais non, je badine, je badine. Bien. Comme il faudra voyager pendant toute la journée et la soirée avant d'atteindre Dreux… S'il n'y a pas de malencontres… Si les femmes sont imprévisibles, les routes le sont bien davantage. Donc, ce soir, elle devrait atteindre Dreux. Vous me suivez ?

— Dans les meilleures conditions, la duchesse atteindra Dreux ce soir.

— Tard, très tard ! Conclusion : nous franchirons la porte de la ville avant elle, c'est l'évidence même !

Satisfait, il me tendit un autre morceau de pain. J'y mordis sans appétit.

— Soit, mais si elle ne s'était pas arrêtée à Rambouillet ?

Son front se plissa. Sa bouche s'ouvrit toute grande.

— Aaaah, ouais, ouais, ouais, tout est possible. Néanmoins, un cortège qui voyage jour et nuit sans s'arrêter, cela ne se voit guère. Pensez seulement aux chevaux.

— Peu probable, il est vrai. Le mieux est d'aller notre chemin, nous verrons bien. De Plaisir à Dreux, combien de temps déjà ?

— Cessez de vous tourmenter ainsi. Nous coucherons dans les environs de Dreux, je vous le garantis. Comme un carrosse de duchesse ne passe pas inaperçu, vous la retrouverez.

Je bus quelques gorgées de vin sans qu'il me quitte des yeux. Je redoutais sa curiosité tout autant que sa clairvoyance.

— Mieux vaudrait ne pas trop tarder, dis-je afin de dissiper mon malaise.

— Terminez d'abord votre croûton, nous avons amplement le temps.

— Si elle évitait Dreux ? Si elle n'y passait pas ?

— Que de si, que de si !

— Que ferions-nous ?

— Alors, nous mettrons le cap sur Alençon, mademoiselle.

— Vous, jusqu'à Alençon !

— C'est ce que j'ai dit.

— Ne devez-vous pas regagner Paris dans les plus brefs délais ? Mon père a besoin de vous.

Il parut étonné.

— Monsieur votre père a insisté.

— A insisté ?

— Je dois vous suivre où que vous alliez. Surtout, ne jamais vous laisser seule.

Je refusai de croire ce que j'entendais. Mon croûton de pain tomba dans l'herbe tendre. Il le ramassa. Je posai la main sur la garde de mon épée en défiant l'insistance de son regard bleu.

— Que dites-vous là !

— Je ne lui ai parlé de rien, je vous le jure, mademoiselle. Sur la tête de Noémie, je vous le jure.

J'attrapai les coins de mon justaucorps et les tirai vigoureuse-ment. Il agita le croûton, comme pour essuyer le malentendu.

— Je vous explique, je vous explique ! Lorsque votre père me chargea de porter cette lettre à la duchesse, il me fit promettre de vous accompagner si, à tout hasard, vous persistiez dans votre entêtement. Voilà ! débita-t-il dans un seul souffle.

L'étonnement se greffa à mon scepticisme.

— Mon père aurait dit cela !

— Mot pour mot, vrai comme je suis là !

— Comment est-ce possible ?

— C'est que monsieur votre père vous connaît assez bien.

Sa révélation me déconcerta.

— Mon père savait que… Mon père !

Pendant un long moment, je restai immobile, les mains figées sur mon crâne. Puis mon regard courut de Pissedru au ruisseau, du ruisseau à Paul, pour enfin s'échouer sur la parcelle de ciel bleu, coincée entre les verts sommets.

— Mon père !

Les mains de Paul couvrirent mes épaules.

— Tel un loup protégeant sa meute, de loin, en catimini. Oui, votre père veille sur vous, mademoiselle.

Un sanglot m'étrangla.

— Incroyable ! murmurai-je.

— Croyez, croyez, c'est la vérité. Seulement, si je peux me permettre, mademoiselle, il serait sage de croire en silence. Toute la meute s'en porterait mieux. Hum ?

J'essuyai rapidement une larme.

— S'il vous plaît, gardons ce secret entre nous, quémanda-t-il.

Je me tournai vers lui.

— Entre nous, c'est promis, Paul.

Il caressa la croupe fauve de son cheval, renifla fortement et me tendit mon croûton.

— Plus vite il sera fini, plus vite on repartira, mademoiselle.

— Je vous l'offre. Je suis rassasiée.

— Merci, mademoiselle.

— C'est un plaisir, Paul.

— Plaisir… Joli nom pour un joli village, vous verrez !

On entrouvrit mes lèvres. Un liquide chaud coula dans ma bouche. Je bus. Une ombre au-dessus de mon visage. Je frissonnai. Cette odeur… Quelqu'un parla, une voix de femme.

— Ne vous inquiétez pas. Avec cette potion, dans quelques heures…

À l'orée du bois, juché sur une pierre, un loup hurlait à la lune. Autour de lui, les femelles et les petits folâtraient le long d'un ruisseau scintillant. Envoûté par ses chatoiements, un louveteau y plongea. Le loup hurla de plus belle. Son petit disparut sous les flots mouvementés. Les flots, le tumulte des flots…

— Le petit, mon petit… mon fils, Alençon…

Une main froide couvrit mon front.

— … fièvre, un peu… encore… entendis-je en sourdine.

De nouveau, ce liquide amer à avaler.

Des pas tout près, des chuchotements, et cette odeur de quoi… de grains ? Ma tête bourdonnait. Des cris, des rires, au-dessous… un rez-de-chaussée. Mes paupières étaient lourdes. Un halo de lumière m'éblouit. Je refermai les yeux. Cette odeur de grain, ces flots, ces ruissellements… J'eus peur.

— Aidez-moi, aidez-moi ! marmonnai-je péniblement.

— Mademoiselle, vous m'entendez ? C'est moi, Paul.

— Paul, l'eau. L'eau, Paul !

— Vous avez soif ?

On soulevait mes épaules.

— Buvez, ce vin vous ravigotera.

— Paul, où suis-je ? Ce vacarme ?

— Nous sommes au moulin de Mormoulins, tout près de Dreux. L'eau se déverse sur les aubes de la roue. C'est ce bruit qui vous effraie ? Aucun danger, mademoiselle.

— Dans un moulin ! Que fait-on ici ?

— Vous vous remettez d'une forte fièvre. Passez votre bras par-dessus mon épaule. Là, comme ça.

Une jeune fille rondouillette déposa un oreiller derrière mon dos.

— Appuyez-vous. Vous êtes bien? demanda-t-elle d'une voix douce.

— Qui êtes-vous?

— Charlotte, madame, je suis Charlotte Guillain, fille de Pierre, meunier de la seigneurie de Bochard.

Elle prit l'aiguière posée sur la petite table au pied de mon grabat. La lumière de son bougeoir dorait son visage. Elle me sourit.

— Bienvenue chez nous, madame.

— Depuis combien de temps sommes-nous ici? m'affolai-je. Paul! Dreux! La duchesse!

— Calmez-vous, calmez-vous! Une journée à peine. Souvenez-vous, après que vous avez bu dans un ruisseau, nous nous sommes rendus à Plaisir. Puis, votre mal de tête s'est aggravé, ces crampes au ventre... Malgré mes réticences, vous avez insisté pour poursuivre la route. Pauvre de vous! Dans quel état vous étiez!

— Dans un piteux état, madame! admit Charlotte. Heureusement, vous vous en tirez fort bien. Nous avons l'habitude des fièvres dans la région, vous savez. C'est à cause des marais. Il y en a beaucoup. Ne vous inquiétez plus, vous allez mieux. Dieu soit loué! Encore une bonne nuit de repos et vous serez sur pied.

Affolée, j'agrippai la manche de Paul.

— Dreux, la duchesse!

L'air contrit et les yeux tristes, il soupira longuement.

— Je crains que vous ayez loupé le coche, mademoiselle.

— Madame de Combalet est passée hier matin, quelques heures avant votre arrivée, dit fièrement la jeune fille.

— Ici, au moulin?

— Oui, comme à son habitude. Chaque fois qu'elle passe à Dreux, elle s'arrête au moulin.

— Mais... mais... pourquoi ici?

Charlotte se rendit près de l'escalier sans répondre.

— Pourquoi ici, dans le moulin? répétai-je faiblement.

— Du calme, du calme, mademoiselle, s'interposa Paul en sourcillant. Cette jeune fille nous a accueillis à bras ouverts. Nous lui devons beaucoup.

— Pardonnez-moi, mille excuses, Charlotte.

La jeune fille me regarda un moment, détourna la tête et descendit. Je repoussai vitement mon drap.

— Un jupon! Ma culotte, où est passée ma culotte de peau? J'étais pourtant bien vêtue d'une culotte de peau!

— Ne prenez pas la mouche, votre culotte sèche dehors. Rappelez-vous, il y eut un violent orage un peu avant notre arrivée ici. Vous ne cessiez de répéter que la petite Marianne, fille de dame Pivert, sœur de votre tante Geneviève, aimait la pluie et les orages.

— Marianne, je vous ai parlé de Marianne? Alors, là, j'ai vraiment tout oublié!

Je regardai vers l'escalier.

— Est-ce que cette Charlotte serait sourde? chuchotai-je. La duchesse d'Aiguillon, ici... non mais... Quelle idée! Pourquoi ici?

Paul souleva ses épaules, leva les bras vers le sombre plafond mansardé et fit la moue.

— Un caprice, une fantaisie, un dérèglement de l'humeur, allez donc savoir? Une femme est une femme. Un puits sans fond de profonds mystères!

Sa grimace désamorça mon impatience. Je me résignai dans un éclat de rire. La duchesse n'était plus à Dreux.

— À nous de la retrouver.

— Après une bonne nuit de sommeil... Demain, à l'aurore, nous repartirons et nous la retrouverons, foi de pirate!

Le coq chanta. Paul sortit de l'écurie, nos deux chevaux chargés de sacoches derrière lui. À la droite des dépendances se trouvait le moulin, un long et haut bâtiment de crépi, joliment lambrissé de bois brun. Quatre lucarnes s'avançaient à la base de son toit fortement incliné. Cinq larges portes permettaient aux paysans, métayers et fermiers d'accéder au rez-de-chaussée, là où s'entassaient les poches de grains devant être moulus. Ce matin, le fracas des meules se mêlait à celui de la roue.

— Merci pour tout, Charlotte, criai-je presque, en prenant les brides que Paul me tendait.

— Vous serez toujours la bienvenue au moulin, madame.

Ses yeux étaient bleu azur, ses lèvres rosées, et ses joues rougeaudes.

« Cette fille est la gentillesse incarnée ! »

— Je reviendrai volontiers si l'occasion m'en est donnée. Ce moulin est aussi agréable que la fille de son meunier.

Intimidée, elle baissa la tête. Sa main se referma sur la petite croix argentée suspendue à son cou, une croix semblable à celle de ma servante Jacqueline.

— Merci, madame. Dommage que vous ayez raté le passage de la duchesse.

— Je la retrouverai à Alençon, chez madame de La Peltrie.

— Ainsi que ce fils… ?

Je sourcillai. Paul toussota

— Un fils ? Qui a parlé d'un fils ? m'étonnai-je.

— Excusez-moi, dit-elle. C'est que, pendant son délire, madame a… enfin, j'ai cru comprendre que….

Le reste de sa réponse se perdit dans le tapage de l'attelage qui entrait dans la cour. Comme il s'ajoutait au vacarme du moulin, c'était à ne plus rien y comprendre.

— Hé ho ! s'écria son conducteur en sautant de sa charrette. Bonjour, bonnes gens ! Le meunier serait-y ici, par hasard ? Ah, c'est que j'apporte quatre sacs de blé. Par les temps qui courent, autant dire des sacs d'or, hein, bonnes gens ?

— Bonjour, père Gonzague, l'accueillit gaiement Charlotte.

— Il est temps de partir, mademoiselle, me dit Paul. Si nous voulons atteindre Alençon demain…

— Prêt pour une chevauchée entre deux tranchées, Paul ?

— En douteriez-vous, mademoiselle ?

Je ris.

— Non.

Je mis le pied dans l'étrier et montai sur Pissedru.

« Pourquoi me parle-t-elle d'un fils ? En aurais-je trop dit durant mon délire ? Cette jeune femme ne connaît rien de moi. Elle a beau être gentille, ce n'est tout de même pas une voyante ! »

— Au revoir, Charlotte.

Elle toucha mon bras.

— Chacune de nous est une maille du filet, madame.

— Du filet ? De quel filet parlez-vous ?

— Du filet de la charité, madame. Un mince filet entre la France et l'Espagne. Voilà pourquoi la duchesse passe à Mormoulins. Au revoir, madame.

Elle s'éloigna de ma monture, nous tourna le dos et s'empressa de suivre le père Gonzague qui entrait au moulin.

— Au revoir, Charlotte! lui répondis-je perplexe.

« Quel lien entretient-elle avec la duchesse d'Aiguillon? Que cache cette histoire de filet de la charité, tendu entre la France et l'Espagne, deux pays pourtant en guerre l'un contre l'autre? »

J'avais entrepris ce voyage avec fougue et détermination. Pourtant, j'étais arrivée si mal en point à Mormoulins que je n'en avais pas souvenance. J'en repartais troublée et intriguée.

— Décidément, la vie a de ces coïncidences! murmurai-je en talonnant les flancs de Pissedru. Yae! Yae!

— Yae! cria Paul à mes côtés.

Notre course reprit. Le moulin de Mormoulins, bien campé dans son écrin de verdure, disparut derrière un nuage de poussière.

18

Les filets

De temps à autre, l'écho des coups de feu surgissait entre les collines. L'inquiétude qu'ils soulevaient attisait ma fougue. Impassible, Paul semblait ne rien entendre. Il menait sa monture sans fléchir. Sa détermination égalait la mienne. Rien ni personne n'allait ralentir notre chevauchée.

Nous ne vîmes de Dreux que la toiture bleutée de son beffroi qui pointait au-dessus des futaies bordant la ville. De Verneuil-sur-Avre, nous traversâmes le pont de pierre en toute hâte pour nous arrêter à son auberge le temps d'un dîner. Tandis que nous avalions avec appétit le bouilli de pintade dont il nous avait longuement déclamé les mérites, l'aubergiste, assis devant nous, s'évertuait à nous décrire les méfaits de la guerre.

— Les maraudeurs courent les routes, ah que oui! appuya-t-il en déployant largement ses bras. Ces coups de feu, la nuit, un peu partout dans les campagnes, hein, hein? Il n'y a pas que les renards qui croquent les poules et les œufs volés, c'est moi qui vous le dis! Si vous voulez mon avis, cette armée de croquants n'est qu'un ramassis de filous sans vergogne. Ce foutu pays n'a que ce qu'il mérite. On a poussé ces paysans à bout, oui, à bout! Ils sont pris à la gorge.

Il noua ses mains autour de son cou.

— Une taxe sur les denrées, une taxe sur les tailles, taxes par-dessus taxes, et voilà où nous en sommes! Et c'est sans compter tous les autres...

— Les autres? dit Paul entre deux bouchées.

— Tous les soldats qui désertent les rangs! C'est qu'il a vu grand, notre Cardinal, pour ça, oui! Pensez donc, la guerre sur trois fronts: Flandre, Lorraine, Italie. Résultat: plus de vivres, plus de munitions, plus de chevaux et plus de solde, il va sans dire. Plus de solde, morbleu! De quoi voulez-vous qu'ils vivent, ces soldats ? À la picorée qu'ils s'adonnent, à la picorée. Ont-ils le choix ? Non !

Il dodelina de la tête, appuya un coude sur la table et s'inclina vers nous, comme pour nous dévoiler un secret.

— Ouais, c'est moi qui vous le dis, mes amis, l'ennemi n'est pas toujours celui qu'on pense. Qui c'est qui s'en met plein les poches durant cette guerre ? Les bourgeois, ouais, mes amis ! Pas les culs-terreux, pas les soldats, non, les bourgeois ! Les charges se vendent à qui mieux mieux. On sera bien avancé si ces nouveaux lèche-bottes frayent avec les seigneurs.

Sa main s'abattit sur la table. Je sursautai, avalai ma bouchée de travers et faillis m'étouffer.

— Pendant que ces messieurs s'en mettent plein la lampe, les pauvres soldats doivent voler pour ne pas mourir de faim ! Scandaleux, scandaleux !

— Les croquants, je veux bien le croire, les champs sont déserts, mais que nos soldats soient contraints à voler pour survivre… riposta Paul, incrédule.

— Suffit d'écouter, mon vieux ! C'est ce qu'on raconte partout dans les campagnes. Les croquants, les soldats, tous du pareil au même ! De pauvres diables affamés ! Tenez, pas plus tard qu'hier, quatre soldats ont échoué sous mon toit. Deux jours la panse vide, mes amis ! Ils ont dévoré mon gigot, le temps de le dire, justement à cette table. Ouais, mes amis !

Son poing tapota sa poitrine.

— Ah, c'est que Gaston l'aubergiste a le cœur à la bonne place ! Pas de mérite, c'est dans ma nature. Ma p'tite part pour la patrie. Ouais, pour la France ! Je suis français, que diable ! Pas espagnol, oh que non, pas espagnol !

Je terminais de boire mon vin lorsqu'il m'interpella.

— Vous, ma p'tite dame ?

— Oui ? hésitai-je, quelque peu indisposée par son exubérance.

Il souleva son menton en galoche.

— Alençon, c'est bien ça, ma p'tite dame ? Ah, c'est que ce n'est pas très prudent. Moi, ce que j'en dis, c'est pour vous. Alençon, la Bretagne tout près !

Sa main gigota au-dessus de mon assiette.

— Les insurgés tirent sur tout ce qui bouge, je vous aurai prévenue. Sans compter que les Espagnols sont déjà un peu partout en France. Après la Flandre et la Lorraine... On dit qu'ils approchent de la Corbie.

Plus il parlait et plus les yeux de Paul s'écarquillaient. Il sourcilla. Je sentis que la tentation de rebrousser chemin n'était pas loin.

— Nous allons à Alençon, affirmai-je.

— Alençon! Justement, il y a de ça, trois... non, quatre jours, une dame d'Alençon et ses deux gars se sont arrêtés ici. Tenez, ils ont mangé à cette table!

Décidément, cette table avait la cote! Visiblement ébranlé, Paul fixait le fond de son bol.

— Deux jeunes garçons, dites-vous? poursuivis-je afin d'encourager la tournure de la conversation.

— Oui, m'dame, en âge d'être soldats.

— Deux jeunes hommes alors?

Il agita son doigt devant mon nez en rigolant.

— Hé, hé, perspicace pour une p'tite dame! C'est bien ça, deux jeunes hommes en âge d'être soldats. Ils répondaient à l'ordonnance. Vous savez bien, l'ordonnance du roi décrétant la mobilisation de tous les hommes en âge de servir. Ce rouquin et son frère montaient à Paris pour rejoindre l'armée du roi.

— Un rouquin, dites-vous?

— Ouais, un rouquin. Voilà où nous en sommes; les paysans, puis les marchands et les commerçants se font soldats. Avant longtemps, y aura plus que des rats à marauder dans les champs et les villes. Quand j'y pense, presque pelletier, ce rouquin. Dommage... Vlà-ti-pas qu'il se transforme en soldat!

Cette fois, je m'étouffai pour de bon. Paul tapota mon dos. L'aubergiste remplit mon verre de vin à ras bord.

— Buvez, buvez! Les fermes se vident, les villes se vident. Buvez, buvez! Y a rien comme le bon vin pour digérer toute cette chiasse, c'est moi qui vous le dis!

La porte s'ouvrit. Cinq hommes entrèrent en chahutant. L'un d'eux portait une faucille, un autre, une fourche et un troisième, un fusil.

— Holà, Gaston! Quoi de bon dans le chaudron, aujourd'hui?

— Holà, les croquants! Entrez, entrez!

Se penchant vers nous, il mit son index sur sa bouche.

— Pas un mot de notre jasette. Chut! Gaston tient à son auberge. N'importe qui peut y mettre le feu. Chut!

Levant les bras, il se dirigea prestement vers les nouveaux arrivés.

— Venez, venez, mes amis. Gaston a tout ce qu'il faut pour vous ravigoter. Un bouilli de pintade… du vin… venez.

L'appréhension que cet énergumène venait de semer dans mon esprit m'affola.

« Mon fils presque pelletier voulant se faire soldat ! Non, impossible… Cet homme dit n'importe quoi ! Ce ne peut être que pur hasard ! Combien y a-t-il de pelletiers à Alençon ? Pas seulement un, probablement trois ou quatre ? Mais rouquin ? Cet aubergiste de malheur a-t-il seulement bien vu ? Il fait si sombre dans cette maudite auberge ! »

— Mademoiselle, vous montez ? demanda Paul en s'efforçant d'orienter sa monture vers la route.

— Oui, oui, Paul, je monte.

— Perdue dans de sombres pensées, on dirait bien ?

— Quel exalté, cet aubergiste ! m'exclamai-je en montant en selle.

— De quoi chambouler une armée ! renchérit Paul en riant.

— Vous croyez à ces sornettes ? À l'entendre, la France entière serait à la dérive !

— Une chose à la fois. Pour l'heure, retrouvons d'abord cette duchesse. Nous verrons à sauver l'armée du roi par la suite.

Je ris à mon tour.

— Et tout le royaume de France, tandis qu'on y est.

— Pourquoi pas ? Prête, mademoiselle ? Alençon, en avant toute !

— À Alençon !

Sous le pont de la Sarthe, des lavandières chantaient joyeusement. Cela me surprit. Nous n'étions pourtant qu'à une cinquantaine de lieues de la Bretagne et de ses insurgés.

Dans les prisons de Nantes,
Y avait un prisonnier, Y avait un prisonnier
Personne ne vint le vouère
Que la fille du geôlier…

Trois d'entre elles, avancées dans la rivière, frottaient énergiquement des chemises sur leurs planches à laver. D'autres suspendaient les jupons mouillés aux branches des arbres. Sur la rive, des draps blancs étendus dans l'herbe séchaient au soleil.

«Un havre de paix!» me rassurai-je.

Après avoir longé un petit bois, nous approchâmes de l'eau.

— Arrêtons-nous ici, les chevaux ont soif, suggéra Paul.

Une fois Pissedru rassasié, j'attachai ses rênes à un chêne, ôtai mon chapeau de cavalière et bus un peu de vin.

— J'ai peine à y croire, Paul. Alençon, enfin!

— Dans toute sa splendeur, mademoiselle. Quel clocher! Regardez-moi pointer cette flèche au-dessus des arbres! Une très belle église, pour sûr!

Il se moucha vigoureusement, remit son mouchoir dans sa poche et frotta ses mains l'une contre l'autre.

— Alors, ce manoir de madame de La Peltrie, où se trouve-t-il déjà?

— Je n'en ai aucune idée.

— Par tous les diables!

— Je compte sur le flair de mon vieux pirate.

De petits rires frêles s'égrenèrent derrière le taillis nous séparant de la rivière. Paul redressa l'échine, retira son épée du baudrier, pointa le nez vers le lieu de la rigolade et renifla plusieurs fois.

— Mon flair de vieux pirate me dit que d'horribles ennemis traînent par ici. Chut!

Se penchant à demi, il contourna les buissons à longues enjambées, tel un chat s'avançant vers sa proie.

— Ah, ah! s'exclama-t-il en bondissant derrière.

Des exclamations se mêlèrent aux fous rires.

— De jolies fillettes, mademoiselle. Pas de voleurs, pas de mécréants, seulement quelques fillettes. On en a de la chance!

Rengainant son épée, il les rassura:

— N'ayez crainte, gentes filles, nous ne vous ferons aucun mal.

Les rires redoublèrent. J'approchai. Trois fillettes, les mains sur la bouche, se trémoussaient de plaisir. Elles devaient avoir entre six et neuf ans.

— Ainsi donc, vieux pirate, vous avez débusqué l'ennemi. Quel courage!

L'ennemi se montra fort compréhensif. En peu de temps, Agnès, Bérengère et Cassandre nous en apprirent long sur la ville d'Alençon. Les cloches qui sonnaient étaient celles de l'église Notre-Dame, des fantômes rôdaient dans les trois tours du château des ducs dès qu'il faisait nuit, des messieurs jésuites avaient fait construire un collège tout neuf, et les seigneurs de l'hôtel de Guise préparaient un très grand bal en l'honneur d'une duchesse venue de Paris.

— Une grande dussesse de Paris, qu'a dit not' mère, insista Cassandre, la benjamine, en étirant les pans de sa jupe fleurie. Large comme ça qu'elle est, sa robe !

— Non, comme ça ! répliqua Bérengère, la cadette, en écartant ses bras le plus possible de la sienne.

— Oui, comme ça ! admit la troisième. Et elle est très gentille.

— Gentille, dis-tu ? Tu l'as rencontrée ?

— Bien sûr que oui ! Notre maman est lavandière chez m'dame de La Peltrie, affirma fièrement Agnès. Elle lave les draps de sa maison, là-bas, dans la rivière.

— La grande duchesse couche chez m'dame de La Peltrie, précisa Bérengère.

Je m'accroupis devant Cassandre.

— Connaîtrais-tu le nom de cette grande duchesse, gentille demoiselle ?

Elle croisa ses bras.

— La dussesse d'Aiguille, répondit-elle fièrement.

— Mais non ! s'offusqua Agnès. La duchesse d'Aiguillon, pas d'Aiguille !

— Ah bon ! La duchesse d'Aiguillon, me réjouis-je.

— C'est ça, c'est ça ! approuvèrent-elles en chœur.

— Eh bien, toute une coïncidence ! Croyez-le ou non, je dois justement rendre visite à madame de La Peltrie.

— Ah ? firent-elles intriguées.

— Malheureusement, je ne sais pas où est sa maison.

— Par là, son manoir est par là, s'exclamèrent-elles à l'unisson en indiquant la gauche du clocher.

— Chut, chut, laissez-moi expliquer à la dame, s'interposa Bérengère.

Elle tira ma manche comme pour s'assurer de mon attention.

— Vous suivez ce chemin jusqu'au bout, madame, après vous

tournez à votre droite et continuez jusqu'au prochain chemin. C'est là qu'il est, le manoir de cette dame.

On entendit sonner l'angélus.

— Midi. Il est midi ! Venez, il est temps d'aller dîner, dit Agnès.

— Attendez, les petites, attendez, dit Paul.

Il sortit une miche de pain de l'une de ses sacoches et la tendit à Agnès.

— Tenez, gentilles demoiselles. C'est pour vous et pour votre maman.

— Oh, merci, mon bon monsieur, merci ! Dieu vous le rendra, merci, dit-elle en serrant la miche contre sa poitrine.

— Merci, merci ! s'écrièrent les deux autres en s'éloignant.

Le museau de Pissedru poussa dans mon dos. Je me tournai vers lui.

— Hé ho ! Que t'arrive-t-il ?

Il hennit.

— Tu serais jaloux ? lui dis-je en caressant son toupet. Jaloux, va ! Jaloux !

Il hennit à nouveau. Paul rit.

— Jaloux de la miche de pain, pour ça, oui, c'est moi qui vous le dis.

Je ris à mon tour avant de porter mes mains en visière pour regarder le clocher. S'il y avait des pelletiers dans cette ville, ils devaient se trouver tout près de l'église, là où s'agglutinent habituellement tous les commerces.

« Seigneur, se pourrait-il que mon fils soit là, si proche ? Se pourrait-il que je n'aie qu'à me rendre chez le pelletier Duloup, qu'à pousser la porte pour qu'enfin je le voie, lui, mon fils, après tant d'années ? ».

Le ventre de Paul gargouilla.

— Si on cassait la croûte, mademoiselle ?

— Oui, maintenant, plus rien ne presse.

— Tous les dangers sont derrière nous. Respirons, mangeons et buvons.

Il sortit nos verres d'étain d'une sacoche et les remplit de vin.

— À Alençon, mademoiselle, trinqua-t-il joyeusement.

— À Alençon, Paul, à Alençon et à ses habitants.

Nos verres s'entrechoquèrent.

« À mon fils ! » hurlai-je intérieurement.

La rue Lamagdalaine aboutissait directement à l'église Notre-Dame. De chaque côté, des enseignes pointaient devant les boutiques.

« Bercail, une boutique de pelletier à l'enseigne *Du Bercail* », m'avait informée madame de La Peltrie.

— Bercail, bercail, murmurai-je la tête levée en passant sous l'une d'elles. *Brebiette*, non, pas *Brebiette*, *Bercail*... *Bercail*, foyer, maison....

« Quelques minutes, encore quelques minutes et je te verrai enfin... toi qui habites le foyer de mon âme depuis ta conception. Toi que je n'ai jamais cessé d'aimer. Toi, mon fils, enfin là, devant moi. »

Mon souffle était court, ma respiration haletante, mes mains moites. Mes jambes flageolaient.

— Maudite chaleur !

J'appuyai une main sur le pan d'une maison. Un léger vertige m'obligea à m'y adosser. Je fermai les yeux.

« Tu ne vas tout de même pas t'effondrer si près du but ! Marie, mère de Dieu, vous qui avez enfanté, je vous en prie, aidez-moi ! »

Je regardai vers l'église. Les pointes dentelées chapeautant chacun de ses porches proclamaient la magnificence divine.

« Père Tout-Puissant, je vous en conjure, pardonnez mes fautes, toutes mes fautes. J'ai péché, il est vrai, mais mon fils, lui, est innocent. Permettez seulement que je le voie une fois. Seigneur Dieu, si vous acceptiez de m'accorder cette grâce, je vous promets de m'en remettre à votre Sainte Volonté, quelle qu'elle soit ! Guidez-moi vers le fruit de mes entrailles, je vous en prie ! »

J'ouvris les yeux et je la vis. Là, un peu sur la gauche, à l'ombre de l'église, l'enseigne *Du Bercail*. Je m'en approchai à pas de loup, fébrile, mon cœur battant la chamade. « Sonnez tambours et trompettes, voici venu l'instant béni. »

Une étroite fenêtre sur le devant.

« Dois-je regarder à l'intérieur ? Non, ce serait le comble de l'impolitesse ! Non, va bravement ! »

J'ajustai le collet de ma chemise, disposai ma tresse sagement sur mon épaule, époussetai le devant de ma jupe, pressai un moment le petit miroir de mes amours accroché à ma ceinture et entrouvris la porte d'une main tremblante. Le tintement de la clochette s'arrêta dès que je l'eus refermée. L'odeur m'était familière, une odeur âcre de peaux huilées. Il faisait sombre. Je reculai d'un pas. Quelque chose effleura mon épaule. Me retournant, je tressaillis. Des queues de renard accrochées au plafond bougeaient. «Idiote! Ce ne sont que des queues de renard!»

L'espace était fort encombré. Éparpillées ici et là, des caisses couvraient presque entièrement le plancher. Personne derrière le comptoir, personne derrière les établis sur lesquels traînaient pêle-mêle ciseaux, bobines de fil, règles et aiguilles. L'unique robe fourrée suspendue sur un mannequin d'osier était empoussiérée.

«Un atelier à l'abandon», me désolai-je.

Au fond, une ouverture... l'atelier d'habillage, sans doute. Hésitante, je contournai deux malles afin d'aller vérifier. Le tintement des clochettes me fit me retourner. Une dame attendait sur le seuil de la porte.

— Qui êtes-vous? m'apostropha-t-elle froidement.

— Je viens de Paris.

— Qui êtes-vous?

— Madame de Champlain.

— De Paris, dites-vous?

— Oui, je suis arrivée hier à Alençon. Je loge chez madame de La Peltrie, une amie.

— Bon. Vous désirez?

— Rencontrer votre apprenti, Mathieu Devol.

— Qui vous envoie?

— Marie, Marie Dulac, une jeune fille de Paris.

— Connais pas!

— Elle... Elle travaillait dans une boulangerie. Mathieu Devol venait y chercher le pain pour sa mère. Marie m'a confié une lettre écrite pour lui. Je... Je dois lui remettre cette lettre en main propre.

Elle referma la porte, alla jusqu'au comptoir sur lequel elle déposa son panier. Puis elle sortit un long mouchoir de sa poche et s'essuya le visage. Enfin, elle le rangea en me dévisageant durement.

— Regardez, madame de Paris, regardez bien autour de vous. Que voyez-vous?

— Un atelier de pelletier.

— Mais encore ?

— Un certain désordre, un relâchement ? osai-je.

— Vous ne pouvez faire mieux ?

— Un atelier déserté, à l'abandon.

— Ah, nous y voilà ! Je me disais aussi, une dame de Paris… Vous aimeriez un peu d'eau fraîche ? Je suis allée à la fontaine ce midi.

— Je prendrais bien un peu d'eau.

— Puisqu'il faut mettre madame au fait, maugréa-t-elle avant de se diriger vers son arrière-boutique. Attendez ici, je reviens.

Mes larmes étaient intarissables. Mes reniflements résonnaient dans la nef avant de monter vers les hautes verrières d'où se déversaient de lumineux faisceaux colorés. L'église Notre-Dame n'était pas assez vaste pour contenir ma douleur. Les funestes paroles de dame Duloup frappaient sur les parois de mon crâne.

« Maître Duloup a rejoint l'armée des croquants… mort lors d'une escarmouche non loin de Vitré. L'atelier fermé depuis plus d'un mois. Le jeune Devol parti à Paris pour se faire soldat. Plus de huit années d'apprenti pelletier envolées en fumée… Dommage, bourré de talent, ce petit. Mon Gaspard le considérait comme son propre fils. Plus de Gaspard, plus d'apprenti, plus d'atelier ! Je n'ai plus qu'à attendre la mort… »

Tout était dit. Elle avait conclu sans une larme, les yeux secs. Puis elle s'était levée et m'avait raccompagnée jusqu'à la porte. Son dernier mot, la mort. Ce dernier mot-là me hantait.

« La mort ! hurlai-je en mon for intérieur. Mon fils, soldat dans un pays en guerre contre l'Espagne ! La mort l'attend ! »

— *Je vous salue, Marie, pleine de grâce, le Seigneur est avec vous,* murmurai-je, *Je vous salue, Marie…*

— Marie ! Que vais-je lui dire ? Comment lui annoncer que son amoureux est parti à la guerre ? Pauvre petite !

Un nouveau sanglot m'étrangla. À l'arrière, le bruit sourd d'une lourde porte qui se ferme. Des pas, le martèlement d'une canne sur les lattes du parquet.

— *Je vous salue, Marie…*

Des chuchotements au fond de l'église. Je me mouchai puis me retournai. Deux ombres, deux femmes portant des capuches noires. Je soupirai longuement.

— *... Marie, pleine de grâce...*

Je regardai à nouveau. Une dame remit un petit colis à celle qui portait la canne. Clac, clac, clac, fit la canne sur le sol avant de sortir. Une impression de déjà-vu. Celle qui resta se rendit devant la statue de la Vierge, alluma un cierge, s'agenouilla, fit le signe de la croix, une courte prière, se releva et repartit. Cette silhouette, cette démarche énergique et dansante...

«Ma servante Jacqueline! Non, impossible, elle se trouve en Espagne, auprès de son père mourant. Le chagrin me fait perdre la tête...» conclus-je.

— *Je vous salue, Marie, pleine de grâce...*

Le bruit sourd de la porte se refermant... J'étais à nouveau seule dans le temple de Dieu, seule avec ma tristesse, seule avec ma désespérance, seule avec mon affliction.

— *Vous êtes bénie entre toutes les femmes et Jésus, le fruit de vos entrailles, est béni. Sainte Marie, mère de Dieu, priez pour nous, pauvres pécheurs, maintenant et à l'heure de notre mort... de notre mort... de notre mort.*

Je sanglotai de plus belle.

Je n'avais pas le cœur à la fête. Dans le spacieux salon de l'hôtel des de Guise, la clameur des nombreux invités m'étourdissait. À mon corps défendant, je me revoyais sans cesse dans le fouillis de cette boutique à l'abandon, mes rêves s'ajoutant à la poussière des lieux.

Mon entêtement à nier les mises en garde amplifiait mon accablement. Madame de La Peltrie m'avait pourtant informée du départ précipité de sa chambrière. Élisabeth Devol et ses fils avaient quitté Alençon sitôt après la proclamation de l'ordonnance du roi. Malgré tout, j'avais persisté dans ma démarche. J'étais allée jusqu'au bout pour constater de mes propres yeux, entendre de mes propres oreilles.

«Incrédule! Égoïste! Tu mérites ce qui t'arrive. La France est en guerre. Ton fils est valeureux. Il répond à l'appel de son roi et prend les armes pour défendre sa patrie. Tu devrais être fière de lui! Cesse de gémir sur ton sort. Combien de mères tremblent comme toi pour leur fils soldat!»

Ma réflexion me mena si près du sanglot que je décidai de quitter le bal. Je m'apprêtais à filer en douce dans le jardin lorsque la duchesse d'Aiguillon m'interpella.

— Hélène, si vous aviez un petit moment, nous n'avons guère eu l'occasion de discuter depuis votre arrivée. J'aimerais vous entretenir d'un sujet qui m'est cher.

— J'ai un petit moment.

— Si nous allions au bord de la rivière, il y a de jolis bancs sous les chênes.

La lune était claire, le vent léger et mon pas aussi lourd que ma tête. Nous gagnâmes la rive sans un mot. Le frais ruissellement de l'eau allégea quelque peu ma morosité.

— Asseyons-nous, si vous le voulez bien.

J'étalai délicatement la jupe de satin dorée que madame de La Peltrie avait eu l'amabilité de me prêter. Marie-Madeleine déploya la sienne sur le banc d'en face et me sourit.

— Dites-moi, ce séjour à Alençon est-il à votre convenance?

— Fort agréable, mentis-je en regardant sautiller les reflets de lune sur l'eau noire du ruisseau.

— Ce bal vous divertit agréablement?

— Cette société est courtoise à souhait.

— Agréable, courtoise... soupira-t-elle en agitant son éventail. D'une politesse absolue... Madame de La Peltrie avait-elle de bonnes nouvelles à vous transmettre?

— Tout à fait. Les révérends pères jésuites se portent garants de son œuvre bienfaitrice. Le père Jaquinot, provincial de la Compagnie de Jésus de la province de France, aurait approuvé la fondation d'un couvent destiné aux jeunes filles de Québec. L'archevêque de Paris aurait même acheminé une lettre au révérend père Dinet, recteur de la Compagnie de Jésus à Tours. Il serait en relation avec une religieuse ursuline ayant des intérêts pour la mission, mère Marie de l'Incarnation, m'a-t-elle dit. De ce côté, que de bonnes nouvelles.

— Il y aurait des côtés moins réjouissants? s'enquit-elle aimablement.

— Rien n'est parfait.

Je m'interrompis. Ce picotement incessant dans mes yeux... Surtout ne pas pleurer, pas ici, pas devant la duchesse.

— Troublants, ces temps de guerre, n'est-ce pas ? poursuivit-elle. La pauvreté, les famines, la misère partout... et la mort qui rôde. Je désapprouve ces conquêtes effrénées, si lourdes de conséquences.

Son propos me surprit.

— Votre oncle...

— Le cardinal Richelieu...

— Oui. Il aurait beaucoup d'ascendant sur notre roi Louis.

— Plus qu'on le croit, plus qu'on le dit.

Sa franchise me troubla.

— Je voue à mon oncle un respect considérable. Il possède un remarquable sens de la gouverne. N'en reste pas moins que nos opinions divergent sur bien des points. Je vous avouerai même que certaines de ses décisions me paraissent totalement injustifiées, voire amorales.

« Voilà une femme hors du commun ! » me dis-je.

— Que de vies et de droits seront encore sacrifiés à l'autel des convoitises ! murmura-t-elle farouchement.

Ses yeux noirs luisaient dans la pénombre.

« Un regard d'aigle ! »

Refermant son éventail, elle se leva et marcha jusqu'au bord de la rivière. Sa robe de soie cramoisie chatoyait. Je la rejoignis. La croix qu'elle portait à son cou scintillait. La croix de Charlotte, la croix de Jacqueline et la croix de madame de La Peltrie se confondaient. Trop de coïncidences pour en être une. Je voulus savoir.

— Cette croix que vous portez à votre cou, osai-je, une jeune femme du moulin de Mormoulins porte la même.

Elle observa tout autour, toucha ses lèvres du bout de son éventail fermé tout en me scrutant comme pour valider ma bonne foi.

— Plusieurs de mes amies m'ont dit le plus grand bien de vous, Hélène. Volontaire, libre-penseuse... fidèle... téméraire...

— Des amies, dites-vous ?

— De la Confrérie de la Charité, madame de Fay, les amies de Christine... Christine Vallerand... Françoise Boursier, sage-femme...

— Vous les connaissez toutes !

— Toutes ! Des femmes fortes œuvrant humblement dans l'ombre, comme il convient à la faiblesse de notre nature, n'est-ce pas ? Ne dit-on pas les femmes incapables d'engagements et de fonctions ? Sexe inférieur, sexe dominé. Pauvre sexe !

Son ironie me piqua au vif. J'eus envie d'en apprendre davantage.

— Ma faible nature est quelque peu embrouillée, lui avouai-je. S'il vous plaisait d'éclairer mon humble lanterne, je vous en serais reconnaissante.

Son rire s'évapora dans l'air frais de la nuit. La pointe de son éventail toucha mon bras.

— Un point d'importance cependant, reprit-elle sérieusement.

— Dites, je suis tout ouïe.

— Tout ce que je vous dirai doit être gardé sous le sceau du secret, aussi précieusement qu'un secret d'État.

— Vous m'honorez.

— Promettez-moi sur ce que vous avez de plus cher de ne jamais rien dévoiler de ma confidence.

« Un fils inconnu voulant se faire soldat et un Bien-Aimé perdu à mille lieues au-delà des mers, voilà ce qui m'était le plus cher. »

J'avais beau être du sexe faible, je compris qu'il valait mieux déroger quelque peu à la vérité.

— Alors, Hélène ?

— Je vous en fais le serment. Ce qui suivra restera entre nous. Sur la tête de mon père, je vous le promets.

— Puisqu'il en est ainsi...

Elle désigna la croix suspendue à son cou.

— Cette petite croix est le signe de notre alliance.

— Votre alliance ?

— L'alliance du Filet des dames, *Red de las damas* !

— *Red de las damas ?*

— Notre code. Nous sommes près de trente à le connaître. Chacune de nous est une maille de ce filet. Chacune de nous milite contre les abus et les méfaits de ces guerres, contre les abus des grands de ce monde.

— Un filet de dames ?

— Servantes, meunières, bourgeoises, comtesses, duchesses, toutes également unies et solidaires : *Red de las damas*.

— *Red de las damas*, répétai-je médusée.

— Des dames de bon jugement, admirables de dévouement, aveuglément soumises à la cause, tout en sachant pertinemment qu'elles ne seront jamais plus qu'une maille du filet qu'elles trament. Cela vous intéresse ? Si oui, je poursuis. Sinon, oubliez ce que vous venez d'entendre à tout jamais.

Je regardai la lune. Elle était pleine. Mes larmes étaient taries. L'espoir de retrouver mon fils était empêtré dans les filets de la guerre et j'allais devoir patienter jusqu'au prochain printemps avant de retourner en Nouvelle-France, au bras de ce mari imposé par le filet des hommes. Un filet de dames, au nom de la charité… Pourquoi pas ?

— Si vous m'en croyez digne, je porterai volontiers la croix de la charité.

Elle détacha la croix de son cou pour la suspendre au mien.

— Bienvenue parmi nous, Hélène. *Red de las damas.*

— *Red de las damas.*

Un domestique approchait, un candélabre à la main.

— Duchesse d'Aiguillon, les maîtres et les invités vous réclament.

— Venez, madame de Champlain, entrons dans la danse.

Je touchai la croix. Le ruban noir qui la retenait était à peine plus long que mon collier de perles nacrées, offert naguère par la Meneuse. Deux colliers, deux alliances : l'Ancien et le Nouveau Monde.

« La danse des dames, me dis-je en montant vers la salle de bal, la danse des dames, subtil filet des inavouables vertus. »

CINQUIÈME PARTIE

JUSTICE DE DIEU, JUSTICE DES HOMMES

Paris, 1636-1638

19

Les couperets

— C'est injuste, Ludovic ! J'étais si près du but. Un mois plus tôt et je le voyais, je voyais notre fils ! Comme j'aurais aimé lui parler de vous, de nous, de nos futures retrouvailles en Nouvelle-France. Non, il n'y a vraiment pas de justice !

La flamme de ma bougie vacilla. Un souffle chaud effleura mon cou.

— Justice de Dieu, justice des hommes, chuchota-t-il derrière moi.

Je me tournai vitement. Il avait un sourire taquin sur les lèvres.

— Ludovic, vous êtes là !

— Incrédule, *Napeshkueu* ? Je suis toujours là !

— Pieux mensonge !

Il posa les mains sur ses hanches.

— Comment, comment, madame me défie !

— Vous n'êtes pas toujours là !

— Si ! La preuve, c'est que je sais pour notre fils. Ce voyage à Alençon.

— À Alençon, j'étais seule.

— Faux ! Paul veillait sur vous.

— Ah, je vois ! Paul veille sur moi, donc monsieur peut dormir tranquille à l'autre bout du monde !

Il éclata de rire, s'agenouilla à mes côtés et passa son bras autour de mes épaules.

— J'aime quand vous vous emportez de la sorte. Vos joues rougissent, vos narines palpitent et vos yeux pétillent. D'une tendresse inouïe ! De quoi charmer le plus coriace des chevaliers.

— Les chevaliers sont d'une autre époque !

— Femme de peu de foi ! Les cœurs vaillants sont de toutes les époques. Je serai toujours votre plus fidèle chevalier.

— C'est que je suis seule, figurez-vous, je suis seule !

Sa main resserra mon épaule.

— Seule, sans moi.

— Seule, sans vous.

Il embrassa ma joue et se leva. Posté devant mon agenouilloir, il glissa ses doigts sous mon menton, m'invitant à lever les yeux vers lui.

— Hélène, mon Adorée, cessez de vous morfondre ainsi. Je suis là.

— Ce n'est pas évident, l'absence, la présence, l'esprit, le corps... Vous me manquez tellement !

— Je sais, mais il n'y a pas que moi.

— Qu'allez-vous imaginer, il n'y aura jamais que vous !

— Vu sous cet angle, je veux bien l'admettre. Mais à part moi, il y a tous les autres, votre père...

— Mon père !

— Oui, votre père. Et Paul. Et cet infatué de notaire, ce Thélis qui vous tourne autour.

— François est mon ami, sans plus.

— Tout de même, vous partagez bien des secrets. Je pourrais en être jaloux.

— Jaloux de François ?

— Je badine. C'est un gentilhomme, d'une galanterie d'exception. Il vous sera d'un grand secours.

— Dois-je lui raconter ? Son fils Thierry aurait rejoint l'armée lui aussi.

— Tous les hommes de France sont appelés à rejoindre l'armée. Notre pays est en guerre, Hélène. Prenez garde à vous, prenez soin de vous, *Napeshkueu*.

Un courant d'air me fit frissonner. La flamme de ma bougie s'éteignit.

— Ludovic, ne partez pas, ne partez pas ! me désolai-je.

Un vacarme monta de la rue.

— Des mousquets ? Est-ce possible, on tire du mousquet dans les rues de Paris !

À l'autre bout de la maison, on frappait à ma porte. Tandis que je m'empressais de rallumer ma bougie au feu de la cheminée, Jacqueline dévala le corridor pour aller ouvrir.

— Ah, Jacqueline ! s'exclama père. Hélène est à la maison ?

Il parcourut le couloir d'un pas pressé, pour s'arrêter sur le palier de ma porte en brandissant le journal qu'il tenait à la main.

— Hélène, Dieu soit loué, vous êtes chez vous! Votre mère s'inquiétait, je m'inquiétais.

— Que se passe-t-il? Est-ce bien des coups de mousquet que nous entendons?

— Oui! Les gens deviennent fous! Les Espagnols se sont emparés de la Corbie. La route de Paris est ouverte. Le devoir appelle. Tous les hommes valides doivent prendre les armes.

— Tous les hommes!

— Tous, du sceptre à la houlette, tous! Enfin presque, mis à part les maçons et les charpentiers qui travaillent aux fortifications de la ville, les boulangers, les selliers, les arquebusiers... Voyez par vous-même.

Il braqua le gros titre de *La Gazette* sous mon nez.

— Dix-neuf août, *La Corbie capitule, les armées germano-espagnoles menacent Paris*! m'alarmai-je.

— Quel affront! Oser nous provoquer de la sorte aux portes de la ville! Et ce n'est pas tout, ajouta-t-il en tournant la page. Tenez, lisez, ici, plus bas...

— *Dix mille révoltés, près du tiers du royaume en rébellion!* La Saintonge, l'Aunis, le Limousin, le Périgord, le Quercy, la Guyenne et le Languedoc...

Il referma le journal et le lança sur la table.

— La France s'enflamme, ma fille! Si la tête de Richelieu ne tombe pas cette fois...

Au-dehors, la clameur s'amplifia. Nous nous précipitâmes à la fenêtre. En bas, dans la rue, l'agitation était à son comble. Charretiers, porteurs de chaises et piétons allaient et venaient en tous sens, comme aspirés par des tourbillons opposés.

— Quel charivari!

— Soit ils fuient Paris, soit ils courent le sauver!

— Fuir Paris?

— Vers Orléans, à ce qu'on rapporte, les routes menant vers Orléans seraient encombrées de carrosses.

— Sauver Paris?

— Un grand rassemblement au Louvre. Une mobilisation générale. Avons-nous le choix? Notre patrie est au bord du gouffre, ma fille, au bord du gouffre! Il nous faut à tout prix éviter le pire!

Passant un doigt sous son col, il étira le cou et ajouta.

— Je n'ose imaginer ce qu'il adviendra si la ville tombe aux mains des Germano-Espagnols. Impensable! Non, ma fille, les Parisiens n'ont pas dit leur dernier mot! Je cours au Louvre voir de quoi il retourne.

— Père, ne me dites pas que vous aussi…

— Si, moi aussi! J'ai déjà tenu un mousquet, je le pourrai encore!

— Un mousquet, vous, secrétaire du roi!

— Sachez que mon ancêtre fut maréchal dans les troupes de François Ier! J'ai l'art militaire dans le sang!

— À votre âge, mais c'est insensé!

— Mon âge, mon âge, répéta-t-il en agitant les bras.

— Vous n'en avez plus la force…

— C'est d'honneur et de solidarité qu'il s'agit ici, ma fille. Je ne suis plus dans la force de l'âge, il est vrai, mais j'ai toujours le cœur vaillant.

Il redressa l'échine, bomba le torse et posa la main sur son baudrier.

— Mais père!

— Il n'y a pas de mais qui tienne! Moi, Nicolas Boullé, j'enverrais mes chevaux et mon cocher dans les tranchées en restant bien assis au coin du feu? argua-t-il en tapotant sa poitrine du bout des doigts. Non, ma fille, les Boullé ne se chauffent pas de ce bois-là!

— Paul! me désolai-je. Et son genou malade?

La nouvelle pétarade nous fit sursauter. Il se rendit à la fenêtre et referma vitement ses battants.

— Écartons-nous, venez, venez.

Tirant sur mon bras, il m'entraîna jusqu'à la porte.

— Père, je comprends que la gravité de la situation vous bouleverse, mais, de grâce, patientez encore un peu avant de vous jeter dans ce tohu-bohu!

— L'ennemi est aux portes de la ville! Le roi nous attend. Prenez garde à vous, ma fille…

Il allait partir, mais se ravisa.

— Rejoignez votre mère, rassurez-la, elle a grand besoin de vous. Je reviens vous mettre au fait des événements dès que je pourrai.

Il fit deux pas dans le couloir et s'arrêta à nouveau.

— Et je vous interdis de sortir sous quelque prétexte que ce soit ! C'est compris ? Quelque prétexte que ce soit ! Cette fois, vous devez m'obéir. J'ai fermé les yeux sur votre escapade à Alençon, mais aujourd'hui l'heure est grave ! Vous m'entendez ? Ne sortez sous aucun prétexte !

Ce matin, à l'ouvroir de la paroisse Saint-Paul, madame de Fay avait touché la petite croix argentée suspendue à son cou en me chuchotant en catimini : *Red de las damas*. Puis elle m'avait remis un petit colis devant être livré ce soir, sans faute, dans le plus grand secret, à l'église Notre-Dame-des-Champs, non loin des portes Saint-Martin. Ce devoir m'obligeait. Je dus mentir.

— N'ayez crainte, père, je ne sortirai sous aucun prétexte.

« C'est d'honneur et de solidarité qu'il s'agit ici, père, aurais-je souhaité pouvoir lui dire. Manquer à ma parole, moi ? Non, une Boullé ne se chauffe pas de ce bois-là ! »

Je crois qu'au fond de lui il aurait été fier de moi.

Comme convenu, le capuchon couvrant ma tête et le colis secret bien caché sous ma pèlerine, j'attendais, fébrile, agenouillée devant la statue de Notre-Dame-des-Champs, patronne des fermiers. À ses pieds, de paisibles moutons. Dans ses bras, l'Enfant-Dieu et une gerbe de blé. Devant elle, le feu des multiples chandelles consumait les angoisses de la guerre.

« Flammes ardentes, éternelles sentinelles de la foi », méditai-je.

L'église était déserte. De temps à autre, les sourdes clameurs du dehors troublaient son silence feutré. À cette heure tardive, il était plutôt rare que Paris soit animé comme en plein jour. Tout au long de mon parcours, de la rue d'Anjou à la rue Saint-Martin, j'avais longé les murs, m'efforçant d'éviter tant les nombreux carrosses fuyant vers Orléans que la police du Cardinal.

Ici et là, regroupés à un carrefour ou sur le parvis d'une église, des militaires chahutaient comme larrons en foire. L'affolement était général et les sensibilités à fleur de peau. La main sur le manche de mon épée, je m'étais faite aussi discrète qu'une ombre. « Ce Filet des dames, un secret d'État ! » avait affirmé la duchesse d'Aiguillon. « Remettre ce colis dans le plus grand secret », avait insisté madame de Fay. « *Red de las damas* », avais-je accepté les yeux fermés.

Au fond de l'église, une porte s'ouvrit. Le visage rivé sur le chatoiement des flammes, je serrai fortement le précieux colis contre moi. Ne pas bouger et attendre. Une personne marchant à l'aide d'une canne devait faire cinq pas avant de s'arrêter. Après, je devais aller vers elle. Clac, clac, clac, clac, clac ! C'était le moment. Je tirai sur mon capuchon afin qu'il cache suffisamment mon visage et avançai vers l'autre maille du Filet des dames. L'ombre de sa silhouette s'étirait sur la colonne près de laquelle elle s'était arrêtée. Je ne vis de cette dame que la main gantée qu'elle me tendit.

— *Red de las damas*, dit-elle d'une voix étouffée.

— *Red de las damas*, lui répondis-je en chuchotant.

— *Maria, virgen y madre.*

— Par la grâce de Dieu, Amen, complétai-je.

— *Red de las damas.*

— *Red de las damas.*

Le code était complet. Je lui remis le colis. Elle le prit et se rendit aussitôt vers la sortie, sa canne claquant de plus belle sur les dalles. Quand la porte de l'église fut bien refermée, je fis comme je le devais. Je retournai m'agenouiller devant la statue de Notre-Dame portant enfant et gerbe de blé. Alors seulement, je réalisai combien mes mains tremblotaient, combien je haletais et combien flasques étaient mes jambes.

— *Red de las damas*, soupirai-je. Sainte Marie, mère de Dieu, priez pour nous, pauvres pécheurs, maintenant et à l'heure de notre mort, Amen.

Ce fut plus fort que moi, mon cœur de mère tressaillit. Je pleurai.

Paris semblait si vide tout à coup. Les rues étaient maintenant désertes. Les boutiquiers avaient barricadé leurs montres et les revendeurs remisé leurs étals. Au petit matin, quelques charretiers s'aventuraient hors des fortifications afin de rapporter de précieuses denrées qu'ils revendaient aux Halles à des prix extravagants. Les rares Parisiens n'ayant pas déserté la ville devaient user de stratagèmes afin de trouver du pain, du vin et des légumes à se mettre sous la dent. Pour les viandes, poules, lapins, cochons et moutons, nous pouvions toujours espérer. Tout se passait comme s'ils s'étaient de nouveau engouffrés dans l'arche de Noé. Restaient toujours les poissons dont la fraîcheur était assez souvent plus que douteuse. Le soir venu, seuls les chiens, les chats et les gueux désœuvrés s'aventuraient à la lueur des lanternes. Sous cette accalmie apparente, telle une redoutable flambée sous les tisons, une grande peur couvait.

D'abord, Paul avait refusé. Puis, devant mon insistance, il s'était incliné. Même si les circonstances ne s'y prêtaient guère, je tenais à mes rencontres au salon de Christine Vallerand. Je ne savais trop comment ni pourquoi, mais je ressortais toujours de chez elle plus volontaire qu'à mon arrivée. Sa vigueur allégeait mes accablements et ses actions revitalisaient mes espérances.

En cette chaude matinée d'août, nous étions assises autour de la «Table des Destinées». C'est ainsi que nous avions baptisé la longue table ovale sur laquelle nous rédigions nos textes, fruits de nos intenses délibérations. Depuis plusieurs années, elle avait été le témoin de nos écrits fulgurants, critiques cinglantes ou encore, poésies fleuries de nos quêtes, des plus humbles aux plus insolites. Sur son bois de rose se tissait la trame des lendemains meilleurs, ces temps bénis où les vertus du sexe faible seraient enfin reconnues, tant par la justice de Dieu que par la justice des hommes.

Nous terminions de plier et de sceller les papiers de notre dernière requête lorsque notre conversation dévia peu à peu des horreurs de la guerre vers les amours de notre roi. Madame Berthelot brandit le bras bien haut. Ses nombreux bracelets cliquetèrent.

— Que vous me croyiez ou non, cette Louise de La Fayette aurait supplanté Marie de Hautefort dans le cœur du roi. On colporte qu'ils fileraient le parfait amour, un amour platonique!

Elle retroussa le nez, pinça les lèvres et glissa la main sur la courbe généreuse de ses seins.

— Une sainte nitouche dans le lit du roi? railla Christine en projetant son livre au milieu de la table. Je n'y crois tout simplement pas!

— C'est pourtant la pure vérité! renchérit Françoise. Cette demoiselle Louise-Angélique de La Fayette serait une fervente dévote.

Madame Berthelot posa sa main abondamment baguée sur son front en faisant mine de se pâmer.

— Aaaaaah, passez-moi les sels, mesdames, passez-moi les sels, badina-t-elle. Seize ans et dévote ! Une honte ! Gaspillage, effroyable gaspillage !

— Selon les ouï-dire, cette ardente piété attiserait la flamme de notre roi, enchaîna Françoise. Cette jeune fille, modeste et discrète, placerait au même degré que lui l'horreur du péché.

Madame Berthelot feignit un excès de toux. Christine passa les mains dans sa tignasse rougeâtre et courut jusqu'à la cage de son effraie devant laquelle elle se pencha.

— Tu crois cette ânerie, Cassandre ? Un roi et sa favorite se susurrant des mots d'amour sans même se toucher le bout des doigts ? Un roi toujours sans héritier après dix-huit ans de mariage, de surcroît !

Elle tendit l'oreille vers la chouette blanche qui dormait sur son perchoir.

— Quoi, quoi ? Ah, je vois ! Cassandre dit que le Cardinal se tient continuellement entre les deux. Voilà pourquoi ils ne peuvent se toucher.

— Cet oiseau serait voyant ! s'extasia madame Berthelot.

Je me tournai vers Françoise qui déposait la dernière missive sur la pile au centre de la table. Elle opina de la tête.

— Juste ! Les ragots rapportent que le Cardinal redoute l'influence de cette pucelle. Sa famille lui serait hostile.

— Pucelle, s'indigna Christine, pesez vos mots, très chère amie. Comment traite-t-on les pucelles en ce pays ? Je sens encore la chair brûlée de la plus illustre. Rappelez-vous, le bûcher d'Orléans, la pucelle d'Orléans…

— Ah, ah, ah ! coupa madame Berthelot. Rien de comparable ! La pucelle d'Orléans était une guerrière !

— Que dire des milliers d'autres, ces sorcières, ces supposées possédées du démon ? Chaque année, des milliers de femmes sont brûlées vives un peu partout dans nos campagnes ! Leurs méfaits ? Elles soulagent les plus miséreux de leurs souffrances. Leurs armes : des herbes magiques, de mystérieuses connaissances. Rien de bien menaçant. On les immole pourquoi donc, d'après vous ? Parce qu'on craint leur influence. Ces femmes refusent de plier l'échine devant les hommes. Servantes du diable ? Horrible perfidie ! Ces femmes résistent à la domination et à la répression ! Voilà pourquoi les seigneurs et prélats les redoutent. Voilà pourquoi ils les condamnent aux flammes de l'enfer ! Justice perverse !

Elle revint vers la table en reniflant de gauche à droite.

— Sentez, sentez l'odeur infâme !

— Comme vous y allez, très chère ! s'indigna madame Berthelot. Vos humeurs seraient-elles à ce point déréglées ? J'y suis, vous lisez trop !

Christine se frotta les oreilles.

— Quoi ? J'ai dû mal entendre ! Ce n'est pas possible, moi, lire trop ! Y aurait-il une félonne dans mon salon ?

Elle s'approcha de madame Berthelot.

— Seriez-vous de celles qui croient les femmes incapables de raison ?

— Non ! Simplement, vous vous méprenez, très chère ! Cette La Fayette est loin du brasier. Elle n'a véritablement rien d'une guerrière ni d'une sorcière. Ce n'est qu'une innocente petite oie blanche.

— Il est aisé de trancher le cou d'une oie, clama Christine.

— Barbare ! s'insurgea madame Berthelot. Prétendre que la coterie royale veuille lui couper les ailes, je veux bien, mais le cou !

— Pourquoi s'en priveraient-ils, je vous prie ? Tant qu'elle ouvrira correctement les jambes, ça ira. Mais qu'elle fasse un faux pas et vlan ! C'en est fait de l'oie ! Elle ne serait pas la première jouvencelle à sentir la lame du couperet sur sa délicate peau laiteuse.

Elle mit sa tête sur le coin de la table et laissa tomber à plusieurs reprises le tranchant de sa main sous son oreille. Madame Berthelot se leva en déployant plusieurs fois ses bras de bas en haut.

— Mon beau lys, mon beau lys, mon beau lys, chantonna-t-elle d'une voix fluette.

— Quoi, mon beau lys, mon beau lys ? s'énerva Christine en imitant ses gestes.

Je réprimai un fou rire. Le sujet ne s'y prêtait guère. Par contre, il fallait bien admettre que la mimique et la fougue de mes compagnes avaient de quoi en alléger le propos.

— Non, vous l'ignorez ! Eh bien, sachez que dans l'intimité, le roi...

— Le roi surnommerait La Fayette Mon Beau Lys !

— Absolument et parfaitement ! Fillandre se fait un devoir de le répéter partout où elle passe. À croire qu'elle est de connivence avec la reine pour ridiculiser le roi.

— Je connais bien Fillandre, les interrompit Françoise. Elle ne mentirait pas sur un sujet aussi délicat.

— Alors là, si Fillandre le dit! ironisa Christine.

— Fillandre, serait-ce la première femme de chambre de notre reine? demandai-je.

— Celle-là même, très chère, s'empressa de répondre madame Berthelot.

— Pauvre reine! m'exclamai-je.

Elles me dévisagèrent.

— Pauvre reine? s'étonna Christine.

— Oui, parfaitement, pauvre reine! Non seulement est-elle déchirée entre la France et l'Espagne, devant allégeance à l'une comme à l'autre, mais encore a-t-elle à supporter la fourberie des courtisanes.

— Faut-il le croire? Une oie blanche, ici même, parmi nous! ricana madame Berthelot.

— L'armée espagnole menace Paris, arguai-je sérieusement, son cœur penche assurément du côté de sa famille en Espagne. Malgré tout, son devoir d'épouse l'oblige à soutenir la France. Quel déchirement!

— Voilà bien le vice de la sacrée soumission! s'écria Christine. Comment obéir à son père, à son mari, à son roi, à son pays et à son Dieu sans approcher de la folie? Destin complexe s'il en est un... Le lot de toutes les femmes, de toutes les femmes! se désespéra-t-elle.

Sa déclaration résonna entre les murs de la pièce, tels les battements d'un tambour ameutant les troupes. Cassandre émit un cri d'effroi. Madame Berthelot toussota quelque peu avant de briser l'embarrassant silence.

— Reine ou servante, une femme est une femme, très chère. Reconnaissons nos limites. Comment faire autrement?

Je me levai.

— En ne baissant jamais les bras! rétorquai-je fermement. Un jour, justice sera faite. Ensemble, nous y arriverons!

Christine relâcha ses épaules et soupira longuement.

— Ensemble, voilà bien le mot qui convient, approuva-t-elle. Ensemble, oui, coude à coude, il le faut. La route sera longue.

Elle se rendit près d'une fenêtre par laquelle se déversait un large faisceau de lumière dorée.

— Poser les assises de cette nouvelle justice pour toutes celles qui viendront après nous… déclara-t-elle.

Son ambition m'attendrit.

— Puisse-t-il y en avoir beaucoup d'autres comme vous, Christine, souhaitai-je.

Rejetant sa tignasse derrière ses épaules, elle revint vers nous, un sourire aux lèvres.

— Ensemble, nous le pourrons.

— La connivence est de mise à tous les niveaux, déclara Françoise. Pour ce qui est de notre reine, rassurez-vous, Hélène, elle aurait plus d'alliés qu'on le croit dans le royaume.

— Quoi, quoi, qu'insinuez-vous, très chère ? s'enquit madame Berthelot.

Faisant la sourde oreille, Françoise se leva, ajusta les plis de sa jupe et renoua la boucle déliée de son corselet avant de répondre.

— Peu importe. Notre reine a ses tracas, nous avons les nôtres. Bien, notre tâche est terminée. Ces feuillets sur l'égalité des droits et des devoirs entre époux devaient être déposés au Châtelet de Paris et dans les bureaux des notaires de la ville. Compte tenu de la mobilisation générale, je doute fort que cela soit possible. Reste-t-il seulement un notaire dans tout Paris ?

— Ah, il en reste tout de même quelques-uns, argua Christine. Pensez-y un peu : enregistrer les acquis des charognards, rédiger les testaments, régler les successions de tous ces soldats morts au combat… C'est que les veuves sont légion, mes amies !

— François ! déclarai-je, je connais personnellement le notaire François de Thélis. Il serait encore à Paris. Paul me l'a confirmé hier.

— Pouvons-nous lui faire confiance ? s'inquiéta Françoise.

— Totalement ! C'est un ami.

— Ah, comme c'est intéressant, se gaussa madame Berthelot en agitant des bracelets. Un ami notaire, un mari au diable vauvert… Tiens, tiens, tiens !

— Je connais François depuis ma tendre enfance. Ce n'est réellement qu'un ami. Qui plus est, le sieur de Champlain devrait revenir de la Nouvelle-France d'ici un mois ou deux tout au plus.

— L'un n'empêche pas l'autre.

— Sottises ! m'irritai-je.

— Fort bien! tempéra Françoise. Si vous pouvez nous assurer que maître Thélis acheminera ces feuillets jusqu'au Châtelet, pour ma part, je veux bien vous les confier. Qu'en est-il de vous, consœurs?

— J'y suis favorable, approuva Christine.

Nous regardâmes madame Berthelot.

— Peut-on trouver mains plus fiables que celles d'un ami notaire? susurra l'inventive madame Berthelot.

— Soit, je me rendrai chez François cet après-midi même.

— L'important est que le message aboutisse réellement sur les bureaux du plus grand nombre d'hommes de loi possible, insista Françoise. Si ces messieurs guerroient depuis toujours, notre bataille, elle, ne fait que commencer. Chacune de nos manœuvres est capitale.

— Bien, bien, bien, mesdames, un autre pas vers la liberté, se réjouit Christine. Trinquons à l'avenir!

Nous levâmes nos verres imaginaires d'un même élan.

— Aux luttes des dames! lança Françoise.

— À la solidarité! poursuivit Christine.

— *Red de las damas!* m'enthousiasmai-je.

Françoise et Christine me dévisagèrent.

— De l'espagnol en terre de France? se formalisa madame Berthelot. Il est grand temps que votre époux revienne, très chère!

«À la Nouvelle-France!» conclus-je pour moi seule.

J'allais quitter mes consœurs lorsque Françoise toucha mon épaule.

— Cette croix à votre cou?

— Je suis catholique, l'auriez-vous oublié?

— *Red de las damas*, chuchota-t-elle en posant le doigt sur sa bouche.

Elle me sourit. Je lui rendis son sourire. Elle referma la porte derrière moi.

Je descendis le sombre escalier, doublement ravigotée. Cette croisade des dames stimulait mes ardeurs et, qui plus est, j'avais enfin un bon prétexte pour me rendre au bureau de François. Une fois sur place, je lui apprendrais pour son fils, bien qu'il y ait fort à parier qu'il sache déjà.

— Maudite guerre! dis-je en mettant le nez dehors.

Depuis mon adhésion à la société du Filet des dames, les allées et venues de ma servante Jacqueline ne me tracassaient plus. Sa dévotion n'avait rien d'extrême et ses cachotteries, rien de menaçant. Je savais que ses énigmatiques visites aux églises et monastères de Paris servaient une charitable cause, et ce, pour la plus grande gloire de notre Dieu Tout-Puissant. Cette certitude apaisait toutes mes craintes. Les petites croix d'argent que nous portions à nos cous nous liaient. Pressentant notre nouvelle connivence, Marguerite, libérée de la crainte de mes investigations, allait même jusqu'à chantonner en lavant les planchers. Bref, en dépit de tous les désordres du royaume, ma maisonnée allait rondement.

Je rédigeais une lettre pour madame de La Peltrie lorsque Jacqueline frappa à la porte de ma chambre.

— Bonjour, Jacqueline, beaucoup de paysans au marché ce matin?

— Trop peu, hélas, *señora*! J'ai dû jouer du coude pour quelques oignons, panais, petits pois…

— Encore heureux que les boulangers aient été exclus du recrutement, sinon les pains seraient de véritables lingots d'or.

— *Gracias a Dios!*

Elle fit le signe de la croix avant d'enfouir sa main sous la serviette de lin recouvrant les légumes de son panier. Elle en ressortit une enveloppe qu'elle me tendit.

— *Red de las damas*, chuchota-t-elle. Ce soir, la dame à la canne, à l'église Saint-Paul-du-Marais.

— *Red de las damas*, répétai-je bravement.

C'était la troisième fois qu'une mission m'était confiée. Jusquelà, je m'étais astreinte aux consignes sans le moindre questionnement. Cette fois, ma curiosité l'emporta.

— Notre reine a-t-elle visité le Val-de-Grâce ce matin? lui demandai-je.

— *Su Majestad* est chez elle au monastère. Elle y venir presque *todos los días*. Son cœur de reine est *muy* tourmenté, m'a dit sœur Saint-Étienne. Le roi lui interdit toute correspondance avec sa *familia. Muy triste!*

— Quelle horrible destinée! Son passé en Espagne, son avenir en France…

Je glissai l'enveloppe qu'elle venait de me confier dans ma poche avec l'autre, celle que j'hésitais à rapporter à Marie.

— Dieu vous garde, *señora*.

— Ce soir, à l'église Saint-Paul. J'y serai!

— Je cours préparer le dîner de madame.

Ma servante toucha sa petite croix, fit un léger salut de la tête et se rendit de son pas dansant vers la cuisine.

Je sortis la lettre que Marie avait écrite pour Mathieu Devol. Comme j'aurais aimé la lui remettre, comme j'aurais aimé rapporter à Marie de bonnes nouvelles! D'avoir à la chagriner me rebutait.

«Il est plus que temps. Aujourd'hui, Marie doit savoir», me persuadai-je.

— Ce matin chez Christine, en début d'après-midi chez Marie, puis chez François. Et ce soir, à l'église Saint-Paul. Somme toute, ce sera une journée bien remplie.

«Loin de moi les fleurs vénéneuses de l'ennui!» me réjouis-je.

Les cloches de Paris tintèrent douze fois.

— Midi! Le temps me presse.

J'étais le bourreau qui lui fendait le cœur. Marie pressa la lettre sur ses lèvres, les larmes aux yeux.

— Mathieu... mon Mathieu à la guerre! chuchota-t-elle péniblement.

— Ce Mathieu est assurément un très brave garçon, insistai-je. Soyez fière de lui. Louez sa bravoure.

— S'il fallait qu'il soit blessé ou pire encore... sanglota-t-elle.

Ce doute m'étouffait aussi. J'aurais tant aimé lui avouer mon tourment.

«Je partage votre angoisse, Marie. Mathieu est mon fils.»

Forcée au silence, je ne pus que l'étreindre.

— Mathieu vous reviendra, Marie. N'ayez crainte, ce garçon que vous aimez vous reviendra.

Je serrai fortement mes paupières afin de contenir mes larmes.

Florentine m'ouvrit. Joignant ses mains l'une contre l'autre, elle s'exclama :

— Madame, quel plaisir de vous revoir !

— Bonjour, Florentine. Vous me paraissez d'excellente humeur, dites donc !

— À part quelques rhumatismes... mais avec tout ce qui se trame, mes petits ennuis sont méprisables. Vous désirez parler avec maître Thélis ?

— Oui.

— Entrez, entrez ! Monsieur arrive tout juste de la Chambre de commerce. Il s'est réfugié dans son bureau. Je cours le prévenir que madame est là. Si madame veut bien prendre une chaise.

— Merci, Florentine. Pour votre rhumatisme, vous avez essayé la bardane ?

— Bardane ? Ah non. J'ai l'habitude des racines de la patience.

— Ajoutez-y un peu de bardane. Son effet est bienfaisant.

— J'essaierai. Merci pour ce conseil, madame. De la bardane et de la racine de patience, bien... Merci. Monsieur ne devrait pas tarder.

Elle disparut dans le sombre corridor en se dandinant.

J'espérais que ce soit long. Comment apprendre à mon ami que son fils Thierry avait rejoint l'armée ? Fendre le cœur de Marie m'avait bouleversée. Je souhaitais qu'il sache déjà ce que je m'apprêtais à lui apprendre. Je m'assis sur un des deux fauteuils près de la fenêtre. Un coup de tonnerre éclata. Une pluie violente claqua sur les vitres.

« Les orages d'août ! » déplorai-je.

— Bonjour, Hélène !

Je sursautai.

— Pardonnez ma maladresse. Je n'ai pas voulu vous effrayer, dit-il en approchant.

— Ce... ce n'est pas vous, c'est l'orage.

Se penchant, il prit ma main et la baisa longuement. Il me parut soucieux.

— Qu'y a-t-il, mon ami ? Ma visite est inopportune ?

— Non, bien sûr que non ! Un peu de vin ?

— Oui, je veux bien.

Un nouveau coup de tonnerre.

«Comment lui annoncer? Ce n'est peut-être pas le moment, il semble tracassé.»

— Temps exécrable, n'est-ce pas? reprit-il en m'offrant une coupe pleine.

«Ce sourire forcé, ces yeux qui s'esquivent... Il me cache quelque chose.»

— Ce mauvais temps vous contrarie?

— Nullement.

Repoussant le rideau, il regarda par la fenêtre.

— Un temps de chien, j'en conviens, dit-il avant de s'asseoir.

Une certaine gêne s'ajouta à la lourdeur de l'air. Il me toisa du coin de l'œil, se releva et se posta à nouveau devant la fenêtre.

— J'ai à vous parler, dit-on finalement à l'unisson.

— Vous aussi? s'étonna-t-il.

— Vous aussi! Comment...

Un nouveau coup de tonnerre m'interrompit. J'eus soudainement très chaud. L'humidité m'incommodait. Ou bien était-ce le poids du scrupule, cette hésitation à navrer l'ami fidèle?

— Marianne aimait les orages, lançai-je afin d'alléger notre malaise.

Il but un peu de vin avant de répondre.

— Je me souviens très bien de cette petite; une adorable rouquine.

— Vous ai-je dit qu'elle est mère d'une petite fille?

— Non.

— Depuis l'été dernier.

Son visage s'attrista davantage.

— Si vous saviez à quel point j'ai hâte de les retrouver tous. La Nouvelle-France... Ce pays vous manque-t-il parfois?

Il détourna la tête vers les trois eaux-fortes suspendues au-dessus de son buffet sculpté de fleurs de lys. Son mutisme confirma mes doutes. Quelque chose de grave le tracassait.

— Je vous dérange dans quelque affaire d'importance? Je peux revenir plus tard, si cela vous convient mieux.

Il marcha de long en large, déposa sa coupe sur le buffet, passa ses mains sur son visage avant de revenir vers les fauteuils.

— Hélène, vous aviez à me parler, disiez-vous? Faites, je vous prie.

— Je veux bien, à condition que vous repreniez votre place, ici, tout près.

Il s'assit, croisa ses jambes, appuya son coude sur le bras du fauteuil et son front sur sa main.

— Je vous écoute.

— Vous connaissez la duchesse d'Aiguillon ?

— Tout Paris connaît la nièce du Cardinal.

Craignant de le bousculer, et redoutant de le froisser, je lui racontai comment elle en était venue à m'offrir de l'accompagner à Alençon et pourquoi j'avais accepté son invitation : rencontrer madame de La Peltrie certes, mais, d'abord et surtout, voir mon fils, enfin ! Une fois la surprise passée, il s'offusqua.

— Aller seule à Alençon en temps de guerre ! Quelle imprudence !

— Je n'étais pas seule, Paul m'accompagnait. Comprenez que je ne pouvais rater cette occasion unique. Le dessein de madame de La Peltrie est si louable ! Quant à retrouver mon fils... Il était inconcevable d'ignorer cette occasion. S'il en est un qui puisse justifier mon audace, c'est bien vous !

— Pourquoi ne pas m'avoir informé de ce voyage ?

— Pourquoi l'aurais-je fait ?

— Votre fils et le mien ont la même mère, Hélène. Nous partageons le même but, l'auriez-vous oublié ?

— Vous m'aviez refusé ce voyage à Meaux à cause de la guerre qui se préparait. Maintenant qu'elle paralyse tout le pays...

Il se leva promptement.

— Vous m'avez délibérément écarté !

— Pouvais-je faire autrement ?

— Absolument !

Je me levai aussi.

— J'ai été personnellement invitée par la duchesse, je vous le rappelle !

— Et... et votre fils... nos fils ?

Il tournait autour de moi, tel un chasseur traquant sa proie.

— Hélas, c'était trop tard.

— Trop tard ?

— François, ce que j'ai à vous apprendre risque d'ajouter à votre tourment. Peut-être que...

— Au point où nous en sommes, je crois fermement qu'il est préférable que vous alliez jusqu'au bout. J'insiste !

— Vous l'aurez voulu. Eh bien, nos fils, le mien et le vôtre, n'étaient déjà plus à Alençon. Ils avaient quitté la ville pour joindre les armées du roi, ici à Paris.

— Mon fils à l'armée! Mais il n'a que dix-sept ans!

— Et le mien vingt-deux. Tous les jeunes du pays font de même! Et je tremble pour eux, je tremble pour votre fils, je tremble pour le mien.

Un autre coup de tonnerre fit vibrer les fenêtres. J'agrippai son bras. Ses yeux étaient paniqués. Il me pressa contre lui.

— Hélène, Hélène, c'est terrible, terrible!

— François, reprenez-vous! le suppliai-je en me libérant de son étreinte.

— Ce matin, à la Chambre de commerce... une très mauvaise nouvelle.

Reculant d'un pas, je m'appuyai sur le buffet, redoutant le pire.

— Nos fils? Blessés?

Il nia de la tête.

— Morts?

Il nia encore.

— Cessez de me torturer! Qu'avez-vous appris de si terrible?

— Hélène, je vous sais courageuse...

— François, qu'en est-il à la fin!

— Votre époux... le sieur de Champlain.

— Le sieur de Champlain? Il sait pour mon fils!

Il baissa la tête et inspira longuement, comme pour rassembler ses forces.

— Il y a deux semaines, des bateaux de pêcheurs revenant de Gaspé ont accosté à Saint-Malo.

— Rien d'anormal, l'été s'achève.

— Les matelots et les capitaines rapportent que...

— François!

— Votre époux, Samuel de Champlain, serait....

Un coup de tonnerre masqua ses paroles.

— ... le 25 décembre dernier, il aurait rendu l'âme dans la chapelle des révérends pères jésuites, à Québec.

— Vous dites? Excusez-moi, ce tonnerre, je n'ai pas bien saisi.

— Votre époux, le sieur de Champlain, a quitté ce monde, Hélène.

— Je sais qu'il a quitté le Nouveau Monde. Il devrait revenir en France le mois prochain.

— Hélène, il est mort…

Il se tenait là, debout devant moi, livide, me scrutant d'un œil lugubre, tel un bourreau scrutant la victime à qui il venait de trancher le cou.

— Mort, qui est mort ?

— Le 25 décembre dernier, Samuel de Champlain aurait succombé des suites d'une paralysie.

Je bus vitement la dernière goutte perdue au fond de mon verre.

— Cela vous amuse de me torturer ainsi ? rétorquai-je froidement.

— Je suis profondément désolé.

— Depuis quand prêtez-vous oreille aux ragots des matelots ?

— La nouvelle a couru de Tadoussac à Gaspé tout l'été.

— Cruel personnage ! Traître ! Ah, je comprends votre manège ! Monsieur le notaire n'accepte pas d'avoir été évincé du voyage à Alençon. Monsieur se venge ! Dire que je venais en amie dans le but de vous rassurer ! Oui, parfaitement, pour vous consoler et vous rassurer ! Vous me décevez, vous me décevez grandement !

Je me précipitai vers la porte.

— Lorsque vous aurez retrouvé votre vraie nature, prévenez-moi.

— Hélène, vous vous méprenez sur mes intentions.

— Respirer le même air que vous plus longtemps, j'en suis incapable ! Regardez, l'orage a cessé, la pluie a cessé. Au revoir, monsieur.

J'ouvris la porte. Il la retint.

— Hélène, laissez-moi vous raccompagner à votre demeure. Vous n'êtes pas en état.

— Mon état serait moins alarmant que le vôtre, mon ami ! Restez ici, là où je vais, point besoin d'hommes ! Tout se passe entre faibles femmes. Une autre fois, peut-être. Excusez-moi, conclus-je froidement avant de lui claquer la porte au nez.

Dans tous les recoins de l'église Saint-Paul, de pauvres gens, installés entre leurs sacs de misère, se préparaient à passer la nuit.

Cela ne me surprit guère. Cette paroisse était celle de monsieur Vincent, le prince des pauvres. Les portes de son temple étaient grandes ouvertes à tous les nécessiteux. Des enfants trottinaient en riant entre les chaises. Les pleurs d'un bébé se mêlèrent aux lamentations d'un indigent.

«Seigneur, quelle misère!» me désolai-je.

J'avançai vers la nef la tête basse, redoutant d'être reconnue. Ma tenue était lamentable. Mes jupes et mes souliers étaient couverts de boue et ma coiffe mouillée dégageait une odeur putride à lever le cœur. En cours de route, il m'avait fallu subir les éclaboussures de quatre carrosses, de deux cohortes de mousquetaires et de trois charretiers. Pour en rajouter, alors que je m'étais engagée dans la rue de Jouy, une violente bourrasque avait soulevé ma coiffe qui avait tourbillonné un moment avant d'atterrir au beau milieu du caniveau puant.

Je marchai jusqu'à la statue de la Vierge, nichée sur la droite, et m'agenouillai devant. Puis, sortant mon chapelet de ma poche, je me signai.

— *Je vous salue, Marie, pleine de grâce, le Seigneur…* récitai-je distraitement.

Trois dévotes passèrent derrière moi. Je poursuivis ma prière.

— *… et à l'heure de notre mort. Amen.* Notre mort!

Ce mot rebondit dans mon esprit et s'y incrusta. Pourquoi tant de méchanceté de la part de François? Jamais je n'aurais imaginé qu'il puisse m'en vouloir autant. Un bruit de canne claquant sur le parquet résonna dans toute l'église. Clac, clac, clac, clac, clac! Cinq coups, plus rien. Au bout de l'allée, à l'arrière de l'église, une sombre silhouette attendait sous un candélabre.

— *Au nom du Père, du Fils et du Saint-Esprit, Amen.*

J'allai vers elle en souhaitant que ma piètre allure ne rebute pas ma secrète alliée. Comme à l'habitude, cette dame portait une pèlerine noire dont le large capuchon ne laissait entrevoir que le bas de son visage.

— *Red de las damas,* chuchota-t-elle d'une voix rauque.

— *Red de las damas.*

— *Maria, virgen y madre.*

— Par la grâce de Dieu, Amen.

— *Red de las damas.*

— *Red de las damas,* complétai-je.

Rassurée par le rituel, je tendis la lettre. Sa main gantée la prit. Aussitôt, la colporteuse repartit. Deux petites filles la suivirent jusqu'à la porte. Dès qu'elle se referma dans un bruit sourd, elles revinrent vers moi en sautillant. Je restai là, au milieu de l'allée, sous le candélabre, à les regarder. Elles étaient vêtues de haillons. Leurs joues étaient creuses, leur chevelure emmêlée couverte de bonnets troués et, pourtant, elles rayonnaient de joie. C'est alors qu'une joie intense me submergea.

«Ces petites sont notre avenir, pensai-je. Chacun de nos pas trace leur chemin. Pour elles et toutes celles qui les suivront, je me battrai!»

— *Red de las damas*, m'exaltai-je tout bas.

J'étais une maille vivante d'une toile finement tissée aux fils de la confiance, de la solidarité et de la charité, un Filet des dames à l'infini. Une simple maille, mais chacune des mailles... À qui était destinée cette lettre que je venais de remettre? Je l'ignorais. Qui l'avait écrite? Cela m'indifférait. L'important était que je sois de celles qui permettent au message d'aller vers l'autre. Le merveilleux était que je participe au féminin mystère.

— *Gracias a Dios!* chuchotai-je.

Effrayées, les petites déguerpirent. La langue espagnole étant celle du redoutable ennemi, je compris leur crainte.

Lorsque je sortis de l'église Saint-Paul, ses cloches sonnaient six heures. Je longeai les bâtiments de la rue de Jouy d'un pas pressé.

— L'heure du souper approche. Si je tarde trop, Jacqueline s'inquiétera.

Je levai les yeux vers le ciel. Il était bleu. Plus aucun nuage. L'air était frais, l'orage était passé.

«Ce François de malheur! Quelle idée! Prétendre me convaincre de la mort du sieur de Champlain. Je ne vous savais pas si méchant, monsieur de Thélis. Touche déloyale! Comme quoi nous avons toujours à découvrir sur nos amis. Une fâcheuse billebaude à oublier, quant à moi!»

Une odeur d'oignons grillés emplissait mon logis. Jacqueline apparut au bout du couloir.

— Ah, *señora*, c'est vous! *Gracias a dios!*

— Oui, c'est bien moi, dans un piètre état, il faut bien l'avouer.

— *Señora, señora*, s'énerva-t-elle en agitant ses bras.

— Quoi, qu'y a-t-il ?

— Votre *padre*, votre *madre*...

— Mes parents ?

— Ils demandent à vous voir. *Urgente !*

— Le temps de me changer, de souper...

— *No, no, señora !* Votre *padre* a insisté. Sitôt la *señora* entrée, elle doit aller chez lui.

— Bon, eh bien, ils auront à subir ma saleté, ma puanteur et mon humeur, voilà tout !

« Puisse mère tolérer le choc de mon allure », souhaitai-je en descendant vers leurs appartements.

Père m'ouvrit. Mère apparut derrière lui. Elle avait quitté son lit. Cela m'étonna. Vêtue de noir, ses blancs cheveux sagement coiffés en chignon, elle arborait l'allure altière des beaux jours.

— Mère, vous debout ! Quelle agréable surprise !

L'austérité de leurs visages contraria ma légèreté.

— Hélène, enfin ! s'exclama père. Nous vous attendions avec impatience. Passons dans la bibliothèque.

— Vous m'intriguez, père. Votre bibliothèque ?

— C'est le lieu qui convient aux circonstances, trancha mère.

Sa vigueur m'impressionna. La langueur qui l'accablait depuis la mort de ma sœur semblait l'avoir quittée. Je m'en réjouis.

— De quelles circonstances s'agit-il ?

— Maître Thélis nous a rendu visite cet après-midi. Il s'inquiétait pour vous, m'informa père.

— Non, il serait venu pour... pour cette fausse rumeur !

— Ce notaire ne fait que son devoir, dit ma mère.

— Son devoir !

Père saisit mon bras.

— Hélène, vous êtes veuve. Votre époux, le sieur Samuel de Champlain, est trépassé.

— Il est grand temps de voir à vos affaires, ma fille ! enchaîna mère.

— Mes affaires, quelles affaires ?

— Votre contrat de mariage en communauté de biens, votre douaire, cette donation mutuelle avant son dernier départ. Vous devez voir à la succession de votre époux, et ce, dans les plus brefs délais.

—Je n'ose y croire, François vous aura bernés! Quel impudent! Vous troubler de la sorte! Je vous assure que cette nouvelle n'est qu'un tissu de mensonges! François de Thélis n'a qu'un seul but, se venger!

— C'est pourtant la pure vérité, ma fille! répliqua père. Les sources d'information du notaire de Thélis sont des plus fiables.

La stupéfaction me paralysa. Mon pouls s'accéléra. Une soudaine envie de vomir m'accabla. L'odeur putride de mon bonnet, un relent d'oignons frits... J'eus un haut-le-cœur. Affolée, je mis les mains devant ma bouche.

— Ma fille, ma fille, retenez-vous, ma fille! s'indigna mère.

— Hélène! s'écria père.

Je vomis.

20

Regrettables billebaudes

Paul était à bout de souffle.

— Vous voulez ma mort ou quoi ? s'exclama-t-il en dégageant.

Je parai son attaque de justesse.

— Sournoiserie, tromperie ! Votre coup de poignet est plus fort que jamais !

Contre-attaques au fer, battements, arrêts, esquives, deux pas en avant, coup droit, coulée, un pas en avant, deux pas en arrière. Il prit mon fer et se fendit.

— Touché au bras, Paul !

— Par tous les diables ! Le vieux pirate est encore vert !

— Longue vie au vieux pirate ! souhaitai-je en le saluant de mon épée.

Il rit, sortit un mouchoir de sa culotte et s'essuya vigoureusement le visage. Je passai la manche de ma chemise sur mon front suintant.

— Si j'étais à Québec, je me précipiterais volontiers dans les eaux fraîches de la Saint-Charles.

Il me tendit sa gourde.

— Buvez ! Cette eau de la fontaine n'est pas vilaine.

— Si elle est saine, je veux bien. Loin de moi les fièvres. Il importe que je reste debout, vu les rapaces...

Je bus longuement. L'eau inodore et sans saveur me désaltéra.

— ... qui rôdent, terminai-je en la lui rendant.

Il sourcilla.

— Avec tout le respect que je vous dois, mademoiselle, je n'ai vu rôder aucun rapace autour de vous. Du moins pas encore.

Il glissa son épée dans son baudrier et but à son tour. Derrière lui, le museau avancé par-dessus la porte de sa stalle, Pissedru mâchouillait paisiblement quelques brindilles de foin. Une douce lumière entrait à profusion par les portes ouvertes de l'écurie. Le soleil déclinant dorait les multiples poussières voltigeant dans l'air humide.

«Une poudre d'or, une fine neige d'or, pensai-je, une neige céleste.»

Tout était si paisible dans cette grange, tandis qu'au-dehors, sur les terres de France... Partout, sur les champs de bataille, partout des époux, des pères et des fils risquant leur vie...

— Perdue dans une fantaisie, mademoiselle? Mademoiselle, vous rêvez? insista-t-il.

— Hum, oui, non... Pardonnez-moi, Paul, j'étais distraite.

— Toujours pénible d'encaisser la défaite, j'en conviens.

Je lui souris.

— Détrompez-vous, perdre contre vous est un honneur.

Il rit.

— Donc, ces soucis qui vous accablent...

— Oh, je songeais à cette nouvelle guerre, ces combats sur tous les fronts... On tient le Cardinal pour responsable du bourbier dans lequel le pays s'enlise.

— Entre vous et moi, mademoiselle, cette fois, je crains fort que Richelieu y perde quelques plumes. La France tout entière est sur le qui-vive! Il s'en faut de peu que notre patrie éclate! Dire que nos troupes se battent tout près, en Corbie, tandis que moi, je suis ici à perdre...

Il claqua sa main sur son front.

— ... à perdre votre temps à distraire une orgueilleuse! complétai-je.

— Mademoiselle, mademoiselle... se désola-t-il.

— Je n'ai rien demandé, moi! Si mes parents ne s'obstinaient pas à croire les sornettes que maître Thélis leur a impunément enfoncées dans la cervelle, vous seriez sur un champ de bataille, à braquer vos mousquets sur de véritables ennemis à l'heure qu'il est!

— Mademoi...

Un cavalier passa le porche et descendit promptement de son cheval.

— Père! m'étonnai-je.

— Paul, Hélène! Le Cardinal, le Cardinal, s'égosilla-t-il.

— Par tous les diables! Venez, mademoiselle.

Paul saisit ma main. Nous courûmes le rejoindre.

— Richelieu, le carrosse du Cardinal, il approche... Son Éminence parcourt les rues de Paris, seul, sans l'escorte de ses mousquetaires.

Un vacarme précéda le passage de l'attelage. Il cavala devant nous à la vitesse d'un damné craignant d'être enfourché par Belzébuth. À peine l'avions-nous reconnu qu'il disparut aussitôt dans le nuage de poussière qu'il souleva.

— Quel aplomb! s'exclama père

— Quelle superbe! s'étonna Paul. Quelle audace tout de même, ce Cardinal! Paris n'est peut-être pas si mal en point qu'on le dit.

— Discutable, objecta père. J'arrive du Louvre. Le roi rejoint ses armées en Picardie aujourd'hui même. Il aurait remis la gouvernance du royaume entre les mains d'Anne d'Autriche!

— Une femme au gouvernail! se scandalisa Paul. Une Espagnole, de surcroît! Mais nous courons à la catastrophe!

Je frissonnai d'effroi.

— J'appréhende le pire! renchérit père. Voyez à faire barricader les portes et les fenêtres de tous mes logis... et de mes écuries. Les chevaux sont aussi prisés que le pain. Déjà que j'ai concédé mes deux normands à l'armée, je tiens à ceux qui me restent. Je compte sur vous, Paul!

Il tendit les rênes à son écuyer.

— N'ayez crainte, je verrai à tout mettre en place, monsieur.

Père m'examina de la tête aux pieds.

— Quittez ces odieuses culottes, revêtez une toilette digne de votre sexe, et rejoignez-moi à la bibliothèque, et ce, dans les plus brefs délais, ma fille. Votre mère et moi avons à vous entretenir au sujet... au sujet de....

Sa main tourna à vide au-dessus des plumes de son chapeau.

— À quel sujet, père?

Il eut un regard noir.

— De la mort du sieur de Champlain, votre époux, puisqu'il faut le redire! s'exclama-t-il fortement.

— À ce sujet, je suis inflexible, père. Je refuse catégoriquement de perdre mon temps à réfléchir sur des balivernes sans fondement. Tant que je n'aurai pas sous les yeux les preuves formelles... Supercherie, tromperie!

Paul toussota. Père braqua son index sous mon nez.

— Vous! Vous!

Puis, soupirant fortement, il claqua ses mains gantées l'une contre l'autre.

— Fort bien, puisque l'entêtement vous aveugle… Je veux bien attendre que madame de Champlain recouvre un tant soit peu de bon sens. Mais je vous aurai prévenue, la succession du sieur de Champlain ne s'effectuera pas sans heurts. Plus tôt nous y verrons, plus tôt vous serez protégée des…

— Père, puisque je suis l'épouse de cet homme, je lui dois respect et obéissance. Or, jusqu'à preuve du contraire, il est toujours vivant. Nous n'avons donc aucune raison de discourir sur sa succession. En ce qui me concerne, je préfère miser sur la préparation de mon prochain départ pour la Nouvelle-France. Madame de La Peltrie…

— Caprice, bêtise, folie !

— Espérance, solidarité, charité chrétienne ! rétorquai-je en brandissant mon épée vers le ciel bleu.

— Blasphèmes ! Taisez-vous, ma fille !

— Cette cause lui est inspirée par le Tout-Puissant ! Oseriez-vous défier la volonté de Dieu, père ?

— Seigneur Dieu ! ragea-t-il avant de me tourner le dos.

Il s'élança vers la porte de son logis.

— Les plus redoutables ennemis ne sont pas sur les champs de bataille, marmonnai-je en rengainant mon épée.

— Mademoiselle, se désola Paul. Un jour ou l'autre, il vous faudra pourtant regarder la vérité en face.

Je couvris mes oreilles de mes mains et courus vers l'écurie.

Jacqueline s'arrêta devant la porte de ma chambre. Je délaissai la lecture dans laquelle j'étais plongée.

— *Señora*, maître Thélis désire vous rencontrer.

Je refermai énergiquement mon livre.

— Il est ici ?

— *Si, señora*. Il attend dans le vestibule.

— Dites-moi, Jacqueline, après tout ce que je vous ai raconté de cette situation, croyez-vous que ce monsieur mérite que je délaisse la lecture de la sainte vie de la grande Thérèse d'Avila, ne serait-ce qu'un seul instant ?

Elle avança de quelques pas et posa la main sur sa petite croix argentée.

— Bien, puisque la *señora* me le demande...

— Entre nous, la franchise absolue, Jacqueline.

— Alors, très sincèrement, je crois que la *señora* devrait accorder à son ami le notaire de Thélis tout le temps nécessaire.

— Nécessaire à quoi ?

— Le temps de l'*explicación*, de la *reconciliación*, du *perdón*.

Je me levai.

— Holà ! Pour le pardon, monsieur attendra. Voilà tout de même plus d'un mois que son présage de malheur chamboule mes humeurs.

Pour toute réponse, elle claqua d'abord ses talons sur le plancher et fit virevolter ses jupons. Puis, elle éleva gracieusement ses bras vers le plafond avant de me saluer bien bas.

— *Dios es bueno. Dios* est miséricorde, *señora*.

Sitôt dit, elle fit volte-face et repartit d'un pas léger.

— Bien, puisque Dieu est bon et puisque Dieu le veut. À nous deux, maître Thélis !

J'approchai lentement de ma porte et penchai la tête afin de l'observer sans être vue. Au bout du corridor, dans mon étroit vestibule, mon ami François piétinait en tripotant nerveusement son chapeau à large bord.

«Mon adversaire est pour le moins nerveux. Avantage pour moi. À l'assaut ! »

Je repoussai derrière mes oreilles les quelques mèches de cheveux rebelles s'étant détachées de ma tresse, tirai sur mon corselet, ajustai les revers dentelés de mes manches, relevai le menton, redressai les épaules et posai un pied dans le couloir.

— Hélène, madame de Champ...

— François, mon bon ami, qu'est-ce qui me vaut l'honneur de votre visite ?

Je lui tendis la main. Il l'effleura vitement.

— C'est Henriette, ma sœur Henriette ! J'en appelle à vous. Elle ne va pas bien du tout. Depuis hier... une crise épouvantable.

— Henriette ? m'étonnai-je.

— Oui. Madame de Fay m'a fait prévenir. Elle s'inquiète pour elle. Depuis une semaine, elle la dit très agitée. Hier, son état s'est aggravé.

— Que puis-je y faire ?

— Henriette vous réclame.

— Moi ?

— Oui, vous ! Elle ne cesse de répéter : « Hélène, mon pigeon, Hélène, mon pigeon. » Alors, je me demandais si vous, malgré les... malgré nos... enfin si vous...

— Je cours chercher ma capeline et reviens à l'instant.

La servante frappa à la porte de la petite maison d'Henriette et attendit.

— Depuis deux jours, nous avons bien du mal à la faire sortir, nous informa-t-elle, et ce, même pour les besoins les plus élémentaires. Ne vous surprenez pas trop de l'état des lieux. Elle refuse catégoriquement d'être menée aux latrines. Comme nous ne pouvons l'avoir toujours à l'œil, il arrive...

Comme Henriette ne se manifestait pas, elle ouvrit. Une odeur nauséeuse me saisit.

— Quand je vous disais qu'elle ne va pas bien du tout, monsieur, se désespéra-t-elle.

La pièce était dans un fouillis lamentable. Des couvertures et des vêtements jonchaient le sol. Une moitié de rideau pendouillait à la fenêtre. Sur la table ronde, des fleurs des champs, flétries et séchées, étaient éparpillées autour de la cage, au fond de laquelle roucoulait le pigeon.

— Nous remettons pourtant de l'ordre tous les matins, poursuivit-elle en agrippant une couverture au passage. Sitôt que nous avons le dos tourné, elle bouleverse tout.

Assise sur le plancher, recroquevillée dans un coin sombre, Henriette balançait le torse en se lamentant.

— Hélène, le pigeon. Sauver le pigeon, Hélène, Hélène !

François posa sa main sur mon épaule.

— Ils ont tout tenté. Rien ne peut la distraire de cette nouvelle obsession, chuchota-t-il tristement.

Je m'accroupis devant elle. Ses jupons empestaient l'urine. Le lambeau de rideau lui servant de châle ne laissait entrevoir que le bas de son visage crasseux. J'eus une étrange impression de déjà-vu. Je lui tendis la main.

— Henriette, c'est moi, Hélène. Vous m'appelez, je suis là. Votre amie Hélène est là.

Son balancement ralentit quelque peu.

— Henriette, vous m'entendez ? Je suis là.

Une fois immobilisée, elle extirpa lentement sa main droite de dessous le rideau et toucha le bout de mes doigts.

— Hélène ? murmura-t-elle, le pigeon.

— Oui, c'est moi, Hélène.

— Mon pigeon, libre mon pigeon, vole mon pigeon.

Le châle glissa sur ses épaules.

— Hélène, le pigeon, malheureux, le pigeon, malheureux le pigeon, sanglota-t-elle.

Henriette exigea que la libération de son pigeon ait lieu tout près du pommier, au centre de la cour des Petites-Maisons. Elle tenait à ce que tous ses amis voient combien il était beau lorsqu'il étendait ses ailes, combien il était heureux lorsqu'il montait vers le ciel. Nous ouvrîmes la porte de la cage. Henriette le regarda s'envoler. Ses yeux dorés fixaient le ciel bleu dans lequel il disparut. Le brouhaha de la cour semblait lui échapper. Son esprit était ailleurs, envolé sur les ailes du pigeon. Une douce béatitude illuminait son visage difforme.

« Du haut du ciel, si près du paradis, entrevoit-elle cette vie qui aurait pu être la sienne si cet horrible accident n'avait pas eu lieu ? »

Derrière le pommier, un homme chauve au dos courbé frappa sur un vieux tambour avec une bottine. Ce fracas l'extirpa de sa contemplation. Elle sautilla en tapant dans ses mains.

— Henriette contente, cria-t-elle, heureuse Henriette, heureux le pigeon, vole, vole le pigeon ! Sauver Marie-Jeanne, libre Marie-Jeanne… vole le pigeon, vole Marie-Jeanne, vole Marie-Jeanne.

François sourcilla.

— Marie-Jeanne ! s'étonna-t-il.

— Marie-Jeanne sauvée, Marie-Jeanne libre, répéta Henriette à tue-tête.

— Étrange, elle confond le pigeon à Marie-Jeanne.

J'étais aussi intriguée que lui.

— Se pourrait-il qu'Henriette pressente un éventuel danger pour Marie-Jeanne ? m'inquiétai-je. On dit les jumelles si intensément liées l'une à l'autre.

— Hélène, vous divaguez! Henriette n'a pas revu sa jumelle depuis plus de trente ans.

— Je sais, c'est totalement irraisonnable, je sais. Oublions tout ça! C'est une idée saugrenue.

Le dérangement d'Henriette s'était dissipé. Tout pour elle n'était plus que joie. Son sourire et son allégresse en faisaient foi. Tenant sa cage vide d'une main, elle agrippa son frère de l'autre, et nous entraîna dans sa petite maison en chantonnant.

Tandis que deux servantes s'affairaient à remettre de l'ordre, je pris sur moi de la laver, de changer ses vêtements souillés et de la recoiffer. Tout en collaborant gentiment à sa toilette, Henriette guida les servantes. Elle leur expliqua clairement pourquoi elle tenait à ce que son oreiller fût déposé au pied de son lit plutôt qu'à sa tête, pourquoi sa chaise devait être installée dos à la fenêtre, et pourquoi la porte de la cage du pigeon devait être définitivement enlevée.

Lorsque le ménage fut terminé, elle nous invita à la suivre sur son balcon et nous raconta qu'elle y venait tous les matins pour observer ses amis dans la cour, sentir le parfum des fleurs du jardin imaginaire et entendre le chant des oiseaux colorés de son paradis inventé. Sa logique, bien qu'extravagante, donnait un sens à toutes ses bizarreries. Je l'enviais. Il avait suffi de libérer son pigeon pour que son trouble la quitte, que chaque chose reprenne sa place et retrouve son sens.

« Trouver le sens... N'était-ce pas l'essence de toutes nos quêtes, des plus sages comme des plus loufoques? Quel était le véritable sens de ces interminables guerres, le sens du chaos dans lequel tout le royaume de France était plongé, le sens des innombrables confusions de ma vie? »

— Henriette, contente, nous dit-elle, heureux le pigeon, libre Marie-Jeanne.

Je l'étreignis.

— Ton pigeon rejoindra bientôt son pigeonnier, Henriette. Il retrouvera tous ceux qu'il aime.

— Merci, Hélène, dit-elle en souriant.

Ce menton, ces lèvres pulpeuses..., le déjà-vu du début de notre rencontre se précisa. J'y étais! Sous le candélabre de l'église Saint-Paul, le bas du visage que laissait entrevoir la capuche de la passeuse du Filet des dames était celui de sa jumelle, celui de Marie-Jeanne!

— Pigeon et Marie-Jeanne, dis-je hébétée.

— Oui, oui, pigeon et Marie-Jeanne, se réjouit-elle.

Henriette, la tête penchée sur son épaule, regarda intensément François.

— François, mon frère, libère Marie-Jeanne. Henriette heureuse.

François l'entoura de ses bras.

— François veille sur toi, Henriette.

— Mon frère veille aussi sur Marie-Jeanne. Sauver Marie-Jeanne.

— François veille aussi sur Marie-Jeanne. Promis, Henriette.

Nous la quittâmes tout bonnement sans qu'elle verse une seule larme. Debout sur le balcon, elle nous salua de la main. J'éprouvai un léger pincement au cœur. L'attachement qui me liait à elle était indéfinissable. Son âme était si fragile, si intense et si pure tout à la fois.

« Un oiseau planant au-dessus de tous les cafouillis d'ici-bas », me dis-je en la saluant à mon tour.

Assis en face de moi, François déposa son chapeau sur la banquette de son carrosse et me sourit. Cela me fit chaud au cœur. Notre amitié tenait bon malgré notre brouille. Son cocher claqua du fouet. Notre carrosse s'ébranla.

N'eût été le souvenir de la vision de Marie-Jeanne debout sous le candélabre, mon contentement aurait été complet.

« *Red de las damas!* Et si Henriette voyait juste, si Marie-Jeanne courait un réel danger ? »

— François, avez-vous des nouvelles récentes de Marie-Jeanne ?

— Récentes, non. Les dernières remontent… attendez voir. Oh, c'était il y a plus d'un an… en novembre dernier, oui. Le juge Cartier m'avait alors rapporté qu'elle était toujours chambrière chez la duchesse de Chevreuse.

— La duchesse de Chevreuse ne serait-elle pas une alliée de notre reine ?

— D'après la rumeur de sa coterie, ce serait le cas. Un secret mal gardé.

« *Red de las damas…* Marie-Jeanne sous le candélabre, la duchesse de Chevreuse complice de notre reine… Si tout ceci était lié ? Vulgaire spéculation ? Peut-être que oui, peut-être que non. »

— Vous serait-il possible d'en apprendre davantage sur Marie-Jeanne, dites-moi ?

— Certes oui, les espions sont légion. Quel en serait l'intérêt ?

— Ah, l'obligation de l'intérêt… un souci de notaire ?

— Les affaires sont les affaires, très chère amie. Des lois, des documents, du concret, du précis. Rien pour rien.

Je lui souris.

— Hélas, cette affaire n'a rien d'évident. De vagues impressions, tout au plus.

— S'il s'agit de vos impressions, je veux bien m'y intéresser.

— Malgré leur inconsistance ?

— Surtout à cause de leur inconsistance. Le plaisir que j'éprouve à me perdre dans les méandres de vos sentiments, vous n'avez pas idée !

Je ris d'attendrissement. Cet homme viril dans la force de l'âge, cet homme aux charmes incontestables, ce notaire dont la Chambre de commerce ne pouvait se passer malgré l'exigeante guerre, cet homme-là ne demandait pas mieux que de partager mes tracas.

— François, mon ami, savez-vous combien votre amitié m'est précieuse ?

— Je le sais.

— Et combien je me morfonds quand, par inadvertance, une vilaine pomme de discorde s'immisce entre nous ?

Il couvrit mes mains des siennes.

— Je rongerais sur-le-champ toutes ces vilaines pommes s'il n'en tenait qu'à moi.

Ses yeux marron cherchaient les miens. J'eus du mal à les esquiver.

— Hélène, regardez-moi, regardez-moi, Hélène…

Son regard était si doux, si tendre son sourire.

— Quoi qu'il vous arrive, je vous promets que je serai toujours là, près de vous. Quoi qu'il vous arrive…

Il baisa longuement mes doigts. Une bienfaisante chaleur parcourut tout mon être. Un trouble léger depuis si longtemps oublié… Je fermai les paupières.

— Hélène, ma douce amie de toujours. Un mot de vous…

— Chut ! Ce moment… Chut !

Une main chaude effleura ma joue. Ludovic me sourit. Ses yeux d'ambre scintillaient de bonheur.

— Chut ! répétai-je, chut...

Ses lèvres qui effleuraient les miennes...

« Ludovic, il y a si longtemps ! »

— Une femme est si vite conquise, murmurai-je.

— Je n'ose y croire, chuchota-t-il à mon oreille.

— Ludovic...

Le carrosse s'immobilisa. Ses mains délaissèrent les miennes. J'ouvris les yeux. François me scrutait intensément.

— François ! Je suis confuse. Je rêvais que... une déplorable méprise. Pardonnez-moi.

Il s'efforça de sourire.

— Une méprise ? Je dirais plutôt un moment exquis, superbe amie.

Sa touche me déstabilisa. Redoutant d'y succomber, je m'agrippai à l'adjectif « superbe ».

— Moi, superbe ? Allons donc, je suis la modestie même !

— Lorsque vous dormez, peut-être bien.

— Des preuves, maître ?

— Seule une superbe s'acharne à repousser les conseils d'un fidèle ami.

— Et que me conseille cet ami ?

— Ne vivez plus de souvenirs, Hélène. Le passé est révolu. Seul le présent vous est accessible.

— Un peu trop simple, ne trouvez-vous pas ?

— Regardez tout autour. Qui voyez-vous ? Qui est à vos côtés aujourd'hui ?

— Opportunisme !

— Déraison ! J'ai été de votre passé, je suis de votre présent et serai volontiers de votre avenir. Un mot de vous et...

— Je suis toujours l'épouse légitime du sieur de Champlain. Mon ami le notaire aurait-il en sa possession les documents prouvant le contraire ?

— Soit, alors, nous attendrons les documents. Quant à l'autre souvenir...

— Celui-là est hors de portée de quelque homme de loi que ce soit. Il n'est inscrit sur aucun document et n'appartient qu'à moi seule.

Il se rembrunit.

— Pardonnez-moi cette offense. Je regrette.

Contrit, il soupira longuement. Je fis de même. Nul n'était admis dans ce recoin de mon cœur, pas même le plus fidèle des amis.

— L'amitié est ce que j'ai de mieux à vous offrir, François.

— Oublions cet égarement. J'en appelle à votre indulgence. Il m'est si aisé de perdre la tête en votre compagnie.

— Un notaire, perdre la tête! m'esclaffai-je.

Il ouvrit la portière. Une fois sur le pavé, il prit mon bras et me raccompagna jusque sous le porche de mon logis.

— Merci pour tout. Pour Henriette… et pour la remontrance. Si, si, la remontrance. Je suis parfois d'une telle insolence. Comment me faire pardonner?

— Répondez à la demande d'Henriette.

— La demande d'Henriette?

— Sauver Marie-Jeanne.

Il resta bouche bée.

— Croyez-moi, sa crainte est peut-être fondée. J'ai des soupçons.

Il sourcilla.

— Qu'allez-vous encore imaginer?

— Je ne peux en dire davantage. Néanmoins, il serait sage de donner suite aux inquiétudes d'Henriette. Croyez-moi, croyez-nous.

Son visage se crispa.

— Si vous me transmettez toutes les informations récoltées, je vous promets d'oublier toutes nos discordes.

— Alors là, c'est du sérieux!

— Ou une simple fantaisie de dame, qui sait?

— Ciel, je nage en plein mystère! plaisanta-t-il en riant.

Son rire renforça notre connivence.

— François, sérieusement, tout ceci est très important pour nous tous, croyez-moi.

Il leva les yeux vers les nuages.

— Soit! Pour vous, je veux bien lancer tous les espions du royaume aux trousses de Marie-Jeanne.

— Je n'attendais rien de moins de mon fidèle ami.

— Superbe, vous? Allons donc!

Je ris. Il baisa longuement ma main.

— C'est à regret que je vous quitte.

— Misons sur l'avenir.

— À l'avenir! approuva-t-il avant de retourner à son carrosse.

Les deux chevaux de son attelage hennirent quelque peu avant de reprendre le pas.

Je remontai tristement vers mon logis.

« Troublantes billebaudes! » me dis-je.

21

Le meilleur et le pire

Je terminai ma lecture de l'article et déposai *La Gazette* près de la lampe allumée. De l'autre côté de la table de la cuisine, Jacqueline terminait son déjeuner.

— Eh bien, Jacqueline, pour une nouvelle, c'est toute une nouvelle !

Comme elle était à mâchouiller son pain, elle souleva ses paupières, me questionnant de ses yeux veloutés.

— L'armée française a repris la Corbie !

— Non !

— Si ! C'est écrit noir sur blanc en première page du journal, affirmai-je en le soulevant. Le 9 novembre, l'armée espagnole a capitulé. Vous imaginez un peu ce que cela signifie ?

— Rien de bon pour l'Espagne, redouta-t-elle en déchirant son croûton de pain.

— Que du bon pour la France. Paris sera épargné. Vive le roi ! m'exclamai-je en levant mon verre de vin clairet.

— Le roi ? Mais le roi n'est pas l'armée !

— On dit qu'il a brillamment mené ses troupes. On dit que devant le blocus de Corbie, il restait des jours entiers à cheval, surveillant les travaux du siège, étudiant les alentours, afin de parer à une attaque extérieure. On dit encore que sa vigueur fut contagieuse, qu'il a su insuffler aux officiers et aux soldats le zèle nécessaire pour tenir bon jusqu'à ce que l'artillerie ouvre une brèche dans les remparts ennemis et que la garnison espagnole se rende.

— Holà ! Devant un tel stratège, je ne peux que m'incliner. Vive le roi ! proclama-t-elle à son tour en levant son verre.

Sitôt sa gorgée avalée, elle alla plonger son assiette sale dans le seau d'eau, essuya ses paumes sur son tablier de toile grise et fit le signe de la croix.

— *Gracias a Dios, señora.* Dois-je m'inquiéter, maintenant?

— Vous inquiéter de quoi?

— Je suis espagnole, *señora.*

— Bien que la France ait repris la Corbie, nos pays sont toujours en guerre. Dans ces conditions, autant avoir l'ennemie à portée de vue, sous mon toit.

— *Gracias a Dios!* redit-elle en joignant ses mains.

Je me rendis près d'elle, déposai mes ustensiles dans le seau de lavage et lui souris.

— *Gracias a Dios!* répétai-je à mon tour.

Son rire s'égrena telle une cascade d'eau fraîche. Puis un de ses talons frappa le carrelage et attendit que l'autre lui donne la réplique. Peu à peu, un ardent dialogue s'engagea entre eux. Tandis que ses bras décrivaient d'élégantes arabesques, ses pieds claquèrent de plus en plus vite.

— *Hurra! Hurra!* Venez, *señora*, venez.

J'imitai ses gestes gracieux du mieux que je le pus.

— *Hurra! Hurra!*

Le chant d'allégresse qu'elle se mit à fredonner cadença nos mouvements. Elle claqua des mains, je claquai des mains. Elle tournoya sur elle-même, je tournoyai aussi. Elle entreprit une marche dansée, je la suivis. Nous contournâmes la table de la cuisine, longeâmes le couloir, entrâmes dans la grande salle, fîmes la révérence devant la peinture de sainte Geneviève, patronne de Paris, et le signe de la croix devant la peinture de la pécheresse Marie-Madeleine. Puis nous nous rendîmes dans ma chambre, où elle s'arrêta devant mon oratoire.

— Ici commence la véritable prière, *señora*, dit-elle en me saluant.

Sans rien ajouter, elle repartit d'un pas gracieux. Seule devant le tableau de la Charité, je m'agenouillai sur mon prie-Dieu afin de reprendre mon souffle. Une fois que je me fus calmée, la solitude me pesa.

— Ludovic, êtes-vous là? Réjouissons-nous, Ludovic, la Corbie est rendue à la France. Hier encore, nous craignions le pire! La chance a tourné! Si Dieu a permis un tel revirement, si Dieu a su redonner espoir à tout un peuple en un seul jour, alors ce Dieu permettra que je retourne au Nouveau Monde. Ce Dieu contredira tous ces oiseaux de malheur qui proclament la mort du lieutenant de la colonie. Le jour est proche où vous et moi, ensemble, mon Bien-Aimé...

Mon Bien-Aimé resta muet. Sans doute préférait-il savourer la victoire, se délecter de nos espérances en toute quiétude. Moi, par contre, j'aurais crié à la terre entière combien ma reconnaissance était grande, combien ma hâte était impérieuse et mon bonheur impatient. Je fis le signe de la croix.

— *Gracias a Dios*, murmurai-je, le cœur réjoui.

Ragaillardie, j'allai jusqu'à mon armoire de sapin, ouvris mon coffre à lettres et en retirai la dernière reçue. La relire me rapprochait du but. La relire centuplait mon désir de revoir le pays de mes amours. Je la dépliai délicatement et retournai à mon agenouilloir.

— Ludovic, vous êtes là ? tentai-je de nouveau.

Dans la cuisine, Jacqueline fredonnait.

— Ludovic, étiez-vous à Québec lorsque Françoise m'écrivit cette lettre ?

J'attendis en vain. Sa silhouette n'apparut pas. Devant moi, la Charité s'obstinait à n'être que la Charité. Je soupirai longuement.

— Soit, comme vous voudrez. Puisqu'il en est ainsi, je la relirai seule.

Québec, en ce 15 août de l'an 1635

Très chère Hélène,

Il fait nuit. Québec dort. Le plaisir que j'ai à prendre ces quelques minutes pour vous écrire, je ne saurais vous dire. Le temps me manque, le temps nous manque à tous. Il y a tant à faire en cette fin d'été. Mais vous savez tout ça... Rassurez-vous, ce que j'ai à vous apprendre ne concerne en rien les charges qui nous incombent. Il est d'un tout autre ordre. Je laisse parler mon cœur de mère.

Notre petite Hélène, comme vous aviez coutume de l'appeler, eh bien, cette petite devenue grande a épousé Guillaume, le fils de Marie et de Louis. Oui, oui, Guillaume Hébert ! Elle, si jeune, me direz-vous. C'est du moins l'argument que Pierre et moi avons invoqué pour tenter de retarder cette union. Rien n'y fit. « Si jeune que je sois, je puis vous assurer que jamais je n'aimerai un autre homme que Guillaume. » À peine quatorze ans, et déjà forte de ses convictions. La détermination de votre filleule égale celle que je vous connaissais. Ce constat me remplit d'aise. S'il est une arme efficace pour contrer la faiblesse de notre sexe, c'est bien celle-là ! Surtout en ce Nouveau Monde où tout est à construire. Ainsi donc, le premier octobre dernier, devant toute la colonie rassemblée dans la chapelle des pères jésuites, notre Hélène a uni sa destinée à celle de Guillaume Hébert. Quelle fête ce fut ! Nous étions près de deux cents colons à célébrer leurs noces. Près de deux cents, véritablement !

Le sieur de Champlain vous aura assurément informée de l'arrivée d'une trentaine de familles dans la colonie. Elles se sont quasiment toutes installées dans la seigneurie nouvellement octroyée à maître Giffard, non loin de la Saint-Charles. Québec grouille de vie, Hélène. Il faut voir courir tous ces enfants sur les battures du grand fleuve : ceux des Giffard, Juchereau, Cloutier, Pinguet, Baron, Malapart, Garmier, Côté, Amyot, Lacaille, Giroust, Bélanger, Delaunay, et j'en passe, tant la liste est longue. Quel amusement ils ont lorsque les jeunes Sauvages se mêlent à leurs jeux. Chacun d'eux laisse sa trace dans le sable. Chacun d'eux écrira une page de l'histoire de notre vaste pays. Un avenir plein de promesses se dessine à l'horizon. Un avenir où vous avez votre place, Hélène.

Quel bonheur ce sera de vous retrouver après tant d'années ! Vivement qu'arrivent le printemps et ses bateaux. L'an de grâce 1636 sera marqué par votre retour. C'est mon souhait le plus cher.

J'ai à vous transmettre les salutations les plus chaleureuses de toutes les femmes d'ici. Celles qui ne connaissent pas encore la dame du lieutenant ont bien hâte de la rencontrer. Celles qui ont partagé votre vie naguère souhaitent vous retrouver : Marie, dorénavant belle-mère de votre filleule, les cinq Marguerite, comme nous nous plaisons à les appeler, la Meneuse, Perdrix Blanche, votre Marianne adorée, qui n'hésite pas à porter sa petite Séléné sur son dos pour suivre son époux Nigamon *à la chasse. Du vif-argent, cette jeune femme, du vif-argent, je vous dis. Elle ne cessera jamais de nous étonner. Le perpétuel enthousiasme dont elle fait preuve est un exemple pour nous toutes.*

Ce soir, la voûte céleste est constellée d'étoiles. Je les vois par ma fenêtre. Puisse votre ciel être aussi prometteur que le nôtre.

Que Dieu vous garde, très chère amie.

Françoise Langlois, dites Desportes

J'essuyai une larme, repliai délicatement le précieux parchemin que j'appuyai sur mon cœur.

« Tout est là, Ludovic, tout est là ! La vie bat sur les rives du grand fleuve, ce fleuve que nous avions fait nôtre. »

— Ludovic, allez-vous de temps à autre flâner sous notre érable rouge ? Sous notre érable rouge…

J'attendis vainement un signe de sa présence. Son souffle n'effleura pas mon cou, sa main ne couvrit pas la mienne. Ne pas pouvoir lui parler, ne pas pouvoir lui raconter, ne pas pouvoir lui confier, ne plus rien attendre de lui… Le plus cruel des sorts pour ceux qui s'aiment. Une bouffée de rage monta du plus profond de mon ventre, atteignit mon cœur et troubla ma raison. Des mots sortirent de ma bouche comme si j'eusse été soudainement ensorcelée.

— Méfiez-vous du jour où je vous retrouverai, Ludovic Ferras ! clamai-je bien haut. Vous aurez à rendre des comptes pour toutes ces années d'angoisse passées à attendre, ne serait-ce qu'un seul mot de vous ! Toutes ces lettres envoyées sans jamais en recevoir aucune en retour, pas la moindre petite réponse. Je vous ferai payer pour tout : ma douleur, mes doutes, mes frayeurs, tout ce pénible fardeau nourri par votre odieux silence ! Combien de fois ai-je perdu le sens à vous imaginer tenant une autre femme dans vos bras ? Bourreau, traître ! Vous n'avez qu'à bien vous tenir. Préparez votre épée. Vous aurez droit aux assauts d'une diablesse sortie tout droit des flammes de l'enfer !

Jacqueline entra en trombe. Honteuse, je me levai promptement.

— *Señora*, vous allez bien ? Vous êtes seule ? J'ai cru que…

— Je réfléchissais tout haut, Jacqueline. Cela m'arrive parfois.

— Me voilà rassurée. Parce que le ton de la *señora*…

— Une soudaine colère, je me suis laissé emporter. Ridicule, absurde, je sais.

— Je peux aider, *señora* ? demanda-t-elle en me présentant les lettres qu'elle tenait à la main.

— Rassurez-vous, Jacqueline, l'orage est passé. Me voilà apaisée.

— Si jamais la *señora*…

— Solidaires en tout, je sais. *Red de las damas*. Pour moi, ces lettres ?

— *Si, si !* Un colporteur les a livrées il y a quelques minutes.

— Merci, Jacqueline, dis-je en les glissant dans ma poche.

— Je me rendais au marché. La *señora* n'a besoin de rien en particulier ?

— Rien en particulier, nous manquons de tout. Faites votre possible.

Elle allait partir lorsque je lui demandai :

— Jacqueline, mes parents, comment se portent-ils ?

— Marguerite rapporte que votre mère tempête un peu plus longuement et un peu plus fortement après vous chaque jour.

— Si par chance vous trouviez des dattes fraîches au marché, portez-les-lui. Elle en raffole.

— Pour le reste…

— Pour le reste, elle devra s'y faire. Jusqu'à preuve du contraire, je suis toujours madame de Champlain pour le meilleur et pour le pire.

— *Es muy bien.* Bonne matinée, *señora.*

— Bon marché, Jacqueline. Soyez prudente.

Sitôt qu'elle fut partie, je replaçai soigneusement la lettre de Françoise dans mon coffret. Je regrettai mon emportement. Ludovic ne méritait pas ces viles colères. «Pourquoi entacher ainsi son souvenir, me désolai-je. Il eût mieux valu que je m'en tienne à ces merveilleuses nouvelles de Québec.»

J'allai à ma fenêtre. Le temps était sombre. Un épais brouillard chapeautait le toit des logis. J'allumai ma lampe.

«Tiens ta lampe allumée, nous dit le Seigneur. Je suis prête à tout. Que peut-il m'arriver de meilleur ? Apprendre que notre fils est vivant, qu'il n'est pas blessé, que je pourrai le voir bientôt ! Que peut-il m'arriver de pire ? La confirmation des racontars, la mort du sieur de Champlain : la fin de tout ! »

Je glissai la main dans ma poche.

— Bien, voyons voir ces missives. Trois, c'est beaucoup pour un même jour.

Sur la première, je reconnus l'écriture soignée de Marie. La deuxième était de tante Geneviève, mais la troisième…

«Non, je ne vois pas de qui elle peut bien être. »

Je parcourus celle de tante Geneviève.

Bonjour Hélène,

Je ne puis quitter l'hôpital Saint-Louis tant les soldats blessés y sont nombreux. Je te sais très impliquée dans la Confrérie des dames de la charité, mais si, à tout hasard, tu avais un peu de temps à consacrer à nos malades, rejoins-moi. La tâche des soignants est titanesque.

Dis à ton amie Ysabel de ne pas s'inquiéter, dès que j'ai un moment, je lui fais une courte visite. Sa grossesse avance sans embarras, mais comme Jonas s'inquiète outre mesure... Ce sera probablement ma dernière visite avant son accouchement.

Tante Geneviève

P.-S. Antoine Marié me prie de t'offrir ses hommages les plus distingués.

— Antoine Marié, La Rochelle... murmurai-je en déposant le feuillet sur ma table d'écriture. Plus d'une année à soigner sans relâche les blessés de La Rochelle : un homme admirable.

La seule évocation de la faiblesse à laquelle nous avions succombé chauffa mes joues. La nuit, il arrivait encore que les remords de ce souvenir m'éveillent, après tant d'années ! Lui avec tante Geneviève à soigner nuit et jour, comme autrefois. Me joindre à eux pour soulager quelque peu leur labeur. Œuvrer à l'hôpital Saint-Louis... J'y allais de moins en moins. Je consacrais presque toutes mes journées à recoudre des habits à donner, à panser les plaies des enfants abandonnés ou à préparer la soupe des mendiants. Soulager les blessés de la guerre ou soulager les miséreux de la guerre ? En ce début de novembre, redoutant la froidure, des familles entières de gueux affluaient sur le parvis des églises, réclamant abri et nourriture. Comment trouver un peu de temps pour assister tante Geneviève ? Devais-je sacrifier mes quelques visites chez Angélique, mes rencontres avec Ysabel ? Ma douce amie, qui, dans moins de deux mois, deviendrait mère. Un fils, une fille ?

— Peu importe, pourvu qu'il vive, s'empressait-elle de répondre lorsque la question lui était posée.

— L'accouchement se passera bien. Le Seigneur veille sur ma mie, enchaînait alors Jonas, qui cachait difficilement sa propre inquiétude.

J'avais beau lui répéter que tante Geneviève était une sage-femme d'expérience, rien n'y faisait. Jonas avait vu mourir sa mère en couches et depuis...

— Tout comme Ludovic, soupirai-je.

« Chassons ces mornes pensées. Tante Geneviève sera là lorsqu'elle entrera en gésine, Ysabel survivra et son enfant aussi. Tout ira pour le mieux. »

« Si telle est la volonté de Dieu », ajouta ma conscience.

— Telle sera la volonté de Dieu, affirmai-je. Bien, cette lettre de Marie...

Je brisai le sceau de cire rouge.

— Pourquoi m'écrit-elle ? Nous nous croisons si souvent. Quand je ne la vois pas chez Angélique, je la vois chez Ysabel.

Dame Hélène,

Puisque vous aviez accepté de lui transmettre mon message à Alençon, puisque vous avez partagé ma déception et ma peine lorsque vous m'avez appris qu'il s'était fait soldat, je désire que vous soyez la première informée de la merveilleuse nouvelle. Dans la lettre qu'il m'a fait parvenir depuis Saint-Jean-de-Losne en Lorraine, Mathieu Devol m'annonce qu'il passera à Paris pour la fête de Noël.

— Mathieu Devol à Paris pour la Noël, chuchotai-je. Mon fils ici !

Incrédule, j'approchai le papier de la lampe afin d'apercevoir les mots en pleine lumière.

Quel bonheur, dame Hélène ! J'en tremble rien que d'y penser. Lui, à Paris ! Plus de trois années se sont écoulées depuis notre dernière rencontre. S'il ne m'aimait plus ? Si je n'étais plus assez jolie pour lui ? Si une autre que moi avait su toucher son cœur ? On dit que la guerre change les hommes. On dit que les combats bouleversent les esprits. S'il n'était plus le même...

Il m'affirme que sitôt qu'il le pourra, il se rendra à la boulangerie du Trèfle à quatre feuilles, là où il venait naguère chercher le pain pour ma mère. Son souhait le plus cher est de m'y revoir. C'est bien ce qu'il m'écrit. Noël, plus de sept semaines à attendre ! Que cette fin d'automne sera longue !

Voilà l'heureux secret que je désirais partager avec vous. S'il vous plaît, n'en parlez pas à mère. Déjà qu'elle s'inquiète tellement pour les jumeaux, partis au combat. Voilà plus d'un mois que nous sommes sans nouvelle d'eux. Souhaitons qu'ils reviennent très bientôt.

À ma confidente,

Marie

Jamais je n'aurais osé imaginer un tel bonheur. Mon fils à Paris pour la Noël !

— Vous avez entendu, Ludovic? Notre fils, ici! *Gracias a Dios! Gracias a Dios!* Si j'avais été un pigeon, j'aurais volé par-delà les nuages. Si j'avais été une rivière, je me serais empressée de rejoindre les flots chantants du grand fleuve. Je fis virevolter mes jupons et claquer mes talons.

«Tambourinez, tambours; claironnez, trompettes; jouez, violes et violons, mon fils à Paris!»

— Olé! m'extasiai-je en claquant des mains.

Je manquai d'air tant mon exaltation était grande. J'ouvris la fenêtre, pointai le nez dans le brouillard frisquet du petit matin. Pour un peu je criais ma joie.

«Mon fils revient de guerre! Notre fils revient de guerre!» aurais-je voulu proclamer à la ville tout entière, par-delà les clochers, par-delà la Seine, par-delà les frontières, par-delà les mers.

— Ludovic! Notre fils sera bientôt là! Notre fils! proclamai-je à voix haute.

En bas, l'homme qui frappait à la porte du logis de mon père releva la tête. Sa présence refroidit mon exubérance. Je frissonnai. L'air était puant. Je refermai les fenêtres, allai chercher ma cape de peau déposée sur mon lit, m'en couvris les épaules et retournai près de ma lampe.

«Reviens sur terre, reviens sur terre», répétait ma conscience.

Lire la troisième missive. Oui, cela me calmera. Je l'approchai de la lampe. Cette écriture m'était inconnue. Je l'ouvris.

— De Québec, et signée par Charles Lalemant, révérend père jésuite, août 1636.

«Une lettre de Charles Lalemant, autrefois mon directeur spirituel… Étrange…»

Madame de Champlain,

Notre Seigneur Tout-Puissant éprouve durement ceux qu'Il aime. C'est dans cet esprit, ma fille, qu'il vous faut accueillir la triste nouvelle que j'ai à vous apprendre. Le 25 décembre 1635, votre époux, le sieur Samuel de Champlain, lieutenant du vice-roi de la Nouvelle- France, a rendu l'âme, ici, en notre résidence. Il y vivait depuis cette déplorable attaque de paralysie, survenue en octobre dernier. Je puis vous affirmer qu'il fut entouré jusqu'à la fin de gens bienveillants, qui n'eurent d'autre souci que de soulager son corps, son esprit et son âme. Il s'est éteint dans mes bras peu après avoir reçu l'absolution de ses fautes. Dieu sera son seul juge. Puisse-t-il jouir de Sa Divine Présence pour l'éternité.

Peu avant son trépas, ce fidèle ami me fit promettre de vous expédier son testament ainsi que quelques souvenirs, dont il espérait que la propriété apaise quelque peu vos tourments. C'est du moins ce qu'il m'a péniblement confié en pleurant. Aussi, je ferai porter son testament et ces souvenirs à bord du «Nicolas», vaisseau des Cent-Associés devant quitter Tadoussac l'automne venu.

Lorsque vous lirez ces lignes, notre lieutenant reposera en terre, sous la crypte de la chapelle de Notre-Dame-de-la-Recouvrance, chapelle qu'il honora de ses derniers vœux, tant il croyait le rayonnement de la foi catholique profondément associée à la colonisation en Nouvelle-France. Soyez assurée, madame, que la mort de votre époux afflige la colonie tout entière. Nous compatissons à votre souffrance et prions pour le repos de son âme.

Charles Lalemant, C. de J.
Québec, août 1636

J'avais lu d'une traite sans m'arrêter. Lorsque j'eus terminé, je la relus à nouveau. *Rendre l'âme... paralysie... s'est éteint... éternité... testament...* Chacun de ces mots marquait mon esprit tel un tison ardent.

«Mort, mon époux serait bel et bien mort. Mort, la mort, la mort...»

Ces abominables mots me submergèrent. Le nordet avait soufflé sur la flamme de mon âme. Le feu s'était éteint en me laissant de glace. La lettre quitta ma main et tomba à mes pieds. Au-dehors, un faible rayon de soleil perçait le brouillard. Son insolence m'irrita. Aucune lumière ne devait traverser ce brouillard. Ce jour s'était levé pour être sombre et brumeux. Tel il devait être jusqu'à la tombée de la nuit, une nuit sans étoile, une nuit sans lune... Mon nom résonna au loin. Des pas, des paroles. Père s'approcha de moi. Derrière lui, mère et un homme tout en noir.

— Hélène, ma fille, maître La Treille vient de la part du sieur Cheffault.

— Madame de Champlain ? dit ce dernier, en me saluant.

— Oui, répondis-je, madame de Champlain.

— J'ai à vous remettre ces documents et ce paquet. Comme vous savez, le sieur de Cheffault est directeur des Cent-Associés, compagnie dont votre époux était actionnaire.

Je me tournai vers la fenêtre. Aucun rayon de lumière ne traversait plus le brouillard. Seul le halo de ma lampe éclairait la pénombre.

« *Dies irae, dies illa!* »

Le chant mortuaire des Sauvages résonnait aussi dans ma mémoire. Cette lamentation lugubre que les femmes répétèrent pendant un jour et une nuit sur la tombe de la morte... Il était aussi sombre, aussi brumeux, aussi morose qu'aujourd'hui, ce jour où l'on conduisit l'Aînée à son dernier repos. Les femmes avaient déposé son corps décharné sur une natte avant de l'envelopper soigneusement dans une robe de peau. Les guerriers l'avaient portée en terre, puis avaient érigé une châsse qu'ils avaient entourée d'une haie de pieux, afin de protéger sa tombe des chiens et des animaux sauvages.

« *Dies irae, dies illa! Dies irae, dies illa!* »

— Hélène, ma fille, insista mon père en touchant mon épaule. Monsieur La Treille attend.

— Pourquoi? Que me veut-il?

— Le testament, il t'apporte le testament du sieur de Champlain!

L'homme déposa son paquet au sol, juste devant ses bottes de cuir, et me tendit une large enveloppe.

— Si madame veut bien identifier la signature de son époux au bas de ce testament.

Père s'en saisit, s'empressa de l'ouvrir, parcourut vitement les deux premiers feuillets, souleva le troisième et pointa son index sur l'endroit précis où je devais porter les yeux. Je lus à voix haute.

— Champlain.

— Là, regardez bien, ma fille. Cette signature, vous la reconnaissez, n'est-ce pas? N'est-ce pas, ma fille? Champlain! Elle est bien de sa main?

Le trait de la signature était hésitant, les lettres quelque peu difformes.

— Champlain, répétai-je.

— Reconnaissez-vous dans cette signature celle de votre époux, madame? demanda l'homme vêtu de noir.

— Permettez, père?

Je pris le document et lus à voix basse.

Au nom du Père, du Fils et du Saint-Esprit, moi, Samuel de Champlain, sain d'esprit et d'entendement, considérant qu'il n'y a rien de plus incertain que l'heure de la mort, ne désirant pas estre surpris sans déclarer mes dernières volontés, je laisse ce présent escrit afin qu'elles soient manifestes et notoires à tout le monde...

— Cette écriture est bonne, petite, très lisible, mais ce n'est pas celle du sieur de Champlain, reconnus-je.

— Certes, non, reprit l'homme, votre époux étant alors paralysé, il est raisonnable de penser qu'un témoin a dû rédiger pour lui ce testament. Ce qui importe, c'est que vous confirmiez sa signature. Car devant la justice...

Je regardai un peu plus bas sur le papier.

Je pardonne de bon cœur à tous ceux qui m'ont offensé, et ce, pour l'amour de vous, ô mon Dieu qui le voulez et le désirez ainsi, je supplie bien humblement tous ceux que j'ay offensés me faire ce bien de me pardonner.

— Me pardonner, murmurai-je.

Mon regard se porta encore plus bas.

Je désire donc, ô mon Dieu, que la très Sainte Vierge vostre mère soit héritière de ce que j'ay icy de meuble, d'or et d'argent. Je donne donc à la chapelle de ce lieu... Je donne à Marin, maçon... à Poisson, mon valet... à Bonaventure... Je prie le père Charles Lalemant d'envoyer à ma femme... Je donne à Hélène, femme de monsieur Hébert... à Marguerite, filleule de la femme de Pivert... à madame Giffard, le tableau de Nostre-Dame... au père Charles Lalemant, le tableau de Notre-Seigneur crucifié...

— S'agit-il bien là du testament du sieur de Champlain? demandai-je.

Mère se raidit, père gonfla le torse et l'homme vêtu de noir sourcilla.

— Le sieur de Cheffault est formel, madame, répondit-il.

— Formel?

Mère s'accrocha au montant de mon lit.

— Ma fille! s'indigna père. Vous attendiez des documents officiels, voici les documents officiels.

— C'est qu'ils ne sont pas écrits de la main de mon époux. L'écriture y est trop fine, elle ne ressemble en rien à celle du lieutenant.

— Comme je l'ai dit à madame, votre époux souffrait de paralysie au moment de la rédaction de ce texte. Voilà pourquoi il n'a pu que dicter ses dernières volontés. Mais sa signature ? Que pense madame de sa signature ?

— Parce que seule la signature… ?

— Parfaitement, ma fille ! s'impatienta père. Le sieur de Champlain a fait comme il se devait. Il pouvait procéder de la sorte en toute justice. Son consentement seul suffit à valider ce testament. Tout est dans la signature.

— Tout est dans la signature… répétai-je béate. Sa mort, la mort, ma mort…

— La signature, madame, insista l'homme en noir.

— La signature, ma fille, la signature est-elle, oui ou non, celle de votre époux ?

— Oui, je crois que cette signature est celle de mon époux. En y regardant de près, je confirme qu'il s'agit bien de sa signature.

— Ah ! soupira mère, elle recouvre enfin la raison ! Un époux mort est un époux mort !

J'eus un léger étourdissement. Mes jambes faiblirent.

— Vous permettez que je m'assoie ?

— Faites, faites, madame, approuva l'homme. Le choc, je comprends qu'un tel malheur vous bouleverse.

— Venez, dit père en retirant les documents de mes mains.

Je m'assis.

— Et ce colis ? poursuivit-il à l'intention de l'homme.

— Peut-être madame voudra-t-elle le déballer immédiatement ?

J'opinai de la tête. L'homme enfonça son couteau dans la toile épaisse et la déchira brusquement. Mon père souleva une première peau de bête. Je distinguai d'abord une longue queue touffue, d'un gris très sombre, presque noir, mais pas tout à fait, une longue queue grise. Puis la forme de l'animal m'apparut.

— Un loup gris, indiqua mon père, une peau de loup gris.

— Et de deux loutres, enchaîna l'homme en soulevant les deux autres peaux à bout de bras.

— Que contient cette petite boîte, là, tout au fond ? demanda mère.

Père la lui remit. Elle s'appliqua aussitôt à dénouer les cordes qui l'entouraient.

— Quel ficelage que celui-là! Aidez-moi, mon mari, se désespérat-elle.

Je remarquai que le brouillard s'était levé. Au-dessus du toit de la maison d'en face, les nuages étaient d'un gris anthracite.

«La couleur du loup.»

Les nuages voyageaient rapidement. Le rugissement du vent s'intensifia.

— Hélène, ma fille, que voilà un beau bijou! s'extasia mère.

Elle approcha une bague près de la lampe.

— De véritables diamants, croyez-vous, Nicolas?

— Peut-être bien. Méfions-nous tout de même, la Nouvelle-France regorge de faux diamants. Gardez-la! Demain, j'irai la porter chez notre joaillier pour qu'il la prise.

— Vous connaissiez l'existence de cette bague, ma fille? me demanda mère.

— Vaguement, oui, peut-être…

J'entendis à peine les salutations de l'homme en noir. Elles me parvinrent en écho tant elles étaient couvertes par le crépitement des flammes, les froufroutements des jupons de ma mère et les chiffonnements des multiples papiers que père ne cessait de manipuler au-dessus de ma table d'écriture.

Il se passa un long moment avant que mes parents quittent la pièce en recommandant à Jacqueline de bien veiller sur moi. J'eus un mal fou à lui faire comprendre que je n'avais besoin de rien, sauf du silence absolu dont s'entourent habituellement les veuves pieuses. Lorsque enfin je fus seule, je baissai les yeux vers les peaux des bêtes, inertes et odorantes, abandonnées sous ma fenêtre.

— *Maikan ka uapinushit.*

Loup gris, c'était le nom que donnaient l'Aînée, la Meneuse et ses filles au sieur de Champlain. Un loup gris et deux loutres.

— *Nish^u nitshikuat.*

Les deux loutres… Ainsi nous appelaient l'Aînée, la Meneuse et ses filles lorsque par inadvertance il arrivait qu'elles nous croisent au hasard des sentiers.

— Les deux loutres, nous. Souvenez-vous, Ludovic.

Elles riaient sous cape en nous interpellant ainsi: les deux loutres… deux loutres jouant dans l'onde sous les reflets de lune… Deux loutres, vous et moi, Ludovic, vous et moi, pour l'éternité…

« Pourquoi me faire parvenir ces peaux ? Pourquoi ces peaux ? Le sieur de Champlain savait-il pour nous deux, Ludovic ? Savait-il que vous étiez ma lumière et mon souffle, ma joie et mon espérance, ma rose et mon lys, mes racines, ma sève et mes bourgeons ? Savait-il que vous étiez celui à qui j'avais donné mon cœur, mon âme, ma vie ? Savait-il que vous étiez mon époux, mon Bien-aimé, mon parfum, ma pluie, mon lever et mon coucher de soleil ? Savait-il notre amour secret, notre passion éternelle ? Le loup gris savait-il ? »

— Savait-il ? gémis-je, torturée.

Mes paupières alourdies se fermèrent. Je me levai, contournai cet amas de peaux pour m'étendre sur mon lit. Aussitôt, je m'endormis.

Il faisait chaud. Entre les feuillages émeraude scintillaient de multiples diamants. Debout sur un rocher, la silhouette d'un homme de dessinait à contre-jour. Ses cheveux voletaient sous la brise légère. Les mains appuyées sur ses hanches, il observait le bouillonnement des flots de la rivière que nous devions traverser. Il se retourna, me salua bien bas et me tendit la main. Je courus vers lui. J'allais l'atteindre lorsqu'un violent coup de vent le projeta dans les rapides bouillonnants. De la forêt profonde montaient les cris lugubres des pleureuses. « *Dies irae, dies illa. Dies irae, dies illa. Dies irae, dies illa.* »

Un cri surgit du plus profond de mes entrailles.

Une ombre toucha mon bras.

— *Señora*, ce n'est que moi, Jacqueline, votre servante.

J'ouvris les yeux. Sa main chaude serra la mienne.

— Un autre cauchemar, *señora* ?

Près de ma fenêtre, ma lampe s'était éteinte. Au pied de ma chaise, j'aperçus un tas de peaux. Sur ma table d'écriture, des documents étaient empilés.

— Êtes-vous souffrante, *señora* ?

— Non, je vais bien. Je dois me lever.

Je chancelai. Elle agrippa mon bras.

— Ma lampe est éteinte.

— *Si…*

— Il faudrait la rallumer, Jacqueline. Le Seigneur l'a demandé.

— Gardez votre lampe allumée. Veillez, car nul ne sait le jour ni l'heure où l'époux viendra.

— Ce jour est là, Jacqueline. *Dies irae, dies illa !*

— *Santa Maria*, madame votre mère serait-elle passée ?

— Non.

— Votre père ?

— Non, mon époux.

— Le sieur de Champlain, votre époux.

— Oui, celui-là…

— Votre époux serait… ?

Je me rendis à la fenêtre.

— Bel et bien mort, oui ! Ces peaux, vous pourriez les ranger dans le bouge, Jacqueline ?

— *Si, señora*.

Les cloches de l'église sonnèrent. J'allai à ma fenêtre. Un cortège funèbre descendait la rue. Les endeuillés suivaient le cercueil d'un pas lugubre et lent. Adossés au mur d'en face, deux garçons et une jeune fille mendiaient. Un bourgeois passa par là. La jeune fille le racola.

— Forcée de vendre son corps et son âme pour une bouchée de pain, pour elle et pour ses jeunes frères, déplorai-je.

Le bourgeois richement vêtu la repoussa violemment sans même la regarder. Elle bascula. En tombant, sa tête heurta la ridelle d'une charrette que deux chevaux avaient peine à tirer. Le plus âgé des deux garçons courut vers elle. Un groupe de militaires, mousquet sur l'épaule et épée à la ceinture, avançait en cadence. Tandis que le plus âgé aidait la jeune fille à se relever, un soldat laissa tomber une pièce de monnaie dans la main du plus jeune.

— Le meilleur et le pire, murmurai-je. Le meilleur et le pire en un même lieu, le meilleur et le pire…

Je fermai les yeux et serrai fortement mes paupières tant je me refusais à pleurer. Malgré tous mes efforts, une larme coula. Une seule ! Je l'essuyai aussitôt. J'avais péché contre la loi de Dieu, contre la loi des hommes. J'avais passionnément aimé un homme qui n'était pas mon époux. Je méritais le pire.

« Si Dieu éprouve durement ceux qu'il aime, alors je suis aimée de Dieu. Malgré ta faute, malgré ton péché, Dieu t'aime ! ».

— *Gracias a Dios !* clamai-je fortement, avant d'éclater en sanglots.

22

Tribulations testamentaires

La nuit qui suivit fut atroce. Lorsque je réussissais à fermer l'œil, soit des loups gris menaçants rôdaient autour de notre érable rouge, soit des loutres, prises au piège, mouraient au bout de leur sang, soit des diables cornus, crachant des flammes, mettaient le feu à l'Habitation. Chaque fois que je m'éveillais en sursaut, larmoyante, et transie de peur, Jacqueline apparaissait à ma porte, un bougeoir à la main. Le faible halo de sa chandelle m'apaisait. Je n'étais pas seule, nous étions bien à l'abri, rue d'Anjou, dans mon logis, à Paris.

— Je suis là, *señora*, chuchotait-elle.

— Je sais.

— *Buenas noches, señora.*

Et elle repartait, me laissant aux prises avec les loups gris, les loutres et les démons qui hantaient mon impitoyable conscience.

Tante Geneviève arriva à l'aube. Elle s'attarda d'abord dans la cuisine où elle discuta un moment avec Jacqueline. Enfouie sous mes couvertures, j'entendais leurs chuchotements, doux murmures compatissants pour la veuve éplorée. Je me levai, revêtis ma cape de peau et allai déposer une bûche dans l'âtre.

— Hélène, te voilà debout ! dit ma tante en entrant dans ma chambre. Je ne t'ai pas réveillée, j'espère ?

Je niai de la tête. Elle me tendit les bras. Je me blottis contre elle. Sa chaleur me fit du bien.

— Hélène, murmura-t-elle.

Ayant délaissé son étreinte, je m'appliquai à repousser les mèches de cheveux encombrant mon visage.

— Je n'ai été avisée qu'hier, poursuivit-elle. François m'a appris pour le testament... la confirmation de la mort de ton époux.

Je fixai ses cheveux frisottés, certains étaient blancs.

«Tante vieillit, regrettai-je. Pourquoi le vieillissement, pourquoi la mort?»

Elle me parut amaigrie.

— Vous travaillez trop, tante Geneviève.

Perplexe, elle me toisa un moment, déplaça son bougeoir de ma coiffeuse à ma table d'écriture et m'invita à la suivre près de la fenêtre. Il faisait encore sombre. Derrière le clocher de l'église Saint-Jean-en-Grève, la barre du jour se levait.

— Cette mort te surprend?

Je posai ma main sur le carreau de la fenêtre. Il était glacial.

— Elle te peine?

Mon front toucha le verre.

— Elle contrarie tes projets?

Je fermai les yeux.

— Un peu de tout cela?

J'aurais aimé lui répondre, mais mes lèvres restaient figées. Ma bouche était sans mot, mon cœur vide et mon âme égarée.

— Hélène, poursuivit-elle en pressant mon épaule. Hélène, je sais ta peine.

— C'était un honnête homme. Là-bas, en Nouvelle-France, avec moi, on aurait dit d'un père...

L'évocation de ces contrées lointaines me chamboula. Tous mes espoirs s'écroulaient. Ma vie perdait tout son sens.

— Tu sais que tu peux toujours compter sur moi? insista-t-elle.

Elle me sourit, d'un sourire triste, le regard éploré.

— Hum! Hum! intervint discrètement Jacqueline. *Perdón, señora*, dame Lesage déjeune avec nous?

— Hélas, non! Comme deux femmes entreront en gésine sous peu, je dois absolument voir de quoi il retourne. De plus, des soldats blessés arrivent de toutes parts. Les hôpitaux de Paris débordent. Les chirurgiens ont besoin de soutien. Antoine ne dort presque plus. Désolant... toute cette jeunesse... chair à canon.

«Mon fils! me désespérai-je, mon fils est sur les champs de bataille!»

Je dus blêmir. Je dus frémir. Toujours est-il qu'elle serra mes bras et baisa mon front.

— Quelle maladroite je fais! Parler des blessés de guerre devant toi. Tu as suffisamment de tracasseries sans que j'en rajoute.

— Sont-ils jeunes, ces soldats?

— Oublie tout ça.

— Je voudrais aider.

— Je sais ton dévouement, mais ce n'est pas le moment. Tu viendras une fois ton veuvage terminé. Des malades, il y en aura toujours.

Mon désarroi resta coincé dans ma gorge. S'il fallait que mon fils soit blessé, que sa vie soit en danger. Je grimaçai de douleur.

— Ces blessés… ?

— Ils reçoivent les meilleurs soins possibles, crois-moi. De plus, ils sont à l'abri et mangent chaque jour. Pense d'abord à recouvrer tes forces, c'est important. Dans quelque temps, lorsque tu seras…

— Je veux aider.

— Oui, après ton veuvage. Avant tout, tu dois te reposer. Dommage qu'Ysabel soit grosse, sinon elle serait ici à te soutenir.

— Ysabel est heureuse là où elle est, m'efforçai-je de dire. Ce serait plutôt à moi de la visiter.

— Ton veuvage t'oblige à demeurer ici, du moins pour quelques mois.

— Mon veuvage, oui, il est vrai que je suis veuve, oui… Pourtant, comme je lui ai promis que nous l'assisterions toutes deux à la naissance de son petit, j'irai.

— Soit, nous y verrons en temps et lieu. Pour l'heure, le devoir m'appelle.

Elle reprit sa trousse de sage-femme déposée au pied de mon lit.

— J'ai peine à te quitter, tu sais.

— Retrouvez vos malades, soignez-les bien. Ne vous souciez pas de moi. Jacqueline est là.

— Je reviens te voir dès que je peux. Prends soin de toi. Repose-toi, surtout.

Elle recula d'un pas.

— Bon, je dois y aller. Je t'assure qu'il m'en coûte de te laisser ainsi.

Une fois rendue à ma porte, elle s'arrêta.

— Jacqueline, Hélène aura grand besoin de votre soutien dans les prochains jours.

— Allez en paix, dame Lesage, je veille sur la *señora*.

Au milieu de la matinée, la visite de mes parents m'obligea à sortir de la torpeur dans laquelle j'étais plongée. Il me fut impossible d'échapper à leur vigoureuse entreprise. Sitôt entré, père transporta la liasse de documents reçus la veille sur la table de la grande salle, et s'y installa afin de les étudier scrupuleusement. De son côté, redoutant que mes tenues ne soient à la hauteur, mère exigea de passer en revue tous mes habillements.

— Inutile, mère, j'ai tout ce qu'il me faut.

— Vous êtes veuve, ma fille ! Vous devrez vous habiller de noir pendant plus de deux ans. Avez-vous quelques morceaux convenables ?

— Certes, mère.

— J'en doute, ma fille !

Sa main baguée effleura gracieusement le soyeux collet brodé de son corps de robe. Il était noir. Ma sœur était morte depuis plus de deux ans, mais puisqu'à ses côtés, dans sa tombe, reposaient aussi tous ses rêves de grandeur de mère... Un deuil interminable !

— Puisqu'il faut me priver de votre assentiment, je m'en passerai, ma fille !

Sans plus attendre, elle se rendit dans la garde-robe adjacente à ma chambre et souleva ma robe bleu roi. Elle en examina minutieusement le rebord pour ensuite tâter la hongreline et le corselet complétant l'ensemble.

— Trop voyant, élimé en bordure de surcroît !

— Quelle importance ?

Ses paupières clignotèrent.

— Pour une veuve, le noir s'impose !

— Futiles idioties ! Une veuve ne doit-elle pas rester confinée entre les murs de sa maison ?

— Mais, mais, mais, nous vivons en société, ma fille ! Votre père est de la cour du roi ! Qui plus est, votre époux avait une certaine notoriété. D'honorables personnes viendront vous manifester leur sympathie, ici même ! Il vous faut honorer notre rang. Voyons voir, qu'y a-t-il d'autre ?

Elle grimaça devant ma jupe et mon corps de côtes de satin moucheté, soupira devant ma hongreline de taffetas colombin, posa les mains sur ses hanches devant cet autre de satin de Beauvais, tiqua sur la hongreline confectionnée par mon Bien-Aimé, pour finalement relever le menton devant mon visage stoïque.

— C'est impératif, je vous prends en charge. Demain, en après-midi, maître Bellard, notre tailleur d'habits, viendra. Une jupe et un corsage de taffetas noir sont d'une absolue nécessité, vu les circonstances. Nous agrémenterons le tout du collier de perles fines de votre défunte sœur. Ma chambrière vous coiffera convenablement. Si, si, une coiffure à la mode! J'en ai plus qu'assez de voir cette sempiternelle couette de primitifs sur votre épaule. Un peu de fard de carmin sur ces joues pâlottes...

Elle renifla plusieurs fois.

— ... et un parfum délicat, parce que l'air, ici... D'où provient cette étrange odeur?

— Des peaux de bêtes.

— Ah, oui, les peaux... le loup, les loutres, bien sûr! N'auriez-vous pas un endroit plus approprié pour les remiser? Nos gens ont l'habitude d'arômes plus raffinés. Il faudra demander à Paul.

— Tout ceci est insensé, mère, je...

Père entra vitement dans la pièce. Essoufflé, le visage rouge et les yeux terrifiés, il brandit bien haut ce qui semblait être le testament.

— Supercherie! C'est un faux!

— Faux! s'exclama mère.

— Parfaitement! Le sieur de Champlain ne peut avoir rédigé ce testament.

— Pourquoi donc? s'étonna-t-elle.

— Il contredit le contrat de mariage et la procuration de donation mutuelle passés avec notre fille.

— Que dites-vous, Nicolas?

— Je dis que si l'on accepte ce testament comme étant celui du sieur de Champlain, une partie des legs nous échappe.

— Aaaah! se pâma mère.

Elle faiblit, agrippa une hongreline et faillit piquer du nez. Père la saisit par la taille.

— Marguerite, Marguerite! s'écria-t-il.

— Jacqueline! hurlai-je. Venez, Jacqueline, mère trépasse.

En réalité, mère ne trépassa pas. Sitôt redressée, elle insista pour réviser mon contrat de mariage, ainsi que la procuration du sieur de Champlain passée en ma faveur devant les notaires Taconnet et Groyn, le 12 février 1632. Hélas, la mémoire me fit défaut. Malgré toute ma bonne volonté, je n'arrivais pas à me souvenir de l'endroit où j'avais caché les précieux brevets, trois ans plus tôt. Ce détail m'échappait totalement.

— Faites un effort, ma fille, insista père. Ils sont essentiels. Rappelez-vous ! La dernière fois que vous les avez lus, c'était… ?

Je ne pus que soupirer. Mon silence irrita mère au plus haut point.

— C'est bien de vous ! reprit-elle. Vous vivez la tête dans les nuages, continuellement dans les nuages. La charité, le soin aux malades, tout ceci est bien beau pour votre salut, ma fille, mais il vous faut aussi veiller à préserver le toit qui vous abrite !

— Calmez-vous, calmons-nous, Marguerite. Hélène, réfléchissez, ce contrat de mariage, cette donation mutuelle… Tenez, où déposez-vous habituellement vos trésors ?

— Trésors, trésors, comme vous y allez ! objecta mère. Qu'y a-t-il de luxeux ici, dites-moi ? Mis à part un lit à baldaquin orné de ces ridicules pommes de bois doré, les chaises garnies de tapisserie et deux chenets de cuivre, je ne vois rien qui vaille son pesant d'or.

— Mes tapisseries de Flandre… et mes tableaux, m'offusquai-je. Je tiens particulièrement à ceux de mon frère Nicolas. Sa Marie-Madeleine…

Ses joues s'empourprèrent. Sa bouche s'ouvrit toute grande, prête à vociférer.

— Marguerite ! s'indigna père. Le logis d'Hélène est joliment garni. Ce vert un peu partout, sa bibliothèque…

— Plus de cent volumes, précisai-je fièrement. Des œuvres de nos amis les Jésuites, de Louis de Grenade, un dominicain, de saint François de Sales, de Thérèse d'Avila, du sieur de Champlain et…

— Certes, certes, s'impatienta-t-elle. La lingerie, les tentures, les tables de noyer, tous ces articles réunis constituent un avoir intéressant, je veux bien l'admettre. Nous sommes tout de même assez loin des bijoux de pierres précieuses, des fourrures, des robes de brocart, des carrosses…

— Marguerite, taisez-vous à la fin! ordonna père. Hélène n'est ni duchesse, ni comtesse, ni baronne, ni même châtelaine!

— Pour ça, cette condition de petite bourgeoise, je ne la connais que trop! railla-t-elle.

— Encore! L'éternelle ritournelle!

— Nul ne peut se soustraire à la vérité. Notre famille croupit dans la médiocrité. Si seulement ma dot…

— Votre dot m'aura permis d'acheter mes charges d'huissier, de collecteur des finances, de secrétaire du roi, ainsi que les fermages des vins à La Flèche et des fermes de Touraine, et ce, grâce à mon mérite, élément indissociable de la piètre condition dont vous ne cessez de vous plaindre. Que vous le reconnaissiez ou non, j'ai vaillamment honoré chacune de ces fonctions par un travail constant, jamais démenti. Qui plus est, je suis fier de ma condition! Je ne vous aurai gagné ni titre, ni royaume. Fort bien! Résignez-vous une fois pour toutes. Vous mourrez sans couronne, madame!

— Ho, ho, ho! se trémoussa mère en tapotant son front de son mouchoir finement dentelé.

Mon trouble était grand. Jamais je n'avais vu mon père résister de la sorte à la vile fatuité de mère. Il projeta les papiers sur mon lit, redressa son baudrier et bomba le torse. Après, il ajusta le revers de la manche de son pourpoint couleur de prune. Un lourd silence suivit. Immobile, mère tripotait nerveusement son mouchoir tandis que les narines de père frémissaient. Je crus bon d'intervenir.

— Ce testament serait faux, dites-vous?

Ma réplique réanima l'un et l'autre.

— Ainsi, notre héritage serait en péril? s'indigna mère.

— Précisément! Une humiliation de plus, madame.

— Oh, vous! Vous!

— Votre complainte n'en sera que plus pathétique.

— Cessez, je vous en prie! m'écriai-je. Puisque ce maudit testament trouble vos esprits à ce point, jetons-le au feu.

Éberlués, ils se dévisagèrent un instant.

— La folie vous gagne, ma fille! blâma mère.

— Puisqu'il est faux! rétorquai-je.

— Faux, faux, pourquoi serait-il faux ? Nicolas, expliquez-nous, à la fin !

Père reprit les papiers jetés sur le lit et les pointa sous le nez de mère.

— Les legs particuliers ! Il est écrit que le sieur de Champlain lègue tous ses biens de Québec ainsi que ses parts des compagnies de Nouvelle-France et du Saint-Laurent à la Sainte Vierge.

— La Vierge Marie ! s'exclama mère. Insensée, elle n'existe pas, enfin, pas ici, pas sur cette terre ! C'est une sainte, dans les cieux. Au paradis, elle vit au paradis.

Cessant soudainement de s'agiter, elle posa les mains sur ses hanches et dodelina exagérément de la tête.

— Seriez-vous en train de me dire que tout ce que nous avons investi dans ce maudit pays s'envolerait en fumée ?

— Sans l'ombre d'un doute ! À moins que nous retrouvions le contrat de mariage et la procuration de donation, termina mon père en me fixant intensément.

— Mais nous avons droit à cet héritage ! objecta mère.

— Absolument ! Nous, Hélène, notre famille. Alors, ma fille, ces papiers, où sont nichés ces satanés papiers ?

— Je n'en sais rien, père. Je regrette, mais cela m'échappe totalement.

Mère rangea son mouchoir dans sa poche.

— Puisqu'il en est ainsi, nous les chercherons, dicta-t-elle sèchement. Nicolas, appelez nos servantes et Paul également.

— Paul, objectai-je, un homme dans ma chambre ! Non, je refuse.

— Ingrate ! lança mère.

— Soit, nous ferons sans Paul, trancha père.

C'est ainsi que, talonnées par mes parents, Jacqueline et Marguerite, nos dévouées servantes, passèrent en revue toute la maisonnée. Dans la grande salle, chaque tapisserie, chaque tableau suspendu aux murs fut soulevé. Le dessous des quatre tables et des trente-sept chaises fut rigoureusement inspecté. Dans les armoires de la cuisine, la vaisselle d'argent, les bassins, les aiguières et les assiettes d'étain furent remués. Tandis que Jacqueline s'affairait à scruter les piles de draps, de serviettes et de nappes, Marguerite retournait les couvertures et la paillasse de mon lit. Rien n'y fit. Malgré toutes ces fouilles, les documents restaient introuvables, et je ne me souvenais toujours pas de l'endroit où j'avais pu les ranger. Père insista pour ouvrir l'armoire de sapin de ma chambre. Je refusai. Mes lettres et mes écrits, c'était sacré ! Mon trésor à moi !

— Comment savoir si les documents que nous cherchons ne s'y trouvent pas ?

— Je vous l'affirme, mère, ils n'y sont pas !

— Fort bien, se résigna père. Restent ces coffres dans le bouge.

— Et les tentures aux fenêtres, les tapisseries sur les tables, les custodes de mon lit et... et les tapis... sous les tapis, tant qu'à faire ? m'irritai-je.

— Impertinente ! clama mère. Tous ces tracas pourraient nous être évités si seulement vous acceptiez de faire un petit effort. A-t-on idée de perdre la mémoire, à votre âge ! Étonnant, tout de même. J'en doute presque. Ce n'est pas possible.

— Ces coffres, ma fille ! coupa père. Ouvrez ces coffres !

Mère fronça les sourcils.

— Nicolas. Calmez-vous. Nous n'arriverons à rien si nous la brusquons.

— Ma fille, se ravisa-t-il, comprenez que nous agissons pour vous, pour votre bien, pour le bien de notre famille. Notre requête est légitime.

— Je suis lasse, père. Il n'y a rien qui vaille dans ces coffres, sinon quelques paillasses, traversins et une robe de chambre appartenant au sieur de Champlain. Il l'a oubliée.

— La robe de chambre de votre époux ! Vite, cherchons-la. Dans ses poches, peut-être que... ?

Nous nous rendîmes dans le bouge. Père souleva la robe de chambre, chercha fébrilement dans les poches vides, la secoua, la tripota, sans rien découvrir. Désespéré, il me la tendit. J'allai la déposai sur une chaise à vertugadin.

— Et dans cette layette de cuir fermée à clé ? demanda-t-il.

— Rien non plus.

— Mais les papiers de Samuel, les contrats, les valeurs des compagnies...Vous en avez forcément une copie quelque part ?

— Fran... François ! Oui, maintenant je me rappelle. J'ai confié tous ces papiers à François après le départ du sieur...

— Vos papiers, dites-vous ! Tous vos papiers ?

— François de Thélis ? demanda mère.

— Oui, François de Thélis.

— Votre contrat de mariage et votre dona…?

— Aussi, probablement, sans doute.

— Alors là !

— Je regrette, mère.

Je mordis ma lèvre.

— Plus de temps à perdre. Venez, Marguerite. Jacqueline, voyez à tout remettre en place. Ma fille, reposez-vous. Paul, je cours prévenir Paul. Je dois absolument me rendre chez le notaire de Thélis dans les plus brefs délais.

— Nicolas, mon mari ! Il est plus de midi, votre repas ?

— Au diable le repas ! Il y a plus urgent.

Il déguerpit.

— Mais, mais, mais, quel cauchemar ! soupira mère. Tout ça parce que ma fille a la mémoire qui flanche. Pauvre petite ! Quoi qu'il en soit, vous aurez la visite de mon maître tailleur d'habits vers deux heures, demain après-midi.

— Futile, mère.

— Nenni, ma fille. Nous en avons la preuve, ce deuil accablant perturbe votre jugement. Remettez-vous-en à moi et vous ne serez pas déçue. Maître Bellard a des doigts de fée. Pour le reste, votre père y voit. Avec lui, vos affaires sont entre de bonnes mains.

Jacqueline baissa les yeux. Je rendis les armes.

— Marguerite, conclut mère, vous me raccompagnez chez moi ?

— Oui, madame, répondit sa servante, en clopinant derrière elle.

Lorsqu'elle passa devant mon oratoire, mère s'arrêta.

— Cette épée suspendue à votre prie-Dieu…

— Oui.

— Paul m'a fait part de votre talent pour les assauts.

Elle se retourna et me regarda. Un léger rictus apparut au coin de ses lèvres. Un éclat brilla au fond de ses yeux.

— Un garçon inachevé, ma fille serait un garçon inachevé !

Je fus estomaquée. En cet instant précis, j'eus l'intime conviction que ce garçon inachevé attisait sa fierté.

Ma deuxième nuit fut bouleversante. La première fois que je m'éveillai, des loups gris réduisaient en charpie les chairs d'une femme nue, abandonnée au bord d'un ruisseau nauséeux. Les chairs d'une morte. La seconde fois, je fus extirpée de mon sommeil par les cris des guerriers revenant de guerre, les scalps de leurs ennemis se balançant au bout de leurs piques. Ils chantaient et dansaient autour des feux en se délectant du cœur des valeureux ennemis qu'ils avaient décapités lors d'un raid. Pendant ce temps, debout sur la pointe du cap Diamant, flanqué des capitaines Gravé Dupont et Razilly, le sieur de Champlain riait. La troisième fois, un loup gris tenait le cœur de Ludovic entre ses crocs acérés. Je ne pus me rendormir.

Sitôt le déjeuner terminé, je revins dans mon oratoire avec l'intention de prier. J'allai m'assoupir sur mon prie-Dieu lorsque Jacqueline toucha délicatement mon épaule.

— *Señora*, chuchota-t-elle, deux amies sont là pour voir la *señora, damas* Vallerant et Berthelot. Je les fais entrer ?

Bien que décoiffée, somnolente et vêtue de gris, je crus bon de les recevoir.

— Oui, oui, Jacqueline, faites-les entrer.

Mes amies m'offrirent d'abord leurs plus sincères condoléances. La mort, traîtresse affligeante, le pauvre homme. Le deuil, un très mauvais moment à passer. Je leur proposai de s'asseoir. Elles acceptèrent.

— Veuve si jeune ! s'extasia madame Berthelot en agitant ses bras.

Étrangement, le cliquetis de ses nombreux bracelets me fit chaud au cœur. Il sonnait l'alerte, appelait à la vigilance. Ma vie basculait certes, mais la cause des femmes était toujours là, exigeante, bien vivante.

— Mourir ainsi, poursuivit-elle, loin de son pays, loin des siens, loin de sa femme ! Un homme dont on disait tant de bien : talentueux, courageux, ambitieux, dévoué ! Navigateur, découvreur, explorateur, lieutenant du vice-roi. Bref, un homme d'envergure ! Quelle fin déplorable !

Elle me toisa du coin de l'œil.

— Ne le magnifiez pas outre mesure, rétorqua Christine en s'interposant entre nous. Le glorieux personnage se souciait bien davantage de ses exploits que de son épouse.

— Quelle indélicatesse, très chère, et devant sa veuve ! déplora madame Berthelot en se postant devant elle.

— Tout de même ! rétorqua Christine. Vous exagérez. Le valeureux s'est éteint en décembre dernier. Si je sais compter, cela fera douze mois très bientôt! Son cadavre est refroidi depuis longtemps!

— Taisez-vous, malheureuse, taisez-vous! Hélène est fraîchement endeuillée.

— Raison de plus pour se réjouir. Voyons la vérité en face, Hélène. Je vous l'affirme, le veuvage, c'est la liberté! Plus de mari pour limiter vos envies, dicter vos choix, diriger vos pas. Vous pourrez, dorénavant, vivre comme bon vous semblera!

Un léger étourdissement m'incommoda.

— Souvenez-vous, cet homme vous a épousée pour une page d'histoire, enchaîna-t-elle.

— Je sais.

— Pour ensuite vous entraîner dans cette aventure rocambolesque du Nouveau Monde, et cela, bien malgré vous! A-t-on idée de chercher l'aventure si loin! Il y a tant à faire en ce pays! Nous avons nos guerres, nos blessés, nos morts… Tenez, sitôt la Corbie reprise, voilà que l'empereur Ferdinand déclare la guerre à la France! Nous n'en sortirons jamais!

— Christine! coupa madame Berthelot. Pas de politique ici, pas devant Hélène. Elle est endeuillée.

— Comment avez-vous su? demandai-je. Je ne l'ai appris qu'hier.

— Ah, c'est que j'ai mes sources, s'enorgueillit madame Berthelot. Mes amis furètent un peu partout; à la Chambre de commerce, au Châtelet, dans les couloirs du Louvre. Il suffit qu'un valet aux oreilles fines soit au bon endroit au bon moment. Tout simple!

Elle ouvrit son éventail afin de camoufler son intrigant sourire.

— Les avocats ont parfois la langue bien pendue. N'auriez-vous pas une cousine du nom de Camaret?

— Marie Camaret?

— Dont l'époux serait un dénommé Jacques Hersant?

— Oui. Cette dame est la cousine germaine de mon défunt…

Ma gorge se noua. Une bouffée de chaleur accentua mon haut-le-cœur. Je me rendis à la fenêtre.

— Vous aurez sa visite sous peu, très chère, entendis-je au travers du cliquetis de ses bracelets. Le testament de votre époux la tourmente. Enfin, d'après le bruit qui court.

— Vilaine, taisez-vous! coupa Christine. Cessez de la torturer.

Ce disant, elle s'approcha de moi. Sa chevelure rouge était si rouge et son teint si joliment laiteux… sans aucune trace de poudre de carmin.

— Un conseil d'amie, Hélène, me chuchota-t-elle. Méfiez-vous de cette cousine. La rumeur rapporte qu'elle s'apprête à vous déshériter.

Le martèlement de mon crâne s'intensifia. La nausée qui me vint était irréversible. J'ouvris la fenêtre et vomis.

Deux jours plus tard, maître Bellard, le petit homme grassouillet, un tantinet maniéré, termina l'ajustement de mon habillement de veuve. Piquant son aiguille sur sa pelote à épingles, il fit le tour du tabouret sur lequel j'étais montée, ses mains gesticulant gracieusement de part et d'autre de son œuvre.

— Madame ressent un malaise ; une manche qui tire, la taille trop serrée, un pli trop creux ?

— Cet ensemble de taffetas noir est parfait, tout à fait parfait. Les manches ballonnées, le corps de robe, la robe.

— J'ai l'art, soit dit en toute modestie. C'est ce qu'on rapporte. Permettez…

Approchant son visage de mon collet, il souffla.

— Un brin de fil. Où est-il tombé ? Ah, le voilà !

Il le ramassa et le glissa dans sa poche.

— Bien, bien, bien ! Ce collet dentelé autour de votre cou ?

— Oui ?

Plissant les yeux, il l'effleura de son index.

— Un faux pli, expliqua-t-il. Alors, ce collet irrite-t-il madame ?

— Pas le moins du monde. Vos doigts de fée travaillent vite et bien.

— Si j'en crois mes distinguées clientes, c'est pour ainsi dire ma marque de commerce, madame : de rapides doigts de fée. Dans les cas de deuil, ils se surpassent.

— Pour la note ?

Grimaçant, il repoussa la question en secouant ses deux mains.

— Laissez ces tracasseries. Tout est réglé. Monsieur votre père a eu la générosité… vu les circonstances.

— Je l'ignorais.

Il enleva le ruban à mesurer suspendu à son cou, rangea ciseaux, aiguilles et épingles dans sa mallette, passa un petit plumeau sur son pourpoint et le déposa par-dessus ces effets avant d'en refermer le couvercle.

— S'il y a quoi que ce soit, n'hésitez pas à me relancer. Vous servir fut un plaisir, madame de Champlain.

— Bonne nuit, maître Bellard.

— Bonne nuit, madame. Oh, j'oubliais! Nigaud de nigaud! Veuillez accepter mes plus sincères condoléances, très chère dame.

— Merci.

J'entendis le tailleur de ma mère refermer la porte de mon logis derrière lui. Quand ce fut fait, je soupirai longuement. À vrai dire, j'étais exténuée. J'en avais plus qu'assez de ces oppressantes visites. J'allai à la cuisine, me versai un verre de vin et revins dans ma chambre. Je le terminais à peine que l'on frappait à nouveau à ma porte.

— À cette heure tardive! Qui cela peut-il bien être?

Jacqueline entra.

— Maître Thélis, m'annonça-t-elle.

— François! m'exclamai-je en me levant.

Il apparut derrière elle.

— De Thélis, notaire, pour vous servir, madame.

Son salut était exagéré, tout comme l'était ma joie de le revoir. En réalité, depuis l'arrivée de ce fichu testament, je n'avais espéré qu'une seule visite: la sienne.

— Pardonnez mon intrusion. Il se fait tard. Comme vos parents ont insisté pour que je vous explique au plus tôt...

Déçue, je sourcillai. Je m'attendais à une rencontre d'amitié. Son regard s'attarda sur ma tenue.

— Certes, il est inconvenant pour un gentilhomme de se présenter ainsi à une veuve.

— Votre présence n'a rien d'inconvenant. Jacqueline fera office de chaperon.

Jacqueline leva ses yeux veloutés vers le plafond au-delà duquel, j'en étais certaine, elle percevait clairement le paradis.

— *Complicado, señora.* C'est que je dois absolument me rendre à l'église pour prier. *Red de las damas, señora.*

— Ah, vos dévotions quotidiennes! Maître Thélis est ici pour affaires. Un vieil ami... Allez donc en paix, Jacqueline.

J'entraînai François dans la grande salle. Il attisa le feu, remit une bûche dans l'âtre, s'assit et me sourit.

— Dure journée? sympathisa-t-il.

— Plutôt, oui.

Son balancement de tête ne me dit rien qui vaille.

— Vous semblez contrarié...

Il soupira.

— Ce que j'ai à vous apprendre ajoutera à vos tourments. Voilà pourquoi j'hésite.

— Laissez-moi deviner. Marie Camaret?

— Comment savez-vous?

— Ah, l'intuition des dames!

— Alors là, vous m'épatez.

— Parlez, le pire est derrière moi. Je suis prête à tout entendre. Cette dame Camaret, donc...

Avec précaution et délicatesse, il me raconta comment elle répétait, à qui voulait bien l'entendre, qu'elle était la légataire universelle et seule créancière de l'héritage de son cousin, le regretté sieur de Champlain. Afin que ses prétendus droits soient respectés, elle irait même jusqu'à présenter une requête demandant l'annulation du troublant testament rédigé en Nouvelle-France, s'il le fallait.

— Annuler ce testament. Comment est-ce possible?

— Vu les déplorables circonstances, ce testament n'a pu être rédigé selon l'article 289 de la Coutume de Paris.

Ma confusion alla grandissant.

— Coutume de Paris?

— Tout testament doit être reçu devant un notaire avec deux témoins, ou encore un curé et trois témoins, et surtout, surtout, être olographe.

— Et alors?

— Celui de votre époux ne répond à aucun de ces critères. Il est conforme au droit romain.

— C'est-à-dire?

— Rédigé par un autre que lui, devant sept témoins mâles et pubères.

— Et alors?

— Camaret conclut qu'il n'est pas valide. Cependant, cependant...

Il m'expliqua alors que mon contrat de mariage, passé en communauté de biens, me donnait droit à la propriété de la moitié des biens de mon défunt mari, ainsi qu'à l'usufruit de la moitié revenant à sa lignée, et ce, jusqu'à la fin de mes jours. Ces privilèges m'étaient acquis, en droit et loi. Vu les prétentions de l'arrogante cousine, je me devais de les défendre.

— François, mon bon ami, si vous saviez à quel point ce testament m'indiffère. Tout ceci est si subit. J'ai tant à regretter. Ce voyage…

Je dus m'arrêter, il le fallait… sinon, les larmes…

Reprenant contenance, j'ajoutai :

— Que cette cousine fasse ce qu'elle voudra. Tant qu'elle ne met pas les pieds dans mon logis…

— Eh bien, ma chère, nous y voilà !

— Plaît-il ?

— Non seulement elle y mettra les pieds, mais encore y mettra-t-elle le nez.

— Comment, comment !

François tenta de minimiser l'affaire. Faire un inventaire n'était, somme toute, qu'une simple formalité.

— Comme Marie Camaret et son mari Jacques Hersant ont déjà fait posé les scellés sur tous les biens du sieur de Champlain, précisa-t-il, la procédure doit suivre son cours.

— Des scellés, mais à quelle fin ?

— Pour que rien ne leur échappe. Tous les biens du sieur de Champlain doivent être répertoriés, évalués, comptabilisés et inscrits pour mémoire. La somme de tous ces avoirs s'ajoutera aux autres valeurs de l'héritage qu'elle revendique dans sa totalité.

— Sa requête contredit le testament et la donation. Comment peut-elle… ?

— Elle peut ! Étant une parente en ligne, elle peut toujours revendiquer. À vous de riposter.

— Où ?

— En cour de justice.

— En cour de justice !

— Oui.

— Je suis endeuillée !

— Vous n'aurez guère le choix de vous présenter devant le juge, malgré ce deuil. Pour votre honneur, pour celui de votre défunt mari, pour celui de votre famille, vous le devrez, Hélène. Je vous soutiendrai, vous guiderai, vous conseillerai, mais vous seule pourrez en débattre.

— L'honneur, l'honneur…

— Oui, pour l'honneur.

— C'est injuste!

— La justice est rarement gratuite. Il nous faut la tailler, la forger, la définir sans cesse, sans relâche. Aux armes, Hélène, le duel est amorcé!

La démonstration était claire. À mon corps défendant, je devais me défendre. J'abdiquai.

— Soit, puisqu'il le faut. Le premier croisé de fer sera de quel ordre, selon vous?

Son sourire resplendit. Il me fit une joyeuse œillade.

— À la bonne heure!

Je camouflai un long bâillement derrière le dos de ma main.

— Ne tardez pas trop, je meurs de sommeil.

— Ouvrez grands vos yeux et vos oreilles.

— Je suis tout ouïe, maître.

Selon la requête qu'il me présenta, le vendredi 21 novembre, devant un commissaire et deux jurés priseurs du Châtelet, tous mes biens allaient être passés à la loupe afin d'être prisés. Tout, systématiquement tout; mon mobilier, mes tableaux, mes tapisseries, mon linge de maison, mes friperies, les livres de ma bibliothèque et les ustensiles de ma cuisine. Tout. Marie Camaret avait déjà choisi son priseur en la personne d'Antoine Guérin, sergent à verge. François avait choisi le mien, Bonaventure Desbruyères, un ami à lui.

— Quelle horreur! Tous ces gens, ici, à fureter dans mon intimité!

— Absolument et parfaitement! Et vous n'y pouvez rien de rien.

Cette obligation fouetta ma léthargie. L'héritage de mon défunt mari ne m'importait guère. Mais qu'une insolente, une parfaite étrangère mît son nez dans mes effets personnels, ici, sous mon toit, et contre mon gré!

Je n'avais plus à en douter, entre Marie Camaret et moi, un assaut rigoureux était engagé. Je ne l'avais pas voulu. Il s'imposait comme s'impose une guerre. Un impudent attaque. Vous devez vous défendre. Forcément. Question d'honneur!

23

La robe de chambre

Assise devant le feu de ma chambre, j'errais dans les méandres de mes pensées, le corps las et l'âme humiliée. Je me remémorais le déplorable spectacle de l'inventaire. Le dégoût ressenti alors m'habitait toujours. Je bus un peu de vin. Les relents de ces usurpateurs empestaient toujours mon logis. Ils avaient passé trois jours, ici, dans ma maison… Georges Lefevre, conseiller du roi, maître Claude Le Vacher, commissaire au Châtelet, les notaires Guillaume Barbeau et Pierre Fieffé avec deux priseurs…, tous ces doigts à tripoter, peser, mesurer froidement mes biens, sous les yeux cupides de la vorace Marie Camaret. Spectacle grotesque, pathétique !

— Rien d'autre, rien d'autre ? répétait-elle sans relâche. N'avez-vous rien oublié, messieurs ? Dans cette écritoire, qu'y a-t-il sous le rabat de cette écritoire ?

— Déjà inscrit, madame : un encrier de faïence, une boîte de sable, un essuie-plume, un stylet taille-plume, énuméra Antoine Guérin, son priseur, qui la suivait pas à pas, livret et plume à la main.

— Fort bien, fort bien ! approuva-t-elle en l'entraînant dans la garde-robe. Ces coffres, il nous faut bien inspecter chacun de ces coffres. D'abord le coffre de cyprès, puis le coffre de cuir noir, puis ce bahut rond et ensuite le carré.

Elle suivit l'opération avec la vigilance d'un gendarme filant un voleur. Tout en se dandinant autour des officiers, elle furetait partout, l'œil attentif, s'assurant que rien ne fût oublié. Mes coffres furent vidés, scrutés, tapotés et reniflés tour à tour, et ce, deux fois plutôt qu'une. Leur contenu la déçut grandement. Quelque chose lui échappait, mais quoi ? Tandis que les notaires vérifiaient les articles inscrits, elle ferma les paupières, se gratta le crâne à deux mains et réfléchit intensément au pourquoi de la piètre récolte.

— J'y suis ! s'exclama-t-elle.

Le silence se fit. Chacun l'interrogea du regard.

— Un double-fond ! Ces coffres auraient un double-fond que je n'en serais pas surprise !

Confondu, son priseur s'étonna.

— Un... un double-fond ! À vrai dire...

— Ne négligez rien, sinon... le menaça-t-elle en levant son nez long et fin devant les yeux ahuris qui la dévisageaient.

Redoutant d'être pris en défaut, le priseur déposa sa plume et son livret sur le bahut rond, avant de me tendre sa main tachée d'encre noire.

— Demoiselle Boullé, les clés de vos coffres, je vous prie. Madame dit vrai. On ne doit rien négliger. Si double-fond il y avait !

— Des doubles-fonds ! Vous allez tout vider à nouveau, tout recommencer ! répliquai-je en lui remettant mon trousseau de clés.

— Puisqu'il le faut, il le faut, madame.

Relevant jupes et jupons, la cousine s'agenouilla devant les coffres vides, enfonça son chignon grisonnant sous les couvercles, et s'appliqua à bien vérifier les pourtours de tous les fonds, d'un recoin à l'autre. Hélas, aucun de mes coffres n'avait de double-fond ! Cette déconfiture l'aiguillonna.

Guidée par sa fièvre d'enquêteuse, elle conduisit ses gens tout droit vers l'armoire de sapin de ma chambre. Mon armoire de sapin livrée à son indiscrétion ! Je faillis pleurer.

— Je vous assure qu'il n'y a rien qui vaille dans cette armoire. Que des lettres et du papier simplement, de simples lettres, objectai-je vainement.

Les portes s'ouvrirent malgré mon embarras. Tandis que le notaire Fieffé s'attarda à sortir mes piles de lettres pour y jeter un œil furtif, le notaire Barbeau scruta distraitement mes dessins.

— Contenu sans intérêt, convinrent-ils en chœur.

— Et ce cahier, là ? dit-elle, soupçonneuse.

Dès qu'elle effleura la couverture de mon cahier de souvenirs, je frémis. Percevant mon saisissement, Jacqueline hasarda :

— Si vous me permettez, *señora* Camaret, les mots n'ont aucune valeur marchande.

— Quel toupet ! s'indigna-t-elle. Taisez-vous, vilaine ! Comment osez-vous m'adresser la parole, vous, une simple servante ! Qui donc gouverne une telle maison ?

Outrée, et voulant sans doute vérifier qu'aucune perle ne soit cachée entre les feuilles dudit cahier, la gourmande le souleva au-dessus de la table d'écriture en l'agitant. Comme rien ne s'en échappa, elle le rejeta au fond de l'armoire, tel un vulgaire rebut.

«Mon cahier, traiter ainsi mon cahier, mon trésor!»

Je mordis ma lèvre et serrai mes poings. Pour un peu, je m'élançais vers elle, enfonçais mes doigts dans l'orbite de ses petits yeux gris avant de l'égorger de mes propres mains… et sans aucun remords!

«Résiste!» hurla ma conscience.

Pensive, elle allait et venait devant les portes de l'armoire restée ouverte. L'occasion était trop bonne. Je l'approchai et, mine de rien, je tendis la jambe juste comme elle tournoyait devant moi. Ce croc-en-jambe la fit culbuter tête la première dans l'armoire.

— Sortez-moi d'ici, sortez-moi d'ici, hurla-t-elle, tout empêtrée qu'elle était dans ses jupons retroussés.

Je joignis les mains en souriant. Les notables, ébahis par la vision de la croupe coincée entre les parois, mirent un certain temps à réagir.

Tout compte fait, cette scène mémorable valait bien certains désagréments. Je ris. L'écho de mon rire erra dans la pénombre de ma chambre. Je bus un peu de vin.

«Cœur froid, esprit calculateur! Vous méritiez bien cet affront, cousine!»

Ce dédain qu'elle afficha lorsqu'elle souleva les trois chandeliers reçus en cadeau de Noémie. Si une odeur nauséeuse s'en était dégagée, j'aurais compris. Mais ils ne sentaient rien de particulier. Rien…

— Seules les espèces sonnantes comptent pour vous, n'est-ce pas, cousine?

«L'attachement, la trace des fantaisies, la fleur des sentiments, tout ce qui constitue l'essence même des objets qui nous entourent, tout cela vous échappe! À combien prisez-vous un mouchoir de dentelle témoin d'un grand amour, une bague, signe d'un lien éternel, une petite, toute petite pierre en forme de cœur, offerte au fond d'une grotte du Nouveau Monde par l'être aimé?»

— Noémie, si seulement vous étiez là! murmurai-je. Vous me manquez, chère, très chère Noémie…

«Quoi, vous me reprochez ma soumission! J'aurai tout entendu! Vous qui ne cessiez de me répéter qu'une femme naît pour obéir!

Comment aurais-je pu m'opposer à six notables au visage austère se tenant droits comme des pieux, dites-moi?»

Il me sembla entendre son rire résonner comme autrefois dans la grange de Saint-Cloud. «Ne vous moquez pas! Tout est assurément beaucoup plus simple vu de là-haut, à mille lieues de tout ce désordre terrestre!»

Je bus encore.

«Conclusion, Noémie, les avoirs de la veuve, la somme totale de ses biens? Mille neuf cents livres et quinze sous! Oui, quinze sous!»

— Les possessions d'une simple petite bourgeoise, déplora la cousine, la larme à l'œil.

Quelle rigolade! Une fois tout prisé, elle refit par deux fois l'addition des objets, indifférente au regard lourd des notables irrités.

— Une paire de hâtiers, une pelle, une pincette et une crémaillère, prisé le tout ensemble, trois livres. Trois livres seulement! Est-ce assez, priseur?

— Plus qu'assez, madame, plus qu'assez! s'impatienta ce dernier en essuyant ses doigts noircis.

Les deux notaires, exaspérés, refermèrent bruyamment leurs carnets.

«Décidément, Noémie, cet inventaire fut une véritable comédie!»

Je ris encore. Derrière moi, des bruits de pas feutrés.

— *Señora*, chuchota Jacqueline.

— Ah, Jacqueline, vous êtes là! Je ne vous ai pas entendue venir.

— J'ai fait doucement. La *señora* se porte bien?

— Je ris de mes pensées, est-ce le début de la folie?

Elle dodelina de la coiffe.

— Il se peut que oui, plaisanta-t-elle.

— Attention à vos propos, vilaine!

— Vrai! Je ne suis qu'une simple servante, admit-elle en souriant. À vos côtés, j'ai tendance à l'oublier.

Se penchant quelque peu, elle sourcilla exagérément.

— Folie, dites-vous? Hum, voyons voir…

Elle étira son cou vers l'avant, tout en plissant les yeux à la manière des priseurs.

— Je vois, je vois… Folie ? À vrai dire, trois journées d'inventaire, c'est plus qu'il ne faut pour triturer les esprits les plus nobles, *señora*.

— Pour ça !

Souriante, elle se redressa.

— Soulagée que cette foire soit enfin terminée, *señora* ?

Je soupirai longuement.

— Plus vite la *señora* oubliera, mieux elle s'en portera.

Sa sympathie me réconforta.

— Vous n'avez pas de prix, Jacqueline.

— *Gracias, señora !*

Je remarquai sa capeline de laine marron, soigneusement repliée sur son avant-bras.

— Vous sortiez ?

— Si vous le permettez.

— Où allez-vous ainsi ? La nuit est tombée, il fait froid, le vent est grand.

— À notre église, juste en face. Je n'en ai pas pour longtemps. *Red de las damas.*

— Toujours aussi dévouée à la cause ?

— Si, *señora !*

— Il me tarde de reprendre le flambeau. Cette clandestine solidarité m'exalte.

— Il faut rester dans la maison, *señora*. Pas de sorties avant quelques mois, vous êtes veuve !

— Après les trois jours que nous venons de vivre, je serais malvenue de le nier. Mon époux est mort. Le sort en est jeté. Je suis veuve, telle est la volonté de Dieu !

— Il vous faut remercier le Tout-Puissant.

— Remercier Dieu ! Pourquoi donc devrais-je le remercier ?

— Pour sa grande bonté.

— Sa grande bonté !

— Et sa joie, aussi.

— Sa joie !

— *Si !* La joie n'est jamais bien loin de l'épreuve. Le feu a tout consumé, vous croyez avoir tout perdu ? Vous êtes dans l'erreur, *señora*. La joie gît sous les cendres brûlantes. Ce malheur vous mènera à Lui. Espérez, *señora*, espérez, encore, et encore, et toujours.

Son propos me sidéra.

— D'où tenez-vous cette sagesse, dites-moi?

— Je prie, *señora*.

— La prière, simplement la prière? Pourtant, je prie aussi! Regardez où j'en suis. Mon âme se perd dans les labyrinthes terrestres. La vôtre est d'une telle élévation! Vous avez un credo? Assurément, vous avez un credo.

Son visage s'assombrit.

— Je mets la badinerie de la *señora* sur le compte de sa lassitude.

— Mais je suis sincère, je vous assure!

— Sincère, mais aussi contrariée et peinée. Voilà pourquoi la parole de la *señora* sonne faux.

— Envieuse, il vous faut ajouter envieuse à cette liste. À la vérité, j'aspire à votre sérénité. Rien ne vous accable, rien ne perturbe vos humeurs, tandis que moi, tout me brouille. Alors, je vous le demande très respectueusement: comment faites-vous?

Hésitante, elle fit la moue.

— Hum...

— Je vous en prie, s'il y a un secret, un code, je veux le connaître.

Elle se pencha, je tendis l'oreille.

— J'écoute, chuchota-t-elle.

Elle se redressa. Intriguée, je me levai.

— Vous écoutez! Qui écoutez-vous?

— *La voz de Dios!*

— Dieu vous parle!

Soulevant ses épaules, elle leva ses mains vers le ciel, comme s'il s'agissait d'une simple évidence.

— *Si, señora!* Il suffit d'écouter.

— Alors là! fis-je estomaquée.

Elle rit de l'effet produit.

— Écouter... bien, je m'y efforcerai. Merci, Jacqueline.

— À votre service, *señora*.

— Un service le cœur sur la main, que demander de plus?

— *Ser muy generoso...* c'est la seule manière que je connaisse, *señora*. Il faudra vous y faire.

— Le cœur sur la main...

— Mille excuses, *señora*, mais je dois vous quitter.

— Allez. Soyez prudente.

Elle mettait un pied hors de ma chambre lorsque je l'interpellai.

— Jacqueline !

— *Señora ?*

— Rappelez-vous, je reste disponible pour servir notre cause. Passez le mot, si jamais l'occasion vous est donnée.

— *Señora !* s'indigna-t-elle tendrement.

— Si, si, j'y tiens !

— Soit, puisque vous insistez. *Buenas noches, señora !* Elle fila.

Au-dehors, le nordet alla s'amplifiant. Les volets tirés vibraient à mes fenêtres. Dans l'âtre, les flammes vacillaient.

« Tout de même, sortir par un temps pareil ! Faut-il qu'elle croie à notre cause ! Et sans savoir de quoi il retourne vraiment ! Une foi aveugle, à toute épreuve… »

— La joie sous l'épreuve !

J'eus beau y réfléchir, il m'apparut, pour l'heure, impossible de tirer quelque joie que ce fût de ce veuvage. Mon projet le plus cher était réduit en cendres, et il y aurait de la joie sous ces cendres ! De quoi tourner en bourrique ! Je terminai mon verre de vin et le déposai près des bûches. L'horloge sonna.

— … six, sept, huit… Huit heures, déjà !

J'étais à bout de force et ne souhaitais plus qu'une chose : dormir. Assise sur le bord de mon lit, je remarquai l'ombre oscillante sur le mur de crépi rougeoyant, face à la cheminée.

— La robe de chambre déposée sur la chaise, murmurai-je.

L'effet était confondant. On aurait dit d'un personnage vacillant dans la nuit. Les paniers du vertugadin lui faisaient de larges épaules. Les pans de la robe longeant le haut dossier constituaient un corps plutôt trapu, mais quasi réel. Je regardai vers la chaise. Dans le clair-obscur de la pièce, sa couleur pensée paraissait plus sombre qu'elle ne l'était vraiment. Le sieur de Champlain aimait particulièrement cette robe de chambre.

« Quoi de mieux que cette doublure de laine peignée pour éloigner la froidure ! » disait-il souvent en la revêtant. Je me relevai.

— La robe de chambre du lieutenant ! murmurai-je en l'approchant.

Le petit passement argenté de son collet luisait dans la pénombre. Je l'effleurai du bout du doigt. Intimidée, je le retirai aussitôt. De ma vie, jamais je n'avais osé toucher un seul de ses habits. Faux ! À deux reprises, emportée par une saute d'humeur, j'avais martelé ses épaules. Certains époux, indignés par l'outrage, auraient sévi sur-le-champ. Pas lui! Il s'était plutôt efforcé de me calmer, pour ensuite tenter de soumettre ma raison à la sienne. Cet homme, mon époux? Je tournai autour de la robe de chambre, l'imaginant ainsi vêtu. Même mort, il était toujours là, bien présent, à chambouler ma vie.

— Mille neuf cents livres et quinze sous, monsieur, lui révélai-je. Si on ajoute à cette somme vos parts des sociétés et vos créances, la valeur totale de nos biens communs s'élèverait à plus de onze mille deux cent quatre-vingt-six livres et quinze sols. La moitié me revient de droit : quelque six mille cent quarante-trois livres, si je sais bien compter ; six mille cent quarante-trois livres pour la veuve. Car veuve, je suis, monsieur!

Je dévisageai le taciturne disparu.

— Veuve, mais de qui? Du capitaine de la marine ou du maréchal des logis, de l'explorateur ou du lieutenant de la colonie? Qui ai-je réellement épousé autrefois en l'église Saint-Germain-l'Auxerrois?

Le fiel m'envahit. J'entrepris de marcher nerveusement de la robe de chambre au feu. Plus je marchais et plus mon esprit s'agitait. Plus mon esprit s'agitait et plus mes humeurs s'échauffaient.

— Quand pourrai-je retourner en Nouvelle-France maintenant que vous n'êtes plus, dites-moi, sieur de Champlain? Je me souviens, je me souviens comme si c'était hier. Ne vous ai-je pas imploré à genoux de me ramener avec vous la dernière fois que vous avez quitté Paris? Vous avez décidé de me laisser derrière vous. Votre refus fut catégorique! Désespérée, j'ai voulu entrer au couvent. Second refus, que dis-je refus, vous m'avez ridiculisée, oui, ridiculisée! Vil stratagème pour mieux me refuser la liberté que je vous quémandais. En contrepartie, vous m'avez promis la lune!

— Soyez patiente, vous serez du prochain départ, je vous l'assure, foi de Champlain, vous reviendrez en Nouvelle-France, vous reverrez Québec.

— Ah, vous m'avez bien eue!

Rageuse, je tournoyai sur moi-même, tordant mes mains, croisant et décroisant les bras.

— Comment pourrais-je vous blâmer de ne pas avoir tenu promesse? La mort frappe comme une voleuse!

Bouleversée, je m'assis à ma coiffeuse pour dénouer ma tresse. Une fois mes cheveux étalés sur mes épaules, je fixai le reflet du défunt derrière moi, dans mon miroir. La sévérité de son visage aviva ma colère.

— Vous m'avez volé mes rêves, tous mes rêves, tous, l'un après l'autre, du début jusqu'à la fin! l'accusai-je en me relevant.

Je m'accroupis devant l'âtre, pris le tisonnier et l'enfouis vigoureusement dans les braises rougies. Une fois le feu bien attisé, je me rendis à mon écritoire, pour me saisir du testament.

— Est-il seulement de vous? dis-je en le brandissant devant le coupable. J'en doute, figurez-vous! Ici, regardez bien, ici sur cette ligne, il est écrit que vous implorez le pardon de tous ceux que vous avez offensés. Eh bien, sachez que vous ne manquez pas d'audace, honorable trépassé! Moi, vous pardonner? Tous vos silences, vos faux-fuyants, vos sous-entendus, toutes ces questions restées sans réponse!

Je roulai nerveusement le précieux testament en m'agitant devant le distingué fantôme.

— Pourquoi ce départ précipité de la Nouvelle-France? Août 1624, rappelez-vous. Personne ne s'y attendait. Les ouvriers commençaient à peine à construire le premier étage de la nouvelle Habitation, dont vous aviez personnellement dessiné les plans!

Je m'arrêtai.

— Vous en étiez si fier!

Je tordis le parchemin.

— Pourquoi partir alors que les granges débordaient d'avoine sauvage, alors que notre magasin était plein de vivres? Votre honneur était en cause, m'aviez-vous alors confié! Le roi et les princes vous oubliaient, négligeaient votre cause, au détriment du seigneur de Caën. Aurais-je donc tout sacrifié pour votre honneur?

Je levai les bras pour ensuite follement secouer la robe de chambre un moment, afin de l'animer, afin d'en extorquer une réponse, d'en extraire une chimérique vérité.

— J'ai tout abandonné derrière moi: mes amies, ma filleule, Marianne et lui, lui! Plus fâcheux encore, vous me refusez le bonheur d'y retourner, sans explication? Toutes ces réponses évasives, ces subtiles insinuations, ces futiles précautions pour protéger la faiblesse de l'épouse. Mais dans les faits, dans les faits! Rien, le néant!

Je brandis le testament tordu devant son visage imaginaire comme on brandit une épée.

— Et vous osez, aujourd'hui, solliciter mon pardon, vous qui m'avez épousée pour servir l'établissement d'un royaume d'où vous m'avez, par la suite, méchamment exclue ? Nenni, distingué lieutenant, nenni ! Jamais !

Le testament glissa de mes mains. Je le foulai à mes pieds comme s'il eût été un vulgaire raisin sec dont on ne pouvait plus rien tirer. L'insulte était grande. J'imaginai le soufflet que la plupart des époux, dignes de ce nom, auraient infligé à leur opiniâtre épouse. Pas lui !

S'il eût été là, il aurait sorti une pipe de plâtre de sa poche, aurait minutieusement bourré son fourneau de tabac, puis frotté la pierre à feu. Pendant tout ce temps, il aurait observé son irrévérencieuse épouse du coin de l'œil, en souhaitant que ses humeurs dégorgent, que son orgueil s'atténue.

Le ronflement du vent me déconcentra. Aux fenêtres, les volets claquaient de plus belle. L'air était frisquet, malgré le feu. Je me rendis à mon oratoire et pris ma cape de peau laissée sur mon prie-Dieu. Je m'en recouvris, fis le signe de la croix, et faillis m'agenouiller.

« Froussarde ! Tu as un assaut à finir ! C'est maintenant ou jamais ! » dicta ma conscience.

Quelque peu effarouchée, je retournai lentement vers l'adversaire. Il se tenait si fièrement ! On aurait dit un chevalier cuirassé. Ennuyée, je ramassai le testament et le tins contre ma jupe.

— Vous implorez mon pardon ? repris-je plus posément. Impossible, du moins pas encore. À la fin des temps, peut-être ? Lorsque nos corps glorieux s'extirperont des ténèbres, lorsque nous verrons Dieu face à face dans sa Divine Splendeur, alors là, oui, peut-être… Mais avant, n'y comptez pas trop, monsieur mon étrange époux !

Il pointa sa pipe vers moi.

— Vous avez odieusement trompé cet époux ! accusa-t-il du tac au tac. Vous avez péché contre la loi du Seigneur, contre notre Dieu Tout-Puissant ! Aussi, si j'étais vous, ressusciter dans la Céleste Lumière, je n'y compterais pas trop, madame mon étrange épouse !

La riposte me fit perdre contenance. Je refoulai tant bien que mal les remords virulents qu'elle éveilla, inspirai profondément et contre-attaquai.

— Il est vrai, je vous ai trompé! Mais, soit dit en toute franchise, je ne regrette rien, mais alors là, rien de rien! Oui, j'ai soupiré dans les bras de Ludovic, oui, je me suis abandonnée à ses étreintes, avec un bonheur que vous ne sauriez imaginer. Pendant que vous vous débattiez comme un diable dans l'eau bénite, tentant désespérément d'attirer intérêt et financement pour vos extraordinaires desseins, oui, je vous trompais!

Il pétuna. La fumée brouilla ma vue. Profitant de la distraction, je déposai le testament sur le treillis d'une tapisserie à demi achevée et poursuivis.

— Lui, monsieur, lui, Ludovic, je l'ai suivi jusqu'au Nouveau Monde. Je l'aurais suivi jusqu'en enfer! avouai-je en bravant la robe de chambre.

— Il vous y conduira si vous me refusez le pardon, il vous y conduira, affirma-t-il.

— Pardon, pardon! Vous n'avez que ce mot à la bouche. Soit, je croupirai éternellement sous le joug du prince des démons. Peu importe, car j'aurai aimé cet homme, monsieur, aimé au point de lui donner un...

Je bâillonnai ma bouche de mes deux mains.

«Tais-toi, tais-toi! C'en est trop! N'as-tu pas suffisamment dévoilé tes secrets?»

Il rit. Son arrogance me fouetta.

— Ah, mais pourquoi hésiter? Que pouvez-vous comprendre à l'amour, à cette force qui nous lie à un être, par-delà le temps et l'espace? Que pouvez-vous savoir de cette source intarissable abreuvant toute une vie?

Je reculai de deux pas. Il me jaugea sans rien dire, les yeux humides.

«Tant qu'à faire dans la confidence», me persuadai-je.

— Le plus beau, le plus grand, le plus merveilleux, monsieur, est que nous avons un fils! Oui, un fils! Cet autre bonheur vous aura échappé, lieutenant. Savoir qu'un être vit, qu'il est de vous, de votre sang, qu'il vous survivra. Même si Dieu vous refuse la grâce de le voir, de le toucher, de l'embrasser, ce bonheur-là, monsieur, vaut bien toutes les conquêtes du monde! Ce bonheur-là, monsieur, est si intense qu'il vaut une éternité à roussir près du diable! Un fils! Un fils!

Le capitaine ne broncha pas. Ses yeux s'embrouillèrent davantage.

— Évidemment, tous ces sentiments vous échappent. Vous qui n'avez aimé que vos conquêtes, vos exploits, votre colonie! Vous qui avez tout ignoré du plus précieux de mon existence.

Il détourna la tête et fixa le néant. Je soupirai comme on soupire lorsque s'apaisent les vagues, lorsque meurt la tempête, lorsque, enfin, on largue les voiles pour continuer le voyage.

Cette émotion me surprit.

«Sotte, le défunt ne sait toujours rien!» argua ma conscience.

C'était vrai. Une robe de chambre n'avait ni cœur ni oreilles. Néanmoins, sans que j'y puisse rien comprendre, au fond de moi, j'éprouvai un profond soulagement. J'en étais fort aise.

— Voilà, monsieur, en ce qui me concerne, tout est dit.

Le sommeil, dormir, c'était, pensai-je, ce qu'il me restait de mieux à faire. Je détournai mon regard de la robe de chambre, bien résolue à mettre fin à ce dialogue imaginaire.

«Discourir avec un fantôme, quelle fantaisie!»

Redoutant l'approche de la folie, je défis prestement les cordelettes de mon corselet et sortis ma chemise de mes jupons avant de les retirer. Les bras chargés de mes effets, je me rendais à ma garde-robe quand le bout de mon soulier percuta un amas étalé sur le plancher.

— Aïe, mes orteils! Maudites peaux de bêtes! m'exclamai-je en sautillant sur un pied.

Il ricana. Derrière moi, il ricana! Un rire provocant, comme une invitation à reprendre les armes.

«Ces peaux! L'envoi de ces peaux… le mystère de ces peaux?» me rappelai-je.

Ayant laissé tomber mes vêtements, je revins vers le chevalier du vertugadin. L'intensité de son regard me sidéra. On eût dit un spectre fouillant mes entrailles. Déterminé, il secoua sa pipe et la rangea dans sa poche. Surtout, ne pas me laisser effaroucher, ce n'était toujours qu'une robe de chambre.

«Ose, ose lui parler de ce qui te tracasse depuis l'arrivée de ce damné testament. Attaque!»

— Lieutenant, ces peaux de bêtes, cet étrange cadeau de vous, quel en est le véritable sens? Que voulez-vous insinuer en me les offrant? Pendant tout ce temps, saviez-vous pour lui et moi? Saviez-vous pour la trahison, pour l'adultère, pour le péché? Cette peau de loup gris, ces peaux de loutre? Vous, Ludovic et moi? Le doute ne m'a jamais quittée.

Il baissa les paupières.

— Si vous saviez, alors pourquoi ? Pourquoi avoir favorisé notre rapprochement chaque fois que l'occasion se présentait ? Sitôt que vous quittiez Québec, c'est à lui que vous recommandiez de veiller sur moi. Chaque fois que Québec était menacée, c'est à sa garde que j'étais confiée. Avec lui, j'ai pu voyager jusqu'aux chutes, j'ai pu chasser les oies, les canards et les tourtes, pêcher la truite, le saumon et l'anguille. C'est avec votre bénédiction que nous avons exploré l'île d'Orléans, cabané à maintes reprises sur les rives du fleuve, canoté sur la rivière Saint-Charles. Je me souviens de cette tempête où nous nous sommes perdus en forêt. Une effroyable tempête ! Tout était si blanc ! Il neigeait si abondamment que nous ne pouvions voir à une toise devant nous. Et vous n'avez rien dit sur notre absence, rien reproché, lorsque, penauds, nous avons regagné l'Habitation. Saviez-vous alors ?

Son silence accentua mon pressentiment.

— Parce que si vous saviez, c'est à plat ventre, les bras en croix, face contre terre que je devrais implorer votre pardon. J'ai trahi notre contrat de mariage, certes, mais jamais je ne vous ai laissé croire à un quelconque attachement à votre endroit. Jamais il n'y eut d'équivoque entre nous. Nous connaissions pertinemment l'un et l'autre la teneur du lien qui nous unissait. Pour cela je n'ai aucun repentir. Mais si vous saviez pour lui et moi, et que vous avez tout de même permis à cet amour d'exister, alors là oui, j'ai péché. J'ai péché, car j'ai jugé, décrié, méprisé celui-là même qui favorisait les élans de nos cœurs. Si c'est le cas… quelle abominable méprise ! Si j'ai mésestimé votre clémence, ignoré votre magnanimité, oui, j'ai horriblement péché !

Je redressai hardiment la tête.

— Est-ce là le réel message du don de ces peaux, monsieur ? Pour me faire savoir que vous saviez ? Quel affreux imbroglio ! Que penser, que croire ? Ce cadeau, pour punir ou apaiser, confondre ou absoudre ? Saurai-je jamais s'il me faut vous haïr ou vous admirer ? Quel horrible doute, monsieur ! Abominable torture !

Je retournai devant l'âtre. Les flammes s'éteignaient. La froidure de la pièce… Je remis du bois pour nourrir le feu.

Je zieutai la robe de chambre, source de mes incertitudes, de mes remords, de mes tourments. Savait-il ?

« Comment savoir ? Le mystère gît dans sa tombe. »

Ses secrets... Mes secrets... Pour en finir avec l'insondable passé, parce qu'il m'étouffait, parce que l'héritage était au-dessus de mes forces, je courus vers le vertugadin.

— Puisqu'il en est ainsi, puisque aucun de nous ne saura jamais la vérité de l'autre, ne pourra jamais pardonner, permettez, monsieur?

Je pris la robe de chambre et revins devant la cheminée.

— Résignons-nous, oublions!

Je me penchai, déposai la robe de chambre sur les tisons ardents et me signai du signe de la croix.

Il ne fallut que trois minutes pour que la robe de chambre ne soit plus que cendres, trois minutes pour que nos troublants mystères se consument à jamais.

— La joie sous les cendres, murmurai-je, la joie sous les cendres.

Ne me restait plus qu'à tendre l'oreille vers le paradis, car s'il y avait un pardon à recevoir, c'était, d'ores et déjà, de Dieu, et de Lui seul, qu'il me fallait l'espérer.

24

Les fils

Un fil de soie blanc tomba sur ma jupe de taffetas noir. Je piquai mon aiguille dans le chanvre supportant ma tapisserie pour l'attraper entre mes doigts.

— Un fil blanc, présage de joie, murmurai-je.

Une fois que je l'eus déposé dans mon panier, je poursuivis mon ouvrage. Dans moins d'une heure, la maisonnette, bordée d'hortensias et de chênes, serait complètement terminée. Une maisonnette toute semblable à celle où vivait Ludovic en Bretagne. La maison dont il rêvait pour nous, avant notre grand voyage. Ce rêve, c'est au bord du grand fleuve qu'il se réalisera : une maison à nous dans un pays tout neuf.

« Après ce veuvage, c'est la liberté, mon amour. Je serai enfin libre de vous aimer, libre de vivre auprès de vous et pour toujours. Quelques mois encore et je vous rejoins. Comme il me tarde de vous serrer dans mes bras ! »

Et file, file l'aiguille... Un bleu plus intense...

« Ce fil, où est ce fil bleu intense ? Ah, le voici ! »

Et file, file l'aiguille...

« Avec la mort du sieur de Champlain, tout redevient possible. L'argent ne me fait plus défaut. Vous savez, j'ai droit à l'usufruit des biens du lieutenant, et ce, jusqu'à la fin de mes jours. Le prix de la traversée menant au Nouveau Monde n'est plus un obstacle pour moi. Je pourrai payer mon dû. Le rose des pierres, voyons, voyons... ce rose passé fera l'affaire. »

Et file, file l'aiguille...

« D'autant que le prétexte est bon. Accompagner madame de La Peltrie, soutenir son œuvre missionnaire à Québec, que demander de mieux ? Ah, taisez-vous, sévère conscience ! Ne vous offusquez pas si vite ! Malgré les apparences, cette cause me tient à cœur. Éduquer les jeunes filles aux préceptes de notre foi, leur apprendre à lire, à écrire, ouvrir leur esprit, cultiver leur talent, les armer pour mieux affronter les rigueurs de la vie, tout cela me semble fort louable. Dieu ne peut qu'approuver. Il n'est pas irraisonnable d'y croire! »

Et file, file l'aiguille…

« Dans sa dernière lettre, madame de La Peltrie m'affirme avoir de solides appuis ecclésiastiques. Ma réponse ajoutera à sa détermination. Vu ma nouvelle condition, je peux l'appuyer sans réserve aucune. Mes décisions ne relèvent dorénavant que de moi seule. »

Et file, file l'aiguille…

« Ce n'est qu'une question de temps. Patience, mon adorable amour. Voilà! Terminé pour aujourd'hui! »

Je piquai l'aiguille dans le canevas, coupai le fil rose, remis les ciseaux dans mon panier et me levai afin d'observer à distance le fruit de mon travail.

— Joli, très joli même!

« Cet hortensia bleu sous les fenêtres, ces murs de pierres rosées, ce grand chêne… Vous l'aimerez, Ludovic, vous aimerez cette tapisserie. »

Je m'étirai en bâillant. Des poussières dansaient dans le faisceau de lumière entrant par la fenêtre. Le logis était si calme! Ce grand silence… Seul le pétillement du feu s'entendait. Jacqueline et Paul étaient partis à l'aurore. La farine se faisant de plus en plus rare, ils devaient parfois frapper aux portes de trois moulins avant de pouvoir en dénicher une pochette. Aujourd'hui, ils avaient prévu de franchir la porte Saint-Honoré pour gagner les moulins situés non loin du marché aux chevaux. Nombre de fermiers, désireux de vendre leurs bêtes aux armées du roi, y venaient en début de semaine. Par la même occasion, ils y apportaient les grains à moudre.

— Si quelques poches de farine traînent encore dans Paris, c'est forcément là qu'elles se trouvent, avait déclaré Paul avant de partir.

« Jacqueline! Comment haïr l'Espagne quand une servante espagnole se dévoue autant sous son propre toit? Rechercher les vivres, voir au quotidien de la maison, servir le réseau *Red de las damas* et prier. Jacqueline besogne sans répit de l'aurore au couchant. *Red de las damas*, une autre cause pour laquelle il me tarde de reprendre du service. Périlleux, peut-être? Néanmoins, le sentiment de solidarité féminine qui en tisse la trame est sans égal. »

Le fait de savoir que Marie-Jeanne était du nombre attisait d'autant ma curiosité.

«Si seulement François récoltait quelques informations pertinentes à son sujet…»

J'allais retourner à ma tapisserie lorsqu'on frappa à ma porte. Le hasard me surprit. C'était François. Le regard brillant et les bras encombrés de colis, il se dirigea promptement vers la table de la grande salle sur laquelle il déposa ses effets.

— J'ai tant à vous apprendre. Par où commencer?

— Par le cœur, monsieur mon ami, commencez par les affaires du cœur.

— Juste ciel! Vous lisez en moi!

— Comment, comment?

— J'ai enfin une piste menant vers Élisabeth Devol, la mère…

— De nos fils! m'excitai-je.

— De nos fils, précisément. Elle vivrait depuis peu à Saint-Denis, dans le quartier de la basilique.

— Que comptez-vous faire?

— M'y rendre, pardi!

— Mais la guerre!

— La guerre? Vous m'insultez! Paris est vide. Tous les braves sont sur un champ de bataille, nos fils y compris! Et moi, je devrais craindre de me rendre à quelques lieues d'ici! Vous m'offensez, madame! badina-t-il en posant la main sur mon front. Ah, j'y suis, vous êtes fiévreuse!

— François, cessez ces taquineries! Je crains pour vous. On dit les bataillons dans une telle débandade! Le risque est grand.

Le sérieux lui revint.

— Rien ne m'arrêtera. Ni la honte ni la crainte d'être odieusement repoussé par celle que j'ai, autrefois, lâchement abandonnée. Si seulement je pouvais réparer mes torts, ne serait-ce qu'un tant soit peu.

Il se redressa fièrement.

— Je suis prêt à tout! Je touche le but. Je verrai sa mère, je verrai mon fils!

Il braqua sur moi un regard résolu.

— Et j'en apprendrai sur le vôtre, appuya-t-il.

Sa détermination secoua mon inertie, déjoua mes réticences. L'argument était criant. Nos fils étaient là, à portée de main. Il suffisait d'un bref voyage, un jour ou deux tout au plus. Nous avions tout à gagner.

— Comme j'aimerais vous accompagner! N'eût été ce veuvage...

Il rit.

— Ah, je vous reconnais là, veuve téméraire!

— Ne me provoquez surtout pas!

— Je ne le sais que trop! Entendons-nous bien, votre place est ici.

— Ainsi, moi je brode une tapisserie, tandis que vous...

— Oui, parfaitement, vous demeurez ici, bien au chaud, à l'abri. Et je reviens vous rapporter ce que j'aurai vu et entendu, le jour même de mon retour.

Je levai les yeux vers le paradis, à la manière de Jacqueline.

— Si tel est mon destin!

Il rit encore avant de baiser chastement mon front.

— Cela vaut mieux, conclut-il.

— Soit.

— Bien, passons maintenant au deuxième motif de ma visite.

C'est alors qu'il étala des documents officiels déposés à la Prévôté de Paris au début de la semaine, des documents me concernant.

— Marie Camaret intente un procès en justice contre vous!

— Quoi, un procès contre moi!

— Oui!

La surprise était de taille. J'avais pourtant cru comprendre que la comédie de l'inventaire avait apaisé la soif de l'avide cousine. Force m'était de reconnaître, documents à l'appui, que je m'étais royalement trompée.

— Vous êtes sérieux?

— Comme un pape!

François m'expliqua les tenants et aboutissants de l'affaire. L'étalage des biens du sieur de Champlain l'ayant horriblement dépitée, la cousine Camaret ripostait vertement. Selon lui, elle se lançait dans une ultime tentative, espérant soutirer de l'héritage de son cousin d'irraisonnables profits.

— Invraisemblable!

— Oh, que non! Tout ce qu'il y a de plus réel. Écoutez plutôt.

Il lut. L'instance déposée contre moi comprenait deux chefs d'accusation: une quittance de deux cent soixante-cinq livres, due depuis 1620, et un recel la privant injustement, selon ses vues, de la moitié de la somme des biens du défunt.

Je tombai des nues. Moi qui croyais en avoir fini avec la satanée cousine ! La voix de père résonna dans le corridor.

— Hélène, Hélène, une lettre de notre fils, une lettre d'Eustache, d'Italie, une lettre d'Ita… Thélis, que faites-vous ici ? Quelle inconvenance, ma fille est veuve, maître ! S'il fallait que sa mère…

— Monsieur Boullé, l'interrompit François, mon audace s'explique. L'heure n'est pas aux convenances, l'heure est à la défense.

— Défense ! Quoi, quoi, défense ? Les Espagnols ? Expliquez-vous, Thélis !

Plus l'explication progressait et plus père se cabrait.

— Comment ! s'offusqua-t-il. Ces réclamations ne tiennent pas, Thélis ! Tenez, pour la quittance de deux cent soixante-cinq livres, j'ai souvenance d'avoir moi-même remis cette somme par procuration à cette époque. N'avez-vous pas retrouvé les traces de cette transaction lors de votre inventaire, ma fille ?

— Non !

— Ces papiers doivent bien exister quelque part ! Je jure sur la tête de votre mère que nous ne devons absolument rien à cette tracassière.

— À moins qu'ils ne soient dans le paquet laissé pour compte dans la bibliothèque, présumai-je. Attendez un moment.

Je revins déposer le ballot de paperasses sur la table. Nous éparpillâmes et scrutâmes chacun des feuillets jaunis, pour la plupart à demi déchirés. Notre fouille fut cependant récompensée.

— Le voici ! s'exclama père en brandissant une lettre devant François, voici la reddition de comptes signée par madame Leroy, la mère de Champlain en personne !

— Exact, fort bien, fort bien, fort bien, appuya François en y jetant un œil. Nous tenons la preuve irréfutable que Champlain ne devait plus rien à sa cousine. La requérante sera déboutée de ses prétentions en moins de deux. Reste le recel…

— On m'accuse à tort, rétorquai-je. Je n'ai rien caché. Tout l'héritage du sieur de Champlain fut dévoilé. Il n'existe aucun trésor, ni or, ni argent, ni papiers enfouis dans un coffre au fond d'une grotte secrète.

— Quelle impudente ! trancha-t-il. Comment ose-t-elle réclamer immédiatement la moitié de l'héritage, lors que votre contrat de mariage et l'acte de donation mutuelle vous en accordent l'usufruit jusqu'à votre mort? Je ne vois guère comment un jugement pourrait vous en priver. Tout a été dûment exposé aux notaires présents à l'inventaire? Les parts des compagnies…

— … et les créances. Tout, oui, tout fut scruté à la loupe. Sur la tête de mère, je le jure !

— Alors, les dés sont jetés. Madame de Champlain, vous aurez à défendre vos droits en cour de justice contre Marie Camaret d'abord…

Il regarda mon père, quelque peu hésitant.

— … et contre les Jésuites, ensuite, termina-t-il en appuyant sur chacun des mots.

— Quoi ! s'exclama père. Les Jésuites, ai-je bien entendu?

— Les Jésuites? m'étonnai-je.

— Précisément ! Je vous explique, je vous explique.

— Impossible, il y a assurément une erreur ! Les Jésuites? répéta père, incrédule.

— Ce feuillet le prouve. Je lis ici que le procureur des Missions a déposé une instance devant la Prévôté de Paris la semaine dernière. Les Jésuites réclament la valeur des legs conditionnels, soit quatre mille trois cents livres, tel qu'il est inscrit sur le testament du défunt. Ce qui revient à dire qu'ils réclament presque la moitié de la valeur de votre communauté de biens.

— Grossière méprise ! Ma fille Hélène en a l'usufruit ! rétorqua père.

— Vous le savez, nous le savons. Reste que le procureur, ayant été vraisemblablement avisé du recours en justice de Marie Camaret, tente le tout pour le tout. Si elle gagne son instance, ces legs risquent d'échapper aux Jésuites.

— Une véritable Pandore, cette Camaret !

— Contre laquelle votre fille aura à se défendre. Double attaque, double défense !

— Moi, en cour de justice, devant un juge, pour défendre ce qui m'est légitimement dû !

— Sitôt les assignations reçues, oui ! Vous n'aurez guère le choix, madame.

L'obligation m'exaspéra.

— Pourquoi défendre des droits légitimes contre des usurpateurs?

— Pour que soient justement respectées les volontés du défunt, répliqua fermement François.

— Pour l'honneur de notre famille, ma fille, explosa père, pour l'honneur de notre famille !

— L'honneur de ma famille ! me navrai-je.

— Parfaitement !

Comprenant mon désarroi, François reprit :

— Hélène, je vous aiderai. Nous préparerons votre défense ensemble. Ces requérants mordront la poussière, croyez-moi !

Devant moi, deux visages déterminés : un père défendant l'honneur, un ami défendant la justice.

— Aux armes, mousquetaire ! m'exhorta François.

Je baissai les bras.

« Ai-je le choix ? Non ! »

— Puisqu'il le faut !

Nous prîmes les ententes de circonstance. Sitôt revenu de Saint-Denis, François s'empresserait de m'instruire quant aux négoces en justice. Lorsqu'il me salua avant de nous quitter, nos regards se comprirent. Les négoces du cœur ne seraient pas oubliés.

— Père, vous parliez d'une lettre d'Eustache ? lui demandai-je comme il allait quitter la pièce.

— Hum, oui, j'oubliais... cette affaire de procès. Oui, une lettre d'Eustache, après quatre mois de long silence...

Il soupira, la sortit du revers de sa manche et me la présenta.

— Tenez, lisez. Il va bien. Si vous lui répondez, n'hésitez pas à vous recommander à ses prières. Il n'y aura jamais assez de saints à vos côtés. Une assignation à paraître en cour de justice contre les Jésuites, contre les soldats du Christ ! Juste ciel, le diable est à nos trousses !

François revint deux jours plus tard. D'humeur joyeuse, il donna son manteau à Jacqueline, agrippa mon bras et s'empressa de m'entraîner dans la grande salle, ne s'arrêtant qu'une fois debout devant les chaises, près de la fenêtre. Il tendit la main vers l'une d'elles.

— Si madame veut bien s'asseoir.

— Dites donc, quel empressement !

Il se pencha.

— Je l'ai vue! chuchota-t-il à mon oreille.

— Non! murmurai-je.

— Si!

— Votre fils?

Il s'assit sur la chaise d'en face et prit mes mains dans les siennes.

— Non, elle! J'ai vu Élisabeth!

— Élisabeth, familier déjà!

— Dame Devol, si vous préférez, reprit-il embarrassé.

Comprenant le délicat de la situation, je réprimai le sourire que son malaise provoqua.

— Pardonnez-moi! Alors, cette rencontre? Racontez-moi, je veux tout savoir.

Il débita tout d'une traite. La dame était fort belle: taille fine, visage agréable et prunelles brillantes. Dans sa soyeuse chevelure brune, seuls quelques fils blancs trahissaient le passage des ans. Plus heureux encore; elle l'avait accueilli comme on accueille un vieil ami dont on a gardé un bon souvenir. Lui qui appréhendait sa hargne, lui qui redoutait de se voir refuser sa porte. Ah, le charme fou de la femme mûre, sage, profonde, réfléchie! Il s'arrêta, s'adossa à la chaise, véritablement envahi par le délice du souvenir. Bien que sensible aux plaisirs qu'il me partageait, je restais tout de même sur mon appétit. Le moment vint, où, n'y tenant plus, j'osai.

— Et votre fils?

— Le meilleur! J'y viens, j'y viens.

Il se leva, frotta vigoureusement ses mains l'une contre l'autre tout en redressant fièrement l'échine.

— Eh bien, madame, sachez que mon fils est officier dans l'escadron de Saint-Denis. D'après une lettre écrite à sa mère, il semble qu'il ait été de ceux qui firent trembler les Espagnols en Corbie.

— Quel honneur, François!

Il se rassit.

— Un fils qu'il me tarde de rencontrer. Sa mère a fait de lui un honnête homme. Je lui en serai redevable pour le reste de mes jours.

— Que vous pourrez peut-être passer en sa compagnie? À vous entendre, on pourrait croire que...

Son visage perdit de son éclat.

— Hélas, le seul point sombre de l'équipée. Depuis la mort du gendarme qui l'avait prise sous son aile, dame Devol est chambrière chez le baron d'Auban.

— Ah! Veuf, ce baron?

Son long soupir confirma mes doutes.

— Donc, la dame n'est point libre, conclus-je.

Il passa ses mains sur son visage, comme pour éloigner la déception.

— Somme toute, un bon voyage à Saint-Denis, mon ami?

Il redressa les épaules.

— Un bon voyage!

Ma curiosité était à son comble. Redoutant qu'il n'ait plus rien à ajouter, j'osai.

— François, mon fils?

Ses mains claquèrent l'une contre l'autre.

— Oh, quel piètre ami je fais! Pardonnez-moi!

— Le pardon viendra après le témoignage, monsieur, badinai-je.

La faute fut vite oubliée tant les informations étaient de bon augure. Mon fils allait bien. Selon la dernière lettre envoyée à sa mère, il regagnerait bel et bien la région de Paris autour de la fête de Noël. Je fus soulagée. Marie ne l'attendait pas en vain.

Lorsque François quitta mon logis, nos cœurs de parents vibraient à l'unisson : nos fils paraissaient enfin à l'horizon de nos vies.

La mi-décembre arriva sans que je la voie venir. Les soubresauts de l'inventaire, du testament et des instances en justice m'avaient éloignée d'Ysabel qui approchait de son terme. Je maudis ma condition de veuve qui limitait mes sorties aux strictes cérémonies religieuses. Ysabel me manquait, nos confidences me manquaient, le soutien de notre amitié me manquait et je savais qu'il en était de même pour elle.

Fort heureusement, nous avions Marie. Comme elle travaillait à la boulangerie de Jonas depuis quelques mois, je m'en remettais à elle pour suivre à distance l'évolution de la grossesse de mon amie. Fascinée par ce ventre qui n'en finissait plus de grossir, Marie était à l'affût du moindre événement : un pied qui bouge, un coude qui pointe, une légère ondulation sous la peau tendue.

— Tout se passe admirablement, m'assurait-elle.

Pourtant, plus la naissance approchait et plus Ysabel l'appréhendait. N'étant plus de prime jeunesse, elle craignait pour elle, elle craignait pour son enfant. Comme j'aurais aimé pouvoir la rassurer, la consoler !

Je ne pouvais davantage aider Angélique, qui se tracassait au plus haut point pour ses intrépides jumeaux, de si jeunes soldats, dont elle était toujours sans nouvelle. Notre généreuse Marie nous soutenait l'une et l'autre, sans jamais défaillir.

— Tous ces tracas ne te pèsent-ils pas ? lui demandai-je un jour.

— Non, non, se défendit-elle, non !

— Toujours ce sourire… Comment fais-tu ?

— Je pense à Mathieu, au moment où je le reverrai. Cette pensée me donne tous les courages.

Sa confidence me charma. Mon fils était aimé. Le délectable secret brûla mes lèvres, mais je résistai ; le secret resta secret.

L'Avent se déroulait, comme il se devait, sous le signe de l'attente. La chrétienté attendait la naissance du Fils de Dieu, Angélique et Henri une lettre de leurs jumeaux, Ysabel et Jonas la venue de leur enfant, Marie le passage de son amoureux, et moi la rencontre avec ce fils qu'il m'avait fallu aimer dans l'éloignement et le silence. Décembre avança. Ysabel n'accouchait toujours pas.

La veille de Noël à quatre heures de l'après-midi, je fis le dernier point de ma tapisserie. Tout était là, la maison, les hortensias, le chêne, deux enfants jouant avec un chien tout pareil à mon Aie, mon chien au pelage doré, du pays de là-bas. Je la détachai délicatement de son cadre et la tendis à bout de bras.

— Fort joli, fort bien ! Vous l'aimerez, Ludovic, vous l'aimerez. Attendez seulement que madame de La Peltrie s'embarque sur un navire en partance pour le Nouveau Monde et je ne serai pas bien loin derrière, foi d'Hélène ! Dans mes bagages, cette tapisserie à l'image de votre rêve, à l'image de notre rêve… vous, moi et lui, qui sait, lui aussi peut-être, notre fils. Il aurait en lui la fibre de l'aventure que cela ne m'étonnerait pas. Forcément, un père aventurier, une mère intrépide…

Je ris.

«Vous l'entendez, cette conscience rétive qui s'oppose à tout, qui s'offusque de tout? Quoi, n'ai-je pas droit à ma vie, à mon bonheur! Folle je suis, me crie-t-elle, folle! Eh bien, soit, conscience, folle je suis et folle je resterai, ne vous en déplaise!»

— Ce sera votre cadeau, Ludovic, pour notre anniversaire. Souvenez-vous, notre premier Noël, notre première fois, moi dans vos bras. J'en tremble encore. Cette tapisserie est pour vous, joyeux Noël, mon Bien-Aimé!

Je m'essuyai la bouche avec ma serviette de table, déposai la cuillère dans mon bol de soupe et me levai.

«Jacqueline partie au couvent du Val-de-Grâce pour ses dévotions de la veillée de Noël, et moi obligée de rester confinée ici, à tourner bêtement en rond, alors que le terme d'Ysabel est passé depuis plus de deux semaines. Je n'ose imaginer dans quel état se trouve Jonas. Et ce réveillon après la messe de minuit chez mes parents! Tante Geneviève devrait y être, à moins d'une urgence… Si seulement je pouvais me rendre auprès d'Ysabel!»

Après une demi-heure d'hésitation, incapable de résister davantage, je me rendis au modeste logis de Paul, jouxtant celui de mes parents. Cette vaste pièce unique lui servant tant de cuisine, de chambre que de salle à tout faire convenait au fidèle cocher qui veillait sur moi, tel un ange. Ce soir-là, c'est à cet ange miséricordieux que j'allai adresser mon inconvenante requête. Je frappai à sa porte. Il m'ouvrit, surpris.

— Mademoiselle! Vous! Il n'est pas minuit que je sache. À moins que je me sois assoupi. Brrr, ce froid! Entrez donc.

— Paul, je sais votre grand cœur.

— Mademoiselle, se méfia-t-il en me regardant de travers.

— Paul, je dois absolument me rendre chez Ysabel… maintenant!

— Maintenant, la veille de Noël! Et la messe de minuit, et le réveillon chez vos parents, vous n'y pensez pas?

— Je sens qu'elle entre en gésine.

— Vous sen… sentez quoi!

— Ysabel devait accoucher à la mi-décembre. Mais le bébé tarde… Noël, quel merveilleux moment pour naître, ne trouvez-vous pas ? Vous me laissez chez Jonas et revenez vite pour assister à la messe, dans l'église tout près, comme si de rien n'était.

— Vos parents ?

— Paul, je vous en prie. Ysabel a réellement besoin de moi.

— Par tous les diables ! Vous ! Vous !

Je n'avais pas refermé la porte de la boulangerie que Jonas accourait vers moi. Hébété, nerveux et muet d'excitation, il me tira dans l'arrière-boutique où Ysabel, accroupie sur l'amas de paille disposé devant le feu de sa chambre, geignait de douleur. Dès qu'elle me vit, elle hurla. Son cri énerva le pauvre Jonas, au point qu'il se mit à tourner en rond.

— Oh, quel malheur ! gémissait-il. Oh, oh, tenez bon, ma mie, tenez bon !

Je lançai ma cape sur une chaise, m'agenouillai près d'Ysabel, touchai son front mouillé, pris son pouls.

— Tout va bien, Ysabel, tout va bien. Je suis là.

Ses yeux bouffis me criaient son contentement.

— Hélène, souffla-t-elle.

— Je sais, il y a longtemps. Moi, veuve, toi grosse, toutes deux claustrées entre les quatre murs de nos logis.

Elle me sourit.

— Je suis là, maintenant, je suis là. Jonas, où est Marie ?

— Chez son père, c'est la veille de Noël, dame Hélène.

— Ah, oui, avec sa famille. Angélique a besoin d'elle. Bien, débrouillons-nous ! Jonas, le feu, ajoutez quelques bûches, il faut absolument éviter un refroidissement, dis-je en m'agenouillant devant ses jambes écartées.

— Respire, respire, Ysabel…

Je tâtai son ventre durci. Elle cria.

— Jonas, mettez de l'eau à bouillir. Deux chaudrons d'eau, si possible. Plus nous en aurons… Sortez toutes les étoffes, linges et toiles, tous les linges que vous pourrez trouver. Apportez-moi du beurre, de l'huile et courez chez tante Geneviève. Il est temps. N'oubliez pas de bien refermer la porte en sortant. Évitons les courants d'air.

« Loin de nous les sorciers maléfiques », me dis-je.

Je soulevai les jupons d'Ysabel afin de vérifier où en était le travail d'enfantement.

— Courage, Ysabel, tu n'en as plus pour longtemps !

Après deux heures d'efforts, de cris et de hurlements, son poupon vit le jour. Tante Geneviève le reçut, coupa le cordon le reliant à sa mère, et me le remit. Ysabel, épuisée, ne le quitta pas des yeux tout le temps que je le parai. Je mis un soin particulier à essuyer le léger duvet foncé recouvrant son tout petit crâne rond. Jonas, saisi d'hébétude, fixait le petit être gémissant, comme s'il eût été l'Enfant-Jésus.

— Jonas, l'interpella faiblement Ysabel.

Sursautant, il la regarda, regarda l'enfant, la regarda à nouveau. Elle tendit la main vers le petit.

— Jonas, notre fils... répéta-t-elle.

Jonas ouvrit la bouche toute grande, fit un effort. Rien n'y fit, aucun son n'en sortit. Le nouveau-né pleura.

— Ma mie, finit-il par murmurer. Ma mie, il vit, vous vivez...

Il saisit la main de sa femme et la serra contre son cœur.

— Pour sûr qu'il vit ! clama tante Geneviève, qui terminait de nettoyer le bas-ventre de la mère. Écoutez-moi cet affamé. Il vous en faudra, des pains, pour nourrir ce vigoureux rejeton, maître Jonas !

— Il vit, notre petit vit ! Ô ma mie, ô ma mie ! s'extasia-t-il.

Je déposai l'enfant emmailloté dans ses bras.

— Tiens, Ysabel. Il a soif.

Éblouie, elle ouvrit sa chemise et le porta à son sein.

Tante Geneviève jeta les déchets dans le feu de l'âtre et essuya ses avant-bras sur son tablier de sage-femme. Je m'approchai d'elle et nous observâmes la scène, côte à côte, complètement subjuguées de ravissement. L'horloge sonna dix coups. Le dernier nous tira de notre extase.

— Bien, Hélène, dit-elle dans un soupir, tout est recousu, le ventre est sanglé, le saignement est normal. Je crois que cette nouvelle famille n'a plus besoin de nous.

— Reste à nettoyer la cuisine.

Elle prit ma main et me sourit.

— Tu as l'art de me ramener sur terre, nièce chérie.

Je retins mon rire.

Nous essuyâmes table et plancher, puis lavâmes et étendîmes les linges sur des cordes de fortune. J'étais à brasser le bouillon cuisant dans la marmite suspendue à la crémaillère, lorsqu'elle me chuchota :

— Plusieurs blessés sont arrivés à l'hôpital Saint-Louis, dimanche, des blessés venant directement de Saint-Jean-de-Losne. Certains ont fait le voyage couchés dans une simple charrette, exposée au vent et au froid. Tu imagines un peu leur état ?

— Des blessés de Saint-Jean... m'alarmai-je, de jeunes blessés ?

— Bien entendu ! On n'envoie guère de barbons au combat. Mais qu'as-tu ? Te voilà bien pâle !

— Mathieu De... a combattu...

J'étouffai.

— Il fut de l'affrontement à Saint-Jean...

J'eus très chaud.

— Hélène, qu'y a-t-il ?

Ma louche glissa dans le fond de la marmite. Je m'appuyai au montant de la cheminée. Tante Geneviève toucha mon épaule.

— Hélène, Hélène !

Elle approcha une chaise sur laquelle je me laissai tomber.

— Hélène, tu es épuisée. De l'eau, attends, je te donne un peu d'eau.

Je bus. Mon malaise s'atténua. Mon inquiétude augmenta.

— Mathieu Devol...

— Qui ?

— Mathieu Devol, y a-t-il un blessé de ce nom ?

— Voyons voir, laisse-moi me rappeler. Oui, oui, effectivement. Je le revois, oui, un grand gaillard, un tibia fracturé, plaie ouverte, fièvre... Rien de grave.

— Fracture, fièvre, des complications ?

— Ce jeune homme récupère admirablement. Il en a bien pour quatre semaines avant de pouvoir marcher, mais rien d'alarmant. Tu le connais ?

— Marie, ce garçon devait lui rendre visite.

— Ah, c'est donc ça ! Oui, je me rappelle, maintenant que tu en parles. Quelle piètre mémoire ! Eh bien, Marie pourrait venir à l'hôpital, si son père y consent.

— À l'hôpital, vous croyez ?

— En ma compagnie, pourquoi pas ?

— Oh, ce serait tellement... tellement... !

— Le bonheur de Marie te tient particulièrement à cœur, on dirait ?

J'esquivai son regard. Elle esquiva mon malaise.

— Si cette visite peut la rassurer, il n'y a pas à hésiter ; elle doit aller à l'hôpital.

— Je l'accompagnerai.

— Toi, veuve !

Mon audace piqua sa curiosité. Elle me regarda curieusement. Je baissai les yeux tant je redoutais sa perspicacité. Elle ne devait suspecter d'aucune manière l'inavouable projet qui contrevenait à la promesse que je lui fis jadis. Avec mon assentiment, elle avait confié mon enfant à une sage-femme de sa connaissance, qui devait à son tour le remettre entre les bras d'une mère endeuillée d'un chérubin mort en couches. Elle serait sa nourrice et sa mère, et ce, pour toujours. Jamais je ne devrais rechercher cet enfant.

D'une part, il y avait ce serment ; d'autre part, il y avait cette chance de rencontrer Mathieu Devol pour en finir avec le doute qui rongeait mon âme depuis si longtemps. Ce garçon était-il véritablement mon fils ? Je l'avais rêvé, certes, mais l'était-il vraiment ? L'impérieuse question me torturait.

— Je l'accompagnerai, répétai-je hardiment.

Une des innombrables qualités de ma tante était la réserve dont elle faisait preuve, lorsque, sans trop en avoir l'air, elle devinait quelque secrète intention. Elle déposa son linge à vaisselle sur la corde tendue au-dessus de nos têtes.

— Bien, puisque tu insistes, dit-elle simplement.

— Même veuve ?

— Même veuve. Tu n'auras qu'à quitter ce lugubre ensemble de taffetas noir le temps de la courte visite, et rien n'y paraîtra, affirma-t-elle avec un clin d'œil.

Sitôt dit, elle retourna à la table et rangea minutieusement ses effets de sage-femme dans sa mallette de cuir noir.

Son assentiment ajouta à mon remords. Je répugnais de trahir sa confiance ? Comment sortir de ce cruel dilemme ?

« J'avais promis de ne jamais rechercher mon fils… rechercher… Mais si ce fils vient à moi, si un bienheureux hasard me pousse vers lui. En réalité, c'est Marie qui me mène vers ce Mathieu. Il m'est donc permis de le rencontrer sans trahir mon serment. »

Je pris ma conscience en otage et Dieu à témoin. S'il s'avérait que Mathieu Devol fût réellement mon fils, je m'engageais à ne rien dévoiler du lien qui nous unissait. Sans cette révélation, tout était possible, le dilemme n'était plus. Soulagée, je retournai à la marmite. Il était temps d'apporter ce bouillon chaud à Ysabel. Elle devait absolument reprendre des forces, la vie de son fils en dépendait.

Tante Geneviève enfila sa cape et me tendit la mienne.

— Viens, Hélène, il est plus de minuit. Laissons les nouveaux parents à leur bonheur.

— Ysabel et Jonas, un fils ! J'ai peine à y croire. Ysabel, mère…

— Réjouissons-nous, ils sont comblés !

Je me rendis à la porte de leur chambre. Les parents étaient en adoration devant leur enfant.

« Une belle famille », me dis-je.

Ysabel me regarda.

— Je reviens dès que je peux, lui chuchotai-je.

Elle acquiesça légèrement de la tête, sourit à Jonas et fixa à nouveau, admirative, le fils qu'elle avait tant désiré. Je retournai à la boulangerie. Tante Geneviève m'attendait.

— Dis donc, ne serions-nous pas attendues au réveillon de tes parents, chère nièce ? Tu as faim, toi ? Pour ma part, j'ai une faim d'ogre.

— Éloignons-nous d'ici alors, sinon gare au nourrisson !

Elle rit de bon cœur.

— Le dernier que j'ai dévoré remonte à quand déjà ? Voyons, voyons…

— Sortons vite !

Sur le chemin du retour, nous avions convenu d'un plan. Le lendemain, tôt en après-midi, j'irais frapper à la porte d'Angélique pour informer Marie de la présence de Mathieu Devol à l'hôpital. Elle accepterait, assurément, la proposition d'une visite. Ensemble, nous irions chercher tante Geneviève, afin qu'elle nous mène auprès de l'énigmatique blessé.

Ce qui fut fait.

Insensible aux plaintes et aux jérémiades s'élevant des couchettes, indifférente au va-et-vient des soignantes et des brancardiers, j'avançais dans l'allée centrale de la vaste salle de l'hôpital

Saint-Louis, fébrile, un souffle céleste guidant mes pas. Tout se passait comme si la voix d'une fabuleuse sirène m'attirait inexorablement vers le grabat sur lequel reposait Mathieu Devol, le fils adoptif d'Élisabeth Devol, mon présumé fils.

— Son état s'améliore rapidement, nous informa tante Geneviève. Ne vous troublez pas trop de son allure, Marie. Je vous assure que sa condition est moins grave qu'il n'y paraît. Ces attelles retenant sa jambe fracturée impressionnent toujours. Dans quelques semaines, ce soldat reprendra les armes.

— Les armes! se désola Marie.

— Tout de même, ma tante! Laissons-lui un peu de temps.

— La réalité est ce qu'elle est, je n'y peux rien. En temps de guerre, pas de répit pour les soldats.

— Il souffre? demandai-je en m'étirant afin de mieux voir devant nous.

— Plus maintenant. La fièvre est tombée depuis deux jours. Antoine a habilement réduit la fracture dès son arrivée. Il est jeune, ce tibia se ressoudera vite. Tu sais pourtant de quoi il retourne, Hélène. Tu n'en es pas à ton premier blessé du genre.

— Non.

Elle faisait allusion à notre année passée à La Rochelle, mais moi, c'est un Ludovic sautillant sur ses béquilles que je revis, un Ludovic qui, malgré son handicap, s'efforçait de me séduire.

— Ton sourire me rassure, enchaîna tante Geneviève. Je disais qu'à La Rochelle…

— Hum, oui, nous y avons soigné plus d'un éclopé, répondis-je tout en recherchant une jambe retenue par des éclisses par-delà l'encombrement des lits.

— Mathieu s'en remettra totalement? s'inquiéta Marie.

— Oui, Marie, dans quelques semaines il n'y paraîtra plus, la rassurai-je.

Je fixai le lit devant lequel venait de s'arrêter tante Geneviève.

— C'est lui, chuchota Marie à mon oreille, c'est lui!

Dans ma poitrine, mon cœur se débattait comme un diable dans un bénitier.

— Marie! s'exclama-t-il en l'apercevant. Marie, vous ici!

— Mieux vaudrait rester allongé, jeune homme, suggéra tante Geneviève.

— Quoi! Moi, Mathieu Devol, rester couché alors qu'une adorable jeune fille se présente à mon chevet? Une honte!

Tandis que tante Geneviève riait de sa hardiesse, il ne fit ni une ni deux, saisit sa jambe enchâssée et la glissa sur le rebord de son lit.

— Quel enthousiasme! Attendez, je vous aide, dit-elle en soulevant les béquilles appuyées sur la chaise coincée entre les deux couchettes.

Il ajusta le collet de sa chemise, prit les béquilles et se leva.

«Plus grand que son père!» m'étonnai-je.

— Marie, c'est bien vous?

— Mathieu... dit-elle embarrassée. Vous, blessé...

Il lui sourit d'un sourire taquin. Ce sourire-là m'avait si souvent charmée!

— Ce bandage à votre front? déplora-t-elle en levant sa main.

Le galant l'attrapa au vol et y posa les lèvres.

— Marie, quel plaisir vous me faites!

— Votre front...

— Une écorchure, une simple écorchure. Vous avez reçu mes lettres?

Tante Geneviève s'écarta des amoureux. Un peu plus loin, un blessé l'appela.

— Hélène, Marie, excusez-moi un moment, je vais voir. Ce ne devrait pas être long.

— Prenez tout votre temps, lui dis-je, prenez tout votre temps.

C'est alors seulement qu'il me remarqua. Nos regards se croisèrent. Le vert profond de ses yeux rieurs, cette fossette au menton, ce large front, ce nez légèrement aquilin... Mon fils?

— Marie, cette dame qui vous accompagne?

— Madame Hélène de Champlain. Dame Hélène, voici Mathieu, celui dont....

Une certaine gêne figea ses mots.

— ... dont vous m'avez souvent parlé, terminai-je. Mathieu...?

— Devol, Mathieu Devol, fils d'Élisabeth Devol. Pour vous servir, madame.

Il s'inclina exagérément. Ces cheveux bruns au reflet cuivré...

— Mathieu, fils d'Élisabeth, répétai-je péniblement tant ma bouche était sèche.

— Devol, madame. Vous connaissez ma mère?

Je déglutis.

— Non, je n'ai pas cet honneur.

— Dommage, c'est une brave femme.

— Un jour peut-être, qui sait?

— Ce sera un beau jour, madame.

Il détourna lentement la tête vers sa dulcinée, lentement, comme si sa curiosité n'était pas satisfaite.

— Que vous est-il arrivé, Mathieu? lui demanda Marie. Ces blessures...

— Oh, ces blessures...

— Vous pouvez être fière de lui, ma p'tite dame, l'interrompit son voisin de lit. N'eût été son zèle, toute notre brigade passait l'arme à gauche.

— Tu exagères, Fortier, tu exagères!

— Personne ne me fera changer d'avis là-dessus, Devol! Si tu n'avais pas été là, on y passait tous.

— C'est bien vrai? s'exclama Marie. Racontez-nous.

— Ta ruse nous a permis de déjouer l'ennemi, jeunot, en remit le voisin. Toute une fierté, raconte, raconte!

— S'il vous plaît, Mathieu, supplia Marie.

— Vous ici, j'ai peine à y croire!

— Racontez-moi.

— Une aventure de guerre, cela vous intéresse vraiment?

— Oui, vraiment.

— Puisque vous insistez. Alors, je serai bref. Notre escadron remontait vers Paris; une cinquantaine d'hommes affamés, quelques-uns blessés, certains, même, désarmés. Nous avions marché tout le jour. Nous gravissions le flanc d'une colline sur laquelle nous nous proposions de passer la nuit, lorsqu'au loin des cavaliers...

Cette assurance gorgée de tendresse, cette fière prestance, cette voix suave et profonde, mille fois entendue, mille fois chérie, il tenait tant de lui!

« Ce brave garçon, notre fils, Ludovic? »

Ses gestes, son teint, ce visage tantôt grave, tantôt radieux... oui, cet homme était bien de ma race, était bien de mon sang. Un étrange sentiment m'habitait. C'était comme si je le connaissais depuis toujours, comme si notre familiarité allait de soi. Mon fils, devant moi. J'avais peine à le croire. Je lui avais donné la vie. Cette autre mère en avait fait ce qu'il était, et ce qu'il était me captivait.

— Dame Hélène, dame Hélène, vous avez entendu, s'enthousiasma Marie. Mathieu a sauvé ses compagnons d'armes d'une mort certaine !

J'émergeai de ma réflexion, transie d'allégresse.

— Vous êtes trop généreuse à mon endroit, Marie. Je n'ai fait que mon devoir de soldat, répliqua Mathieu.

— Votre modestie vous honore, jeune homme, rétorquai-je, ce simple devoir frôle l'héroïsme.

Il cligna de l'œil à l'intention de son compagnon d'armes étendu à sa droite.

— Tu vois où ce papotage mène, Fortier ? Dans l'embarras, mon vieux, dans l'embarras !

— Tu n'as pas à te plaindre, s'offusqua l'autre. V'là deux jolies dames en pâmoison devant toi. Tu n'as plus qu'à abuser.

Nous eûmes un commun éclat de rire.

— Parlant d'abuser, enchaîna Mathieu, si je peux me permettre, madame de Champlain, j'ai une lettre, là, dans la poche de mon manteau.

L'espace exigu gêna son mouvement. Il sautilla sur place.

— Une lettre, dite-vous ? Laissez-moi vous aider. Cette lettre serait où au juste ?

— Dans la poche droite de mon manteau.

— Je l'ai, dis-je en la lui remettant.

— Cette lettre est destinée à ma mère, madame, poursuivit-il. Je l'ai écrite ce matin. Si seulement vous pouviez faire en sorte qu'elle la reçoive au plus tôt.

La demande me saisit. Je dus rougir.

— Où... où vit votre mère ? demandai-je stoïque.

— À Saint-Denis.

— À Saint-Denis. À quelques lieues seulement de Paris... Oui, cela me semble possible... de lui faire parvenir votre lettre. Oui, j'y verrai.

— Ainsi, mère sera rassurée.

— Rassurée. Il est vrai qu'une mère craint toujours pour ses enfants, surtout en temps de guerre.

Je la serrai sur mon cœur.

— Je vous suis très reconnaissant, madame.

— Un fils attentionné, une mère choyée.

— Elle le mérite grandement, madame.

Cette ardente ferveur... à la limite du supportable.

— Votre mère vit seule ? m'efforçai-je poliment de poursuivre.

— Non, elle est chambrière chez le baron d'Auban. Mon frère Thierry et moi…

— Mère de deux vaillants fils…

Il hésita, se ressaisit et reprit hardiment.

— Mère fut d'abord ma nourrice, enfin, je serais né d'une autre femme.

— Cette autre femme serait…

Le souffle me manqua.

— … morte en couches, un soir de Noël. C'est tout ce que j'en sais.

— Morte… désolée.

— Ne soyez pas désolée, madame, je n'ai jamais manqué de rien, m'avoua-t-il, un attendrissant sourire aux lèvres.

Ce troublant amalgame d'allégresse et de tristesse…

— Votre lettre parviendra à votre mère sous peu, vous avez ma parole. Permettez, je vous laisse, je rejoins tante Geneviève.

— Merci à vous, madame de Champlain.

Je partis aussitôt tant l'émotion était vive.

« Madame de Champlain, madame de Champlain. »

Jamais ce nom n'avait été à la fois si doux et si cruel à mes oreilles. J'allai droit devant du mieux que je le pus, un pied un peu trop à gauche, un pied un peu trop à droite. Ce fils, mon fils…

Soucieuse de retrouver un certain aplomb, je résolus de fixer intensément le doigt levé que tante Geneviève était occupée à panser. Me concentrer sur les blessés, les blessures, l'hôpital…

— Ces jeunes tourtereaux en auraient long à se dire ? taquina-t-elle.

— Il semblerait.

— Laissons-les à leurs confidences. Tu aimerais faire la tournée des lieux ?

— Quelle bonne idée !

— Là, soldat, tout ira bien, maintenant.

Elle déposa ses ciseaux dans sa trousse et la referma.

— Merci bien, bonne dame.

— Bonne journée, soldat Brisebois.

— Viens, Hélène, je te montre la réserve de l'apothicaire et la salle où se pratiquent les chirurgies. C'est qu'il est immense, cet hôpital.

— Impressionnant !

Elle se dirigea vers la porte au bout de l'allée. Je la suivis.

— Un grand quadrilatère, plus de deux cents lits, dit-elle. Au bout de l'aile du nord-est, se trouve un grand jardin. En été, une jolie fontaine égaie les lieux...

Avant de franchir la porte qu'elle ouvrait, je regardai par-dessus mon épaule. Derrière nous, un jeune homme d'allure altière, supporté par deux béquilles, souriait à la jeune fille blonde qui le dévorait des yeux. Le hasard voulut qu'il détourne la tête au même instant. Il me regarda intensément, comme on regarde parfois un étranger dont on doute qu'il en soit vraiment un.

« Ce gaillard-là, mon fils ! »

— Hélène, insista tante Geneviève, Hélène, tu m'écoutes ? Non mais, je parle aux anges !

Je lui souris.

— Si j'avais des ailes, ma tante, en cet instant précis, je volerais, croyez-moi, je volerais !

Son éclat de rire se mêla à celui de mon fils que je discernai au travers tous les bruits de la salle.

« Mon fils rit, mon fils vit ! » m'exaltai-je.

— Comme je te disais, il y a un jardin...

— Un jardin, dites-vous ?

— Un jardin, oui. Bien sûr, à Noël, point de fleurs. Malgré tout...

« Noël, pensai-je, vingt-deux ans, déjà ! Joyeux anniversaire, monsieur mon fils ! »

25

Le Cid

C'était la contrepartie de la félicité qui m'habitait depuis cette rencontre avec mon fils. Je devais continuer à vivre, comme si rien d'extraordinaire n'était survenu, comme si de le voir, ne serait-ce qu'un court instant, ne m'avait pas réconciliée avec ma vie, avec la vie.

Selon les confidences de Marie, son amoureux avait séjourné chez sa mère, le temps de sa convalescence, pour ensuite rejoindre l'escadron de Saint-Denis, celui-là même dans lequel son frère, Thierry, le fils de François, avait la charge d'officier. L'Espagne et les Habsbourg s'alliaient contre la France. Nos armées combattaient sur toutes les frontières, les nobles et les soldats se devaient de défendre leur pays.

Les femmes foulant aux pieds soucis et craintes, frissons et tourments, relevaient les manches et voyaient au quotidien. L'essentiel étant de mettre un peu de pain sur la table, afin de nourrir ceux de leur famille qui n'étaient pas à combattre.

Je fis comme toutes les autres, je mis mon cœur de mère en veilleuse, et résolus de passer outre aux oppressantes convenances du veuvage. Ysabel avait besoin de moi pour ses relevailles. Angélique, lourdement affectée par le persistant silence de ses jumeaux soldats, avait besoin d'être rassurée. Tante Geneviève appréciait grandement mon aide à chaque arrivage de nouveaux blessés. À la Confrérie de la Charité nous n'en finissions plus de soulager les miséreux. *Red de las damas* m'obligeait à de nombreuses visites clandestines, durant lesquelles je devais remettre de mystérieux colis à de mystérieuses complices. Comme si ce n'était pas assez, j'allais de surcroît devoir assurer ma défense dans ces maudits procès.

En ces temps de guerre et de grandes nécessités, l'étiquette du veuvage était un luxe utopique.

Durant nos rencontres, mon notaire François s'appliqua à débroussailler les paperasses de la succession du sieur de Champlain, retenant les documents qu'il croyait essentiels, rejetant les superflus. Au fil de ce tri, il m'expliqua les procédures officielles auxquelles j'allais être confrontée.

Lorsqu'il arriva à notre troisième rendez-vous, il resta sur le palier, me souriant candidement.

— Vous n'entrez pas ? m'étonnai-je.

— Non, madame, aujourd'hui, ma tâche sera tout autre.

— Qu'est-ce à dire ?

— Je vous invite !

— Où ça ?

— Vous me faites confiance ?

— Oui.

— Je vous ai rarement déçue.

— Attendez que je réfléchisse…

— Peut-être une fois ou deux, je veux bien l'admettre, badina-t-il. Mais cette fois, je vous promets que vous ne le regretterez pas. Cela vous distraira. Vous le méritez.

— Où irions-nous ?

— Cette sortie demande une confiance aveugle. Vous saurez quand vous y serez.

— Aveugle !

— Alors, madame ? dit-il en m'offrant son bras.

— Puis-je prendre le temps de passer ma hongreline, monsieur ?

— Si madame fait vite. Le carrosse attend, madame.

Je ris.

Le théâtre des Marais était situé tout près de la Place Royale, non loin de la Bastille. En cet après-midi du 7 janvier de l'an 1637, les courtisans, entassés dans les galeries surplombant le vaste parterre, attendaient fébrilement, depuis plus d'une heure, l'entrée en scène des comédiens.

Aux deux extrémités des galeries, de chaque côté du décor, se trouvaient les loges royales. Dans celle de droite, escorté par trois jeunes pages, notre roi Louis, sobrement habillé de noir, s'ennuyait. Non loin de lui, un peu en retrait, le Cardinal, tout vêtu de rouge, observait fréquemment la loge d'en face, celle de notre reine et de sa coterie.

Derrière ces élégantes parées de soieries et de dentelles, de perles et de rubis, cinq valeureux mousquetaires montaient la garde. Parmi les dames de compagnie de notre reine, se trouvait mon amie, la duchesse d'Aiguillon, celle-là même à qui François et moi devions le privilège d'être debout, au fond de ce parterre bondé, redoutant d'être reconnus. Dans cette salle parisienne se jouerait aujourd'hui, pour la première fois, la tragi-comédie écrite par maître Pierre Corneille, auteur connu et admiré, ami de mon ami François. La rumeur émanant des coulisses prédisait que cette pièce surprendrait, étonnerait, voire scandaliserait.

Comme l'action se déroulait en Espagne, il apparaissait doublement audacieux de la présenter ici, dans un théâtre précisément financé par Richelieu et le roi, lors même que l'Espagne menaçait les frontières de notre pays. Cette simple bravade avait de quoi chatouiller les susceptibilités royales. L'esprit critique des grands seigneurs était en alerte. L'acteur Mondory, favori des foules, y tiendrait, disait-on, le premier rôle. Tout était en place pour stimuler l'intérêt des amateurs de théâtre de tout acabit.

— Quatre compartiments fermés par des tapisseries sur une même scène! s'étonna François.

— Chaque compartiment correspondrait à un lieu différent?

— Je le crois, oui. L'action se déroulera dans quatre lieux différents. Inusité!

— Étonnant, admis-je en m'étirant sur la pointe des pieds, pour tenter de les apercevoir par-delà les collerettes retroussées et les coiffures extravagantes, piquées de plumes, d'aigrettes et de rubans.

— Fatiguée?

— Légèrement. Après une heure d'attente debout... et ces odeurs rances mêlées aux parfums des dames... De quoi vous lever le cœur.

— Patientez, nous n'en avons plus pour longtemps à attendre.

Un gentilhomme, portant un long bâton, entra sur scène, souleva son chapeau exagérément empanaché et salua bien bas.

— Ah! Enfin! Ah! s'exclamèrent tous les spectateurs.

Les trois coups retentirent. Les murmures cessèrent.

— Vos Illustrissimes Grâces et Majestés, vénérable Premier ministre, nobles ducs et duchesses, comtes et comtesses, barons et baronnes, clama pompeusement le maître de jeu. Messieurs, mesdames, place au théâtre, place au *Cid* de Corneille!

Il releva la tapisserie du premier compartiment et disparut dans l'arrière-scène. Deux dames s'avancèrent vers le premier décor représentant une salle de dames. La plus jeune, richement costumée, paraissait inquiète. L'autre, plus âgée, arborait une mine réjouie. La plus jeune prit la parole.

— *Elvire, m'as-tu fait un rapport bien sincère? Ne déguises-tu rien de ce qu'a dit mon père?*

— *Tous mes sens à moi-même en sont encor charmés: Il estime Rodrigue autant que vous l'aimez, Et si je ne m'abuse à lire dans son âme, Il vous commandera de répondre à sa flamme.*

Une histoire d'amour, une jeune fille amoureuse, son amant enflammé et le consentement de son père assuré.

«Quel bonheur», me dis-je.

Les spectateurs charmés se pâmèrent. Chimène et Rodrigue s'aimaient. Ils uniraient leur destinée. Ce n'était qu'une question de temps. La tapisserie s'abaissa.

Levée de la seconde tapisserie sur une place publique. Don Diègue, père de Rodrigue, et le comte de Gormas s'affrontaient. Don Diègue avait été nommé gouverneur du fils du roi. Outré que cette faveur lui échappe, le comte de Gormas, père de Chimène, insulta Don Diègue jusqu'à la limite du tolérable.

— *Ton impudence, Téméraire vieillard, aura sa récompense.*

Fou de rage, le comte de Gormas leva la main sur Don Diègue. L'odieux soufflet retentit. Don Diègue était déshonoré, les spectateurs indignés.

— Oh! Ah! Non! Quel affront! Infamie!

La gifle compromettait tout, et l'entente des pères et l'amour des amants et le mariage annoncé. Un voile de tristesse s'abattit sur l'assistance. Notre désolation était extrême.

Don Diègue vint trouver son fils Rodrigue.

— *Rodrigue, as-tu du cœur?*

— *Tout autre que mon père L'éprouverait sur l'heure.*

— *Viens, mon fils, viens, mon sang, viens réparer ma honte; Viens me venger.*

L'ordre de Don Diègue était sans recours. Vieillissant, ne pouvant relever l'affront, il demanda à son fils de venger son honneur.

Pour ce faire, Rodrigue devait tuer le comte de Gormas, père de Chimène, sa promise. L'assistance frémit. Je fus saisie d'effroi. Une gifle contre une vie ! Quelle atroce fierté !

— Vous croyez que Rodrigue se soumettra à la prétention de son père ? murmurai-je à François.

— Quel horrible dilemme ! répliqua-t-il sans le quitter des yeux.

— *Il faut venger un père, et perdre une maîtresse*, clamait Rodrigue. *L'un m'anime le cœur, l'autre retient mon bras. Réduit au triste choix ou de trahir ma flamme, Ou de vivre en infâme, Des deux côtés mon mal est infini. Ô Dieu, l'étrange peine !*

Un lugubre murmure s'éleva du parterre. Tout là-haut, le roi dans son fauteuil se redressa. De l'autre côté, la reine figée ne broncha pas.

— *Je dois à ma maîtresse aussi bien qu'à mon père ; J'attire en me vengeant sa haine et sa colère ; J'attire ses mépris en ne me vengeant pas. À mon plus doux espoir l'un me rend infidèle, Et l'autre indigne d'elle.*

« Quoi, quoi ! m'irritai-je. Non, jamais une femme amoureuse ne peut exiger un tel sacrifice de son amant ! Entre l'honneur et l'amour, il n'y a pas à hésiter, l'amour doit triompher. Non, Rodrigue, courez plutôt vers elle, faites-lui part de votre tourment. »

Hélas, Rodrigue ne le vit pas ainsi.

— *Je suis jeune, il est vrai : mais aux âmes bien nées La valeur n'attend point le nombre des années.*

Telle fut la réplique qu'il fit au superbe comte qui, non satisfait d'avoir giflé le père, outrageait maintenant le fils.

« Décidément, ce comte de Gormas court à sa perte ! »

Ce qui devait arriver arriva. Sous l'épée de Rodrigue, le père de Chimène succomba. Désarroi sur tous les visages poudrés. Tous les éventails s'agitèrent nerveusement. Le drame était à son comble. Que ferait Rodrigue, que ferait Chimène ?

« Sacrifier ainsi l'amour à l'honneur ! me révoltai-je. Maudit soit l'honneur ! »

— *Maudite ambition, détestable manie, Dont les plus généreux souffrent la tyrannie ! Honneur impitoyable à mes plus chers désirs, Que tu me vas coûter de pleurs et de soupirs !* s'affligea Chimène.

— *Mon juge est mon amour, mon juge est ma Chimène : Je mérite la mort de mériter sa haine, Et j'en viens recevoir, comme un bien souverain, Et l'arrêt de sa bouche, et le coup de sa main*, se désespéra Rodrigue.

«Non, il ne faut pas! C'est trop lui demander! Elle vous aime, fou de Rodrigue! Comment pourrait-elle lever la main sur vous?»

J'agrippai la manche de François.

— Attendez, ce n'est pas fini, me rassura-t-il.

La tapisserie du premier décor se releva à nouveau, la salle des dames réapparut. Elvire s'étonna.

— *Il vous prive d'un père, et vous l'aimez encore!*

— *C'est peu de dire aimer, Elvire: je l'adore, Ma passion s'oppose à mon ressentiment; Dedans mon ennemi je trouve mon amant.*

«Ô cruelle torture, infernal combat! S'il avait fallu qu'un tel malheur nous afflige... Ludovic, mon si bel amour!»

La salle retenait son souffle. Dans la loge royale, le roi attentif affichait un morne visage. Cette cruelle bataille ne lui était pas étrangère.

— Vous savez pour le roi? chuchotai-je à François.

— Quoi le roi?

— On le dit amoureux d'une jouvencelle.

— De cela, oui, je suis au courant. On dit que Richelieu désapprouve.

— On dit qu'il entoure la belle des gens de son clan afin de l'avoir à l'œil.

— On dit qu'ils la poussent vers le couvent.

— Non!

— Si. Chut!

— *Il y va de ma gloire, il faut que je me venge; Et de quoi que nous flatte un désir amoureux, Toute excuse est honteuse aux esprits généreux,* conclut dignement Chimène.

«Gloire, gloire, comme elle y va, cette Chimène! Vengeance, vengeance... Tuer celui qu'on aime par vengeance! Dire que les Français du Nouveau Monde désapprouvaient l'esprit de vengeance des Sauvages. Œil pour œil, dent pour dent, telle est leur païenne croyance, déplorait souvent le sieur de Champlain.»

Un murmure parcourut l'auditoire. Rien n'était simple, les opinions semblaient partagées. L'amour ou l'honneur, l'honneur ou l'amour?

— Chimène ira-t-elle jusqu'au bout? m'inquiétai-je.

— Chut! répliqua François.

— *Ma générosité doit répondre à la tienne: Tu t'es, en m'offensant, montré digne de moi; Je me dois, par ta mort, montrer digne de toi.*

«Le comble, Ludovic! Elle exige la mort de celui qu'elle aime afin d'être digne de lui! Alors là, ils seront bien avancés lorsque Rodrigue sera trépassé. L'honneur sera sauf, certes, mais plus personne à aimer! Que vaut la fierté d'un mort, stupide Chimène?»

Voilà les deux amants l'un devant l'autre, prisonniers tous deux, et de leur amour et de l'exigeante gloire.

— *Ton malheureux amant aura bien moins de peine À mourir par ta main qu'à vivre avec ta haine,* implora Rodrigue.

«La haine, la haine, elle vous adore, sot!»

— *Va, je ne te hais point.*

— *Tu le dois.*

— *Je ne puis.*

«Malheureuse! Malheureux!»

— *Ô miracle d'amour!*

— *Ô comble de misères!*

— *Que de maux et de pleurs nous coûteront nos pères!*

— *Rodrigue, qui l'eût cru?*

— *Chimène, qui l'eût dit?*

— *Que notre heur fût si proche et sitôt se perdît?*

— *Et que si près du port, contre toute apparence, Un orage si prompt brisât notre espérance?*

— *Ah! mortelles douleurs!*

— *Ah! regrets superflus!*

C'en était trop. Tout autour, les mouchoirs de dentelle recueillirent les larmes. Ici et là, les grands seigneurs tiquèrent. Dans tout le théâtre, un reniflement succéda à un autre. En haut, dans la loge royale, le roi ne bougeait plus. Louise de La Fayette, le miel de ses jours, irait au couvent, tout Paris était au courant. Il n'allait pas s'attendrir sur le sort de ces amants de comédie. De son côté, la reine, tête baissée, fixait son ventre stérile; après dix-huit ans de mariage, toujours pas d'enfant. Amours espérées, amours coupables, amours désavouées. L'intrigue atteignait son point culminant. Le sort en était jeté. Aucun des deux amants ne serait épargné? Quel bienheureux hasard, quel bienfaisant miracle saurait à la fois sauver l'amour des amants et l'honneur des pères? Au point où en étaient les choses, c'était beaucoup demander.

— Je tremble, François, murmurai-je.

— Vous tremblez vainement, madame. Nous sommes au théâtre, blâma-t-il, un sourire triste sur les lèvres. Tant que le rideau n'est pas tombé, nous pouvons toujours espérer.

François avait raison. Le miracle survint là où personne ne l'attendait. Voilà que les Maures menaçaient l'Espagne. Le roi exhorta Rodrigue de défendre son pays. Ce qu'il fit brillamment. Vainqueur des Maures, il revint à la Cour d'Espagne couvert de lauriers. Tous s'en réjouirent, même Chimène que le devoir forçait, malgré tout, à demander justice pour la mort de son père. À la satisfaction de tous, le roi déjoua ses plans, et de tous les combats, les amants sortirent gagnants.

— *Sèche tes pleurs, Chimène, et reçois sans tristesse Ce généreux vainqueur des mains de ta princesse.*

— *Espère en ton courage, espère en ma promesse; Et possédant déjà le cœur de ta maîtresse, Pour vaincre un point d'honneur qui combat contre toi, Laisse faire le temps, ta vaillance et ton roi.*

Don Fernand prit la main de Chimène et la déposa dans celle de Rodrigue. Devant le décor du palais, la dernière tapisserie tomba. Sur la scène, droits comme des pieux, les comédiens attendaient le verdict royal.

Pendant un moment, rien, le silence… Les éventails s'étaient refermés. Tous les yeux fixaient la loge du roi. Le Cardinal glissa son doigt le long de son nez effilé. Le roi l'observa du coin de l'œil, se redressa, leva ses mains et les garda en suspens le temps d'un soupir, avant d'applaudir. L'ovation qui suivit était sans équivoque. Rodrigue et Chimène étaient sans reproche. *Le Cid* était aimé, Corneille avait gagné. L'auteur se joignit aux comédiens. Tous s'inclinèrent. Le roi se leva. Le Cardinal l'imita.

— Vive *Le Cid*, vive Corneille! ovationnait-on de toute part.

Tandis que les acclamations fusaient de partout, Anne d'Autriche et sa coterie quittèrent la loge royale. Des mousquetaires du Cardinal la devançaient, d'autres la suivaient. Je l'observai. Notre reine profita de l'étroitesse de l'escalier menant au parterre pour glisser des papiers dans la main de la duchesse d'Aiguillon. La suite royale longea le petit corridor réservé aux dignitaires. À l'approche de la duchesse, une dame dissimulée derrière une colonne tendit discrètement une main vers elle. La duchesse lui remit les papiers reçus. Elle les enfouit aussitôt dans sa poche. Le tout s'enchaîna avec une telle discrétion que personne n'y prêta attention. Le cortège royal avait à peine quitté le théâtre que la mystérieuse dame vêtue d'une cape noire releva son capuchon et se faufila entre les spectateurs enthousiasmés. Je fus intriguée.

« *Red de las damas?* Non, impossible ! Pas notre reine ! »

Je reportai mon attention sur François.

— Quelle fin heureuse, m'exclamai-je.

— Vous dites ? demanda-t-il, tant il était difficile de se comprendre.

— L'honneur sauve l'amour ou l'amour sauve l'honneur ?

— Quoi ?

J'allais répéter, lorsque je revis la mystérieuse dame à la cape noire non loin de la porte du théâtre. Cette silhouette me rappelait...

« Marie-Jeanne ! »

Je montai sur la pointe des pieds afin de mieux l'apercevoir.

— François, ce ne serait pas Marie-Jeanne, là-bas, près de la porte de gauche ?

— Marie-Jeanne, ici ! Mais oui, c'est bien elle ! Étrange, je la croyais à Tours chez la Chevreuse. Selon mes sources, ma sœur la suivrait comme son ombre.

Je tentai de ne pas la perdre de vue. Ce fut peine perdue. Un déplacement incontrôlable nous entraîna un peu plus au centre de la mêlée. Sur la droite du théâtre, le roi et Richelieu, protégés par leurs mousquetaires respectifs, s'efforçaient de gagner la sortie, tout en évitant les oppressants courtisans.

— Ouille ! Aïe ! Laissez passer, baron de Mortelle, laissez passer, duc de Robert...

François prit mon bras.

— Venez par ici.

Rien n'y fit, nous restâmes coincés, sans trop pouvoir bouger, jusqu'à ce que le roi et ses courtisans aient mis le nez dehors. La foule les suivit. Nous pûmes enfin bouger.

— François, demandai-je, avez-vous récemment discuté avec Marie-Jeanne ?

— Comment le pourrais-je, elle refuse de me recevoir !

— Vous aviez promis à Henriette.

— Quand je vous dis qu'elle ne veut rien entendre, il faut me croire ! La bonne volonté ne suffit pas. Voilà plus de douze ans que je ne l'ai pas revue. Admettez qu'elle s'en tire assez bien sans moi. Dame de compagnie de la duchesse de Chevreuse, son sort est même enviable. J'en connais plus d'une qui...

— La duchesse de Chevreuse est de toutes les conspirations.

— Que puis-je y faire ? Que pouvons-nous y faire ? La charité a ses limites, gente dame.

— Cynique !

— Réaliste !

Nous ayant aperçus, le cocher de mon ami François approcha son carrosse. Nous dûmes contourner deux autres attelages avant de l'atteindre, tant il y avait foule.

— Il doit bien y avoir vingt attelages dans cette rue, n'est-ce pas, Pinel ? fit-il remarquer à son cocher.

— Peut-être plus, monsieur. Nous en aurons pour quelques minutes avant de pouvoir avancer, l'informa ce dernier.

— Bien, faites le plus vite possible, j'ai un important rendez-vous au Châtelet.

— Oui, monsieur.

Il me tendit sa main.

— Après vous, généreuse Chimène !

— Généreuse, généreuse… Pour un peu et sa générosité la menait droit en enfer. A-t-on idée de désirer ainsi la mort de celui qu'on aime ?

— Ah, ah, êtes-ce dire que la générosité aurait elle aussi ses limites ? Montez.

J'étais à peine assise sur ma banquette qu'il referma la portière et enleva son chapeau. Sortant son mouchoir, il s'essuya le front.

— Quelle chaleur ! Cette salle était un véritable four.

— Cette pièce nous a tout de même donné froid dans le dos, non ?

Il rit.

— Merci, pour cette comédie, lui dis-je. Elle m'a séduite.

— Du grand Corneille ! Une lucidité tranchante. L'absurdité des duels : amour et honneur, devoir et passion s'affrontant. Déchirant !

— Ne soyez pas si sombre, mon ami. Malgré tout, le cœur a gagné ! Menacé par son beau-père, menacé par les Maures, menacé par celle qu'il aime, et néanmoins, Rodrigue survit ! Un exploit hors du commun !

— Et s'il était mort, Hélène ?

— Voilà le prodige ! La vie et l'amour vainqueurs de tous les démons. Rodrigue n'est pas mort !

Il se rembrunit.

— Si cet homme qui hante votre esprit et votre cœur n'était plus de ce monde ?

Étonnée, je le dévisageai.

— De qui parlez-vous ?

— De Ludovic Ferras.

Ce soufflet m'indigna. Déroutée, je me levai.

— Goujat ! Ouvrez immédiatement cette portière !

— Soyez réaliste, Hélène !

— Ouvrez cette porte ! hurlai-je.

Sa main gantée serra mon bras.

— Pardonnez…

— Vous ouvrez ou je l'ouvre ?

— Hélène, pardonn…

Je saisis la poignée, la tournai violemment, ouvris la porte et sortis. Je n'avais oublié qu'un léger détail, le marchepied avait été remonté. Je perdis pied, plongeai tête la première, tordis ma cheville et aboutis sur un quelconque gentilhomme.

— Madame, madame ! s'offusqua-t-il.

— Excusez, pardonnez… Ce Corneille, génial, marmonnai-je en me relevant.

Une douleur lancinante m'obligea à sautiller sur un pied. François agrippa mon bras.

— Hélène, s'énerva-t-il, qu'y a-t-il ?

— Une foulure ! Il ne manquait plus que ça !

— Laissez-moi vous ramener à votre logis.

— Jamais ! Plutôt mourir ici, en pleine rue. J'ai ma fierté !

Le gentilhomme s'étonna. Son auditoire s'interrogea.

— Il y a un problème, madame ? demanda-t-il courtoisement.

— Madame ? insista celui qui se tenait à ses côtés.

— Non, tout va très, très, très bien, répondis-je prestement. Monsieur m'accompagne. Tout va bien, merci !

— Rien de grave, messieurs, une foulure, les rassura François. Je vois au bien-être de madame. Je veille sur elle.

Je maudis cette foulure qui m'obligeait à cet insolent.

— Si madame veut bien me suivre.

Avais-je le choix ? Je ne pouvais faire un pas sans son appui.

— Le silence, maître Thélis, j'exige de vous le plus strict silence durant tout le trajet du retour. Vous m'entendez ? Un seul mot et je me jette hors de votre carrosse.

— Une fois suffit.

— Je parle très sérieusement.

— À vos ordres, madame.

— Pour une sortie discrète, c'est réussi, fulminai-je en clopinant.

— Honte à vous, ma fille! tonna père en contournant le tabouret sur lequel reposait mon pied enflé. Les outrageants procès engagés contre notre famille ne vous suffisent donc pas! Non, madame la veuve en remet: assister à une représentation théâtrale, rien de moins, et au bras d'un notaire encore, pourquoi pas? Tant qu'à faire dans la grossière indécence!

S'arrêtant, il se pencha afin de me regarder droit dans les yeux.

— Nicolas et Marguerite, trépassés, Eustache chez les Minimes en Italie, tous partis! Ne reste que vous, madame, vous, pour défendre l'honneur de notre famille!

Son poing frappa fortement sur le guéridon. La douleur qu'il s'infligea le surprit. Il frotta ses mains l'une contre l'autre et reprit sa marche trépidante, soulevant les bras, les croisant, les décroisant et les relevant.

— L'honneur des Boullé, vous songez un peu à l'honneur des Boullé! Une veuve qui se pavane en public, devant les grands de la cour, devant Leurs Majestés! Ma réputation, pensez-vous seulement à ma réputation? Non! À ma charge de secrétaire du roi? Non plus! Que notre nom soit ridiculisé dans tout Paris ne vous importe guère! Seul le caprice de madame importe.

Je baissai la tête, non par repentir, mais par compassion. Son souffle était si court et sa fureur si intense que je redoutai qu'un malaise l'incommode.

— Quoi, vous baissez la tête? Ah, une certaine humilité serait à éclore!

Je la baissai davantage. Il se dirigea vers la fenêtre et l'ouvrit. L'air froid emplit ma chambre. Je n'osai toujours pas lever les yeux. Le claquement qu'elle fit lorsqu'il la referma me fit sursauter.

— Vous voilà bien silencieuse. C'est bien la première fois que vous résistez à une semonce. Seriez-vous malade? Réagissez à la fin! Ah, j'y suis, ruse du faible sexe; l'arme du silence!

Je relevai légèrement la tête.

— Quoi, ma fille, une attaque sans riposte ? Vous me faites injure !

Je la redressai complètement, tout en m'efforçant de garder les paupières closes.

— Ce n'est pourtant pas sorcier à comprendre, vous êtes veuve ! Selon les convenances de notre société, vous devez vivre ici, dans votre logis, et ne devez en sortir qu'en cas d'extrême nécessité. Tenez, imaginons l'armée espagnole pillant la ville, une invasion de rats, le feu, tenez, si le feu dévastait notre logis, ce serait là des raisons valables pour quitter votre demeure. Mais pour des frivolités théâtrales, des vanités de demoiselles, il ne saurait en être question ! Déjà que vous aurez à paraître devant le Prévôt de Paris pour défendre votre cause en justice !

Il mit la main sur son baudrier.

— Quand j'y pense, cette effrontée de Camaret ! Et les Jésuites ! Si votre mère traverse ces épreuves sans sombrer dans la folie, je ferai un pèlerinage sur la tombe de Saint-Fiacre. Non, pas un, deux ! Ma pauvre Marguerite dépérit d'heure en heure. Vous n'avez aucune idée du supplice que vous lui infligez. Ce mal sournois qui la ronge depuis la mort de votre distinguée sœur…

Le ton de sa voix s'était atténué, comme si ces dernières paroles n'étaient destinées qu'à lui seul.

— Vous avez des nouvelles de Thélis ? reprit-il. Il prépare votre témoignage ?

Je niai de la tête.

— Soit ! Nous attendrons.

Il revint tout près.

— Ouvrez les yeux !

Je les ouvris.

— Regardez-moi bien en face.

Ce que je fis.

— Que voyez-vous ?

— Un père triste et inquiet.

— Triste et inquiet ! L'orgueil vous aveugle, ma fille ! Je suis en colère, en colère contre vous !

— Votre tristesse est louable, votre inquiétude vaine.

— Seigneur Dieu ! Et sourde !

— Nul n'est plus sourd que celui qui ne veut rien entendre !

Son visage s'étira, sa bouche s'entrouvrit, puis se referma. Finalement, sans rien ajouter, il tourna les talons et disparut.

— Bonne nuit, père, dis-je au bord des larmes.

Je résistai aux pleurs, ils étaient tout aussi inutiles que la chamaille dont je venais d'être la cible. J'attendis donc, immobile, que la poussière de l'esclandre retombe, que l'air redevienne respirable. D'abord l'affront de François, cet oiseau de malheur, puis celui de père.

«Maudit François, maudit honneur, maudit orgueil! Décidément, je n'étais pas sous une bonne lune!»

J'inspirai fortement.

— Et maudites convenances!

Mon ami François avait permis que j'assiste à cette pièce. Un moment privilégié. Je lui en étais reconnaissante.

— Je vous invite, venez, avait-il insisté. Nous avons là une chance unique. Assister à une première en présence du roi, de la reine, du Cardinal, qui refuserait? Nous prétexterons une rencontre d'affaires. Ne suis-je pas votre conseiller en justice, après tout?

«La belle affaire! me dis-je. N'eût été ce coup de traître, nous aurions pu convenir d'une stratégie sur le chemin du retour, il est vrai. Mais dans les circonstances… Il me faudra pourtant piler sur mon orgueil. Sur ce point, père a raison. J'ai absolument besoin des conseils de François avant de paraître devant le Prévôt.»

L'horloge sonna huit heures.

— Bah! Nous avons encore quelques jours avant cette assignation. Le 22 janvier, contre les Jésuites…

«Les Jésuites réclament la délivrance de leurs legs à la communauté des héritières, Hélène Boullé et Marie Camaret. N'est-ce pas ironique? Cette cousine et moi, dans la même galère… Si seulement le père Lalemant était à Paris. Ce directeur spirituel savait si bien remettre de l'ordre dans mes idées au temps de ma jeunesse. Hélas, il est en Nouvelle-France, auprès de celui que j'aime! Il vaut peut-être mieux qu'il soit là où il est, à bien y réfléchir.»

Le vent se leva, il me fallait tirer les volets. Je pris la canne dénichée à la brocante par Jacqueline, soulevai avec précaution mon pied bandé et me levai. Une fois à la fenêtre, je m'y attardai.

«Jacqueline sortie… Elle doit être quelque part dans une église à transmettre un de ces étranges colis. Marie-Jeanne, la duchesse d'Aiguillon, notre reine… cet après-midi, au théâtre. La chaîne *Red de las damas* impliquerait-elle notre reine? Ce n'est pas impossible. Anne d'Autriche se réfugie fréquemment au Val-de-Grâce et Jacqueline s'y rend précisément les jours où elle y passe. Marie-Jeanne chez la Chevreuse... la Chevreuse, hostile au roi et à Richelieu. »

Je revis Henriette, profondément angoissée par le sort de son pigeon.

« Si le présage était vrai ? Si une menace couvait ? Si Marie-Jeanne courait un réel danger ? »

— Folle, il ne sert à rien de te morfondre, chasse ces idées sombres.

Au-dehors, dans le halo des réverbères, une fine neige scintillait.

« Neige-t-il en ce soir de janvier au pays de mes amours ? Comme j'en aurais long à vous raconter, Ludovic ! À commencer par ce grand bonheur que ce Noël m'a apporté ; après tant d'années, j'ai enfin rencontré notre fils ! Je me répète, je sais. Je vous l'ai décrit tant et plus. Mais entendre n'est pas voir. Pauvre de vous, à moins que... »

Une idée me vint. Je me déplaçai lentement vers mon armoire, d'où je sortis carnet et fusain, et retournai à ma chaise. Une fois ma jambe bien allongée, j'entrepris de dessiner le portrait de notre fils, comme je l'avais fait jadis pour notre enfant nouveau-né, que m'avait si minutieusement décrit tante Geneviève. Cette fois, je l'avais vu, de mes yeux vu. La tâche en serait simplifiée. Un premier trait sur le parchemin blanc. Petit à petit, l'ovale du visage prit forme, la carrure de la mâchoire se précisa. Un sourcil un peu plus recourbé, une lèvre plus arrondie, une touche de gris près des narines, la tache de lumière dans l'œil, une ombre pour le creux de la joue, estomper, essuyer, ajouter, pâlir, noircir... Neuf heures sonnèrent lorsque, satisfaite, je déposai ma craie.

— Notre fils ? Pas tout à fait, mais presque...

Ma canne dans une main et mon dessin dans l'autre, j'allai jusqu'à mon oratoire, afin de déposer ce portrait juste au-dessous de la petite fille rousse du tableau de la Charité.

— Pour vous, mon Bien-Aimé !

Dès que je fus agenouillée sur mon prie-Dieu, je fermai les yeux et me recueillis.

— Tel est notre fils, Ludovic, notre fils ! Il est digne, valeureux et sensible... et d'une telle courtoisie avec les dames.

— Je suis jaloux, l'entendis-je rouspéter dans un épais brouillard.

— Jaloux de votre fils !

— Il est auprès de vous. Je suis si loin.

— Je regrette tant cet éloignement. Si seulement nous pouvions un jour nous retrouver tous trois en Nouvelle-France.

— Vous rêvez !

— Non ! Vous ai-je parlé de madame de La Peltrie ?

— Oui, plus d'une fois. Hélas, qui peut prédire l'avenir, *Napeshkueu* ? Pour l'heure, notre fils est près de vous. C'est la seule vérité.

— En êtes-vous fier ?

— Assurément ! Comment ne pas être fier d'un tel fils !

— Il a tant de vous !

— Cessez, je rougis.

— Ménagez votre vanité, il a tout de même un peu de moi.

— Il aurait hérité de votre témérité que je n'en serais pas surpris.

— J'en frémis.

— Ce n'est pas un lâche.

— Loin de là ! Malgré une jambe maintenue par des attelles, il est impatient de retourner sur le champ de bataille.

— C'est un homme d'honneur.

— L'honneur, l'honneur !

— Ne méprisez pas cette vertu. Elle appelle au dépassement.

— Oseriez-vous insinuer que je suis égoïste ?

— Nullement ! Quoique…

— Ludovic !

Sa main caressa ma joue.

— Ce fils sera votre consolation, mon ange, murmura-t-il. Un peu de vous, un peu de moi, nous deux tout à la fois.

— Si seulement je pouvais lui parler de vous, de nous.

— Hélène, vous avez promis.

Surprise, j'ouvris les yeux.

— Comment savez-vous ?

— *Séléné, Séléné, du fond des eaux profondes…*

— Ludovic, non !

Une vive douleur traversa ma poitrine. On aurait dit une dague. Je m'agrippai tant que je pus à mon prie-Dieu.

— *In nomine Patris, et Filii et Spiritus Sancti. Amen*, me signai-je avant de me relever.

« Un malaise passager, un léger malaise, me rassurai-je, trop d'émotions en si peu de temps. Le vif souvenir de notre fils, la méchanceté de François, l'esclandre de père... »

Je me rendis péniblement jusqu'à mon lit et m'y allongeai.

— Ludovic, vous, moi, notre fils sur les rives du grand fleuve.

Je nous imaginai tous trois, sur le quai de Québec, par un chaud matin de printemps. Dans le ciel azuré, une volée d'oies blanches, promesse de jours meilleurs... Peu à peu, ma douleur s'estompa. Je m'assoupis.

Dans la forêt profonde, un étroit sentier menait tout droit vers un lac éblouissant de lumière. J'y courais, pieds nus, un voile de dentelle fine couvrant mes cheveux épars. Une douce brise caressait mon visage, et je courais, et je courais, et je courais... La clairière était proche. Un vent violent s'éleva brusquement. Mon voile s'envola. Des corbeaux se l'arrachèrent. Il se déchira en mille morceaux que le vent dissipa au-dessus des noires futaies. La clairière disparut. Il faisait sombre, j'étais seule, perdue dans la forêt profonde.

Je geignis, entrouvris les paupières. Ce léger tiraillement à ma cheville, le feu de l'âtre... les flammes... J'étais bien à Paris, dans ma chambre, dans mon lit. Je tirai les couvertures par-dessus ma tête.

« Chimène, Rodrigue, pensai-je, que de maux et de pleurs nous coûteront nos pères. »

— Nous coûteront nos pères, murmurai-je, l'honneur de nos pères, de nos pères...

26

Les défenses

On aurait dit une morte. Étendue sur son lit, une croix de bois de rose sur son corsage et un chapelet de verre entortillé entre les pierres précieuses de ses bagues, mère reposait. La peau diaphane de son visage amaigri laissait transparaître de petites veines bleutées. Le noir de sa robe accentuait son teint blafard. Cette vision m'attrista. Aucun doute possible, les craintes de père étaient fondées : l'insidieuse maladie progressait.

Marguerite, sa servante, entra dans sa chambre, un plateau à la main. Lorsqu'elle m'aperçut, elle crut bon de s'arrêter. Je lui fis signe d'approcher. Bien que malade, mère devait dîner. Elle déposa son plateau devant les nombreuses fioles de médicaments sur la table de chevet.

— Laissez-nous, lui chuchotai-je, je veillerai à ce qu'elle prenne son repas.

Mère ouvrit un œil, puis l'autre.

— Restez, Marguerite ! Inutile de chuchoter, ma fille, maugréa-t-elle d'une voix éraillée, je ne suis pas encore à l'agonie !

— Je croyais que vous dormiez, mère.

— Moi, dormir tandis que vous comparaissez devant le Prévôt ! Me croyez-vous totalement dépourvue de raison ?

Redoutant son courroux, je résolus de me retirer. Cela valait mieux. Nous étions toutes deux affaiblies, elle par la maladie, moi par les deux heures de comparution, durant lesquelles, tendue et méfiante, j'avais eu à me prémunir contre la cousine Camaret, qui m'avait guettée tel un chien de faïence prêt à mordre dans la moindre de mes défaillances. Je m'éloignai de son lit lorsqu'elle m'interpella.

— Restez, ma fille, je veux tout savoir. Marguerite, redressez cet oreiller, aidez-moi, je veux m'asseoir.

— Oui, madame.

— Aïe ! Attention, maladroite ! Mes vieux os me font pâtir !

— Pardonnez-moi, madame, pardonnez-moi, s'excusa la pauvre Marguerite, dont les joues s'empourprèrent instantanément.

— Laissez, je m'en occupe. Accrochez-vous à mon épaule, mère.

Je l'installai confortablement entre les traversins, pour ensuite ajuster son châle de laine. Prenant la serviette de toile de chanvre, j'en glissai un coin sous son collet galonné de satin.

— Votre dîner est chaud juste à point, madame, indiqua jovialement Marguerite, un bon bouillon de volaille comme madame l'aime, avec du pain et un petit pot de crème.

— De la crème ! Dites donc, c'est un festin de reine ! railla mère.

— Comme madame le dit. Monsieur votre mari a fait un troc avec les cuisiniers du roi.

— Quelle pitié ! De nobles bourgeois réduits à marchander aux cuisines du palais !

— C'est que la crème est rare, madame. Comme monsieur dit, cette crème redonnera des forces à madame.

— Seigneur Dieu, que d'humiliations ! Un mari mendiant chez le roi et une fille traînée en justice !

— Rassurez-vous, mère, en ces temps de guerre, personne ne nous en tiendra rigueur.

— Bonasse, tout comme votre père ! Voilà bien où nous mène la faiblesse de vos tempéraments, ma fille ! Si seulement il y avait un peu plus d'ambitieux dans cette maison, nous n'en serions pas là !

Ignorant l'insulte, je lui présentai le bol de bouillon et la cuillère.

— On m'oblige au repas, répliqua-t-elle en plissant les lèvres.

— Pour votre santé, mère.

Elle sourcilla, souleva son chapelet du bout de ses doigts et me le tendit.

— Accrochez-le à mon crucifix.

— Lequel ? demandai-je. Il y en a cinq.

— Celui-ci, tout près. Mon heure approche. Prier est ce qu'il me reste de mieux à faire. Ces indulgences doivent se gagner. Mon salut n'est pas acquis.

— Mère! déplorai-je.

— Seriez-vous aveugle, ma fille? Regardez-moi attentivement. Que voyez-vous? Une moribonde!

— Tante Geneviève…

— … ne peut rien pour moi, pas plus que cet Antoine Marié, d'ailleurs. Quel entêté, ce médecin! Malgré les potions puantes et indigestes dont il m'inonde, mon idée est faite: je ne verrai pas l'été. Le printemps peut-être, mais sans plus.

— Madame! s'alarma Marguerite en couvrant sa bouche de ses mains potelées.

— Épargnez-moi vos lamentations, Marguerite! Cette maladie est sans remède. Admettez-le une fois pour toutes!

La pauvre Marguerite piétinait sur place. Les épaules tendues, les bras raides et les poings fermés, elle ne savait plus trop sur quel pied danser.

— N'auriez-vous pas laissé quelques travaux en suspens à la cuisine? lui suggéra mère. Ce lavage de chemises commencé ce matin…

— Oui, madame. J'y cours, madame, s'empressa-t-elle de répondre, visiblement soulagée.

Consternée, je la regardai clopiner jusqu'à la porte.

— Cette servante est d'une intolérable gentillesse! critiqua mère. Vous avez vu comme elle me couve? L'approche de la mort ne fait pas de moi une enfant!

Le flegme de mère me confondit. Il me dévoilait une vérité simple et cruelle. Hormis les parures, les bijoux et les vanités, hormis la certitude de la décevoir quoi que je dise, quoi que je fasse, j'ignorais tout de cette femme.

— Bien, voyons voir ce repas… À la condition que vous me racontiez votre première assignation dans les moindres détails.

— Tout, je vous dirai tout, mère.

La description que je lui fis de la cour de justice ne la détourna guère du bouillon qu'elle porta à sa bouche lentement, sans appétit. À peine leva-t-elle les yeux lorsque je lui décrivis les lieux. Au fond de la vaste salle austère, assis derrière une longue table légèrement surélevée, les maîtres Pierre Barbet et Claude Berroyer disparaissaient presque derrière les piles de documents déposés par nos avocats respectifs.

— Ces avocats, qui sont-ils déjà? Rafraîchissez ma mémoire.

— Maître Boileau, avocat de Jacques Hersant et de Marie Camaret, maître de Montholon, défenseur des Jésuites, l'avocat général étant Jérôme Bignon, du Parlement de Paris.

— Votre ami le notaire de Thélis surveille le tout ?

— Oui.

— Combien de pièces déposées ?

— Quarante-deux pièces.

— Si nombreuses !

— Pour ma défense, il y a le brevet de mon contrat de mariage, la procuration de donation mutuelle, signée par le sieur de Champlain, le 12 février 1632, la compilation de l'inventaire de nos biens communs…

— Les autres pièces ?

— Une sur la dette d'un dénommé Sirou envers le sieur de Champlain, sept relatives à ses parts dans les compagnies de la Nouvelle-France et du Saint-Laurent… et une liasse de vingt-huit pièces de compte de loyer, sentence, bail à ferme, contrat et récépissé de plusieurs procès.

— Quand même pas mal ! Et Marie Camaret, de son côté ?

— Son avocat a présenté la procuration par laquelle son époux, Jacques Hersant, l'autorisa à se rendre à Paris afin de rechercher et de perquisitionner la moitié des biens de son cousin défunt.

— C'est tout ?

— Oui.

— Vous avez toujours le feuillet attestant de la quittance des deux cent soixante-quinze livres dont elle se dit lésée ?

— Il fut aussi déposé.

— Cette Camaret ose nous réclamer quatre cent quarante livres pour une maison achetée par votre mari, à Brouage, en 1620, alors que nous lui avons tout dûment payé ! La voleuse !

— Sur ce point, maître Thélis est formel. Elle sera déboutée. Nous avons de solides preuves à l'appui.

Je pris le bol à demi vide qu'elle me remit.

— Vous avez suffisamment mangé, mère ?

— Ce bouillon est froid !

Elle le repoussa du revers de sa main.

— Pensez à vos forces, mère.

— J'ai les forces suffisantes pour vous écouter jusqu'au bout. La suite, ma fille, venez-en au cœur de cette parution.

Résignée, je déposai le bol.

— Les pères jésuites...

— Scandaleux! s'exclama-t-elle. L'Église entière contre nous!

— Du moins le procureur des missions canadiennes à Paris.

— Quel affront! Que réclament-ils? Rappelez-moi.

— Les legs que le sieur de Champlain fit à la Vierge Marie, tel qu'il est stipulé dans son testament. Comme ces legs relèvent de la communauté des héritières, soit Marie Camaret et Hélène Boullé...

Cette invraisemblance me fit sourire.

— Deux rivales associées dans la même défense, ironique, n'est-ce pas, mère?

— Ironique, mais tout à votre avantage. Se défendant, Marie Camaret vous défend par le fait même. Si elle met autant d'application à se défendre qu'à dresser une liste d'inventaire, les bons pères jésuites ne sont pas au bout de leurs peines. Ces pères donc...

— Exigent la délivrance immédiate de leurs legs.

— Immédiate, avant votre décès! Insensé!

— Je sais, mais selon le testament...

— Outrageant testament!

Elle tortilla nerveusement le coin de la serviette.

— Auquel nous ne pouvons échapper, mère.

— Vous auriez pu en nier l'authenticité.

— La signature était bien celle du sieur de Champlain.

— Tous ces legs en Nouvelle-France dont il vous prive!

— C'était la dernière volonté de mon époux, mère.

— Une volonté qui brime vos droits légitimes. Neuf cent quinze livres vous échapperont.

— J'approuve une partie de ces legs, soit les donations faites à la Vierge Marie, autrement dit à la chapelle de Notre-Dame de la Recouvrance. Elles aideront au développement de la colonie. Les missionnaires jésuites verront à les distribuer équitablement. Tout est à construire dans ce pays.

— Encore cette bonasserie!

— Quant aux quatre mille trois cents livres des parts détenues par le sieur de Champlain dans les compagnies de traite que les pères réclament immédiatement, comme étant un dû...

— Dont vous avez légalement l'usufruit selon le testament. De ce côté, la justice ne peut que vous favoriser. Qu'ils le veuillent ou non, Camaret et les Jésuites devront attendre votre mort.

— Si les magistrats le voient ainsi.

— Ils le verront ainsi ! Battez-vous, ma fille, battez-vous pour conserver tout ce qui vous revient de droit. Ne méprisez jamais vos avoirs. Ils définissent votre valeur. Souvenez-vous, une femme qui ne possède rien n'est rien ! Ainsi le veulent nos coutumes : pas de dot, pas de mari ; pas de mari, la misère ! Plus vous posséderez en propre, plus vous serez libre de vos choix. Après la mort de votre père, ils seront votre seule défense.

Son emportement nous surprit l'une autant que l'autre. Une certaine gêne s'insinua entre nous. Tout en époussetant la serviette pendue à son cou, elle observa un moment l'immense tableau de la crucifixion accroché au mur avant de reprendre.

— Quelle est la valeur totale de votre communauté de biens ?

— Onze mille deux cent quatre-vingt-six livres et quinze sols, mère.

— De cette somme doivent être prélevés votre douaire de mille huit cents livres et votre préciput de six cents livres. Ce qui fait un total de...

— Deux mille quatre cents livres. Les magistrats en sont informés.

— Tout est bien stipulé dans votre contrat de mariage. J'avais insisté pour qu'il en soit ainsi.

Sa révélation me surprit.

— Vous aviez insisté ?

— Votre mariage... douze ans, vous étiez si jeune !

Elle me regarda intensément. Au fond de ses pupilles rutilantes, un certain regret. Sur ses lèvres minces, un triste rictus. Cette étincelle d'affection me saisit.

— Si jeune et si butée ! s'empressa-t-elle d'ajouter. Passez-moi ce petit pot de crème.

Elle y plongea sa cuillère et goûta.

— Hum, fraîche ! Bien, une fois tous ces documents déposés... la suite, la suite ?

Jamais je n'aurais pu l'imaginer. Sous son impitoyable froideur se cachait un brin de sympathie à mon endroit. N'osant y croire, je mis cet excès de gentillesse sur le compte de l'état de grâce accordé aux âmes lourdement éprouvées. La mort étant l'épreuve ultime...

— J'ose espérer que vous avez été plus loquace devant les magistrats, railla-t-elle sans délaisser des yeux le petit pot de crème, j'attends toujours la süite.

— Dans un certain sens, oui.

— Un certain sens! Que de subtilités! Habituellement, on parle ou on ne parle pas!

— En salle d'audience, les avocats prennent la parole au nom de leurs clients.

— À la réflexion, il vaut mieux qu'il en soit ainsi. Votre tempérament...

— Un peu trop prompt à réagir, n'est-ce pas, mère?

— Un peu trop comme le mien, il est vrai.

— Vous, prompte!

Sa cuillère pleine de crème s'arrêta devant sa bouche. Elle me regarda droit dans les yeux.

— Vous en doutez?

Elle prit le temps de bien avaler sa crème avant de relever sa cuillère qu'elle agita devant mon visage.

— À la réflexion, il y a une différence considérable entre nous: votre naïve honnêteté. Vous avez l'audace de vos désagréments, pas moi. Je les retiens, les déguise, les camoufle sous d'acerbes critiques, de cruels mépris, de saumâtres reproches.

Ce disant, elle continua de vider son petit pot de crème, comme si sa révélation était banale, comme si elle ne transpirait pas la beauté de l'âme qui s'élève, reconnaissant ses torts, accueillant ses faiblesses, faisant en toute humilité son *mea culpa*. Je l'admirai. Mon orgueil était grand.

«L'état de grâce», me dis-je.

— Avez-vous, oui ou non, pris la parole devant ces avocats et magistrats? s'impatienta-t-elle.

— Maintes fois, j'ai failli me commettre. Rassurez-vous, je me suis retenue. Maître Thélis veillait au grain.

Un large sourire de satisfaction illumina son visage flétri.

— Parfait, ma fille, parfait! Restez sur vos gardes, protégez vos arrières, de bonnes tactiques de défense. À quand la prochaine comparution, déjà?

— Le 27 février.

— Un mois... Je serai toujours de ce monde... et je tiens à un nouveau compte rendu.

— Vous l'aurez, mère, vous l'aurez.

— Bien, tenez, débarrassez-moi de tout, le petit pot, la cuillère, la serviette, et redonnez-moi mon chapelet. J'ai à prier, beaucoup pour moi...

J'enlevai la serviette protégeant son châle.

— … un peu pour vous.

Je déposai son chapelet dans sa main tremblotante et lui souris.

— Merci, mère.

Jacqueline posa son panier, lourd de provisions, au bout de la table de la grande salle. Je levai les yeux au-dessus de *La Gazette* que j'étais à lire.

— Vous êtes distraite, Jacqueline, lui dis-je.

— *Porque señora ?*

— Votre grande coiffe, habituellement, vous la laissez à l'entrée, avec votre capeline.

Elle posa les mains sur son crâne.

— Où ai-je donc la tête ? s'exclama-t-elle s'empressant de dénouer les pointes du long foulard noir recouvrant son bonnet.

Sitôt enlevé, elle le fit tourbillonner au-dessus du panier.

— *Olé !* dit-elle sur un ton morne.

Je ris.

— Dites donc, vous d'ordinaire si enjouée… Cette visite à l'église des Halles vous aura chamboulée à ce point.

— Ce sont les œufs, oui, les œufs frais, pas facile à dénicher.

— Cela m'étonne, votre panier déborde. Plein d'œufs ?

— Et un chou, oui, un chou, un poisson, des œufs et un chou.

— C'est donc ça… l'odeur. Frais, ce poisson ?

Elle tordit nerveusement sa grande coiffe.

— Jacqueline, y aurait-il autre chose que la fraîcheur du poisson ?

Elle baissa la tête. Je me levai.

— Jacqueline, vous m'inquiétez !

— Un complot, *señora*, se désola-t-elle.

— Un complot, quel complot ? Ah, celui du journal, cette nouvelle tentative d'assassinat contre le cardinal de Richelieu ? On soupçonne les alliés de Marie de Médicis. Misérable reine, le roi et le Cardinal la maintiennent en exil sous de faux prétextes. Est-ce ce complot dont… ?

Portant la main à son cou, elle saisit la petite croix argentée du réseau des dames et fit non de la tête.

— Non, pas ce complot, un autre complot…

— Jacqueline, mais parlez à la fin !

— Hélas, je ne peux rien dire.

— Jacqueline, imaginez un peu dans quel état je suis. Vous revenez du marché à dix heures du matin, deux heures plus tard qu'à l'habitude. Je vous vois nerveuse et inquiète. Vous me parlez de complot alors qu'un complot fait précisément la manchette du journal. Vous me laisseriez ainsi à me morfondre, sans m'en apprendre davantage ?

Posant les mains sur mes hanches, j'insistai.

— Jacqueline, parlez !

Son talon frappa le parquet.

— Je ne puis, *señora*.

— Vous me faites offense.

Deux autres coups de talon.

— Vous m'en voyez profondément désolée.

Elle fit le signe de la croix.

— Sur mon honneur, j'ai juré. *Por piedad*, *señora*…

Devant sa réticence, je pris le parti de finasser.

— Jacqueline, n'y aurait-il pas un indice, une trace, un signe pouvant satisfaire la curiosité qui m'accable ? Un tout petit indice, qui ne vous mettrait pas dans l'embarras ?

Ses yeux de braise me défièrent. Ils me rappelèrent ceux de la Guerrière, mon amie montagne, souple comme une liane, agile comme une biche, courageuse au point de quitter sa famille d'adoption à tout jamais, afin de protéger la vie de l'enfant qu'elle portait.

« Jacqueline grosse ? Impossible ! »

— Vous courez un danger, Jacqueline ?

— Pire, *señora*, je fais courir un danger, à vous et à toute votre *familia*.

Je pris sa main. Elle était glacée.

— Comment cela peut-il être ? N'exagérez-vous pas un tantinet ?

Son tiraillement intérieur était palpable.

— Si je cours un certain danger, ne vaut-il pas mieux me mettre au fait ? Supposons que j'aie à préparer une défense.

Ses yeux s'écarquillèrent. Cet argument la porta à réfléchir. Fermant les paupières, elle baissa la tête et croisa ses mains un moment. Quand elle se redressa, elle afficha un air déterminé.

— *Red de las damas, señora*, dit-elle vaillamment.

— Quoi, *Red de las damas?*

Soulevant la serviette couvrant son panier, elle déplaça délicatement quelques œufs, et sortit un petit bout de papier.

— Ce matin, dit-elle, j'allais gravir le parvis de l'église, lorsque je remarquai deux individus louches, appuyés sur le muret attenant à la bâtisse. Redoublant de prudence, je rôdai dans les rues voisines avant d'entrer dans l'église par la porte la plus discrète, celle donnant sur la cour intérieure.

— Et...?

— Les deux hommes louches m'ont suivie jusque dans l'église !

— Et...?

— J'allai m'agenouiller devant la statue de Marie-Madeleine, comme nous avons coutume de le faire...

— Oui, et...?

— La dame à la canne entra. Elle ne fit que quelques pas, observa tout autour, et ressortit sans m'attendre. Ne faisant ni une ni deux, je décidai de la suivre. L'ayant perdue de vue, je me faufilai entre les étals presque vides du marché, lorsqu'elle réapparut comme par miracle devant celui du poissonnier. D'un geste discret, elle me fit signe de la rejoindre. Dès que je fus à une toise d'elle, je prétextai l'achat d'un poisson pour m'attarder à ses côtés. C'est alors qu'elle laissa tomber ce papier sur les dalles et s'éloigna.

— Et...?

— Faisant mine de renouer mes bottines, je m'en saisis, le glissai dans ma poche, pour ensuite acheter ce poisson pas tout à fait frais.

— Et...

— Les hommes me suivaient toujours.

— Non !

— C'est ce qui explique mon retard. J'ai marché plus d'une heure, d'une rue à l'autre, m'attardant ici et là, entrant dans une boutique par la porte de devant, pour en ressortir par la porte de derrière, tentant désespérément de les semer, avant de revenir ici dans votre logis. Vous comprenez, *señora?*

— Votre manigance a réussi ? Vous les avez semés ?

— Je le crois, oui.

— *Gracias a Dios!* Notre famille est suffisamment éprouvée sans en rajouter. Ces hommes, de quoi avaient-ils l'air?

— Tout habillés de noir, des espions, des brigadiers peut-être?

— Ce ne serait guère étonnant, la police du Cardinal est partout.

— Il se passe des choses étranges, *señora*.

Elle souleva le papier.

— Ah oui, le papier!

— *Méfiez-vous de l'œil de Dieu. Marie-Madeleine sera lapidée. La bonne sainte Anne nous sauvera*, lut-elle lentement.

— Bizarre, que peuvent bien signifier ces phrases?

— Je crois comprendre que *Red de las damas* est sous haute surveillance. Dorénavant, c'est devant la statue de la bonne sainte Anne que nous devrons attendre l'arrivée de la dame à la canne.

— Cela m'apparaît un peu trop simple. Si les espions du Cardinal sont réellement à nos trousses, ce message pourrait avoir un double sens.

— Double sens... *si, si, si!*

Ayant minutieusement enfoui son papier dans sa poche, elle tapota sa grande coiffe sur son menton.

— Si je me rendais au Val-de-Grâce, cet après-midi?

— Au Val-de-Grâce? Quelqu'un pourrait y décoder ce message?

— Sœur Saint-Étienne, mon amie l'abbesse.

— La mère abbesse! Mais elle vit recluse entre les murs de son couvent.

— Le silence des monastères est parfois très *parlanchin*.

— Bavard, un silence bavard!

À son air assuré, je compris qu'elle en savait plus long que moi.

— Jacqueline, notre reine se rend souvent à ce cloître.

— Notre reine a posé la première pierre de ce cloître en 1624, *señora*. Ce qui revient à dire qu'elle l'a fondé.

— Elle y est chez elle. C'est ce qu'on dit.

— *Si, señora.*

— La duchesse d'Aiguillon est très proche de notre reine, n'est-ce pas?

— D'après ce qu'on rapporte, elles seraient *muy amigas*.

— Notre reine, la duchesse d'Aiguillon, la dame à la canne… Selon vous, se pourrait-il qu'il y ait un certain lien entre ces dames ?

Elle posa un doigt sur ses lèvres.

— Chut, *señora*. Le secret, notre seule défense.

Il n'en fallait pas plus pour confirmer mes doutes : notre reine, la duchesse d'Aiguillon, la duchesse de Chevreuse et très certainement Marie-Jeanne… toutes au service de *Red de las damas*.

— *Señora*, si vous permettez, j'irai au Val-de-Grâce cet après-midi. Peut-être que là, je pourrai en apprendre davantage.

— Oui, allez au Val-de-Grâce. Dès votre retour, n'oubliez surtout pas de me rapporter tout ce que vous aurez appris.

— Pour sûr, *señora*.

Jacqueline souleva son panier.

— Une dernière chose, Jacqueline, cette dame à la canne aurait-elle les yeux dorés, presque jaunes ?

— Vous aussi, vous avez remarqué ? Étrange couleur, n'est-ce pas ? Certaines sorcières… *Santa Maria* !

Elle se signa vitement et courut vers la cuisine.

— Marie-Jeanne, Henriette, murmurai-je, le danger du pigeon, le pigeon messager.

Je tressaillis.

— Alors, cette défense contre les Jésuites, ma fille ?

Assise dans le fauteuil le plus confortable de sa chambre, le dos bien droit, une main tremblotante appuyée sur le pommeau de sa canne, mère s'impatientait. Père sourcilla.

— Ne redoutez-vous pas la fatigue, Marguerite ? Tous ces tracas devraient vous être épargnés.

— Nenni, monsieur ! Vous avez à faire ? Vous préférez vous retirer ? Faites, faites, Hélène saura m'expliquer.

— Il ne s'agit pas de moi, mais de vous ! se désola-t-il. Votre maladie…

— Aujourd'hui, ma maladie se porte fort bien, monsieur. Hélène, je vous écoute, ce débat en cour de justice ?

Debout à la droite de sa chaise, résigné, père soupira longuement.

— À votre guise, Marguerite.

En cet instant précis, je sus de qui je tenais cet entêtement que l'on me reprochait.

— Alors, ma fille?

Père eut un regard conciliant.

— Soyez concise, me suggéra-t-il.

«Concise, me dis-je, aller droit à l'essentiel. L'essentiel, les plaidants.»

— D'abord, maître Montholon, défenseur des Jésuites, prit la parole.

Usant de gestes et de mimiques, je tentai de leur démontrer comment l'exubérant maître avait élaboré son plaidoyer. J'étalai, levai, croisai et décroisai les bras, imitant ses manières le plus justement possible.

Ce faisant, je leur rapportai les arguments avec lesquels il tenta de convaincre les magistrats de la validité du testament du sieur de Champlain. Ce document était comparable à un testament militaire, et sa rédaction, exécutée par un greffier, avec signature du testateur devant huit témoins, était tout à fait valide selon le droit des gens. Je leur rapportai mot pour mot sa conclusion. Invoquant le nom de Dieu et sa sainte justice, il insista pour que les dernières volontés du défunt soient respectées. Par force de loi, les legs du sieur de Champlain à l'endroit des Jésuites devaient leur être délivrés dans les plus brefs délais.

— Outrageant! s'offusqua-t-elle. Et qu'ont répliqué les magistrats?

— Rien. Ils ont tout écouté sans rien dire.

— Et les autres plaidoiries?

— Durant tout ce temps, assis du côté droit de la salle, la cousine et son mari se dandinaient sur leur chaise, offusqués, parfois même, indignés.

— Poursuivez, poursuivez!

Je repris les mots avec lesquels le notaire Boileau, avocat de Marie Camaret, s'ingénia à dénigrer le testament, tant dans sa forme que dans son contenu.

Il argua que le style de la préface avait tout d'une méditation de jésuite et rien de la rigueur d'un capitaine de navire, soldat et voyageur. Cela souleva l'épineuse question de l'authenticité du testament. Qui avait réellement rédigé et signé ce testament, non conforme au droit civil et à la Coutume de Paris?

Soulevant un autre vice de forme, il poursuivit en insistant sur le fait que le rédacteur ignorait tout du contrat de mariage et de la donation mutuelle passée avec Hélène Boullé. Comble d'ignorance et de supercherie, le montant total des legs consentis dans ce faux testament dépassait, et de loin, la somme des biens du testateur !

— Ah, pour savoir compter, cet avocat sait compter, clama père.

— Perverse de Camaret ! déclara mère.

Qui plus est, ajoutai-je, le notaire Boileau avança que faire de la Vierge Marie une héritière était une invention extraordinaire en France.

— Pour ça, du jamais vu, approuva père.

— Alors, alors ? reprit mère.

Il conclut en affirmant qu'il apparaissait clairement que ce testament avait été rédigé sous influence, vu l'état lamentable dans lequel le moribond se trouvait au moment de sa rédaction. Bref, ses dernières volontés avaient été tronquées ! Point besoin d'invoquer le nom de Dieu pour les faire respecter. Il fallait plutôt condamner les véreux coupables qui l'avaient sournoisement soudoyé.

— Condamner les Jésuites ! s'exclama mère.

— Marguerite, Marguerite, restez calme, restez calme, supplia père.

— Vous vous préoccupez un peu trop de ma santé, mon ami. Il s'agit ici d'un procès contre les Jésuites dans lequel notre fille est lourdement impliquée. Qu'a répliqué maître Thélis, Hélène ?

— Rien, mère. Dans ce procès, maître Boileau dirige ma défense autant que celle de Marie Camaret. Elle l'a voulu ainsi.

— Cette harpie a les griffes trop longues. Ce travers la perdra ! Et alors…

— Alors rien.

— Toute cette comédie ne mènerait à rien ?

— Si, si, si, elle mène aux délibérés des magistrats, mère. Lorsqu'ils en auront terminé l'étude, ils nous convoqueront à comparaître de nouveau afin de rendre justice.

— Ainsi donc, votre avenir serait entre les mains de ces lourdauds, s'alarma-t-elle.

— Marguerite, Marguerite, ne vous emportez pas de la sorte, c'est mauvais pour vous, implora père.

Je me penchai vers elle.

— Votre inquiétude me touche, mère, mais il ne sert à rien de présumer du pire. Ces hommes de loi feront comme il se doit. Ne vous tracassez pas pour moi. Venez, il est temps de vous reposer, maintenant.

Sa grimace résignée mit fin à notre conversation. Père prit un de ses bras, je pris l'autre, et nous marchâmes tous trois, lentement, jusqu'à son lit.

J'ouvris toutes grandes les fenêtres de ma salle. Une douce brise entra. La lumière éclatait. Le chaud soleil du midi caressait mon visage. Tout au long du trajet nous ramenant du bureau du notaire Lestoré, le parfum des lilas, des fleurs de pommier, des fleurs d'oranger avait émoustillé mes esprits.

«Une belle journée de printemps, me dis-je, le renouveau de la terre, le renouveau de la vie : un jour béni.»

Fort heureusement, cette autre rencontre juridique avait été brève. Père avait insisté pour qu'elle le soit. Mère était dans un piètre état. Tout au long de la rencontre, elle s'était appliquée à dissimuler ses douleurs. Il importait qu'elle paraisse en pleine possession de tous ses moyens, la validité de sa requête en dépendait.

À ma grande surprise, mes parents avaient, d'un commun accord, décidé d'annuler l'acte d'exhérédation passé contre moi le 10 janvier de l'an 1614. Devant le notaire, ils reconnurent avoir amplifié les fautes dont ils m'avaient accusée alors, prétextant avoir agi sous l'influence de calomnieux qui les avaient poussés à bout.

Leur absolution était totale. Non seulement révoquèrent-ils cet acte ancien, mais encore révisèrent-ils leur propre testament afin de me désigner comme unique héritière de tous leurs biens.

Leur reconnaissance me touchait, leur héritage me pesait. Un cadeau empoisonné ; la succession du sieur de Champlain en était bien la preuve. Moi qui ne connaissais rien à la justice, moi qui me désintéressais totalement des finances, voilà que j'y étais astreinte. Toutes ces ordonnances, poursuites, assignations, procès et héritages m'éloignaient de mon plus cher désir, retardaient ce voyage qui me ramènerait en ce pays dont je me languissais.

— L'acte d'exhérédation, murmurai-je nostalgique, 1614. Il fut passé un peu après ma fugue à Saint-Cloud. Souvenez-vous, Ludovic, votre blessure, mon insupportable inquiétude, ma fugue à Saint-Cloud, le toit de l'église, votre impétueuse fougue, votre souffle aussi doux que le vent... tous nos rêves d'amour.

Je me penchai, cherchant au-dehors quelque distraction pouvant éloigner ma mélancolie. La Sainte Providence m'exauça. En bas, au coin de la rue, apparaissait Angélique. Elle venait d'un pas léger.

— Holà! Angélique, criai-je.

— Hélène, répondit-elle. J'ai de bonnes nouvelles.

Lorsqu'elle fut juste sous ma fenêtre, elle tira de sa poche une lettre, et l'agita bien haut.

— Une lettre des jumeaux, une autre...

— Montez, Angélique.

Son sourire était aussi radieux que ce jour de printemps. Plus elle parlait et plus ses bouclettes blondes s'agitaient. Dans leur dernière lettre, ses jumeaux, Guillaume et Olivier, avouaient leur lassitude, déploraient leur si longue absence, espéraient pouvoir regagner Paris brièvement au milieu de l'été.

— Quel bonheur, Hélène. Presque deux ans que je ne les ai vus! Si ça se trouve, ils pourront être là pour...

S'arrêtant, elle prit mes mains dans les siennes. Ses yeux bleus pétillaient de joie.

— Hélène, Marie!

— Marie? L'autre bonne nouvelle, on dirait bien!

Le vif balancement de ses bouclettes confirma mon dire.

— Marie se marie..., cet été, à la mi-août, avec Mathieu!

Je restai bouche bée. Mathieu et Marie! Mariés! Mon fils et Marie... Marie m'avait bien confié quelques bribes de leur correspondance amoureuse, mais que les choses en soient déjà là!

— Étonnant, il est vrai, enchaîna-t-elle. Ils se sont rencontrés si peu souvent et si brièvement, et pourtant, elle est si éprise! Tantôt elle se languit de lui, tantôt elle craint pour sa vie. Tantôt, transportée par ses rêves d'avenir, elle jubile d'allégresse. Vous imaginez un peu, Hélène, ma Marie mariée!

Je lui ouvris les bras. Nous restâmes un long moment serrées l'une contre l'autre. Marie et Mathieu, le fruit de nos entrailles, nos inavouables grossesses, nos enfants... Mon terrible secret!

Comme j'aurais aimé lui partager mon contentement, mon ravissement, mon enchantement.

— Marie, ma petite…

« Mathieu, mon petit. »

— Je suis si heureuse pour Marie, m'exclamai-je en essuyant vivement la larme qui osa couler.

Elle rit entre les siennes.

— Mathieu est un si vaillant garçon.

— Et Marie, une si vaillante fille.

— Un heureux couple, poursuivîmes-nous d'une même voix.

— Il est à l'armée certes, argua-t-elle vivement, mais sitôt cette guerre terminée, il reprendra son apprentissage à l'atelier du pelletier Darques à Meaux. Marie vous a appris qu'il a été promu officier tout récemment ? Dans sa dernière missive… Ah, je suis tout excitée ! Marie qui se marie…

Elle agita ses mains devant ses joues rosies.

— Vous serez invitée à la noce, il va sans dire. Oh, elle sera bien modeste : une petite cérémonie en l'église Saint-Jacques. C'est du moins ce que désire Marie… pour l'instant. Le moment venu, changera-t-elle d'idée ? Si seulement Mathieu revient de guerre comme prévu.

J'eus la chair de poule.

« Si seulement il est toujours vivant ! »

— Il reviendra.

— Vous viendrez à la noce ? Ce bonheur, je veux le partager avec vous, Hélène ! Je me souviens du jour où Henri et moi… Marie avait trois ans. Tout au long de la cérémonie de notre mariage, elle n'avait cessé de fredonner.

« La mi-juillet, me dis-je. L'été, le bonheur fleuri, le temps des cerises… »

— Je serai à ce mariage, Angélique, vous avez ma parole. Rien au monde ne me privera de ce merveilleux moment.

— L'étau se resserre, *señora*. Vous ne pouvez accepter cette affaire, c'est trop risqué. Plusieurs d'entre nous ont été prises en filature.

— Je serai prudente.

— Pensez à votre pauvre mère. Si un malheur survenait.

— Puisque je vous dis que je serai prudente ! Si je cours un risque, vous en courez un aussi.

Elle agita violemment l'oreiller qu'elle regonflait. Je regardai tout autour de la garde-robe dont elle avait fait sa chambre. Quelque chose me chicotait.

— Jacqueline, vos statues déposées ici et là ?

— Rangées dans mon coffre.

— Pourquoi ?

— Juillet est là, *señora*, les soirées sont chaudes et claires. Je préfère me rendre directement dans la maison de Dieu pour mes dévotions.

Elle avait répondu vitement. Cette excuse sonnait faux.

— Jacqueline, me cacheriez-vous quelque chose ?

Déposant son oreiller, elle tira le drap et la couverture qu'elle s'appliqua à lisser exagérément.

— Pas le moins du monde, *señora*. J'ai une proposition à vous faire. Donnez-moi cette lettre, je me rends à l'église Saint-Jean pour vous. Ce sera la dernière…

Hésitant, elle se reprit.

— Cela vous évitera des ennuis. Votre mère a besoin de vous auprès d'elle. Son heure approche. Vous aurez bien d'autres occasions de servir la cause. *Red de las damas* survivra à tous les orages. Le chaînon des dames ne saurait être brisé. Un petit sacrifice pour votre mère, *señora*.

Jacqueline avait raison. C'était ainsi. À chaque fois qu'elle se donnait pour mission de freiner ma témérité, Jacqueline atteignait son but. Je lui tendis la lettre qui m'avait été remise par un colporteur, ce matin, à la première lueur du jour.

— Soit, je me résigne, pour ma mère. Mais la prochaine fois…

Elle prit la lettre et la glissa dans sa poche. Puis, claquant des talons, elle fit virevolter ses jupes avant de déployer gracieusement ses bras. Puis, elle me regarda intensément.

— *Gracias a Dios, señora !*

Et elle partit.

Le lendemain matin, inquiète de ne l'avoir pas revue la veille, je me rendis à sa garde-robe. La couverture et les oreillers étaient comme elle les avait laissés : exagérément lissés.

— Jacqueline n'est pas rentrée, m'étonnai-je. Pourvu que…

Plus l'heure avançait, plus mon inquiétude augmentait. Ma dernière conversation avec François me revint en mémoire.

— Ma sœur Henriette a un véritable don! Ce que je viens d'apprendre le confirme. Marie-Jeanne serait impliquée dans une sale affaire. Un certain réseau clandestin au service de notre reine.

J'avais feint la surprise autant que je l'avais pu.

— Un réseau... clandestin, dites-vous?

— Parfaitement. Tout s'embrouille dans cette histoire. À la Chambre de commerce, une rumeur court.

— Une rumeur?

— Notre reine entretiendrait une correspondance avec ses frères, les princes espagnols, et ce, contre la volonté du roi et du Cardinal.

— Non! m'étais-je exagérément exclamée. Et Marie-Jeanne?

— De connivence avec la Chevreuse qui serait directement impliquée.

— Qu'allez-vous faire?

— Tenter de la prévenir avant que sa vie soit en danger. Si le scandale éclate...

— Et l'éclatement est prévu pour...?

— Allez donc savoir! Richelieu est fin finaud. Il attendra l'heure propice pour frapper.

«Et si l'heure propice était arrivée?» m'alarmai-je.

J'étais décidée à me rendre chez lui lorsqu'on frappa à ma porte. Trois hommes entrèrent. Le plus frêle souleva sa barbiche qui était aussi noire que ses habits et me tendit un parchemin.

— Que puis-je pour vous? demandai-je.

Il souleva son chapeau pour le remettre aussitôt.

— Sergent Rotard, de la police du Cardinal.

Il retourna le collet de sa cape. Sur son revers était agrafée une épinglette dorée à l'effigie du Cardinal. Je m'efforçai de contenir mes craintes.

«Reste stoïque et sûre de toi, stoïque et sûre de toi.»

— Nous recherchons une certaine Jacqueline Barbeau. Elle logerait ici.

— Dame Barbeau est ma servante.

— Puis-je lui parler?

— Hélas non, sergent, dame Barbeau est présentement en voyage chez ses parents. C'est l'été, elle en profite pour...

— Permettez, madame de Champlain, je dois perquisitionner votre logis, ordre du Cardinal.

Son doigt pointa au bas du parchemin, juste sous la signature. Je vérifiai. Il disait juste.

— Ordre du Cardinal, duc de Richelieu, madame de Champlain. Nous devons fouiller votre logis. Dame Barbeau est en état d'arrestation.

Il fit un signe de la main. Les deux autres gaillards lui emboîtèrent le pas. Ils firent le tour de mes appartements, à deux reprises. Je les suivis à la trace tant je redoutais qu'ils trouvent un indice la compromettant.

— Cette servante devrait être ici. Depuis quand est-elle à votre service ?

— Depuis plus d'un an.

— Elle est absente, dites-vous. Depuis quand est-elle partie ? Quand revient-elle ?

— Dame Barbeau ne reviendra pas avant disons... au moins quatre semaines.

— Où habitent ses parents ?

— À Séville, messieurs. À Séville.

— Espagnols ! s'étonna-t-il.

Il opina plusieurs fois de la tête. Ses compagnons se jetèrent des regards entendus.

— Fort bien, fort bien ! L'affaire se corse.

— Son père est gravement malade, alors vous comprenez...

— Nous comprenons tout ce qu'il y a à comprendre, madame. Tout concorde. Si jamais cette dame Barbeau remettait les pieds ici, ce dont je doute fort, il vous faudra aviser la préfecture immédiatement. Dans le cas contraire, vous serez accusée de complicité pour haute trahison, madame.

— Haute trahison !

— Notre pays est en guerre contre l'Espagne, madame. L'ennemi espagnol s'est malicieusement infiltré partout, à notre insu. Ah, mais notre Cardinal veille. La vengeance est proche. Restez sur vos gardes. Madame !

Les trois compères soulevèrent leur chapeau dans un synchronisme parfait. Puis ils passèrent ma porte l'un après l'autre.

Lorsqu'ils eurent atteint le bas de l'escalier, je courus vers la chambre de Jacqueline pour ouvrir son coffre. Vide ! Ses statues n'y étaient plus.

J'eus alors la certitude que ma servante espagnole m'avait offert la veille, en cadeau d'adieu, un dernier pas de danse.

Dans la semaine qui suivit, *La Gazette* cria au scandale. Notre reine était impliquée dans un complot visant à saper le pouvoir royal. La police de Richelieu avait mis à jour un réseau clandestin qui acheminait des lettres de notre reine vers Marie de Médicis, ennemie jurée de notre Cardinal, toujours en exil à Bruxelles. Qui plus est, d'autres lettres allaient directement vers ses frères, grands seigneurs et princes espagnols, contre qui notre pays était en guerre. La duchesse de Chevreuse, identifiée comme principale instigatrice, aurait été en fuite, tout comme de nombreuses autres complices dont on ignorait, pour la plupart, l'identité. La police était à leurs trousses. Une récompense était promise à quiconque fournirait des informations pertinentes sur les personnes en cause.

J'avais refermé le journal, médusée. Puis je m'étais rendue à mon oratoire pour prier, prier pour notre reine, pour la Chevreuse, pour Marie-Jeanne, et pour Jacqueline, ma servante espagnole.

Une fois mes prières achevées, je remerciai Dieu pour sa grande bonté. Cette fois, l'honneur de ma famille n'aurait pas à souffrir de ma témérité. C'était, du moins, ce que j'espérais de tout cœur.

Revenant de la Prévôté, je m'empressai d'aller annoncer la bonne nouvelle à mes parents. Comme j'entrais dans la chambre de mère, père me fit signe d'attendre à la porte. Soucieux, il prit ma main et la serra.

— Votre mère est au plus mal, chuchota-t-il les yeux larmoyants. Son médecin la quitte à l'instant. Sa vie ne tient plus qu'à un fil… quelques jours peut-être.

Mon affliction était grande, d'autant plus grande que la tenue de ces procès nous avait permis un certain rapprochement. C'était peu, beaucoup trop peu, et beaucoup trop tard, mais ce peu mettait un baume sur des années d'inimitié.

— La sentence de l'avocat général ? demanda-t-il.

— On me reconnaît l'usufruit de tous les biens, et ce, jusqu'à ma mort.

Il ferma les yeux.

— Tout de même ! fit-il soulagé.

— Mère dort ?

— Oui. Ne faites pas de bruit, venez.

Je le suivis sur la pointe des pieds pour m'arrêter au pied de son lit. Sa poitrine se soulevait à peine.

— Hélène, c'est… c'est vous ? souffla-t-elle d'une voix ténue.

— Oui, mère.

— Ce procès ?

— Gagné, mère. L'honneur de la famille Boullé est sauf. Les Jésuites devront attendre ma mort, tout comme la cousine Camaret.

— À la bonne… heure… ma fille. Votre épée, vous avez toujours… votre épée ?

— Oui, mère.

Elle ouvrit les yeux, leva légèrement une main et bougea ses doigts. Je crus comprendre qu'elle désirait que je m'approche d'elle. Ses doigts bougeaient toujours. Je me penchai au-dessus de sa couche. Ses doigts bougeaient toujours. Croyant qu'elle voulait me parler, j'avançai mon oreille près de sa bouche.

— Je suis si fière de vous, avoua-t-elle. Je vous envie, je vous ai… toujours enviée.

Elle embrassa furtivement ma joue.

— Cette épée, gardez-la, s'efforça-t-elle d'ajouter, pour votre… votre défense, gardez-la, ma fille, gardez-la toujours.

Sa tête retomba lourdement sur son oreiller. Ses yeux s'étaient refermés. Bouleversée, je baisai tendrement son front. Mon père toucha mon épaule.

— Laissons-la, maintenant, laissons-la se reposer.

La quitter me déchira le cœur.

Ce samedi, 12 juillet de l'an 1637, père et moi suivions, bras dessus, bras dessous, le cercueil de mère, que six frères minimes menaient à son dernier repos. Derrière nous, dans le convoi funèbre, tante Geneviève, oncle Simon, Paul et Marguerite précédaient tous ceux qui, compatissant à notre peine, étaient venus prier pour le repos de son âme. Nous la menions à la Place Royale, dans la chapelle des Minimes, là où elle avait exprimé le désir d'être inhumée.

— Ainsi, je serai plus près d'Eustache, nous avait-elle avoué quelques jours avant son trépas.

Père avait usé de stratagèmes afin que ce privilège lui soit accordé.

— *Je vous salue, Marie, pleine de grâce...* récitaient les marcheurs.

Je crus reconnaître la voix forte et grave de Christine Vallerand. Un bref regard vers l'arrière me permit de reconnaître sa flamboyante tignasse. Elle était bien là, entourée de madame Berthelot et de Françoise Boursier. Mes amies conquérantes... Toutes les autres me manquaient. Ysabel ne pouvait quitter son nourrisson, Jacqueline était probablement cachée quelque part en Espagne, et Antoinette, que je n'avais plus revue depuis bientôt trois ans, refusait toujours de me recevoir. Quant à Angélique...

Les cloches de Paris sonnèrent deux heures. Devant nous, un large rayon de lumière perçait les nuages. On aurait dit qu'il pointait directement sur l'église Saint-Jacques, l'église dans laquelle, à l'instant même, Marie Dulac et Mathieu Devol unissaient leurs destinées. Je maudis la destinée. J'avais promis que rien au monde ne me priverait de ce moment de grand bonheur. C'était sans compter sur la volonté de Dieu, l'Illustre maître d'œuvre, qui, de là-haut, en avait décidé autrement.

— *Sainte Marie, mère de Dieu,* enchaînai-je, *priez pour nous, pauvres pécheurs, maintenant et à l'heure de notre mort. Amen.*

27

Piètres mémoires

Le deuil de mère m'accabla au point que je ne désirais plus qu'une chose : rester confinée entre les quatre murs de mon logis, les volets fermés, les rideaux tirés. Je m'apitoyais sur mon sort, déplorant l'impitoyable cruauté de ma destinée. Elle savait si bien me faire miroiter tous les possibles impossibles. Elle savait si bien me leurrer, si bien me suggérer un bienfait pour mieux l'anéantir, sitôt que je le croyais mien.

De temps à autre, mon père venait troubler la confortable solitude dans laquelle je me complaisais. Une bouteille de vin à la main, l'œil vitreux, le nez rougi et le pas chancelant, il déversait sa peine sur mon épaule, pleurant sa chère Marguerite, celle qu'il avait tant aimée. Je le consolais du mieux que je le pouvais, prêtant une oreille attentive à l'épanchement de sa mémoire, tout en m'étonnant. Le portrait de la Marguerite qui avait partagé sa vie ressemblait bien peu à la mère qui avait partagé la mienne. Plus il en parlait, et plus nos souvenirs divergeaient. Une fois le fond de sa bouteille atteint, il se taisait. J'accompagnais alors ses longs silences.

Assis tous deux devant l'âtre, perdus dans nos sombres pensées, nous cuvions, de part et d'autre, nos si différents chagrins. Lui regrettait son adorable compagne, moi, que notre lien ait été si déplorable.

« Si seulement j'avais su. Si j'avais été plus attentive, plus réceptive, plus compréhensive… peut-être que… qui sait ? »

Le soir venu, avant d'aller au lit, je m'agenouillais sur mon prie-Dieu, suppliant le Divin Juge de se méfier de l'apparente vanité de mère, l'exhortant à déjouer son habituelle froideur, à faire fi de cette redoutable cuirasse qui protégeait si bien son cœur. Il se devait de percer le mystère de l'âme qui se présentait aujourd'hui devant Lui. J'implorais sa miséricordieuse bonté, afin que s'ouvrent toutes grandes devant elle les portes de sa céleste

Cité. Ma prière achevée, à demi rassurée, j'allais au lit, boudée par le sommeil que j'attendais, bien souvent, en vain.

De fait, mes nuits étaient interminables. D'une insomnie à l'autre, j'errais dans mes souvenirs, maudissant tous les mauvais hasards qui, l'un après l'autre, m'éloignaient toujours un peu plus des quais de Bretagne, là où mouillaient les bateaux destinés à voguer vers la Nouvelle-France. N'eût été le projet missionnaire de madame de La Peltrie, ce retour au pays de mes amours aurait été à reléguer aux calendes grecques.

Parfois, ne pouvant fermer l'œil, j'allais m'agenouiller devant le tableau de la Charité. À la lueur de la bougie, je me plaisais à observer la petite fille rousse pareille à ma petite Marianne, du moins la première fois que je la vis.

— Plus de quinze ans… déjà! déplorai-je.

Cela se passa vers la fin du mois de juin de l'an 1623. Sitôt débarquée à Québec avec ses parents, Marianne s'élança sur le quai en trottinant, observant tout autour, en balançant négligemment son ombrelle rosée au-dessus de son bonnet blanc. Elle s'arrêta devant le sieur de Champlain, qui, les bras tendus, accueillait les nouveaux arrivants.

— Bonjour, jeune fille, lui dit-il.

Sans répondre, elle lui fit une courte révérence, pour ensuite abaisser son ombrelle, passer sous son bras et poursuivre sa marche sautillante jusqu'à ce qu'elle se bute aux jupes des dames de la colonie.

— Qu'elle est mignonne! s'exclama Guillemette.

Sans répondre, elle effleura délicatement le poignet de dentelle de ma chemise, l'examina attentivement et me sourit.

— Bonjour, jeune fille, lui dis-je.

Jetant un bref coup d'œil par-dessus son épaule, elle repéra sa mère qui, debout sur la grève encombrée de malles, de sacs, de ballots et de barils, discutait avec Marie. Rassurée, elle bifurqua vers la gauche pour s'immobiliser devant Ludovic qui rejoignait le lieutenant. Il s'inclina devant elle, tel un gentilhomme devant une noble dame.

— Bienvenue à Québec, jolie demoiselle! clama-t-il gaiement.

Elle pinça sa jupe, l'étira quelque peu et lui sourit. Puis, vive comme l'éclair, elle laissa tomber son ombrelle, souleva ses jupons et courut vers *Nigamon* qui, l'ayant observée depuis son arrivée, l'appelait de la main. Nullement effarouchée par son allure, elle le suivit jusqu'au pied d'un grand pin dans lequel il grimpa. Au pied de l'arbre, Marianne, débordante de joie, sautillait en l'applaudissant. Sa mère approcha.

— Excusez-moi, mesdames, nous dit-elle sans interrompre sa marche précipitée vers le grand pin, ma fille... excusez-moi.

En route, elle récupéra l'ombrelle et la rapporta à sa petite. Cette dernière la reprit. Après lui avoir fait quelques signes, sa mère revint vers nous.

— Cette ombrelle la protège, expliqua-t-elle, sinon sa peau blanche se couvre de taches. Marianne les a en horreur.

— Ah, ces taches de son! Je vous comprends, enfin, je la comprends. Regardez ma peau. Sitôt le printemps venu... Je suis Hélène, Hélène de Champlain. Bienvenue à Québec, madame.

— Enchantée, madame de Champlain, dit-elle en effectuant une courbette.

— Pas de courbettes entre nous. Ici en Nouvelle-France, nous chaussons toutes les mêmes sabots, pour ainsi dire. Ne seriez-vous pas Marguerite Pivert, la sœur de dame Geneviève Lesage?

— Oui, c'est bien moi. La ressemblance est frappante, n'est-ce pas?

— On dirait des jumelles, dit-on l'une et l'autre dans un synchronisme parfait.

— Mis à part les cheveux, poursuivit-elle. Les miens sont beaucoup plus lisses, tandis que ceux de Geneviève... Elle tient ses bouclettes de notre mère. Les miens sont de mon père. Je suis plus haute de quelques doigts, plus large d'épaules... et de trois ans son aînée.

— Bienvenue chez nous, Marguerite.

Elle regarda intensément sa fille.

— Cette petite est du vif-argent, dit-elle fièrement.

— Elle ne semble guère intimidée.

Son large sourire me rappela celui de tante Geneviève.

— Timide, Marianne? Pour ça non! Sa témérité me surprend toujours... quand elle ne me cause pas de soucis.

— Alors, elle se plaira ici, autant que ses parents, du moins, je l'espère.

— C'est un réel plaisir de vous rencontrer, madame, Geneviève m'a si souvent parlé de vous.

— Ici, dans ce Nouveau Monde, entre amies, le prénom convient autant que les sabots.

Elle rit, d'un rire franc et honnête.

— Le plaisir est partagé, Marguerite, poursuivis-je. Nous aurons tant à nous raconter. Votre traversée, cette décision de vous installer ici, à Québec, avec votre famille...

Hésitante, elle regarda d'abord vers sa petite et m'invita à la suivre d'un geste de la main.

— J'aimerais vous présenter Marianne.

— Allons.

Tandis que les hommes, les soldats et les Sauvages empilaient barils, sacs et bagages dans les charrettes, nous montâmes vers le grand pin.

— En réalité, bien qu'elle soit ma fille à part entière, je la présente comme étant ma nièce. Par respect pour sa mère naturelle. Vous comprenez, je l'ai reçue à sa naissance.

— Ah! Une orpheline?

— Sa mère serait morte en couches. Comme j'étais stérile... une tare de famille, Geneviève aussi...

Son bref silence fut triste.

— Geneviève a pourtant tout fait pour sauver sa mère. Comme quoi, le malheur des uns...

Un autre triste silence, suivi d'un regain de joie.

— J'ai eu de la chance. Cette petite est un cadeau du ciel!

Dès que nous fûmes près d'elle, Marguerite posa une main sur l'épaule de sa fille. Marianne lui présenta une mine réjouie, leva son ombrelle vers le haut de l'arbre et l'agita comme pour décrire la montée de *Nigamon* sur le tronc de l'arbre.

Sa mère lui fit quelques signes en articulant exagérément les lèvres sans produire une seule parole. La petite Marianne fit une longue courbette. *Nigamon* sauta de sa branche pour atterrir près de nous. Je fus étonnée.

— Muette, dit-il, fille muette, *Napeshkueu*, m'expliqua-t-il.

Marianne lui sourit. *Nigamon* lui rendit son sourire. Je crois bien que ce sourire scella leur amitié à tout jamais.

Je passai la main sur la toile de la Charité, comme pour caresser les cheveux de la petite rouquine. Marianne aimait que je caresse ses cheveux, que je la coiffe.

« *Nigamon* et Marianne, père et mère d'une petite fille de trois ans, maintenant... Je leur avais promis de revenir, à eux et à tous les autres, mes amis de cette terre lointaine. »

— Oh, Ludovic, vous, vous! Si vous ne m'aviez pas quittée ce matin-là! Si la satanée Marie-Jeanne n'avait pas stimulé la rancœur d'Étienne Brûlé, poussant le sieur de Champlain à bout. Avait-il d'autre choix que de vous éloigner de Québec? Non, pour son honneur, pour sauver votre honneur, notre honneur, non! Il n'avait pas le choix. J'ai tant regretté ce départ. Ah, si seulement je ne vous avais jamais rencontré, si je ne vous avais jamais aimé. Ma faute est grande, ma conscience pèse parfois si lourdement! Répondez-moi, Ludovic, dites-moi quelque chose! Aidez-moi!

Il ne répondit pas. Son silence me rendait folle, son absence me tuait.

Un soir, torturée par la peine, l'ennui et le remords, j'entrevis la mort comme une douce complice: la mort libératrice, la mort lumineuse, la mort… l'au-delà, les harpes, les anges… Ici, j'étais seule. Dans l'autre vie, Noémie et sa fille, Marie-Claude, ma sœur de lait, mon frère Nicolas, Marguerite, ma sœur, et Marguerite, cette mère qui m'était étrangère.

«Ah, si seulement je pouvais retrouver mère, nous pourrions reprendre tout ce temps perdu dans les méandres de nos discordes!»

Ma maison était si silencieuse depuis que Jacqueline l'avait désertée. Plus personne, seule, j'étais terriblement seule!

Au-dehors, l'orage, le souffle du vent aux fenêtres. Je tendis l'oreille. Ces bruits dans ma cuisine…? Quelqu'un fredonnait, une complainte.

«Jacqueline, pensai-je, Jacqueline est revenue!»

Je revêtis ma cape de peau et courus la retrouver.

— Jacqueline, l'appelai-je, Jacqueline!

Personne! Ma cuisine était vide, Jacqueline n'y était pas. L'ombre des casseroles, des assiettes et des tasses, empilées pêle-mêle sur la table, le confirmait: ma servante était loin d'ici.

— Égoïste, c'est bien ainsi! me raisonnai-je en retournant dans mon lit.

Je craignais tant pour elle. Dans *La Gazette* de la veille, on confirmait clairement cette affaire de lettres clandestines. Anne d'Autriche, notre reine, avait, sous l'emprise de mauvaises influences, entretenu un lien épistolaire avec son frère Philippe IV, roi d'Espagne. La connivence de Marie de Médicis, exilée à Bruxelles, et de la duchesse de Chevreuse avait favorisé cette outrageante manigance. Selon la police du Cardinal, les lettres fautives transitaient de Paris en Espagne grâce à un important réseau clandestin. Le premier maillon de la chaîne, La Porte, le portemanteau de notre reine, avait été conduit à la Bastille, afin d'y être soumis à la question. L'enquête suivait son cours. Le roi furieux s'apprêtait à répudier la reine. La police du Cardinal promettait de mettre la main au collet de tous les complices.

« *Red de las damas*, le réseau clandestin de notre reine. Qui l'eût cru ? Pourvu que ces dames soient épargnées, pourvu que je sois épargnée, pourvu que Jacqueline ne soit pas compromise, souhaitai-je ardemment en regagnant ma chambre. Quant à Marie-Jeanne, chambrière chez la Chevreuse… »

Le journal laissait entendre que la Chevreuse, déguisée en homme, aurait, par une nuit sans lune, chevauché vers l'Espagne accompagnée par un étrange compagnon.

« Marie-Jeanne ? Peut-être. De toute façon, la prémonition d'Henriette était juste. Sa sœur jumelle courait un réel danger. »

Henriette, prisonnière de sa défaillante mémoire…

Paul agita son chapeau devant mon visage. Je détournai les yeux vers la fenêtre dont il venait tout juste d'ouvrir les volets. Le soleil m'éblouit.

— Vous êtes déraisonnable, mademoiselle, réprimanda-t-il. Voilà plus de trois semaines que vous croupissez ici, isolée de tous. Je vous trouve bien pâle.

Il se posta devant mon fauteuil.

— Vous d'ordinaire si ordonnée, comment pouvez-vous supporter un tel désordre ? A-t-on idée de se laisser dépérir ainsi ? Des rats se promèneraient la nuit dans votre cuisine que je n'en serais pas surpris.

— Je suis en deuil, Paul, en deuil de ma mère ! Ma servante Jacqueline est partie, envolée ! La pauvre Marguerite suffit à peine à servir convenablement mon malheureux père qui erre dans un profond désarroi. C'est ce qui explique tout ce désordre.

— Il vous faudrait trouver une autre servante.

— Non ! objectai-je, inutile d'engager une autre servante, Jacqueline reviendra.

— Mademoiselle, d'après ce que vous m'avez dévoilé, votre servante se terre en Espagne. Et d'après ce qu'on rapporte de la fureur du roi au sujet de l'affaire des lettres clandestines, croyez-moi, mieux vaut qu'elle y reste encore pour un long moment.

— Maudit soit le roi !

— Par tous les diables !

— Parfaitement, ce roi ne comprend rien aux femmes ! Il traite la sienne comme la dernière venue, lui interdisant de correspondre avec ses frères, avec tous ceux de sa propre famille. Cette reine a aussi un cœur, figurez-vous ! Il va jusqu'à lui imposer des dames de compagnie dont elle ne veut pas, tout en la trompant allégrement avec les jouvencelles de sa coterie. Alors le roi !

— Le roi est roi, mademoiselle, le seul maître après Dieu.

Je me levai.

— Dieu, Dieu, voyez comme il me traite, ce Dieu ! La mort d'un époux, des procès à la chaîne, la mort de mère, ma servante disparaît, un père ivre de douleur, et puis quoi encore ? Où est-il, ce Dieu plein de bonté, je vous le demande ?

— Mademoiselle !

Je fermai mes poings dont je couvris mes lèvres pour ne pas hurler de rage. Paul saisit mes épaules.

— Écoutez, écoutez-moi, j'ai une proposition à vous faire.

Je fermai les yeux, ne voulant rien entendre.

— Rappelez-vous autrefois, au temps de votre jeunesse, par ces beaux dimanches d'été, lorsque François, Marie-Jeanne, Eustache et vous, mes quatre petits mousquetaires…

Il piqua ma curiosité.

— Je vous menais ici et là, dans les bois environnants, poursuivit-il.

J'ouvris les yeux. Son bras pointa vers la fenêtre.

— C'est dimanche aujourd'hui, mademoiselle, un beau et chaud dimanche d'automne. L'air est doux, le soleil éclatant. Laissez-moi vous emmener en forêt, là où tout est si calme. Accordez-moi ce plaisir, accompagnez votre Paul, comme autrefois.

Sous ses larges sourcils broussailleux, ses yeux bleu de mer suppliaient. Je baissai les bras.

— Dans la forêt, oui, peut-être… Je veux bien aller en forêt, mais en forêt seulement, insistai-je. Épargnez-moi la foule, les bruits et les puanteurs.

Il claqua ses mains l'une contre l'autre.

— À la bonne heure !

Pissedru nous mena tout droit dans la forêt de Saint-Cloud, non loin de ce havre où j'avais naguère connu de si grands bonheurs. Depuis mon retour en France, je m'étais bien gardée d'y retourner. Notre maison de campagne, celle de tante Geneviève, les roses de son jardin, le saule de mes amours... Ces souvenirs n'étaient plus que des souvenirs, et c'était bien ainsi.

Agrippée aux montants du siège de notre carriole, je m'abandonnai aux cahotements provoqués par les branches, les trous et les roches, parsemés ici et là le long du tortueux sentier. Une douce lumière traversait le feuillage jauni des arbres.

«Début octobre... À cette époque, là-bas, les arbres flamboient.»

Sinon, mis à part l'absence de cette magnificence... cette fraîcheur dans l'air, l'odeur de ces tapis de fougères, la ritournelle des oiseaux, du pareil au même. De temps à autre, un lièvre fuyait en sautillant. Ici et là, un écureuil grimpait vitement aux troncs des arbres. Ce bruit d'eau qui ruisselle...

«La chute, m'excitai-je, notre chute!»

— Paul, nous allons vers...

— La chute d'eau, oui, mademoiselle. Celle-là même où nous venions nager avec les enfants Fer... Pardonnez-moi!

Il m'observa tristement.

— Ce sont de très beaux souvenirs, Paul.

Une fois sa pipe allumée, il s'assit sur une roche, non loin de moi. Cette eau vive ruisselant entre les rochers, piqués de bouquets de verdure, le bouillonnement des eaux..., autrefois, ici même, sous la voûte céleste, prenant Dieu à témoin, Ludovic et moi avions uni nos vies. Je m'étais avancée vers lui coiffée d'un joli voile de dentelle, et lui avais offert mon cœur. Étroitement enlacés, nous avions fait serment de nous aimer, pour l'éternité.

— Vous rêvassez, mademoiselle?

Je sursautai.

— Ces yeux larmoyants...?

— Votre pipe... la fumée de votre pipe.

— Oh, si ce n'est que ça.

Il la frappa sur la roche pour la vider de ses cendres, et la remit dans sa poche. Puis il alla toucher l'eau.

— Plutôt froide, pas autant que les eaux glacées de Québec, mais tout de même.

Ses cheveux étaient aussi blancs que neige. Pour se relever, il dut appuyer une main sur le bas de son dos, tant cet effort lui était pénible. Puis, il longea la grève en boitillant. Je me rappelai clairement ce soir où, derrière l'église de Saint-Cloud, il nous avait fièrement raconté ce combat de mousquetaires au cours duquel il avait été blessé au genou. Plus son âge avançait et plus cette blessure l'incommodait. Saint-Cloud… Claude et Antoinette…

« Un jour, je frapperai à leur porte. »

Paul s'arrêta devant moi. Croyant qu'il désirait repartir, je me levai.

— Cette profonde tristesse qui vous accable… la perte de votre mère ?

— Oh, il y a bien un peu de ma mère.

— C'était une dame… disons, particulière.

— Particulière ? Peut-être, je l'ignore. Je la croyais froide, sans sentiments. Elle me repoussait sans cesse, et pourtant…

— Pourtant, maintenant qu'elle n'est plus, vous la regrettez. Il vous semble qu'elle n'était pas totalement celle que vous croyez, que vous n'avez pas su… qu'elle n'était pas si…

Honteuse, je baissai la tête.

— Telle est la sournoise cruauté de la mort, mademoiselle. Elle ensorcelle notre mémoire. Sitôt nos chers disparus portés en terre, nous les portons aux nues. Cruautés, mesquineries, colères, trahisons, humiliations, tout le laid s'estompe. Nous ne retenons que le beau. Et pourtant…

Sa sagesse me chamboula. Un flot de larmes me submergea.

— Paul, sanglotai-je, Paul, si vous saviez comme je l'ai… comme…

— Chut, taisez-vous, taisez-vous, chut ! Vous avez été la meilleure fille qui soit. Seulement, madame votre mère ne le voyait pas. Comment auriez-vous pu faire mieux, je me le demande !

— Oh, Paul !

Il m'ouvrit les bras. Je pleurai sur son épaule, fort et longtemps. Quand je lui remis son mouchoir, humide de larmes, il me sourit.

— Là, enfin, il me tardait de vous voir pleurer. Les pleurs contenus torturent plus qu'on ne peut imaginer.

Je soupirai.

— Un sourire de surcroît! Alors là, cette sortie en valait vraiment la peine, mademoiselle!

Il ressortit son mouchoir du fond de sa poche pour effleurer ma joue.

— Là, plus aucune trace de larmes. Si nous marchions un peu, ce sentier m'apparaît l'endroit idéal pour achever une grosse peine.

Serrés l'un contre l'autre, nous nous enfonçâmes dans la forêt, moi soutenant ses pas, lui soutenant mon désarroi. Ce merveilleux clair-obscur, cette paix feutrée...

«Des esprits vivaient-ils vraiment dans ces forêts profondes comme le prétendent les Sauvages de l'autre monde? Si seulement c'était vrai! S'ils étaient là à nous entendre, prêts à nous soulager, nous protéger, nous guider. L'esprit des dieux, l'esprit de nos chers disparus...»

Quelques tourterelles, effrayées par nos pas, battirent des ailes et s'envolèrent d'un buisson en gazouillant.

— Songez-vous encore à Noémie, Paul?

— Par tous les diables, comment pourrais-je l'oublier? Chaque nuit, elle me tire les orteils. Je dors bien mal, croyez-moi. Ah, c'est le moindre de ses soucis que je ne dorme pas. Pensez donc, madame se trémousse au paradis! En voilà une qui n'était pas toujours commode de son vivant.

— Noémie malcommode! Jamais je n'aurais imaginé...

Il s'arrêta, appuya un doigt sur le bout de son nez.

— Entre vous et moi...

Observant vitement à gauche et à droite, il poursuivit tout bas:

— Quand elle rouspétait contre ci, contre ça, pour le simple plaisir de rouspéter. Quand elle me reprochait ci et ça, pour mieux me soumettre à ses volontés.

— Vraiment!

S'approchant un peu plus.

— Quand elle me refusait ses faveurs. Oh là là! Quand c'était non, c'était non!

La main qu'il agita vivement appuya son impudique révélation.

— Paul, vous me gênez!

Il rit.

— Hé, hé, je vous le garantis, mademoiselle, tous nos défunts avaient leurs petits travers. Même Lu... Lucas, mon vieux frère

Lucas, se reprit-il. Vous ne le connaissez pas. Dieu vous en préserve !

Son hésitation, l'ardeur qu'il mit à se reprendre, ce sourcillement, ce trouble…

— Et à Ludovic, pensez-vous quelquefois à Ludovic ? osai-je.

Il regarda vers la cime des arbres.

— Le vent se lève, dit-il. Nous devrions rebrousser chemin.

— Paul, Ludovic, songez-vous encore à lui ?

— Bien sûr que oui, mademoiselle ! Comment oublier un tel garçon !

— Il est si doux, si attentionné, si avisé, si…

— Si amoureux, je sais ! Mais assez têtu à ses heures et suffisamment intrépide pour risquer gros ! Les frousses qu'il m'a faites lorsque nous partions ensemble à l'aventure, vous n'avez pas idée !

— Pour ça, intrépides, nous l'étions tous les deux. Nous aurions pu traverser les montagnes. Rien ne nous arrêtait.

Il frappa un caillou du bout de sa botte. Il tomba dans une mare au-dessus de laquelle voletaient quelques libellules.

— C'était un très brave garçon, mademoiselle.

— C'était ? C'est toujours un brave garçon. Le malheur est qu'il vit aux confins de la terre.

— Comme Noémie, comme votre mère… aux confins de la terre.

— À la différence que Ludovic, lui, est toujours vivant.

Baissant les yeux, il prit ma main et la porta à ses lèvres.

— Il vit et vivra toujours, mademoiselle. Au fond de notre mémoire, croyez-moi, ceux que nous avons aimés vivront toujours.

— Un jour, je le rejoindrai, un jour, foi d'Hélène !

Tout le bien que me fit cette escapade en forêt, je ne saurais le dire. Elle me redonna du souffle. Je respirais mieux. Tôt le matin, j'ouvrais à nouveau les volets de mes fenêtres, goûtant la lumière du jour, parfois filtrée par de sombres nuages, parfois claire et vibrante comme le chant des anges. Le soir venu, je les refermais, me glissais sous mes chaudes couvertures, pour y dormir de temps à autre profondément.

— À la bonne heure !

Je pris plaisir à soigner mon père, l'encourageant à délaisser la bouteille pour s'en remettre à Dieu. Tous les matins, nous assistions à la messe célébrée à l'église Saint-Jean-en-Grève, là où la dame à la canne ne venait plus. En après-midi, pour chasser l'ennui, j'écrivais à mes amies de l'autre monde, leur expliquant les désagréments qui m'obligeaient à reporter mon retour, leur faisant part de mes soucis et de mes espérances. Madame de La Peltrie, elles la connaissaient presque autant que moi. Son projet missionnaire, elles auraient pu le décrire sous tous ses angles, sous toutes ses coutures. Il était ma bouée, mon phare, l'idéal qui nous rassemblerait toutes un jour, si telle était la volonté de Dieu.

La vie m'avait appris une chose, ne jamais souhaiter quoi que ce soit, sans y ajouter ce tout petit bout de phrase : « si telle est la volonté de Dieu ». Dorénavant, je me méfiais. Notre Dieu Tout-Puissant m'avait si souvent joué de vilains tours.

Octobre passa, les arbres se dénudèrent de leurs feuilles, les jours se firent plus sombres, les pluies plus fréquentes et les rues plus boueuses. Père buvait de moins en moins de vin, priait davantage, et prenait du mieux. Il lui arriva même de se rendre à la cour pour rencontrer les secrétaires du roi qui partageaient sa charge. C'est avec un certain pincement au cœur qu'il me rapporta comment ils avaient su si bien se passer de ses judicieux conseils durant sa trop longue absence.

— Personne n'est irremplaçable sur cette terre, ma fille, m'avoua-t-il amèrement, croyez-moi, personne !

« Si, Ludovic est irremplaçable ! » répliquai-je pour moi seule.

À la mi-novembre, n'y voyant que du bon, il m'imposa une nouvelle servante : Olivia de Riva, une Italienne. Ses grands-parents avaient été amenés en France par Marie de Médicis, du temps de sa régence. Cette ricaneuse parlait fort, secouait les chaudrons dès l'aurore, cuisinait mal, éclaboussait les planchers les jours de lavage, et ronflait si fort que je l'entendais de ma chambre. Elle ne chantait pas, ne dansait pas, ignorait tout des dévotions, se moquait de mon oratoire, qu'elle disait pure fantaisie de dévote. Bref, je la supportais mal.

Lorsque n'en pouvant plus, j'osai me plaindre d'elle à mon père, il me rétorqua que malgré ses travers, elle m'était fort utile, que sa présence auprès de moi le rassurait, qu'il prenait sur lui de payer ses gages, que je n'avais après tout qu'à m'en accommoder.

La première neige tomba le matin de Noël. Ysabel et Jonas fêtèrent donc le premier anniversaire de Pierre, leur trésor de fils, dans un Paris tout blanc. Ils avaient insisté pour que je sois des leurs. Ne pouvant me résoudre à laisser seul mon père endeuillé, un jour de Noël, j'avais décliné leur invitation.

Tante Geneviève avait, quant à elle, accepté l'offre d'oncle Clément qui l'avait suppliée de profiter de cette période festive pour prendre quelques jours de repos, chez lui, dans sa maison de Saint-Cloud.

Angélique remerciait Dieu à genoux, ses jumeaux étaient enfin revenus de la guerre, sains et saufs, avec leurs deux bras et leurs deux jambes. Son bonheur était à son comble, toute sa famille festoya autour de la table du réveillon. Enfin, presque toute, puisque Mathieu, son gendre, était absent. Marie le déplora. Son amoureux était reparti sur les champs de bataille moins d'une semaine après leur mariage en août dernier. Depuis, elle s'inquiétait. Les lettres qu'elle lui avait écrites restaient sans réponse. Refoulant nos propres angoisses, sa mère et moi tentions de la rassurer.

— Acheminer une lettre des tranchées n'est pas chose aisée, disait sa mère.

— Depuis l'affaire des lettres clandestines de notre reine, tous les courriers sont sous haute surveillance, lui répétai-je plus d'une fois.

— La police du Cardinal est partout, ajoutait Henri, son père.

Comme nous tous, elle devait patienter. Mathieu faisait assurément tout ce qu'il pouvait. Il pensait à elle ; cela, nous pouvions le jurer.

Plus les semaines passaient et plus le ventre de Marie s'arrondissait. Dorénavant, personne ne pouvait plus en douter, Marie était grosse. Cette bienheureuse promesse assécha définitivement mes larmes, atténua mes peines, raviva ma confiance en cette vie qui savait si bien nous rudoyer. En mai prochain, mon fils Mathieu serait père. En mai prochain, je serais grand-mère ! Si telle était la volonté de Dieu.

Le 30 janvier suivant, l'allégresse de la maternité gagna tout le pays. *La Gazette* signala à ses lecteurs que tous les princes, seigneurs et gens de condition s'étaient réjouis avec Leurs Majestés à Saint-Germain, sur l'espérance d'une très heureuse nouvelle : en août prochain, notre reine serait mère !

Une onde de joie s'étendit d'écho en écho jusqu'à nos frontières. Après plus de dix-huit ans de mariage, Anne d'Autriche était
enceinte de l'héritier de la couronne de France. Le roi pouvait
relever la tête, il était béni de Dieu. Sa stérilité ne risquait plus de
contaminer ses sujets, leurs troupeaux et leurs champs. Si la reine
menait à terme cette grossesse, la postérité de la royauté était
assurée.

— *Gracias a Dios!* s'exclama d'une même voix tout le peuple de
France.

La rumeur courut que sa grossesse inespérée rachetait toutes
ses fautes. Malgré ses audaces, le roi ne la répudia pas. Le Cardinal,
quant à lui, balaya sous les tapis royaux blâmes et condamnations.
Tous les documents reliés au réseau épistolaire espagnol furent
rangés dans des coffres que l'on remisa dans les caves du palais.
Seules la vermine, les larves et les araignées pourraient dorénavant
s'en régaler. Je n'avais plus à craindre les filatures des policiers.
Ma famille serait épargnée du déshonneur.

— *Gracias a Dios!* remerciais-je soulagée, chaque fois que j'y
pensais.

Je gardai cependant à mon cou la petite croix argentée. Elle
était le signe impérissable du lien qui survivrait à tous les justiciers
de ce monde : le Filet des dames.

«*Red de las damas!*» murmurais-je chaque fois que je la tou-
chais.

Le 10 février suivant, *La Gazette* rapporta que Louis XIII
consacrait la France à la très sainte et très glorieuse Vierge, mère
du Christ. Il invitait tous ses sujets à se mettre en prière pour que
le ciel accorde au royaume la faveur d'un dauphin. Plus un prêtre
ne monta en chaire sans inciter ses fidèles à répondre généreusement à la sainte requête de nos souverains. Dans toutes les églises,
les couvents et les monastères du pays, à la fin de chacune des
cérémonies, une même supplique sur toutes les lèvres : « Seigneur
Dieu Tout-Puissant, faites qu'un fils vigoureux naisse des entrailles
d'Anne d'Autriche, notre très honorable majesté. »

Le soir avant d'aller dormir, je me joignais à cette ferveur, en
y ajoutant toutefois quelques mots : et faites qu'un enfant sain et
heureux naisse des entrailles de Marie, si telle est votre volonté.

Les premières nouvelles de Mathieu nous parvinrent en mars. Son régiment était aux frontières du Languedoc, loin, bien trop loin de celle qui portait son enfant. Il déplorait que les stratégies de combat s'éternisent, espérait plus que tout que son régiment puisse remonter vers Paris avant la fin du printemps, afin qu'il puisse être auprès de sa Marie adorée le moment venu.

Ce qui arriva le 10 du mois de mai au milieu de l'après-midi. Ysabel et moi revenions d'une promenade avec le petit Pierre. À notre retour, Jonas s'empressa de nous apprendre que Marie était entrée en gésine. C'était Michael, le fils d'Angélique, qui, deux heures plus tôt, l'avait alerté. Nous courûmes chez l'accouchée.

« Oh, Ludovic, le bonheur que j'ai, le bonheur que j'ai ! » pensai-je en entrant dans la chambre où Marie accouchait.

Une heure plus tard, un fils était né.

« Le fils de notre fils Mathieu, notre petit-fils, Ludovic ! » aurais-je voulu crier à la terre entière.

Tout au long de la journée, je me retins d'exploser de joie, de hurler mon bonheur, de partager mon si mirifique secret. Néanmoins, je fis si bien que ni Angélique, ni Ysabel, ni Marie ne se doutèrent un instant que ce petit être frémissant, tout rose, tout robuste, le plus charmant nouveau-né qu'il m'ait été donné de voir, était de ma race, était de mon sang.

Le lendemain, portée par une fébrile curiosité, je ne pus résister à l'envie de retourner chez la nouvelle maman. Débordante de joie, Marie me tendit la dernière lettre reçue deux jours auparavant.

— Lisez, lisez, c'est merveilleux, merveilleux, Mathieu reviendra bientôt.

— Non, je ne veux pas… c'est votre affaire, je ne veux pas, chuchotai-je, tant il m'importait de ne pas déranger son petit.

Elle regarda son fils qui s'abreuvait goulûment à son sein et me sourit.

— Vous pouvez parler plus fort. N'ayez crainte, quand il tète, on croirait qu'il n'entend rien. S'il vous plaît, relisez-moi cette lettre. Ce sera comme s'il nous parlait.

Tendrement, elle baisa le front de son poupon. Comment leur refuser ce plaisir ? Refoulant mes scrupules, je pris la lettre.

— Écoute, écoute, mon petit, dame Hélène te dira la bonne nouvelle, ton papa reviendra bientôt.

Tout au long de ma lecture, le trémolo de ma voix me gêna.

«Cinq septembre, me dis-je, dans un an la quarantaine! Comme les années passent!»

Je coupai le fil doré et soulevai devant ma fenêtre le petit béguin bleu que j'étais à broder. Il couvrait à peine ma main.

«Trop petit pour moi, mais assez grand pour lui. Dommage que mon petit-fils n'ait toujours pas de nom, je pourrais broder son initiale juste ici, près du ruban. Ce sera probablement Samuel. Marie aime bien ce prénom. Il est vrai que l'esprit d'aventure du lieutenant l'a toujours fascinée. Je ne peux trouver oreille plus attentive que la sienne pour écouter mes récits de voyage.»

Un coup de canon retentit. Rapidement, je me penchai à ma fenêtre. Dans la rue, les passants s'apeuraient. Le second coup de canon tonna non loin de la porte Saint-Marcel. Les fenêtres des logis s'ouvraient l'une après l'autre.

— Qu'est-ce que c'est? hurla la voisine d'en face.

— Je l'ignore, lui répondis-je.

— C'est la guerre, c'est la guerre, les Espagnols! hurla le vieillard du logis d'à côté.

Un autre coup de canon. Cette fois, il venait de la porte Saint-Germain. Un autre suivit, de la porte Saint-Jacques.

— Les Espagnols attaquent, les Espagnols sont aux portes de Paris, criaient les passants affolés, en fuyant, entre les étals, les charrettes et les cavaliers qui tentaient tant bien que mal de contrôler leur monture.

Je refermai rapidement ma fenêtre. D'autres salves de canons, du côté de Montmartre, près de la porte Saint-Martin. Des pas lourds dans mon escalier. J'y courus. Tout essoufflé, père s'empressait de monter.

— Hélène, Hélène, notre reine... un fils... le dauphin est né, Dieudonné, notre dauphin!

— Un dauphin, père, un dauphin!

— Oui, ces canons, ces canons... pour... pour sa naissance.

Ce soir-là, tout Paris festoya. Au son des tambours et des trompettes, sur les bords de la Seine, de la cathédrale Notre-Dame au palais du Luxembourg, du Jardin de la reine Marguerite aux Tuileries, des Marais du Temple au Palais Royal, dans toutes les rues, tous les jardins, toutes les places, autour de toutes les fontaines, les Parisiens chantaient et dansaient à la lueur des flambeaux et des réverbères.

Au milieu de la foule, entassés les uns sur les autres Place de Grève, nous attendions, impatients, qu'éclatent derrière la cathédrale les feux d'artifice annoncés, tout au long du jour, par les crieurs du palais. Ysabel tenait la manche de Jonas qui portait le petit Pierre dans ses bras. Henri, entouré d'Angélique et de Marie, tenait précieusement l'amas de langes dans lequel était emmailloté son petit-fils, Samuel. Près de moi, Paul discutait très sérieusement avec père des implications politiques de la miraculeuse naissance.

— La ceinture de la Vierge du Puy y est assurément pour quelque chose, nous dit Angélique.

— Il y eut aussi ce pèlerinage sur le tombeau de Saint-Fiacre que fit notre reine l'an dernier, renchérit Ysabel.

— Saint-Fiacre, le patron des jardiniers! s'étonna Jonas.

— Notre reine lui voue une grande vénération, nous informa Ysabel.

Une pétarade retentit. Au-dessus des clochers de la cathédrale, sur un fond de ciel bleu nuit, des bouquets de lumières éclataient.

— Oh, ah! se pâmèrent tous les spectateurs.

Les enfants trépignèrent de joie, les nourrissons effarouchés éclatèrent en sanglots. Tous les regards étaient rivés vers les scintillantes splendeurs, tant et si bien que nous ne vîmes pas venir celui qui, précédé de Michael, le frère de Marie, jouait du coude pour se frayer un chemin entre les badauds éblouis.

— Marie, Marie! criait-on.

«Cette voix, me dis-je.»

Je me retournai. Mathieu était derrière nous.

— Mathieu, s'exclama Marie, en se jetant dans ses bras.

Ils restèrent ainsi, tendrement enlacés, le temps de l'explosion d'un feu. Lorsqu'il s'éteignit, Henri tendit le petit Samuel à sa mère qui le remit aussitôt à son père. Celui-ci le souleva bien haut, l'offrant aux millions d'étoiles restées éveillées pour l'extraordinaire occasion.

— Samuel, Samuel, mon petit! s'exclama-t-il avant d'embrasser tendrement la mère blottie tout contre lui.

Ce tableau me valut tous les feux du royaume.

Cette nuit-là, pour la première fois depuis le jour du pénible inventaire imposé par la cousine Camaret, j'ouvris mon armoire de sapin. J'en sortis mon cahier cartonné de rouge, mon cahier aux souvenirs. Résolue, je me rendis à ma table d'écriture. Je devais à tout prix reprendre le récit de ces années passées en Nouvelle-France, écrire toutes les pages de notre merveilleuse histoire. C'était plus fort que tout, rien n'allait plus m'arrêter. Il le fallait, pour notre fils, pour notre petit-fils, pour tous les autres qui, après nous, poursuivraient le chemin. Il le fallait!

J'ouvris mon cahier. Me souvenir, tout retrouver, tout raconter, afin de combler, autant que faire se pouvait, les lacunes de nos piètres mémoires.

SIXIÈME PARTIE

LES MARCHANDS DE RÊVES

Nouvelle-France, 1623-1624

28

Trouble-fête

Assise devant mon écritoire, le regard sur le feu de ma bougie, je passai la main sur la couverture rêche du cahier de mon passé, hésitant à l'ouvrir. J'appréhendais le premier mot. Où me mènerait-il? Quel secret, quel mystère m'attendait au bout du labyrinthe de mes souvenirs? La peur diluait mon courage. J'étais pourtant si décidée.

Notre aventure, reprendre là où je l'avais quittée...

«Pour eux, pour ton fils, pour ton petit-fils, il le faut! Ose, ose scruter les vestiges de ta piètre mémoire.»

Je glissai négligemment la plume d'aigle dans le creux de ma main. Le fil, retrouver le fil...

«Québec, hiver 1623, pensai-je, un rude hiver: les tempêtes, les bourrasques du nordet, les buttes de neige s'accumulant si haut devant les portes de nos logis, que nous n'avions pu en sortir pendant de longs jours. Janvier, ses froids rigoureux à pierre fendre, les coupes de bois en prévision des constructions à venir. Ce malheureux Le Coq, une bûche sur la tête, mort le cou rompu, toute la colonie endeuillée... C'était un lundi, oui, le lundi 8 mai. Lors de l'homélie funèbre, la voix forte du père Le Caron avait résonné dans la chapelle du couvent des Récollets...»

— Une vie sacrifiée à la colonisation. Prions pour que le sacrifice de notre frère rejaillisse en saintes grâces sur toutes les âmes de cette terre. Que toutes ses fautes lui soient pardonnées. Puisse notre Père miséricordieux l'accueillir en son royaume éternel. Amen.

— Amen, avaient répondu tous les gens de la colonie.

Je me rappelle, cette année-là, un printemps précoce... À la mi-mars, une pluie torrentielle tomba pendant plus d'une semaine. Plus il pleuvait, plus la neige fondait. Plus la neige fondait, moins il était possible de transporter les billots de bois sur de longues traînes, à la manière des Sauvages. Ce qui contrariait grandement le sieur de Champlain. Ce moyen de transport facilitait le travail des hommes, accélérait les coupes. Plus vite les troncs étaient livrés au scieur d'ais, plus vite les planches s'accumulaient autour de son atelier.

— Ce mauvais temps retarde tout, se désola-t-il lorsqu'un midi nous marchions ensemble dans nos jardins. Voyez-moi toute cette boue ! Impossible de semer avant la fin mai !

— J'en ai bien peur, l'approuvai-je.

J'avais du mal à mettre un pied devant l'autre, tant mes sabots s'enlisaient dans le terreau mouillé.

— Si nous faisions comme les Sauvages ? suggérai-je.

— Comme les Sauvages ?

— Semer les graines dans des boîtes d'écorce gardées bien au chaud. Une fois germées, nous transplanterons les pousses dans les jardins asséchés.

— Ah, fort bien, fort bien ! Une astuce à retenir.

La mine réjouie, il me toisa du coin de l'œil.

— Si seulement nous pouvions tailler trois cents planches de plus avant l'été, se désola-t-il exagérément.

Cette fois, aucune astuce ne me vint.

— Il y en a déjà près de six cents, dites-vous ?

— Six cent cinquante-sept exactement ! De frêne et d'orme, longues et droites !

— C'est beaucoup, non ?

— Trop peu, trop peu ! Il en faudrait plus du double. Plus il y aura de planches sciées, et plus de Caën sera enclin à approuver mes projets de construction : l'Habitation à refaire, une ferme au cap Tourmente.

— Reconstruire l'Habitation ! Je croyais que vous vous proposiez de la rénover ?

— Toujours à recommencer, ces réparations ! Tant que les fondations ne seront pas refaites en profondeur, nous n'en finirons jamais. Autant tout rebâtir sur du solide, une fois pour toutes !

Mon silence étonné le fit sourire. Constatant ma difficulté à avancer, il m'offrit son coude. Je l'agrippai d'une main, soulevant mes jupons de l'autre.

— J'ai mes plans, madame. Reste à convaincre celui qui tient les cordons de la bourse.

— Le sieur de Caën ?

— De Caën, oui, madame! Ah, qu'il arrive enfin, celui-là! Je l'attends de pied ferme!

— Le pied…, le pied ferme, dis-je en posant timidement le mien sur des planches étendues en guise de passage, le long du chemin inondé.

Après ces longs jours pluvieux, ce fut un soleil éblouissant, un ciel d'un bleu d'azur. Puis, vinrent les grandes fontes. Sur le fleuve, le fracas des banquises qui se heurtent, la débâcle. Dans le lit des rivières, le bouillonnement des eaux débordantes. Au magasin de l'Habitation, le désolant constat de la fonte des vivres. Dans le logis du sieur de Champlain, la débâcle de ses humeurs.

Comme de coutume, dès que les premières gouttes d'eau perlaient au bout des longs glaçons dentelant les corniches de nos maisons, notre lieutenant s'inquiétait. Pourtant, le gibier printanier suffisait amplement à compenser nos faibles réserves. Quand ce n'étaient pas les tourtes, les gélinottes et les canards qui se retrouvaient dans nos tourtières, c'étaient les dindons que nous chassions au clair de lune, alors qu'ils s'approchaient d'un point d'eau pour s'abreuver.

Un soir où nous avions soupé en tête-à-tête, une fois son bol de sagamité terminé, il essuya sa cuillère, l'air soucieux.

— Ce potage frugal dont nous devons nous contenter plusieurs fois par semaine, un mets à mille lieues des copieux buffets de la cour, n'est-ce pas, madame?

— Je ne regrette aucunement les buffets de la cour, monsieur, le fruit de nos labeurs me satisfait amplement.

— Presque plus de farine, de pois, de vin, tous nos barils sont quasiment vides, et nous ne sommes qu'au début d'avril! Si nous avons de la chance, les premiers vaisseaux français mouilleront à Tadoussac à la fin juin. Je dis bien, si nous avons de la chance! Encore plus de deux mois à tirer le diable par la queue!

— Tout se passe bien. Personne ici ne souffre de la faim. Même cet hiver…

— Grâce à nos Montagnes! Remercions-les à genoux! Sans ces élans dont ils nous font cadeau chaque hiver… Quelle générosité, tout de même! Ces miséreux n'ont rien et, malgré tout, ils trouvent à donner. Quand on pense à toute l'industrie requise pour abattre une seule de ces bêtes! Leur cadeau est d'autant plus méritoire.

Il se rendit à sa fenêtre et croisa les mains derrière son dos.

— Une bonne leçon de charité pour tous les catholiques et les protestants de cette colonie. Aurions-nous cette générosité? Permettez-moi d'en douter, conclut-il froidement.

Son ombre se dessinait dans la lueur dorée du soleil couchant. Sa pensée était ailleurs, à rêver d'un monde meilleur. Respectant sa réflexion, je décidai de quitter la table. J'allai me lever lorsqu'il se retourna, m'interpellant.

— Ces actionnaires n'ont que commerce, traite et profits en tête, déplora-t-il. Que nous soyons réduits au jeûne, bien au-delà des jours d'abstinence imposés par notre calendrier religieux, ils ne s'en soucient guère. Pourvu que les coffres de la compagnie se gonflent...

— Notre sort les indiffère à ce point?

— J'exagère à peine.

— La colonisation?

— Si je n'y tenais pas!

Se penchant sur sa table d'écriture, il ouvrit son livret de compte, le souleva pour mieux le relâcher.

— Comme si un pays se bâtissait en alignant de simples colonnes de chiffres! Les chiffres sont sans âme...

Il soupira longuement.

— Soyons réalistes! C'est ainsi, les affaires sont les affaires! Les finances sont essentielles à tout projet, n'est-ce pas? D'une impérative nécessité!

J'avançai vers lui.

— Vous défendez une noble cause, monsieur.

— Une cause démesurée. Et je ne suis qu'un honnête homme!

Il détourna la tête vers le dehors.

— De Caën me verse mille deux cents livres par an pour diriger cette colonie. Salaire équitable, me direz-vous. Comparé aux cent livres d'un simple ouvrier, c'est énorme.

— Ce salaire me semble juste pour la fonction de lieutenant que vous occupez avec tant de cœur. Mais... pour établir un pays, assurément qu'il ne l'est pas. Les assises d'un tel rêve n'ont pas de prix.

D'abord, ses yeux se mouillèrent. Puis, fronçant les sourcils, il tortilla sa barbichette un moment, pour finalement soulever les épaules, le visage plus détendu, souriant presque.

— J'en conviens. Tous les gages de ce monde ne sauraient me transformer en faiseur de miracles, et pourtant... croyez-moi, un miracle ne serait pas malvenu.

— Qui sait? badinai-je afin d'alléger son embarras. En essayant vraiment, peut-être parviendrez-vous à changer l'eau en vin?

Il referma son livre.

— Vous avez raison, mieux vaut en rire.

— Douteriez-vous de vos dons?

— Ah, c'est que la commande est énorme! Le vin, passe encore. Mais la multiplication des pains, par contre... Aux dernières nouvelles, il resterait deux sacs de farine dans toute la colonie!

— Alors, oublions la multiplication des pains. Après tout, Jésus lui-même avait quelques pains à sa disposition pour accomplir ce prodige.

Il rit brièvement avant de me tendre les mains. J'y déposai les miennes. Il les serra chaleureusement.

— Nous survivrons, n'est-ce pas, madame?

— Nous survivrons, monsieur.

Imbue d'innocence, je croyais alors que notre vie en ce pays serait sans fin, qu'aucun obstacle ne pourrait contrarier nos rêves, que nous y serions éternellement heureux. J'étais si jeune, si amoureuse... et si naïve!

— Ludovic, murmurai-je.

Ma plume d'aigle effleura ma joue.

— Ludovic...

À la vérité, tous les désagréments imposés par les rigueurs de ce pays pesaient bien peu dans la balance de mon bonheur. Tôt le matin, dès votre premier regard, cher amour, mes tracas fondaient comme glace au soleil. La certitude de vous croiser ici et là, tout au long du jour, votre sourire, vos salutations distinguées ou, mieux encore, nos baisers volés dans le secret d'un buisson, au détour d'un chemin, derrière une porte close, tout, véritablement tout de vous suffisait à alimenter ma joie. Forte de votre amour, j'allais heureuse sur les sentiers de ce Nouveau Monde.

Souvenez-vous de notre Cantique des Cantiques, Ludovic. Il y a ce passage...

— *Mon Bien-Aimé élève la voix, il me dit: Viens donc, ma Bien-Aimée, ma belle, viens. Car voilà l'hiver passé, c'en est fini des pluies, elles ont disparu. Sur la terre, les fleurs se montrent. La saison des gais refrains, le roucoulement de tourterelle se fait entendre sur notre terre. Viens donc, ma Bien-Aimée, ma belle, viens.*

«Est-ce vous qui m'appelez, vous qui m'attendez, vous qui m'insufflez l'ardent désir de ne jamais abandonner? Retourner près de vous, ce miracle serait-il encore possible?»

— *Viens donc, ma belle, viens.*

«Cet appel, ce torturant désir... vous retrouver mon Bien-Aimé, vous retrouver...»

J'ouvris mon cahier d'écriture, recherchai la page blanche et plongeai ma plume effilée dans l'encrier. Le portrait de Marianne s'imposa aussitôt.

«Ma petite Marianne...»

L'an de grâce 1623,
Nouvelle-France, Québec

Marianne était sourde et muette. Il me fallut bien peu de temps pour comprendre combien cette petite rouquine à la peau laiteuse et aux cheveux bouclés parvenait à déjouer les tares de sa nature. Il me fallut bien peu de temps pour comprendre que sa curiosité et sa détermination n'avaient d'égales que sa vivacité et son dévouement. Combien naturelle fut la complicité qui s'installa aussitôt entre nous, dès les premiers instants!

C'était un jeudi, le 13 juillet. Je me souviens: un soleil de plomb, une brise légère, le bleu de l'eau, le bleu du ciel, le vert aux feuilles, le vert aux pousses des jardins, le rouge aux cerises des cerisiers, le rose aux roses des églantiers. C'était par une très belle journée d'été, belle, et ô combien réconfortante!

Depuis quelques semaines, tous déploraient l'inexplicable retard du sieur de Caën. Les engagés craignaient d'être privés de leurs salaires, le commis Lequin redoutait que les marchandises de traite n'arrivent jamais, et le capitaine du Pont que les barils de vin restent à sec, se voyant par là condamné à pâtir de ses attaques de goutte, sans pouvoir s'enivrer. Aussi le sieur de Champlain eut-il peine à y croire quand Eustache descendit à la hâte de la redoute pour annoncer l'approche des barques venant de Tadoussac, barques chargées à ras bord de marchandises, assurément du sieur de Caën.

Les parents de Marianne, Marguerite Lesage et Nicolas Pivert, arrivèrent à Québec dans une des embarcations. Sitôt que Marianne posa le pied sur le quai, je succombai à son charme. Elle le parcourut en sautillant, son ombrelle à la main, comme si ce lieu lui avait été familier. La présence des Montagnes dispersés ici et là sur la grève l'intrigua. Elle s'arrêta pour mieux les observer. Visiblement rassurée, elle reprit sa marche pour s'arrêter devant le sieur de Champlain à qui elle fit une courte révérence. Sitôt la politesse accomplie, elle poursuivit son exploration. Ses cheveux ondulaient sur ses épaules. Leur couleur cuivrée contrastait joliment avec le rose de son ombrelle. Le bonnet blanc, suspendu à son cou, rejoignait presque la boucle du ceinturon nouée au dos de sa robe bleutée. Elle m'approcha en souriant. Je m'accroupis devant elle et lui tendis la main. Elle la serra brièvement pour ensuite remarquer la dentelle de mes manches qu'elle scruta un moment. Puis, sa curiosité satisfaite, elle aperçut *Nigamon* qui, posté sous le grand pin, se tenait bien droit, son arc à la main. Il lui fit signe. Un regard à sa mère laissée derrière et, vitement, elle courut vers lui. Petite Fleur, Perle Bleue et Étoile Blanche la suivirent. Voulant épater les jeunes filles, *Nigamon* grimpa à l'arbre avec l'agilité d'un chat. Ses sœurs, amusées, rigolèrent de bon cœur. Marianne applaudit avec enthousiasme.

Nous montâmes les rejoindre. Lorsque *Nigamon* bondit de sa branche, la mère de Marianne sursauta. Pas elle.

— Muette, *Napeshkueu*, muette, m'avisa *Nigamon*.

Marianne redressa fièrement la tête. C'est alors que je compris son attitude désinvolte. Pour elle, les mots n'existaient pas. D'ailleurs, ils auraient été bien superflus, car son visage, ses gestes, son corps, tout son être parlait. Cette petite était d'une transparence absolue.

Marie Rollet, qui remontait du quai, paraissait contrariée.

— Mieux vaudrait garder votre petite à l'œil pour un certain temps, dame Pivert, lui recommanda-t-elle.

— Pourquoi donc? demanda Marguerite.

— La menace montagne, chère dame, la menace montagne! insista-t-elle.

Marianne scruta l'expression de sa mère.

— Une menace! s'étonna cette dernière. Quel genre de menace?

— Du genre à vous fendre le crâne à coup de hache. Vrai comme je vous le dis!

— Marie! réprouvai-je, elles arrivent à peine. Est-ce vraiment le moment?

— Ah, moi, ce que j'en dis, c'est pour la sécurité de ces dames. Déjà que la petite s'amuse avec *Nigamon* et ses sœurs.

Alarmée, Marguerite tendit la main à sa fille. Marianne la prit, releva son visage mutin, m'interrogeant du regard. De toute évidence, elle s'attendait à une explication, tout autant que sa mère.

Bien malgré moi, je dus leur rapporter que la veille, alors que le sieur de Champlain surveillait les travaux de pavage dans la cour de l'Habitation, un Sauvage nommé La Forière avait, devant tous les ouvriers, et sans préambule, froidement annoncé que ses frères montagnes se préparaient à assommer tous les Français de Tadoussac et de Québec.

Déconcertée, Marguerite fit quelques signes à sa fille qui désirait savoir. Sitôt qu'elle eut compris, celle-ci tira sur mon engageante dentelle, m'invitant par là à continuer mon récit.

Je repris. D'abord sceptique, le lieutenant prit l'étrange avertissement avec défiance. Comme La Forière n'en démordait pas, il voulut en savoir davantage. D'après le délateur, le chef *Cherououny* cherchait à se venger des affronts et de la hargne des Français à son égard. Voilà pourquoi il préparait cette attaque.

— Une menace d'attaque! s'alarma Marguerite. Mais ceux-là, ici tout autour, ces femmes et ces enfants, ces Sauvages, accoutrés de plumes et de pagnes, qui transportent colis, ballots, barils avec les matelots français, comme si de rien n'était! S'il y a menace, où sont donc les soldats et la milice?

Marie eut un éclat de rire.

— Oubliez la France, ma chère dame! S'il survient une attaque, vous devrez prendre les armes, tout comme nous.

Marguerite figea d'effroi.

— Comme vous y allez, Marie! m'indignai-je.

Voyant le désarroi de sa mère, Marianne, désireuse d'en comprendre le motif, fit valoir son impatience en tapant du pied. *Nigamon* et ses sœurs rirent aux éclats. Effarouchée, Marguerite agrippa sa fille par les épaules, l'attirant près d'elle.

— Ces Montagnes sont des amis, la rassurai-je.

Je déployai largement mes bras.

— Tous ces Montagnes sont nos amis, insistai-je.

— D'eux, nous n'avons rien à redouter, c'est certain, admit Marie. *Mahigan Aticq*, leur premier chef, est l'allié de Champlain. Pour ce qui est des autres chefs, alors là! Avec ces Sauvages, on ne sait jamais, de vraies anguilles. Un jour c'est blanc, un jour c'est noir.

— Marie! Cessez à la fin, vous les effrayez inutilement! Marguerite, je vous assure que tout ceci n'est qu'un déplorable malentendu. Depuis plus d'un an, toute la famille de *Mahigan Aticq* cabane à moins d'une demi-lieue d'ici, et ils ne nous ont causé aucun ennui, bien au contraire.

Marie épousseta nerveusement les pans du châle ocre couvrant ses épaules en dodelinant du bonnet.

— Ouais! J'exagère un brin, il est vrai… enfin, peut-être, l'avenir le dira?

— Marie!

— C'est que ce satané La Forière m'a foutu la trouille à moi, voyez-vous! Vous vivez derrière une palissade tandis que nous, hein! Facile d'assommer une femme au beau milieu des champs de sa seigneurie.

— La Forière menteur, mauvais La Forière, clama promptement *Nigamon* avant de déguerpir vers le quai.

Ses sœurs le suivirent. Comme j'obstruais sa vue, Marianne se pencha sur ma droite et étira le cou pour mieux les suivre du regard.

— Marguerite, le sieur de Champlain a durement questionné *Cherououny*, ce chef accusé du complot, ce matin même, la rassurai-je. Il a tout nié en jurant que son accusateur, ce La Forière, n'était qu'un imposteur.

— Vous y croyez, vous, à la parole d'un meurtrier?

— Marie!

— Un meurtrier? s'étonna Marguerite.

Constatant l'étonnement de sa mère, Marianne se colla à ses jupes. Mal à son aise, Marie croisa et décroisa son châle, n'osant trop me regarder.

— Tout ceci est une vieille histoire, leur dis-je. Ne vous inquiétez pas…

— Un meurtre! répéta Marguerite.

— C'était il y a longtemps, poursuivis-je, plus de huit ans déjà. Depuis, aucun Français n'a été maltraité par un Sauvage, personne, je le jure.

Marianne souleva vivement son ombrelle à maintes reprises. Sa mère lui fit quelques signes. Sa fille lui en fit d'autres. La mère et la fille se détendirent quelque peu.

— Je vous assure, ajoutai-je, notre lieutenant veille au bien-être de tous ses gens.

— Alors, mesdames, cette visite de l'Habitation? s'écria au loin le sieur de Champlain, qui, bras levés, nous conviait à le rejoindre sur le pont-levis.

— Nous venons, lui répondis-je.

— J'exagère. Dame Hélène a raison, renchérit Marie. Ne vous inquiétez pas outre mesure. Notre lieutenant garde le criminel à vue. Fiez-vous à lui. La plupart des Montagnes lui vouent une réelle vénération, vous savez. Pour eux, il est le grand capitaine des Français. Par ailleurs, si les Français n'étaient pas là, à qui vendraient-ils leurs peaux, je vous le demande?

— Marie! m'exaspérai-je.

— Bien, bien, bien, je me tais, je me tais, dit-elle en se dirigeant vers l'Habitation.

Le sieur de Caën, escorté des commis et des chefs montagnes, passait le pont-levis. Sur la grève, les ouvriers chargeaient les précieuses marchandises dans les brouettes.

— À la bonne heure! Des inquiétudes en moins, murmurai-je.

Marianne glissa sa petite main dans la mienne. Agréablement surprise, je lui souris.

— Bienvenue dans la danse de ce nouveau monde, jeune fille.

Son visage rayonnait.

— Remettons-nous-en à la Sainte Providence… suggérai-je, et au savoir-faire de notre lieutenant.

Elle approuva de la tête.

— Que Dieu nous vienne en aide, conclut sa mère.

Marianne approuvait toujours. Comme elle nous tenait l'une et l'autre par la main, elle nous tira vers l'avant.

— Pas le choix, il faut y aller, dit fièrement sa mère.

Nous avançâmes allègrement.

— Quel accueil, n'est-ce pas, Marguerite?

— Pour ça, tout sauf ennuyant !

Nous voyant sourire, Marianne balança joyeusement les bras. Les nôtres suivirent en cadence.

Le temps était au beau, les vivres s'entassaient dans le magasin, et le sieur de Caën, grand maître des cordons de la bourse, était de retour. Plus j'avançais, plus mon pas s'allégeait.

— *À la claire fontaine, m'en allant promener*, fredonnai-je.

— *J'ai trouvé l'eau si belle, que je m'y suis baignée*, poursuivit Marguerite.

Marianne rit.

— *Il y a longtemps que je t'aime, jamais je ne t'oublierai*, terminai-je en m'engageant sur le pont-levis.

Ludovic nous suivait de près.

— *Il y a longtemps que je t'aime, jamais je ne t'oublierai*, chantonna-t-il en sourdine.

Sa mère s'étant retournée, Marianne détourna la tête, le regarda, me regarda et sourit d'aise. Il me sembla que son regard m'avouait sa connivence. Sa main se resserra dans la mienne. On eût dit qu'elle me promettait le secret. J'eus peine à y croire, mais le crus.

— *Il y a longtemps que je t'aime, jamais je ne t'oublierai*, répétai-je gaiement.

— Non, non et non ! m'exclamai-je tout bas, dans la pénombre du magasin.

M'attirant derrière les tas de peaux de castor, il me serra contre lui.

— Hélène, je vous en prie.

Je tentai de me libérer de son étreinte. Voyant ma réticence, il baissa les bras.

— Je vous interdis de vous rendre aux Trois-Rivières !

Contrarié, il passa ses mains dans ses longs cheveux dorés.

— Le lieutenant est formel !

— Nenni, monsieur ! Point de lieutenant qui tienne !

Il agrippa une peau de castor et la braqua devant mon visage.

— Ces peaux, Hélène, l'avenir de la colonie passe par la traite de ces peaux !

— Je tiens à vous !

— Soyez raisonnable. Plus de soixante canots chargés de précieuses fourrures nous attendent aux Trois-Rivières, plus de trois cents Algommequins et Hurons. Champlain devra freiner les ardeurs de chacun. De Caën tentera coûte que coûte de faire grimper les enchères.

— Vous ne lui êtes pas indispensable.

— Ce n'est pas tout, les Hurons accusent les Algommequins d'exiger des droits de passage exorbitants pour traverser leurs territoires. Or les Hurons venant de l'ouest doivent nécessairement passer par les îles aux Allumettes. Les Algommequins abusent de la situation. Champlain doit absolument les réconcilier. L'avenir des comptoirs de traite du Saint-Laurent dépend de leur accord.

— La traite, toujours la traite !

— La paix, il doit aussi défendre la paix.

— La paix pour mieux traiter.

— Pour l'avenir de ce pays, nous n'avons guère le choix, nous devons vivre en paix.

« Mon égoïsme, toujours mon égoïsme ! » me reprochai-je.

Je me ressaisis.

— Vivre en paix… sans raid, sans guerre. Oui, il le faut !

— Il y a plus, Hélène. Ces nations sont fières. Pour eux, pardonner à un meurtrier est signe de faiblesse. Les Sauvages méprisent les faibles, vous le savez autant que moi. Or, par ordre du roi et du vice-roi, Champlain doit profiter de ce rassemblement pour pardonner officiellement à *Cherououny*. Assurément, aux yeux des Sauvages, il fera figure de faible. Comment réagiront-ils ? Tout peut advenir, le meilleur comme le pire.

— Pire, dites-vous ? Étienne Brûlé sera aux Trois-Rivières. Vous avez vu comme il vous reluquait méchamment lors de son passage en juin dernier ? Rappelez-vous, au vignoble de La Rochelle, il y a longtemps quand… avant que vous…

— Que peut-il contre moi ?

— *Cherououny* aussi vous garde rancune. Vous l'avez insulté devant tous, en le jetant hors de l'Habitation, au festin des chefs.

— *Cherououny* ne peut se permettre d'autres affronts.

— Ces deux hommes ont encore la marque de votre botte sur leur fessier, figurez-vous ! Deux, ils sont deux, prêts à vous tordre le cou !

M'agrippant par les bras, il me pressa contre lui et m'embrassa si longuement que mon désarroi se modéra.

— Ce n'est pas juste, murmurai-je au bord des larmes, vous serez en danger, et moi, ici…

Resserrant notre étreinte, il caressa ma joue.

— Vos craintes m'arrachent le cœur, ma tendre, ma belle. Pourquoi tant d'inquiétude ? Nous serons plus de vingt Français là-bas.

— Vingt Français contre trois cents Sauvages !

— Le père Nicolas, le frère Gabriel, Desdames, de La Ralde, le commis Lequin…

Je l'embrassai.

— Et Étienne Brûlé, ajoutai-je, mes lèvres collées aux siennes.

Ses mains pressèrent mes fesses.

— Brûlé… oui, Brûlé. Rappelez-moi cette fâcheuse histoire. Entre lui et moi, que s'est-il passé, déjà ? Au vignoble *Red del Rey Nuestro Señor*… j'avais bu… dit-il en baisant mon front.

— Hum !

— … lors d'une fête, enchaîna-t-il en bécotant mon cou.

— Hum !

— … une fin de soirée chaude…

— … un feu d'artifice et ce…

— Goujat de Brûlé qui vous assaille. Mais après…

— Un mauvais souvenir, chuchotai-je. Autant oublier.

Je mordis le doigt qui toucha ma bouche.

— Et si ce soir était un soir de réparation, de pardon, de…

— De feux d'artifice, suggérai-je à son oreille.

De l'amas de fourrures à sa chambre, il n'y avait que quelques toises. Au-dehors, au bord du grand fleuve, les feux s'allumaient. Tous fêtaient l'arrivée du sieur de Caën, tous se réjouissaient à l'avance des profits prometteurs de la traite aux Trois-Rivières. Tous les rêves étaient permis.

Discrètement, sous les draps frais de sa couche, mon Bien-Aimé trouva moyen de me convaincre. Je devais le laisser partir. Il reviendrait sain et sauf. Bientôt, nous serions à nouveau dans les bras l'un de l'autre, à nous aimer, comme ce soir, avidement, passionnément, encore et toujours, pendant que sur les grèves de la Nouvelle-France, brilleraient des milliers et des milliers d'autres feux.

29

L'Arbre de vie

Les dimanches d'été, au sortir de la messe célébrée au couvent des pères récollets, les gens de Québec avaient coutume de se réunir à l'ombre d'un grand chêne, un chêne centenaire. Non loin de la rivière Saint-Charles, bien enraciné sur le sommet d'un vert coteau, cet arbre majestueux accueillait sous ses larges ramures les femmes et enfants embarrassés tantôt par le soleil, tantôt par les vents frisquets. Nous l'avions baptisé l'Arbre de vie.

Ses alentours étaient le lieu privilégié de nos célébrations. Nous y fêtions chaque événement d'importance : les premiers pas d'un enfant, les semences aux jardins, la fin des récoltes, une bonne nouvelle venant de France, la première pierre d'une fondation, le dernier clou d'une construction, les arrivées et les départs des seigneurs, des marchands, des matelots, des ouvriers et des colons.

Lors de ces réjouissances, nous enjolivions notre arbre de rubans colorés, que nous attachions en boucle sur ses branches les plus basses. Puis nous étalions nos nappes de lin autour de son tronc, sur lesquelles nous déposions nos paniers débordant de pains, de petits pots de beurre, de lard, de confitures et de biscuits. Une fois cette installation terminée, le pique-nique pouvait commencer. Ne restait plus qu'à profiter des bienfaits de la Sainte Providence tout en admirant les eaux de la rivière, long ruban bleuté serpentant entre les rives fleuries de jaune, de lavande, de blanc et d'orangé.

En ce troisième dimanche de juillet, l'arrivée du couple Pivert et de leur nièce Marianne était l'événement à souligner. Se greffa à ce joyeux motif le souci d'éloigner les craintes soulevées par la menace du raid montagne. D'autant que plusieurs des engagés étaient partis avec notre lieutenant aux Trois-Rivières, d'autant que les engagés restants s'avéraient plus habiles à manier les pelles,

les marteaux et les scies que les mousquets, les épées, les arcs et les flèches.

Afin de cultiver cette paix tant souhaitée, toutes les femmes, Marie-Jeanne y comprise, avaient d'un commun accord convenu qu'il serait de bon augure d'inviter pour l'occasion tous les gens du clan de *Mahigan Aticq*. Bien sûr, à la lune des framboises, la plupart des hommes montagnes se trouvaient soit aux postes de traite, soit à la pêche. Qu'importe! Nous pouvions compter sur la présence de tous ceux pouvant y venir. Ces nations avaient coutume d'honorer les invitations. Cette fête serait celle de la fraternité et de la gaîté. Chants et jeux pour resserrer nos liens d'amitié. C'était notre manière à nous, les femmes, de défendre la paix.

La fascination des Sauvages pour tout objet reflétant la lumière était connue de tous. Aussi, ce matin-là, pour souligner nos bonnes intentions, avions-nous suspendu entre les boucles du grand chêne quelques petits miroirs que nous nous proposions de leur offrir en présent.

Leurs canots n'étaient pas encore en vue que nous entendions déjà l'écho des exclamations suscitées par leurs miroitements. Une fois leurs embarcations accostées le long du rivage, nos amis montagnes se dirigèrent vers le grand chêne sans un mot, tant ils étaient envoûtés par l'attrait des faisceaux magiques émanant de son vert feuillage. Les plus jeunes levaient les mains vers les éclats de lumière comme pour les saisir, tandis que les femmes s'émerveillaient de leurs scintillements.

— Eh bien, l'effet est pour le moins réussi, s'exclama Marie.

— Tout reflet de lumière est sacré pour eux, dis-je à Marguerite.

— Étonnant, répliqua-t-elle en gesticulant aussitôt l'information à Marianne.

— Tout notre monde est réuni, constata Paul. La fête peut commencer, madame?

— Oui, Paul, que la fête commence.

Marianne applaudit. Ysabel sonna la clochette appelant au repas. Attirés par ces bruits, nos amis montagnes sortirent peu à peu de leur contemplation. La Meneuse déposa son *ouragana* plein de vivres non loin des nôtres. La Guerrière et ses trois filles l'imitèrent.

— *Kuei, Napeshkueu!*

— *Kuei*, Meneuse! *Kuei*, Guerrière!

Ysabel sonna à nouveau sa clochette.

Assises en cercle autour des jeunes enfants, toutes les femmes présentes veillaient à ce qu'ils mangent sans s'étouffer, boivent suffisamment d'eau fraîche, ne mettent pas les pieds dans les plats et ne s'éloignent pas trop de leurs mamans. Les jumeaux de Perdrix Blanche, aux cheveux plus noirs que du charbon, mettaient dans leur bouche tout ce qui leur tombait sous la main. Françoise, fière des trois ans de sa petite Hélène, répétait éblouie chacun des mots sortant de sa bouche. Marguerite, mère d'Eustache, le filleul de mon frère, n'en finissait plus de courir après son garçon qui, fort dégourdi pour ses deux ans, gambadait toujours un peu plus loin qu'il ne le devait. Ils étaient si mignons, tous deux, habillés de leurs robes de toile légère, jaune pour elle, verte pour lui.

— Reviens ici, petit démon, plaisanta Marguerite, en poursuivant le joyeux gambadeur.

L'attrapant par la taille, elle le soulevait à bout de bras, ce qui provoquait inévitablement les rires du petit chenapan. Échappait-il à nouveau à son attention qu'il repartait de plus belle à l'aventure, persuadé que cette interminable poursuite n'était, somme toute, qu'un simple jeu.

Un peu plus haut sur le coteau, Marianne et les filles de la Meneuse terminaient le repas en dégustant des framboises qu'elles cueillaient à l'orée du bois. Petite Fleur, Perle Bleue et Étoile Blanche communiquaient avec Marianne le plus simplement du monde. Un langage commun, celui des gestes, des signes; des mains parlantes, un visage expressif, des yeux étonnés, curieux, rieurs, un pli au front, un sourire, une moue…

Nous étions à ranger les plats vides dans nos paniers lorsque Paul délaissa les hommes qui, installés sur des bûches et des roches, fumaient leur pipe en discutant ferme des retombées du Conseil des nations tenu aux Trois-Rivières. Curieux d'en apprendre davantage sur les enjeux de la colonie, Nicolas Pivert les écoutait attentivement.

«Enjeux cruciaux pour notre avenir!» m'avait affirmé Ludovic en me serrant dans ses bras.

— Encore un peu de cidre, mademoiselle? demanda Paul en me présentant le cruchon.

— Hum, non, merci, j'ai terminé, répondis-je en me relevant.

— Une belle fête, un beau dimanche, vraiment!

— Oui, une belle fête. Ne manque que…

Se récurant la gorge, il examina les alentours, m'invitant à la prudence.

— D'une grande importance, ces traites aux Trois-Rivières… reprit-il.

— Oui.

— Plus de cidre, certaine ?

— Oui !

— Patience, il reviendra, chuchota-t-il.

Je lui souris.

— Puisse Dieu vous entendre.

— Quoi, Dieu faire la sourde oreille ? Jamais entendu parler, badina-t-il.

Je ris. Il rit à son tour. Puis, se tournant vers la rivière, il poursuivit :

— Votre protégée, cette petite Marianne, elle se débrouille assez bien avec les jeunes Montagnes, on dirait.

— Plutôt bien. À croire qu'elles se connaissent depuis toujours.

— Plus à l'aise que sa mère, pas de doute.

Assise entre les jumelles Langlois, Marguerite Pivert observait fièrement sa fille occupée à initier les filles de la Meneuse au jeu de la marelle. Son ombrelle rosée à la main, elle sautait d'une case à l'autre afin d'atteindre le ciel. Accroupies, ses amies montagnes surveillaient chacun de ses bonds. Non loin d'elles, leurs frères *Nigamon* et *Tebachi* se tiraillaient gaiement. Plus haut, en bordure des buissons, Simon, le fils aîné de *Mahigan Aticq*, observait quant à lui la Guerrière qui, aidée de la Meneuse, terminait d'appliquer de la graisse d'ours sur le tronc d'un orme.

— Elle l'obsède, murmurai-je.

— Vous dites, mademoiselle ?

— Je dis que Simon est obsédé par la Guerrière.

— Il se passerait quelque chose entre eux ?

— Il l'aime. Elle pas.

— Par tous les diables !

Surpris, Paul posa les mains sur ses hanches en sourcillant.

— Et alors ?

— Cette situation ne me dit rien qui vaille, lui avouai-je.

— Pourquoi donc ?

— Parce qu'elle aime un Yroquois.

— Non !

— Si !

— Aïe, aïe, aïe !

— Aïe, oui !

Croyant être appelé, mon chien Aie délaissa les deux chiens montagnes avec lesquels il se tiraillait et vint bondir autour de nous.

— Calme-toi, calme-toi, lui dis-je en me penchant pour caresser son pelage doré.

Il lécha ma joue. Le temps que je me redresse, et Simon le Montagne n'était plus là. Je vis la Guerrière, une main posée sur sa bouche, s'élancer prestement derrière une talle de bouleaux blancs. La Meneuse déposa son pot de graisse sur le sol et courut derrière elle. Je l'entendis vomir.

« Ces vomissements matinaux. La Guerrière serait-elle grosse ? »

— S'il fallait... redoutai-je.

— Vous dites, mademoiselle ?

— Paul, la surdité vous guette, on dirait bien ?

— Croyez-vous ? Possible. Remarquez qu'être sourd comme cette petite... Entre vous et moi, ce ne serait pas un si grand malheur.

— Sa débrouillardise étonne, n'est-ce pas ?

— C'est le moins qu'on puisse dire !

— Étrange, je ressens pour elle une si vive attirance.

— Pour ça, elle est adorable. Noémie l'aimerait.

Le jeu de marelle étant achevé, Marianne et les filles de la Meneuse dansottaient autour de l'orme enduit de graisse. Quand *Tebachi* toucha l'arbre, elles s'immobilisèrent.

— Incroyable ! Il ne va pas y monter ? m'étonnai-je.

— Assurément qu'il va y monter ! C'est à qui des deux frères se rendra le plus haut, le plus rapidement. Vous misez sur lequel ?

— *Nigamon*, le plus âgé.

— Mais le plus lourd. *Tebachi* sera le vainqueur.

— Ah, ah ! Quelle est la mise ? badinai-je.

— Deux assauts à l'épée, devant le fort, au petit matin, mardi et jeudi prochain.

— Pas de perdants donc ?

— Vous êtes loin d'être sotte, mademoiselle !

Je ris.

Attirés par les exclamations des filles, les hommes délaissèrent leur discussion pour s'approcher des grimpeurs. Encouragés, les deux frères s'exécutèrent l'un après l'autre. Je ne sais comment ils réussirent à agripper leurs pieds et leurs mains nus sur le tronc graisseux sans glisser plus qu'ils ne le firent, mais toujours est-il qu'ils atteignirent les premières branches en moins de temps qu'il ne faut pour le dire. *Nigamon* gagna de peu. Nous les applaudîmes chaudement.

Le vainqueur et le vaincu rirent de bon cœur. Marianne tendit la main au gagnant. Étonné, ne sachant trop que faire, *Nigamon* essuya les siennes sur le pan arrière de son pagne avant de se départir d'une des plumes ornant son bandeau. Il la lui offrit. Réjouie, elle la piqua aussitôt dans une des tresses que j'avais joliment retroussées de chaque côté de son visage, en la coiffant tôt ce matin. *Nigamon* bomba fièrement le torse.

— Si nous remettions un miroir à ce vaillant grimpeur, mesdames ? suggéra Marie.

— Faute de laurier… convint Françoise.

— Le miroir le comblera, appuya sa sœur. Et vous, Hélène, qu'en…

À l'ombre du grand chêne, des pleurs attirèrent notre attention. Un des jumeaux de Perdrix Blanche hurlait à pleins poumons. Debout près de lui, la petite Hélène, qui avait échappé à la surveillance de Guillemette, tenait une poignée de ses cheveux noirs dans sa petite main.

— Hélène ! s'exclama Françoise. Excusez-moi.

Elle se précipita vers les jeunes enfants.

— Hélène, Hélène, cesse de tirer les cheveux de ce pauvre petit ! cria-t-elle.

— Ma filleule ! m'exclamai-je en m'élançant derrière elle.

Je revins sur mes pas.

— Marie ! Pour le miroir, c'est oui.

Et je repartis. Guillemette était intervenue. Trop tard ! Voyant son frère pleurer, l'autre jumeau s'époumonait à son tour. Apeuré, le petit Eustache en rajouta.

« Une chorale de pleurs », me dis-je.

Tandis que nous nous efforcions de consoler les petits, *Nigamon* reçut le miroir, s'y regarda longuement, pour ensuite l'offrir à Marianne. D'abord, elle le refusa. Il insista. Elle l'accepta. Voulant le remercier, elle baisa sa joue. *Nigamon* figea sur place, avant de déguerpir vers la forêt. *Tebachi* éclata de rire. Déconcertée, Marianne ne savait trop que penser.

Un des jumeaux de Perdrix Blanche dans les bras, je me rendis près d'elle, l'invitant à bien me regarder. Je baisai la joue joufflue du petit, pour ensuite effacer le baiser de mes doigts. Désignant le petit, puis *Tebachi* qui se moquait toujours, je lui fis comprendre que les marques d'affection n'étaient pas coutume chez nos amis montagnes. Son visage s'éclaircit. La leçon acquise, elle se tourna vers le moqueur et lui infligea un rude coup de pied sur le tibia. Soulevant la jambe atteinte, ce dernier tournoya sur place sur une patte, avant de détaler à son tour sur les traces de son frère. Je mordis ma lèvre afin de ne pas sourire. L'agitation de *Tebachi* amusa le petit jumeau qui rit aux éclats. Satisfaite, Marianne frotta vigoureusement ses mains l'une contre l'autre. Visiblement, elle avait compris. Avec les Montagnes, trop de gentillesse n'était pas de mise. Quant aux coups de pied, ma foi, lorsqu'ils visaient juste...

Restaient trois miroirs à attribuer. Trois filles et cinq femmes montagnes les convoitaient. Aussi fut-il décidé qu'ils seraient octroyés aux gagnantes du jeu de plat. Un jeu fort simple. Six noyaux de prune, peints en blanc d'un côté, et en noir de l'autre, sont déposés dans un grand plat de bois. À tour de rôle, les joueuses assises en cercle cognent le plat par terre, en espérant que tous les noyaux retombent du même côté. D'abord, les trois filles de la Meneuse.

— Tet, tet, tet, tet, tet, répéta Perle Bleue, lorsqu'elle s'exécuta.

Hélas, quatre noyaux blancs, deux noyaux noirs. Déception...

Le plat passa aux mains d'Étoile Blanche. Elle le souleva plus haut et le laissa retomber.

— Tet, tet, tet, tet, tet, répéta-t-elle, le temps que les noyaux s'immobilisent.

Un noyau noir, cinq blancs. Contrariété...

Son tour venu, Petite Fleur sourit d'abord à sa mère avant de poser timidement ses petites mains sur les bords du plat qu'elle agita à peine. Le noyau noir frappa un blanc et se renversa.

— Tet, tet, tet...

Tous blancs !

— *Nutim uapaua, nutim uapaua !* s'écria-t-elle.

— *Uapikuniss kanieu !* se réjouit Étoile Blanche.

Dépitée, Perle Bleue croisa les bras en grimaçant. Comprenant sa déception, Marianne se rendit près d'elle et lui tendit le miroir que lui avait offert *Nigamon*. Elle le prit et s'y mira. Le visage rivé sur le cercle lumineux, fascinée par ses mystérieux reflets, elle posa ses doigts sur la franche de cheveux couvrant son front, puis sur sa joue striée de bleu, puis sur les perles de ses boucles d'oreille. Comprenant la générosité de Marianne, Petite Fleur vint près d'elle et lui présenta le miroir qu'elle venait de gagner. Marianne le refusa. Étoile Blanche, la plus âgée des trois, enleva alors un de ses colliers de perles et le lui donna en échange. Toutes étaient satisfaites.

— Une étonnante complicité, constata Françoise.

— Si simple de s'entendre quand bonne volonté il y a, déclarai-je.

— Jouer aussi ! Miroir moi ! proclama la Meneuse.

Cette proposition dérida la Guerrière qui sourit pour la première fois depuis son arrivée.

Ainsi, pendant que les miroirs gagnés par les filles passaient de l'une à l'autre, suscitant rires et grimaces, les femmes montagnes, assises à l'ombre de l'arbre de vie, non loin des tout jeunes enfants, tentaient à leur tour d'attirer la chance, en agitant dans le plat de bois les six noyaux de prune.

Sur la grève, les filles, stimulées par la vision de leurs images, avaient imaginé un autre jeu : l'échange de costumes. Coiffées, l'une d'un foulard, et l'autre d'un bonnet blanc, Petite Fleur et Perle Bleue s'efforçaient de reproduire les mouvements de Marianne qui, l'arc bleuté de son éventail déployé au-dessus de la plume piquée dans ses cheveux cuivrés, déliait élégamment le bras tenant son ombrelle rosée, en s'inclinant gracieusement.

— La révérence ! s'étonna sa mère, Marianne leur apprend la révérence.

— Comme c'est charmant ! déclara Françoise. La prochaine fois, il faudra leur apprendre la Branle.

— La Branle et la Courante. Je vois ça d'ici, ajouta Marie. Les danses de la cour sur les bords de la Saint-Charles.

— Un bal, tiens, un vrai bal ! s'emballa Françoise.

— Quelle heureuse idée ! s'enthousiasmèrent les deux Marguerite.

— Un bal ! s'étonna Marie-Jeanne en sortant subitement de sa léthargie.

Depuis le début de la journée, elle avait suivi le déroulement des activités sans entrain, en retrait, l'œil circonspect et les lèvres pincées.

— Un bal au milieu des champs! méprisa-t-elle. Vous délirez, dame Hébert! À croire que l'octroi d'un fief à votre époux vous monte à la tête. Marie Rollet, femme de seigneur! Oh là là!

— Vous me surprenez, Marie-Jeanne, rétorquai-je. Vous, repousser l'éventualité d'un bal! Cela contredit pourtant ces regrets mille fois exprimés. «Si nous étions à la cour de France, la cour par-ci, la cour par-là», répétez-vous sans cesse.

Sans un mot elle se leva, sortit un petit boîtier de porcelaine de sa poche, l'ouvrit, y pinça quelques grains de poivre qu'elle approcha de sa narine pour ensuite éternuer. Refermant le boîtier, elle le remit dans sa poche d'où elle ressortit un mouchoir qu'elle s'appliqua à déplier délicatement. Par la suite, elle le prit entre son pouce et son index, le balança et le souleva bien haut afin que chacune d'entre nous le voie très distinctement. C'était un fort joli mouchoir, un mouchoir bordé de dentelle, un mouchoir sur lequel un H rouge était brodé.

«Mon mouchoir!»

Ce cri monta du plus profond de mes entrailles. Une vive chaleur m'enflamma. Je mordis ma lèvre afin de contenir l'échauffement qui m'assaillait. Discernant tout de mon malaise, l'odieuse agita élégamment le fin tissu devant mon visage avant de l'utiliser pour se tapoter délicatement le nez. Ses yeux fourbes me défiaient. Le vague sourire figé à ses lèvres décupla ma rage. Cette insupportable impression de proie prise au piège… Ce chantage!

— Quel beau mouchoir que celui-là! clamai-je.

— N'est-il pas, très chère?

— Tout semblable à celui que j'ai perdu sur le *Saint-Étienne*, jadis.

— Vraiment! se pâma-t-elle en l'agitant devant mon visage. Vous m'en voyez peinée.

— Il m'appartient, rendez-le-moi!

— Holà, madame de Champlain, ce mouchoir est mien! S'il y a supercherie, vous devrez en établir la preuve. Pour ce faire, il vous faudra dévoiler les faits entourant sa disparition. Est-ce là le véritable désir de madame?

— Ce H rouge, c'est moi qui l'ai brodé de mes propres mains.

Son ricanement vipérin m'exaspéra.

— Édifiant, se gaussa-t-elle, vraiment édifiant! Surtout que toutes les dames de nos sociétés brodent des mouchoirs. Aisé de comprendre que cela ne prouve en rien qu'il soit à vous.

— Si, cela prouve tout! J'ai brodé ce H. H pour Hélène, il est à moi!

— Et les cadeaux, que faites-vous des cadeaux, madame de Champlain? Il arrive fréquemment que des mouchoirs soient offerts en cadeau. Des cadeaux dispersés négligemment aux quatre vents, des cadeaux compromettants...

Son sourire disparut. Elle balança une dernière fois le mouchoir sous mon nez avant de l'enfouir dans son corsage.

— Jusqu'à preuve du contraire, madame, ce mouchoir est à moi.

Puis, relevant son nez en trompette, elle descendit vers la rivière.

— Sainte Mère! s'exclama Marie.

— Marie-Jeanne aurait un autre vol sur la conscience? s'étonna Marguerite.

— Si c'est bien de votre mouchoir qu'il s'agit, je n'hésiterais pas à tout révéler à votre époux, suggéra la mère de Marianne.

Comprenant mon désarroi, Marie tiqua.

— Je ne sais trop, enchaîna-t-elle. Il vaudrait peut-être mieux étouffer l'affaire. Il ne s'agit que d'un simple mouchoir après tout. Il y a plus important pour notre lieutenant, n'est-ce pas, Hélène?

— Oui, juste un mouchoir, repris-je, un simple mouchoir de dentelle. Oublions tout ça.

C'était effectivement ce que je pouvais souhaiter de mieux; l'oubli. Cependant, comme le compromettant mouchoir se retrouvait coincé près du cœur d'une imprévisible malheureuse...

Depuis le départ de Ludovic, le soir, lorsque j'étais enveloppée dans mes couvertures, mes présomptions me terrorisaient. Soit mon Bien-Aimé, le crâne dénudé de son scalp, les pieds ligotés à des pierres, gisait dans les eaux profondes du Saint-Laurent, soit son corps se balançait au bout d'une corde, les corbeaux, les buses et les chouettes se disputant ses chairs. Tremblante d'effroi, j'implorais Dieu de le protéger, lui, et tous ceux qui, par devoir, s'exposaient bravement à de si grands périls.

Ce soir-là s'ajouta à mes craintes la menace du fameux mouchoir. De toute évidence, Marie-Jeanne m'avait vue le remettre à Ludovic sur le pont du *Saint-Étienne*. Mais encore ? Que savait-elle d'autre ? Qu'imaginait-elle d'autre ? Jusqu'où irait sa méchanceté ? Si jamais elle savait tout et allait tout dévoiler au sieur de Champlain ! Depuis l'épopée de notre chasse aux oies, cette seule pensée me faisait frémir.

Que faire ? J'eus beau ressasser tous les possibles, je ne trouvai rien de mieux que de m'en remettre à Dieu.

— Seigneur Tout-Puissant, je vous en supplie, ramenez au plus tôt Marie-Jeanne sur le chemin de la charité. Faites vite, Seigneur miséricordieux, faites vite, avant que les dégâts soient irrémédiables. Amen.

L'égoïsme de ma demande était criant.

— Et ce, pour le plus grand bien de toutes les âmes de notre communauté, ajoutai-je avec ferveur. Amen.

Heureusement, il y avait Marianne.

À leur arrivée, le sieur de Champlain avait installé Marianne et sa famille dans le grenier du logis nord de l'Habitation, là où logeaient une dizaine d'autres engagés. Une installation temporaire, car il les avait assurés qu'à son retour il verrait à leur attribuer un lopin de terre afin qu'ils puissent y construire leur maison, et ce, dès le printemps prochain.

En attendant, la compagnie de Marianne faisait mes délices. Tous les matins, à l'aurore, elle frappait à ma porte. Aussitôt, Ysabel sortait de sa chambre, et nous allions toutes trois, paniers à la main, chercher les pains chez maître Jonas. À notre retour, nous revenions près de l'enclos des bêtes. Marianne grimpait à la clôture de perches pour mieux observer Ysabel qui s'appliquait à traire chèvres et vaches.

Un matin, Ysabel lui proposa de venir s'asseoir sur un banc tout près d'elle afin de lui apprendre. Le plaisir qu'elle eut à tenter d'extirper le lait des pis de Violette valait son pesant de crème. Une fois sa petite chaudière pleine à ras bord, nous nous empressâmes de la porter aux cuisines, où sa mère s'affairait à préparer les crêpes du déjeuner.

— Tu as tiré ce lait toi-même ? s'étonna-t-elle.

La fierté de sa mère la réjouit. Elle enlaça sa taille. Marguerite la serra tendrement contre elle. Une fois le câlin terminé, Marianne ajusta la plume qui ornait toujours ses cheveux.

— Ne t'éloigne pas trop, lui dit sa mère, le déjeuner sera bientôt prêt.

Marianne me regarda.

— Nous nous proposions d'aller distribuer les pains chez les dames Langlois ce matin, lui dis-je.

— Ah, je vois, chez les Langlois, il y a les enfants. Je veux bien, mais d'abord il faut manger.

En réalité, sa fille nous accompagnait partout. Lorsque Ysabel et moi étions au jardin, Marianne, équipée de son arrosoir, nous suivait à la trace afin d'arroser consciencieusement chaque plant qui se devait de l'être. Lorsque nous chassions le lièvre, la perdrix ou la gélinotte, elle scrutait les alentours avec une telle application qu'elle détectait parfois la présence d'une proie qui nous aurait échappée, n'eût été sa vigilance. Chaque matin, dans le modeste poulailler nouvellement construit derrière le pigeonnier, elle se faisait une joie de déposer délicatement les œufs de nos douze poules dans le creux de nos tabliers. Bref, nous formions une joyeuse équipe. Si sa présence n'effaçait pas totalement mes sombres appréhensions, du moins les atténuait-elle quelque peu.

Le dimanche 6 août, en fin d'après-midi, toute la colonie acclama tous ceux qui revenaient des Trois-Rivières. Regrettant d'avoir à retenir mon envie de m'élancer dans les bras de mon aventurier adoré, je dus me contenter de le regarder s'engager sur le pont-levis auprès d'Eustache. Devant eux, le sieur de Champlain, le sieur de Caën et le capitaine Gravé du Pont arboraient un ravissement digne des grands seigneurs revenant de croisade. En soirée, le récit qu'on nous fit des événements survenus aux Trois-Rivières corrobora mon impression.

Selon ce que le lieutenant nous rapporta, en plus de réconcilier les Hurons et les Algommequins sur les droits de passage à l'île aux Allumettes, il s'était engagé à remettre cinquante pistoles par an à Étienne Brûlé, afin qu'il s'applique à convaincre ces peuples de l'Ouest de revenir traiter aux Trois-Rivières et à Québec le printemps venu. Ainsi, grâce à ses interventions, le sieur de

Caën pouvait dormir en paix; les comptoirs de traite du Saint-Laurent étaient là pour de bon. Cette conviction fut chaudement applaudie.

Mais ce n'était pas tout. Il nous décrivit la cérémonie officielle au cours de laquelle il jeta une épée dans les eaux du fleuve, en signe de pardon à *Cherououny*, le meurtrier. En retour, ce dernier, nommé depuis le Réconcilié, avait promis de se dévouer à la cause des alliances passées avec les frères français.

— Une paix consolidée, mes amis, clama-t-il fièrement.

À nouveau, de chaleureux applaudissements. Les faits parlaient d'eux-mêmes. Bien qu'il n'en possédât ni le titre ni le sang, notre lieutenant s'était comporté en véritable gouverneur des lieux. Nul doute possible, pour toutes les nations de ce pays, le sieur de Champlain était le grand capitaine des Français.

— À la santé de Champlain, trinqua le capitaine Gravé du Pont en levant son verre.

Le sieur de Caën se leva le premier. Tous les convives l'imitèrent.

Face à moi, Ludovic, les yeux étincelants, saluait son chef et ses exploits. À ma gauche, Eustache avait baissé les siens chaque fois qu'Ysabel était apparue autour de la table. Face à lui, Marie-Jeanne, à l'affût, observait tout, absolument tout.

«Puisse Dieu la rendre sourde, aveugle et muette», souhaitai-je pour le regretter aussitôt.

— À Champlain! trinquions-nous en chœur.

— À l'avenir, mes amis, à l'avenir de la Nouvelle-France! proclama ce dernier.

Il vida son verre.

— À la Nouvelle-France, répétions-nous derrière lui.

Avant de boire, Ludovic me fit un discret sourire.

«Tout de même, monsieur daigne enfin me voir.»

— Demain, dit le lieutenant, dès demain, j'amène le sieur de Caën sur les terres du cap Tourmente.

Étonné, chacun questionna.

— J'ai l'intention d'y faire construire une ferme dont bénéficiera toute la colonie, proclama-t-il.

L'intérêt alla grandissant.

— Une ferme? Une ferme! répétaient l'un et l'autre.

— Si le projet est viable, les associés de la compagnie délierons les cordons de la bourse, proclama le sieur de Caën.

Les acclamations effrayèrent les trois chats du lieutenant. Ils jaillirent de dessous les fauteuils et se précipitèrent dans la chambre de leur maître.

Il n'y eut pas de bal sur les rives de la rivière Saint-Charles. Pour ce faire, il eût fallu nous retrouver dans une vaste salle garnie de candélabres, de statues, de riches tapisseries et de peintures. Il eût fallu que de nobles dames élégamment vêtues, le visage poudré, savamment coiffées et parées de riches bijoux, dansent sur de luisants parquets, les pieds coincés dans leurs délicats souliers en répandant dans l'air leurs capiteux parfums. Il eût fallu encore que la musique des violons, des flûtes et des clavecins guide la farandole par de pompeuses fantaisies.

Or, en ce dimanche du 20 août, au royaume de la Nouvelle-France, sur le vert coteau de l'Arbre de vie, rien de tout cela n'advint. C'était un ailleurs sans pareil, d'une beauté sans artifice, sans gloriole. Tout autour, une rivière chantante menant au fleuve majestueux, un ciel d'un bleu lumineux, des feuillages aussi verts que les champs dont les herbes hautes, joliment piquées de luxuriantes verges d'or, ondulaient sous la poussée du vent léger.

Ici, aujourd'hui, les femmes françaises sobrement vêtues portaient sous leurs corsages leurs chemises de toile les plus fines et, sous leurs jupes, leurs jupons les plus blancs. Sans bijoux ni parures, des sabots à leurs pieds, elles se prélassaient dans la beauté du jour. Leur seule coquetterie était de protéger leur peau du soleil en recherchant l'ombre d'un arbre ou celle d'une ombrelle, la blancheur du teint étant un signe de distinction.

Pour leur part, les hommes et les femmes montagnes arboraient plumes, colliers et bracelets. Ils avaient magnifiquement peint leur visage et huilé leur chevelure et leur corps, afin de venir célébrer en grande pompe, avec les frères français, le pardon du Réconcilié.

Debout sous l'Arbre de vie, ses auditeurs dispersés autour de lui sur la pente du coteau, le sieur de Caën haranguait les invités au festin. D'abord, il insista sur le savoir-faire de notre lieutenant. Reconnaissant en lui un diplomate avisé, un juge perspicace et un administrateur tenace, il nous affirma que ses talents garantissaient à notre comptoir de traite un avenir prospère.

— Ce comptoir deviendra colonie et cette colonie, une province de France! s'exclama-t-il en déployant largement les bras.

Poursuivant, il ajouta que tout ce qu'il avait vu et entendu jusqu'ici l'incitait non seulement à croire en tous les projets du distingué visionnaire, mais encore à les favoriser. La compagnie de traite dont il était un des principaux actionnaires apporterait de l'eau au moulin, nous n'avions pas à en douter. Le rapport qu'il allait rédiger à l'intention de notre roi et de notre vice-roi, relaterait tous les faits vus et entendus. Ce qui ne manquerait pas, il en était assuré, d'attirer leurs faveurs sur l'avenir de la Nouvelle-France.

La force de sa voix apeura les petits. Les jumeaux de Perdrix Blanche éclatèrent en sanglots. Elle en prit un, Ysabel s'empressa de prendre l'autre. Dans les bras de sa mère, le petit Eustache grimaça, faillit succomber à la panique, mais ne put résister à l'attrait de la breloque qu'elle agita devant lui.

Prenant la parole à son tour, le lieutenant remercia le sieur de Caën pour la confiance, la reconnaissance et le soutien manifestés. Cet engagement faisait de lui un fidèle allié, un véritable partenaire. Cette colonie n'en était qu'à ses balbutiements, mais tout était en place pour favoriser son développement. Des progrès s'annonçaient. Déjà, dans les prochaines semaines, plus de deux mille bottes de foin seraient transportées du cap Tourmente et distribuées dans les fermes de nos colons. Ainsi auraient-ils de quoi nourrir le bétail devant arriver de Tadoussac vers la fin de septembre. Cette initiative nous surprit agréablement.

Les applaudissements donnèrent un nouvel élan aux pleurs des jumeaux.

— L'autonomie, mes amis, clama-t-il bien haut. Nous ne visons rien de moins que la suffisance! Loin de nous les craintes de la famine en hiver! Loin de nous les inquiétudes printanières dues au retard des bateaux venant de France.

L'euphorie s'amplifia. Il en remit.

— L'Habitation sera non seulement réparée, mais reconstruite! J'en ferai personnellement les plans cet automne. Oui, mes amis, une nouvelle Habitation! Les travaux débuteront dès le printemps prochain.

L'excitation se gonfla tant et si bien que le lieutenant eut du mal à calmer ses gens. Sitôt qu'il le put, *Mahigan Aticq* prit la parole pour présenter le Réconcilié. Il remercia le grand capitaine d'avoir pardonné son crime, l'assurant que son peuple désirait dorénavant vivre en paix avec toutes les nations, tant françaises, huronnes, qu'yroquoises. Les chefs des deux camps scellèrent leurs ententes par de généreuses accolades.

Un copieux repas conclut les harangues. Les cuisinières s'étaient surpassées. Surtout ne pas décevoir le maître des cordons de la bourse, surtout faire honneur à son hôte, le souverain de Québec.

À l'ombre de l'Arbre de vie, couchés sur des nattes de roseau, les jumeaux de Perdrix Blanche dormaient paisiblement. Assise sur mes genoux, ma filleule frotta ses yeux avec ses poings fermés et bâilla.

— Tu t'endors ? lui demandai-je.

— Oui, chigna-t-elle.

— Dors, dors un peu.

M'adossant au tronc du grand chêne, j'appuyai sa tête sur mon épaule. Elle enfouit son pouce dans sa bouche et ferma les paupières. Je crois bien qu'elle s'endormit aussitôt.

Là-bas, à l'ombre de quelques bouleaux blancs, Françoise jouait de sa viole de gambe. Sa mélodie se mêlait aux frémissements des feuilles, au ruissellement de la rivière et aux cliquetis des hochets de tortues que les Montagnes agitaient de temps à autre. Debout de l'autre côté de la butte, Nicolas Pivert harmonisait les notes de son hautbois à la douce symphonie montant dans les parfums du jour.

En bas, sur la grève, une course de chevaliers s'organisait. Marianne insista pour que Ludovic soit son porteur. Le sieur de Caën jumela le lieutenant à Petite Fleur. Eustache fit monter son filleul sur son dos, tandis que François acceptait comme partenaire *Tebachi*, costaud garçon de neuf ans. Jonas et *Nigamon* firent la paire avec deux jeunes Montagnes, le frère et la sœur des jumeaux.

— Eustache gagnera, chuchota Ysabel en m'approchant.

Je levai la tête vers elle. Elle était triste. Je m'en doutais.

— Tu lui a reparlé depuis ?

— Non ! Inutile, tout est fini entre nous.

Elle regarda Marie-Jeanne qui se collait à Eustache comme une guêpe à la mouche morte qu'elle s'apprêtait à dévorer.

— Il ne l'aime pas, lui dis-je.

— Chut, l'heure est à la fête, Hélène.

Sans un mot de plus, elle descendit vers le rivage, son humble jupe grise ondulant au vent. Eustache la vit venir. Elle alla directement à Jonas et s'accroupit devant la petite Montagne qu'il aurait à transporter. Elle leur dit quelques mots. Jonas rit. Eustache dissimula tant bien que mal sa déception. Marie-Jeanne, visiblement ravie, se dandina devant lui.

Une fois tous les participants alignés sur la ligne de départ, le chef *Mahigan Aticq* siffla fortement. La course débuta. Tous les coursiers s'élancèrent vers le tronc d'arbre couché sur les galets à quelques toises devant eux. Les spectateurs poussaient des cris d'encouragement, enfin presque tous. Simon, isolé près d'un buisson, ne quittait pas des yeux la Guerrière qui persistait à l'ignorer.

D'abord, *Nigamon* devança le peloton. Bien vite, Ludovic le rattrapa pour ensuite lui disputer la première place. Derrière eux, Eustache et le sieur de Champlain se dépassaient tour à tour. À la surprise de tous, Jonas, qui les doubla, s'approcha des meneurs pour ensuite perdre son avance. François ne parcourut que la moitié de la distance, tant le poids de *Tebachi* l'incommodait. Ludovic atteignit le tronc et le toucha. *Nigamon* l'imita, quelques secondes plus tard. Trop tard !

Marianne sauta sur le sol pour étreindre son victorieux cavalier. Ravi, Ludovic la souleva de terre et la fit virevolter autour de lui. *Nigamon* félicita dignement le vainqueur. Par la suite, *Nigamon* invita tous les participants à le suivre à l'orée du bois. Il les laissa un moment, entra dans la forêt pour réapparaître avec un mignon petit daim, tout tacheté de blanc. Marianne s'extasia. Il lui tendit la laisse qui le retenait. Nous comprîmes qu'il venait de lui offrir un remarquable présent, un présent digne des plus grandes amitiés. Cette fois, pour le remercier, voulant respecter sa coutume, Marianne se contenta de lui tendre la main. Cette fois, désireux de se conformer à la sienne, *Nigamon* la serra sans gêne, un sourire aux lèvres.

Un jumeau s'éveilla. L'autre ouvrit l'œil. Sitôt qu'ils se furent levés, Perdrix Blanche prit leur main pour les mener vers le daim, cette bête dont le Grand Esprit des cerfs venait de leur faire cadeau. Depuis la nuit des temps, la survie de leur peuple dépendait de la générosité des Grands Esprits. Ses petits se devaient d'apprendre la reconnaissance. Ils se devaient d'apprendre la vénération.

La voyant approcher, Ludovic, les mains posées sur ses hanches, observa un long moment le grand chêne sur lequel j'étais appuyée. Le saluer eut été inconvenant. Je me contentai de remercier notre Dieu. Il était revenu sain et sauf de son périple. Je Le remerciai encore parce qu'Il avait permis que, malgré tout, je puisse vivre auprès de lui. Je Le remerciai pour les lendemains meilleurs qui se préparaient. Je Le remerciai aussi pour la sagesse de notre lieutenant, grand capitaine de ce fabuleux périple.

Il y avait cette ferme promise aux Pivert…

— Une ferme, notre rêve, Ludovic. Si seulement nous avions pu… murmurai-je.

Dans mes bras, Hélène geignit faiblement. Du revers de la main, je repoussai la vilaine guêpe zigzaguant autour de ses boucles blondes.

— Notre ferme…

Futile regret… inutile regret. Ce rêve-là ne se réaliserait sans doute jamais. Aucun Grand Esprit, si puissant fût-il, ne pouvait refaire le passé. Ce qui fut, fut. Cet enfant dans mes bras…

À nouveau, je repoussai la guêpe.

— Dors, mon ange, dors, fais de beaux rêves. Sous l'Arbre de vie, tous les rêves sont permis.

« Enfin, presque tous… »

La guêpe s'éloigna.

30

Remue-ménage

L'année suivante, à la lune de l'oie blanche, lorsque les premières gouttes d'eau perlèrent au bout des glaçons dentelant les
corniches de nos logis, l'humeur de notre lieutenant nous surprit.
Contrairement à son habitude, plus les glaçons fondaient, plus il
s'enthousiasmait. À la vérité, depuis l'automne précédent, son
excitation n'avait cessé d'augmenter.

— Un an, mes amis, moins d'un an, et tout sera reconstruit!
nous avait-il alors déclaré. En novembre 1624, ce poste de traite
s'enorgueillira d'une Habitation digne d'une colonie française, foi
de Champlain!

L'échéancier étant plutôt court, chaque bascule de sablier
comptait. Aussi, depuis le jour de cette déclaration sous l'Arbre
de vie, avait-il redoublé d'ardeur. Quand il n'était pas à dessiner
ses plans, il s'appliquait à régenter ses dix-huit ouvriers avec la
sagacité d'un chef loup menant sa meute.

Durant la saison froide, il supervisa l'abattage des arbres, dirigea le transport des billots sur les glaces de la rivière, se rendit
aussi souvent qu'il le put à l'atelier du scieur d'ais, afin de surveiller
la coupe des planches et la taille du bois de charpenterie. Il ne
manqua pas de contrôler l'empilage des cailloux de grève tout
autant que l'extraction des pierres de schiste des parois du cap. De
plus, il vit au repérage des pierres calcaires nécessaires à la fabri-
cation de la chaux. Deux fours avaient été construits à cette fin.
Aussi, raquettes aux pieds, avec Ludovic, Eustache, François, Paul
ou le commis Lequin à sa suite, parcourait-il les alentours du lever
du jour au coucher du soleil. Le père Le Caron, toujours à sa
droite, était prêt à bénir chacun de ses pas.

Sa débordante vitalité rejaillit sur nous tous. Portés par une
heureuse frénésie, les chasseurs eux-mêmes redoublèrent d'efforts.
Cet hiver-là, les appelants et les leurres furent d'une surprenante

efficacité. Canards, outardes, dindes et perdrix perdirent leurs plumes à un rythme étonnant. Ce qui retarda la vue du fond de nos barils de vivres et, par là même, l'apparition du spectre de la famine.

— Un jour viendra où nous n'aurons plus à dépendre de la France. Nos cultures et nos bêtes nous suffiront, je vous le prédis! Que la mère patrie nous envoie colons, bétail et équipement nécessaire, et nous parviendrons à cette indépendance, foi de Champlain! se plaisait-il à affirmer chaque fois que l'occasion lui en était donnée.

Bientôt, la tiédeur du soleil eut raison de tous les glaçons. Peu à peu, la lumière du jour passa le cap de l'angélus du soir, et le criaillement des oies blanches se maria au croassement des corneilles. Affairés à bâtir leur nid, les oiseaux gazouillaient sans relâche. Dans les sous-bois, les blanches anémones et les vertes fougères défiaient les boues et les herbes séchées. Ici et là, à l'orée des bois et dans les clairières, les dents de lion et les oreilles de souris égayaient de jaune le morne tapis de feuilles desséchées. Le long de la rivière Saint-Charles, les rats musqués, les castors et les loutres pointaient leur noir museau hors des eaux frémissantes. En bordure de ses rives se reflétaient les rouges fusains et les saules, si joliment garnis de soyeux boutons nacrés. Nul doute possible, le printemps était bel et bien là!

Ce réveil de la nature fut contagieux. À Québec régnait une fébrilité sans pareille. Tous mirent doublement la main à la pâte.

Toute cette effervescence me plaisait assez. L'ennui n'était pas à craindre, d'autant que je me rendais plus souvent qu'à mon tour chez Marguerite qui avait donné naissance à une mignonne petite fille, le 4 janvier dernier. Marianne m'y accompagnait souvent. Ce poupon tout rose faisait ses délices. Son plaisir faisait le mien.

L'horloge sonna huit heures.

— Déjà! Marianne ne devrait pas tarder.

J'enfilai ma capeline et me rendis sur le palier de l'escalier. En bas, le sieur de Champlain, Eustache et Ludovic discutaient. Sachant que Marianne m'attendait probablement devant la porte, j'aurais souhaité filer en douce.

«Difficile de passer inaperçue avec les sabots aux pieds, me dis-je. Je leur fais une salutation de politesse et je sors.»

Je descendis le plus discrètement possible.

— Fort bien, fort bien! s'exclama le sieur de Champlain. Venez, messieurs, venez, approchez.

Sitôt que Ludovic et Eustache l'eurent rejoint à la fenêtre, il posa un bras autour de leurs épaules.

— Regardez-moi toutes ces planches si joliment alignées? Ne sont-elles pas belles à voir, messieurs? Plus de trois cents planches sciées en moins de deux mois. Une prouesse digne des plus illustres scieries de France!

— Pour une prouesse, c'en est toute une! approuva Eustache. Mille deux cents planches et quelque trente-cinq poutres taillées en moins de deux ans, et ce, malgré les rigueurs de l'hiver!

— Nous voilà enfin prêts, encouragea Ludovic.

— Presque, presque, mon garçon. Encore quelques portes et fenêtres à assembler et nos deux menuisiers s'attaqueront aux charpentes des toitures. On y est presque!

— Ah! Madame! m'interpella le lieutenant. Vous ai-je parlé du message destiné à Hébert?

— Non, monsieur.

Derrière lui, Ludovic me fit une œillade. Je fis mine de l'ignorer.

— Quel... quel est ce message, monsieur?

— Dites-lui bien que si tout se déroule comme prévu, nous devrions être en mesure de creuser les fondements de la nouvelle Habitation dès le premier mai.

Ludovic me fit les yeux doux.

— Dé... début mai, si tôt? dis-je quelque peu embarrassée.

— Votre surprise m'étonne! Voilà plus d'un mois que je le claironne à tous les vents.

— Non... enfin oui, le premier mai. Pardonnez ma distraction. Je transmettrai votre message à maître Louis, comptez sur moi.

— Ce n'est pas tout, s'empressa-t-il d'ajouter en agitant ses mains.

— Je vous écoute.

Ludovic cligna exagérément ses paupières.

— Avisez-le que notre chaufournier allumera sa dernière fournée la semaine prochaine. Comme nous avons déjà plus d'une vingtaine de barils de pierre calcaire calcinée, nous ne devrions pas manquer de chaux avant longtemps.

Le bonnet rouge de Marianne apparut aux vitres basses de la porte.

— De la chaux, pour le moment… répétai-je.

— Dites-lui bien que, très bientôt, deux chaloupes seront mises à la disposition des hommes qui transporteront le sable dans la rade. De là, ce sable sera acheminé près des bassins dans lesquels nos maçons fabriqueront le mortier. Pour ce faire, nous aurons absolument besoin du tombereau et de la charrette de notre ami Louis.

Le bonnet rouge de Marianne dodelinait d'impatience. Ludovic me sourit radieusement.

— Si j'ai bien compris, monsieur, le chaufournier termine ses fournées et vous aurez besoin de la charrette et du tombereau de maître Louis avant longtemps.

Satisfait, il se frotta vigoureusement les mains.

— Le premier mai, renchérit-il.

— Le premier mai. Je transmettrai votre message, monsieur, vous pouvez compter sur moi. Puis-je disposer?

Le bonnet rouge avait disparu.

«Elle s'est assise sur la marche», présumai-je.

— Dites donc, ma sœur, encore une visite chez les Langlois ce matin? relança Eustache les mains sur ses hanches.

— Comprenez, lui dis-je, la pauvre Marguerite en a plein les bras. Un nourrisson de trois mois, le petit Eustache que l'arrivée d'un bébé dans la maison excite au plus haut point, et tout le train de la maisonnée.

— Pour ça, un vrai gai luron, mon filleul!

Le lieutenant rigola.

— Parfait, parfait, approuva-t-il, un jour ou l'autre, cette vigueur nous servira.

— Pour l'instant, elle nécessite une surveillance de tous les instants, me hâtai-je d'ajouter. Il suffit qu'on ait les yeux tournés et le voilà grimpé sur la table, pendu à la rampe de l'escalier ou quelque part au grenier à vider un sac de blé, une poche de farine…

— Un grand explorateur! plaisanta Ludovic.

— De mieux en mieux! renchérit Champlain.

— … quand il n'est pas à chahuter autour du berceau de sa sœur. Vous ai-je dit, l'autre jour, il l'a bercé si fortement que la pauvre petite…

La porte s'ouvrit brusquement. Le tintouin que fit Marianne en entrant nous fit sourire. En fait, le tapage était pour ainsi dire sa marque personnelle. Tous l'admettaient, Marianne était tapageuse. Une manière de faire qui aurait pu agacer, n'eût été le charme fou de la fautive. Cette naïve candeur, cette spontanéité débordante, cette ardeur dans chacun de ses gestes, ce sourire irrésistible… Cette particularité, à vrai dire, personne ne lui en tenait rigueur. Elle exaspérait bien quelque peu Marie-Jeanne, certes. Mais qui d'entre nous ne l'exaspérait-il pas un tant soit peu ?

Sitôt entrée, Marianne alla directement vers les trois compar-ses, devant lesquels elle fit une courte révérence.

— Bonjour, petite ! Prête pour le déménagement ? lui demanda le maître.

Inclinant la tête, elle réfléchit un moment avant de lui répon-dre affirmativement. Puis, elle revint m'expliquer que bébé Marguerite nous attendait.

— Nous partons à l'instant, la rassurai-je.

Enfonçant son bonnet de laine rouge, elle courut ouvrir la porte.

— Bonne journée, messieurs.

— Ah, j'allais oublier ! intervint le lieutenant. Avant longtemps, nous aurons grand besoin de pieds-de-biche, de pics, de pioches et de marteaux. Demandez à Abraham. Vous rapportez tout ce qu'il pourra amasser aujourd'hui même.

— Tout cela, au… aujourd'hui ! m'étonnai-je.

Je me rendis auprès de Marianne et refermai la porte toujours ouverte. Contrariée, elle claqua du pied. Je posai la main sur son bonnet. Elle se calma.

— Comment pourrais-je rapporter tout cela ? Je vais à pied. À moins que vous ne mettiez une brouette à ma disposition…

— Je ne vous vois guère poussant une brouette ! rigola-t-il à nouveau. Ferras se fera un plaisir de vous prêter main-forte. N'est-ce pas, Ferras ?

— Ah, bon ! fis-je agréablement soulagée.

Fort heureux de la tâche qu'on lui confiait, Ludovic frappa ses talons l'un contre l'autre et fit une courbette.

— Ce sera fait, monsieur.

Marianne applaudit. Visiblement, elle avait compris ce qui se tramait et s'en réjouissait. Ce don qu'elle avait, de comprendre sans entendre, m'épatait toujours.

— Quant à vous, Eustache, suivez-moi, reprit notre bienfaisant lieutenant, une tournée des futurs chantiers s'impose.

Courtoisement, il nous ouvrit la porte.

— Bonne journée à vous.

— Bonne journée, monsieur, lui dit-on en chœur.

Sitôt dans la cour, Marianne nous prit par la main. Ludovic d'un côté et moi de l'autre, elle était prête pour le joyeux départ.

« Une journée entière auprès de Ludovic et de Marianne, quel bonheur ! »

J'en remerciai le ciel.

Au milieu de la cour encombrée, Ysabel discutait avec Jonas. Elle si frêle, si fermée à son amitié. Lui si costaud, si complaisant, si bien intentionné à son égard. Avant d'entrer dans le magasin à la suite de Champlain, Eustache les observa un moment. Son regret égalait sa peine. Était-ce trop tard pour tout recommencer ?

« Non, Eustache, non ! » aurais-je aimé lui crier.

— Attendez un instant, Ludovic, je salue Ysabel et vous reviens.

— Comment, comment, comment, moi, attendre madame ? rouspéta-t-il gaiement.

Marianne me sourit.

— Je reviens.

Je contournai les futailles derrière lesquelles ils conversaient.

— Les sacs de farine restants doivent absolument être transportés chez vous, Jonas, lui expliquait Ysabel. Le magasin doit être débarrassé de tout ce qui peut l'être. Dans moins d'une semaine, on y transportera les meubles et...

— Jonas, Ysabel, excusez-moi.

Notre boulanger essuya ses larges mains sur son tablier enfariné.

— Pas de faute, madame. Je cours au magasin... les sacs de farine m'attendent...

Plus gêné que pressé, il déguerpit.

— Jonas remisera les sacs de farine chez lui, expliqua Ysabel. Il comprend la situation.

— Jonas comprend bien des choses, Ysabel.

Elle baissa la tête.

— Cela ne concerne que toi, je sais.

Je mordis ma lèvre.

« Maudit soit mon incorrigible indiscrétion ! »

Soupirant, je repris.

— Pardonne-moi.

Soupirant à son tour, elle brava mon regard. Ce mince voile humide sur le gris de ses yeux… Décidément, j'avais le don de la chambouler. Voulant me reprendre, je misai sur nos préoccupations communes.

— Tu as des nouvelles de la Guerrière ?

— Non, rien du tout.

— Une semaine que nous sommes sans nouvelle d'elle. Étrange tout de même qu'aucune Montagne ne soit venue par ici. Pourvu que rien de grave ne lui soit arrivé.

— Ne vous inquiétez pas. Elles ont beaucoup à faire à l'approche du printemps. Ces filets à réparer, toutes ces racines, ces écorces à amasser.

— Je sais. Son terme arrive.

— D'ici la fin avril, son petit verra le jour.

— Et ce Simon menaçant qui lui rôde toujours autour…

— N'ayez crainte, ses sœurs montagnes veillent sur elle.

— Tu as raison. Bien, je dois te quitter. Je me rends chez Marguerite avec…

En me retournant, je faillis percuter la brouette poussée par Ludovic, dans laquelle Marianne s'était confortablement assise. Il l'arrêta brusquement. Elle subit un léger contrecoup.

— Mille excuses, madame.

— Pas de faute, monsieur. Nous pouvons y aller.

— Soyez prudents, nous taquina Ysabel, un sourire aux lèvres. «Alléluia, je suis pardonnée !»

— Ne vous inquiétez pas, Ysabel, ajouta Ludovic, je prends grand soin de ces dames.

— C'est bien ce qui m'inquiète, badina-t-elle.

Marianne et Ysabel eurent un sourire complice.

— Tu as vu, Ysabel ! À croire que cette petite nous entend.

— Point n'est besoin d'entendre, Hélène, il suffit de vous regarder.

Cela ne me rassura guère. Je jetai un œil furtif vers la chambre de Marie-Jeanne. Jonas revenait.

— Pour transporter ces poches de farine, dame Ysabel, n'y aurait-il pas une autre brouette aux alentours ? demanda-t-il.

— Ah, voilà qu'on convoite notre brouette, répliqua Ludovic. Diable, déguerpissons sur-le-champ ! Bonne journée !

Il cala son chapeau de feutre noir garni d'une jolie plume rouge, et souleva les brancards de sa brouette. Sentant que son carrosse se remettait en branle, Marianne agrippa les rebords. La joyeuse équipée zigzagua à vive allure entre les installations des travailleurs. S'inclinant exagérément, tantôt à droite, tantôt à gauche, Ludovic s'amusait autant que sa passagère. Je ris. Ysabel et Jonas en firent autant.

— Ah, monsieur Ferras m'abandonne. Voyons voir ! plaisantai-je. Si tu as des nouvelles de la Guerrière, préviens-moi.

— Je n'y manquerai pas. Bonne journée, Hélène.

— Bonne journée à vous deux.

Je tentai de rejoindre les déserteurs. Avant de s'engager sur le pont-levis, Ludovic ralentit sa cadence. S'inquiétant de mon retard, Marianne regarda en arrière. Me voyant venir, elle me sourit, sourit à Ludovic, ajusta son bonnet de laine rouge et s'agrippa à nouveau aux rebords. La cavalcade pouvait reprendre. Ludovic attendit que je sois près de lui.

— Ah, quelle gloire d'avoir une telle dame à mes trousses ! badina-t-il, rieur.

J'allais lui répondre. Trop tard, il filait déjà tout droit devant. Les planches du pont imposèrent des soubresauts à sa passagère. Marianne riait aux éclats.

« Ce bonheur-là, me dis-je, ce bonheur-là… une famille presque. Faire comme si ? Pourquoi pas, pourquoi pas ? »

— Attendez-moi, attendez-moi, criai-je en m'élançant à la poursuite de ma bienheureuse chimère.

Au souper du deuxième dimanche d'avril, notre lieutenant assis à une extrémité de la longue table expédia le bénédicité. Sitôt le signe de croix terminé, il proclama :

— Messieurs, mesdames, préparez vos coffres, vos malles et vos affaires, nous déménageons !

Marie-Jeanne s'étouffa avec sa gorgée de cidre. Eustache lui tapota le dos. Contrariée, elle repoussa son bras.

— Me confiner dans un placard à soldats, moi, une Thélis ! s'indigna-t-elle. Ah, j'en aurai long à raconter, heu, heu… sur les humiliations, heu, heu… subies en ce pays, parvint-elle à exprimer entre deux toussotements.

— Dois-je rappeler à madame que nous nous apprêtons à démolir les logis de l'Habitation ? Les appartements de madame seront donc démolis, insista le lieutenant. Toutefois, si madame préfère loger dans le magasin le temps du chambardement...

Sa peau laiteuse rosit. Ludovic leva les yeux vers le plafond. François, soucieux, lissa nerveusement la barbiche de son menton.

— ... si tel est le désir de madame, j'y consentirai volontiers.

Piquée au vif, bouche béante, elle rota.

— Cependant, poursuivit-il avec un calme olympien, force est d'admettre que cette alternative laisse à penser. Songez-y très sérieusement, autant que faire se peut...

Assise le dos bien droit sur le bout de sa chaise, Marie-Jeanne pinça ses lèvres.

— Le forgeron, les charpentiers, les maçons et les tailleurs de pierres martèleront tous en même temps, du matin au soir, expliqua-t-il. Ce tapage ne risque-t-il pas de vous contrarier quelque peu ?

Retroussant le nez, elle serra les poings.

— Ajoutez à cela le hurlement des ouvriers, le fracas des pioches, le vacarme des murs qui s'effondrent. Tout cela ne froissera-t-il pas un tantinet votre précieuse nature, madame ? Connaissant votre raffinement, je doute que...

— Suffit ! s'exclama-t-elle en se levant. Vous me le paierez, vous le paierez tous !

Ce disant, elle quitta prestement la table, agrippa ses jupons et monta l'escalier. La plume noire qui se détacha de son chignon voltigea un moment dans la lourdeur de l'air, avant de retomber sur le museau d'Aie qui dormait paisiblement devant l'âtre. Impassible, il entrouvrit une paupière pour la refermer aussitôt. Cette sortie théâtrale jeta un froid sur notre bouilli de perdrix.

— Si seulement je pouvais lui offrir le palais qu'elle réclame, ironisa le lieutenant afin de détendre l'atmosphère.

Un léger sourire apparut sur toutes les lèvres, toutes, sauf les miennes.

«Pourvu que l'affront ne la pousse pas au scandale, redoutai-je. Un mouchoir est si vite étalé !»

Il nous fallut trois jours pour vider les lieux. Les malles, les coffres et les bannes, que les femmes avaient judicieusement emplies à craquer, étaient chargés tôt le matin sur les tombereaux et les charrettes. Les hommes les transportant au fort empruntaient le nouveau chemin de la côte de la Montagne, ouvert plus tôt en novembre.

Marguerite, Ysabel et moi les suivions à la trace, aidant parfois, encourageant souvent. Marianne s'amusait à trottiner tout autour, allant de son père à Ludovic, de sa mère à Ysabel, s'accroupissant pour mieux observer les roues, quand par malheur elles s'enlisaient. S'il fallait alléger les chariots pour mieux les dégager, elle insistait pour que nous lui laissions manipuler tout ce qu'elle était en mesure de décharger et de recharger. Aussi, plus nous approchions du fort Louis, et plus les jupes grises recouvrant le pantalon de cuir que je lui avais confectionné viraient au brun. Sa mère s'en souciait. Pas elle. D'une galipette à une autre, elle irradiait de plaisir. On eût dit que tout ce branle-bas évoquait une fascinante péripétie, dont elle seule connaissait la trame.

La première fois que Ludovic et Eustache ouvrirent la grande porte de la palissade du fort pour nous y faire entrer, trois Montagnes en sortirent. Surprise, Marianne agrippa mon bras. Ses yeux me questionnaient. Je m'accroupis, caressai sa joue, baisai son front.

— N'aie pas peur, ce sont nos amis, n'aie pas peur, lui dis-je.

Ayant lu sur mes lèvres, elle me sourit. Je repoussai sous son bonnet de laine rouge la mèche cuivrée s'agitant sur son front. Elle me fit un câlin.

— Marianne, murmurai-je, ma petite fée.

Comme j'aurais aimé m'infiltrer dans son monde, là où les mots n'avaient pas d'écho, là où le frisson des feuilles, le chant des oiseaux, les gouttelettes de pluie, le ruissellement des ruisseaux et les étoiles de la voûte céleste parlaient d'une même voix. Pénétrer ce monde de silence, de profond, d'éternel silence…

— Madame, m'interpella Ludovic, les chariots sont dans l'enceinte, on n'attend plus que vous.

— Nous venons.

Je pris la main de Marianne. Au loin, les trois Montagnes disparaissaient derrière le coteau.

— Que voulaient ces Montagnes ? lui demandai-je.

— Ils cherchent Champlain.

— Vous en connaissez le motif ?

Il hésita, fronça d'abord les sourcils, puis s'efforça de sourire.

— Non, je l'ignore. Venez, entrons.

« Il me cache quelque chose », pensai-je.

Une fois les malles parvenues au fort, il incombait aux femmes de les déballer afin de ranger tous les effets, là où ils se devaient d'être. Marie, Guillemette et Françoise se joignirent à nous. Nous fûmes d'une telle efficacité que les vêtements, équipements et parures, tant des hommes que des femmes, furent rapidement distribués et rangés dans les salles, les galetas et les chambrettes que nous aurions à partager le temps du grand dérangement.

J'avais insisté auprès du lieutenant pour qu'Ysabel s'installe dans la mienne. Cela la contraria. Je fis comme si ce n'était pas le cas, misant sur cette proximité obligée pour favoriser notre rapprochement. Depuis la rupture de ses fiançailles, elle s'était refermée sur elle-même, telle une huître. Je déplorais son éloignement, regrettant tout autant nos longues conversations, nos brèves confidences, que nos fous rires complices. Après ce déshonneur, elle s'était volontairement éloignée de moi. Bien qu'elle se soit réfugiée sous une épaisse cape d'indifférence, je savais qu'elle avait froid. Quel bonheur ce serait de renouer avec elle, de lui redonner espoir. Mon frère Eustache ne la méritait certes pas, mais malgré tout, ces deux-là s'aimaient. C'était l'essentiel. Du moins, je le croyais.

À l'intérieur de la palissade du fort Louis, au fond, donnant à l'est, se trouvait un logis d'environ six toises sur quatre. Sur toute la largeur de son premier étage s'étendait une vaste galerie de laquelle nous pouvions admirer la majesté du grand fleuve. Au centre de cette galerie se trouvait la pièce exiguë qui nous avait été assignée.

Au dernier soir de déménagement, nous nous dévêtîmes en silence. Ysabel le fit rapidement en évitant de me regarder et se coucha. Ayant déposé mes jupons par-dessus les siens sur la malle coincée au pied de nos lits, je défis ma tresse et m'enfouis sous les couvertures de lainage de ma couchette.

— Aussi à l'étroit que sur le *Saint-Étienne*, osai-je lui dire en me couvrant jusqu'au mon menton.

— Bonsoir, répondit-elle froidement.

Évidemment, notre rapprochement n'en était qu'à son début.

«Surtout ne rien brusquer, d'autant que ce soir nous sommes toutes deux complètement fourbues.»

— Bonsoir, Ysabel.

«Sois patiente, le temps fera son œuvre. D'ici la fin de l'été, notre amitié renaîtra, foi d'Hélène!»

Je fermai les yeux. Ces pas au plafond... ceux de mon Bien-Aimé. Au-dessus de nous, sous les combles, logeait Ludovic. Cela me fit tout drôle de suivre ses mouvements. Il alla de sa porte à son lit d'un trait, puis son grabat craqua.

«Il doit être horriblement fatigué! Tous ces va-et-vient de l'Habitation au fort, tous ces coffres et malles à soulever, pousser, transporter.»

Tout le jour, le voir, l'entendre... ses longues jambes grimpant sur le chemin de la côte, cette force dans ses bras, cette tendresse dans chacun de ses discrets sourires. Toujours me protégeant... Cette fois où il saisit mon bras m'évitant de glisser dans la boue. Cette autre où il tint ma main lorsque mes sabots se posèrent sur les pierres au travers de la mare, ses doigts caressants...

— Ludovic, murmurai-je.

J'allais m'endormir lorsqu'un bruit sourd me fit sursauter.

— Ysabel, Ysabel, tu entends?

— Le vent, le vent qui rugit, une branche d'arbre qui tombe, sans doute.

— Ysabel, c'est effrayant. Il vente si fort. Ces bruits...

— Mais non! Ne vous inquiétez pas, ça passera. Je suis là près de vous. Bonne nuit, Hélène.

— Tu crois? Il fait si noir!

— Il est dix heures passées.

Elle se retourna vers mon lit.

— Tenez, prenez ma main.

L'ayant enfin touchée, je la serrai très fort.

— Nous avons survécu à de bien plus vilaines tempêtes, me dit-elle, ne craignez rien.

— Celle-ci est de taille.

— Elle s'apaisera, Hélène, elles s'apaisent toutes.

— Je le souhaite de tout cœur, Ysabel, de tout cœur.

À demi rassurée, je conclus que ce vent violent avait tout de même du bon.

Ce soir-là, couché sur son grabat, Ludovic Ferras avait lui aussi du mal à s'endormir. Les bourrasques de vent étaient si puissantes que tous les murs du fort en craquaient. Cela l'inquiétait. Mais ce qui le troublait encore davantage était que juste au-dessous du plancher de son refuge, dormait la femme qu'il aimait. Ces trois jours de déménagement passés à ses côtés avaient été particulièrement éprouvants. La côtoyer continuellement sans jamais pouvoir l'étreindre avait été pour lui un véritable supplice. Il se revit poussant charrettes et brouettes sur la côte du cimetière, s'efforçant de la garder à vue. Il avait bien compris qu'elle s'appliquait à suivre son rythme et son pas.

— Hélène, murmura-t-il, divine ensorceleuse.

Ses rires en cascade, ses regards furtifs, la courbe de ses yeux, les battements de paupières. Tout en elle le séduisait. Chaque fois que sa main repoussait gracieusement sa tresse cuivrée sur son épaule, il aurait voulu la saisir comme on saisit un oiseau en plein vol. Chaque fois que, devant un obstacle, elle soulevait ses jupons, dévoilant ainsi ses chevilles graciles, il aurait voulu s'agenouiller devant elle, caresser ses jambes et ses cuisses qu'il savait si invitantes, si prometteuses. La suivre sur la route, avoir continuellement devant les yeux ce déhanchement de déesse, cette croupe rebondie lui chamboulait les sens. Angélique diablesse ! Comme il l'aurait aimée là, près de lui, en cet instant. Pouvoir enfouir ses mains dans ses cheveux défaits, embrasser ses lèvres vermeilles, caresser ces seins tout blancs... si blancs... si blancs...

Il s'assoupit.

Tout était blanc de givre. Au faîte des pins enneigés, de gais rossignols chantaient. La neige pesait si lourdement sur les branches des bouleaux qu'elles ployaient au-dessus d'un large sentier, telle une longue charmille givrée. Elle menait à une salle de bal vaste et glacée. Son lustre, ses statues, ses fenêtres et ses tentures, tout, tout était de glace. Même le lit à baldaquin, même ce lit-là était de glace. Le prince s'avança sous la charmille et tendit les mains à la princesse venant vers lui. Couverte d'une hongreline de fourrure aussi blanche que la neige, elle lui sourit. Sans un mot, il la mena au milieu de la salle et la fit danser. Les yeux de la belle luisaient, telles des étoiles. Plus ils dansaient et plus ses joues s'empourpraient. Plus ils dansaient et plus ses lèvres vermeilles l'excitaient. Cette peau laiteuse, ce sourire énigmatique, ces dents si blanches… Son désir s'enflamma.

— Fiançons-nous, dit-il.

— Fiançons-nous, dit-elle.

Il l'entraîna vers le lit à baldaquin, fit glisser sa fourrure de ses épaules, la jeta sur le lit et s'émerveilla.

— *Que tu es belle, ma Bien-Aimée, que tu es belle* !

Elle le dévêtit totalement, et l'admira.

— *Que tu es beau, mon Bien-Aimé, que tu es beau* !

S'approchant d'elle, il effleura ses lèvres brûlantes du bout de ses doigts.

— *Tes lèvres, ma fiancée, distillent un miel vierge.*

Elle referma ses bras autour de ses épaules.

— *Mon Bien-Aimé est à moi, et moi à lui.*

Il la pressa contre lui. La chaleur de son corps, ses seins contre son torse, son ventre contre le sien. Cette promesse, ce désir…

— *Tu me fais perdre le sens, ma fiancée, tu me fais perdre le sens…*

— *Les poutres de notre maison sont de cèdre*, murmura-t-elle à son oreille.

— *Nos lambris, de cyprès.*

— *L'Amour est plus fort que la mort…*

— *L'Amour est plus fort que la mort*, répéta-t-il avant de l'embrasser fougueusement.

Il étendit sa fiancée sur la blanche fourrure. Lascive, elle leva ses bras sur sa chevelure éparse et s'offrit à lui. Il s'étendit près d'elle, caressa ses cheveux comme on caresse une fleur fragile. Son parfum l'affriola. Il mordit ses rondeurs. Sa peau l'enivra. Il goûta les sucs de ses chairs, la baisant, éperdu, tel un fou. Ce murmure langoureux à son oreille…

— Prends-moi, prends-moi…

N'y tenant plus, il la posséda gloutonnement, jusqu'à ce que… Un fracas infernal. Le château de glace s'écroula. Humide, sa couche humide…

Ludovic s'éveilla en sursaut. Des fracassements, des bois qui se rompent, qui s'arrachent, qui se choquent. La pluie tombait dru. Au-dessus de lui, un trou béant, noir. Le toit avait disparu, plus de toit ! Un éclair déchira l'espace si intensément qu'on eût dit que le ciel s'entrouvrait. Le tonnerre percuta la nuit. Il se leva d'un bond et courut à sa porte. Dans le couloir, une forte rafale. Le vent vrombissait. Eustache, les mains sur sa tête.

— Le toit, hurlait-il, le toit s'arrache !

Au bout du couloir, le sieur de Champlain en chemise.

— Le toit, le toit s'envole, vociférait-il. Sortez, sortez tous, descendez dans la cour, descendez vous mettre à l'abri sous la galerie.

Les portes qui s'ouvraient une à une. François, Eustache, le commis Lequin. La moitié du logis sans toit, un trou noir, une pluie diluvienne qui tombait, traversant le plancher. Un coup de tonnerre secoua l'espace. Au-dessous, des cris larmoyants.

— Le toit ! Le toit ! Alerte ! Au secours ! criaient tous les habitants, en s'élançant vers l'escalier.

— Les femmes, au premier. Secourons les femmes ! hurla le lieutenant.

— J'y cours, cria Ludovic.

Je m'éveillai en sursaut et me levai.

— Ysabel, m'écriai-je, un coup de canon, une attaque de pirates ?

Agrippant ses jupons, elle se leva aussi.

— Ces bruits tout en haut, on croirait que le toit s'arrache.

— Ce fracas des planches…

— Marianne, Marianne ! criait Marguerite en frappant à notre porte.

J'ouvris.

— Marianne a disparu, hurla-t-elle.

— Quoi !

— Elle aime les orages.

— Quoi !

— À chaque fois qu'il y a un orage, elle disparaît. Je crois qu'elle peut les entendre.

— Mais elle est sourde !

— Le tonnerre, le tonnerre, je crois qu'elle peut l'entendre. Où est-elle, où est-elle ? hurlait-elle effarée.

— Courons la chercher, lui dis-je. Elle ne devrait pas être bien loin.

— Où peut-elle bien être ? Où peut-elle bien être ? se désolait sa mère.

— Nous la trouverons, foi d'Hélène, nous la trouverons. Venez.

— Hélène, Hélène, votre jupon, votre jupon, hurla désespérément Ysabel derrière nous. Je l'enfilai vitement.

— Suis-nous, fais vite ! criai-je en descendant vers l'enceinte. Ma voix se perdit dans un violent fracas.

Non loin de là, François défonça la porte derrière laquelle Marie-Jeanne, ahurie, blême, les yeux exorbités, délirait.

— Les chevaux, les chevaux, le carrosse, François, le carrosse ! Non, non, Henriette, n'y va pas. Mère, mère... non, Henriette, noooon !

Elle s'évanouit. François s'accroupit près d'elle, déposa sa tête sur ses cuisses et tapota ses joues.

— Marie-Jeanne, Marie-Jeanne, je t'en prie, réveille-toi, réveille-toi, Marie-Jeanne. Ce n'est qu'une tempête... qu'une tempête, Marie-Jeanne !

Sa sœur entrouvrit les paupières.

— Marie-Jeanne, Marie-Jeanne, je suis là, ne crains rien. Ton frère François est là, je suis là, répétait-il en caressant son front.

— Henriette, mère, criait-elle, Henriette, Henriette ! Sauve-les, sauvez-les, François, François, François !

Ces cris s'extirpèrent du plus profond de son être. Terrassé, n'y tenant plus, François éclata en sanglots.

Accourant au bout de la galerie, Ludovic intercepta Ysabel qui s'engageait dans l'escalier menant à la cour.

— Où est Hélène ?

— Partie à la recherche de Marianne.

Le vent rugissait si fort qu'il eut du mal à la comprendre. Ysabel s'empressait de descendre. Il la suivit.

— Quoi ! Où est Marianne ?

— Nous n'en savons rien. Sa mère est venue frapper à notre porte. Elle nous a dit que Marianne a disparu, qu'elle adore les orages.

— Quoi !

— Que chaque fois qu'il y a un orage, Marianne court au-dehors, pour mieux l'entendre.

— Mais cette petite est sourde !

— Le tonnerre, sa mère croit qu'elle peut entendre le tonnerre.

Sitôt dans la cour, Ysabel tenta de les repérer. Elle les aperçut derrière un tombereau. Elle courut vers elles.

— Ferras, par ici, par ici, Ferras, vociféra le lieutenant qui s'agitait auprès d'Eustache.

Ludovic lui obéit.

Arrivées dans la cour, nous inspectâmes les trois charrettes, la remise, le hangar, le logis secondaire, vérifiâmes autour des barils, des boîtes et des amas de planches dispersés çà et là, sans rien trouver, rien, aucune trace de Marianne.

— Je n'ose croire qu'elle soit sortie du fort ! se désespéra Marguerite.

Les bourrasques balayaient la pluie avec une telle force qu'elle nous fouettait la peau. Partout les flaques de boue, les engagés tournant en rond, déroutés.

— Entrez dans le logis secondaire, entrez, protégez-vous du toit qui s'envole, protégez vos têtes, hurlait le lieutenant du milieu de l'enceinte.

— Marianne, ma pauvre petite, se désespérait Marguerite. Je vais du côté des Hébert.

— Et moi, du côté des Martin. Va avec Marguerite, Ysabel, elle ne connaît pas très bien le sentier et il fait une telle noirceur !

Pendant ce temps, au village des Montagnes non loin de la Saint-Charles, l'Aînée sortit en tremblotant de son *wigwam*, piqua une lance dans le sol, la pointe relevée vers les cieux déchaînés et elle s'y appuya. Puis, offrant son visage mortifié à la pluie, elle entreprit des incantations, implorant le Grand Esprit d'éloigner l'Oiseau Tonnerre de l'enfant qui allait naître. Le claquement assourdissant de ses ailes indiquait qu'il rôdait aux alentours. Ce rapace avait coutume de se nourrir de tout ce qui lui faisait envie. L'enfant nouveau-né devait échapper à sa convoitise.

Dans le *wigwam*, les femmes du clan de *Mahigan Aticq* entouraient celle qui était en délivrance. L'après-midi durant, elles l'avaient enduite des meilleurs onguents, avaient déposé des cataplasmes de sapin baumier sur son bas-ventre et lui avaient fait boire des décoctions de viorne, pour soulager ses douleurs. Certaines chantaient et dansaient pour attirer sur elle les bienfaits des dieux. Accroupie, l'accouchée haletait tout en suppliant le Grand Esprit de laisser vivre cet enfant qui déchirait ses entrailles. Un jour, son père *Atironda* serait fier de lui. Cet orage était de bon augure. Le feu coulerait dans ses veines. Il serait vif comme l'éclair, agile comme le vent.

— *Ushkui, shuk, shuk, minuat, minuat, minuat!* répétait la Meneuse.

Il était là, il venait, entre ses cuisses, il venait. La Guerrière redoubla d'ardeur. Elle poussa et poussa si fort que l'enfant parut. La Meneuse, sa sœur d'adoption, le reçut. Il vagit fortement.

— *Ukussu, ukussu, ukussu!* se réjouirent les femmes.

Au-dehors, l'Aînée au dos voûté sourit. Un fils était né, son petit-fils. Chancelante, elle fit quelques timides pas de danse autour de la lance, afin de remercier le Grand Esprit. D'abondantes larmes chaudes se mêlaient à la pluie coulant dans les plis creux de ses joues ridées. Demain, avant l'aurore, sa fille aux doigts coupés, celle qu'elle avait recueillie étant enfant, celle qui vivait auprès d'eux depuis ce jour, celle-là devrait quitter sa famille. Elle emmailloterait son enfant sur son sein, et partirait vers le pays de ses ancêtres yroquois pour ne plus jamais revenir. Il le fallait, pour que vive son enfant, il le fallait. Cette déchirure, ni l'une ni l'autre ne pouvait l'éviter. Elle chanta. Son chant était lugubre tant son âme était affligée. L'éclair qui fendit les cieux pénétra son cœur. Elle s'effondra.

La nuit était d'un noir d'encre. J'avançais dans les broussailles, mes cheveux collant à mon visage, ma chemise à ma poitrine et mon jupon à mes jambes. De temps à autre, bousculée par la course endiablée des nuages d'ébène, une lune sinistre déversait ses pâles lueurs. Dans ces moments-là, il m'était possible d'entrevoir la silhouette de la maison des Martin et, plus loin derrière, le grand pin sous lequel Marianne aimait à se réfugier.

Lors de nos visites au bébé de Marguerite, il était arrivé que Marianne nous échappe. Nous l'avions retrouvée précisément là, debout au bord de la falaise, sous le grand pin, les bras en croix, la paume des mains levée vers le ciel, observant l'abîme au-dessus duquel elle priait, nous disait-elle. Redoutant le pire, je fonçai directement vers son lieu de prédilection. La soudaine bourrasque de vent était d'une telle vigueur que j'eus du mal à avancer. Derrière moi, un bruit terrible.

«Ne t'arrête pas. Marianne est en danger, surtout ne t'arrête pas!»

Un bras sur mon front en guise de visière, je scrutai devant. Sa silhouette m'apparut. Elle était bien là. J'accélérai ma course.

«S'il fallait que la foudre tombe ou qu'elle perde pied. Ce serait la chute!»

Dès que je fus à moins d'une toise d'elle, j'avançai à pas de loup. Les bras étendus, le visage levé vers les nues ténébreuses, Marianne s'offrait à la tempête. Avec précaution, je mis mes mains sur ses épaules. Elle ne broncha pas. Un éclair embrasa le ciel. Quand le tonnerre éclata, elle frémit.

«Elle entendrait le tonnerre!»

L'éclatement passé, elle s'adossa à moi. Relevant son visage mouillé, elle me sourit, d'un sourire ébloui, d'un sourire radieux.

— Marianne, tu entends, lui dis-je, tu entends!

Elle ferma les yeux. À cet instant, des bras enlacèrent mes épaules. Je sursautai.

— Dieu soit loué, je vous retrouve enfin! dit-il.

— Ludovic!

Resserrant son étreinte, il baisa mes cheveux. Le ciel s'enflamma, le tonnerre gronda. Marianne frémit.

— Elle entend le tonnerre, Ludovic, elle l'entend!

À quelque trente pas des remparts du fort Louis, debout sous la pluie diluvienne, le sieur de Champlain observait les dégâts. Cet amas de planches arrachées du toit compromettait tous ses plans.

— Maudit soit l'orage, maudit soit le vent! hurla-t-il.

Il avança en bordure du cap, scruta tout en bas, chancela, faillit basculer et retrouva son équilibre. À ce moment précis, à travers les embruns de la brume, il eut la vision nette et précise de l'Habitation dont il avait rêvé. Levant les bras vers la voûte diabolique, il rugit :

— Aaaaah! Seigneur Dieu Tout-Puissant, pourquoi ces foudres, pourquoi?

Désespéré, il porta la main à son front et pleura.

31

Foi de l'un, foi de l'autre

La tempête l'avait bousculé, chaviré, anéanti. Pourtant, à la barre du jour, tel un phénix renaissant de ses cendres, le sieur de Champlain avait repris courage et retrouvé son esprit d'entreprise. Certes, ses projets seraient retardés, mais aucun n'allait être abandonné, il s'en fit la promesse.

Aussi, quand la lumière eut raison des ténèbres et que le coq eut salué l'arrivée du nouveau jour, convoqua-t-il dans la cour détrempée, tous les gens que les avatars de la nuit avaient obligés à regagner l'Habitation. Debout sur un baril de poudre, il invita d'abord le père Le Caron à prendre la parole.

Retirant ses mains des manches de sa bure brune, il déploya largement ses bras vers un ciel éblouissant de bleu.

— Que Dieu vous bénisse ! proclama-t-il dignement.

Tous firent le signe de croix à l'unisson.

— Mes frères et sœurs, poursuivit-il, voici que notre Seigneur Tout-Puissant nous interpelle, le Maître suprême éprouve notre foi... notre foi en Lui, notre foi en Sa Volonté. Son plan divin contrarie nos projets, nous impose sacrifices et tourments inattendus.

S'arrêtant, il observa son audience. Ébranlés, fatigués, encore sous le choc, les frères et sœurs harassés attendaient la suite.

— Soumettons-nous, mes frères, soumettons-nous, et... remercions. Oui, je dis bien, remercions notre Seigneur à genoux ! Malgré le désastre, malgré la tourmente, il aura, dans sa divine bonté, épargné nos vies. Pas un seul mort, ni même un blessé !

Encore empreinte de nos dernières caresses, j'entendais cet appel à la reconnaissance tout en reluquant Ludovic qui, un peu en retrait devant le pigeonnier, écoutait le sermon d'un air distrait. Au milieu de la nuit, lorsque les feux du ciel se furent éteints, lorsque le vent se fut apaisé et que Marianne et sa mère se furent enfin retrouvées, nous nous étions réfugiés dans notre cabane sous l'érable rouge. Là, exaltés par les affres de la tempête, nous avions apaisé nos craintes et nos ivresses.

— Rendons grâce au Seigneur notre Dieu, bien chers frères et sœurs, terminait le père Le Caron. Récitons ensemble : *Nous te rendons grâces, ô notre Père…*

— *Nous te rendons grâces, ô notre Père…* déclama l'assistance.

Ludovic redressa l'échine.

— … *pour la sainte vigne de David, ton serviteur, que tu nous as révélée par Jésus, ton serviteur. Gloire à toi dans les siècles des siècles, Amen.*

— Dieu vous bénisse, mes frères, Amen, conclut le père Le Caron.

— Amen, acceptions-nous avec lui.

Suivit un long silence recueilli, un long silence durant lequel, tête baissée, je tentai de réprimer mes lestes pensées. Notre lieutenant remonta sur le baril de poudre.

— Merci, mon père, reprit-il, alerte. Fidèles sujets du roi et de son lieutenant en Canada, nous avions prévu construire une nouvelle Habitation, eh bien, nous construirons une nouvelle Habitation ! Malgré les embûches, nous la construirons, et ce, tout en restaurant le toit du fort Louis ! Reprenons courage et retroussons nos manches. Cette nuit…

— Reprendre courage, reprendre courage, marmonna Marie non loin de moi. Envolé qu'il est, le pignon de notre maison ! Il nous faudra bien deux mois avant d'avoir à nouveau un toit sur notre tête !

— Rassurez-vous, belle-maman, intervint tout bas Guillaume. Nous nous remettrons à la tâche ce matin même. Avant juillet vous rentrerez chez vous, c'est juré, foi de Couillard !

Guillemette passa son bras sous celui de sa mère.

— Vous logerez chez nous d'ici là, la rassura-t-elle, le sourire aux lèvres.

— Un pignon arraché ! Comment cela peut-il arriver, je vous le demande ? rouspéta Marie.

— Chut ! intervint Martin Pivert, qui tenait solidement par la main une Marianne qui se dandinait d'ennui.

— Les travaux de la nouvelle Habitation commenceront le premier mai, foi de Champlain ! termina-t-il en brandissant son chapeau de feutre rouge vers les cieux radieux.

Les applaudissements que son entrain suscita dissipèrent peu à peu les effluves de la tempête. Le courage ressuscitait. Visiblement satisfait des résultats de sa harangue, notre lieutenant descendit de sa tribune et vint me retrouver.

— Alors, madame, comment vous portez-vous ? Dure nuit, n'est-ce pas ?

— Nuit infernale, il est vrai.

— Pour ça ! Lucifer rôdait aux alentours, nul doute là-dessus. Prête pour la suite ?

— Prête !

— Nous vaincrons, madame, malgré les épreuves que Dieu nous envoie, nous vaincrons !

— Nous vaincrons, monsieur !

Il prit ma main et la baisa. Je mis ce débordement courtois sur le compte de son enthousiasme. Maintenant, il en avait la certitude : contre vents et marées, défiant les bourrasques, les tornades et les tempêtes, son grand projet irait de l'avant.

J'achevais de tresser mes cheveux lorsque la voix du lieutenant retentit juste sous ma fenêtre. Je nouai mon ruban et m'approchai.

— Il ne manquait plus que cela ! maugréa-t-il.

La réplique de Paul se perdit dans le raffut des haches, des marteaux et des scies. Curieuse, je repoussai les rideaux pour mieux observer. Trois Montagnes s'acheminant vers le pont-levis quittaient les lieux.

« Une visite pour le moins matinale », m'étonnai-je.

— Dès que ce félon se pointe, ne le lâchez pas d'une semelle. Qu'on me l'amène sur-le-champ !

— Comptez sur moi, lieutenant, lui assura Paul.

— Comme si nous n'avions pas assez de tracas sans en rajouter ! Les toits s'écroulent et les vivres, les vivres, toujours ce manque de vivres ! Restent bien de la farine et du cidre jusqu'à la mi-juin, mais après, après, après, hein ? Ces maudits bateaux qui tardent...

— Par tous les diables, un problème à la fois, Samuel, un à la fois !

— Tous importants, tous urgents, tous à régler dans les plus brefs délais, figurez-vous !

— Ouais ! Pas simple, pas simple.

Retirant son chapeau, Paul se gratta la tête.

— Si je faisais un relevé des vivres.

— Excellente idée! Ainsi saurons-nous précisément jusqu'où nous pourrons tenir. Ah, ces maudits bateaux!

— Eh bien, mon lieutenant, cette nouvelle vous a assommé, on dirait bien: un vrai coup de *tomahawk* sur le crâne, badina Paul.

Son lieutenant resta de glace. Constatant le peu d'effet produit, Paul souleva son chapeau, le salua et se dirigea vers le magasin. Le lieutenant releva la tête. Mon recul fut trop lent, il m'aperçut.

— Madame, descendez immédiatement, j'ai à vous parler, ordonna-t-il.

— À moi?

— Oui, à vous! C'est bien à vous que je m'adresse, non!

Cela dit, il disparut. Son impatience n'était pas de bon augure. Je bouclai la cordelette de mon corsage, descendis à la hâte pour le trouver arpentant la grande salle de long en large, une main sur sa hanche, l'autre lissant sa barbiche.

— Ah, Hélène, m'interpella-t-il, vous connaissez la rumeur?

J'avançai près de la table.

— Quelle rumeur?

— Une jeune Montagne se serait enfuie du village de *Miritsou*.

— Je l'ignorais.

Sceptique, il releva le menton.

— Je l'ignorais. C'est la pure vérité, je le jure.

— Une jeune Montagne entichée d'un Yroquois!

«La Guerrière!» m'alarmai-je.

— Mais parlez à la fin! s'impatienta-t-il. Elle se serait enfuie sitôt après la naissance de son fils.

— Ah, Dieu soit loué, l'accouchement s'est bien déroulé. Quel soulagement! Un léger retard…

— Dieu n'a rien à voir dans cet embarras, madame! Et je ne veux rien entendre de… de… de cette gésine!

Un léger spasme hérissa tous les poils de mon corps.

— C'est pourtant une bonne nouvelle, monsieur!

— Une Montagne liée à un Yroquois, une bonne nouvelle!

— Si la mère et l'enfant ont survécu, c'est une excellente nouvelle, oui, monsieur!

— Il se trouve que le Montagne Simon ne le voit pas du même œil! Il veut le scalp de l'Yroquois!

Ma gorge se noua. Je déglutis.

— La jalousie l'aveugle, monsieur. Chez ces peuples, il revient aux femmes de choisir leur époux.

Embarrassé, il arrêta sa marche et soupira.

— J'en conviens, madame, j'en conviens, reprit-il agacé. Peut-être même qu'à certains égards, il vaut mieux qu'il en soit ainsi, je vous l'accorde.

Se rendant devant la fenêtre, il croisa les bras.

— Ma préoccupation est d'un tout autre ordre, croyez-moi !

— Expliquez-vous, monsieur ! Le pire serait-il advenu ? Il ne l'aurait pas...

— Le pire ! Je doute que vous puissiez seulement l'imaginer.

— Monsieur ! Vous me faites insulte !

Revenant vers moi, il me défia du regard.

— Pour nourrir sa vengeance, le Montagne Simon prépare un raid contre les Yroquois. Rien de moins, madame !

Éberluée, je tirai une chaise pour m'y laisser choir.

— Un raid !

— Précisément, un raid ! S'il se rend chez les Yroquois et tue seulement un des leurs...

— La riposte viendra !

— Une riposte à coup sûr ! Après les foudres célestes, les foudres yroquoises !

Attrapant une chaise, il l'enfourcha, appuya ses bras sur le dossier et tordit ses mains.

— Nous voilà dans de beaux draps !

J'approuvai en opinant de la tête.

— De beaux draps ! répétai-je.

— Quel mécréant tout de même ! ragea-t-il. Sans foi, sans loyauté ! Inconscient de surcroît ! Ces nations vivent en discorde depuis plus de cinquante ans ! Vous imaginez un peu, cinquante ans à se haïr, à se craindre, à se nuire ! Une étincelle de paix émerge de toute cette noirceur et voici que ce Sauvage risque de tout compromettre pour une histoire de damoiselle !

M'observant du coin de l'œil, il attendait ma réplique. Elle ne vint pas.

— Avouez que ce jaloux exagère !

Je mordis ma lèvre.

— Le jeu n'en vaut pas la chandelle, c'est évident ! s'emporta-t-il. Il risque de déclencher une guerre ! Maudite passion !

— Une idiotie du sexe fort, monsieur.

— Provoquée par la filouterie du faible sexe, madame ! Jamais je n'aurai cru qu'un rude primitif puisse être aussi faiblard. Jamais !

J'allais me lever.

— Non, non, restez, restez ! Pardonnez, j'ai… mes mots ont dépassé ma pensée. Il y a des femmes relativement… relativement avisées, quelques-unes… rares…

Il retint mon bras. Son regard quémandait.

— Votre réflexion m'est précieuse. Restez.

— Soit, si vous insistez.

— J'insiste.

Il me sourit presque.

— Bien, alors, poursuivons. Pensons politique, madame, politique… l'effet pervers de ce geste insensé, selon vous ?

— L'Yroquois, la Guerrière et son fils risquent la mort.

— Voyons plus haut, plus vaste ! Les chefs montagnes négocient une paix. Un Montagne méprise l'autorité de ses chefs, fait bande à part. Que déduisent les Yroquois ?

— Les chefs montagnes ne sont pas respectés, les chefs montagnes sont faibles… La nation montagne est faible.

Il me regarda droit dans les yeux.

— Juste, très juste ! Or, ces Montagnes sont nos frères, madame.

— Et alliés. Pour la traite et les explorations.

Il se rendit devant l'âtre et s'alluma une pipée.

— Si la paix unit un jour les Yroquois et les Montagnes, nous devrons redoubler d'efforts pour dissuader les Hurons de descendre la rivière Hudson afin d'aller traiter avec les Flamands, nos principaux concurrents, réfléchit-il tout haut. Par contre…

Il tira une pipée.

— Par contre, poursuivis-je, une paix avec les Yroquois assure la quiétude sur les rives du Saint-Laurent. Des pistes et des territoires de chasse s'ouvrent pour nos Montagnes.

— Ainsi que pour les chasseurs et explorateurs français.

— Absolument !

— Deux enjeux de la plus haute importance. Voilà pourquoi nous devons intervenir au plus tôt dans cette crise. En premier lieu, je refroidis les sens de ce damné Simon et le convaincs de ne pas se rendre chez les Yroquois.

— Vous aurez du mal. D'après ce que m'a raconté la Guerrière, il serait plutôt entêté.

Il vint agiter sa pipe sous mon nez.

— À entêté, entêté et demi ! Ce Simon renoncera à son dessein, foi de Champlain !

— Vous parviendrez à calmer sa rage, croyez-vous ?

— Assurément que j'y parviendrai ! Non seulement ce Simon restera ici, mais, qui plus est, j'inciterai les Montagnes à envoyer une ambassade pour accélérer les pourparlers de paix.

— Judicieux, monsieur… si seulement ces ambassadeurs se rendent véritablement là où vous les envoyez. Ces Sauvages sont tellement imprévisibles !

— À moins que…

Il s'étouffa. J'allai au buffet.

— Un peu de cidre, monsieur ?

Je lui tendis le verre. Il but.

— Merci.

— À moins que, disiez-vous ?

— À moins que deux des nôtres accompagnent ces ambassadeurs.

— Oh !

— Dans les circonstances, ils ne risqueront rien. Surtout s'ils apportent des peaux en cadeau. La paix vaut bien un ballot de peaux, n'est-ce pas ?

Perplexe, j'attendis la suite.

— Madame !

— Monsieur ?

— J'enverrai les meilleurs de mes hommes !

— Les meilleurs ?

— Eustache, votre frère ! Comme il côtoie ces Montagnes depuis plus de six ans, il connaît leurs manières.

— Eustache ! Et…

— Ferras, évidemment ! Il a de l'astuce et de la poigne. Plus qu'il n'en faut !

Je dus blêmir.

— Un peu de cidre ?

— Non, merci.

— Quelque peu vinaigré, ce cidre.

— Oui, quelque peu vinaigré.

Au sud-est de la palissade, suspendus sur les cordes installées temporairement entre la grève et les jardins, nos draps éclataient de blancheur. Ysabel, son panier à linge appuyé sur sa hanche, s'apprêtait à remonter vers le pont-levis. Depuis notre lever, j'avais hésité à lui révéler ce que j'avais appris la veille.

« Devrais-je ou non lui en parler, avant qu'elle ne me quitte ? »

Le temps que je me questionne, et elle était déjà au bout des jardins.

« Oui, dis-lui ! »

Je courus après elle.

— Ysabel, Ysabel, attends un peu. Tu sais que… pour… ? eus-je du mal à terminer tant j'étais essoufflée.

— Eh, qu'y a-t-il ? s'enquit-elle en s'arrêtant.

— Eustache !

Baissant la tête, elle reprit sa marche. J'agrippai son bras.

— Attends, écoute un peu ce que j'ai à te dire.

— Soit, se résigna-t-elle. Mais faites vite.

Vexée, je perdis patience.

— Eustache vaut bien que tu t'attardes quelques minutes, tout de même !

— Le temps me presse, Hélène. J'ai encore une vingtaine de chemises à laver.

Son amertume me blessa.

— Bien, cours à tes chemises.

— Nous en reparlerons ce soir, si madame le désire.

— Madame verra !

Elle passa le pont-levis sans s'être retournée.

« Quelle égoïste tu fais ! me désolai-je. Pourquoi l'accabler ainsi ? »

Il me fallait la suivre, m'excuser, promettre de la respecter davantage, la respecter… Ysabel avait à faire. La respecter signifiait donc reporter notre discussion à ce soir, comme elle l'avait suggéré.

« Reconstruire une amitié demande patience et longueur de temps. Mais j'y arriverai, foi d'Hélène, j'y arriverai ! »

J'allais récupérer mon panier laissé entre les cordées de draps lorsque j'aperçus Ludovic discutant avec les chalutiers au bord de la rade.

« Sait-il ? »

Hésitant à le rejoindre, je me faufilai le long de la palissade pour mieux l'épier. Sa chemise de toile pâle gonflée par la brise et ses cheveux dorés noués sur sa nuque, il allait entre les amas de sable alignés sur la grève, dirigeant l'un, guidant l'autre, encourageant tantôt d'un mot, tantôt d'une tape à l'épaule. Deux hommes transportèrent un baril de sable de la barque à la grève. S'arrêtant, il sortit une ardoise de sa besace pour y inscrire quelques notes avant de les aider à le vider. Il assumait cette tâche de superviseur avec l'assurance d'un vrai capitaine. Le devenir de notre colonie lui tenait tant à cœur !

« Nul doute, le sieur de Champlain a fait le bon choix ! » admis-je bien malgré moi. Ludovic était l'ambassadeur tout indiqué : loyal, sensé, valeureux, aventureux, patriote. Connaissant son sens de l'honneur, je savais qu'il accepterait fièrement cette mission en territoire yroquois, et ce, malgré les risques encourus. Connaissant l'amour qu'il me portait, je savais aussi qu'il pâtirait du tourment que son dévouement m'imposerait.

Les barils vides ayant été retournés dans les barques, les ouvriers discutaient avec lui. S'apprêtaient-ils à repartir vers les plages des îles avoisinantes pour y chercher le sable nécessaire à la préparation du mortier ? Si oui, Ludovic risquait de m'échapper.

« Vas-y, n'hésite plus, c'est le moment ! »

Je montai lentement vers eux. Dès qu'il m'aperçut, il donna quelques indications et vint à ma rencontre.

— Vous ici ! chuchota-t-il contrarié.

— J'ai à vous parler, de toute urgence !

— C'est malheureusement impossible, madame, j'ai trop à faire.

— J'insiste, monsieur.

Nos regards se comprirent. Nous sûmes alors l'un et l'autre que l'autre savait.

— Soit, le temps que ces hommes reprennent le large et je suis à vous.

Il me fit un clin d'œil.

— Quoi, que j'accompagne madame à la source ? poursuivit-il d'une voix suffisamment forte pour que les chaloupiers l'entendent. Si madame veut bien patienter un moment.

— Hé, Ferras, avant que vous quittiez la place, combien de barils faut-il rapporter de l'île ?

— D'après les prévisions, il en manquerait cinq ou six. Encore un voyage ou deux. Vous avez bien les pelles ?

— Ouais, ouais ! répondirent-ils.

— S'échiner ainsi sous ce maudit soleil de plomb alors que monseigneur se pavane à la fontaine ! maugréa le plus costaud des six.

— Ta gueule, Leber ! répliqua celui qui retenait la barque tandis qu'il y montait. Si la corvée ne te plaît pas, t'as qu'à retourner en France !

— Si seulement il y avait autre chose à manger que ces foutus pois ! ajouta-t-il en s'asseyant sur le banc du centre. Par un temps pareil, tous les poissons se cachent dans les profondeurs. On aura beau leur présenter nos plus beaux appâts, nul, nul que ce sera !

— Boucle-la, pleurnichard, ou tu iras les manger directement au fond du fleuve, tes poissons ! hurla celui qui tenait la barre.

— Leber, souhaites-tu que je rapporte ton mécontentement au lieutenant ? lui cria Ludovic, les mains en porte-voix.

— M'en contrefiche, Ferras ! J'en ai plus qu'assez de pâtir de la faim. On nous traite comme des forçats dans ce maudit pays !

— Tu pourras toujours reprendre la mer à l'automne.

— Pour ça, je n'y manquerai pas, foi de Leber !

— En attendant cet heureux moment, n'oublie pas de bien remplir ces barils, sinon tu devras te passer de pois.

Le colosse croisa les bras en maugréant à mi-voix.

— Nous revenons dans moins de deux heures, Ferras, informa celui qui éloignait la barque de la grève.

— Juste à temps pour les pois du midi, badina Ludovic en agitant ses bras en guise de salutations.

Après que les premiers coups de rame furent donnés, il me sourit.

— Ainsi donc, madame désire se rendre à la fontaine.

— Il semblerait, monsieur.

— Je vous offrirais bien mon bras, mais comme…

Il regarda tout autour. Bien que nous ne puissions tous les voir, les bruits que nous entendions laissaient supposer que les travailleurs allaient et venaient ici et là, charriant, sciant, taillant, martelant, piochant, riant, chantant et bougonnant. Je lui souris.

— Hélas, la réserve s'impose !

— Faisons comme si, madame. Imaginez mon bras enlaçant vos épaules. Imaginez-nous marchant côte à côte nous murmurant des mots d'amour.

— Chut, malheureux! Si les oiseaux vous entendaient!

Il rit.

Nous montâmes d'un même pas vers le chemin menant à la falaise. Notre silence parlait de lui-même. Je regrettais qu'il parte tout en sachant qu'il devait le faire. Il devait partir tout en sachant que je regrettais qu'il le fasse. Mon sabot heurta une roche. Je perdis pied.

— Aïe!

Il saisit mon bras.

— Courtoisie, simple courtoisie!

Je ris.

— Qui trouverait à redire sur un geste courtois?

— En effet!

Son pas devint lourd, son air, tristounet.

— Ce Leber, un récalcitrant, on dirait bien? demandai-je.

— Plutôt, oui. Un dur à cuire, bourru, grognard. Malgré tout, vaillant au travail comme pas un!

— Il partira l'automne venu.

— J'en doute fort.

— Pourquoi donc?

— Passionné de chasse et de pêche. D'autant que dans les bois…

Son allusion piqua ma curiosité. Son sourire taquin me titilla.

— Plaît-il, monsieur?

Il ralentit le pas, zieuta autour, s'approcha quelque peu.

— Eh bien… il semblerait que nous ne soyons pas les seuls à profiter des bienfaits de la nature, madame.

— Dois-je comprendre que…

— Vous avez tout compris! Une Montagne ferait son bonheur.

— Ah bon!

Des cris venant de la rade le firent se retourner. Ayant observé, il conclut:

— Les brouetteurs arrivent pour charger le sable. Je dois y retourner.

Il me sourit, d'un sourire à faire damner une sainte. Là, à demi camouflée derrière les arbrisseaux, je réprimai l'envie de me blottir dans ses bras. J'allais ouvrir la bouche. Il la couvrit de sa main. Ses yeux d'ambre suppliaient.

— Chut! Je sais le chagrin que je vous cause.

J'embrassai sa paume. Il la posa sur son cœur. Derrière nous, l'eau fraîche jaillissait du rocher pour couler jusque dans la fontaine creusée à même le roc.

— Vous avez soif?

— Énormément.

Sortant un verre d'étain de sa besace, il le remplit et me le tendit. Émue, je bus si rapidement que je m'étouffai. L'eau m'éclaboussa. J'allais essuyer mon visage du revers de la main lorsqu'il retint mon poignet.

— Laissez! Ces gouttes d'eau sur le bout de votre joli nez, sur vos joues rosies, sur vos lèvres vermeilles...

Il se pencha près de mon oreille.

— À mon retour, nous dormirons ensemble, belle dame, chuchota-t-il.

— Éloignez-vous, murmurai-je, ou je ne réponds plus de moi.

Se redressant, il ajouta:

— Si nous étions seuls, madame, je me délecterais de chacun de vos charmes. Mais nous sommes ici, entourés de travailleurs, et vous êtes l'épouse de notre lieutenant. Alors, je m'abstiens.

— Ce voyage est périlleux.

— Si ce n'était que de moi, je resterais près de cette source, à couler des jours heureux dans vos bras, jusqu'à la fin des temps. Mais il y a une Habitation à reconstruire, un fort à réparer, une survie à assurer, une paix à sauvegarder. Notre petite communauté compte sur chacun d'entre nous. Cet honneur que notre lieutenant me fait...

— Il ignore combien je tiens à vous.

— Je vous adore, et pourtant je partirai.

— Je ne vous aimerais pas moins si vous restiez.

— Je n'ai rien d'un lâche, *Napeskhueu*.

— Je ne le sais que trop!

— Un lâche serait indigne de vous. Demain, je partirai.

— Une ingrate serait indigne de vous. Demain, partez.

— Je reviendrai, foi de Ferras, je reviendrai!

— Et nous dormirons ensemble jusqu'à la fin des temps.

Il s'inclina. Je lui offris ma main. Il la baisa tendrement.

— Madame.

— Monsieur.

Nous restâmes ainsi quelques instants encore, debout l'un devant l'autre, les yeux dans les yeux, écoutant entre deux soupirs les battements de nos cœurs amoureux.

32

Félons

Le dernier jour d'avril, par un matin brumeux et sombre, les ambassadeurs montagnes et français quittèrent le quai de Québec, bien décidés à se rendre coûte que coûte en Yroquoisie. Peu avant qu'il s'embarque, Marianne s'était élancée vers Ludovic pour l'étreindre de toutes ses forces. Il avait embrassé son front, regardé dans ma direction avant de s'accroupir devant elle un court moment.

Ce soir-là, comme nous revenions de chez Marguerite, elle réussit à me faire comprendre, alors que nous longions le cimetière, que Ludovic lui avait fortement recommandé de veiller sur moi. Elle serait ma bonne fée marraine le temps de son absence. Cela me fit sourire. Elle fut ravie. C'était mon premier sourire de la journée.

Aussi, chaque matin, sitôt que le coq avait claironné le réveil, Marianne frappait-elle à la porte de ma chambre. Par la suite, elle m'entraînait dans les activités du jour, qu'elle savait transformer en désopilantes fantaisies d'un seul coup de sa baguette magique. Ysabel tirait des pis de nos vaches un nectar enchanté, nos poules pondaient des œufs d'or et notre âne conversait avec elle, tout aussi aisément que les oiseaux babillaient avec les anges.

Afin de nous éloigner des bruyantes manœuvres de la construction, nous prîmes l'habitude de passer le plus clair de nos journées chez nos amies du haut de la falaise. Quand nous n'étions pas chez Marguerite à nous émerveiller de son nourrisson ou à amuser son petit Eustache, nous étions à biner ou à semer dans les jardins, apportant un secours particulier à Guillemette, nouvellement indisposée par de prometteuses nausées matinales. Pour l'instant, mieux valait ne pas ébruiter la nouvelle, mais tout laissait croire qu'elle était grosse. Nous nous en réjouissions en catimini, les enfants étant l'avenir, les enfants étant la vie.

Non loin de chez Marguerite, en bordure de la forêt, Abraham et *Nigamon* avaient construit un enclos dans lequel le faon blessé de Marianne croissait paisiblement. Elle l'avait baptisé Pico. Il faisait sa joie. Dès qu'elle approchait des perches de la clôture, il venait vers elle, attendant qu'elle caresse son museau.

Était-ce l'effet de la baguette de ma fée marraine, je ne saurais le dire, mais toujours est-il qu'à la première semaine de mai, lorsque les prés reverdirent, un lièvre se lia d'amitié avec son Pico et ne le quitta jamais plus. Il n'était pas rare de les voir se renifler museau contre museau, se cajoler tête contre tête, se pourchasser allègrement, pour ensuite se blottir l'un contre l'autre, étendus dans l'herbe tendre.

Si par un heureux hasard *Nigamon* pêchait aux alentours, il n'hésitait pas à faire un détour par l'enclos de Pico, ce qui n'était pas sans réjouir celle à qui il l'avait confié. L'étrange amitié de Pico et du lièvre Coco le charmait tout autant que nous.

Un soir de la mi-mai, comme nous revenions à l'Habitation, Marianne m'expliqua très clairement qu'elle était le faon et que *Nigamon* était le lièvre. Plus tard, lorsqu'ils seraient grands, ils vivraient dans le même village, s'amusant ensemble, se protégeant et se caressant. D'abord, je crus à une fabulation.

— Tu désires vraiment vivre auprès de *Nigamon* ? lui demandai-je tout en mimant mes propos, du mieux que je le pouvais.

Le sérieux qu'elle afficha ne laissait aucun doute. *Nigamon* serait son époux.

Comme elle était à l'âge des souhaits chimériques, je décidai de mettre de côté les mises en garde et conclus avec elle que la gentillesse manifestée par *Nigamon* à son endroit lui permettait d'espérer.

Les efforts de ma fée marraine allégeaient mes tracas. Mes journées étaient plus joyeuses, mon inquiétude plus légère. Malgré tout, sitôt la nuit tombée, ce bienfaisant apaisement m'abandonnait. Dès que je m'assoupissais, de sinistres visions me terrorisaient. Tantôt Ludovic était menacé par une sorcière maléfique ou un sorcier diabolique, tantôt il errait dans une forêt funeste où, derrière chaque arbre mort, l'attendait un guerrier pervers, prêt à lui fendre le crâne d'un coup de hache. La nuit où je vis son scalp doré suspendu au bout du pic tenu par le Montagne Simon, je criai si fort qu'Ysabel m'entendit de sa chambre et vint me retrouver. Comprenant mon désarroi, elle s'accroupit près de mon lit, m'écouta, me rassura, me consola. Je n'avais pas à me morfondre de la sorte. Ludovic allait revenir sain et sauf. Eustache était à ses côtés. Tous deux étaient braves et forts. Ensemble, ils n'avaient rien à redouter.

— Retourne dormir maintenant, Ysabel. Je vais mieux, je vais beaucoup mieux.

— Vous en êtes certaine ?

— Oui, cours te reposer. Demain, tu as tant à faire.

— Si vous avez besoin, je suis là, juste à côté.

— Je sais.

Elle allait refermer la porte.

— Ysabel !

— Oui ?

— Attends !

Je me levai et courus vers elle.

— Notre amitié me manque, lui dis-je.

— À moi aussi.

Embarrassée, elle s'empressa de me quitter.

Je sus alors que notre complicité avait tout simplement été mise en veilleuse. Je compris aussi que le feu amoureux de mon amie n'était pas totalement éteint. Sous les cendres chaudes, des tisons brûlaient encore.

« Le temps fait son œuvre », souhaitai-je en retrouvant mon oreiller.

Le sieur de Champlain n'était pas peu fier de ses engagés. Malgré l'adversité, grâce à l'ardeur et à l'acharnement de tout un chacun, l'avancement des travaux ne dérogeait pas de l'échéancier.

Le premier du mois de mai, lorsque la cloche du couvent des pères récollets sonna l'angélus de midi, le goupillon du père Le Caron aspergea d'eau bénite la première pelletée de terre des fondations de la nouvelle Habitation. Guillaume Couillard, récemment nommé contremaître de chantier, brandit sa pelle bien haut, tandis que nous applaudissions à tout rompre le début de ce renouveau.

Le 6 mai, le sieur de Champlain, vêtu de ses habits rouge incarnat, posa sa botte de cuir noir sur la première pierre de la fondation. Un fantassin roula du tambour.

— Sur cette pierre sont gravées les armoiries de notre très illustre roi Louis XIII, ainsi que celles du très honorable duc de Montmorency, le vice-roi de la Nouvelle-France. Juste en dessous apparaît le nom de votre dévoué serviteur, Samuel de Champlain, lieutenant du vice-roi.

— Bravo! Bravo! s'exclama l'assistance.

— Eh bien, moi, je vous le dis, mes amis, sur cette pierre nous bâtirons un Nouveau Monde, notre monde!

Soulevant son chapeau de feutre, il le dirigea vers le drapeau orné de la fleur de lys qui, au-dessus de son logis, claquait au vent du printemps.

— Vive le roi de France! clama-t-il haut et fort.

— Vive le roi de France! proclamions-nous dans un même élan.

— Vive la Nouvelle-France!

— Vive la Nouvelle-France!

Bien qu'endeuillé par la mort de l'Aînée qui avait été portée en terre au lendemain de la nuit de l'orage, *Mahigan Aticq* assistait à l'événement. Le sieur de Champlain lui tendit les bras. Il se tint sur son quant-à-soi, refusant par là l'accolade proposée. Cette réaction surprit notre lieutenant. Elle nous surprit aussi.

Si Québec bourdonnait telle une ruche, la nature n'était pas en reste. Mai résonnait de promesses. Les sureaux, les bouleaux et les chênes boutonnèrent peu avant les pommiers, les pruniers, les cerisiers et les vignes importés de France. Dans les champs, le froment atteignit bien vite un empan de haut. Dans nos jardins, les plants de simples sortaient de terre, l'oseille poussait d'une palme par jour, et le cerfeuil fut rapidement bon à couper. Vint le temps des semences. Pour semer, nous semâmes!

— De tout et en grande quantité! avait ordonné Champlain.

Soucieux de produire le plus de denrées possible afin de bien remplir caveaux et greniers à la lune de la récolte, il fit labourer de nouvelles terres pour y cultiver du maïs, céréale que nous persistions à nommer blé d'Inde, telle qu'elle fut baptisée par les explorateurs qui nous avaient précédés au pays des Sauvages.

Bref, tous ces projets occupaient tant et si bien notre lieutenant que son humeur resta au beau fixe, du moins jusqu'à ce que les arbres fruitiers se transforment en ravissants bouquets et que leurs fleurs embaument l'air de délicats parfums. Ces effluves, loin de le charmer, ravivèrent plutôt chez lui l'odeur rance du retard des bateaux. Sa hantise printanière refit alors surface. La crainte du manque de vivres étouffa son entrain.

Au souper du 20 mai, juste avant que nous quittions la table, son impatience éclata.

— Que font ces maudits bateaux? explosa-t-il. Dans un mois, nos barils seront vides! Et je ne parle pas du mécontentement des Sauvages. Pas un jour ne se passe sans qu'ils me reprochent le manque de marchandises à échanger contre leurs peaux. Que puis-je y faire, je vous le demande?

— On est lieutenant ou on ne l'est pas, critiqua Marie-Jeanne.

— Restez polie, ma sœur! s'offusqua François. Pas de bateaux, pas de marchandise. Pas de marchandise, pas de traite. Savez-vous ce que cela signifie?

— La catastrophe, je me doute bien. Tout ici tourne autour de ces satanées peaux. La rusticité portée aux nues! Loin de vous la finesse et le raffinement!

— Réfléchissez, Marie-Jeanne, insista François. Sans traite, oublions les explorations, oublions la colonisation!

— Puis-je rappeler à madame que des bateaux quitteront Tadoussac l'automne venu? suggéra le lieutenant. La France attend impatiemment votre retour, très chère damoiselle!

Exaspéré, il quitta la table et sortit en claquant la porte.

— Ne pourriez-vous pas retenir votre langue de vipère de temps à autre? la blâma François.

— Elle me sert plutôt bien.

Se levant à son tour, elle me dévisagea.

— Madame de Champlain, si on m'expulse de ce pays, je ne serai pas la seule à reprendre le large, croyez-moi!

« Le mouchoir de mes amours! » redoutai-je.

Resserrant son châle autour de ses épaules, elle se dirigea prestement vers l'escalier et monta. Ses jupons virevoltèrent en haut de l'escalier que j'en frissonnais encore.

— Hélène, si ma sœur vous fait offense, n'hésitez surtout pas à m'en informer, m'avisa François. Marie-Jeanne a parfois tendance à, disons… outrepasser les…

— Limites.

— Limites charitables, oui.

— J'apprécie votre sympathie. Certes, il arrive que ses manières m'éprouvent. Je vous avouerai même qu'elle sait me fragiliser mieux que quiconque. Parfois je la hais presque, mais le plus souvent je compatis à son mal-être. Si seulement je pouvais l'aider !

— Pour l'aider, il faudrait être alchimiste ou sorcier. Compatissez, mais n'oubliez surtout pas de vous méfier. Bien malin qui peut prévoir la teneur de sa diablerie.

— Ne soyez pas trop sévère, mon ami.

Il s'efforça de sourire.

— Une dernière promenade dans la cour avant la tombée de la nuit ? proposa-t-il. Il fait si doux.

— Je dois malheureusement décliner votre invitation. J'ai une importante lettre à écrire à tante Geneviève, ma confidente de toujours. Depuis l'arrivée de sa sœur et de sa nièce, tant de choses sont survenues.

Je me levai.

— Cependant, dehors, il y a notre lieutenant. Vu les circonstances éprouvantes, il appréciera certainement votre agréable compagnie. Si seulement vous pouviez trouver moyen d'alléger ses tracas.

— Je vous promets d'essayer.

Ce disant, il m'accompagna jusqu'au pied de l'escalier.

— Bonne nuit, Hélène.

Il prit ma main et la baisa.

— Pardonnez à Marie-Jeanne. Les malheurs de notre enfance l'ont profondément troublée. Depuis…

Ému, il baissa la tête. Sa peine était palpable.

— Bien, bonne nuit, madame.

— Bonne nuit, mon ami.

Non loin de la maison d'Abraham, debout au bord de la falaise, Marianne, les bras en croix, défiait la forte brise. Sa jupe rose, gonflée telle une corolle, évoquait une fleur géante égarée parmi les jaunes et blanches violettes éparpillées dans la verdure. Derrière elle, les trois filles de la Meneuse dansaient en chantant. Petite Fleur, Perle Bleue et Étoile Blanche étaient arrivées à l'aube. C'était le temps des fraises.

Je regardai vers l'amont et soupirai.

«Plus de cinquante-six jours depuis votre départ, Ludovic! Vous imaginez un peu, cinquante-six jours, sans savoir, cinquante-six jours à me morfondre pour vous, pour Eustache! Comme il me tarde de vous revoir tous les deux! Marie, sainte mère de Dieu, faites qu'ils soient toujours vivants!»

Devant, en bas, face à l'Habitation, des éclats de soleil miroitaient sur l'onde. Ce fleuve bleu, ce ciel bleu, ce pré vert, ces fleurs colorées, le joyeux chant des filles…

«Un bel été, un été vallonné de craintes et de contentements, mais un bel été tout de même!»

Au début du mois de juin, un bateau français de soixante tonneaux, avec plus de cent barils de provisions à son bord, avait jeté l'ancre à Tadoussac. Aussitôt qu'il l'apprit, le sieur de Champlain dépêcha des hommes dans quatre barques pour y chercher les vivres qui nous faisaient tant défaut. Les barils de galettes, farine, prunes, pois et cidre qu'ils rapportèrent nous avaient tous rassurés.

— Dieu soit loué! avait déclaré notre lieutenant. Que les bateaux du sieur de Caën mouillent à Tadoussac ou non cet été, du moins pourrons-nous subsister jusqu'en décembre prochain.

Toute la colonie avait remercié la Sainte Providence.

Le chant des filles cessa. Je les vis gambader vers Coco, le petit lièvre qui sautait dans les plants de fraises. Quand il s'arrêta pour en déguster, Perle Bleue l'attrapa par la peau du cou, le souleva devant son visage pour embrasser son museau avant de le coucher dans le creux de son bras. Les autres cueilleuses l'entourèrent et s'amusèrent à lui offrir des fraises. Lorsque *Nigamon* apparut à l'orée du bois, Marianne s'élança à sa rencontre. Il l'accueillit joyeusement.

«Un futur mariage entre elle et lui, ici au Nouveau Monde?» pensai-je.

L'idée n'était pas totalement insensée. Leur amitié était sans équivoque, simple, limpide et pure!

«Ces enfants, notre avenir. Ludovic, notre avenir!»

Soupirant d'aise, j'avançai sur le promontoire afin de mieux scruter l'horizon. Observant en aval, je ne vis venir ni petite voile, ni barque, ni canot.

«Et ceux-là envoyés à Miscou, quand reviendront-ils et dans quel état?» m'inquiétai-je.

À la mi-juin, lorsque les rumeurs rapportèrent que le navire du sieur de Caën avait été contraint de retourner en France après une attaque de pirates flamands, le moral de notre lieutenant avait piqué du nez. Son désarroi avait affecté toute la colonie. La menace était grande. Nous pouvions survivre jusqu'en décembre avec les provisions déjà reçues, certes, mais après ? Comment passer l'hiver sans d'autres ressources ? Les vivres que devait nous apporter le sieur de Caën nous étaient essentiels. Notre lieutenant se devait de trouver une solution de rechange et vite !

S'était ajoutée à son inquiétude la contrariété des Sauvages venus pour la traite. La veille de la Saint-Jean-Baptiste, les Montagnes et les Algommequins étaient si mécontents du manque de marchandises à échanger contre leurs peaux qu'ils menaçaient de quitter Québec sans plus attendre.

Redoutant la catastrophe et voulant tout sauver, notre lieutenant avait alors pris une décision d'importance. Sachant que le capitaine de La Ralde avait amarré son navire à Miscou pour y pêcher, il avait résolu d'y envoyer cinq hommes afin de supplier son ami le capitaine d'expédier à Québec toutes les marchandises pouvant pallier l'urgence de la situation. Paul et François s'étaient portés volontaires pour cette expédition.

Ils étaient partis le lendemain avec quatre matelots.

« Miscou, à trente-cinq lieues de Gaspé, déplorai-je. Mes êtres les plus chers éparpillés de part et d'autre sur les rives du grand fleuve. »

J'entrouvris mes bras pour bien ressentir la brise.

— *Napeshkueu, Napeshkueu! Ashtam nimi, ashtam nimi.* Danser, *Napeshkueu*, m'interpella Étoile Blanche.

« Il fait si beau ! Chasse ces lourdes pensées, cours faire la ronde », me dis-je alors.

— À qui se fier, je vous le demande ? s'irrita le lieutenant. Si vous en avez la moindre idée, dites-le-moi !

Il se pencha au-dessus du rang de pois. Malgré la pénombre, il discerna une mauvaise herbe, l'arracha, la projeta sur la grève et reprit sa marche.

— Des Rochelais piratent au Bic et nous n'y pouvons rien ! Scandaleux ! Scandaleux !

— De la traite illégale ?

— Juste, madame ! Des escrocs français ! Pas espagnols, pas flamands, pas anglais, non, français ! Qui volent le roi et sa colonie !

— Nul besoin de rivaux étrangers !

— Juste, nos frontières en regorgent.

S'arrêtant, il souleva son chapeau, passa lentement une main dans ses cheveux grisonnants, le remit et se dirigea vers le quai.

— Pour maintenir l'ordre, il me faudrait des soldats, des fusils, des munitions. Or, nous en sommes encore au point de quémander de la nourriture aux compagnies. L'armée, ce n'est pas pour demain.

— C'est aussi mon avis.

— Félons, tous des félons avides de profits. Nos bateaux retardent, que font ces Sauvages, dites-moi ? Eh bien, ils traitent, madame, ils traitent avec les Rochelais, sans vergogne !

— Déloyal !

— Ces peuples vont au plus offrant, peu importe les alliances ! On aura beau s'ingénier à les satisfaire, rien ne saurait les contraindre à la loyauté !

— Si nous n'étions pas là...

— Les Hollandais et les Anglais feraient tout aussi bien leur affaire. Une peau est une peau, un couteau est un couteau.

— Nos frères montagnes...

— Oui ! Les Montagnes traitent sans doute un peu plus modérément. Je dis bien un peu plus et sous toutes réserves, du cas par cas.

— Dans quel monde vivons-nous ? déplorai-je.

Sa botte heurta un caillou. Il le prit, le fit sauter dans sa main un moment, pour ensuite le lancer dans l'eau noire. Son ombre s'étirait jusque sur le quai où il s'engagea. J'hésitai à le suivre. Peut-être désirait-il être seul pour mieux réfléchir ? Comprenant mon hésitation, il me fit signe d'approcher.

— Venez, le vent du soir est bon. Venez. La lune est claire.

Une fois rendu au bout de l'embarcadère, il croisa les bras, observa le ciel constellé d'étoiles et soupira longuement. Nos ombres incertaines flottaient sur l'onde. Il m'observa du coin de l'œil. Intimidée, je détournai le regard vers l'aval. Il détourna le sien vers l'amont.

— Ces marchandises... débutai-je.

— Eustache et Ludovic... dit-il.

Il me sourit, d'un très subtil sourire. Je fus intimidée.

— Tant d'attentes, monsieur !

— Juste, tout juste, madame !

Je m'éveillai en sursaut.

«Ce vacarme au rez-de-chaussée !» m'alarmai-je.

— La porte, quelqu'un frappe à notre porte, compris-je. Au milieu de la nuit !

Ayant allumé ma bougie, j'enfilai ma robe de chambre à la hâte et sortis dans le couloir pour me retrouver nez à nez avec Ysabel et Marie-Jeanne. Bonnet de nuit sur nos têtes et bougeoir à la main, nous nous dévisageâmes un moment avant que Marie-Jeanne se mette à tournoyer sur elle-même en fixant le plafond.

— Qu'est-ce que c'est ? s'excita-t-elle. Un orage, le vent, une tornade ? Le toit peut s'effondrer, méfions-nous du toit. Le toit s'effondre, le toit s'effondre !

— Il ne vente pas, mademoiselle, objecta Ysabel.

— Vous, taisez-vous ! En de telles circonstances…

— Chut ! l'interrompis-je. Écoutez, écoutez, en bas, on parle. C'est Louis, c'est maître Hébert.

— Je vous le disais, son toit s'est de nouveau envolé !

— Il ne vente pas, Marie-Jeanne, insistai-je.

— Un nouveau malheur, un nouveau malheur, cria-t-elle.

— Si nous allions aux sources ? proposa calmement Ysabel.

— Quoi, quoi, aller dans la nuit, dans le noir ! Nous exposer au danger !

— Ysabel veut dire en bas, au rez-de-chaussée. Allons voir de quoi il retourne en bas ! expliquai-je quelque peu exaspérée par la confusion de notre précieuse.

Nous nous engagions sur le palier lorsque la voix du lieutenant ralentit notre allure.

— Quoi ! hurla-t-il. Ce crétin a osé assommer un Yroquois !

— Tuer, Champlain, oui, tuer un Yroquois !

— Sur son propre territoire !

— Oui, monsieur !

— Ah, pour un ambassadeur de paix, c'en est tout un ! Les Yroquois seraient déjà sur un pied de guerre que ça ne m'étonnerait pas !

— La guerre! Aaaaah, non, non, pas la guerre! se pâma Marie-Jeanne en dévalant l'escalier.

Nous la suivîmes. Le lieutenant déposa sa lanterne sur le buffet, remplit un verre de cidre et le lui tendit.

— Taisez-vous et buvez!

— Oh, oh, oh!

— Buvez, je vous dis ou retournez vous coucher!

Sidérée, elle approcha le verre de ses lèvres en tremblotant.

— Alors, Louis, la suite?

— Les autres ambassadeurs montagnes seraient revenus en fin de soirée sans le meurtrier.

— Sans le meurtrier! Où se terre ce scélérat?

— Un meur... meurtrier, bafouilla-t-elle faiblement.

— Vous, buvez! ordonna le lieutenant. Ysabel, servez-lui un autre verre.

Ysabel s'exécuta.

— Alors, Louis, ce meurtrier. Où se trouve-t-il?

Louis, qui allait remettre son chapeau, resta le bras en l'air.

— On ne sait trop, répondit-il. Eustache et Ludovic seraient partis à ses trousses.

— Boullé et Ferras recherchent l'assassin!

— Oui, c'est bien ce qu'on m'a rapporté, oui, mon lieutenant!

— Ah, ils vont lui mettre le grappin dessus, ils vont me le ramener ici. Ce félon n'est pas au bout de ses peines, foi de Champlain!

Je fus prise d'un tremblement incontrôlable. Constatant mon état, Ysabel versa un autre verre de cidre et me l'offrit. Je le bus d'une traite.

— On connaît le... enfin la victime, maître Louis? demandai-je.

— Un certain Ati... Ati...

— *Atironda*, complétai-je.

— Oui, c'est exact, *Atironda*.

— La Guerrière, murmurai-je, la Guerrière...

J'eus un vertige. Marie-Jeanne sortit un mouchoir de la manche de sa chemise pour essuyer son front.

«Mon mouchoir! m'indignai-je. Comment ose-t-elle!»

— Si vous le permettez, mon lieutenant, je retourne chez Guillemette, dit Louis. J'ai promis de faire vite. Depuis la nuit du diable, Marie et Guillemette sont plutôt nerveuses.

— La nuit du diable! Di… diable! s'époumona Marie-Jeanne en agitant mon mouchoir devant son visage pétrifié.

— Oh, je parle de la nuit de l'orage, madame. Ma femme l'a baptisée la nuit du diable.

— Revenez à l'aurore, Hébert, dicta Champlain. J'aurai besoin de vos conseils. Nous avons une défense à préparer. On doit craindre le pire.

Pris d'un soudain ricanement, il leva les bras vers le plafond.

— Se défendre! Un bien grand mot! Sans armes, sans soldats, un fort sans toit, de la construction partout… Se défendre!

— Armés ou pas, faudra tout de même se préparer, mon lieutenant. Demain, à l'aurore, sans faute, je serai au poste!

Il salua du chapeau.

— Bonne nuit… enfin, pour ce qu'il en reste. Lieutenant, mesdames.

Se recoiffant, il sortit. Champlain donna un violent coup de poing sur le buffet. Nous sursautâmes.

— Maudit Simon! Traitre! Félon! ragea-t-il.

Il arpenta la pièce de long en large en claquant son poing endolori dans sa main entrouverte. Abasourdies, nous le suivions du regard.

— Quand je vous disais que ces sujets n'ont pas de foi! Un raid yroquois, comme si nous n'avions pas suffisamment d'infortunes!

En s'amplifiant, le fou rire de Marie-Jeanne s'entrecoupa de pleurnicheries.

— Reprenez vos sens à la fin! s'irrita le lieutenant. Ysabel, donnez-lui un autre verre de cidre.

Elle tenta d'en verser.

— Plus de cidre, monsieur. À sec!

Les larmes de Marie-Jeanne s'intensifièrent.

— Faites-la taire ou je ne réponds plus de moi! Vivement qu'elle reprenne la mer, celle-là!

Marie-Jeanne s'arrêta net de pleurer. Relevant son nez en trompette, elle brandit mon mouchoir sous le nez de celui qui l'insultait.

— Devinez un peu à qui appartient ce mouchoir, monsieur notre lieutenant?

Étonné, ce dernier souleva les épaules.

— Quoi, quoi, un mouchoir? Moi, me soucier d'un mouchoir dans un moment pareil? Dieu, ayez pitié des femmes débiles!

— À votre dame, très cher sieur de Champlain, capitaine de Ponant, à votre dame ! insista la frondeuse. Voyez, voyez ce H brodé en rouge.

Elle pointa son doigt sur la lettre fatidique.

— H pour Hélène, pour Hélène, pour Hélène de Champlain.

— Ysabel, le cidre ! hurla-t-il.

— À sec, monsieur.

— Et devinez à qui votre dame en a fait cadeau ?

Le regard du sieur de Champlain s'enflamma. Il bomba le torse et voulut agripper le mouchoir. Elle résista. Le mouchoir déchira. Je faillis fondre en larmes, me retins, tout en exhortant la bonne sainte Anne de préserver mes deux époux du déshonneur qui les menaçait.

— Non, m'écriai-je à tue-tête, non, non et non !

Surpris, ils s'immobilisèrent, le demi-mouchoir déchiré pendouillant dans chacune de leurs mains.

— Ce mouchoir m'appartient. Je l'ai égaré sur le *Saint-Étienne*, lors de notre traversée, il y a de cela…

— Quatre, quatre ans ! termina le lieutenant d'un ton plus modéré.

— Mais le plus beau, reprit Marie-Jeanne, le plus beau est que votre dame le réservait pour…

— Pour moi ! coupa court le lieutenant. Voilà pourquoi, très chère damoiselle Thélis, voilà pourquoi vous allez me remettre ce qu'il vous reste de ce mouchoir sans aucune espèce de résistance. Mon épouse m'en avait fait cadeau, il y a de cela quatre ans. Vous en avez joui un peu trop longtemps à mon goût. Rendez-le-moi immédiatement !

— Mais… mais…

Il le saisit.

— Il n'y a pas de mais qui tienne ! Retournez à votre chambre et ne reparlez plus jamais de cette histoire de mouchoir à qui que ce soit, vous m'entendez, à qui que ce soit !

Elle se figea. Il rapprocha son visage du sien.

— Dans votre chambre, c'est un ordre ! vociféra-t-il.

Sursautant, elle me jeta un regard noir avant de déguerpir dans l'escalier.

— Ysabel, j'aimerais discuter avec madame seul à seul un moment.

— Bien, monsieur.

Baissant la tête, elle nous quitta.

J'appréhendais les foudres de l'enfer. Il fit balancer les deux morceaux du mouchoir déchiqueté au bout de ses doigts.

— Ce mouchoir a le don de se retrouver là où il ne faut pas.

Droite et fière, j'attendis la suite.

— La première fois que je le vis, c'était à La Rochelle, il y a fort longtemps. Devant l'auberge *La Sirène d'or*, plus précisément.

Je mordis ma lèvre.

— Il tomba de la poche de Ferras, par inadvertance, lors d'une escarmouche.

Le glaive de Dieu allait frapper, je le sentais.

— Madame !

— Monsieur ?

— Sur mon honneur, je jure ne vous avoir jamais jugée !

Je fus déroutée.

— Mon... monsieur ?

— Qu'une jeune dame fasse cadeau de son mouchoir au jeune pelletier qui lui confectionne une hongreline outrepasse les convenances de la bonne société française.

— Certes, monsieur.

— Ou alors, la dame à qui le jeune pelletier confectionne une hongreline aura échappé ce mouchoir par négligence. Le jeune pelletier l'aura recueilli sans arrière-pensée.

— Cela aurait pu advenir, monsieur.

Je déglutis.

— Quoi qu'il en soit, madame, le lieutenant de cette colonie vous en implore : préservez-nous de la disgrâce !

Il reprit sa lanterne.

— Une simple histoire de mouchoir perdu doit être considérée pour ce qu'elle est, précisa-t-il.

— Une simple histoire de mouchoir perdu. Oui, monsieur.

Sur ce, il retourna à sa chambre et referma la porte lentement sans faire de bruit.

Il me fallut un long moment avant de reprendre mes esprits, un long moment avant de déduire que, soit notre lieutenant savait tout en laissant croire qu'il ne savait rien, soit il ne savait rien tout en se doutant de ce qu'il aurait pu savoir. Ma raison me donnait à penser qu'il devait au moins se douter. Mon cœur souhaitait ardemment qu'il ne sache pas. Le doute qui s'installa cette nuit-là dans mon esprit ne me quitta jamais plus.

Une fois seul dans sa chambre, le sieur de Champlain ne se recoucha pas. Il alla plutôt vers la malle lui servant de table de chevet, d'où il sortit un coffret de cuivre qui lui avait été offert autrefois par celle qu'il n'avait jamais cessé d'aimer. Sa malle refermée, il déposa la lanterne sur son couvercle et ouvrit le coffret dont il retira délicatement la lettre qu'il conservait tel un précieux trésor. La portant à ses lèvres, il la baisa.

— Louise, murmura-t-il en tremblant, si tu savais! Si tu savais mon malheur! Le destin a de ces stratagèmes!

Il déplia la lettre et la lut.

— *Rémy Ferras...* chuchota-t-il, *m'épouser... serment... notre enfant ne connaîtra jamais le véritable nom de son père... Ses yeux ambrés, tout comme les vôtres... Notre enfant sera ma raison de vivre... Je vous aime, Samuel. Jamais je ne vous oublierai.*

Essuyant une larme, il la replia avec précaution.

«Le hasard a voulu que notre fils aime celle que j'ai épousée alors qu'elle n'était qu'une enfant. Cynique hasard! Cruel hasard! Ludovic et Hélène, une passion impossible, tout comme la nôtre, ma mie...» regretta-t-il amèrement.

Ayant remis la lettre dans le coffret de cuivre, il souleva la lanterne et le déposa dans sa malle. Puis déboutonnant son pourpoint, il soupira longuement.

«Ah, Louise, Louise, si seulement vous étiez là, auprès de moi, pour partager mon tourment. Si vous saviez la lourdeur du châtiment! Dieu me punit de vous avoir aimée, de vous avoir abandonnée. Sa justice est impitoyable!»

Puis, il s'agenouilla devant la peinture de la Vierge accrochée sur le mur face à son lit. Une Vierge aux cheveux couleur de blé.

Il fit le signe de la croix.

— Louise, si seulement vous étiez là pour m'aider à supporter l'insupportable!

Une fois dans ma chambre, je ne me couchai pas. Je me rendis plutôt à la fenêtre, scrutant les étoiles, implorant tous les dieux de ce monde de protéger ceux qui erraient au pays des Yroquois.

«Je crains pour votre vie, je crains pour notre amour. De plus redoutables ennemis là-bas qu'ici, sous notre toit? Sommes-nous irrémédiablement perdus, mon Bien-Aimé?»

Je pressai mes poings sur ma bouche afin de contenir les gémissements qui montaient du plus profond de mes entrailles. Comme ce n'était pas suffisant, je les mordis fortement.

À plus de soixante lieues en amont, au pays des Yroquois, sur le plus haut rocher de la plus haute colline, une ombre se profilait dans les reflets de la lune. C'était une jeune Sauvage aux doigts coupés, souple comme une liane, agile comme une biche, belle comme une déesse. Elle dansait en chantant. Son chant était lancinant, sa danse trépidante. Elle tournait, et tournait, et tournait encore, et encore, et encore, comme pour vaincre le feu qui brûlait son âme, comme pour vaincre l'atroce douleur qui la consumait tout entière. Elle tourna jusqu'à ce que son esprit se perde dans la transe, l'exilant du monde des vivants. *Atironda*, le père de son fils, avait été lâchement assassiné. Sa plaie était profonde, son sang, bouillonnant.

33

Ripostes

Celui que l'on désespérait de voir arriver arriva enfin ! Le 11 du mois de juillet, le sieur de Caën débarqua à Québec en grande pompe. Sitôt que ses deux barques chargées de marchandises furent amarrées au quai, toutes les inquiétudes s'estompèrent. Le sieur de Caën était le bienfaiteur suprême, celui dont nous attendions tout, tant pour la survie que pour la traite. Lorsqu'il monta vers l'Habitation, on aurait dit un prince suivi d'une ribambelle de courtisans débordant d'allégresse.

Le temps qu'il distribue le courrier venant de France, qu'il nous instruise des derniers événements survenus dans notre mère patrie, qu'il revisite les lieux, soit informé des incommodités et des manques, de la nuit du diable, des projets d'avenir et voici que surgissait, sans que personne l'ait prévu, le plus réjouissant des possibles. Des Algommequins arrivaient de l'île aux Allumettes pour traiter à Québec !

La surprise était grande. Aussi, lorsque ces visiteurs annoncèrent au sieur de Champlain que des Hurons les suivaient de près, se greffa à son contentement une exaltante excitation.

— Des Hurons ici, à l'Habitation ! s'affola-t-il. Incroyable ! Du jamais vu ! Les recevoir, il nous faut bien les recevoir afin de les inciter à revenir.

— Faut-il vraiment y croire ? interrogea le sieur de Caën.

— Difficile à croire, depuis toujours les Hurons s'arrêtent aux Trois-Rivières, admit le lieutenant. Néanmoins, rumeur ou pas, préparons-nous… On ne sait jamais… si cela advenait…

Que les Hurons descendent jusqu'à Québec pour venir y traiter surpassait, et de loin, ses plus extravagantes expectations. Néanmoins, bien que sceptique, il organisa les gens et les lieux en prévision de l'étonnante visite.

Pendant ce temps, le sieur de Caën prisait la situation. Il évaluait ses marchandises, décidait de leur répartition et préparait ses livres de comptes. Que les Sauvages descendent dorénavant jusqu'à Québec était de bon augure pour la rentabilité de sa compagnie. Plus les comptoirs de traite installés le long du grand fleuve étaient florissants et moins les concurrents hollandais, traitant plus au sud, étaient à redouter.

Le 16 du mois de juillet, l'étonnante prédiction s'avéra ! Durant tout le jour, plus de deux cents Algommequins et Hurons transportèrent des ballots de peaux de leurs canots jusqu'aux cabanes d'écorce de bouleau qu'ils eurent vite fait d'ériger sur les grèves autour de Québec.

— Ce jour est un grand jour, déclara notre lieutenant au soir de leur arrivée. Que cette traite à Québec devienne coutume. Je vous le prédis, mes frères, bientôt, d'autres nations viendront du pays des Pétuns, du Népissing, du Nord et de l'Orient. Cette place deviendra un lieu de grands rassemblements ! Vous êtes ici chez vous, mes frères. Bienvenue chez nous, tous autant que vous êtes !

Sa harangue fut acclamée par tous les colons. Curieusement, les visiteurs l'accueillirent plutôt froidement. Leur apathie intrigua.

Ce soir-là autour des feux, un chaleureux climat de fraternité émoussa nos craintes d'un raid yroquois. Des effluves de paix flottaient dans l'air. Nous n'avions qu'à humer. C'était du moins le vœu pieux que nous formulions tous en croisant les doigts.

Le dimanche suivant, le père Le Caron nous invita à prier le Tout-Puissant afin qu'il accorde à nos frères païens la grâce du pardon. C'était beaucoup demander : vengeance et bravoure étant, pour ces nations, intimement liées. Aussi exhorta-t-il ses fidèles à croire au miracle.

Du haut du promenoir de l'Habitation, nous nous régalions du spectacle haut en couleur. Les ocres, les rouges, les bleus et les jaunes contrastaient joliment avec les beiges, les gris et les noirs de l'ensemble du tableau. Parés de plumes, de bracelets, de boucles d'oreille et de colliers, les peaux basanées savamment tatouées et les cheveux d'ébène adroitement coiffés, les Sauvages déambulaient dans l'enceinte, tels de grands bourgeois à la cour de France. Curieux, ils allaient et venaient autour des produits d'échange étalés sur les couvertures couvrant le pavé. Couteaux, jambettes, haches de métal, lames d'épées et de sabres, chaudrons d'étain et de cuivre, grands et petits capots, chapeaux de feutre, barils de farine, couvertures de ratine, perles de verre, miroirs et boucles de métal : la variété impressionnait. Observant un objet, soupesant l'autre, ils marchandaient : quatre castors pour un chaudron, trois castors pour une hache de métal, un castor pour un sachet de perles de verre.

« Tout comme dans nos marchés, pensai-je. Seules les marchandises diffèrent, les marchandises et l'odeur ! Celle-ci était à mille lieues des délicates fragrances des gerbes de thym, de menthe et de lavande. »

— Une vraie foire ! s'exclama Marie. Jamais de ma vie je n'ai vu autant d'hommes presque nus en un même lieu. Plus de deux cents, c'est beaucoup !

— Et virils de surcroît, renchérit Françoise. Voyez-moi tous ces muscles !

— Les fessiers particulièrement, renchérit Marie, fermes et dorés à souhait.

— Marie ! s'exclama Marguerite. Ce spectacle vous échauffe l'esprit, on dirait bien !

— L'esprit ! Si ce n'était que l'esprit…

— Un vrai supplice ! badina Françoise.

— Françoise, vous d'ordinaire si réservée, s'indigna Marguerite.

— C'est vous dire l'extraordinaire de la situation ! Plutôt étroits, leurs petits pagnes, n'est-ce pas, Marie ?

— Tout à fait ! Dieu nous pardonne, mais il faudrait être aveugle pour ne pas s'émoustiller devant de telles statures. Seriez-vous aveugle, ma sœur ?

L'autre Marguerite lança un regard vers sa fille.

— Merci, mon Dieu ! s'exclama-t-elle en joignant ses mains.

Nous la dévisageâmes.

— Vous aussi ! m'étonnai-je. Vous remerciez Dieu pour les bienfaits de la nature ?

— Non ! Je remercie Dieu pour la surdité de ma fille.

Notre étonnement la fit rire. Elle crut bon de préciser.

— Car ses chastes oreilles sont épargnées de ces propos plutôt… disons…

— Légers, très légers propos, compléta Françoise.

— Ah, bon ! Je me disais aussi ! commenta Marie.

Sentant qu'on parlait d'elle, Marianne, agacée, monta sur une bûche pouvant lui servir de banc et s'appuya à la rampe. Son ombrelle bascula vers l'avant. Sa mère agrippa son épaule.

— Attention de ne pas tomber, articula-t-elle exagérément.

Sa fille lui signifia qu'elle avait compris. Je m'approchai d'elle et me penchai un peu à ses côtés. Ayant remarqué Ludovic, elle tira ma manche et pointa dans sa direction. Misant sur la prudence, je fis mine de ne pas comprendre. En réalité, depuis qu'il était sorti du magasin, je le surveillais. Ayant encore à l'esprit la crainte de sa mort, je ne me rassasiais pas de le regarder aussi souvent qu'il m'était possible de le faire, afin de me rassurer. Oui, aujourd'hui, il était bel et bien là, debout au milieu de la cour grouillante de vie.

« Ludovic et Eustache, sains et saufs, ici avec nous ! »

L'intense bonheur que je ressentis lorsque je les aperçus dans un canot huron réchauffait encore tout mon être ! Je remerciais le ciel d'avoir permis leur retour chaque fois que j'y pensais, et j'y pensais souvent.

Selon ce qu'ils nous avaient raconté, après que le Montagne Simon eut commis son crime, ils conclurent d'un commun accord qu'ils se devaient de rapatrier le corps du défunt au village yroquois, et ce, malgré tous les périls que cette expédition comportait. C'était impératif, la suite des pourparlers de paix en dépendait. Accueillis avec méfiance, après s'être répandus en excuses et en regrets, ils rapportèrent aux chefs et aux mères de clan les faits tels qu'ils s'étaient présentés.

Ils déclarèrent que ce meurtre avait été commis lâchement, par la seule volonté du criminel. Ni le capitaine Champlain ni les capitaines montagnes n'avaient consenti à cette abominable traîtrise. Comment auraient-ils pu commander un tel acte d'une main, tout en dépêchant des ambassadeurs pour défendre la paix de l'autre ? Ils promirent que le châtiment imposé au criminel serait à la mesure de son crime. Leur plaidoirie resta sans écho. Impassibles, les Yroquois avaient écouté sans réagir. Se vengeraient-ils ou non, il ne pouvait savoir. Sur le chemin du retour, ils approchaient des Trois-Rivières lorsqu'ils croisèrent les barques descendant vers Québec. Ce qui...

— Quel vacarme ! clama Marie-Jeanne en apparaissant au bout de la galerie.

Ses pupilles jaunes allaient et venaient au-dessus de l'éventail noir qu'elle agitait nonchalamment.

— Quelle chaleur! se plaignit-elle en glissant un regard vers la cour.

— Impressionnant, n'est-ce pas? suggérai-je allègrement.

Ce fut comme si je n'avais rien dit. Son éventail s'agita de plus belle.

— Tous ces guerriers réunis sous notre toit, pour ainsi dire, insistai-je, impressionnant tout de même, ne trouvez-vous pas, Marie-Jeanne?

— La mauvaise herbe foisonne, railla-t-elle.

— Marie-Jeanne! me vexai-je. C'est un moment mémorable! Des Algommequins et des Hurons traitant à Québec pour la première fois! Certains ont voyagé pendant plus de trois semaines, trois semaines de canotage et de portage pour…

— Vous m'en direz tant! Ces rustres auraient la vigueur de nos culs-terreux.

Marie releva le nez, assécha ses mains sur son tablier de toile légère et pinça les lèvres. Redoutant sa riposte, je tentai de la distraire.

— Comment se porte Guillemette ce matin?

Comprenant mon manège, Marie prit partie d'esquiver.

— J'allais justement vous proposer une promenade par chez elle. Ma fille se fera un plaisir de vous en apprendre sur son état.

Marianne se pencha un peu trop par-dessus la rampe.

— Marianne! s'écria sa mère.

Apeurée, j'agrippai la boucle de son tablier et la retins. Elle se redressa et me sourit avant de pointer à nouveau vers Ludovic. Les paupières de notre précieuse palpitèrent. Se penchant à son tour, elle mit sa main en visière et plissa les yeux. Se penchant encore davantage, elle tendit élégamment son bras paré de multiples bracelets.

— Aaaah, se pâma-t-elle, mais, mais, mais! Voyez donc qui j'aperçois non loin du pont-levis. Regardez, regardez! C'est à s'y méprendre! On dirait un Sauvage, mais non, ce n'en est pas un! Ce truchement est vêtu à la sauvage, mais en réalité, il est Français. C'est un véritable Français! Eh oui! Regardez, très chère Hélène. Regardez toutes. Penchez-vous un peu, là vers la droite.

Piquées de curiosité, nous nous inclinâmes d'un même élan.

— Truchement? dit-on l'une après l'autre.

— Truchement, oui, directement de la Huronie. Il y a passé l'hiver.

Je blêmis.

— Truchement, Huronie… répétai-je bêtement.

— Où est-il exactement? demanda Marie.

— Là-bas, voyez cet homme habillé de peaux et coiffé d'un chapeau à large bord garni de plumes d'aigle, de chouette… Qu'importe, un rapace assurément.

— Est-ce celui qui troque avec un Sauvage au crâne à demi rasé? questionna Françoise.

— Précisément! Celui-là même: Étienne Brûlé, mesdames!

«Étienne Brûlé! m'alarmai-je. Le loup dans la bergerie!»

Marie-Jeanne disait vrai. Je le reconnus. C'était bien Étienne Brûlé. Prise d'un léger vertige, je reculai d'un pas. Notre précieuse m'observa.

— C'est bien d'Étienne Brûlé qu'il s'agit. N'est-ce pas, madame de Champlain?

Le sourire qu'elle me fit me donna froid dans le dos.

La grande salle de notre logis était bondée de Français et de Sauvages. Je tentai de repérer la chevelure blondie de mon Bien-Aimé dans la foule. J'examinai tous les coins et recoins de la pièce, un peu sur la gauche, un peu sur la droite, me soulevai sur le bout des pieds, rien n'y fit. De toute évidence, il avait quitté les lieux. Mon instinct m'incita à rechercher le truchement que je redoutais. Je fis quelques pas devant l'âtre, vit que Martin Pivert discutait ferme avec le sieur de Caën, saluai de la tête Eustache, fort occupé avec Louis Hébert, qui appréhendait plus que tout autre les éventuelles conséquences de l'horrible meurtre. Je dus finalement admettre qu'Étienne Brûlé était absent lui aussi.

— Madame de Champlain! susurra-t-elle par-dessus mon épaule.

Je sursautai.

— Quelle impolie je fais! se pâma Marie-Jeanne. Pardonnez-moi, pardonnez-moi.

S'installant à mes côtés, elle ouvrit son éventail d'un coup sec et l'agita vivement.

— Vous! Pourquoi vous comporter de la sorte?

— Ce serait plutôt à moi de vous poser une telle question.

— Comme intrigante, vous êtes sans pareille! On ne saurait trouver mieux à mille lieues à la ronde!

— Comme naïve, on ne saurait trouver mieux! Innocente jusqu'à la bêtise!

— Assez à la fin! rageai-je à voix basse. J'en ai plus qu'assez de vos insinuations.

Elle referma son éventail et se braqua devant moi.

— Vous me voulez plus directe, eh bien, madame, voici claire-ment de quoi il retourne. Le sieur de Champlain et Étienne Brûlé ont quitté cette pièce depuis plus d'une demi-heure. Pour tout vous dire, notre lieutenant avait son air renfrogné des mauvais jours. Il m'est apparu songeur, soucieux, très soucieux même. Au point que l'on pouvait facilement imaginer que des secrets com-promettants étaient en cause. Des secrets inavouables? Mystère!

La chaleur brûlait mes joues. Prise de panique, je ne savais plus trop si je devais la frapper, l'étrangler ou lui crever les yeux.

— Si j'étais vous, madame de Champlain, je me précipiterais sur-le-champ vers le magasin, là où se trament toutes les transac-tions d'importance.

— Suppositions mensongères!

S'approchant un peu plus, elle baissa le ton.

— Si je vous disais que j'ai personnellement discuté avec cet Étienne Brûlé pas plus tard que ce matin. Eh oui, ce matin même! Croyez-le ou non, nous nous sommes découvert des points com-muns. Surprenant pour deux parfaits inconnus, ne trouvez-vous pas?

— Perfides bravades!

— Croyez-vous? N'auriez-vous pas séjourné dans un certain vignoble, il y a de cela plusieurs années? N'auriez-vous pas mala-droitement exposé à la conscience de ce truchement une certaine liaison coupable? Oui? Non?

En cet instant précis, je regrettai amèrement de n'être ni sorcière ni diablesse. Si cela avait été le cas, j'aurais volontiers transformé cette intrigante en affreux crapaud gluant, pour ensuite le propulser dans le plus profond des abysses.

Son ricanement attira momentanément quelques regards.

— Il n'y a pas que des peaux qui se négocient, madame de Champlain, chuchota-t-elle à mon oreille.

Reprenant ses distances, elle ajusta son châle et glissa lentement son éventail dans sa main gantée de soie.

— Moi, tout ce que je vous en dis, c'est pour votre bien, uniquement pour votre plus grand bien.

Ce disant, elle me tourna le dos et se dirigea vers l'escalier qu'elle monta. Je fixai son panache de plumes noir et déduisis que les félonnes existaient tout autant que les félons.

La porte s'ouvrit. Pétrifiée, je les vis entrer l'un derrière l'autre, Étienne Brûlé suivant le sieur de Champlain. Je dus admettre que Marie-Jeanne avait vu juste. La mine réjouie qui avait été la sienne depuis l'arrivée du sieur de Caën l'avait totalement abandonné. Il affichait un redoutable sérieux. Prise d'un soudain haut-le-cœur, je montai à ma chambre, refermai la porte, courus à ma fenêtre et l'ouvris. J'avais besoin d'air, un urgent besoin d'air.

Le lendemain matin, le sieur de Champlain paraissait aussi abattu que la veille. Après le bénédicité, il enchaîna d'un ton morne.

— Messieurs, les marchandises nous étant enfin parvenues, la mission confiée à Paul et à Thélis n'a plus sa raison d'être. Que monsieur de La Ralde garde sa cargaison pour traiter avec les Amouchiquois et les Micmacs d'Acadie. J'enverrai une délégation à Miscou ce matin même afin de les rapatrier. Ferras sera du voyage.

Cette annonce surprit.

«Ferras, Ferras, Ferras» résonna dans ma tête déjà martelée par une forte migraine. Devant moi, de l'autre côté de la table, Marie-Jeanne redressa les épaules. Un subtil sourire se dessina sur ses lèvres pulpeuses.

— De plus, poursuivit avec autorité notre lieutenant, qu'il soit entendu qu'Étienne Brûlé recevra dorénavant, non pas cinquante, mais bien cent pistoles par an, pour inciter les Hurons à revenir traiter aux postes du Saint-Laurent tous les étés.

Le truchement, cheveux noir de jais, peau cuivrée, me dévisagea froidement.

— La vengeance est un plat qui se mange froid, lança-t-il laconique.

Il but son cidre d'une traite. Chacun dévisagea son vis-à-vis. Nul ne savait trop de quoi il retournait. Moi, je savais que sa remarque m'était adressée. J'en connaissais le motif. Sa rancune avait pris naissance à La Rochelle, le soir où il avait tenté de me prendre de force, le soir où Ludovic s'était interposé, le bousculant pour défendre mon honneur. Compte tenu de la soudaine décision de mon époux, je déduisis que ce filou, fort des ragots de Marie-Jeanne, s'était servi de ce malheureux événement pour soudoyer notre lieutenant. « Ludovic envoyé à Miscou ? Par prudence, pour se prémunir du déshonneur, une punition ? »

— Ou tout à la fois ? me désolai-je.

Quelques jours plus tard, la traite de Québec étant terminée, les Hurons et les Algommequins plièrent bagage pour remonter vers les Trois-Rivières. Le sieur de Caën insista pour les accompagner.

— D'autres profits possibles, avait-il déclaré à notre lieutenant avant de le quitter.

— Le profit avant tout, avait approuvé Étienne Brûlé qui, taciturne et bourru, m'avait fusillée du regard chaque fois que le hasard m'avait imposé de le croiser.

Lorsque tous les alentours de Québec furent désertés et que tous les ouvriers eurent repris haches, pelles et marteaux, le sieur de Champlain retrouva quelque peu son entrain du début de l'été. Hormis le fait qu'il ne m'adressa la parole que pour les simples formalités de politesse, tout se passait comme avant le passage du désobligeant truchement. Nous nous voyions aux repas du soir, quelquefois le matin, rarement le midi.

Marie-Jeanne avait retrouvé sa verve et son éclat. Élégamment vêtue, elle suivait Eustache comme son ombre tout en ne manquant jamais une occasion de déplorer l'absence de son frère et de Paul, envoyés en Acadie. « Un pays si éloigné, si truffé de périls insoupçonnés, s'extasiait-elle à tout venant. Vivement que Ludovic Ferras les ramène à Québec. »

Une fois engagée dans sa lancée, elle poursuivait en affirmant bien haut que la bravoure et le courage de maître Ferras n'avaient d'égal que son incontestable générosité. Après avoir rapatrié un corps yroquois en territoire ennemi, voilà qu'il exposait maintenant sa vie pour rapatrier deux des siens. Je m'efforçais de l'ignorer totalement, ce qui n'était pas sans aviver ses doléances, qui n'étaient, somme toute, que les actes d'une comédie sinistre dont elle s'amusait à tirer les ficelles.

Au matin du 26 juillet, alors que nous étions à la table du déjeuner, elle revint à la charge.

— L'Acadie, n'est-ce pas là où un Français fut tué, jadis? provoqua-t-elle.

— Pour une histoire de chaudron volé, oui! s'irrita notre lieutenant. Nous en avons parlé avant-hier. Vous avez la mémoire courte, madame!

Je baissai la tête. Ysabel déposa le pichet de lait frais au milieu de la table. Eustache la suivit du regard. Elle l'ignora.

— Moi, la mémoire courte? reprit Marie-Jeanne. Oui et non. Les broderies par exemple, j'oublie rarement les détails d'une jolie broderie.

— Si jamais il vous manquait quelques sols pour assurer votre retour en France sur le prochain navire en partance, madame, soyez assurée que je comblerai la mise avec grand plaisir.

— Lieutenant, quelle générosité! Êtes-vous sincère? Je ne peux croire que…

Ce dernier jeta sa serviette sur la table, remit son chapeau et sortit en claquant la porte. Avec l'assurance d'une reine, elle me sourit de toutes ses dents.

— Je vous le répète, très chère Hélène, si je quitte cet endroit infernal, je ne serai pas la seule dame sur le pont.

C'en était assez! Sa méchanceté, ses fourberies, ses perfidies, j'en avais plus qu'assez! Je me levai à mon tour et sortis.

Les bruits du dehors ajoutèrent à mon énervement. Devant le pigeonnier, le sieur de Champlain allait et venait en se tordant les mains. Sans trop réfléchir, je me précipitai vers lui. Notre situation devenait intenable. Je ne pouvais plus la supporter, il fallait que je sache ce qu'il savait. Me voyant venir, il s'arrêta.

— Monsieur, puis-je prendre de votre temps? J'ai à vous parler très sérieusement. Pourriez-vous m'accorder quelques instants?

Il sourcilla, jeta un bref regard alentour et m'indiqua le pont-levis.

— Soit, il y a tant de bruit ici, allons plutôt sur la grève, près des jardins.

La plupart des légumes et des simples étaient prêts pour une première, sinon pour une seconde cueillette.

— Nos labeurs auront porté fruit… en ce domaine, du moins ! dit-il froidement.

— Oui, et ce n'est pas terminé. D'ici quelques jours, nous pourrons amasser…

Cette conversation sonnait faux. Il le comprit. Nous marchâmes vers la rade côte à côte, sans un mot.

« Il faudra pourtant que tu te dévoiles ! me dicta ma conscience. Ose, le temps te presse ! »

— Sieur de Champlain, commençai-je enfin. Je crois que je vous dois…

— Vous me devez ? Vous me devez ! répéta-t-il. Vous ne me devez rien du tout, madame ! C'est plutôt moi qui vous suis redevable.

— Vous ? m'étonnai-je.

— Oui, moi ! Je vous ai entraînée ici, dans ce pays rigoureux, et vous m'avez suivi, vous, une bourgeoise de Paris, ici dans ces forêts, parmi les Sauvages.

— Mais…

Il leva la main, me réduisant au silence.

— À tout moment, vous m'avez soutenu sans jamais vous plaindre, me bousculant parfois, m'encourageant toujours. Oui, moi, Samuel de Champlain, moi, je vous suis redevable. Vous êtes une femme de cœur, Hélène ! Et je remercie Dieu de vous avoir mise sur ma route.

La tournure de notre discussion me dérouta. Il me fallait pourtant éclaircir notre situation, comprendre où nous en étions. Que lui avait donc raconté cet Étienne Brûlé pour qu'il soit dans un tel état ?

— Monsieur. Ces derniers jours…

— Furent les plus pénibles qu'il m'ait été donné de vivre, croyez-moi !

— Voilà pourquoi je désire m'entretenir avec vous. Les menaces…

— La menace d'un raid yroquois plane toujours. On ne sait jamais ! Bien que six des leurs soient venus traiter ici même avec les autres, comme si rien ne s'était passé, bien qu'ils nous aient juré que leur nation respecterait l'entente de paix, malgré ce meurtre crapuleux, on ne sait jamais !

— Aucune trace de Simon le Montagne ?

— Aucune trace de ce maudit Simon! Il se sera enfui en Huronie, sinon chez les Népissing ou plus au nord encore... À moins qu'il soit descendu au sud, au pays des Agniers. Ah, tout est possible!

Plus il parlait et plus il me confondait. Je devais pourtant persister, aller jusqu'au bout.

— Monsieur, vous auriez envoyé ces hommes en Acadie si...

— Si j'avais su avant? Oui, pourquoi pas?

Courageusement, je plongeai.

— Si vous aviez su quoi, exactement?

Posant ses mains sur ses hanches, il se retourna vers le large. Des gouttes d'eau perlaient sur son front. Ce matin de fin juillet était particulièrement chaud, lourd et humide. Un temps d'orage. Quand il daigna me regarder, ses yeux étaient embués de larmes. Embarrassé, il se rendit tout près de l'eau, prit une pierre et la projeta au loin de toutes ses forces. Elle rebondit trois fois sur l'onde avant de disparaître. Le plus difficile était à venir, mais c'était maintenant ou jamais. J'allai vers lui d'un pas décidé.

— Monsieur, quelque chose vous tracasse, je le sens! Je vous en prie, confiez-moi ce que vous savez.

— Aurez-vous la force de l'entendre? Comprendrez-vous seulement combien je suis déchiré, combien on bafoue mon honneur, combien je me sens trahi, méprisé, outragé par ceux-là mêmes que j'ai servis loyalement, par ceux-là mêmes en qui j'avais mis toute ma confiance, par ceux-là mêmes pour qui j'ai tant œuvré!

J'étais estomaquée. C'était à n'y rien comprendre. Pendant un moment, je dus cesser de respirer. Moi, la cause de tout cela! Impossible! Jamais je n'avais tenu une telle place dans sa vie! Ma confusion s'intensifia. Il y avait méprise, cela ne faisait aucun doute! Ou alors, j'étais réellement l'idiote du village!

Contrit, il posa sa main sur mon épaule.

— On me déshonore!

— Expliquez-vous, monsieur!

Sortant son mouchoir, il essuya ses paupières.

— Madame, le vice-roi Montmorency accorde une seigneurie au sieur de Caën.

Je crus tomber des nues. Tout ce discours ne m'était pas destiné. Cette hargne, cette peine ne me concernaient donc en rien? Avais-je bien compris?

— Une… une seigneurie au sieur de Caën ?

— Oui, une seigneurie au sieur de Caën, répéta-t-il lentement, déconfit, attristé, atterré.

— Et cela contrevient à vos plans ?

Il soupira longuement.

— Nous projetions de récolter les foins du cap Tourmente pour nourrir notre bétail, n'est-ce pas ?

— Oui.

— Nous projetions d'y construire une ferme pour nos nécessités, n'est-ce pas ?

— Oui.

— Toutes ces îles environnantes, giboyeuses, poissonneuses, couvertes de vignes et d'arbres fruitiers.

— Eh bien ?

— Eh bien, toutes ces terres appartiennent dorénavant au seigneur de Caën.

Je restai bouche bée.

— Quelle reconnaissance, n'est-ce pas ? déplora-t-il. Il semblerait que s'échiner à bâtir un pays ait moins de poids dans la balance des rois et des princes qu'une compagnie de traite florissante. N'est-ce pas injuste, madame ? Et tout ceci, sans m'aviser. Si demain l'envie prend à Leurs Majestés d'octroyer la seigneurie de Québec à je ne sais trop qui ! Que pourrais-je y faire, je ne suis que le lieutenant, madame, que le lieutenant !

Il fut pris d'un rire amer. Lui qui ne riait presque jamais. Puis, tout à coup, il se ravisa. Son visage se durcit. Il serra les poings.

— Je crains fort de m'être éloigné un peu trop longtemps de la cour des princes et des rois. Cinq ans d'absence, c'est trop long, beaucoup trop long ! Une riposte s'impose !

Je déglutis. J'appréhendais la conclusion.

— Monsieur ? murmurai-je.

— Ma décision est prise, madame, nous retournons en France. J'ai un urgent besoin d'obtenir audience auprès de notre roi !

Autant Marie-Jeanne planait de contentement, autant nous étions attristés. Aucun de nous n'aurait pu imaginer une telle fin d'été.

Dès que le sieur de Caën fut revenu des Trois-Rivières, tout s'était précipité. En quelques jours, nous dûmes faire les malles, boucler les coffres, trier et ranger tout ce qui devait rester ici, dans nos appartements.

Nous dûmes aussi abandonner tout ce qui avait été commencé : la nouvelle Habitation à demi terminée, le fort Louis à demi réparé, les bois environnants à demi coupés, les terres à demi défrichées.

Et puis, et surtout, il fallut laisser derrière nous toutes nos amitiés. Marie, Guillemette, Françoise, les deux Marguerite et Marianne, ma fée marraine. Et toutes les autres, celles-là vêtues de peaux de bêtes, aussi enracinées en cette terre que les racines des arbres dont elles étaient les fidèles alliées.

Deux jours avant notre départ, Ysabel et moi les avions accompagnées à la pêche pour une dernière fois. Ce matin-là, le dieu des poissons avait été généreux, nos filets avaient débordé. Après nous avoir quittées, la Meneuse et ses trois filles étaient remontées vers la palissade de leur village sans se retourner. C'était ainsi chaque fois que nous avions eu à les quitter. Les Sauvages n'avaient pas coutume des adieux. Ils ne croyaient pas à la brisure, ignoraient la fin. Pour eux, la vie était un cycle, un éternel recommencement.

En ce matin du 15 août, tandis que les engagés aidaient à charger dans les barques tous les effets qui feraient avec nous le périlleux voyage, nous pleurions toutes. J'avais fortement serré Marianne contre mon cœur, lui jurant que jamais je ne l'oublierais, que je reviendrais auprès d'elle dès que je le pourrais. On avait dû l'arracher de mes jupes tant elle s'accrochait à moi. Jonas n'en finissait plus de souhaiter bon voyage à Ysabel, tout en l'assurant qu'à son retour il aurait agrandi sa maison afin qu'elle puisse y cuisiner à son aise, selon son désir.

— Merci, Jonas, vous êtes trop bon, lui répondit-elle, mais je ne suis qu'une simple servante. Ma vie dépend du bon vouloir de mes maîtres.

— N'est-ce pas, madame Hélène, qu'Ysabel reviendra ? me supplia-t-il.

— Je ne suis qu'une femme, Jonas. Ma vie dépend de la volonté de mon époux. S'il le veut, nous reviendrons.

Il avait baissé la tête, tortillant son chapeau entre ses mains. C'était bien la première fois que je le voyais sans son tablier enfariné.

— Si Dieu le veut, Jonas, repris-je, je vous promets que le sieur de Champlain le voudra aussi.

Son visage s'épanouit.

— Alors, vous reviendrez ?

— Alors, nous reviendrons.

— Je vous attendrai, je vous promets que je vous attendrai.

C'est aussi la promesse que nous firent nos amies lorsque nous dûmes nous résigner à quitter le quai. Cette promesse de retour atténua le déchirement de notre séparation.

Nos barques s'éloignèrent. Ils restèrent tous là, sur le quai, sur la grève, les bras levés. J'essuyai mes yeux et soupirai longuement.

— Nous reviendrons, madame, le printemps prochain, nous reviendrons, foi de Champlain ! m'assura le grand capitaine.

J'essuyai mes larmes et me mouchai.

— Dommage, il était tout de même joli, ce mouchoir, nargua Marie-Jeanne dans mon dos.

« La supporter durant toute une traversée, non, non et non ! Seigneur Dieu, implorai-je, accordez-moi la force de résister à l'envie de la jeter par-dessus bord ! »

Il nous fallut trois jours pour atteindre Tadoussac, trois jours où mon cœur fut partagé entre la tristesse d'être partie et la hâte de les retrouver. Selon les instructions données au messager chargé de les rejoindre, Paul, François et Ludovic devaient en principe nous attendre au poste de traite de Gaspé.

Le 18 août, peu avant que nous procédions à l'embarquement sur le navire devant nous ramener en France, un matelot revenant de Gaspé annonça au sieur de Champlain que cinq Français envoyés aux environs de Miscou avaient disparu.

Ce fut précisément ce soir-là que je le vis pleurer pour la première fois. C'était un soir de pleine lune. Ses multiples reflets d'argent miroitaient sur l'onde sombre des eaux de mer. Il était descendu non loin de la grève, avait enlevé son chapeau de feutre rouge, s'était appuyé sur le tronc d'un grand pin, avait caché son visage de sa large main et avait pleuré. Je me souviens. Il ne l'a jamais su, mais j'étais là, tout près, adossée au tronc d'un érable rouge, et je pleurais aussi.

Notre navire quitta Tadoussac le lendemain. Nous naviguâmes pendant cinq jours avant d'atteindre la pointe de Gaspé, là où nous devions les retrouver.

Le soleil était à son zénith. Dans le magasin de ce poste de traite de Gaspé, personne, aucune âme qui vive. Tout laissait croire que les occupants avaient quitté les lieux à la hâte. Ces bols souillés, ces chemises éparpillées, ces provisions de graines laissées aux écureuils, aux lièvres et aux oiseaux en étaient la preuve. Constatant le piètre état de l'endroit, notre lieutenant dépêcha six matelots vers le navire du capitaine de La Ralde, qui était amarré à moins de trente lieues de là.

À la nuit tombée, il fit allumer un brasier sur la grève, un immense brasier pour éclairer la nuit et nous réconforter. Rien de tout ceci n'indiquait clairement que les nôtres étaient impliqués dans cette disparition. Il y avait des Français partout dans les environs; des Français à Port-Royal, des Français sur le navire du capitaine de La Ralde, des Français sur chacun des bateaux contrebandiers et sur nombre de bateaux de pêcheurs. Cinq Français disparus... Lesquels?

Cette nuit-là, coincée dans l'étroit brancard de notre cabine, je ne dormis pas.

Au petit matin, de la dunette, nous aperçûmes la barque des six matelots accostée sur la grève. Alors l'affolement nous gagna.

— Revenus sans nos gens! s'étonna le lieutenant.

Excité, il se rendit sur la grève, parla avec les matelots et se mit à marcher, les bras levés, en vociférant. Je vis bien à son allure que les nouvelles n'étaient pas bonnes. Je compris bien qu'un malheur était survenu. Mais pourquoi ne revenait-il pas nous l'apprendre? Pourquoi? Je courus de bâbord à tribord espérant repérer un indice aux alentours. Une barque, à tribord, une autre barque gagnait la rive. François, Paul...

— Ludovic, où est Ludovic? m'égosillai-je.

Le souffle me manqua. J'avais du mal à respirer. Il y eut un grand branle-bas. Marie-Jeanne ricanait, des hommes criaient, d'autres couraient.

Je vis Paul contourner les cordages et venir vers moi. Triste, je me rappelle, il était si triste... Après, je ne sais plus... Un trou noir, le vide. Plus rien. Après le retour de Paul, plus rien!

Ma plume d'écriture tomba sur le parquet. Ma tête éclatait. Je la pressai entre mes mains.

— Souviens-toi, souviens-toi! Ne t'arrête pas, souviens-toi!

Je fermai les yeux, m'efforçant de me rappeler. Je revoyais bien Paul avancer sur le pont du navire en chancelant. Il pleurait, quand je l'approchai, il pleurait.

— Rappelle-toi, rappelle-toi, me dis-je.

Paul pleurait. Dans le creux de sa main, une roche en forme de cœur, une médaille gravée d'un trois-mâts, une mèche de cheveux dorés, je me souviens, une mèche de cheveux dorés. Et Paul parlait, Paul sanglotait… Un chapeau flottant sur l'eau. Le noir, après, il fit très noir.

J'étouffais. Je courus jusqu'à ma fenêtre, l'ouvris. Mon souffle était court, ma peine, immense. Je remarquai que la rue était déserte.

«C'est le matin. Le jour est levé.»

Il y avait des drapeaux aux fenêtres. Des rubans et des serpentins couvraient le pavé.

«Dieudonné. Hier, Dieudonné est né.»

Paris en fête, mon fils revenu. Son fils Samuel au bout de ses bras, les feux de joie, Paris, notre roi, son fils, Dieudonné, mon petit-fils…

L'image de la demi-pierre en forme de cœur s'imposa. Celle de la mèche de cheveux dorés me brisa le cœur.

— Nooon! hurlai-je désespérément. Nooon! Ludovic, noooon!

SEPTIÈME PARTIE

LES CROIX

France, 1639-1645

34

Vaillants soldats

D'abord, j'y crus. Ludovic était disparu dans des circonstances mystérieuses, en terre d'Acadie, avec quatre autres compagnons français. Selon ce que Paul et François nous rapportèrent, sa mort était probable, pour ne pas dire certaine.

Cette implacable réalité me fit sombrer dans d'obscures ténèbres, proches des portes de l'enfer. D'horribles cauchemars bouleversaient mes nuits et de funestes pensées hantaient mes jours. Je passais des heures, agenouillée devant le tableau de la Charité, le chapelet de mère enroulé entre mes doigts, implorant le ciel d'alléger quelque peu mes tourments.

Le 26 septembre de l'an 1638, exactement vingt et un jours après que notre Dieu Tout-Puissant eut accordé la grâce d'un dauphin au peuple de France, Angélique m'invita à célébrer les relevailles de notre reine avec sa famille. Malgré le désarroi qui m'accablait, je ne pus refuser le bonheur qui m'était offert. Lorsqu'elle m'ouvrit toute grande la porte de son logis, Marie m'accueillit en tenant son petit Samuel dans ses bras. Derrière elle se tenait un Mathieu radieux. Cette bienheureuse vision enveloppa ma désespérance d'un joyeux ruban de satin.

« Notre fils réalise notre rêve, Ludovic, notre rêve ! *Gracias a Dios !* »

Durant tout le repas, je l'observai discrètement, cherchant à retrouver dans chacun de ses gestes le souvenir de son père. Cette tendresse qu'il vouait à Marie et à son petit, cette gentillesse lorsqu'il m'adressait la parole, cette douceur taquine dans le regard, tout, véritablement tout en lui me chamboulait. Il tenait tant de Ludovic ! Cette ressemblance, qui aurait dû normalement me réjouir, exacerba plutôt ma mélancolie. Au milieu de la soirée, alors que j'avais obtenu le privilège d'endormir le petit Samuel, je mis les quelques larmes que je ne pus contenir sur le compte de la beauté de la musique qu'Angélique tirait de son violon.

Dans les jours qui suivirent, obsédée par la supposée mort de Ludovic, je me surpris à glisser sur une pente de plus en plus douce. Plus je réfléchissais aux derniers instants passés à Gaspé, plus mon esprit s'illuminait de réconfortantes vacillations, au point que j'en vins à douter de l'évidence que Paul et François nous avaient imposée. La disparition de Ludovic ne faisait aucun doute, mais un chapeau flottant sur l'eau n'était toujours qu'un chapeau flottant sur l'eau ! Banalité ! Qui de nous n'avait eu l'occasion d'apercevoir, un jour ou l'autre, un chapeau flottant sur l'eau ? Du reste, comment avaient-ils pu prétendre que ce chapeau était véritablement celui de Ludovic ? Tous les hommes de ma connaissance portaient un chapeau de feutre noir à large bord. Que prouvait réellement la trouvaille de son demi-caillou en forme de cœur et de son médaillon gravé d'un trois-mâts, non loin de la grève ? Rien, rien du tout ! Peut-être Ludovic les avait-il égarés en ouvrant sa gibecière, en retirant sa chemise, en pêchant le saumon, en chassant le lièvre, la perdrix ou le dindon ? Il suffit parfois d'un court moment d'inattention pour égarer ce qui nous est le plus cher.

Au matin du retour de Paul et François à Gaspé, ce matin-là où je m'étais effondrée inconsciente sur le pont de notre navire, le manque de temps n'avait-il pas tout bousculé ? Le *Catherine* devait reprendre la mer sans plus attendre. C'était logique, tout l'équipage était prêt à lever l'ancre et à larguer les amarres. Il eût été inconvenant de retarder notre partance parce qu'un seul des hommes du lieutenant manquait à l'appel. Si seulement Paul et François avaient pu retourner sur les lieux de la disparition de mon Bien-Aimé, là où ils avaient imaginé le pire, peut-être auraient-ils retrouvé sa trace, peut-être auraient-ils compris le pourquoi de son absence ? Oui, Ludovic était bel et bien disparu. Mais, non, sa mort n'était pas évidente !

— Un jour, mon Bien-Aimé, un jour je vous retrouverai, et ce jour-là, je vous tendrai la main et nous danserons ensemble pour l'éternité, répétai-je chaque soir avant de clore les paupières.

« Si Dieu le veut ! » ne manquait pas d'ajouter ma vigilante conscience.

Le mois suivant, au milieu d'octobre, après avoir missionné plus de cinq ans en Nouvelle-France, le révérend père jésuite Charles Lalemant revint à Paris. Dès son retour, il voua à ce qui restait de notre famille une attention toute particulière.

Sa première visite fut empreinte d'une bienveillante courtoisie. Au nom de tous les gens de la colonie ayant côtoyé et admiré le sieur de Champlain, il sympathisa avec nous.

— Quelle terrible épreuve pour vous, madame !

— Dieu n'éprouve-t-il pas durement ceux qu'il aime, révérend père ?

— Chaque sacrifice nous rapproche de Lui.

— *Gracias a Dios !*

— Merci à Dieu, avait-il répété quelque peu déconcerté, en sourcillant.

Après un bref moment de réflexion, il poursuivit en soulignant l'envergure de l'explorateur, la perspicacité du diplomate, le courage de l'administrateur et la ténacité du colonisateur.

— Cette colonie lui devra beaucoup, approuva mon père.

— Le roi lui devra beaucoup, renchéris-je.

— Il en sera de même pour notre Sainte Mère l'Église, clama le père.

Ce qui l'amena à louanger la dévotion de l'homme qui, en fervent catholique, avait eu à cœur le salut des âmes de ces contrées barbares. Il précisa que cette inclination lui avait vraisemblablement gagné suffisamment d'indulgences pour lui assurer une place enviable dans la Cité Céleste. Peut-être aurait-il à expier quelques fautes vénielles par une brève incursion au purgatoire, mais rien de trop long ni de trop douloureux.

— Le sort qui attend probablement la plupart d'entre nous, affirma-t-il avec complaisance, la sainteté étant un idéal audacieux. Exigeante ambition pour les faibles créatures que nous sommes.

Père et moi, droits comme des cierges, étions restés muets.

— Conquête infinie, mes frères, avait-il terminé en levant des bras implorants vers la Cité Céleste.

— Assurément, avait approuvé père. Prier, souffrir et prier encore. Tel est notre lot sur cette terre. Des épreuves purificatrices...

Il étouffa dans un profond soupir les relents de peine que le souvenir de mère lui causa. Le père jésuite glissa son index le long de son nez effilé tout en m'observant discrètement.

— Je garde un bon souvenir de nos rencontres, madame.

La honte rougit mes joues. Bien que notre dernier entretien datait de plus de dix ans, je me rappelais comme si c'était hier des honteux mensonges que j'avais alors inventés. Ils étaient bien rangés dans le coffret de ma mémoire, tout juste à côté de l'humiliation et du repentir qu'ils avaient entraînés. J'avais abusé de la vérité sans vergogne, tant mon désir de retourner en Nouvelle-France m'obnubilait. Quelle folle j'étais! Prétendre duper un soldat du Christ! Sa clairvoyance eut tôt fait de débusquer ma supercherie. À l'époque, j'avais admiré sa sagacité. Aujourd'hui, je la craignais.

— J'ai souvenance de la toute jeune fille que me confia jadis sœur Bénédicte, poursuivit-il.

— Ah, ce souvenir-là, oui, fis-je soulagée, oui, je me rappelle, oui, j'étais si jeune!

— L'esprit si vif, déjà!

Le silence qui suivit me gêna. Aussi m'empressai-je de le rompre.

— J'ai eu le privilège de vos judicieux conseils tout juste après ma conversion au catholicisme. Ne vous ai-je jamais exprimé ma profonde gratitude?

Apparemment, ma réponse l'indisposa. Délaissant le passé, il revint au présent.

— On vous dit très engagée dans la Confrérie de la Charité.

— Je le suis.

— « *Ce que nous faisons pour le plus petit d'entre nous...*

— *... sera récompensé au centuple* », terminai-je.

— Jésus est notre Sauveur et Notre Guide, ma fille. Suivons sa voie et nous aurons la vie en abondance.

— Je m'efforce de suivre sa voie, mon père, malgré les brumes et les brouillards. Je m'y efforce, croyez-moi!

Il courba la tête.

— Les brouillards, murmura-t-il songeur. Les brumes et les brouillards...

— Qui se lèvent de temps à autre, c'est forcé, ajoutai-je sur un ton plus joyeux.

Ses yeux perçants s'illuminèrent.

— L'espérance, une grande vertu !

— L'espérance, une grâce !

— Notre bien le plus précieux.

— Que serions-nous sans elle ?

Rassuré, il nous avait bénis. Nous l'avions chaudement remercié. Il était reparti.

Une semaine plus tard, il nous fit une deuxième visite. Étonnés, nous l'accueillîmes poliment dans la grande salle de notre logis. Cette fois, il me parut tracassé, voire quelque peu mal à l'aise. Père lui offrit du vin. Il refusa. Je lui offris un fauteuil, il refusa. Debout devant la fenêtre, il détourna le regard vers le dehors. Il pleuvait abondamment. Père et moi, debout devant l'âtre, attendions patiemment qu'il entame la conversation.

— J'aimerais, si vous le permettez...

Il se tut. Son hésitation nous intrigua.

— Nous vous en prions, dit père. J'ajouterais que nous sommes tout ouïe, mon révérend père.

— Oui, tout ouïe, oui...

Il baissa la tête.

— Un peu d'eau, peut-être ? demandai-je.

— Oui, je prendrais bien un peu d'eau.

« Bien, me dis-je, c'est un début ! »

— Si vous avez un moment, reprit-il en prenant le verre que je lui offris.

Il le but d'une traite.

— Merci.

Je repris le verre.

— Nous avons tout notre temps, le rassura père.

— Si vous le permettez, reprit-il, j'aimerais vous entretenir des derniers moments de vie du sieur de Champlain, moments dont je fus le témoin privilégié étant... ayant été son confesseur.

Son élan s'arrêta. Son large front se plissa.

« Des plis de soucis », pensai-je.

— Lors de sa dernière confession, votre époux...

Une de ses mains recouvrit la croix de bois d'ébène qu'il portait accrochée à son ceinturon de cuir noir, telle une épée à un baudrier. L'autre disparut dans sa poche. Sa concentration était grande, son regard tourné vers l'intérieur. Perplexe, je me rapprochai de mon père. Nous étions tous deux suspendus à des lèvres qui nous semblaient pour le moins réticentes à dire ce qu'il y avait à dire. Puis le visage du religieux se détendit. Ses yeux nous regardaient à nouveau.

— Le chapelet de votre époux, madame, dit-il finalement en ouvrant la main qu'il sortit de sa poche. Je tenais à vous le remettre personnellement. Votre époux est mort en odeur de sainteté, cela ne fait aucun doute, madame.

Je l'avais remercié. Il ne s'était pas attardé, nous avait bénis et était reparti.

La troisième fois qu'il frappa à notre porte, son attitude s'était raffermie. Plus de gêne, plus d'hésitation. La tête haute et le regard fier, il nous annonça d'emblée sa nomination au poste de procureur des missions canadiennes à Paris. Nous l'avions félicité. Il avait poursuivi en insistant sur les innombrables nécessités des missionnaires de Québec, pour ensuite déraper sur le délicat sujet du nouveau procès qui opposait les héritières du sieur de Champlain à la Compagnie de Jésus, procès qui me courrouçait au plus haut point.

Père, debout à ma droite, redressa les épaules et le menton.

— Vous me voyez désolé, maître Boullé, poursuivit-il, mais la Compagnie de Jésus se doit de défendre ses droits dans cette affaire.

D'une voix ferme et sans équivoque, le père Lalemant nous rappela que la relance du procès était due à la surprenante poursuite de dame Marie Camaret. N'eût été son entêtement à contester la validité du testament, les Jésuites auraient attendu mon décès pour réclamer leur juste part. Compte tenu des événements, la Compagnie de Jésus n'avait guère le choix, elle devait se battre.

— Ma fille Hélène a pourtant eu gain de cause lors du précédent procès ! s'emporta père. La justice lui a reconnu l'usufruit de tous les biens de son défunt mari, et tant et aussi longtemps que Dieu lui prêtera vie.

Le révérend tiqua.

— Nous en convenons. Néanmoins, advenant le cas où la validité du testament ne serait pas reconnue, car tel est le véritable motif de l'appel, n'est-ce pas ?

— Le cœur du grief, admit père.

— Si la légalité du testament était rejetée, dis-je, alors, les legs du sieur de Champlain échapperaient à notre cause missionnaire.

Les mains sur les hanches, père piétina sur place. Je mordis ma lèvre.

«Moi qui croyais en avoir terminé avec les suites de ce satané testament!» m'irritai-je.

— C'est pourquoi nous insistons, monsieur Boullé, enchaîna-t-il. Il nous faut absolument régler cette affaire du vivant de madame votre fille. Elle seule peut témoigner en notre faveur pour le salut des âmes du Canada. Si nous obtenions la libération immédiate des legs du lieutenant, soit ses biens matériels en Nouvelle-France et les parts qu'il détient dans les compagnies de la Nouvelle-France et du fleuve Saint-Laurent, nous pourrions servir la cause de Dieu, riches de quelque deux mille livres de plus.

— Missionnaires avant tout! rétorqua père.

— Soldats du Christ, monsieur, soldats du Christ! Tout combat a un prix. Nos missions ont grand besoin de fonds, rétorqua-t-il.

— Vu sous cet angle, soit, j'admets qu'il y a matière à réflexion!

J'étais restée en retrait, derrière eux, non loin de notre bibliothèque. Père se tourna vers moi.

— Qu'en pensez-vous, ma fille?

Tout ceci me contrariait grandement. J'en avais plus qu'assez des plaidoiries interminables, des poursuites, des requêtes et des comparutions à la Prévôté. La veuve n'en pouvait plus! Aussi, je me promis de tout mettre en œuvre pour simplifier la suite de cette l'affaire autant que faire se pouvait.

— Je crois fermement à l'authenticité du testament de mon époux, révérend père. Qui plus est, j'entends bien respecter ses dernières volontés. Je profiterai donc de l'usufruit de tous ses biens, et ce, tant que je vivrai.

Charles Lalemant resta interdit. Il inspira longuement. Ses fines narines s'aplatirent. Saisissant son crucifix, il le serra fortement.

— Toutefois… ajoutai-je.

— Toutefois? coupa-t-il froidement.

— J'ai été en Nouvelle-France, mon père. J'ai vécu auprès des gens qui croyaient fermement en l'avenir de ce merveilleux pays. Et j'y ai cru aussi. J'ai navigué sur son fleuve, sur ses rivières, j'ai marché dans ses bois, humé ses odeurs et ses parfums. J'ai aussi côtoyé et chéri les âmes païennes, brebis égarées que votre mission saura conduire vers notre Père Tout-Puissant. Aussi, je peux vous jurer que, quelle que soit l'issue de ce nouveau procès, les Jésuites de Québec recevront leur juste part de l'héritage du sieur de Champlain, et ce, aussi prestement que la justice et les lois le permettront.

Ma réponse le rassura.

— Je ferai à dame Camaret une proposition qu'elle ne pourra refuser, ajoutai-je. Je verrai mon notaire à ce sujet dès demain.

Il se détendit complètement, nous bénit et nous quitta satisfait.

Deux jours plus tard, père recevait une missive signée de la main du révérend Charles Lalemant. Après concertation, les pères de la Compagnie de Jésus de Paris offraient à l'honorable gentilhomme Nicolas Boullé la possibilité d'habiter un logis situé dans l'enclos de la maison professe des Jésuites, moyennant des frais dérisoires.

— La paroisse de monsieur Vincent! m'exclamai-je, l'église Saint-Paul, là où se réunissent les dames de la Charité.

— Mais, mais… cela nous obligerait à vivre sous le même toit, ma fille, objecta père.

Je lui souris.

— N'est-ce pas ce que nous faisons depuis que mère n'est plus? Vous passez presque toutes vos journées chez moi.

Il dodelina de la tête.

— Vrai. Par contre, ce logis qu'on nous propose sera beaucoup plus exigu que celui-ci.

— Mais il a l'avantage d'être situé tout près de l'église Saint-Paul. Vous n'aurez plus à vous inquiéter lorsque je me rendrai à la Confrérie.

Songeur, il replia lentement la missive.

— Votre mère se plaisait dans notre logis, fit-il remarquer.

— Mère n'est plus, père. Il ne sert à rien de demeurer ici à vous morfondre dans de sombres pensées.

Glissant la missive dans sa poche, il regarda vers le dehors.

— Mère sera toujours avec nous où que nous allions, arguai-je. Jamais nous ne l'oublierons.

Il opina de la tête. Je poursuivis.

— Qui plus est, madame de Fay demeure tout près de cette paroisse. La boulangerie de Jonas n'est qu'à deux rues de là. L'hôpital Saint-Louis n'est-il pas à moins d'une demi-heure de marche? J'y rejoins si souvent tante Geneviève.

— Que des avantages à ce déménagement, donc?

— Que des avantages.

Père accepta l'offre des pères jésuites. Nous déménageâmes rue de Jouy, paroisse Saint-Paul, à la fin de juillet, sous un soleil de plomb.

L'automne chaud et pluvieux passa sans encombre. La France était toujours en guerre, mais l'espoir soulevé par la naissance d'un héritier au trône de France avait allégé quelque peu les humeurs. Père et moi, aidés de Paul et de notre servante Marguerite, tentions tant bien que mal de réorganiser notre quotidien à l'ombre des clochers des églises Saint-Paul et Saint-Louis, église de la maison professe des pères de la Compagnie de Jésus. Tandis que je redoublais d'ardeur pour mes œuvres de charité, père s'acquittait de ses fonctions au Châtelet, dans la salle du Conseil ou encore dans les bureaux des fonctionnaires chargés des finances de l'État. Dans ses moments de liberté, accompagné de Paul, il voyait à l'ordre de ses propriétés qui étaient fort nombreuses.

Chaque fois qu'il quittait notre logis, il insistait pour transporter son mousquet et son épée, tant il craignait d'être impliqué dans une des nombreuses escarmouches qui éclataient dans les rues de Paris, souvent là où on les attendait le moins.

— Les mécontents sont légion, rétorquait-il lorsque je tentais de le rassurer. Ne sentez-vous pas la grogne, ma fille? Elle est partout, dans tous les recoins de la ville.

Je mis son extrême inquiétude et son extrême précaution sur le compte de son âge. Père vieillissait. Il me fallait bien l'admettre.

Au fil des jours, il se lia d'amitié avec monsieur de Meules, maître d'hôtel du roi, qui logeait à l'autre extrémité de la maison professe des révérends pères jésuites. Il développa une franche amitié avec cet homme dont il admirait à la fois la ferveur dévote et l'érudition. Pendant de longues heures, il s'entretenait avec lui de l'avenir politique du pays, analysant les implications des décisions de notre roi et du Cardinal, qui soumettait un peu trop, selon eux, le Conseil royal et les grands seigneurs.

Quelquefois, le soir, après que Marguerite eut regagné sa chambre, il invitait Paul à s'attarder avec nous devant le feu de cheminée afin de discuter. Là, un verre de vin dans une main et une pipe dans l'autre, les deux amis échangeaient sur les échos de toutes sortes qui sillonnaient les villes et les campagnes de France.

Au soir de Noël, alors que nous avions terminé le frugal repas que notre servante Marguerite nous avait préparé, stimulés par l'implacable réalité du temps qui passe, les deux comparses s'attardèrent à se remémorer les faits marquants de leur jeunesse.

— Du temps du roi Henri, il y avait… regrettait l'un.

— Ah, au temps des premiers mousquetaires, ah, il fallait voir… s'enthousiasmait l'autre.

Assise à la table, je me réjouissais de leur joyeuse connivence tout en terminant l'encadrement de la tapisserie que j'avais finalement résolu d'offrir en cadeau à Mathieu et Marie, à la première occasion. J'étais persuadée qu'elle allait leur plaire. La scène représentait une maison de pierres roses, entourée d'hortensias bleus devant laquelle une dame brodait sous un grand chêne. Une maison toute semblable à celle qu'avait habitée Ludovic à Brest, du temps de son enfance.

«Ainsi, notre fils en connaîtra un peu sur vous, mon Bien-Aimé. Oh, sans le savoir, bien sûr. Jamais je ne lui révélerai que vous êtes son père, que je suis sa mère. Il est heureux comme il est, chéri par sa femme, aimant son enfant. Malgré tous ces secrets, moi, je sais, et je peux le voir et je peux lui parler. Un immense bonheur! *Gracias a Dios!*»

Père éleva la voix.

— Plus de six armées, cent cinquante mille hommes à pied, trente mille hommes avec chevaux, vous y pensez un peu, Paul! Ah, c'est qu'il voit grand, notre Cardinal!

— Et la flotte, vous pensez à la flotte! Vingt galères, soixante vaisseaux!

— La faillite, Paul, notre pays court tout droit à la faillite!

— Je n'ose imaginer la suite. Ou plutôt si, je l'imagine fort bien!

Paul but. Père remplit à nouveau leurs verres avant de poursuivre.

— De plus en plus de taxes, de plus en plus d'impôts. Encore faut-il que nos fermages rapportent! Car ce sont les revenus des fermages qui garnissent les coffres royaux.

— À ce qu'on dit dans les moulins, les récoltes diminuent.

— Juste, tout juste, mon ami! Les percepteurs de tailles auront beau pendre tout croquant récalcitrant…

— Pays barbare! De pauvres innocents sont tués simplement parce qu'ils refusent de priver leur enfant de la seule croûte qui leur reste.

— Calamité! s'emporta père.

— Par tous les diables, que fait donc la police du Cardinal, je me le demande?

— Elle ferme les yeux, mon ami, elle ferme les yeux! s'indigna père.

— Tous complices!

— Suivez-moi bien, Paul. Pas de récoltes, donc pas de fermages.

— Oui.

— Sans les revenus des fermages, les coffres du roi sont vides.

— Oui.

— Donc, le roi n'a plus les moyens de rembourser les financiers qui avancent les sommes anticipées de ces fermages d'une année à l'autre, afin de permettre le financement des armées.

— Endettement!

— Parfaitement, les dettes royales s'accumulent, car les guerres, elles, n'en finissent plus.

— Le cercle infernal! conclut Paul.

— Je ne voudrais pas être oiseau de malheur, mais il y a fort à parier que le pire est à venir.

— Vitement, quittons ce monde, monsieur.

— Taisez-vous, Paul! m'exclamai-je. Père, c'est Noël, un jour de réjouissance, l'auriez-vous oublié?

— Mais, mais… rigola-t-il. Vous avez raison, ma fille. Revenons au joyeux Vert Galant.

— Par tous les diables, voilà un sujet plus réjouissant!

Père trépassa subitement, sans prévenir: une fin rapide, nette, sans lamentation, presque sans souffrance. Au matin du premier de l'An, il s'était levé pour aussitôt s'effondrer sur le parquet. Bien sûr, il buvait toujours un peu trop de vin. Bien sûr, ces dernières années, son ventre s'était épaissi et ses paupières, alourdies.

«Des signes de vieillissement, sans plus», m'étais-je alors négligemment répété. Si seulement j'avais su!

— Un arrêt du cœur, diagnostiqua Antoine Marié dans l'heure suivant son décès.

Son regard débordait de compassion.

— Si vous avez besoin de quoi que ce soit, mademoiselle Hélène, je suis là, ajouta-t-il.

Je n'eus ni la force de le regarder ni celle de le remercier. Il ne s'attarda pas.

— Las, je dois vous quitter, s'excusa-t-il. Une nouvelle cohorte de soldats blessés arrivée hier à l'hôpital Saint-Louis.

Tante Geneviève raccompagna le dévoué médecin jusqu'à ma porte.

« Des soldats blessés. Fichue guerre contre l'Espagne ! maugréai-je. Si seulement ma servante espagnole était là ! »

Revenue tout près du lit sur lequel gisait mon père, tante Geneviève prit ma main et la serra dans la sienne.

— Cela vaut mieux pour lui, conclut-elle comme pour s'en persuader, cela vaut mieux que de vivre diminué, agonisant pendant des mois. Non, votre père n'aurait pu désirer une fin plus clémente. Remercions Dieu.

« *Gracias a Dios !* » pensai-je sans pouvoir le dire, tant ce nouveau deuil me paralysait.

Tante Geneviève veilla à tout, depuis l'embaumement jusqu'à la cérémonie religieuse.

Père étant de la religion des Réformés, l'office fut célébré dans la grande salle du Châtelet, là où il avait honorablement œuvré sa vie durant. Conseillers et secrétaires royaux, dignitaires de la prévôté de l'Hôtel, et actionnaires de la Compagnie des Cent-Associés défilèrent devant sa tombe, le visage austère, certains dénonçant la terrible fatalité, d'autres déplorant son si rapide trépas, d'autres, enfin, prônant la soumission à la Volonté Divine.

Durant l'homélie funèbre, le célébrant honora la mémoire du défunt tout en nous invitant à prier pour le repos de son âme, cette âme que les préceptes catholiques destinaient, au mieux, à végéter dans l'antichambre du paradis pour l'éternité.

Il eût été convenable que je pleure. J'étais sa fille, j'étais catholique. Comme les yeux calvinistes de mon père ne devaient jamais voir la splendeur de Notre-Seigneur Tout-Puissant, j'aurais dû pleurer. J'en fus incapable, tant mon esprit était accaparé par une obsédante réflexion. Père n'était plus, mère n'était plus, Marguerite n'était plus, Nicolas n'était plus. De la famille Boullé, ne resteraient plus que moi et Eustache, mon frère consacré à Dieu, qui vivait cloîtré dans un monastère, dans la lointaine Italie. Je me sentais horriblement seule, vide, lourde : une armure abandonnée dans une forteresse désertée.

La veille de sa mort, peu après qu'Angélique, Marie et son fils Samuel nous eurent quittés, père avait frappé sa poitrine en grimaçant. Je m'étais inquiétée.

— Rassurez-vous, ma fille, un léger malaise, rien de plus qu'un léger malaise, m'avait-il déclaré.

— Ce malaise ne vous accable-t-il pas de plus en plus souvent ?

— Allons, allons, chassez ces idées noires. Depuis que ce petit Samuel vient trottiner de temps à autre dans notre logis, je me porte de mieux en mieux.

Une deuxième grimace avait succédé à la première.

— Drôlement vivant, ce petit... une descendance... Si seulement, votre sœur... ou vous...

— Je sais, père, je sais.

— Cette alliance avec Champlain...

— Stérile, père, stérile.

Son visage s'était assombri.

— Marie reviendra mercredi prochain, m'étais-je empressée d'ajouter.

— Avec son petit Samuel ?

— Avec son petit Samuel.

Comme la tentation avait été grande ! Ce petit Samuel est de votre sang, de votre race, père, aurai-je aimé lui avouer. Ce petit est le fils de votre petit-fils, père, l'enfant du fils de votre fille. Vous êtes grand-père, vous êtes arrière-grand-père. Mais je m'étais tue. J'avais craint sa colère, redouté son courroux, appréhendé que le déshonneur le terrasse ou, pire encore, qu'il suffoque de bonheur.

« Lâche, tu aurais dû tout lui dire, déplora ma conscience, ton père serait mort heureux. »

La semaine suivant l'inhumation, ployant sous le fardeau de la nouvelle croix que j'avais à porter, je me réfugiai dans la prière, implorant le secours de tous les saints. Entre mes dévotions, les yeux fixés sur le tableau de la Charité, j'appelais Ludovic qui s'entêtait à garder un désolant silence. Je ne délaissais mon prie-Dieu que pour me réfugier dans mon cahier aux souvenirs. Je m'entêtais à relire minutieusement les pages écrites la nuit de la naissance de notre dauphin Dieudonné. Entre ces lignes, enfouie sous les mots, coincée entre deux phrases se cachait peut-être l'étincelle de vie qui me faisait si cruellement défaut.

Je lus et relus et relus encore, m'accrochant à cet espoir comme on s'accroche à une bouée. Malgré tous mes efforts, je ne découvris rien de plus que ce qui avait été écrit. Le passé était le passé. Mon retour en Nouvelle-France sombrait. La mort de Ludovic, la mort du sieur de Champlain, la mort de mère, et maintenant celle de père. Que me restait-il ?

Malgré tout, fine comme l'ambre, négligeant mon désarroi, par-delà ma volonté, une petite étincelle jaillit. Sans que j'y prenne garde, chacune de mes relectures attisait un peu plus mon désir d'en apprendre davantage sur les supposés derniers moments de Ludovic. Cette envie s'amplifia au point qu'il me fut bientôt difficile de résister à l'envie de questionner Paul, chaque fois que, l'âme en peine, il passait aux alentours.

Peut-être aurait-il pu me préciser les détails, me décrire les lieux, relever quelques indices sur ce qu'il avait vu et entendu près de cette rivière, la veille de notre départ de la Nouvelle-France. Mon questionnement lui permettrait peut-être de rectifier son dire, d'ébrécher sa certitude, de convenir d'une admissible survie. Pourtant, je me taisais. S'il avait fallu que son témoignage ébranle ma si fragile espérance ! S'il avait fallu qu'il persiste à croire à la mort de Ludovic !

Aussi, refoulant mon envie, je compatis plutôt avec lui, comprenant l'accablement qui ployait ses épaules et enrhumait son cœur. Depuis les funérailles de père, il errait l'âme en peine, tel un matelot abandonné de son capitaine.

Un soir, après notre léger souper, il s'était assis devant le feu de l'âtre et m'avait confié sa peine.

— Je fus le palefrenier de votre père pendant plus de trente ans, mademoiselle, plus de trente ans ! Vous y songez un peu, trente années à le servir honnêtement ! Vous étiez si jeune lorsque je pris cette charge !

— Si jeune, oui.

— Près de soixante ans que j'ai maintenant, près de soixante ans. Ma fin est proche... Si vous n'étiez pas là...

— Paul, ne dites pas de sottises ! Je suis là et vous êtes tout ce qu'il me reste. Alors, je vous en prie, restez vivant, Paul, restez vivant !

Affalé sur sa chaise, le dos voûté, sa large main couvrant son visage, Paul avait éclaté en sanglots. Assise près de lui, j'avais pleuré aussi.

35

Touche divine

Mon père était un homme fortuné dont j'étais l'unique héritière. Je pris véritablement conscience du poids de cette attribution le jour où François de Thélis étala sur la table de son bureau tous les dossiers de sa succession. La pile de ses actes de propriété égalait celle de ses parts dans les fermages de Touraine et d'Anjou.

— Très honorable amie, tels sont vos avoirs ! clama-t-il en déployant largement ses bras au-dessus des papiers.

— Distingué notaire, pour le moment, votre amie n'y voit qu'une montagne de documents qu'elle aura peine à gravir.

— Je suis précisément là pour alléger votre ascension, gente dame !

— Toujours cet esprit chevaleresque ?

— Pour vous, princesse, juste pour vous.

Il s'inclina bien bas. Sur le dessus de son crâne, je remarquai l'éclaircissement de sa chevelure.

— Cessez, François, je n'ai guère le cœur aux badineries.

— Mais je ne badine pas ! Je suis toujours votre chevalier servant.

— Ne craignez-vous pas d'attiser la jalousie de votre Élisabeth ?

— Dieu m'en garde ! Sachez que je suis d'une fidélité à toute épreuve, en amour comme en amitié. La sagesse de l'âge ! À part Élisabeth, vous seule avez droit à ma courtisanerie.

Je ris.

— Votre nouvelle épouse n'a rien à redouter, très cher notaire, veuve pieuse je suis, veuve pieuse je resterai.

Me levant, je me rendis à la fenêtre.

« Sombre après-midi d'hiver », déplorai-je.

Le ciel, le pavé de la rue longeant le Châtelet, les bâtiments, les arbres, tout était gris, du plus pâle au plus anthracite. Il ventait tant que les passants, hommes de robe pour la plupart, déambulaient à demi courbés, tenant le rebord de leur chapeau d'une main, et les pans de leur cape de l'autre. Le nordet soulevait, agitait, bousculait.

François s'approcha.

— La mort de votre père... Cet autre deuil est venu si vite!

— Oui.

Me retournant vers lui, j'osai.

— J'ai pris une grave décision, François.

Embarrassée, je reportai mon regard vers le dehors. Une dame tenant une jeune fille par la main disparaissait rue de La Terrasse.

«Tenir un enfant par la main, la plus belle charge qui soit.»

— Mauvais temps, n'est-ce pas? reprit-il.

— Plutôt, oui.

— Vous étiez au bord d'une révélation, je crois. Je me trompe?

— François, depuis la mort de mon père, j'ai beaucoup réfléchi, beaucoup prié et...

Je mordis ma lèvre.

— Et?

— J'hésite.

Il sourcilla exagérément.

— Comment, comment! Vous douteriez de ma complaisance?

Je lui souris.

— Je peux me confier à vous?

— Absolument! J'en assume les risques. Vous connaissant, cela relève de la bravoure.

Je ris.

— Imaginez le pire, suggérai-je.

— Le pire, le pire, attendez voir.

Portant la main à son front, il fit mine de réfléchir profondément.

— Un prétendant?

— Votre inspiration n'est pas fausse.

— J'aurais un rival!

— Un rival de taille, oui.

— De taille?

— Un être infiniment... infiniment tout!

— Holà!

Feignant d'être piqué, il épousseta la manche de son pourpoint du revers de la main.

Je ris à nouveau.

— Cessez de me torturer. Qui est-ce ?

— Jésus, osai-je.

Ses yeux s'écarquillèrent. Il pointa vers le plafond.

— Jésus... Jésus de là-haut ? bafouilla-t-il.

— De là-haut, oui. Votre amie désire se faire religieuse, François.

Son visage passa de l'étonnement au soulagement. Il sourit.

— Vous m'approuvez, quel bonheur !

S'esclaffant, il nia de la tête et des mains tout en reculant de quelques pas.

— Ah, vous m'avez bien eu, comme distraction, c'en est toute une !

Je déchantai.

— Ce n'est pas une distraction ! rétorquai-je.

— Cruelle ! Vous vous moquez du vieil ami ?

— Non !

Il tapa des mains.

— J'y suis ! Vengeance, vous me faites cette frousse par vengeance.

— Vengeance ?

— Je vous ai trahie en épousant Élisabeth Devol, ce que vous ne pouvez supporter malgré tout ce que vous en dites.

— Vous divaguez, François ! Je me réjouis de votre mariage. Croyez-moi, il n'a absolument rien à voir avec mon désir d'entrer au couvent !

— Religieuse, vous, religieuse !

— La vie du couvent m'attire, oui.

— Ah bon, je comprends ! Vous désirez vivre dans un monastère comme le font de nombreuses veuves.

— Non, je désire prendre le voile. Je veux consacrer le reste de ma vie au service de Dieu. Pour ce faire, je me ferai religieuse ursuline.

— Mais... mais... vo... vous... votre héritage ! bredouilla-t-il.

— N'avez-vous pas promis de m'aider ?

Déconcerté, il sortit son mouchoir de sa poche, s'essuya le visage et retourna prestement derrière sa table au-dessus de laquelle il agita les bras.

— Que ferez-vous de tous... tous ces avoirs ?

— Une partie servira à payer ma dot d'entrée au monastère. Je mettrai le reste à la disposition des nombreux besoins de cette communauté qui, comme vous le savez, essaime tant en France que dans les pays de mission.

— Pays de mission… Ah bon, nous y voilà !

Il revint vers moi.

— Ah, pour ça, madame a de la suite dans les idées, c'est le moins qu'on puisse dire !

Vexée, je sourcillai.

— Qu'insinuez-vous ?

Posant les mains sur ses hanches, il défia mon regard.

— Que cette nouvelle fabulation n'est qu'un moyen détourné pour renouer avec votre folle ambition de retourner en Nouvelle-France.

— Vous me croiriez fourbe à ce point ?

Il plissa ses grands yeux bruns en agitant son index devant mon nez.

— Nenni, madame, je n'entrerai pas dans ce jeu.

— Un jeu, quel jeu ?

— Fin finaude ! Je connais votre adresse pour les feintes. Maintenons le cap sur le sujet, nous discutions de cette surprenante vocation.

— François !

— Il n'y a pas de François qui tienne !

— Ma décision est honnête !

— La semaine dernière, ne m'avez-vous pas appris qu'une religieuse ursuline aurait reçu l'assentiment des archevêques de Tours et de Paris pour aller fonder un monastère à Québec, et ce, dès le printemps prochain ?

— Et alors ?

— Toute une coïncidence !

— Une pure coïncidence.

— L'évidence saute aux yeux, non ?

— Non ! Je porte cette aspiration au plus profond de moi depuis fort longtemps. Si je peux y prétendre maintenant, c'est que Dieu l'a voulu ainsi.

Il ricana.

— Bien, admettons que Dieu le veuille.

— François, que me reste-t-il ici-bas ? Vous avez Élisabeth, votre fils à qui vous avez pu honnêtement avouer que vous étiez son père. Mais le mien a une mère, et une femme, et un fils.

— Vous êtes dorénavant une veuve riche, Hélène. Les préten-
dants seront légion.

— Je n'ai nul besoin de prétendant.

— Vos œuvres de charité, ces soins apportés aux malades ne
vous suffisent-ils donc pas ?

— Je désire servir autrement.

— Autrement ?

— Autrement, oui ! Éduquer des jeunes filles, leur apprendre les
préceptes de la religion, leur enseigner les lettres, les chiffres, afin
qu'elles soient armées pour fonder une famille, seconder leur époux.
Pour une femme, la connaissance est l'arme suprême, François.

— Entrer au couvent pour armer les jeunes filles ?

— Précisément !

Il soupira longuement.

— Vous vous égarez un tantinet, très chère amie. Ces propos
sortiraient directement de la bouche de votre amie Christine la
conquérante que je n'en serais pas surpris.

— Vous vous méprenez, gentil notaire, ils viennent directement de Dieu qui Lui a parlé par la bouche des Saints-Pères au
concile de Trente !

Son front se plissa.

— Concile de Trente ! Hélène, êtes-vous dans votre état normal, parlez-vous sérieusement ?

— Ai-je l'air de plaisanter ?

— Non, et c'est bien ce qui me trouble. Vous, religieuse
cloîtrée !

— Mission à la fois contemplative et apostolique.

— Je n'ose y croire.

— Vous y viendrez, vous y viendrez.

Son visage s'attrista. Sa déroute était totale. M'approchant de
sa table, j'étalai largement mes bras.

— Alors, maître Thélis, si nous en venions aux choses sérieuses ? Toute cette paperasse à inventorier, à classer, à déchiffrer. Par
où débuter, la vente des propriétés ou la vente des actions ?

Je lui souris. Il resta figé près de la fenêtre. Je revins vers lui.

— François, mon ami vous êtes, mon ami vous resterez.

Je lui arrachai un faible sourire.

— Aucun mur, aucune grille de quelque monastère que ce soit
ne vous privera de mon amitié. Je prierai pour vous tous les jours,
c'est promis.

Son visage s'illumina. Il rit.

— Vous m'étonnerez toujours.

Je lui tendis les mains. Il les prit et les porta à ses lèvres.

Christine déposa son effraie blanche sur son perchoir, referma la porte de la cage, jeta son gant de cuir à ses pieds, retroussa ses manches et croisa les bras.

— Ne me dites pas que cette ancienne élucubration refait surface ?

— Ce n'est pas une élucubration !

— La même extravagance ne vous a-t-elle pas rongé les sangs il y a quelques années ?

— Mon époux s'était alors farouchement opposé à mon entrée au couvent.

— Tout à son honneur. Ce barbon avait tout de même un brin de jugeote !

— Christine ! m'indignai-je. Sachez que pour en avoir été le témoin privilégié, je puis vous affirmer que le sieur de Champlain fit preuve, en maintes occasions, d'une grande sagacité.

Visiblement contrariée, elle posa les mains sur ses hanches.

— Ce grand sage vous a autrefois refusé le droit d'entrer au couvent.

— Oui.

— Suivez donc son conseil !

— Il n'est plus de ce monde. Je suis veuve.

Elle secoua sa crinière.

— De là votre chance, Hélène.

— Cette vie apostolique m'attire.

— Vous feriez une grave bêtise. Je vous le redis, le veuvage, c'est la liberté ! Après tant d'années à dépendre de votre époux et de votre père, n'auriez-vous pas envie de décider par vous-même de vos actes, de vos choix, de votre destinée ?

— Dieu sera mon seul guide.

— Foutaise, baliverne ! Vous serez soumise aux règles monastiques, aux exigences d'une supérieure, qui doit elle-même se plier aux volontés des évêques et archevêques.

— Que faites-vous des chapitres des communautés ?

— Les chapitres ?

— Ces assemblées délibérantes où les décisions sont prises... Aucun homme ne siège au chapitre des Ursulines.

— Pour la gouverne du quotidien, peut-être bien, je vous le concède. Mais pour tout le reste. Songez-y un peu, vous aurez à observer le grand silence des heures durant.

— Je suis prête à tout.

— Vous vivrez enfermée dans le cloître, prisonnière, Hélène, prisonnière !

Son doigt pointait vers la cage de son effraie qui, inerte, semblait dormir. Baissant la tête, j'entrepris de remettre mes gants.

« Christine ne peut me comprendre. J'ai frappé à la mauvaise porte. Tant pis ! »

Elle longea à deux reprises la salle où nous avions si étroitement collaboré, pour s'arrêter devant la porte de sortie. Je l'observai. Mon amie combattante trépignait. J'allai vers elle le plus calmement que je le pus.

— Je fais ce choix librement, Christine. Je veux servir cette noble cause.

— C'est insensé ! clama-t-elle. Votre place est dans le monde, à nos côtés, pour les combats présents et futurs.

— Je combattrai de l'intérieur.

— Vous déraisonnez, ma parole. Nos pamphlets se distribuent sur la place publique.

— J'éduquerai les femmes de demain.

— Les femmes de demain ! Décidément, je ne vous suis plus. C'est aujourd'hui même qu'il nous faut ébranler les pouvoirs, secouer les consciences, labourer les sillons de nos libertés.

— À votre avis, Christine, ne serait-il pas juste que les jeunes filles, non seulement celles de la noblesse et de la bourgeoisie, mais toutes les jeunes filles, celles des commerçants, des paysans, les orphelines et les mendiantes, que toutes sachent lire, écrire et compter ?

— Bien entendu, là n'est pas la question !

— Qu'elles puissent comprendre feuillets, journaux, actes notariés, contrats de mariage, facturations et lettres ? Qu'elles puissent rédiger et signer les documents les concernant ?

— Encore faut-il qu'elles aient le droit de s'exécuter ! Sans l'accord d'un homme, nulle femme ne peut plonger une plume dans un encrier.

— Que vaut l'accord si elle ignore l'alphabet ?

Elle soupira.

— Juste ! Je vous le concède, sur ce point, vous voyez juste. Plus une fille fait d'apprentissages et plus il lui est aisé d'affronter les misères de cette vie.

— Qui s'occupe de forger l'esprit des enfants ?

— Les femmes de la maisonnée, cela va de soi : les mères, les grands-mères, les tantes, les sœurs, les cousines.

Je mordis ma lèvre. Elle rougit.

— L'éducation des filles est fondamentale, affirmai-je. Le concile de Trente a mandaté toutes les femmes en ce sens, les religieuses particulièrement.

— Pardonnez-moi. J'ai parfois une si courte vue !

— Perdre une amie n'est jamais chose aisée, Christine. Si vous pouviez m'épargner ce chagrin.

Ses yeux s'embuèrent. Elle pointa les fauteuils installés sous le palmier.

— Si vous aviez encore un peu de temps, nous pourrions peut-être poursuivre cette conversation à l'ombre des palmes ?

Nous parlâmes longuement de tous ces efforts déployés ensemble au fil des années, en toute amitié. Nous relatâmes les nombreux coups d'épée dans l'eau de nos actions passées, nous encourageant mutuellement à la patience, persuadées que la rude cuirasse des mentalités ne serait pas aisée à percer. Lorsqu'en fin d'après-midi, elle me raccompagna jusqu'à la rue, nous avions l'une et l'autre acquis la profonde certitude d'être à jamais unies pour la défense de la plus noble cause qui soit. Chacune de nous allait à sa manière tisser un peu du Filet des dames.

— *Red de las damas*, affirmai-je en serrant ses mains dans les miennes.

— Liberté ! clama-t-elle joyeusement avant de m'étreindre.

Olivia de la Riva, ma servante italienne, nous avait quittés peu avant notre dernier déménagement, à la fin de mai. Son baluchon sous le bras, elle s'en était allée retrouver son fiancé qui avait obtenu une charge de sabotier chez un seigneur d'Auvergne. Je l'avais encouragée. Elle était partie heureuse. Je ne l'avais pas regrettée. Malgré tous mes efforts, il m'avait été franchement impossible d'apprivoiser ses bruyantes manières et son tempérament exubérant. Jamais elle n'avait su remplacer Jacqueline, ni dans mon logis, ni dans mon esprit, ni dans mon cœur. A la vérité, je dois avouer que même la première femme de chambre de notre reine n'aurait pu me satisfaire, tant ma servante espagnole avait marqué ma vie. Depuis qu'elle s'était enfuie sans prévenir, je n'avais plus jamais entendu parler d'elle. Pas une lettre, pas un ouï-dire, rien du tout. Je regrettais son absence. Elle me manquait.

Après notre déménagement, père s'était accommodé des services de notre dévouée Marguerite, tout en espérant qu'une prochaine occasion d'embauche se présente à lui. Je ne l'avais pas pressé, préférant accomplir les tâches quotidiennes plutôt que d'avoir à m'accommoder des manières d'une nouvelle étrangère.

Maintenant que père n'était plus, l'assistance de Marguerite me suffisait amplement. Parfois, sitôt le souper terminé, et ses tâches étant accomplies, elle se rendait auprès de sa mère malade afin de passer la nuit auprès d'elle. Comme celle-ci vivait dans le petit hameau près de la porte Saint-Antoine, il lui était aisé de s'y rendre à pied en peu de temps. Habituellement, elle revenait au petit matin, souvent avec quelques œufs frais au fond de son panier.

La soirée était encore jeune lorsque, profitant de son absence, j'entrepris d'installer dans un recoin de ma chambre un petit oratoire tout semblable à celui de notre précédent logis. J'accrochai d'abord la peinture de la Charité au mur, pour ensuite m'attarder à observer la petite rouquine qui savait si bien raviver les moments de bonheur passés en compagnie de ma Marianne.

« Quand je pense qu'elle est maintenant mère d'une deuxième petite fille depuis l'été dernier. Comme les années passent ! Demain, je lui écrirai une longue lettre pour l'en féliciter. Sa petite aura près d'un an lorsqu'elle la recevra, mais qu'importe. Marianne… comme j'aimais me rappeler son rire d'enfant. Une fraîche cascade. Ah, les temps heureux… Bien, assez rêvé. Que mettre sous le tableau ? »

J'y glissai un guéridon, y déposai un candélabre, les saintes écritures et le chapelet de ma mère.

« Là, tout est en place. Installation modeste, j'en conviens. Peu importe, la prière avant tout. »

J'allumai les quatre bougies, pour ensuite m'agenouiller sur mon prie-Dieu.

— *In nomine Patris, et Filii et Spiritus…*

J'allais entreprendre le *Je vous salue, Marie*, lorsque les objections de François et de Christine revinrent me chicoter.

«Peste, non, pas encore! Quand donc pourrai-je enfin prier en paix? J'en ai plus qu'assez! Ma décision d'entrer en communauté est noble et honnête. Pourquoi ces troubles, pourquoi ces remords insensés reviennent-ils me tourmenter chaque fois que j'entreprends une prière? Ma vocation ne fait aucun doute dans mon esprit et, qui plus est, si elle me permettait un jour de fouler à nouveau les rives du Saint-Laurent, j'en remercierais le ciel à genoux, n'en déplaise à maître François!»

M'efforçant de repousser ces distractions, je fermai les yeux. Il me fallait remercier le Seigneur de me choisir pour épouse, car, malgré tous les rabat-joie de ce monde, cet appel venait bel et bien de Lui. Il me choisissait!

— Épouse de Jésus le Christ, moi! Un époux, un troisième, murmurai-je. Lui, le Roi des rois, me désirer moi comme épouse? Est-ce vraiment votre Sainte Volonté?

«Seigneur, Vous qui me connaissez mieux que personne, vous qui savez mes lamentables qualités d'épouse, vous qui souffrez de mes fautes, de mes torts, de mes faiblesses, comment pouvez-vous aujourd'hui jeter votre dévolu sur moi? J'ai eu deux époux, Votre Majesté. Je fus infidèle à l'un et coupable envers l'autre. Coupable, oui! Je lui ai imposé un amour déraisonnable, un amour libertin et nous avons donné vie à un enfant illégitime! Ce qui fait de moi une créature indigne de baiser vos pieds. Mon Seigneur et mon Dieu, je vous en prie, répondez-moi. Désirez-vous vraiment me prendre pour épouse?»

Si Ludovic avait été là, il aurait désapprouvé mes dires. Je l'imaginai, un sourire taquin sur les lèvres, s'opposant fermement.

— Un amour libertin! Non, madame. Il fut fort et vrai, mais libertin, jamais!

J'entendais le souffle du vent. Les volets battaient à mes fenêtres. Il faisait nuit, une nuit froide et ténébreuse.

«Il pleuvra, pensai-je. Non, il neigera.»

Je frissonnai.

«Garde les yeux fermés, ne te laisse pas distraire, mets toute ton âme dans ta prière», insista ma conscience.

— Comme vous y allez! murmura une voix.

— Seigneur, est-ce vous?

— Moi, Dieu !

Il rit.

— Ludovic, vous !

— Moi, oui.

— Oh, Ludovic, il y a si longtemps !

— Si longtemps que vous confondez ma voix avec celle de Dieu !

— Pardonnez-moi, enfin que Dieu me pardonne. Vous, quel bonheur ! Je pensais justement à nous.

— À nous, *Napeshkueu* ?

Sur ma joue, un souffle léger.

— Comme vous me manquez ! chuchotai-je.

— Vous pensiez à nous, disiez-vous ?

— À la médiocre épouse que je fus.

— Médiocre ?

— Oui. Ma condition nous obligea à vivre notre amour à l'ombre, souvenez-vous ?

— Des moments sans pareils. Jamais je ne fus plus heureux que dans vos bras.

— Oh, pour cet aspect des choses, nous eûmes des moments d'intense bonheur, il est vrai. Mais pour le reste, il y eut tant d'encombres sur notre chemin.

— Un chemin pavé d'amour est un chemin céleste.

— Tous ces tourments à cause de notre fils que j'ai abandonné.

— D'après ce que vous m'en avez dit, il serait néanmoins un homme fort heureux aujourd'hui.

— Certes, entouré de sa Marie et de son petit Samuel.

— Alors, pourquoi regretter, mon adorée ? Ce qui fut, fut.

Je soupirai.

— Je vous dois tant, Ludovic.

— Tant et beaucoup plus encore.

— Je vous parle sérieusement.

— Moi aussi ! Tous ces doutes qui vous hantent présentement, vous en connaissez réellement le motif ?

— Bien sûr ! Ils sont dus aux arguments de François et de Christine.

— Christine et François, croyez-vous ? Je vous sais plus perspicace. Délaissez la raison. Cherchez plutôt du côté du cœur.

Cette chaleur sur mon épaule, comme si une main s'y était posée.

— Ce cœur que vous m'avez offert autrefois, Hélène.

— Il est à vous pour toujours.

— Il est temps pour moi de vous le rendre.

— Non ! Jamais !

— Il le faut ! Un cœur ne peut aimer deux époux à la fois. Dieu vous réclame tout entière, ma colombe.

— Vous savez ?

— Je sais, oui, je sais. Le voile vous ira à merveille, ma toute belle. Aimez Dieu, ma tendre, ma douce, aimez Dieu sans contrainte, sans pour autant m'oublier.

— Ludovic, jamais je ne vous oublierai !

— *Séléné, Séléné, du fond des eaux profondes, je t'attendrai de toute éternité.*

— De toute éternité, murmurai-je en essuyant les larmes qui s'échappaient de mes paupières closes.

Il y eut un mystérieux silence, un silence bienfaisant où je n'entendis plus que le crépitement des flammes et le souffle du vent. Quand je fus à nouveau seule, quand l'esprit de Ludovic m'eut totalement délaissée, je ressentis une paix intense, une sainte paix. Sur ma route, plus d'obstacles. Un soleil lumineux éclairait ma voie.

— Seigneur Dieu, conclus-je, je suis prête. Quand il vous plaira de me prendre, je serai tout à Vous.

Je me signai et me levai. Je n'eus plus qu'une envie : suspendre près du tableau de la Charité cette humble croix de bois de rose, oubliée jadis par Jacqueline, ma servante espagnole. Elle allait dorénavant guider ma vie.

Un chaud soleil d'été dissipa l'épais brouillard. Au fond d'une clairière verdoyante, une chute d'eau se déversait dans une rivière bordée de lys blancs. Au milieu du champ de lys, des fillettes faisaient une ronde. Au centre du cercle, une femme couverte d'un voile d'une blancheur immaculée offrait un bouquet de lys à son Époux Céleste. Son chant louangeait sa divine magnificence. Autour d'elle, les jeunes filles sautillaient de joie.

À mon réveil, le bonheur de la dame au voile blanc m'habitait. Cette dame, était-ce moi ? Pourquoi ce rêve ? Louanger le Seigneur, n'était-ce pas ce à quoi mon âme aspirait ? Était-ce la confirmation de l'appel divin? Était-ce une touche divine? Dieu me voulait-il réellement pour épouse?

Après avoir retourné ces idées en tous sens, j'en conclus que puisque c'était moi qui avais eu ce rêve, c'était bien de moi qu'il s'agissait, de moi et de ma vocation.

«Mes amis montagnes n'auraient pas hésité un seul instant. Pour eux, le rêve était parole du Grand Esprit.»

Débordante de joie, je pris la décision de ne plus jamais douter de l'appel de Dieu. J'allais offrir le reste de ma vie au Divin Maître pour le servir, là où il m'appellerait. Sitôt les affaires de mon père réglées, j'allais demander mon admission au monastère des Ursulines de Paris.

«Si telle est la volonté de Dieu», répliqua ma conscience.

— Oui, oui, si telle est la volonté de Dieu, admis-je fermement en me levant.

Au petit matin, ragaillardie, je revêtis ma hongreline, pris un seau, descendis à la cour et me rendis à la fontaine du quartier située en face, à l'église Saint-Paul. Une mince couche de glace collait aux parois du bassin ovale, au-dessus duquel flottait une légère brume. J'avais à peine tendu mon seau sous le filet d'eau jaillissant de la pierre fixée au muret, que des bruits de pas attirèrent mon attention.

«Quelqu'un vient rue des Lions.»

Je regardai par-dessus mon épaule. Une silhouette approchait d'un pas dansant. Ayant déposé mon seau, je me redressai. La dame s'arrêta, posa ses deux sacoches sur le sol et leva gracieusement ses bras vers les cieux. Ses pieds s'agitèrent, ses jupons virevoltèrent. Dans ma poitrine, mon cœur dansait.

— Jacqueline!

Elle me répondit d'un joyeux battement de pieds.

— Jacqueline! *Gracias a Dios!*

36

Généreuses ouvrières

Jacqueline reprit toute sa place dans ma vie. Ses épices espagnoles assaisonnaient à nouveau nos frugaux repas, ses chants langoureux pimentaient nos journées et ses pas de danse marquaient nos états d'âme. La plupart du temps, elle m'accompagnait à la Confrérie de la Charité où des familles de miséreux, anéanties par les méfaits de la guerre, réclamaient pitance, gîte et réconfort. Le soir venu, fourbues mais satisfaites, nous nous retirions dans nos modestes oratoires particuliers, afin de converser avec Celui à qui nous souhaitions unir nos vies.

— Si la *señora* veut bien me reprendre à son service, cela me permettrait d'amasser la dot nécessaire pour être admise au monastère, m'avait-elle avoué le jour même de son retour.

J'avais accepté avec enthousiasme. Lorsque, à mon tour, je lui confiai ma prétention, elle l'avait accueillie comme allant de soi.

— Je savais bien que le Divin Maître finirait par toucher la *señora*.

— Ah, et pourquoi donc ?

— *Vuestra generosidad, señora, vuestra generosidad.* Le Seigneur a besoin d'une armée de généreuses ouvrières. N'êtes-vous pas une généreuse ouvrière, *señora* ?

Je me rendis à ma fenêtre afin de relire la lettre de madame de La Peltrie en pleine lumière, tant son contenu me paraissait incroyable.

… de Tours, nous gagnerons Paris, vers la fin de février. Grâce à la générosité de monsieur de Meules, une relation de monsieur de Bernières, notre dévoué bienfaiteur, nous aurons la chance de loger au cloître des

révérends pères jésuites de la maison professe sise en la paroisse Saint-Paul.

—J'avais bien compris. Elles logeront ici même, tout près!

... Voilà qui facilitera les derniers préparatifs de notre voyage en Nouvelle-France, tout en accommodant mère Marie de l'Incarnation et mère Saint-Joseph qui pourront aisément entendre la messe et recevoir les sacrements à leur convenance à la chapelle des Jésuites.

—Les révérendes mères ursulines, ici!

... Oui, très chère madame de Champlain, l'accomplissement de notre rêve apostolique approche. Sitôt nos affaires expédiées à Paris, nous joindrons Dieppe, d'où partira le navire qui nous mènera vers notre mission en Canada. Monsieur de Bernières veillera à toutes nos commodités.
Remercions Dieu pour ses divines bontés.
Marie-Madeleine de La Peltrie. Alençon

—Notre mission en Canada... Marie de l'Incarnation, ici à Paris, dans le cloître des Jésuites...
Me levant prestement, je quittai ma chambre pour me rendre à la cuisine.
—Jacqueline!
—Si, *señora.*
—Une lettre, une lettre de...
Délaissant son seau d'eau, elle essuya ses mains sur son tablier.
—Une lettre de...?
—Madame de La Peltrie, Jacqueline, madame de La Peltrie!
J'agitai vivement le papier.
—De bonnes nouvelles?
—Un coïncidence merveilleuse, un miracle!
Elle me tendit une chaise.
—Si la *señora* prenait le temps de me raconter.
Je préférai rester debout. Après avoir appris et compris, Jacqueline claqua des mains tout en martelant joyeusement le carrelage.
—*Gracias a Dios!* murmurai-je en pressant la lettre sur mon cœur.

Le jour de la rencontre, à laquelle j'avais été conviée, j'assistai à la messe du matin à la chapelle Saint-Louis plutôt qu'à l'église Saint-Paul, comme j'en avais l'habitude. Soucieuse de ne pas être remarquée, je m'installai en retrait, derrière une colonne, dans l'allée gauche de la nef. De là, je pouvais observer à mon aise celles qui devaient s'embarquer pour la Nouvelle-France. Marie de l'Incarnation, mère Saint-Joseph et madame de La Peltrie se tenaient côte à côte, au premier rang de l'allée centrale, juste devant le sanctuaire.

« Ces trois femmes fouleront les rives du Saint-Laurent, côtoieront tous ceux que j'ai laissés, tous ceux que j'ai aimés. Quelle chance ! »

Ma gorge se noua. Je refoulai mes larmes.

« Pourquoi Dieu leur accorde-t-il ce bonheur alors qu'il s'acharne à me le refuser ? Pourquoi elles et pas moi ? »

Je mordis ma lèvre, tant l'envie de leur clamer mon désir de partir aussi était puissante !

— *Dominus vobiscum, Et cum spiritu tuo*, récita le célébrant.

« Le Seigneur soit avec vous et avec votre esprit, traduisis-je. Assurément que ces religieuses étaient bénies du Saint-Esprit. Pour que les évêques de Tours et de Paris leur permettent de traverser les mers pour aller missionner en terre inconnue, il fallait nécessairement que la sainte Trinité soit leur alliée. Marie de l'Incarnation, ouvrière de Dieu, première femme à fonder un monastère en terre du Canada ! m'extasiai-je. Des deux ursulines, laquelle était-ce ? »

L'une était de haute stature, l'autre, plutôt courte.

— *Per evangelica dicta deleantur nostra delicta.*

« Que les paroles de l'Évangile effacent nos péchés », me répétai-je.

Après la lecture de l'Évangile, je sus. Depuis le début de la célébration, la plus courte des deux n'avait pas détaché les yeux de la croix suspendue au-dessus du maître-autel. Marie de l'Incarnation, assurément ! On disait de cette femme qu'elle vivait une si grande intimité avec son Époux Céleste qu'il lui arrivait parfois d'entrer en extase au point d'en oublier tout ce qui l'entourait. On la disait aussi inspirée du Saint-Esprit, tant elle possédait naturellement l'intelligence des Saintes Écritures. On disait encore qu'elle savait enseigner la Sainte Parole avec une telle clarté que sa compréhension coulait de source. Dans sa lettre, madame de La Peltrie m'avait rapporté un de ses aveux : « *Je ne trouve rien de plus grand que d'annoncer la Parole de Dieu. C'est ce qui engendre dans mon cœur l'estime de ceux auxquels Notre-Seigneur me fait la grâce de la porter.* »

Le Maître Suprême n'était pas dupe. Les intentions apostoliques de cette religieuse étaient pures. Les miennes ne l'étaient pas. Voilà pourquoi elle voguerait bientôt sur l'Atlantique, le Tout-Puissant soufflant dans ses voilures. Voilà pourquoi je resterais là où j'étais, les deux pieds bien ancrés dans le sol parisien. Elle ne délaissa le crucifix qu'au moment de la consécration.

— *Pater noster, qui es in caelis. Sanctificetur nomen tuum, adveniat regnum tuum, Fiat voluntas tua sicut in caelo et in terra.*

— Que votre volonté soit faite sur la Terre comme au ciel. Amen, redis-je afin de m'en convaincre.

« La volonté du Divin Maître, vers où me conduira-t-elle ? Un jour, peut-être Le servirai-je avec ses filles, dans cette mission en Canada ? Seigneur Dieu, je vous en conjure, dites seulement une parole et j'y cours à toutes jambes. »

— *Ite missa est. Deo Gratias!*

Après un long moment de contemplation, les trois ambassadrices du Très-Haut, que j'observais toujours avec autant d'attention, se signèrent, firent une génuflexion et ressortirent par la porte étroite adjacente au chœur, aussi discrètement qu'elles y étaient entrées.

Cet après-midi, j'allais me présenter devant elles en toute humilité.

Le valet m'introduisit.

— Madame Hélène de Champlain, veuve du sieur Samuel de Champlain, le regretté lieutenant de la Nouvelle-France.

Derrière madame de La Peltrie, les habits noirs des religieuses contrastaient avec le raffinement des statues, candélabres, vases et autres ornements de la pièce du logis de monsieur de Meules.

— Madame de Champlain, merci d'avoir répondu à mon invitation, dit madame de La Peltrie en approchant.

— C'est un honneur pour moi d'être parmi vous. Si je puis vous être de quelque secours, ce sera avec joie.

— Je vous en prie, prenez place.

Elle m'indiquait les quatre chaises de bois sculpté qui avaient été disposées en cercle. Une fois que nous fûmes toutes installées, je ne jetai qu'un regard furtif vers les religieuses, tant j'étais intimidée. Assises l'une près de l'autre, leurs mains dissimulées dans le revers de leurs manches, elles attendaient en silence. Madame de La Peltrie dirigea notre conversation sur les inquiétudes soulevées par la vie rustique qu'elles allaient devoir affronter.

— On dit que les froids de l'hiver y sont redoutables.

— Redoutables est un bien grand mot. Les hivers y sont plus rigoureux qu'en France, il est vrai, mais ils sont par contre beaucoup plus secs. Pendant plus de trois mois, il ne pleut pas, il neige. Une seule bordée, et tout devient blanc. De merveilleux paysages se dessinent alors. Les branches des pins et sapins se coussinent de velours, les champs et les collines aux formes douces et mouvantes scintillent au moindre rayon de soleil. En cette saison, les cours d'eau se couvrent de glace sur laquelle les traînes peuvent aisément glisser.

— Une traîne, qu'est-ce qu'une traîne ?

— De longs traîneaux faits de planches pouvant transporter marchandises, enfants et personnes affaiblies. En hiver, les Sauvages se déplacent vers l'intérieur des terres afin d'y chasser le gibier.

Curieuse, je scrutai Marie de l'Incarnation qui n'avait pas bronché.

— Est-il possible de marcher sur cette neige ? relança madame de La Peltrie.

Je reportai mon attention sur mon interlocutrice.

— Certes, avec des raquettes fixées à des mocassins, ces bottes hautes et chaudes faites de peaux de bêtes.

— Vous avez utilisé ces raquettes ?

— Oui, à maintes reprises. Lorsque nous les portons, elles nous évitent de nous enfoncer dans la neige. Vous verrez, ces Sauvages sont pleins d'astuces. Leurs connaissances vous seront d'un grand secours.

Marie de l'Incarnation eut un léger sourire.

— Et les habitations ? poursuivit madame de La Peltrie. Est-il aisé d'y faire construire des logis ?

— Ce pays est couvert de forêts. L'approvisionnement en planches est aisé, oui. Si vous avez la main-d'œuvre nécessaire, vous pourrez y construire un couvent semblable à ceux de France.

— Nous aurons les moyens de payer la main-d'œuvre.

— Dans un tel édifice, avec un feu dans chaque pièce, munies de chaudes couvertures et de peaux de fourrure, les hivers ne seraient plus à craindre, répondis-je quelque peu distraite par celle qui souriait toujours.

Mère Marie de l'Incarnation posa sur moi un regard empreint d'une grande bonté.

« Un regard céleste. »

— Madame de Champlain, ce pays vous aura agréablement impressionnée, observa-t-elle d'une voix douce et chaleureuse.

— Vous dites vrai, mère.

— Voilà pourquoi vous enviez la faveur que son Infinie Bonté nous accorde aujourd'hui.

Sa perspicacité me troubla.

— Certes, je l'avoue, les gens de ce pays me manquent terriblement.

— Les choix divins sont gratuits, madame de Champlain, ils sont grâce. Ayez l'assurance que notre Divin Seigneur et Maître veille sur chacune de ses créatures. C'est avec beaucoup d'humilité qu'il convient d'accueillir les prévenances divines.

— Humilité, répétai-je.

— Le Seigneur a ravi ma volonté dès mon tout jeune âge, avoua-t-elle. Depuis, je n'ai jamais cessé de Le remercier. Il est le Tout-Puissant et je ne suis que son humble servante. Il est aussi là pour vous, en vous. N'entendez-vous pas sa voix ? Ne sentez-vous pas les bienfaits de sa présence ?

— Mes péchés sont nombreux, révérende mère. Peut-être brouillent-ils la voix de notre Divin Maître ?

— Tous vos péchés furent lavés par son Précieux Sang. Dieu est infiniment miséricordieux. Le péché est de ne pas croire en sa bonté. « Va, tes péchés te sont pardonnés », a-t-Il révélé.

Sachant certaines de mes fautes insoupçonnables pour une personne dotée d'une telle pureté d'âme, je m'efforçai de ramener la conversation sur des sujets moins compromettants.

— La Divine Volonté vous mène aujourd'hui vers un pays où il y a beaucoup à faire, révérende mère.

— Je mettrai tout mon zèle à servir mon Suradorable Époux, priant et œuvrant afin qu'Il soit connu, aimé et adoré par les païens de ces nations qu'Il a rachetés par son Précieux Sang. Mon Époux est magnanime. Son Amour est infini. Toutes ses créatures doivent savoir qu'Il veille sur elles, qu'Il veut le bonheur éternel pour chacune d'elles, qu'Il est venu pour les sauver.

La sérénité qui émanait de cette femme m'envoûtait. Confiante, je ne pus retenir plus longtemps l'aveu qui me brûlait les lèvres.

— Si telle est la volonté de Dieu, je me ferai religieuse, révérende mère.

— Voilà la puissance de la miséricorde : changer un cœur tiède en un cœur brûlant !

— Je désire ardemment servir. Puisse Dieu m'inspirer.

Elle me sourit.

37

Les dernières traces

Le père Charles Lalemant glissa au fond de sa poche le petit cylindre cartonné dans lequel il venait d'introduire délicatement la lettre. Malgré ses précautions, le fragile papier s'était légèrement déchiré. Avant de la rouler, il avait tenu à la relire, en espérant que cette fois il parviendrait à sortir de l'impasse dans laquelle elle le plaçait. Ce fut en vain. Ses questions restèrent sans réponses. Qui était cette Louise qui l'avait signée ? Qu'en était-il de ce fils bâtard aux yeux ambrés qui n'avait jamais connu le véritable nom de son père ? Quelle avait été la véritable intention du sieur de Champlain en lui confiant cette missive tout juste avant de rendre l'âme ? Avait-il désiré qu'elle soit livrée à son épouse ou avait-il agi simplement pour exprimer son repentir, obtenir le pardon divin ? Avait-il avoué ce secret au confesseur ou à l'ami ?

Confus, le jésuite regarda vers le long crucifix de bois d'ébène suspendu derrière son bureau et fixa le cœur saignant du Christ agonisant, le cœur de Celui qui avait versé son sang pour qu'éclate la Vérité. C'était vers Lui qu'il se tournait, chaque fois que son esprit s'embrumait. Devait-il, oui ou non, remettre cette lettre à sa veuve ?

— Seigneur Dieu, mon Roi, mon Maître, je vous en conjure, inspirez-moi !

Il fit le signe de la croix, se rendit à la fenêtre, observa le plus loin qu'il put tant sur la droite que sur la gauche et ne la vit pas venir. Cette audience qu'elle lui avait demandée, était-ce pour conclure le procès à l'amiable ou pour solliciter ses conseils ? Qui venait-elle rencontrer ? Le jésuite procureur des missions en Canada ou le jésuite directeur de conscience ? L'horloge sonna deux heures.

— Madame de Champlain est d'ordinaire ponctuelle. Elle ne devrait pas tarder.

«Les dés sont enfin jetés, me dis-je. Il était grandement temps d'en finir avec cette affaire du testament!»

J'enjambai une flaque d'eau et poursuivis ma marche d'un pas modéré, une main soulevant mes jupons, tant la rue était boueuse. La nuit précédente, il avait plu des hallebardes.

Si seulement le père Lalemant y consentait, tout pourrait se régler aujourd'hui même. Je n'aurais qu'à signer les donations et tout serait conclu. Finies, terminées les affres testamentaires! D'autant que les propositions de François respectaient en tous points les recommandations de l'avocat général Bignon.

Ce testament attestait suffisamment des dernières volontés du sieur de Champlain pour être valable par le simple droit des gens, avait déclaré l'avocat. Que les trois parties en cause, soit Marie Camaret, les Jésuites et sa veuve, prévoient hors cours une entente à l'amiable.

Pour la deuxième fois, la sentence m'octroyait l'usufruit des biens matrimoniaux jusqu'à ma mort. Ainsi donc, le compromis ou l'entente à l'amiable des parties ne pouvait nécessairement se conclure que par mon intervention. Il ne saurait être question que cette cousine entamât indéfiniment de nouveaux procès. Tout était là, sur ce parchemin rédigé par mon ami notaire. Il était temps que nous en finissions une fois pour toutes!

Devant moi, des hommes armés de mousquets s'attroupaient autour de la fontaine où je devais passer. Redoutant d'être prise à partie, je dissimulai le rouleau contenant le parchemin sous le revers de ma capeline et traversai la rue.

«Pas question de manquer ce rendez-vous! Ces quatre années de tribulations testamentaires se concluront par la signature de ces actes. Plus vite ce sera, mieux ce sera!»

Afin d'éviter une charrette, je dus monter sur la première marche de l'église Saint-Paul. Sa grande porte était entrouverte. Deux femmes y entraient, panier sous le bras. Je m'arrêtai et fis le signe de la croix.

«Seigneur, donnez-moi le courage d'aller jusqu'au bout de cette affaire. Puisse le père Lalemant être aussi disposé que moi à en finir.»

Confiante, je repris ma route.

«Le père Charles Lalemant… Dire qu'au temps de ma jeunesse, je lui avais tout confié. Quelle naïveté! Aller jusqu'à lui révéler mon aversion pour cette alliance obligée avec le sieur de Champlain! Ah, combien ai-je haï cet homme! Il en a fallu du temps pour que s'installe l'admiration qui succéda à ma répulsion. Il a tant donné pour la cause de la Nouvelle-France!

— Acceptez la volonté de Dieu, ma fille, m'avait alors déclaré le père Lalemant. Votre père et votre époux parlent au nom du Divin Maître.

Ses propos avaient alors attisé ma révolte, bien davantage qu'ils ne l'avaient apaisée. Jamais je n'oserais me confier à lui de la sorte aujourd'hui! Certes, il me faudra bien confesser mes fautes, un jour ou l'autre, toutes mes fautes, même les plus inavouables. Devenir l'Épouse de Dieu a ses exigences. Comment se présenter l'âme entachée au Chef Divin, Lui l'infiniment pur? Dieu ne fait pas de compromis. Pas de demi-mesure. Ses épouses doivent aspirer à la sainteté, rien de moins. Oh, que la route sera longue avant d'entrevoir ne serait-ce que l'ombre du but à atteindre! Avouer chacune de mes fautes afin que le Christ Jésus les purifie de son sang…»

— Holà! Attention! cria le porteur qui venait devant.

Je bondis. La chaise qu'il portait frôla mon épaule.

— Regardez où vous allez, ma p'tite dame, s'offusqua le porteur arrière qui courait sans se soucier des éclaboussures.

— Goujat, marmonnai-je en apercevant les taches de boue sur ma jupe.

«Qu'importe, un soldat du Christ ne s'attarde pas à ces fadaises. J'arrive, encore quelques pas. Où en étais-je? Ah, oui, mes fautes, celles pour lesquelles le Christ est mort sur la croix, ces fautes qui L'ont si cruellement blessé. Profiter de cette rencontre pour me confesser au père Lalemant? Il serait peut-être disposé à m'écouter sans me juger trop sévèrement. Ayant été l'ami du sieur de Champlain, peut-être sera-t-il porté à l'indulgence? Toutes les contraintes que sa vie d'explorateur m'a imposées, ces longues absences… Il y verrait peut-être une excuse? Peut-être, mais ce serait mensonge. Je n'ai pas aimé Ludovic par défaut. Je l'ai aimé parce qu'il était lui et que son amour me comblait. Je n'avais aucun besoin d'un autre époux. Certes, selon la loi des hommes et selon la loi de Dieu, j'ai péché. Mais ce péché, jamais je ne l'ai ressenti comme tel, jamais il n'a souillé mon âme quoi qu'on en pense, quoi qu'on en dise. Il avait été mon bonheur le plus pur. Un péché, cet amour-là ? »

J'arrêtai sous la porte cochère de la maison professe. Non, j'étais loin d'être prête pour une grande confession.

« Aujourd'hui, je viens vers le père Lalemant afin de mettre un point final aux affaires testamentaires du sieur de Champlain. Il sera toujours temps d'aborder les secrets de mon âme. Après tout, mon entrée au couvent n'est pas pour demain. »

Sitôt que je fus dans la pièce, le père Lalemant m'invita à me rendre derrière la table située juste en dessous de la longue croix de bois d'ébène qui touchait presque les ardoises bleutées du plancher. Après lui avoir brièvement expliqué de quoi il retournait, j'ouvris le rouleau, sortis les documents et les étendis.

— Voici, mon père, dis-je les mains appuyées sur les rebords.

Il se pencha, parcourut brièvement l'acte notarié le concernant et se redressa.

— Si je vous ai bien comprise, il s'agit de l'acte attestant de votre intention de céder immédiatement à dame Marie Camaret les parts que détenait le sieur de Champlain dans les Compagnies de la Nouvelle-France et du Fleuve-Saint-Laurent, parts qui, selon le testament du défunt, devraient revenir de droit à la Compagnie de Jésus, après votre mort.

— Vous avez compris, mon père. Voilà pourquoi j'en appelle à vous. En compensation, si votre compagnie consentait à cette transaction, je lui remettrais la somme de quatre mille trois cents livres, soit l'équivalent de la valeur actuelle des parts dans ces compagnies. Ainsi, Marie Camaret et votre communauté y trouveraient leur compte.

— Cette proposition m'apparaît acceptable, d'autant que notre mission en Nouvelle-France a grand besoin de fonds dans l'immédiat.

— La Nouvelle-France a grand besoin de tout, mon père. Plus Dieu sera de la partie, mieux elle s'en portera.

— Évangéliser, extirper ces âmes païennes du néant, voilà une sainte cause !

— Nous sommes du même avis, mon père. Je vous laisse donc ce document. De mon côté, je consulterai Marie Camaret. Comme je la sais impatiente de toucher au plus tôt l'héritage de son défunt cousin, je présume qu'elle acceptera et signera sans hésiter. Ainsi nous en aurons fini avec ses recours en justice.

— Cette transaction me semble conforme aux volontés de votre époux, ce qui est tout à votre honneur, madame.

Laissant l'acte concernant la Compagnie de Jésus sur la table, je m'appliquai à refermer le rouleau. Le révérend père m'observa.

— Quelque chose vous inquiète, mon père ? Vous auriez une mise en garde, un questionnement, une réticence ? N'hésitez pas. C'est le moment. Mon empressement vous gêne ? C'est que je désire clore au plus tôt avec cette odyssée testamentaire.

Il eut un large sourire.

— Odyssée !

— J'exagère, je sais. Mais convenez qu'après une poursuite en reddition de compte de tutelle, une autre en recel de biens communs, et un grief contestant la validité du testament…

— Dans lequel notre compagnie fut directement impliquée. Il est vrai que cela fait beaucoup de recours en justice.

— N'eût été l'assistance de maître Thélis…

Ayant terminé mon opération, je repris ma place sur la chaise qu'il m'avait assignée à mon arrivée.

— Non, non, tout me paraît clair, aisé de compréhension. Je présente votre proposition à notre Provincial dès que possible.

Appuyé à la table, pensif, il glissa son index le long de son nez.

— Une hésitation persiste. Je me trompe, révérend père ?

Tordant ses mains l'une dans l'autre, il alla du bureau à la fenêtre pour revenir s'arrêter devant la croix. Cela me gêna. Je fis en sorte d'éviter de regarder les gouttes de sang de Jésus crucifié.

— En vérité, oui, j'ai une hésitation… plutôt une interrogation.

— Dites, je vous en prie.

— Votre promptitude me rend perplexe.

Je mordis ma lèvre. Lui dire, lui révéler, ici, maintenant. J'hésitai. Je m'étais promis d'éviter le sujet le plus longtemps possible. Autrefois, lorsque je lui avais avoué cette même intention, il m'avait rabrouée. Les motifs d'alors n'étaient pas honnêtes, je l'avoue. Il m'avait démasquée. Mais aujourd'hui, tout était bien différent. C'était un soldat du Christ, celui-là même dont j'avais la prétention de devenir l'épouse. Toujours appuyé sur sa table, les bras croisés, le révérend père attendait patiemment. Je pris le risque de l'aveu.

— J'ai un projet, révérend.

— Un projet?

— Dieu m'appelle.

Étonné, il couvrit sa bouche de ses mains.

— Ma décision est prise, mon révérend. Sitôt réglées les affaires de la succession de mon père, je demande mon admission au couvent des Ursulines du faubourg Saint-Jacques. C'est un couvent respectueux des règles. Je désire ardemment servir la cause divine. Il me tarde d'éduquer les jeunes filles que Dieu me confiera.

Il se redressa, regarda vers la croix un petit moment.

— Que Dieu vous confiera, répéta-t-il.

Je me levai.

— Ma décision est prise.

Sa main glissa le long de sa hanche et tapota juste là où se trouvait probablement la poche de sa robe de bure noire.

— Dieu... reprit-il.

— Dieu m'appelle, mon père. Cette fois, je puis vous jurer que ma prétention est honnête. Je veux délaisser mon passé, quitter le monde. Je ressens très fortement l'appel de la vocation.

J'eus l'impression que son souci se dissipait. Son visage s'éclairait.

— Dieu vous inspire, ma fille, cela ne fait aucun doute. Votre conviction est authentique. Votre volonté de Le servir, réelle. Vous êtes bénie.

— Merci, mon père. Maintenant, si vous le permettez, j'aimerais me retirer. Je dois me rendre chez mon amie Angélique avant la tombée du jour. Sa fille a reçu une lettre de son époux. Il est soldat, en Auvergne, dans les armées du roi. J'aime prendre de ses nouvelles. Je profite de mes visites pour voir leur fils, Samuel.

— Samuel! Leur fils porte le même prénom que le sieur de Champlain?

— Juste. C'est bien en son honneur qu'il fut ainsi nommé. Une trace de votre ami le grand explorateur.

— Une trace tangible. Puisse cet enfant hériter de son courage.

— De son esprit d'aventure, de ses talents de navigateur et de ses ambitions de colonisateur.

— Ce fut un grand homme.

— Et somme toute, compte tenu des circonstances, avec le recul, un bon époux.

Il fronça les sourcils. Sa main glissa à nouveau jusqu'à sa poche.

— Bien, au revoir, mon père. J'attends de vos nouvelles. Concernant l'acte de renoncement...

— Vous aurez de mes nouvelles, le plus tôt possible.

Soulagée et heureuse, je me dirigeai aussitôt vers la porte. Il m'y suivit.

— Si jamais il vous arrivait d'avoir besoin de mon conseil, madame, je me ferai un plaisir de vous l'accorder. Considérez-moi comme tout disposé à devenir votre directeur de conscience, si tel est votre choix.

— Merci, j'y songerai, mon père.

Posté à la fenêtre, le révérend père regarda s'éloigner la veuve de Champlain avec un léger pincement au cœur. Il sortit le petit carton de sa poche pour le porter à ses lèvres. Lui remettre la lettre, il n'avait pas pu. Pourquoi l'aurait-il fait ? Elle respectait la mémoire de son époux. Pourquoi risquer d'entacher sa réputation ? Pourquoi risquer la médisance ? Qui plus est, une vocation se préparait. Revenir sur le passé s'avérait bien inutile. Fier de son choix, il glissa le cylindre dans sa poche, se promettant de le ranger définitivement dans son coffret le soir venu.

38

Si le grain ne meurt...

En vérité, en vérité, je vous le dis, si le grain de blé ne tombe en terre et ne meurt pas, il reste seul; s'il meurt, il porte fruit en abondance. Celui qui s'attache à sa propre vie la perdra, mais celui qui fait peu cas de sa vie en ce monde la gardera pour la vie éternelle.

— Jean XII. Si le grain ne meurt... murmurai-je.

Je refermai mon livre saint, le déposai sur ma table de chevet et glissai sous mes couvertures de laine.

«Demain, je demanderai à Paul de me conduire au Champ de l'Alouette. Puisque c'est là que notre amour a commencé, c'est là que je dois le porter en terre.»

Avant de me rendre à la maison de campagne de mon père, Paul m'amena sur la place du marché de Saint-Cloud. Il immobilisa notre charrette au centre, à mi-chemin entre l'église catholique et l'église protestante. Je descendis en observant tout autour.

— Seigneur, m'exclamai-je, qu'il est loin, le temps des foires et des marchés! La foire de la Saint-Jean, la disparition d'Ysabeau, Ludovic...

— Par tous les diables, je me souviens si bien du perroquet que j'entends encore ses cris.

— Le perroquet, mon premier assaut...

— Vous l'aviez remporté haut la main! Oh là là! Quelques coulées, quelques feintes et c'était gagné.

— Ludovic avait été si fier de moi.

— Et moi donc!

— Comme je vous étais reconnaissante! Vous, le maître d'armes à qui je devais tout.

— Tout, c'est beaucoup dire.

— Oui, je vous dois toutes mes victoires d'escrime.

— L'élève surpassant le maître.

Je ris.

— Paul, vous exagérez.

— À peine, mademoiselle. À peine.

J'avançai vers l'église protestante.

« Son toit, le toit du monde. Cette nuit étoilée, l'aurore boréale, vos premiers serments d'amour, Ludovic. Ce manchon de fourrure que vous m'aviez alors remis pour notre anniversaire, disiez-vous. Ce fut le premier logis de notre fils, Mathieu. Tout juste après sa naissance, tante Geneviève m'a dit l'avoir glissé dans ce manchon afin qu'il possède un objet de la profession de son père comme le veut notre coutume. Maître pelletier. La vie est surprenante. N'eût été cette guerre, Mathieu Devol aurait suivi vos traces. Sitôt la guerre terminée, il reprendra assurément son apprentissage à l'atelier de ce maître pelletier de Meaux. »

Ces réminiscences me chamboulaient encore. Il me fallait les repousser. Je n'étais pas venue en ce lieu pour ressasser mes souvenirs. J'y étais venue pour tendre la main, espérant renouer avec une amie. Cette amitié perdue me chagrinait. Quelques années plus tôt, en payant la dot pour que leur fille Clothilde soit admise au couvent de la Visitation de Meaux, j'avais froissé la fierté de Claude et d'Antoinette. Défiant leur autorité, j'avais contrecarré leurs plans, offensé leurs croyances. Certes, je l'admettais, mais depuis, Clothilde n'était-elle pas heureuse ? Chacune de ses lettres témoignait de son bonheur. Je souhaitais ardemment qu'ils m'aient pardonné.

Je remarquai que des chemises séchaient sur la corde derrière leur maison.

« C'est de bon augure, Antoinette doit être là. »

Je me rendis à sa porte, frappai et attendis. Comme personne ne répondit, je frappai à nouveau et reculai de quelques pas, afin de pouvoir jeter un œil à la fenêtre. Le rideau bougea légèrement. Je crus discerner une ombre. J'espérais qu'on vienne m'ouvrir. Comme la porte resta close, je frappai à nouveau.

— Antoinette, c'est moi, Hélène, insistai-je. Je sais que tu es là. J'ai à te parler. Je t'en prie, ouvre-moi, ouvre-moi !

Le froid silence me darda au cœur. J'appuyai mon front contre la porte.

— Antoinette, murmurai-je, pourquoi ? C'est moi, Hélène, ton amie d'autrefois. Ludovic, ton frère…

Une main pressa mon épaule.

— Mademoiselle, c'est inutile. Ou votre amie est absente, ou alors…

Je me ressaisis.

— Ou elle ne veut pas me recevoir. Sa porte m'est fermée.

— Tout comme son cœur. Vous ne pourrez forcer ni l'une ni l'autre, mademoiselle.

Je le regardai. Il me parut si triste !

— Venez, nous avons encore beaucoup à faire, aujourd'hui. Venez.

Je quittai la maison de mon amie le cœur gros. Antoinette avait choisi. Je devais m'y résoudre. Telle était sa volonté. Était-ce aussi la volonté de Dieu ?

« Celui des catholiques ou des protestants ? »

Qu'importe, cette fermeture me désolait.

— Si le grain ne meurt… murmurai-je.

En septembre, les roses étaient fanées. Aussi, lorsque notre cabriolet enfila l'allée menant à la maison de tante Geneviève, tout me parut moins joyeux que la dernière fois que j'y étais venue, vingt ans plus tôt, au printemps, peu avant mon départ pour la Nouvelle-France. Aujourd'hui, il y avait bien le vert des arbres, des arbustes et des rosiers grimpant au muret entourant sa propriété, mais ce n'était rien de comparable au jardin fleuri dont ma tante cultivait jadis la beauté. Seuls les beiges rosés des hydrangeas d'automne, le bourgogne et le violet de quelques chrysanthèmes, éparpillés ici et là entre les herbes folles, laissaient soupçonner ce qui avait été.

— Par tous les diables ! s'exclama Paul dès qu'il eut immobilisé notre équipage. Il en a coulé de l'eau sous les ponts, mademoiselle !

L'émotion me noua la gorge. Je ne pus lui répondre.

— Beaucoup d'émois pour un même jour, on dirait bien ?

J'opinai de la tête. Sous ses épais sourcils, ses yeux bleu d'azur comprenaient tout. Sautant de son siège, il me tendit les bras. Je m'y réfugiai et pleurai.

Bras dessus, bras dessous, nous nous rendîmes à l'arrière de la maison. Je me désolai du piètre état du potager, totalement envahi par les mauvaises herbes.

— Dommage ! Tante Geneviève avait mis tant de soin à créer ce jardin de simples, déplorai-je. Voilà plus de deux ans qu'il est laissé à l'abandon.

— Maudites guerres ! Forcément, soigner les gens occupe tout son temps.

— Pas question pour elle de se reposer l'été venu. Elle travaille beaucoup trop. Et puis, il y a oncle Clément. Depuis l'hiver dernier, son état de santé lui cause bien du souci.

Je fis quelques pas.

— La serre ! m'exclamai-je.

Paul ouvrit la porte.

— Regardez-moi ça ! Le royaume des araignées, mademoiselle.

Je n'osai y entrer tant les toiles pendouillaient de partout.

— Attendez un moment.

Connaissant ma répugnance pour ces bestioles, Paul saisit une balai et dégarnit l'espace des redoutables fils.

— Venez, le danger est écarté.

À demi rassurée, j'avançai à petits pas, bras levés, prête à la défense. Le délabrement du lieu me navra. Des gerbes de simples et de fines herbes totalement asséchées pendaient à la poutrelle. Aucune odeur agréable ne s'en dégageait plus. Sur les tablettes encombrées, une épaisse couche de poussière grisonnante couvrait les chaudières renversées, les paniers, les outils de jardinage et les fioles plus ou moins vides, seul vestige des potions concoctées jadis par ma tante.

— Désolant !

Un chat s'extirpa en miaulant d'une chaudière renversée et fila à vive allure vers la petite remise au fond du jardin.

— Ludovic, les chatons ! murmurai-je.

— Vous dites, mademoiselle ?

— Rien, rien… un souvenir.

Je sortis, avançai entre les rangs d'herbes, jusqu'à ce que j'aperçoive la remise, au fond du jardin. Je revis Ludovic, tout jeune, adossé au mur de cette remise, tandis que j'écoutais le récit de ses confidences. Je le revis pleurer la perte de sa mère. Je me revis émue, tentant de le consoler.

« Notre amitié s'était scellée là, à cet endroit précis, à ce moment précis. »

Puis nous avions traversé le jardin, lui tenant mes paniers de prunes, moi les joues rosies, le dévorant des yeux.

«Ludovic, mon ami.»

— Oh, Paul, il y a si longtemps! On dirait un rêve.

— À qui le dites-vous! À cette époque, je ne clopinais pas, je marchais, que dis-je, je galopais. Ah, ces équipées folichonnes! Moi et ma Noémie à batifoler dans les champs!

— Et dans la grange.

— Dans la grange! Quoi, quoi, dans la grange?

Je ris.

— Si on allait jeter un œil de ce côté, peut-être la mémoire vous reviendrait-elle, monsieur le batifoleur?

La mémoire lui revint parfaitement. Cependant, réfrénés par la pudeur, ses exploits amoureux se réduisirent à de simples taquineries anodines. Lui et Noémie s'étaient bien attardés dans le foin du grenier certains soirs, mais…

— Rien de choquant, mademoiselle!

— Non, mais non, rien de choquant.

— Rien d'indécent.

— Non, bien sûr que non.

— Tout du correct, quoi!

— Fort bien, fort bien.

— Ma Noémie était une femme honnête, et prude, très prude. Ah, la pruderie qu'elle avait! Et puis, je sais vivre, quoi! Non, jamais je n'aurais rien osé de… de… de… dans ce grenier.

— Je n'en doute pas le moins du monde, Paul.

J'avais peine à garder mon sérieux. Gêné, il fixa le grenier des jouissifs souvenirs. Mordant ma lèvre, je décidai de taire les tourments que ses taquineries innocentes avaient éveillés dans l'esprit de la toute jeune fille, ignorante des choses de la vie, que j'étais alors. Je lui mentionnai seulement qu'il m'arrivait parfois, avant d'aller dormir, de me glisser discrètement dans cette grange afin d'y entendre le chant d'un grillon vivant dans une boîte que j'avais judicieusement cachée dans le trou d'une poutre.

— Là, ici, Paul, venez, venez voir.

Je déplaçai la planche recouvrant le trou.

— Elle est toujours là! m'étonnai-je.

Soulevant la boîte, je soufflai dessus afin de la dépoussiérer. Sur le couvercle, un H était joliment gravé.

— H, pour Hélène, me réjouis-je. Dedans vivait le grillon que je venais écouter.

— Un grillon dans une boîte, quelle idée!

— Ludovic, c'était un souvenir de Ludovic.

— Ah, là, là, quelle fantaisie ! Fallait que vous soyez bien jeune, mademoiselle.

— Je l'étais, Paul, je l'étais.

Je la glissai dans ma poche. Tournant sur lui-même, il claqua des mains.

— Là, au fond de la grange ! Rappelez-vous, mademoiselle, que d'illustres assauts se sont tenus en ce lieu !

— Quel maître vous avez été, cher Paul, vous n'avez pas idée !

— Comment, comment ! J'en ai une idée très précise ! Ces assauts que vous gagnez chaque fois que nous croisons les armes en sont la preuve tangible. Bon, bien sûr, je ne suis plus en très grande forme, je bascule et manque de tomber à chacune de vos bottes. Reste que vous avez tout un coup de poignet, mousquetaire !

— Le temps est peut-être venu de poser les armes, compagnon ?

— Jamais ! Je mourrai l'arme à la main, mademoiselle, l'arme à la main !

— Paul, je vous interdis de parler de la sorte.

— Chut, chut ! Oubliez ces jérémiades ! Sortons plutôt.

Passant son bras par-dessus mes épaules, il m'entraîna vers la grande porte qu'il ouvrit avec peine. Elle donnait sur la clairière au fond de laquelle était le vieux saule. Mon cœur bondit. Je soupirai longuement.

— Paul, si vous vouliez bien m'attendre un moment, j'aimerais me rendre seule près de la rivière, juste là, sous le saule. Je vous en prie, accordez-moi un petit moment.

Il me sourit.

— Prenez tout votre temps, mademoiselle, prenez tout votre temps. J'ai à faire dans la maison de votre père. L'inventaire des meubles, rappelez-vous. Une riche héritière de ma connaissance me l'a commandé.

— Cessez donc de me turlupiner de la sorte.

Il me fit une œillade.

— J'en ai pour un bon moment. Prenez tout votre temps.

J'ouvris la grille menant au bord de la rivière. Elle grinça aussi vivement que mon cœur. Je fis un pas, puis deux, puis trois. J'y étais, j'étais là sous le vieux saule, là où nous nous étions tant aimés. Pour un peu, j'aurais senti la chaleur de sa main sur mon cou. Pour un peu, je sentais son corps pressé contre le mien. Je fermai les yeux.

— Je vous aime, l'entendis-je murmurer.

— Je vous aime, Ludovic Ferras, répondis-je, jamais je ne cesserai de vous aimer.

Autrefois, ici même, nous avions rêvé de notre avenir, rêvé de notre bonheur. C'était tout juste avant ce mariage qui nous obligea aux cachotteries, aux mensonges, aux regrets.

«Vous auriez mérité tellement plus! Je me rappelle, ce soir-là, au soir des fiançailles de ma sœur Marguerite, à la lueur de la lune, vous m'aviez promis de m'attendre à jamais.»

— *Séléné, Séléné, du fond des eaux profondes, je t'attendrai de toute éternité*, me chuchota-t-il.

Comme j'aurais aimé croire à cette promesse. Le charme était trop beau, l'espérance trop grande. Ce n'était que chimère.

J'ouvris les yeux. Il ne m'avait rien chuchoté. Il n'était pas là. En réalité, il n'y avait que le bruissement des feuilles de notre vieux saule et le murmure de l'eau. Ludovic était à mille lieues, dans un ailleurs qui m'était inconnu.

— Je n'aurai aimé que vous, Ludovic. Croyez-moi, sur cette terre, je n'aurai aimé que vous.

M'agenouillant sur notre roche, je m'étirai afin de mirer mon visage dans l'onde. Je n'y vis d'abord que mon reflet. Mais peu à peu, était-ce l'effet de la lumière entre les branches, ou le fervent désir qui me possédait, je ne saurais le dire, mais il me sembla que son visage s'approcha du mien.

— *Du fond des eaux profondes, je vous attendrai de toute éternité.* Adieu, *Napeshkueu*, adieu.

Un coup de vent, les feuilles s'agitèrent. Je regardai par-dessus mon épaule. Rien, personne! Que du vent, que du vent dans les feuilles.

Je me relevai.

— Adieu, Ludovic.

«Si le grain ne meurt…»

Je fis le signe de la croix.

— Seigneur Jésus, quand il Vous plaira, je serai tout à Vous. Amen.

Notre cabriolet délaissa l'allée du Champ de l'Alouette et reprit le chemin menant vers Paris.

— Vous n'êtes pas entrée dans la maison, mademoiselle, souligna Paul.

— Non.

— Trop de souvenirs.

— Trop de souvenirs.

— Mais pour la vente, il faudra bien que...

— Je vous fais entièrement confiance. Vous avez tout répertorié ?

— Bien sûr, mais...

— Ce sera suffisant. Michel Petit, de la rue Calandre, a fait une offre d'achat de mille huit cents livres tournois.

— Pour la maison, les deux jardins, la grange, les remises, les arbres fruitiers et le pré aux moutons, près d'un demi-acre de terre, cela me semble bien peu.

— D'après maître Thélis, cela convient.

— Ah, bon, si maître Thélis le dit !

— Nous sommes mauvais juges, Paul. Nos souvenirs du Champ de l'Alouette sont hors de prix.

— Pour ça !

Je baisai furtivement sa joue.

— Vaillant mousquetaire, quand donc comprendrez-vous que je n'aime que vous ?

— Plus que ce satané Thélis ?

— Énormément plus. Bien davantage.

Il rit aux éclats.

— Je parie que vous ne parviendrez pas à berner le vieux pirate, mademoiselle.

— Alors là, c'est le comble ! Je vous fais la plus franche déclaration d'amour qu'il m'eût été donné de faire, et voilà que vous ne me croyez pas ! Que voulez-vous de plus, dites-moi ?

Il rit à nouveau.

— Un autre baiser parviendrait peut-être à me convaincre.

— Un autre ! N'abuseriez-vous pas un tantinet de la situation, cher Paul ?

— Par tous les diables, mademoiselle, il faudrait être fou pour ne pas en abuser.

Je ris.

— Je vous aime aussi, mademoiselle.

— Tiens donc, vous en aurez mis du temps pour me l'avouer.

Tandis qu'il égrenait un autre sourire, je me retournai vers la maison de mes premiers bonheurs, celle que je m'apprêtais à vendre à un maître coffretier et malletier.

«Puisse-t-il y vivre heureux», souhaitai-je ardemment.

Paul posa sa large main rugueuse sur la mienne et la serra fortement.

— Amen, murmurai-je.

39

Gracias a Dios !

Paul sonna le grelot et claqua du fouet. Notre charrette s'ébranla. Le martèlement des fers de Pissedru résonna dans la cour intérieure de notre maison, sise rue Saint-Germain-l'Auxerrois, à l'enseigne du «Miroir de la Sagesse». Je jetai un dernier regard vers la fenêtre donnant autrefois sur notre salon. Les rideaux écarlates de mère avaient été remplacés par des rideaux de dentelle.

«Plus légers, plus clairs», appréciai-je.

— Aucun regret, mademoiselle ? s'inquiéta Paul.

— Aucun, Paul, aucun.

Certes, j'avais vécu en ces lieux une enfance heureuse. Ce n'était qu'après ce mariage forcé que tout avait basculé. La soumission n'étant pas dans mon naturel, j'avais résisté tant bien que mal aux volontés de mon père et à celles de mon époux. Malgré les dictats de notre société, j'avais eu l'impudence de défendre mes prétentions envers et contre tout.

«Prenez garde, petite sœur, si vous ne restreignez pas votre indépendance d'esprit, vous risquez la répudiation ou, pire, la flagellation sur la place publique !» me répétait sans cesse Nicolas, mon frère aîné.

«Prenez garde, mademoiselle, un de ces jours, votre esprit rebelle vous jouera de mauvais tours. Une femme naît pour obéir !» m'avisait souvent Noémie en agitant son doigt potelé devant mon nez.

Tant de souvenirs truffés d'amertume…

Détournant mon regard de la maison, je le fixai droit devant, entre les oreilles de Pissedru. Ce temps-là était révolu. C'était hier. Aujourd'hui, veuve et endeuillée de mon père, j'étais enfin libre, libre de mes choix, libre de suivre les inclinations de mon cœur.

Je serrai le bras de mon fidèle cocher.

— Non, Paul, aucun regret, vraiment aucun.

Il claqua à nouveau du fouet. Notre attelage quitta définitivement l'enceinte de ma jeunesse.

De toutes les propriétés de notre famille, notre maison du Champ de l'Alouette avait été la première dont je m'étais départie. Celle du «Miroir de la Sagesse» en était la dernière. Entre la vente de l'une et celle de l'autre, plus de deux années s'étaient écoulées, deux années durant lesquelles, avec l'aide de mon ami François, je m'étais appliquée à conclure les affaires de mon père le plus honorablement possible. Comme il avait œuvré sa vie durant pour amasser l'important capital qu'il m'avait légué, je me promis de faire en sorte qu'il ne soit pas dilapidé futilement. Aussi avais-je accumulé dans mes coffres toutes les sommes amassées, afin qu'elles puissent soutenir ma vocation religieuse, et, par le fait même, les œuvres de la congrégation des Ursulines de Paris, le moment venu. Bref, mon héritage allait servir les nobles causes des ouvrières apostoliques, si telle était la volonté de Dieu.

Désireuse d'apprivoiser peu à peu le dénuement qui serait mon lot après mon entrée au monastère, j'avais résolu de réduire mon train de vie. Pour ce faire, j'avais sous-loué une partie de notre logis, rue de Jouy, à Pierre de Beauvais, écuyer et conseiller du roi, ancien ami de mon père, ne conservant pour mon usage personnel que les pièces indispensables, soit l'antichambre, la chambre du second, une garde-robe, un petit grenier et un bûcher. Comme j'avais accès à la cour et au puits, ces espaces suffisaient amplement à mes activités quotidiennes ainsi qu'à celles de Jacqueline.

Par la suite, j'avais échangé ma part dans une maison située rue de la Verrerie à Nicolas Galois contre une rente de trois cent quatre-vingt-cinq livres par an. Le déménagement du maître boulanger permit à Ysabel et à Jonas de se reloger sous le toit qu'il laissait. Ayant dorénavant une chambre et un grenier de plus à leur disposition, cela leur facilitait la vie et donnait plus d'espace à leur petit Pierre qui s'amusait à galoper sur un vieux manche à balai doté d'une tête chevaline couleur fauve, joliment garnie d'une crinière de laine noire.

«Cet héritage aura finalement servi plusieurs causes.»

— Hue! Hue! Hue! s'égosilla Paul.

Il claqua vigoureusement son fouet sur la croupe de notre monture.

— Yé, yé, au petit trot, Pissedru, au petit trot! Par tous les diables, cette vieille bourrique n'en fait plus qu'à sa tête.

— Ce pauvre cheval fait ce qu'il peut. Il n'est plus jeune.

— Ce rendez-vous avec votre tante, alors?

— Tante Geneviève connaît les aîtres de la maison. Si je ne suis pas là à son arrivée, Jacqueline l'accueillera tout aussi bien que moi.

— Allez, allez, Pissedru!

Le fouet claqua à nouveau les fesses quelque peu empâtées, il fallait bien l'admettre, de notre fidèle cheval. L'impatience de mon fidèle cocher, quant à elle, me chicota.

— Vous vous sentez bien, Paul? La vente de notre maison de Saint-Germain-l'Auxerrois vous chagrinerait à ce point?

Surpris, il me regarda en sourcillant.

— Moi, chagriné! Par tous les diables, oh! que non, oh! que non! Ce satané Pissedru m'asticote, voilà tout! Avant longtemps, nous ferons plus vite à pied!

— Pissedru va à son train ordinaire, Paul, ce qui est loin d'être votre cas.

— Quoi, mon cas?

— Cette irritation, depuis ce matin…

Exaspéré, il redressa les épaules, soupira, braqua ses yeux bleus dans les miens, faillit ouvrir la bouche et se retint.

— Dites, dites.

— Bien, vous l'aurez voulu! Êtes-vous vraiment décidée à vous enfermer dans ce couvent, mademoiselle?

— Nous y voilà! Mon entrée au couvent vous tracasse!

— Soyez raisonnable, mademoiselle, les temps sont si incertains! Cette guerre contre l'Espagne n'en finit plus, notre pays court à la faillite. On ne sait plus trop à quel saint se vouer. Chacun sort les armes rouillées de son grenier. Les paysans courent les campagnes, prêts à enfourcher tous les collecteurs d'impôts qui les approchent. Qui sait où tout ce chaos nous mènera! On se croirait à la cour du roi Pétaud, ni queue ni tête, le roi est fou, le fou est roi! Que pourrez-vous faire, dites-moi, une fois cloîtrée entre les quatre murs d'un monastère?

— Je prierai.

— La belle affaire! Une armée descendra du ciel pour vous défendre, je suppose!

— Ne blasphémez pas, Paul. La vie m'a permis d'acquérir une seule certitude : le royaume des Cieux n'est pas de ce monde.

— Toute une trouvaille !

Une telle hargne ne lui était pas naturelle. Son ennui était plus grave que je ne le supposais. Son bras s'étala de long en large.

— Regardez, mademoiselle, regardez-moi ces gens tout autour ! Ils n'ont rien des anges célestes !

Il pointa les commerçants, qui, debout sur le parvis de leur boutique, attendaient vainement les clients, quelques-uns armés de pics ou de mousquets.

— La grogne gagne Paris. La révolte est comme l'hydre.

— L'hydre, une bête ?

— L'hydre, l'hydre, mythologie grecque, la légende de l'hydre, le monstre à l'apparence d'un serpent. Vous ignorez cette légende ?

— Cette légende ne me dit rien. Je vous en prie, racontez-moi.

Ma demande flatta sa fierté. Sa fierté apaisa son humeur. Son visage se détendit quelque peu. Levant le bras vers un ailleurs très lointain, il me raconta que ce monstre avait sept têtes qui se multipliaient lorsqu'on les coupait. Après un rude combat, il fut tué par Héraclès, le fils de Zeus.

— La révolte qui gronde dans tout le pays est comme l'hydre, mademoiselle. Le roi et son Conseil auront beau s'ingénier à couper les têtes, rien n'y fera, ils ne feront qu'aggraver les choses.

— N'auriez-vous pas une vision un peu trop apocalyptique de notre situation politique, très cher Paul ?

— Hue, hue, hue !

Son cri resta sans écho. Pissedru s'entêta dans sa lenteur.

— Sacrée bourrique ! Paris est en sursis, mademoiselle.

— Tout de même ! La foi, Paul, nous devons garder foi et espérance.

— Je ne dis pas non. Je ne dis pas non, mais...

Se penchant vers moi, il ajouta :

— Vous connaissez la dernière rumeur ?

— Laquelle ? Chacun a la sienne.

— Concernant Marie de Médicis, la mère du roi ?

— Elle serait réfugiée à Cologne, à ce qu'on rapporte.

— Oui, mais il y a plus bouleversant encore. On raconte qu'elle serait très gravement malade, au bord de l'agonie !

— Notre roi Louis refuserait à sa mère malade le privilège de revenir à Paris ? Allons donc !

— Vrai comme je vous le dis ! Il a du Cardinal là-dessous ou mon nom n'est pas Paul ! D'ailleurs, d'après ce qu'on en dit, il n'en mènerait guère plus large qu'elle, le pauvre.

— Voulez-vous dire que le cardinal de Richelieu serait lui aussi...

— Très gravement malade, oui, mademoiselle ! Quant à notre roi...

— Quoi, notre roi ! Malade lui aussi !

Il agita les rênes sur le dos voûté de notre Pissedru qui, indifférent à ses présages de malheur, persista à maintenir son rythme nonchalant.

— Quand je vous dis que le pays s'écroule, c'est que le pays s'écroule !

— Le Cardinal, le roi et la reine-mère, tous malades ! Au point de craindre pour leur vie ?

— Tout est possible.

— Notre roi a tout juste quarante ans. Le dernier-né de notre reine a moins de deux ans. Quelle effroyable perte ce serait !

— Imaginez un peu, Anne d'Autriche, régente du pays. Oh là là ! La France sous la gouverne d'une reine espagnole !

— Marie de Médicis était bien italienne !

— Mais nous sommes en guerre contre l'Espagne, mademoiselle ! Quel imbroglio !

— Peut-être une paix en vue, qui sait ? Notre reine mettrait fin à la guerre contre son pays, c'est évident.

— Ouais, vu sous cet angle. Ho ! ho !

Tirant sur les rênes, il dirigea Pissedru sous la porte cochère de l'enceinte de notre logis et l'immobilisa. M'ayant aidée à descendre de notre charrette, il retint ma main.

— Pardonnez mes grossièretés, mademoiselle. Vous avez raison, je me suis levé du mauvais pied ce matin.

Baissant la tête, il ajouta :

— J'ai tant aimé vivre à l'enseigne de la « Sagesse du Miroir », au service de votre famille. Il est donc vrai que cette vente me chagrine.

Je serrai sa main et lui souris.

— Je sais, Paul, je sais. Mais je n'avais guère le choix. Dieu m'appelle ailleurs.

— Vous avez raison, mademoiselle. Tant qu'à servir un maître, autant servir Celui qui ne vous fera jamais faux bond.

— Merci, Paul.

— Ne retardez surtout pas votre entrée au monastère à cause de moi.

— Non, je vous le promets. Comme ce changement de vie demande beaucoup de préparation, vous aurez à me supporter quelque temps encore, j'en ai bien peur.

— Parfait! Deux ans, trois ans, quatre ans, s'il le faut.

Je ris.

— Plus tard ce sera, mieux ce sera, ajouta-t-il.

Il se rembrunit.

— Quand vous serez prête, j'irai vivre chez Lucas, mon vieux frère.

— Quand le moment viendra, Paul, je vous promets de faire en sorte que vous ne manquiez de rien.

— Quand vous ne serez plus là, mademoiselle, je manquerai de tout.

Il m'ouvrit ses bras. Je l'étreignis longuement.

Dans les mois qui suivirent, je partageai mon temps entre mes dévotions, mes activités à la Confrérie de la Charité et mon assistance auprès de tante Geneviève. Malgré la guerre et la fréquente absence des époux, les accouchements étaient nombreux. Comme la mort rôdait souvent autour des femmes en gésine, il n'était pas rare que la joie de la naissance s'accompagne de profonde tristesse. Ce fut le cas lorsqu'une mère de trois enfants décéda en couches. Durant la semaine qui suivit, je mis tout en œuvre pour que ces orphelins trouvent refuge chez une des dames de la Confrérie, qui dénicha à son tour une jeune nourrice prête à recevoir le nourrisson. Lorsque la délivrance d'un enfant mort-né accabla une femme et son mari avancés en âge, je leur parlai du nouveau-né abandonné sur le parvis de l'église Saint-Paul, deux jours auparavant. Ils l'adoptèrent sans même l'avoir vu.

Il y avait aussi tous ces poupons reçus dans la joie, bien qu'ils ajoutassent au lourd fardeau des mères restées seules avec une ribambelle d'enfants qui, tels des oisillons affamés, attendaient, bouche ouverte, quelques miettes de pain pour soulager leur faim.

La Confrérie de la Charité manquait de ressources tant les besoins étaient criants. C'était la vie, la rude vie d'ici-bas. Soutenues par la foi et l'espérance, fortes de notre solidarité, nous bravions la tempête à coups de charité.

Le bon père Vincent encourageait nos efforts en nous rappelant que ces souffrances n'étaient jamais vaines si on les offrait pour le salut des âmes et le rachat des fautes commises envers le Fils Magnanime qui avait versé son sang pour nous sauver, tous autant que nous étions.

Et puis, il y avait eu cette naissance-là, celle qui me fit oublier toutes ces misères, celle qui fit mes délices. Le 3 juin de l'an 1642 naquit le deuxième enfant de Marie : Martin Devol, second fils de Mathieu Devol, lui-même fils d'un père dont il n'avait jamais connu le nom.

Tante Geneviève déposa sa trousse de sage-femme sur la table de la cuisine.

— Tu sais quand reviendra son père ? me demanda-t-elle.

— Non, j'ignore tout de cette famille. Hormis que la mère est presque une enfant...

— Je te parlais de Mathieu Devol, le père du petit Martin.

Se rendant à l'armoire, elle souleva le carafon de vin.

— Tu en veux ?

— Un verre, peut-être.

Embarrassée, je repoussai les mèches de cheveux encombrant mon front.

— Fatiguée, dure journée ? demanda-t-elle.

— Plutôt, oui. Avec cette chaleur ! Un mois de juin particulièrement chaud !

— Tiens, prends. À la santé de ce nouveau poupon !

Nos verres s'entrechoquèrent.

— Et à celle de sa mère. Quand j'y pense, à peine quinze ans !

Nos yeux se croisèrent et se comprirent.

— Tu n'étais guère plus âgée, murmura ma tante.

— Je sais, oui, mais j'ai abandonné mon enfant. La réalité du quotidien m'a échappé. Le labeur fut pour une autre, n'est-ce pas ?

Je bus tout mon vin et me rendis vers l'armoire afin de me resservir.

— Ton sacrifice ne fut pas inutile, Hélène. Ton fils vit heureux, je peux te l'assurer, dit-elle dans mon dos.

Je dus résister à l'envie de me retourner afin de tout lui avouer.

«Je sais, ma tante, je sais! Mathieu Devol, le père des enfants de Marie, est mon fils, je sais!»

Sa main frôla mon épaule.

— Marie a reçu une lettre de son Mathieu, me disais-tu ce matin? Ce sont de bonnes nouvelles?

«Autrefois, avant ma libération, j'avais fait serment de ne jamais chercher à retrouver mon enfant. Mieux valait m'en tenir à cette promesse.»

Me retournant, je lui souris.

— Oui, que de bonnes nouvelles. Il n'est pas blessé, se porte bien et espère qu'Anne d'Autriche, maintenant régente du royaume, mettra fin à cette guerre contre l'Espagne dans les plus brefs délais.

— C'est bien, très bien. Pour Mathieu, fort bien, oui.

Elle vida son verre, se rendit à l'étroite fenêtre pour observer au-dehors.

— Triste ironie du sort, remarqua-t-elle. Notre Cardinal trépasse en décembre et notre roi en mai; et tout cela moins d'un an après le décès de Marie de Médicis. De juillet 1642 à mai 1643, une année entière de deuil pour le peuple de France! Nous en aurons vu, des tentures noires pendues aux fenêtres!

Je fis un signe de croix.

— Paix à leur âme.

Plongée dans ses pensées, tante Geneviève resta silencieuse.

— D'après ce qu'en a dit *La Gazette*, poursuivis-je, Marie de Médicis aurait été une faible femme manipulée par des intrigants.

Tante Geneviève revint vers moi.

— Les pires étant le roi et Richelieu, son propre fils et ce Cardinal, celui-là même qui lui était redevable de son accession au poste de Premier ministre. Quelle ingratitude!

— Quelle pitié!

— Pauvre reine! déplora-t-elle. Mourir ainsi en exil, loin de son pays, de ses gens, et dans quel dénuement!

— Pour un peu et on pourrait croire qu'elle aura jeté un mauvais sort aux deux principaux instigateurs de son exil avant de trépasser.

— Si seulement elle avait pu !

— Tante Geneviève !

— Hé, je t'étonne, te scandalise ? Tante Geneviève n'a pas que de saintes pensées.

Je ris.

— Comme quoi on ne connaît pas véritablement ceux que l'on côtoie. Méfie-toi, on ne sait jamais à qui on a vraiment affaire, poursuivit-elle en se rendant de l'autre côté de la table.

Je ris encore. Elle garda tout son sérieux.

— Hélène.

— Oui.

— Dans sa dernière lettre, ma sœur Marguerite…

— Une lettre de la Nouvelle-France ! Vous l'avez depuis longtemps ?

— Depuis l'automne dernier.

— Et vous l'avez passée sous silence !

— J'ai hésité à t'en parler parce que… Tu as suffisamment de soucis et tant à faire.

— Des nouvelles de la Nouvelle-France ne peuvent que me réjouir, ma tante.

— Hélène, je crois sincèrement que celle-là te peinera. Voilà pourquoi j'ai si longtemps hésité.

Je marchai vers elle.

— De quoi s'agit-il ? Un malheur serait arrivé ? À qui ? À Marie, Françoise, Guillemette, ou à votre sœur Marguerite ?

— Donner vie est risqué.

— Je sais. Un enfant sur deux meurt à la naissance. Il s'agit d'un enfant mort-né ?

— Il meurt presque autant de femmes en couches que d'hommes sur les champs de bataille.

— Une femme est morte ?

Elle opina de la tête.

— Qui, qui est morte en couches ? La Meneuse, Petite Fleur, Marguerite Langlois, dame Giffard ?

— Ce malheur a ébranlé ma sœur. Elle a beaucoup pleuré. Sa fille…

— Marianne ! Non, pas Marianne, pas ma petite Marianne ?

— Hélas!

— Mais ce n'est qu'une enfant!

— C'était une enfant lorsque tu l'as connue. Elle a... avait près de trente ans.

Je tapai du pied.

— Non, pas Marianne, impossible, non, pas elle!

Je fis le tour de la table, tordis mes mains, mordis ma lèvre.

— Non, impossible, pas elle! m'écriai-je.

— Ressaisis-toi, Hélène. Marianne était grosse de jumeaux. Rien n'est jamais simple dans ce cas. Tu as toi-même failli y passer. Tes... enfin, ton fils... n'eût été l'intervention d'Antoine, ton fils serait probablement... et toi, toi aussi.

— Marianne, Marianne, comment est-ce possible? Les femmes montagnes ont l'habitude des naissances.

Tante Geneviève se braqua devant moi.

— Hélène, j'en appelle à ton bon jugement. Les femmes montagnes ont sauvé la vie des deux jumeaux de Marianne, deux garçons, me dit ma sœur, deux vigoureux garçons. Marianne a donné sa vie pour qu'ils survivent. N'est-ce pas ce que tu t'apprêtes à faire, donner ta vie pour que d'autres aient une vie meilleure?

Prise d'un vertige, j'agrippai le dossier d'une chaise.

— Marianne, ma petite Marianne.

Sa main serra mon bras. Je serrai le dossier de la chaise jusqu'à la douleur.

Marianne appartenait à l'autre monde, nous n'avions partagé que quelques mois de vie, et pourtant, je ne parvenais pas à me résigner à sa perte. Ne pouvant plus regarder la petite rouquine de la peinture de la Charité sans fondre en larmes, je la remisai dans le petit grenier attenant à la garde-robe dans laquelle Jacqueline avait installé ses pénates.

À mon grand désarroi, il m'apparut que Marianne avait emporté dans sa tombe toutes mes aspirations religieuses. Entrer au couvent ne m'importait plus. Servir la cause du Seigneur ne m'inspirait plus. Mon obsession de retourner en Nouvelle-France avait repris toute la place. Sa disparition laissait trois enfants orphelins. S'il eût été possible de recourir au miracle, j'aurais vitement survolé la mer par la voie des cieux afin de serrer ces petits êtres dans mes bras. Les miracles relevant des pouvoirs divins, je dus me résoudre à la triste réalité. Marianne n'était plus et Marguerite, sa mère adoptive, veillait dorénavant sur sa fille Séléné et ses fils nouveau-nés.

Le soir venu, avant de m'agenouiller dans mon oratoire devant un mur garni d'une simple croix, je m'entourai de bougies que j'allumai toutes, en espérant que la chaleur de leurs flammes avive ma ferveur déclinante. Puis j'implorais Dieu afin qu'Il m'ouvre à nouveau la porte de cette vocation religieuse que la destinée venait de me claquer au nez.

Assise à ma table d'écriture, ma plume caressant ma joue, je songeais aux mots de compassion que je désirais adresser à Marguerite, lorsque Jacqueline frappa à la porte de ma chambre.

— Pardonnez-moi, *señora*. Je peux entrer ?

— *Si, si*, dis-je en déposant ma plume. Qu'y a-t-il ?

Elle s'approcha. La lueur de ses yeux vifs me sembla plus déterminée qu'à l'ordinaire. Elle joignit fermement les mains devant la petite croix argentée suspendue à son cou. Je touchai la mienne. Elle était bien là. Cela me rassura.

— *Señora !*

— Jacqueline.

— La tiédeur de la *señora* m'inquiète.

— Plaît-il, Jacqueline ?

— Depuis que dame Alix a rapporté la *dolorosa* nouvelle de Canada, la ferveur, la ferveur de…

Cherchant ses mots, elle leva sa main ouverte vers le paradis.

— Vocation.

— *Si, si*, vocation de la *señora*…

Son bras décrivit un long mouvement du haut vers le bas.

— … décline, lui proposai-je, glisse sur une mauvaise pente.

Recroisant ses mains sur la croix argentée, elle ferma les paupières et opina de la tête.

— Je le déplore, croyez-moi, Jacqueline, je le déplore. C'est pourquoi je supplie Notre-Seigneur de me venir en aide.

— Eh bien, *señora*, Dieu a répondu à votre appel.

— Ah !

— Ce matin, j'ai croisé *el padre* Charles Lalemant près du puits.

Intriguée, je me levai.

— Et?

— Il est l'envoyé de Dieu, *señora*.

— Jacqueline!

— Je n'ai rien révélé au sujet de la *señora*. Juste dit que la *señora*...

— Voulez-vous dire que vous avez discuté de ma ferveur déclinante avec le révérend père?

Soulevant les épaules, elle leva les yeux et les bras vers l'infini. L'innocence incarnée!

— Alors?

— Une visite à la *señora, guía espiritual.*

Je restai bouche bée.

— Quelquefois, Dieu répond *en seguida*, *señora*.

On frappa à la porte de notre logis. Elle recula, clignotant des paupières, le doigt pointé vers la porte.

— *El padre*, je cherche *el padre* pour vous, *señora*.

Avant de quitter sa chambre, le père Charles Lalemant avait pris soin de glisser dans sa poche le cylindre cartonné renfermant la mystérieuse lettre que lui avait confiée le sieur de Champlain en rendant l'âme. Cette fois, il était bien décidé: il lui fallait libérer sa conscience. Sa veuve avait la ferme intention d'embrasser la vocation religieuse. Depuis plus d'un an, elle mettait tout en œuvre pour en finir avec les matérialités d'ici-bas. Son désir ne faisait aucun doute. Elle devait absolument prendre connaissance de cette lettre avant d'entrer au monastère, avant d'être obligée à la clôture. Si cette lettre impliquait une intervention de sa part, il devait absolument la lui remettre aujourd'hui. C'était maintenant ou jamais!

Il pénétra à pas de loup dans l'antichambre. Devant la fenêtre, la silhouette de la veuve se dessinait à contre-jour. Elle semblait perdue dans ses pensées. Redoutant de la faire sursauter, il toussa discrètement.

— Ah, mon père, je vous attendais.

— Joli temps, n'est-ce pas?

— Joli, dites-vous?

— Ce doux soleil de novembre?

— Oui, fort joli. L'automne me rappelle tant d'heureux souvenirs. Les coloris flamboyants des forêts de la Nouvelle-France, entre autres choses.

— Impressionnant, j'en garde aussi un très bon souvenir. Chaque saison a sa beauté particulière. Ah, la Nouvelle-France !

— Le sieur de Champlain a tant aimé ce pays.

— Heureusement que nous avions les feux.

— Oui, les feux de cheminée, bien sûr, indispensables pour contrer les froids de l'hiver.

— Dans l'Habitation de votre époux, vous en aviez trois, je crois ?

— Quatre, quatre feux.

« Où donc veut-il en venir ? m'étonnai-je. Ce détour par les feux de la Nouvelle-France ne me dit rien qui vaille. »

— Le lieutenant, votre époux, voyait particulièrement à votre bien-être.

Je sourcillai.

— Le lieutenant voyait au bien-être de toute la colonie, mon père. Sa charge était colossale. Je l'ai souvent admiré.

— Admiré, oui, comme toute épouse aimante se doit de le faire.

— Comme l'épouse du lieutenant de la colonie se doit de le faire.

— Aimante ?

— Votre visite avait-elle un but précis, mon père ? Désirez-vous vous asseoir ? Puis-je vous servir un peu de vin ?

« Aimante, aimante, mais où donc veut-il en venir ? »

— Non, si vous le permettez, je resterai debout.

— Bien, à votre guise. Vous permettez ?

— Faites, faites.

Je m'assis. Cela valait mieux. Les remords pesaient lourd sur ma conscience.

« Aimante ! Comment ose-t-il ? Un jésuite prétendre s'immiscer dans les choses du cœur, du cœur féminin de surcroît ! Autant orienter la conversation dans les dédales de mon âme. »

— Je suis déroutée, mon père. L'appel de Dieu, mon entrée au couvent...

Il appuya ses poings fermés sous son menton.

— Plus le temps d'y entrer approche, plus vous hésitez.

— Oui, c'est exactement ce que je ressens.

— Plus vous libérez votre esprit pour laisser toute la place à Dieu et plus vous le sentez loin, peut-être même craignez-vous qu'Il vous ait totalement abandonnée.

— Juste, tout juste ! Comme s'Il n'était plus là, tout près, à me tendre la main. Je déplore qu'il en soit ainsi. Je me désespère. Mon désir d'entrer au monastère s'atténue de jour en jour sans que j'y puisse rien.

— C'est humain, ma fille, totalement et parfaitement humain. Je dirais même que c'est l'épreuve ultime, celle à laquelle vous devez absolument résister. Le Seigneur Jésus n'a-t-il pas été tenté dans le désert ? Et sur la croix, au moment du Sacrifice, n'a-t-il pas, Lui aussi, reproché à Dieu de L'avoir abandonné ?

— Oui, bien sûr que si !

— Madame de Champlain, il arrive parfois que l'appréhension des règles des monastères refroidisse les plus brûlantes vocations. S'il advenait que ce soit le cas ici, vu le lien privilégié unissant la Compagnie de Jésus avec la Congrégation des Ursulines de Paris, il serait en mon pouvoir de demander l'exemption à la règle commune en votre nom.

Je me relevai.

— Votre proposition m'étonne, mon père.

— Vu votre condition de veuve, votre qualité de donatrice, étant donné la générosité dont vous ferez preuve envers les Ursulines, vous pourriez à juste titre demander une dispense sans craindre une offense.

— Si Dieu daigne accepter pour épouse la pécheresse que je suis, alors je suivrai les règles du couvent. J'accepte d'avance toutes les souffrances, car, mon père, j'ai une multitude de fautes à expier.

Surpris par une aussi franche révélation, le père Lalemant crut bon de s'éloigner de la pénitente pour s'approcher de la fenêtre. Comment interpréter cet aveu ? Une demande de confession ? Un appel à la confidence ou une intention ferme de repousser toutes ses approches ? Quoi qu'il en soit, son hôtesse avait l'humilité de son état. Saurait-elle interpréter dignement la lettre qu'il s'apprê-tait à lui remettre ? Il le croyait.

— Nous sommes tous pécheurs, madame. Nul n'y échappe. Notre condition humaine est faiblesse. Surtout ne jamais diminuer les bienfaits d'une confession. Votre époux l'avait compris. À la fin de sa vie, jusqu'au dernier moment il s'est ouvert à Dieu.

Plongeant la main dans sa poche, il sortit le petit cylindre de carton qu'il garda dans son poing fermé.

— Mon père, j'ai tant à me faire pardonner.

— Nous sommes tous pécheurs, madame. Seul Dieu est sans tache.

Il tendit le poing.

— Le sieur de Champlain…

Hésitant, il baissa le bras.

— Le sieur de Champlain a trépassé il y a plus de dix ans, mon père. Vu sa grandeur d'âme et vu les nombreux legs testamentaires faits aux œuvres de charité, aux hôpitaux, aux communautés religieuses, aux églises, dont j'ai moi-même fait la distribution, j'ai la ferme conviction qu'il doit être bien proche des portes du paradis s'il n'y est déjà. Il l'aura bien mérité.

— Oui, c'était un honnête homme.

— De cet honnête homme, je garde un respectueux souvenir. Plaise à Dieu de me pardonner les innombrables bassesses que j'eus à son endroit.

La certitude du père Lalemant s'estompa. Pourquoi risquer de bouleverser l'ordre des choses ? Qui était-il pour anéantir le respect que cette femme vouait au souvenir de son époux disparu ? Le petit cylindre de carton retourna dans sa poche !

— Madame, je suis persuadé que Dieu vous pardonnera toutes vos fautes lorsque, bien humblement, vous daignerez les avouer à l'un de ses représentants ici-bas, soit un père confesseur. Dieu est miséricorde. Votre mari l'a compris. Désirez-vous vous confesser ?

— Je ne suis pas prête, mon père, pas maintenant, pas aujourd'hui, si vous le permettez.

De nouveau saisi par sa franchise, le père Lalemant redressa l'échine.

— Ce sera comme vous le désirez, madame.

Pourquoi insister ? Il disposait encore de quelques mois pour épurer l'âme de celle qui allait bientôt demander son admission au monastère des Ursulines du faubourg Saint-Jacques. Cela n'allait pas tarder, il en était convaincu. Ce vide spirituel qu'elle déplorait était l'inévitable creux de la vague déferlante qui la projetterait directement aux pieds du Seigneur.

La visite du père Lalemant me laissa perplexe. J'avais beau repenser à notre discussion, je n'arrivais pas à en déchiffrer le véritable sens. Nous étions passés des coloris de la Nouvelle-France à une éventuelle confession par des détours si décousus! La Nouvelle-France, pourquoi la Nouvelle-France?

— Les feux de cheminée, l'épouse aimante, les portes du paradis, l'abandon de Dieu, la dispense, mes péchés, murmurai-je.

«Une embrouille de plus, me résignai-je. Tant qu'à faire dans l'impasse.»

Ce soir-là, j'accentuai ma demande.

— Sainte Providence, je vous en conjure, si le Seigneur me désire vraiment comme épouse, je vous en prie, envoyez-moi un signe.

La Sainte Providence fut d'une étonnante efficacité. Étonnante, parce que cette lettre de madame de La Peltrie me parvint trois jours après la visite du père Lalemant. Efficace, parce que dès la première lecture, la pertinence de ma vocation s'éclaira d'une nouvelle lanterne. Plus je la relisais, plus mon désir de servir Dieu reprenait vie.

— Merci, merci, Seigneur! clamai-je bien haut en la terminant pour la dixième fois.

— *Hola, señora!* s'exclama Jacqueline en s'arrêtant sur le pas de ma porte. Le sourire vous est revenu, on dirait bien.

Elle déposa la corbeille de chemises fraîchement lavées sur le pied de mon lit et croisa ses bras.

— Il y a un problème? demandai-je.

— *No.*

— Vous avez une demande à m'exprimer?

— *No.*

Elle fixait la lettre que je tenais entre mes mains.

— Ah, je vois, la lettre!

Elle entrouvrit gracieusement les bras.

— *Curiosidad, señora, curiosidad.*

— Approchez, je vous lis le passage qui me comble de joie.

— *La palabra de Dios!*

— La parole de Dieu, si on veut, oui, la parole de Dieu.

Très chère madame de Champlain,

Je parcourus vitement le début du bout du doigt.

— Ici, elle me parle de l'aide que leur apportent les jeunes Sauvages francisés par Marie Rollet et sa fille Guillemette.

— *Si*, les Jésuites confient de jeunes Sauvages aux bons soins de ses dames, nous le savions, *señora*.

— Attendez… bonheur des conversions… Ah, j'y suis !

La Sainte Providence fit pour nous des merveilles. La construction de ce monastère, qui me tenait tant à cœur, s'est effectuée sans aucune malencontre. Il fallait voir le visage rayonnant de tous et de chacun au jour de l'inauguration. Ils étaient plus de deux cents à applaudir et à remercier, non seulement pour la beauté de cette imposante construction en pierres, longue de quatre-vingt-douze pieds et large de vingt-huit, mais encore bien davantage pour tous les accommodements que notre colonie pourra en retirer.

Les inconvénients rencontrés dans notre petite maison située sur le port sont donc définitivement choses du passé. Dorénavant, nous avons tout l'espace voulu pour accueillir toutes les filles, pensionnaires ou externes, tant les petites Françaises que les petites Sauvages. Au rez-de-chaussée se trouvent la chapelle, la retraite, le parloir, les classes, la cuisine et le réfectoire. À l'étage se trouve un dortoir pouvant contenir plus de cinquante grabats, ainsi que des cellules pour nos religieuses, faites à la manière de celles de France. Malheureusement, nous regrettons que plusieurs soient encore vides. Depuis deux ans, soit depuis l'arrivée de sœur Anne de Sainte-Claire et de sœur Marguerite Flécelles de Saint-Athanase, toutes deux de la Congrégation de Paris, nous n'avons reçu aucune religieuse missionnaire. Voilà pourquoi je presse monsieur de Bernières, mon généreux bienfaiteur, d'intercéder auprès du procureur de la Mission en Nouvelle-France, soit le révérend père Charles Lalemant, afin que d'autres ouvrières missionnaires nous soient envoyées. Si seulement nos religieuses savaient la joie éprouvée à entendre nos filles chanter les cantiques, réciter leurs prières, répéter le catéchisme, rendre grâce à Dieu pour les repas de sagamité que nos religieuses ont la générosité de leur offrir, plus d'une oserait braver la peur de l'inconnu pour rejoindre notre mission.

C'est à votre cœur que je sais si dévoué à notre cause que je m'adresse. Transmettez, je vous prie, la bonne nouvelle : notre œuvre porte ses fruits.

Chaque jour, des âmes sont arrachées des griffes de Satan et voient enfin la Lumière.

Marie-Madeleine de La Peltrie.

Je baisai la lettre.
— *Gracias a Dios*, Jacqueline *!*
— *Gracias a Dios, señora !*
Nous rangeâmes les chemises en dansant.

HUITIÈME PARTIE

LES NOCES CÉLESTES
France, 1645-1654

40

Je vous salue, Marie

Un voile de dentelle blanche virevoltait gracieusement au-dessus de verdoyantes collines. On eût dit une colombe, une colombe légère comme une plume. Courant à travers champs, je suivais son ombrage avec une telle aisance qu'il me semblait que je volais presque. Le ciel était bleu, la brise fraîche. Au creux de la vallée coulait une rivière aux eaux vives et claires. Je m'arrêtai sur son rivage. J'allais y plonger quand une bourrasque soudaine fit tournoyer le voile si violemment qu'il chuta sur moi. J'étais prisonnière, prisonnière du gracieux voile blanc.

Me redressant sur mon grabat, je fis le signe de la croix. Cette douloureuse oppression dans ma poitrine.

«Ce rêve, encore ce rêve», m'étonnai-je.

Cinq fois je le fis, cinq fois je m'éveillai oppressée. J'essuyai mon front avec la manche de ma chemise et me recouchai. Tout était si noir, si silencieux. Il faisait si humide. Je suffoquais.

«Cette cellule sans fenêtre, cet abri sans ouverture, sans vue de la voûte céleste, des étoiles, de la lune… La lune, Ludovic! Vient-il de vous, ce rêve? Voyez-vous dans ma prise de voile une nouvelle trahison?

Non, cela ne peut être. Cette fois, je sais votre assentiment.

— Notre fils, Ludovic, notre fils, mon cœur de mère me dit qu'il sait, murmurai-je. Est-ce possible qu'il ressente ce qui existe entre nous, sans les mots, sans les aveux?

Ludovic, répondez-moi, parlez-moi, je vous en prie!»

«Taisez-vous, objecta ma conscience, laissez-le, oubliez-le, il appartient à votre passé. Demain, vous prenez le voile des novices ursulines, une nouvelle vie commencera!»

Repoussant de toutes mes forces le désir de sa présence, je m'engouffrai sous la couverture de serge, espérant le secours du sommeil.

Il ne vint pas.

Résignée, je pris le parti de vivre ma dernière nuit de postulante dans la prière. Je m'agenouillai sur les dalles froides, les mains jointes sur la paillasse de mon modeste lit.

— *Je vous salue, Marie, pleine de grâce, le Seigneur est avec vous, vous êtes bénie entre toutes les femmes…*

«Ysabel, mon amie, la peine que je vous cause…»

Mon esprit erra jusque dans la boutique de Jonas. Durant la semaine précédant mon entrée au monastère, je m'étais départie de mes biens les plus précieux. J'avais remis la peinture de la Charité à mon amie Ysabel qui, à ma grande surprise, avait, elle aussi, aussitôt remarqué la ressemblance entre la petite rouquine se tenant devant la Vierge et notre Marianne du Nouveau Monde. Ensemble, nous avions longuement déploré sa perte. Puis Ysabel m'avait chaleureusement remerciée pour le présent.

— Cette toile témoignera de notre amitié.

Elle l'avait effleurée délicatement du bout de ses doigts.

— Vous me manquerez, me dit-elle en essuyant aussitôt la larme coulant le long de sa cicatrice.

— Ysabel, mon amie, jamais je ne t'oublierai. Je prierai pour toi, pour Jonas, pour votre petit Pierre. Tu pourras venir à la grille, nous discuterons.

Elle avait opiné de la tête. Je l'avais quittée vitement, sans me retourner.

La peine m'envahit.

«Ta prière, reprends ta prière!»

— *Je vous salue, Marie, pleine de grâce, le Seigneur est avec vous, vous êtes bénie entre toutes les femmes et Jésus, le fruit de vos entrailles…*

— *Le fruit de vos entrailles, le fruit de vos entrailles!* répétai-je.

Mon esprit erra à nouveau. Deux jours après ma visite chez Ysabel, Angélique m'avait annoncé le retour de Mathieu Devol à Paris.

— La trêve hivernale, m'avait-elle expliqué, rayonnante de joie.

— Quel bonheur! m'étais-je exclamée.

Le samedi suivant, tante Geneviève m'ayant appris que la santé précaire d'oncle Clément obligerait à l'engagement d'un nouvel ouvrier à l'atelier des pelletiers Ferras, je lui rappelai que Mathieu Devol avait été apprenti chez deux maîtres pelletiers, à Meaux et à Alençon, avant de se faire soldat. Il me semblait être le candidat tout indiqué.

— N'est-il pas à la guerre ?

— Trêve hivernale, ma tante. Il reviendra à Paris sous peu. Peut-être y est-il déjà.

Le jour même, elle se rendit chez maître Ferras qui requit les services de Mathieu Devol dès le lendemain.

Sachant que mon fils y travaillait, j'eus du mal à résister à la tentation de passer à l'atelier *Aux deux loutres*. Après avoir maintes fois pesé le pour et le contre, j'en vins à la conclusion qu'une simple visite n'avait rien de répréhensible en soi. Si je savais contenir mes émois, Mathieu Devol n'y verrait qu'une simple amabilité. J'allais me présenter à lui comme le ferait une tante affectueuse avant de partir pour un long voyage. Voilà tout !

J'entrai. La boutique était déserte. Devant le comptoir, personne. Derrière, quelques peaux pendaient inertes. Plusieurs cartons, couvrant le mur de gauche, étaient vides. Au fond, des bruits étouffés s'entendaient faiblement. Les ouvriers me semblaient beaucoup moins nombreux que naguère, au temps où Ludovic y travaillait.

« Un effet de la guerre sans doute. »

Je regardai vers le rideau de l'arrière-boutique. Attirée par mes souvenirs, je m'en approchai. J'allais le toucher lorsque Mathieu entra.

— Madame de Champlain, vous ici, de si bon matin, quelle heureuse surprise !

Il fit quelques pas, hésita, s'arrêta. La carrure de ses larges épaules était si semblable à celle de son père.

— Bonjour, Mathieu.

— Marie ne m'a pas prévenu de votre visite.

— Marie ignore que je suis ici.

Étonné, il sourcilla.

— Que puis-je faire pour vous, madame ?

Je sortis de ma poche la petite boîte qui avait autrefois abrité mon grillon.

— Marie vous aura sans doute parlé de mon intention d'entrer en religion ?

— Oui. Elle vous comprend, bien que cela la chagrine quelque peu.

— Je regrette qu'il en soit ainsi.

«Ses yeux couleur d'ambre, me dis-je. Tout pareil...»

— À la vérité, cela me chagrine aussi, madame.

«Cette franchise, tout comme lui.»

— Non, il ne faut pas, surtout pas.

Il me sourit.

— Vous nous manquerez à tous, à moi, à Marie, à dame Angélique, aux petits.

Un puissant nœud serra ma gorge. Je détournai mon regard vers la porte. Comprenant mon malaise, il ajouta :

— Loin de moi l'idée de vous peiner. Nous respectons votre désir, madame.

Le nœud se resserra. Sans plus, je lui présentai la maison du grillon.

— Joli coffret, dit-il. Ce H serait l'initiale de votre prénom ?

— Oui. Autrefois, oh, j'étais alors bien jeune, ce coffret me fut offert par un très bon ami.

Son silence me donna à penser qu'il attendait la suite.

— Ludovic Ferras était un très bon ami, ajoutai-je.

— Le neveu de maître Clément.

— Celui-là même.

— Il m'en a beaucoup vanté les mérites. Naguère, son habileté fit la renommée de cet atelier. On m'a rapporté que certaines dames de la cour auraient délaissé le célèbre maître Diusterlo afin de recourir à ses talents.

Je ne pus réprimer mon sourire.

— De fait, maître Ferras s'avérait fort talentueux en plusieurs domaines.

— J'aurais bien aimé le connaître.

Mes joues s'échauffèrent.

Ouvrant le couvercle, j'en retirai le médaillon argenté gravé d'un trois-mâts.

— Ce médaillon lui appartenait.

Il l'observa un moment.

— Appartenait, dites-vous ?

— Oui, appartenait. Il l'aurait égaré en Nouvelle-France.

— Égaré en Nouvelle-France ! s'étonna-t-il.

Ah, ces redoutables larmes qui montaient ! M'efforçant de les contenir, je fixai les peaux suspendues derrière le comptoir. Des peaux de renard ou de loup cervier ?

— Jolies peaux, observai-je.

— Des peaux de la Nouvelle-France, madame.

— Très jolies peaux.

Je mordis ma lèvre.

— Dites-moi, madame, Ludovic Ferras séjourna-t-il longtemps en Nouvelle-France ?

— De fait, maître Ferras passa quatre années à Québec.

— Il vécut quatre années à Québec ?

— Oui, de l'an 1620 à l'an 1624, tout comme moi. Je dus y accompagner le sieur de Champlain en tant qu'épouse. Mon époux fut le lieutenant de cette colonie pendant plus de vingt ans.

Pendant un moment, ses yeux scintillèrent, des yeux étrangement éveillés, des yeux qui semblaient comprendre tout ce qu'il y avait à comprendre.

— Je revins à Paris. Maître Ferras préféra demeurer là-bas, dans ces terres lointaines où il y a tant à faire.

J'avais le cœur gros. Il repoussa ses cheveux cuivrés derrière ses oreilles.

« La médaille, me dis-je, la médaille. Accroche-toi à la médaille. »

Je la lui présentai. Il la fit glisser dans le creux de sa main afin de mieux l'observer.

— Cette médaille est fort belle, dit-il. Ce trois-mâts…

— Maître Ferras l'avait reçue en cadeau du sieur de Champlain. Ce grand explorateur traversa l'Atlantique plus de vingt-cinq fois. Ce fut un grand navigateur.

— Fabuleux ! Tant de traversées, tant de navires, la mer tant de fois bravée ! D'où le trois-mâts ?

— D'où le trois-mâts.

— Mathieu, repris-je, vous savez sans doute que la vie religieuse exige un total dénuement. Comme je dois me départir de tous mes biens, j'ai pensé vous offrir ce médaillon.

Il tiqua.

— Je crains fort de ne pas en être digne, madame. N'y aurait-il pas quelqu'un de plus méritant que moi dans votre entourage ?

— Mathieu, je vous l'assure, c'est à vous et à vous seul qu'il revient.

Ses yeux d'ambre étincelaient.

— Puisque vous insistez, madame, il serait inconvenant pour moi de le refuser, n'est-ce pas ?

— L'honneur de le porter vous revient.

Craignant d'en avoir trop dit, j'ajoutai :

— Car vous êtes un brave homme, un vaillant mousquetaire.

Il me sourit.

— Vaillant mousquetaire ! Devant une telle flatterie, madame, je ne peux que m'incliner.

Il s'inclina. Montant sur la pointe de mes pieds, je passai la médaille autour de son cou. J'allais m'éloigner lorsqu'il saisit ma main et la pressa sur son cœur.

— C'est ici, madame, ici que s'inscrit le souvenir de ce moment. Ici, et pour toujours.

Je résistai à l'envie d'effleurer sa joue, à l'envie de clamer «Mathieu Devol, fils de Ludovic Ferras, fils de Rémy Ferras, de Brest, de la pointe du monde : mon fils ! »

— Si un jour il advenait que vous ayez besoin de quoi que ce soit, madame, n'hésitez pas à faire appel à moi.

— Si j'osais...

— Osez, n'hésitez jamais.

Sans plus attendre, il me fit une respectueuse accolade.

Effrayée, craignant que ce moment de grâce ne m'attire les foudres de l'enfer, je délaissai vivement ce bonheur divin et m'éloignai sans mot dire. J'allais ouvrir la porte de la boutique lorsqu'il me rejoignit.

— N'oubliez jamais que je suis là, madame. Recourez à moi autant qu'il vous plaira.

Il ouvrit.

— Au revoir, madame.

N'en pouvant plus, j'étais sortie à la hâte. Ma confusion avait été telle que j'avais marché pendant plusieurs minutes avant de me rappeler que Paul m'attendait non loin de la boutique des pelletiers de ma vie, chez son vieil ami Merlot, installé dans le quartier depuis peu. J'avais dû revenir sur mes pas.

Désireuse de dégourdir mes jambes, je me levai.

— Notre fils se doute, Ludovic, murmurai-je. Sinon, comment expliquer cette si naturelle connivence entre nous ?

Je tournai en rond dans mon étroite cellule.

«Seigneur, puissent-ils tous deux me pardonner... »

J'eus froid. L'humidité de cette pièce était insupportable. Je tirai sur ma couverture et m'en recouvris les épaules.

«Si seulement il y avait un feu ! »

Regrettant aussitôt ma faiblesse, je m'agenouillai à nouveau.

«Cette prière commencée...»

— *Je vous salue, Marie, pleine de grâce, le Seigneur est avec vous, vous êtes bénie entre toutes les femmes et Jésus, le fruit de vos entrailles, est béni. Sainte Marie, mère de Dieu, priez pour nous, pauvres pécheurs...*

Je frappai ma poitrine.

— *Mea culpa, mea culpa, mea maxima culpa!* Seigneur, j'ai péché, j'ai tant et tant péché! N'eût été sœur Bénédicte, qui sait où en serait ma vocation? Sœur Bénédicte...

Le jour de mon entrée, notre supérieure m'avait octroyé comme directrice de conscience celle-là même qui m'avait, autrefois, guidée vers la conversion au catholicisme. Elle avait accueilli la jeune fille effarouchée que j'étais alors, sans la juger, l'aimant telle qu'elle était. La grâce de la compréhension l'habitait. En cela, je la retrouvai telle que je l'avais connue.

Chaque jour, je remerciais la Sainte Providence d'avoir fait d'elle la bergère de mon âme. Sœur Bénédicte abordait chacune de nos rencontres avec la délicatesse d'une ardente dentellière. Il lui suffisait parfois d'un seul regard pour élever mon esprit, toucher mon cœur, libérer ma conscience. Pour elle, rien ici-bas n'était simple, rien n'était absolu. Cela me rassurait. Ma vie n'avait rien de simple et ma vertu, rien d'absolu.

Tout au long des deux mois précédant ma prise de voile, elle usa d'une rigoureuse finesse afin que je me présente devant mon Céleste Fiancé l'âme parée de ses plus beaux atours.

— J'ai péché, révérende mère. Souvent j'ai dérogé de la voie à suivre, méprisant les interdits.

— Nous sommes tous pécheurs, Hélène.

Jamais je n'ai vu ses yeux violacés dépourvus de douceur.

— Si je vous avouais que mes péchés les plus graves furent aussi mes plus grands bonheurs.

— Comment renier ses plus grands bonheurs?

— Comment à la fois les honorer et les décrier?

— Comment demander pardon pour avoir tant aimé?

— Aimer me semble faible, mère.

Elle avait joint ses mains blanches.

— *Que ton amour est délicieux... Plus que le vin! Et l'arôme de tes parfums, plus que tous les baumes!* récitai-je.

— L'amour humain est un envoûtant parfum, Hélène. Nul ne peut vous reprocher d'avoir aimé.

— *J'ai ouvert à mon Bien-Aimé, mais tournant le dos, il avait disparu!*

— *Les Grandes Eaux ne pourraient éteindre l'Amour, ni les Fleuves le submerger*, argua-t-elle. L'amour est amour. Votre cœur a aimé un homme, béni soit cet amour. Vous désirez aujourd'hui aimer Dieu. Béni soit votre désir.

— Que dire de l'amour d'une mère, sœur Bénédicte?

Sa main droite toucha son cœur.

— Océanique, infini!

Elle baissa les paupières. Pour un bref instant, je craignis que le pardon m'échappe.

— Dites-moi, mère, insistai-je, Jésus le Christ voudra-t-il de cette femme-là pour épouse?

— Surtout de cette femme-là. Aimez ce fils, mais aimez aussi toutes les filles, tous les fils de Dieu. Béni soit votre fils, Hélène, et soyez bénie, car Notre-Seigneur vous a bel et bien choisie.

— Alors même qu'il me voit ignorante de son Adorable Majesté.

— Dieu est le Créateur, le Bienfaiteur, la Source. Au-delà de toute chose, il importe moins de Le comprendre que de cultiver en votre cœur la certitude d'être comprise par Lui.

Au fond de ses yeux brillaient deux étoiles. Mon cœur s'ouvrit à la Lumière.

«Et depuis, je n'ai plus jamais douté.»

41

Le voile

La chapelle du monastère des Ursulines brillait de mille feux. On eût dit un écrin doré, tant il y avait de cierges allumés. Sur la droite, tout le long des grilles nous isolant des témoins venus du dehors, devant les statues de la Vierge Marie, de sainte Anne et de sainte Geneviève et, au fond, sous la peinture de sainte Ursule surplombant le maître-autel, partout, de petites flammes vacillaient. Leurs reflets scintillaient sur la voûte du sanctuaire.

« Un ciel constellé d'étoiles », me dis-je.

Juste au-dessous, les sœurs de chœur, debout dans les stalles leur étant assignées, entamèrent en grégorien l'Hymne des Vêtures.

— *O Gloriosa Virginum, sublimis inter sidera, qui te creavit parvulum lactente nutris ubere...*

Leurs voix vibraient à l'unisson, au même diapason : un chant envoûtant, un chant apaisant. Suivant sœur Bénédicte, j'avançai lentement dans l'allée centrale. Devant la balustrade, monseigneur de Gondy, archevêque de Paris, enveloppé d'une longue chape rouge et coiffé d'une mitre blanche, attendait, crosse à la main, que je lui sois présentée.

— *Veni Creator Spiritus...*

Une suave odeur de cire d'abeille embaumait l'espace. Mon pas était sûr, mon cœur palpitait.

« Tout autant qu'autrefois sous la voûte céleste, lorsque vêtue d'une simple chemise, d'un simple jupon, et coiffée d'un délicat voile de dentelle, je m'étais avancée vers lui, aimante et fébrile. Ludovic, mon si tendre amour. »

— *Tu per ma gratia quae tu crati pectora...*

« La chute d'eau, le bouquet de lys blancs... vous, qui me tendiez les bras. »

— *Quem vidi quem a ma vi in quem credidi quem di le xi.*

« Vierge Marie, aidez-moi, soutenez-moi, sanctifiez-moi ! C'est à votre fils, Jésus, que je m'offre aujourd'hui. Faites en sorte qu'il accueille avec bonté l'humble servante que je suis. Faites en sorte que je puisse me montrer digne de son Amour. Mon Époux Céleste a posé sur moi son regard, et je l'ai embrassé. »

— *Gloria Patri et Filio et Spiritui Sancto.*

Les voix s'éteignirent dans un doux murmure.

Sœur Bénédicte s'arrêta à quelques pas de monseigneur. Il y eut un moment de profond silence, un silence durant lequel s'entendirent les reniflements et toussotements des invités à la noce, postés de l'autre côté des grilles. Je ne pouvais les voir, mais je savais qu'ils y étaient.

« Ne pleurez pas, ne pleurez surtout pas, mes amis. Je renais, je revis. Qui était là derrière, qui était venu ? Madame de Fay, quelques dames de la Confrérie de la Charité, Christine Vallerand, madame Berthelot, François de Thélis, Ysabel et Jonas, Angélique, Henri et Marie et, qui sait, peut-être même mon fils. Ah, si seulement mon fils pouvait être là ! Paul, Paul y était, j'en étais certaine, Paul et Jacqueline, peut-être. Jacqueline avait quitté Paris la veille de mon entrée au couvent. Était-elle revenue de son dernier voyage en Espagne ? *Red de las damas !* Elle vouait une fidélité sans borne au réseau clandestin des dames. Mon allégeance avait bifurqué. »

Sortant de sa stalle, la révérende mère Sainte-Marie de Sainte Magdeleine, notre supérieure, vint se placer debout, à la gauche de monseigneur.

— Illustrissime monseigneur de Gondy, lui dit-elle d'un ton solennel, madame Hélène de Champlain, veuve de monsieur de Champlain, gouverneur pour le roi en la Nouvelle-France, se présente ici devant vous, afin de demander bien humblement à votre illustrissime la faveur d'être admise au noviciat de l'ordre de sainte Ursule de la Congrégation de Paris.

Monseigneur fit un pas vers moi.

— Madame de Champlain, désirez-vous véritablement entrer au noviciat de cette Congrégation ? demanda-t-il d'une voix ferme et tranchante.

— Du plus profond de mon cœur, oui, Votre Éminence.

— Êtes-vous prête à vivre, à souffrir et à mourir pour l'Amour de Dieu ?

— Oui, Votre Éminence.

— Depuis votre entrée dans ce monastère, avez-vous consenti librement aux offices, aux prières et à la contemplation ?

— Oui, Votre Éminence.

— Désirez-vous participer à l'œuvre apostolique de la communauté de sainte Ursule ?

— De tout mon être, Votre Éminence.

— Désirez-vous combattre Satan, répandre la bonne nouvelle du Salut, convertir et sauver les âmes ?

— Ardemment, Votre Éminence.

— Avez-vous jusqu'ici observé la règle de la Congrégation de Paris dans un pur esprit de soumission ?

— Oui, Votre Éminence.

— Avez-vous observé dignement les grands silences ?

— Oui, Votre Éminence.

— Collaborez-vous de bonne grâce aux tâches quotidiennes de votre communauté, si modestes soient-elles ?

— Oui, Votre Éminence.

— Participez-vous à la vie commune dans un esprit d'abnégation et de charité ?

— Je m'y efforce, Votre Éminence.

Son Éminence sourcilla.

— Recherchez-vous la Sainte Vérité en toutes choses ?

— Je cherche sans relâche, Votre Éminence.

Sœur Sainte-Marie de Sainte Magdeleine releva le menton.

— Tendez-vous vers la perfection, vers la sainteté ?

— De toute mon âme, Votre Éminence.

Je jetai un bref coup d'œil vers sœur Bénédicte. Droite et digne, elle fixait le portrait de sainte Ursule, sainte patronne de notre ordre.

— Madame Hélène de Champlain, que demandez-vous à notre Dieu ?

— Le bonheur d'être épousée par son Fils, Notre-Seigneur Jésus-Christ.

— Pour ce faire, êtes-vous prête à tous les sacrifices ?

— Je le suis.

— Êtes-vous prête à vous soumettre à sa très Sainte Volonté en tout temps, en tout lieu ?

— Je le suis.

— Acceptez-vous de vivre dans la pauvreté ?

— Oui, je le veux.

— Acceptez-vous de vivre dans la chasteté?

— Oui, je le veux.

— Acceptez-vous de promettre l'obéissance à votre évêque et à votre supérieure?

J'eus un bref moment d'hésitation.

— Oui, je le veux. Je me soumettrai.

Monseigneur posa une main sur ma tête.

— Recevez donc, ma fille, la bénédiction de Dieu, notre Père Tout-Puissant. *In nomine Patris, et Filii, et Spiritus Sancti. Amen.*

— *Amen*, répétai-je.

— Révérende mère Sainte-Marie de Sainte Magdeleine, le temps est venu de procéder à la vêture.

Comme on me l'avait indiqué, je dénouai les rubans de mon corselet, l'enlevai, le remis à sœur Bénédicte, pour ensuite la suivre jusqu'à la sacristie.

Assise sur un tabouret, je vis tomber une à une les mèches de cheveux qu'elle coupait. Cela ne prit que quelques minutes.

«Une vanité en moins, pensai-je. Mère serait au désarroi. Quant à Ludovic…»

Par la suite, toujours impassible, toujours silencieuse, sœur Bénédicte m'offrit, un à un, mes habits de novice. Je recouvris ma chemise et mon jupon de la robe de bure noire, attachai la mince ceinture de cuir à ma taille, ajustai et fixai la guimpe, ce foulard blanc couvrant ma tête et mon cou, pour ensuite déposer la pèlerine blanche sur mes épaules. Lorsque tout fut bien épinglé, sœur Bénédicte me recouvrit d'un voile de toile blanche, ce voile qui faisait de moi la fiancée du Fiancé.

C'était complet! J'éprouvai une grande fierté. J'allais d'ores et déjà porter l'habit des novices, comme un chevalier arbore l'étendard de son seigneur. Dieu serait mon Maître absolu, mon Guide, mon Ineffable Splendeur.

Lorsque nous revînmes dans la chapelle. Son Éminence m'invita à le suivre jusque devant l'autel. Prenant une bougie, il l'alluma au cierge pascal et me la tendit.

— Vous avez volontairement quitté la vie du dehors. Hélène de Champlain n'est plus. Oubliez-la, oubliez votre vie passée, ma fille. Dorénavant, sœur Hélène de Saint-Augustin sera votre nom.

— Dorénavant, sœur Hélène de Saint-Augustin sera mon nom, monseigneur.

— Sœur Hélène de Saint-Augustin, recevez la flamme sacrée de votre Époux Divin, Notre-Seigneur Jésus-Christ.

Prenant la bougie, je récitai.

— Seigneur Dieu, que cette flamme soit Ta lumière. Qu'elle m'éclaire dans mes difficultés et mes décisions. Que ce feu brûle en moi tout égoïsme, orgueil et impureté. Que cette flamme me réchauffe le cœur, à tout jamais et pour l'éternité. *Amen.*

— *Amen,* répéta l'assemblée.

Ayant remis ma bougie à sœur Bénédicte, je m'allongeai de tout mon long devant l'autel, les bras en croix, face contre terre.

— Puisse Dieu pardonner vos fautes, sœur Hélène de Saint-Augustin.

— *In nomine Patris, et Filii, et Spiritus Sancti. Amen.*

— *Amen.*

— *Amen,* répéta l'assemblée.

Les sœurs de chœur entonnèrent le Magnificat. Je me relevai, fis le signe de la croix. Je regardai l'assistance, toutes ces sœurs, mes compagnes, celles avec lesquelles j'irais de l'avant, pour la plus grande gloire de notre Époux Céleste.

Sœur Sainte-Marie de Sainte Magdeleine me conduisit dans la nef, jusqu'à la chaise qui serait désormais celle de sœur Hélène de Saint-Augustin. Tout au long de la cérémonie, j'avais résisté à l'envie de regarder vers les grilles.

Magnificat anima mea Dominum : Et exsultavit spiritus meus in Deo salutari meo, chantaient mes sœurs.

— Mon âme exalte le Seigneur, et mon esprit exulte en Dieu mon Sauveur, murmurai-je.

Quia respexit humilitatem ancillea suae.

— Il s'est penché sur son humble servante.

«Sainte Marie, aidez-moi. Je ne suis pas digne. J'étouffe.»

Ce voile m'appelant à la sainteté pesait si lourd!

42

Agnus Dei

«Cette fois sera la bonne!» se dit le père Charles Lalemant. Il ouvrit son coffret, prit le carton contenant la lettre du sieur de Champlain, le glissa dans sa poche et referma la boîte aux secrets. S'arrêtant devant le crucifix accroché dans sa chambre, il fit le signe de la croix.

— Seigneur Dieu, donnez-moi le courage d'aller jusqu'au bout.

Puis, il sortit, longea le sombre corridor et descendit l'escalier menant dans la cour. Remarquant que le frère Jacques était à retirer son seau du puits situé tout près des portes du réfectoire, il souleva son chapeau et le salua.

— Bonjour, frère Jacques!

— Bonjour, père Charles!

Il s'engagea dans l'allée centrale du potager dénudé d'un pas si pressé que sa robe de bure bondissait à chacune de ses enjambées.

«Le moment est propice, je le sens. Sœur Hélène de Saint-Augustin doit être dans un état lamentable.»

Elle lui avait si souvent réitéré son désir de retourner en Nouvelle-France. Cette correspondance soutenue avec madame de La Peltrie en était la preuve tangible. Si près du but et voici que le couperet épiscopal tranchait dans son rêve le plus cher.

«Ma proposition saura la consoler. Je connais suffisamment son tempérament pour savoir qu'elle ne pourra résister au défi que je lui proposerai. Cette nouvelle avenue l'exaltera. Ce sera le moment opportun pour lui remettre la lettre de son défunt mari.»

— Ohé, père Charles! l'interpella le frère Jacques, où courez-vous ainsi de si bon matin?

— Au monastère des Ursulines.

— Serez-vous de retour pour le dîner?

— Non ! Je miserai sur la générosité de la Sainte Providence pour me sustenter.

— Ah, les religieuses !

— La Sainte Providence. Allez, bonne journée, mon frère.

Cette intervention l'avait contrarié. Il devait absolument se concentrer sur cette rencontre. « Comment aborder le sujet ? » se demanda-t-il.

L'information était récente. N'eût été l'indiscrétion de son supérieur ce matin, jamais il n'aurait su que la requête de sœur Hélène de Saint-Augustin avait été rejetée. Cette décision concernait essentiellement la Congrégation des Ursulines de Paris et l'archevêque Gondy, de qui cette communauté dépendait. Depuis son entrée au couvent, elle ne s'était plus jamais confiée à lui. Du reste, il devait bien admettre que sœur Bénédicte savait mieux que quiconque guider les âmes dotées, disons, de tempérament. Sœur Hélène était du nombre.

« Une femme franche et volontaire, s'il en est une. Impressionnante par moments. Tout mon contraire. Moi si indécis, si tatillon et parfois si lâche ! En lui remettant cette lettre, je libère ma conscience d'un poids encombrant et, du coup, je la libère de son excessive loyauté. »

Car, pour lui, la ferveur liant sœur Hélène de Saint-Augustin à la Nouvelle-France n'était, ni plus ni moins, que l'expression d'une extravagante fidélité envers le lieutenant, son époux défunt.

« Lorsqu'elle comprendra ce qu'il y a à comprendre, son attachement tiédira, c'est forcé. Ce qui aura pour effet d'atténuer sa déception de ne pas retourner en Nouvelle-France. Et puis, lorsque je lui aurai expliqué de quoi il retourne, elle comprendra l'utilité de son sacrifice. La France regorge d'âmes païennes ! »

Il s'engagea rue de Jouy.

« Certes, la lecture de cette lettre l'ébranlera : le choc de la désillusion, difficile à éviter. Mais elle est si forte, si courageuse ! Peut-être même ne se troublera-t-elle pas outre mesure ? Sa condition d'épouse est loin derrière elle. Qui plus est, je dois bien admettre que cette religieuse possède un esprit éveillé. Elle lira, comprendra, pardonnera et agira s'il convient d'agir, pour ensuite retourner à ses dévotions et à son apostolat. Après tout, cette lettre fut écrite voilà plus de quarante ans. Au moins quarante ans ! Encore heureux que l'écriture ne soit pas trop estompée, bien que certains mots… *fidèle ami d'enfance, Ferras…* »

Il approchait de la place de Grève lorsque le chahut l'incita à ralentir sa cadence. Au-dessus d'un bruyant attroupement, un pantin à l'effigie du cardinal Mazarin sautillait au bout d'un piquet. Certains trublions armés de mousquets, de pics et de gourdins bousculaient les passants. N'ayant aucune envie d'être pris à partie par les chahuteurs, il décida de bifurquer vers la rue du Crucifix. Il allait y entrer lorsqu'on agrippa son bras.

— Holà, jésuite, tu fuis la procession?

Le père Lalemant dut lever la tête tant le gaillard qui l'apostrophait était grand.

«Pas de chance, un géant!» déplora-t-il.

— Voulez-vous bien me lâcher, insolent! commanda-t-il à son impressionnant agresseur.

Rageur, le rustre empoigna les pans de sa cape à deux mains.

— Hé, venez, vous autres, hurla-t-il à l'intention de ses compagnons, je tiens un complice! Venez, venez!

— Complice, s'étonna le père Lalemant, mais de qui, mais de quoi?

Le géant rugit. Pendant une longue seconde, le bon père craignit d'être soulevé de terre.

— Mazarin, le favori de notre belle Espagnole, vous connaissez, hein, hein, vous connaissez? s'enflamma le géant.

— Mazarin, moi complice de Mazarin! Mais vous confondez tout! Je ne suis qu'un jésuite. Lâchez-moi à la fin!

Croyant bien faire, il saisit les poignets de l'arrogant. Ce qui augmenta la prise du malotru. Cette fois, il en était certain, ses souliers délaissèrent le sol pour mieux le retoucher. Et d'un bon, et d'un rebond!

«Courage, David a bien vaincu Goliath!» s'encourageait le révérend entre deux soubresauts.

Deux comparses les encerclèrent. Le petit maigrelet brandit un feuillet.

— Lisez, lisez, vous, le savant père jésuite, lisez!

Malgré les branlements incessants, il crut reconnaître le gros titre du pamphlet.

— *À mort Mazarin*! s'exclama-t-il.

Profitant d'un rebond, le géant le souleva de manière à ce que leurs nez se touchent.

— Quoi! Quoi! Que dit le savant? rugit-il.

— À mort Mazarin! répéta le père.

Le géant lâcha prise. Le père retrouva le pavé, faillit basculer, perdit son chapeau, le ramassa et se redressa.

— Vous avez entendu, les gars ? Il a dit « *À mort Mazarin* ! ».

— Preuve qu'il sait lire, rien de plus ! rétorqua le maigrelet.

— Nigaud, s'il dit « *À mort Mazarin* ! », c'est qu'il est avec nous ! rétorqua le géant.

Misant sur leur délibération, le révérend remit son chapeau, ajusta son collet et, comme le fit David, résolut d'attaquer.

— Qu'est-ce donc que cette propagande ?

— Tiens, tiens, tiens, curieux, le père ! nargua celui qui frappait sa main avec son gourdin depuis le début de l'altercation. Curieux et jésuite ! Un de ceux qui lèchent le cul de l'Italien, le chapelet à la main. Doublement hypocrite ! Faut pas s'y fier, les gars !

— Hé, hé, tandis que l'Italien lèche le cul de notre reine ! railla le maigrelet. Canailles, tous des canailles qui traitent les pauvres gens comme des pourceaux !

Le père Lalemant en prit son parti. Il ne pourrait s'extirper de ce guêpier sans amadouer ses assaillants. Il y perdrait de précieuses minutes, mais avait-il d'autre choix ? Non !

« À la guerre, comme à la guerre ! » se dit-il.

— Je ne comprends rien à vos histoires, bonnes gens. Que se passe-t-il ici, ce matin ? Expliquez-moi, je suis tout disposé à vous écouter. De quoi est-il question ?

— C'est que, parce que, truands, voleurs, bredouilla le géant.

« Il perd pied, se dit le père, bon signe. »

Reprenant confiance, il en remit.

— Expliquez-vous, je ne demande qu'à vous comprendre. Mais d'abord, à qui ai-je l'honneur de m'adresser ? interrogea-t-il le plus fermement qu'il le put.

— Petit, s'empressa de répondre le géant.

— Petit ! s'étonna le père en le regardant de bas en haut.

— Petit, oui, parfaitement ! Petit, Petit comme dans petit, comme dans pas grand ! s'offusqua le géant.

— Du calme, du calme, mon bon ami. Petit donc, de ?

— De Saint-Marcel, paysan qui en a ras le bol de manquer de pain tandis que notre reine, son guignol italien et les grands seigneurs se vautrent dans les théâtres, les bals et les palais à qui mieux mieux.

— Les ballets, Petit, corrigea l'homme au gourdin, ils installent des ballets dans leurs palais.

— Il y a beaucoup d'injustices en ce monde, approuva le père Lalemant, en espérant que son effort de compréhension refroidisse les ardeurs.

— Ouais, et nous autres, on n'en peut plus ! Il est temps que ça cesse, coupa le maigrelet en tapotant de l'index la pile de feuillets qu'il tenait à la main.

Le gourdin du troisième heurta le poitrail du père, qui, en reculant, écrasa le pied du géant.

— Ouille, ouille, mes orteils ! geignit le grand Petit en sautillant sur un pied.

— Ta gueule ! cria le maigrelet.

Le géant grommela.

— Il paraîtrait même… reprit le maigrelet.

S'interrompant, il cracha sur le pavé, s'essuya la bouche du revers de la main et s'étira le menton avant de poursuivre.

— Il paraîtrait même que les Jésuites feraient aussi des théâtres dans leurs collèges ? Qu'avez-vous à dire pour votre défense, hein, hein, soldat du Christ ? débita-t-il d'une traite, en se dandinant nerveusement.

— Laisse tomber, Dubouchon, l'interrompit le troisième, il y a rien à tirer de ce faux-jeton !

Au centre de la place de Grève, des galops retentirent. Les trois comparses sursautèrent.

— La milice ! s'écria le maigrelet.

— Les mousquetaires du Cardinal, s'énerva le troisième.

— Sauve qui peut ! hurla Petit.

S'élançant comme des flèches, ils disparurent entre deux logis. Regardant derrière, le père Lalemant vit quatre cavaliers fendre la foule au-dessus de laquelle claquaient leurs fouets.

Effarouché, il courut jusqu'au pont de Notre-Dame, qu'il traversa sans s'arrêter.

« Le monastère, vite, au monastère ! » pensa-t-il sitôt qu'il eut gagné l'autre rive.

Sœur Hélène de Saint-Augustin lui sembla plus affectée qu'il ne l'avait supposé. Entre les orifices de la grille, à peine distinguait-il sa silhouette.

À nouveau, elle renifla et se moucha.

— Pardonnez-moi, révérend père, une légère infection me gêne.

— Il n'y a pas de faute, mère.

« Une légère infection ? Je dirais plutôt une profonde déception ! »

Il n'était pas dupe, elle pleurait. Sa voix nasillarde, c'était aux pleurs qu'elle la devait.

— Cette fâcheuse nouvelle contrecarre vos plans, il est vrai, sœur Hélène. Le sacrifice est cuisant, j'en conviens, mais s'il est offert pour le salut des âmes...

Un toussotement retarda sa réplique.

— Remercions Dieu à genoux, révérend père.

« Une répartie ironique ou une soumission miraculeuse ? » se demanda-t-il avant de poursuivre.

— Vous devez obédience à notre évêque, révérende mère.

— J'ai fait vœu d'obéissance, oui, mon père.

— Les raisons invoquées par Son Éminence sont fort justes.

Derrière la grille, un long et profond soupir. Comme le silence s'étirait, il risqua :

— Notre pays est toujours en guerre contre l'Espagne, révérende mère. La colère de la noblesse et de la bourgeoisie gonfle un peu plus de jour en jour. L'ignorance crasse des paysans les pousse à des actes de barbarie. Hier encore, la police a retrouvé deux collecteurs d'impôts pendus aux arbres, non loin de la porte Saint-Antoine.

Le silence persista.

— Notre nation a absolument besoin d'âmes généreuses, d'âmes dotées d'un zèle apostolique extraordinaire, afin d'extirper les consciences de cette médiocrité diabolique.

— Aaaaaaatchoum ! répliqua sœur Hélène.

— Dieu vous bénisse !

— Merci.

Après quelques secondes, comme rien ne s'entendait, il se dit que le moment était propice. Se penchant vers la grille, il poursuivit.

— Qui sait, peut-être Dieu a-t-il d'autres projets pour vous, révérende mère ?

— J'ai promis soumission à la Volonté Divine, mon père.

Elle se moucha.

«Aucun doute, elle pleure. Une plaie vive! Appliquons le baume au plus vite!»

— L'agneau n'est jamais sacrifié en vain, mère. Quelquefois, Dieu nous mène vers des chemins dont nous ignorions l'existence même.

— Je sais, ma raison sait, mon père. Simplement, mon cœur a du mal à accepter ce refus. J'aurais tant aimé œuvrer au couvent de mère Marie de l'Incarnation!

«Enfin, nous y voilà!» se dit-il.

— Mère Marie de l'Incarnation fut appelée par Dieu dans ce pays de mission! s'empressa-t-il d'enchaîner.

— Le Nouveau Monde a grandement besoin d'ouvrières apostoliques. Je connais ces gens, je connais et aime les jeunes filles de ces terres. J'avais tant à donner!

— Et si Dieu vous appelait ailleurs, ma fille?

— Aaaaaaaatchoum!

Elle se moucha.

— Pardonnez, pardon.

— Ce n'est rien. J'allais dire que la France s'enlise dans un tel chaos! N'est-il pas légitime de songer à la conversion des filles d'ici? N'est-il pas pressant de les catéchiser, de les instruire, de manière à restituer aux foyers en péril la plus sûre des sauvegardes, soit des femmes chrétiennes, des mères soucieuses de rassembler leurs enfants sous la bannière du Christ?

— Telle est la mission de l'ordre de sainte Ursule, mon père, et ce, partout en ce monde, surtout en terre païenne. *Serviam!* Je veux servir, je servirai!

— Toute âme non convertie n'est-elle pas à sauver?

— Oui.

— Croyez-vous qu'il soit possible d'en trouver en terre de France?

— Oui!

— Alors, écoutez ceci.

— Je vous écoute.

— Hier, monseigneur de Gondy rendit visite à notre supérieur dans le but précis de lui demander son avis sur un sujet de la plus haute importance, un sujet pouvant vous intéresser.

— Moi?

— Parfaitement, vous!

— Vous m'étonnez.

— Il semblerait que monseigneur Ségnier, aumônier de notre roi, mais aussi, comme vous le savez, évêque de Meaux, désire accueillir dans son évêché une communauté religieuse, une communauté disposée à instruire les jeunes filles, pauvres et riches, aux principes de notre religion.

— Aaaaaaatchoum! Pardon!

— Pardonnée, pardonnée. Il me semble que cette requête s'ajuste parfaitement avec la mission apostolique de votre ordre.

— En quoi cela me concerne-t-il personnellement?

— L'ouverture d'un couvent nécessite des fonds, une bienfaitrice, une fondatrice.

— Oui.

— N'êtes-vous pas la personne toute désignée pour cette fondation?

— Moi, fonder un couvent à Meaux!

— Lors de votre entrée au monastère, n'avez-vous pas apporté à votre communauté une dot appréciable?

— Plus de vingt mille livres.

— Ces deux années de noviciat ne vous ont-elles pas suffisamment nourrie des règles de votre ordre?

— Je le crois.

— N'avez-vous pas été la digne épouse du lieutenant de la Nouvelle-France?

— Je le fus.

— Ces quatre années passées à Québec ne vous ont-elles pas aguerrie aux exigences de la gouvernance?

— Probablement que oui. À la réflexion, oui!

— Alors, pourquoi pas vous!

Profitant de la petite quinte de toux qui suivit, le père Lalemant sortit de sa poche le petit carton contenant la lettre, l'approcha d'un orifice de la grille et conclut qu'il pourrait y passer aisément.

« Parfait! L'évocation de son défunt mari tombe pile. Je ne pouvais espérer meilleure introduction. »

Derrière la grille une porte s'ouvrit. Des chuchotements. Les pattes d'une chaise grincèrent sur les dalles.

— Je vous prie de m'excuser, révérend père. Notre sœur infirmière étant elle-même alitée, je dois me rendre immédiatement au dortoir de nos pensionnaires. Comme je vous l'ai dit, une vilaine infection court. Plusieurs de nos jeunes filles en sont atteintes. Nous craignons la contagion.

Le père Lalemant se leva.

— Mère, c'est que !

— Je prierai Dieu de m'inspirer la voie à suivre, mon père. Je réfléchirai à vos propos. L'Esprit Saint me guidera. J'en parlerai à notre supérieure dès demain.

— Mais… se désola-t-il en fixant le petit cylindre de carton qui hantait sa conscience.

— Dieu vous bénisse, mon père.

Les pas qu'il entendit ne mentaient pas. Sœur Hélène de Saint-Augustin venait de lui filer entre les doigts.

« Pas de chance ! » déplora-t-il.

Remettant le petit carton dans sa poche, il quitta le parloir.

« Tout de même, quelle déveine, si près du but ! »

Il coiffa son chapeau et s'engagea sous le cloître. C'est alors que la sœur tourière le rattrapa.

— Mon père, mon père, insista-t-elle, l'heure du dîner approche. Sœur Constance, notre cuisinière, serait honorée de vous offrir un repas, si frugal soit-il.

Il hésita. La fin abrupte de cette conversation l'avait passablement dépité. D'un autre côté, retourner rue de Jouy la panse vide ne lui souriait guère. S'il fallait que des rebelles l'interceptent une fois de plus, Dieu seul savait combien de temps il mettrait à s'en défaire.

Le gargouillement de son estomac acheva de le décider.

— J'accepte avec plaisir, mère.

Sur le chemin du retour, ragaillardi par le chaud repas qui lui avait été servi, le révérend père se félicita malgré tout de son approche. La graine de la fondation d'une communauté religieuse à Meaux était définitivement semée et, qui plus est, dans un sol fertile.

Sœur Hélène de Saint-Augustin possédait toutes les qualités requises pour fonder un monastère dans cette ville. Un défi de taille ! Si les échevins et les notables de la ville de Meaux avaient demandé à l'évêché l'implantation d'un couvent catholique, c'est qu'il y avait péril en la demeure. Les rivalités entre les riverains de la Marne étaient légendaires. Depuis des siècles, les protestants mercantiles de la rive gauche contestaient les décisions des catholiques de la rive droite.

Meaux étant une cité épiscopale, les dîmes des Meldois supportaient déjà les charges des quelque soixante chanoines, en plus de celles d'un séminaire, d'un collège pour garçons, d'un couvent des religieuses de la Congrégation et d'un hôpital tenu par des prêtres séculiers. En ces temps de guerre et de misère, il était prévisible que les commerçants protestants s'opposent à l'implantation d'une nouvelle communauté religieuse catholique dans ce diocèse. Les Ursulines qui y seraient envoyées devraient donc jouer de prudence.

— Rien n'étant jamais gagné d'avance, seule une fondatrice de nature combative pourrait convenir à cette délicate situation, déduisit-il.

Il se félicita d'avoir arrêté son choix sur sœur Hélène de Saint-Augustin.

«Une femme intrépide au jugement sûr.»

Il s'engagea place de Grève la tête basse, courant presque. La vue des hommes et des femmes vaquant paisiblement à leurs occupations le rassura.

— Le calme après la tempête! se réjouit-il.

Un feuillet coincé sous la roue d'une charrette immobilisée attira son attention. Il le dégagea avec précaution.

— *Mort à Mazarin*!

Il lut.

«Eh bien, le règne du premier ministre Mazarin tire à sa fin! conclut-il. Si les grands seigneurs du Conseil partagent cette opinion, Mazarin sera immolé sur le bûcher du pouvoir avant longtemps.»

Lorsqu'il pénétra dans le jardin du noviciat des Jésuites, le frère Jacques, jeune et alerte, accourut à sa rencontre.

— Père Charles, père Charles, c'est horrible, un scandale!

— S'agit-il de Mazarin?

— Non, non, rien de politique. Croyez-le ou non, les prêtres de Saint-Paul ont volé le cercueil.

— Le cercueil! Quel cercueil?

— Ce matin, des funérailles devaient avoir lieu dans notre chapelle.

— J'étais au courant.

— Eh bien, l'officiant en était au psaume de la levée du corps, *Les ossements en poussière reprendront vie devant le Seigneur*, quand deux prêtres séculiers de Saint-Paul, leur bedeau et deux colosses firent irruption dans la chapelle, soulevèrent le cercueil et sortirent avec… avec, est-ce Dieu possible… avec le cercueil !

— Que me racontez-vous là !

— Les prêtres de Saint-Paul ont volé le mort, vrai comme je suis là !

— Volé le cercueil !

— Le vol surprit au point que, sur le coup, toute l'assistance resta bouche bée. Puis, reprenant leurs esprits, les membres de la famille du défunt cessèrent de pleurer et se jetèrent aux trousses du mort, enfin du cercueil.

— Les morts feraient-ils les frais de nos différends ?

— Hélas, je crains que l'affaire se soit envenimée à ce point ! Les prêtres de Saint-Paul prennent nos morts en otage !

— Les Jésuites n'ont pas le privilège de célébrer la messe, s'est écrié l'un d'eux en sortant.

— *Agnus Dei, miserere nobis, miserere nobis !* implora le père Lalemant en brandissant les bras vers le ciel couvert de menaçants nuages.

43

La petite étoile

Je pris appui sur une colonne de la galerie de notre monastère tant l'air froid m'oppressait.

« Inspire profondément. Lentement. Inspire, expire. Calme-toi, calme-toi. »

L'expérience m'avait appris qu'en pareille circonstance, je n'avais rien de mieux à faire. Depuis mon arrivée à Meaux, mes poumons s'étaient détériorés. Mon souffle était de plus en plus court. Parfois, mon cœur s'emballait. Depuis le début de décembre, les dégâts s'amplifiaient.

« L'humidité due à la Marne, probablement. Non, à Paris, il y avait la Seine. L'air y était aussi humide, et pourtant, je m'y portais bien. Et puis, en Nouvelle-France, sur les rives du Saint-Laurent, ai-je jamais été incommodée par les frimas, les froidures et les gels ? Non ! Sois juste, la Marne n'est pas la cause de ton piètre état ! Ta maladie progresse. Il te faut l'admettre. »

Le nordet souleva mon voile. Je le retins.

« Mon voile… ce voile… Il m'aura menée sur des voies si tortueuses et si lumineuses tout à la fois… Les rives de la Marne, l'accueil et le soutien de monseigneur Ségnier pour les filles de notre ordre. Mon couvent, ce couvent, notre couvent… huit ans que j'y vis, huit ans depuis sa fondation. Comme le temps passe ! »

— Que de combats ! Que de victoires !

« Inspire, expire, inspire… Là, c'est mieux, beaucoup mieux ! »

Au bout d'un moment, ma respiration étant plus régulière, je repris contenance et m'engageai lentement, au travers de la cour où nos jeunes filles et nos religieuses avaient coutume de se récréer. Mon ombre se profila furtivement dans le reflet de lune.

« Un spectre, mon spectre », redoutai-je.

Essoufflée, je m'arrêtai près des pommiers dénudés et levai les yeux vers le ciel constellé d'étoiles.

— Ah, le charme d'une pleine lune ! Un seul regard et je m'égare.

« Tu n'as pas honte, toi, une respectable religieuse, te complaire ainsi dans la romance ! Folle, chasse ces idées ! »

Reprenant ma marche, j'atteignis à grand-peine le modeste ermitage de bois de saule construit par Paul, derrière le verger, au fond de l'enceinte de notre communauté. Une fois assise sur le banc de fortune, je soupirai d'aise.

« Enfin ! Cette jambe lourde et enflammée ne ment pas. Tu n'es plus en âge de te pâmer sous la pleine lune. Applique-toi plutôt à ne plus oublier ton épée la prochaine fois que tu quitteras ta chambre. »

Cette curieuse habitude que j'avais d'utiliser mon épée en guise de canne suscitait la risée des jeunes couventines et la réflexion des novices. Je me réjouissais des deux effets produits.

« Dans un cas comme dans l'autre, elles se rappelleront. Rien ne vaut une image porteuse de sens : vigilance, mes filles, vigilance et combativité ! Une femme aura toujours besoin d'une épée ici-bas. Quant à ce qui se passera dans l'Au-Delà, même en imaginant le meilleur, j'ai peine à croire qu'elle sera superflue. »

— Vigilance et combativité dans un esprit d'amour, il va sans dire, l'amour étant le guide suprême.

« Mon épée ! Jamais je n'aurais pu traverser les épreuves de mon existence sans les vertus de cette arme. Elle m'aura bien servi, et ce, depuis ma prime jeunesse. »

— Ah, ces assauts mémorables !

« Paul m'a appris le maniement des armes. Ludovic m'a confortée dans mon orgueilleuse prétention. Mais jamais je n'ai été dupe, ah non ! Ces généreux adversaires m'ont forcément concédé mes victoires. Après tout, je ne suis qu'une faible femme ! Que vaut la force d'une femme contre celle d'un homme ? »

— Que vaut l'amour d'une femme contre la fatalité du destin ? Ludovic, saurez-vous jamais combien je vous ai aimé ?

« Mon Bien-Aimé aura ouvert mon cœur à l'infini de l'amour. Mon Époux Céleste aura ouvert mon cœur à l'amour infini. L'un et l'autre, à jamais confondus pour l'éternité. »

— Ludovic, mon si tendre amour, soupirai-je. Seigneur Dieu, amour intarissable.

Je frissonnai, touchai mon front. Il était bouillant.

« Une nouvelle poussée de fièvre. »

Ma toux reprit. Je sortis mon mouchoir de ma poche et toussai longuement.

« Ces taches de sang sur mes mouchoirs, déplorai-je. J'ai trop souvent observé ce phénomène chez les malades pour être dupe. Cette maladie ne laisse aucun espoir. Ma vie s'achève. Autant me résigner. Nul n'est éternel. »

Ma respiration était courte, mon pouls au ralenti. Je resserrai les pans de ma cape de laine autour de mes épaules.

« Ma cape de peau, cette cape de l'autre monde… puisse Marie en faire bon usage. Je suis heureuse qu'elle ait accepté ce cadeau. C'est à elle et à elle seule qu'elle revenait. »

— Marie, l'épouse de notre fils, la mère de nos petits-enfants, Ludovic.

« Un jour, peut-être leur fille la questionnera-t-elle ? D'où vient cette cape étrange, mère ? Et Marie de lui répondre : de la Nouvelle-France. Qu'est-ce que la Nouvelle-France, mère ? Un pays par-delà les mers, un pays habité par des Sauvages. Les femmes sauvages portent des capes semblables à celle-ci. Et la fille de notre fils questionnera encore et encore. Qu'est-ce qu'une femme sauvage, mère ? »

— Ainsi naissent les légendes, murmurai-je.

Fuyant ma nostalgie, je reportai mon regard sur l'astre céleste.

— *La lune claire au miroir de l'onde…* C'était il y a si longtemps !

« Non, assez ! Cesse à la fin ! Reviens sur terre ! »

Pour ce faire, je fixai les rangs de vigne alignés à l'autre extrémité de notre jardin.

« Les vendanges de l'automne nous ont fourni quelques barriques de vin. Ce n'est qu'un début. Le printemps prochain, Paul et Pierre planteront de nouveaux cépages. D'ici deux à trois ans, notre vignoble produira tout le vin nécessaire à l'approvisionnement de notre communauté pour une année entière. »

Derrière les rangs de vigne, longeant la muraille, le cimetière.

« Là sera ma dernière demeure. »

Par-delà la muraille s'élevait la crête du rempart gallo-romain.

« Vestige des temps anciens, une époque révolue. Aujourd'hui, il faut bien davantage Avec tous ces faubourgs éparpillés ici et là dans nos campagnes, la défense est quasi impossible. Protéger une nation relève de l'exploit. Nous en avons eu la preuve. Ces trois dernières années ont été particulièrement dévastatrices. En 1652, tandis que les Frondeurs paralysaient Paris, les troupes royales commandées par le général de Turenne combattirent celles du duc de Lorraine dans les comtés environnants. Les Lorrains pillèrent et ravagèrent tout le diocèse de Meaux. Craignant pour la sécurité de leurs filles, les parents affolés accoururent de partout pour nous les confier. Quoi de mieux que les fortifications bénies de Dieu pour assurer leur protection ?»

— Elles nous furent amenées en si grand nombre, alors que nous avions si peu à leur offrir, me remémorai-je.

«N'eût été la générosité des paysans et des marchands de la région qui, défiant les opposants à notre communauté, venaient, en cachette, déposer les vivres à notre porte, nous aurions été réduites à la famine. *Gracias a Dios!* ne cessait de répéter sœur Jacqueline en cuisinant nos frugaux repas. Le dévouement de ma servante espagnole nous fut alors d'un grand secours.»

— Quelle bénédiction que notre supérieure ait accepté que Jacqueline nous accompagne lorsque nous quittâmes Paris.

«Six mois plus tard, elle était admise au noviciat, son rêve de toujours. Quelle joie de voir nos jeunes pensionnaires danser et chanter sous son influence lors des récréations ! Leurs bras décrivent de gracieuses arabesques tandis que leurs talons frappent en cadence le pavé du cloître. Autant de gestes, autant de cantiques offerts pour la plus grande gloire du Très-Haut. Gaîté bienfaisante, salutaire beauté !»

— Oh, cette lancinante douleur à la jambe !

Je la soulevai légèrement à quelques reprises sans oser la toucher tant elle était enflée, tendue et sensible.

«Il me faudra appliquer un cataplasme d'argentine avant d'aller au lit, sinon je ne pourrai pas fermer l'œil de la nuit, enfin de ce qui en restera. Auparavant, je me dois de conclure cette lettre inachevée. Il importe qu'Eustache soit dûment informé des legs qui lui reviendront après mon trépas.»

— Plus de trente ans que je ne vous ai revu, mon frère !

«Depuis votre retour de la Nouvelle-France, nous avons vécus si éloignés l'un de l'autre. Heureusement qu'il y eut cette correspondance si chère à mon cœur. À tout le moins avons-nous pu échanger tant sur nos souvenirs du Nouveau Monde que sur les défis de nos vies monastiques.»

«Comme vous vous êtes réjoui, mon frère, lorsque je vous appris l'entrée au noviciat d'Ysabel, ici même, dans notre monastère, le jour où je fis profession.

— Quatre août 1648, bienheureux jour...

«Je crois bien que vous n'avez jamais cessé de l'aimer... et de regretter tout ce qui aurait pu être entre vous. Malgré tous les pardons qu'Ysabel vous a accordés, vous portez toujours en vous le blâme et le regret.»

— Chère Ysabel, très chère amie. Ton bonheur auprès de Jonas aura été de courte durée. Généreux Jonas, Dieu ait son âme!

Jonas était mort quelques mois avant son entrée au couvent. Après l'avoir longuement pleuré, Ysabel avait dû se rendre à l'évidence. Bien qu'âgé de treize ans, leur fils Pierre était trop jeune pour reprendre la boulangerie de son père. Désemparée et presque sans le sou, elle s'était présentée à la porte de notre monastère, ici, à Meaux. Je l'avais accueillie à bras ouverts. Le chapitre de la communauté accepta sa demande et l'admit à titre de postulante. Les règles de l'ordre ne la rebutèrent aucunement, bien au contraire. Bientôt, elle n'espéra plus qu'une chose : servir Celui qui ne la trahirait jamais, Celui qui ne l'abandonnerait jamais.

Cinq mois plus tard, elle prenait le voile. Ysabel, sœur converse...

— Heureuse destinée!

Par la même occasion, son fils Pierre devint officiellement le bras droit de Paul. Toute la communauté s'en réjouit. Il était flagrant que les corvées d'entretien du couvent surpassaient, et de loin, les capacités déclinantes de notre trop dévoué donné.

— Paul n'était vraiment plus en âge d'assumer à lui seul tous les travaux du monastère. Paul, mon ange gardien...

De penser qu'Ysabel, Jacqueline et Paul étaient là, tout près, à dormir paisiblement dans une chambre du couvent me réjouissait. Ce vaste édifice de deux étages, ces trois corps de logis, cette écurie, ce jardin, ce verger et ces vignes...

— Tout ceci réalisé grâce à l'héritage de mon père.

«Orgueilleuse!»

— Une certaine fierté n'est-elle pas raisonnable? Les défis étaient colossaux! Et malgré tout...

«Fortes de la protection de sainte Ursule, de la Très Sainte Vierge Marie, du secours de la Sainte Providence et de l'appui de notre protecteur, monsieur Le Roy, prêtre et conseiller de la ville, nous y sommes tout de même parvenues! Vaillamment, nous avons surmonté tous les obstacles, un à un. Ce qui ne fut pas une mince affaire. Au début, plusieurs Meldois, surtout ceux du marché protestant de la rive gauche, s'opposaient à l'installation d'une nouvelle communauté de religieuses catholiques sur la rive droite. Malgré tous les revers, nous avons tenu bon! Depuis, bon an, mal an, plus d'une centaine de jeunes filles profitent de nos enseignements: les Saintes Écritures, lecture, chiffres, calcul, couture et broderie. Ah, la broderie... Ce H sur un certain mouchoir...»

— Le lieutenant s'est comporté en véritable prince dans cette affaire de mouchoir égaré. A-t-il jamais su, pour vous, pour moi, mon tendre amour?

Une autre quinte de toux m'assaillit. Cette fois, elle fut si intense que je dus essuyer des larmes de douleur. Durant un long moment, je craignis de perdre le souffle. Puis, tout se calma. Je respirais avec difficulté, mais je respirais.

«Le temps file. Où en étais-je? Ah, oui, les filles, notre enseignement... Surtout ne pas oublier la vingtaine de jeunes postulantes admises au noviciat de l'ordre. Ah, nous pouvons fièrement claironner victoire. Ces jeunes religieuses prendront la relève. D'autres viendront après elles, d'autres poursuivront notre mission.»

— *Gracias a Dios!*

«Ma jambe, ces tiraillements...»

Je levai les yeux vers les scintillantes étoiles.

«Somme toute, je vous dois une certaine reconnaissance, sieur de Champlain! Sans les leçons apprises à vos côtés, peut-être aurais-je déserté le navire en pleine tempête. Merci, vénérable capitaine du roi en la marine de Ponant. Notre alliance aura eu du bon. Qu'aurait été ma vie si elle n'avait jamais été? Qu'aurait été ma vie, sans cet amour adultère?»

— Rancœur, tourments. Inutiles, ta fin est si proche...

«Maintes fois, j'ai avoué cette faute à mes confesseurs. Maintes fois, j'ai reçu le pardon de Dieu. Malgré tout, je redoute de paraître aujourd'hui devant Lui. Le lieutenant fut honnête envers moi, lors même que je le trahissais sans vergogne.»

— Cette faute me mènera tout droit aux portes de l'enfer.

«Et pourtant! De cet amour coupable naquit un fils. Un bonheur bien près de la béatitude céleste. Notre fils, Ludovic! Le revoir me procura un tel ravissement! Ce soir-là, ô, ce soir-là...!»

Mathieu Devol avait frappé à la porte du couvent des Ursulines de Meaux, à l'improviste, un soir de novembre. Profitant du fait que ses compagnons d'armes s'étaient arrêtés à l'auberge de la ville, dernière étape avant de regagner leurs quartiers d'hiver à Paris, il avait tenu à revoir cette femme à laquelle il s'était, dès le premier regard, si curieusement attaché. Un attachement indéfinissable, bien différent de celui qu'il portait à Marie, sa femme, dont il était follement amoureux, bien différent aussi de l'affection empreinte de respect et de reconnaissance qu'il vouait à dame Élisabeth, sa mère adoptive. Non, cet attachement-là était d'un tout autre ordre. Il relevait du mystère : une attirance viscérale, hors de sa volonté.

Aussi, ce soir-là, tout juste après les vêpres, avait-il surmonté sa gêne et s'était-il rendu rue Poitevine demander à la sœur tourière la permission de rencontrer sœur Hélène de Saint-Augustin. Lorsqu'il fut en sa présence, subjugué par le son de la voix lui parvenant par-delà la grille, il se mit à trembler. Ses pensées se bousculaient tout autant que ses mots, tant il voulait tout lui dire, tout lui raconter de ce qu'avait été sa vie dans les tranchées, non loin des frontières autrichiennes. Il se sentait si naturellement, si simplement bien auprès d'elle.

— Ce soir de novembre, ô, ce soir béni ! Un cadeau venu du ciel !

« J'ai reçu Mathieu Devol derrière la grille en m'appliquant à la réserve, comme l'exigeait la règle. Pourtant, j'avoue m'être délectée de sa présence. J'étais si heureuse de l'entendre que j'en tremblais. J'ai bu chacune de ses paroles, savouré le récit de ses exploits militaires, partagé chacun de ses émois. Je me sentais si naturellement, si simplement bien auprès de lui. »

— Dieu me pardonne. Pour ce fils, fruit de mon amour, je dis merci à genoux. *Gracias a Dios !*

« Depuis sa visite, chaque fois que je redoute de paraître devant Dieu entachée par la faute d'une naissance honteuse, quand, désespérée, j'imagine les flammes de l'enfer consumant mes chairs, il me suffit de me remémorer les derniers mots qu'il me dit avant de me quitter, pour que les parfums du paradis dissipent tous les relents de la Géhenne.

Derrière la grille, il s'était levé, m'avait saluée et s'était attardé. J'attendais qu'il parte lorsqu'il ajouta :

— Je n'ai jamais connu la femme qui me donna le jour, sœur Hélène, mais quand je l'imagine, c'est votre visage que je vois.

— Si j'avais eu un fils, soldat Devol, j'aurais souhaité qu'il fût de votre trempe.

Il était parti. J'avais pleuré.

— Ce souvenir-là, ô, ce souvenir-là, délice de mon âme ! »

Je mordis ma lèvre, sortis mon mouchoir taché de sang et essuyai mes larmes. C'est alors que je remarquai la silhouette qui traversait la cour en clopinant.

— Paul, dehors à une heure si tardive ! Pourvu que rien de fâcheux ne soit arrivé.

Redoutant de l'inquiéter, j'enfouis mon mouchoir souillé dans ma poche.

— Que faites-vous là, seule, dans le froid du soir ? Nous sommes le 20 décembre, mademoiselle. Vous n'êtes pas raisonnable !

— Savez-vous bien à qui vous vous adressez, Paul ? Ne voyez-vous pas ce voile couvrant ma tête ?

— Parfaitement que je sais à qui je m'adresse ! À une jeune femme qui perd la raison !

— Paul, je ne suis plus une jeune femme et ma raison est telle qu'elle a toujours été.

— Par tous les diables, pensez un peu à votre santé ! Il fait froid et humide !

— En ce qui concerne ma santé, je vous le concède, elle décline.

— À cette heure, vous devriez être au lit, enroulée bien au chaud dans vos couvertures de laine. Vous avez suffisamment de bois pour votre feu, au moins ?

— J'ai tout le bois dont j'ai besoin. Si je suis sortie, c'est que je désirais observer la lune et les étoiles. Voyez ce ciel étoilé. C'est la pleine lune, Paul. De quoi rendre grâce à notre Créateur, ne trouvez-vous pas ? Souhaitez-vous vous asseoir quelques instants ?

— Soit, je veux bien. Quelques minutes seulement. Après quoi nous rentrons tous les deux au monastère. A-t-on idée de sortir par un froid pareil !

Je toussotai.

— C'est comme je disais, mademoiselle. Vous devriez être au lit !

— Paul, cessez de bougonner. Prenez plutôt le temps de regarder la beauté de ce ciel. Ne vous inspire-t-il pas ?

Levant la tête, il plissa les yeux et scruta la voûte céleste.

— Ah, la voilà ! se réjouit-il.

— La voilà ?

— Cette petite étoile, là !

Pointant un doigt vers l'horizon, il se pencha sur la droite. Je l'imitai.

— Voyez, là, l'étoile la plus brillante. Vous la voyez ?

— Oui, bien sûr, c'est l'étoile du Nord.

— Par tous les diables, vous connaissez l'étoile du Nord ?

— Quelqu'un m'a appris l'existence de cette étoile. Elle guide les marins.

— Quelqu'un ? Ah, Champlain !

— Non, un bon ami à moi.

Ma réponse piqua sa curiosité. Il redressa le torse.

— Un bon ami à vous ? Un ami de longue date ?

Je souris tout en grimaçant. Ma jambe élançait.

— Curieux, va !

— Mais, c'est que vous tentez le diable. Qui donc vous aura appris pour l'étoile ?

Sa large main claqua son front.

— Ah, j'y suis ! Ferras !

— Oui, Ludovic.

Sous ses lourdes paupières, ses yeux bleus s'attristèrent.

— Vous ne l'aurez donc jamais oublié ?

— Peut-on jamais oublier ceux que l'on a aimés ?

La lueur de la lune argentait ses cheveux blancs. Il regarda vers l'étoile.

— Chaque fois que je regarde cette étoile, je pense à ma Noémie. Si elle est au paradis, de là-haut, forcément qu'elle nous voit, n'est-ce pas, mademoiselle ?

— Forcément.

— Je me dis qu'elle doit être tout près de cette étoile à lui chuchoter à l'oreille.

— Chuchoter à une étoile ?

— Si cette étoile nous guide, il doit forcément y avoir quelqu'un pour la guider, elle. Cette pauvre petite étoile ne peut tout de même pas tout connaître sur nous tous, c'est impossible!

— Ah, bon... Tout ceci m'apparaît bien compliqué. Ne suffit-il pas de croire en l'étoile, Paul?

Son bras chassa ses pensées.

— Ouais, oubliez mes fadaises de vieux pirate! De toute manière, nul ne saura jamais.

— Vous voilà bien pessimiste. N'avons-nous pas eu notre part de chance? Depuis notre arrivée à Meaux, n'avons-nous pas été judicieusement guidés?

— Ah pour ça, oui! Plus d'une fois, j'ai bien cru que le bateau coulerait à pic. Et pourtant...

— Et pourtant...

Il se tapa dans les mains.

— Par tous les diables! Rappelez-vous le mois de l'œuf.

— Oui, le mois de l'œuf. N'eût été votre hardiesse!

— Et la vôtre, mademoiselle! Je nous revois, vous, Pierre et moi, traversant tous trois le pont raide, en catimini, nos sacs vides accrochés à nos ceinturons.

— Ce soir-là, nous avons volé trois sacs de farine, Paul. Quelle honte, une ursuline se compromettre dans un vol!

— Nous nous faufilâmes derrière les moulins du pont.

— En vaillant mousquetaire, vous avez forcé une fenêtre avec votre épée.

— Grâce au bruit des palmes, rien ne s'entendit.

— Pierre s'y glissa, nous ouvrit une porte, j'entrai la première, vous nous suiviez, nous avons rempli nos poches en toute hâte. Après avoir refermé la porte, nous sommes revenus en espérant que personne ne nous surprenne en flagrant délit. S'il avait fallu!

— La petite étoile, mademoiselle, la petite étoile!

— La semaine précédente, toute notre communauté avait pourtant imploré tous les saints du ciel afin qu'un peu de nourriture nous soit généreusement donnée.

— Vous étiez sans le sous!

— En tant que sœur dépositaire, je me devais de remédier à la situation.

— Évident! Vos coffres et vos caves étant vides, vous n'aviez guère le choix.

— Nous en étions à nos débuts. Les marchands protestants voyaient d'un si mauvais œil notre installation dans cette ville qu'ils payaient nos externes de bagatelles afin qu'elles médisent sur notre compte.

— La réputation des Ursulines se détériorait de jour en jour.

— Surtout après qu'une novice fut retournée dans le monde, moins d'une semaine après sa prise de voile.

— Elle eut un discours si désavantageux sur le monastère que les marchands des environs se mirent à refuser tout crédit aux sœurs tourières. Le jour précédant notre escapade, la pauvre sœur Jacqueline n'avait pu rapporter ne serait-ce qu'un œuf du marché. D'où le mois de l'œuf.

— D'où le mois de l'œuf. Ce jour-là, la faim de mes filles eut raison de mes convictions.

— Il le fallait bien. Vous aviez plus d'une vingtaine de pensionnaires et il vous était impossible de toucher vos fonds retenus à Paris.

— Vu la Fronde.

— Vu la Fronde, mademoiselle. Ah, j'ai bien essayé de m'y rendre à plusieurs reprises, mais pendant des mois, toutes les portes de Paris étaient barricadées. Les seigneurs du Parlement redoutaient à un tel point que notre reine fuie avec le dauphin !

— Les bouleversements provoqués par les princes surpassèrent, et de loin, ceux des paysans et des commerçants.

— Par tous les diables ! Paris fut sens dessus dessous pendant des mois et des mois.

— On dit qu'une femme, une certaine madame de Longueville, organisa la rébellion des nobles.

— Vrai comme vous êtes là ! Elle regroupa les seigneurs mécontents en armée pour ainsi dire, ce qui eut pour effet de multiplier les affrontements entre soldats et miliciens. Une émeute succéda à une autre. L'hôtel de ville fut incendié. Trois cents morts d'un coup ! Mazarin dut fuir. Alors, comprenez que vos fonds de Paris...

— Étaient irrécupérables. Pendant ce temps, notre communauté criait famine.

— Comme vous dites, mademoiselle.

Ses hochements de tête en disaient long sur nos inquiétudes d'alors. Il essuya son front du revers de sa main, renifla et regarda vers l'étoile.

— Heureusement qu'un soldat vint déposer un écu sous votre porte, reprit-il.

— Et qu'une châtelaine nous fit don de dix livres.

— Et que monseigneur Ségnier, dès son retour de Paris, fit tourner le vent. Ah, il eut tôt fait de rétablir la réputation de votre monastère.

Je regardai vers l'étoile.

— N'oublions pas la nuit où la poutre soutenant un corps de logis prit feu. Si sœur Céline ne s'était pas éveillée en sursaut...

— Les flammes détruisaient toute la maison, c'est certain! Même le monastère risquait d'y passer. Il aura fallu que vingt personnes jettent des seaux d'eau à tour de bras, et ce, pendant plus d'une heure, pour écarter tout danger.

— Monsieur Le Roy y jeta de l'*Agnus Dei* et un scapulaire de la Vierge Marie.

— Oh là là, mademoiselle, quelle chance nous avons eue cette nuit-là!

— Et cette autre nuit où le grenier faillit s'effondrer juste au-dessus de nos chambres. Cette année-là, l'automne venu, tant de parents payèrent la pension de leurs filles en boisseaux de blé que le plancher du grenier s'entrouvrit. Si des besoins pressants n'avaient tiré Ysabel de son lit...

— Pour sûr, le grenier s'éventrait et le blé vous assommait toutes en plein sommeil.

— Tout ce temps, l'œil de la Sainte Providence veillait sur nous, Paul.

— Notre petite étoile, mademoiselle, notre petite étoile.

— Si on veut.

Nous regardâmes vers la bienfaisante étoile.

— Tout est rentré dans l'ordre, maintenant, soupirai-je. Notre réputation est refaite et Paris a retrouvé son calme.

— C'est du moins ce qu'on rapporte. Depuis le sacre de notre dauphin à Reims, en juin dernier, on dit que la vie a repris son cours.

— Louis XIV, roi à dix-sept ans, tout comme son père. N'est-ce pas un peu jeune pour conduire la destinée d'un peuple?

— Est-on jamais prêt pour une telle charge, mademoiselle?

— Est-on jamais prêt pour défendre une nation, élargir ses frontières, étendre le royaume par-delà les mers?

— J'aurai connu le règne de trois rois, mademoiselle:

Henri IV, Louis XIII et maintenant son fils, Louis XIV. Fera-t-il mieux que son grand-père et que son père ? Il faudrait être devin pour le prédire.

— Vous oubliez les deux régentes, Marie de Médicis, Anne d'Autriche. Bien que femmes, elles auront influencé la gouverne de ce royaume.

Il hocha du chapeau.

— Ouais, des reines mères de rois… Cinq règnes, pas étonnant que je croupisse sous le poids des ans. Vieux, je suis vieux !

— Vous, vieux, jamais !

Je toussai si violemment que je dus ressortir mon mouchoir. Il attendit sans broncher.

— Vous, vieux, repris-je haletante. N'allez surtout pas vous complaire dans la nostalgie, cher pirate. Vous êtes indispensable aux religieuses de ce monastère.

Je toussai encore.

— Comme j'aimerais pouvoir vous soulager, mademoiselle !

— Vous êtes là ! C'est beaucoup.

Il était si piteux !

— Tenez bon la vague, mon capitaine ! soufflai-je.

Ma respiration s'allégea. Je le regardai intensément. Sa tristesse m'attristait. Elle était légitime, certes, mais en aucun moment elle ne devait encombrer la vie.

— Toujours droit devant, Paul, toujours droit devant.

Un faible sourire illumina son visage. Pendant un moment, il ferma les yeux en opinant de la tête.

— Toujours droit devant, mademoiselle. C'est promis.

Puis il se leva, souleva son chapeau, qu'il dirigea vers l'étoile du Nord.

— Une nouvelle ère commence. Vive Louis XIV, vive le roi de France ! Puisse la petite étoile lui venir en aide !

Puis, tout en s'inclinant, il me tendit la main.

— Sœur Hélène de Saint-Augustin, me feriez-vous l'honneur ?

— L'honneur ?

— Permettez que je vous accompagne jusqu'à la porte de votre couvent, mademoiselle ?

Bras dessus, bras dessous, tels de vieux compagnons de voyage, nous traversâmes à pas lents le verger tout en discutant des semences du printemps à venir. Nous mettions tout juste le pied sur la galerie lorsque je m'arrêtai.

— Vous veillerez sur Pierre, n'est-ce pas, Paul ?

— Difficile de passer outre, il me suit partout.

— Il vous a en admiration. Vos leçons d'escrime se déroulent bien ?

— Ne m'en parlez pas ! Gauche, distrait, faiblard comme pas un !

— Ne soyez pas trop sévère.

— Ce garçon ne pense qu'à boulanger le pain.

— Alors, c'est qu'il tient de son père. Vous n'en ferez pas un mousquetaire, j'en ai bien peur.

— Parlant mousquetaire, tenez, j'allais oublier. Monseigneur Ségnier est revenu de Paris escorté par des mousquetaires du Cardinal hier et...

— Et ?

— Il a remis ceci à monsieur Le Roy, qui me l'a confié ce soir même, tout juste après l'office des vêpres.

Sortant un petit cylindre cartonné de sa poche, il me le tendit.

— De Paris, du père Charles Lalemant, plus précisément.

— Étonnant. Voilà bien quatre ans que je ne l'ai revu.

Je pris distraitement le carton sans même le regarder, tant j'étais préoccupée par ma requête.

— Paul, je suis très malade. Vous le savez, n'est-ce pas ?

La main qu'il porta à son front tremblotait.

— Paul, voyons la vérité en face. Ma vie s'achève.

— Taisez-vous, mademoiselle !

— C'est pourtant la vérité. Mon temps est compté. Paul, j'ai une faveur à vous demander.

Redressant l'échine, il attendit comme un soldat attend vaillamment l'ordre qui le mènera au combat.

— Paul, après ma mort...

— Mademoiselle !

— Paul, je vous en prie ! Vous seul pouvez m'accorder cette faveur.

Je m'approchai. Il tendit l'oreille.

— Pourriez-vous glisser mon épée tout contre moi lorsque je serai dans mon cercueil ? lui chuchotai-je.

Il recula d'un pas. Ses yeux humides s'exorbitèrent.

— Je vous en prie, Paul, c'est important pour moi. Je ne peux supporter l'idée de quitter cette terre sans mon épée. Imaginez que j'aie à me défendre au paradis !

Malgré son air déconfit, un léger sourire apparut au coin de ses lèvres.

— Vous avez été mon maître, ici-bas. Vos leçons pourraient me servir au pays des anges, qui sait? Allongée contre mon épée, mon chapelet dans les mains, je partirais l'âme en paix.

Il déglutit. Ses joues se gonflèrent tant il contenait sa peine.

— Paul, vous seul pouvez me comprendre.

— Mais, mais, mademoiselle!

Il éclata en sanglots. Faisant fi de la règle, je l'étreignis.

— Je vous le promets, murmura-t-il entre deux soupirs. Sur ma vie, je vous le promets. Vous ne quitterez pas ce monde sans votre épée.

— Ne pleurez plus, Paul. Je serai avec Noémie, là-haut, près de la petite étoile.

— Près de l'étoile.

— Tout près de la petite étoile, à tout jamais.

En entrant dans ma chambre, je déposai négligemment le cylindre cartonné aux pieds de la statue de la Vierge Marie, nichée dans le petit enfoncement situé au-dessus de mon feu. Installée à ma table d'écriture, je m'empressai d'achever la lettre destinée à mon frère Eustache et la relus. Satisfaite, je la pliai et fis fondre la cire afin d'y apposer mon sceau.

«Avant les matines, je la remettrai à notre sœur tourière. Le colporteur devrait passer aujourd'hui. D'ici un mois, elle sera entre les mains d'Eustache.»

— Adieu, mon frère!

Jetant un bref coup d'œil sur le surprenant cylindre, je résolus de l'ouvrir une fois revenue de l'infirmerie.

— Il importe que je soulage d'abord cette jambe. Si seulement ce cataplasme pouvait en réduire l'enflure.

Malgré le soutien de mon épée, j'eus du mal à atteindre la petite chapelle dans laquelle j'avais, en août 1648, prononcé mes vœux perpétuels. Le printemps précédent, elle avait été transformée en infirmerie.

«Sage décision. Ce local peut aisément recevoir cinq malades. Notre sœur apothicaire peut y conserver une étonnante réserve d'herbes et de potions. Tante Geneviève aimerait y travailler.»

— La porte, enfin!

Dès que je l'eus refermée, haletante, je m'étendis sur le premier grabat venu tant je suffoquais. J'eus peine à glisser mon épée le long de mes jupes. Affolée, cherchant mon souffle, désireuse de dégager mon cou, je cherchai à tâtons les épingles retenant ma guimpe, sans succès. La panique me gagna. J'haletais.

« S'il advenait que je ne puisse retourner à ma chambre ! Le petit cylindre du père Lalemant... Pourquoi ne l'ai-je pas ouvert avant de venir ? »

Je tentai de me relever, redressai la tête, mais pour le reste, j'en fus incapable.

« Mon corps est si lourd ! Si seulement une sœur venait à passer ! » espérai-je.

Je toussai et toussai encore.

« Mes sœurs dorment. Pourrai-je seulement tenir jusqu'à l'aube ? »

La porte s'ouvrit.

— Hélène ! s'exclama Ysabel. Je vous ai cherchée partout.

La voix d'Ysabel. J'ouvris les paupières.

— Ysabel ?

— Oui, c'est moi.

J'empoignai sa jupe.

— Dans ma chambre... Ysabel.

Le souffle me manqua. Je toussai. Ysabel me tendit un mouchoir. Je le repoussai.

— Un peu d'eau, Hélène ?

J'agrippai son voile et le tirai. Elle tendit l'oreille au-dessus de mon visage.

— Ysabel, le car... carton, aux pieds de la Vierge Marie... chambre. Cherche... cherche-le !

— Dans votre chambre, un carton, aux pieds de la Vierge.

— Vite !

— J'y cours.

Il me sembla que son absence dura une éternité.

— Je suis là, je suis là, me dit-elle.

Elle tenait le petit cylindre cartonné d'une main et une lettre de l'autre.

— Lis, lis.

— La lettre est du père Lalemant.

— Lis.

— *Sœur Hélène de Saint-Augustin, vous trouverez ci-joint un précieux papier que me remit votre époux, le sieur de Champlain, peu avant son trépas. La réserve dont je fis preuve en la conservant jusqu'à ce jour eut pour but de préserver l'extrême vénération que vous portez à sa mémoire. Vous sachant maintenant totalement engagée dans votre mission apostolique, ie crois que le moment de la révélation est enfin venu. Puisse-t-elle vous apporter réconfort et apaisement. Charles Lalemant.*

Le souffle me manquait au point que je ne pus parler. Je tirai sur la manche d'Ysabel.

Elle déposa la lettre sur la tablette devant l'étagère des fioles de remèdes, entoura mes épaules, appuya mon oreiller au mur et m'aida à m'y adosser. Dès que je fus assise, elle se redressa.

— Hélène, je cours chercher notre sœur infirmière.

— Non.

— Je peux retirer votre voile et votre guimpe, si vous le désirez.

Je refusai d'un signe de la main.

— Papier... plaît, lis... papier, Champlain...

— Ne serait-il pas plus sage de chercher d'abord notre sœur infirmière ?

— Pa... papier, répétai-je entre deux toussotements.

Ysabel retira du petit cylindre l'étonnante missive et la déroula délicatement. Le papier était si sec que les rebords s'effritèrent sous ses doigts.

— C'est une lettre, dit-elle. L'encre est délavée. Il y a des taches ici et là... probablement dues à des gouttes d'eau. Elle est signée, attendez... Louise.

— Louise, répétai-je. Lis, Ysa...

Ysabel s'approcha du bougeoir.

— *Très cher Samuel, très cher Samuel,* répéta-t-elle.

Pantelante, je fermai les yeux.

— Cette lettre est datée de l'an 1594. Il y a si longtemps ! Vous désirez vraiment entendre la suite, Hélène ?

J'opinai de la tête.

— Il est écrit : *En octobre dernier, j'ai lié ma destinée à celle de Rémy...*

Elle hésita.

— Hélène, c'était il y a si longtemps. Pourquoi revenir sur ce passé ? Cela risque de vous accabler davantage.

J'ouvris les yeux.

— Lis, soufflai-je.

— *En octobre dernier, j'ai lié ma destinée à celle de Rémy Ferras, un très cher ami d'enfance.*

— Fer... Ferras? s'étonna Ysabel.

J'étais si faible que j'eus du mal à soulever ma main. Ysabel comprit et poursuivit.

— *Dès que je lui avouai le tourment qui m'affligeait, il n'hésita pas un instant, et offrit de m'épouser. Nous avons conclu un pacte.*

Je toussai.

— Un peu d'eau? demanda Ysabel.

J'agitai ma main, l'incitant à poursuivre.

— *Il me promit de chérir l'enfant que je portais...*

— Ysabel... en prie...

— *Il me promit de chérir l'enfant que je portais comme s'il était le sien. Je lui promis que notre enfant ne connaîtrait jamais le nom de son véritable père.*

«De son véritable père», me dis-je.

— *Notre fils aura bientôt cinq mois, Samuel.*

— *Un fils, Samuel*! Le sieur de Champlain aurait eu un fils! s'étonna Ysabel.

— Ysa... implorai-je.

— Mais, mais...

Je bougeai les doigts de la main qui effleurait sa jupe. Elle la prit dans la sienne, la serra et poursuivit.

— *Il est fort et vigoureux. Ses yeux sont ambrés comme les vôtres. Ils me parleront de vous quand les brumes me cacheront les reflets de la lune. Ils me parleront de vous lorsque les étoiles quitteront les nues pour sombrer dans les profondeurs de la mer. Ils me parleront de vous quand les vents du nord dévasteront les landes et que les froids intenses glaceront ses rochers. Notre enfant sera ma raison de vivre.*

Je vous aime, Samuel. Jamais je ne vous oublierai. Louise.

— *Gracias a Dios!* soupirai-je.

Lorsque je compris que Ludovic était le fils du sieur Samuel de Champlain, lorsque je sus que ce lieutenant, cet époux que j'avais trompé sans honte, avait lui aussi été aimé d'amour, tous mes remords s'envolèrent. Une chaude quiétude m'enveloppa. Je me sentis légère et pure, comme un enfant venant de naître.

Envoûtée par la clarté d'une vive lumière, j'avançai dans un espace luxuriant, un espace où le parfum des lilas, des fleurs d'oranger, des jasmins et des roses s'amalgamait à celui des lys blancs s'étalant à perte de vue au bord de la rivière qui sillonnait le creux de la verte vallée. Entre les arbres et les fleurs, des êtres aux formes évanescentes allaient et venaient en chantant. Des voix cristallines.

« Le chant des anges », m'émerveillai-je.

— Où suis-je ?

Une voix, cette voix, sa voix… parmi toutes les autres.

— *Séléné, Séléné, je t'attendrai de toute éternité.*

— Ludovic, est-ce vous, Ludovic ?

— *Viens donc, ma Bien-Aimée, ma belle, viens. Montre-moi ton visage, fais-moi entendre ta voix.*

Attirée par celui qui m'appelait, je descendis d'un pas alerte vers la rivière, au travers les champs fleuris. On eût dit que je flottais, tant mon corps était dépourvu de lourdeur, tant son désir était fulgurant.

— *Que tu es belle, ma fiancée, que tu es belle. Tes yeux sont des colombes.*

Je courus encore et encore, jusqu'à ce que je le voie. Je crus rêver. Tout était si semblable à ce soir béni où, sous la voûte céleste, habillée d'une chemise de toile fine et d'un voile de dentelle, j'avais uni ma vie à celle de mon Bien-Aimé. Comme je l'avais fait alors, j'avançai, fébrile, vers l'homme qui, vêtu d'une chemise blanche, les cheveux soulevés par la brise, debout devant une mirifique chute d'eau, me tendait les bras.

— *Séléné, Séléné, du fond des eaux profondes, je t'attendrai…*

Mon cœur chavira.

— Ludovic !

— Hélène, vous enfin !

Je m'arrêtai.

— Comment, un reproche, monsieur ?

Il rit.

— C'est que vous avez mis du temps à me rejoindre, madame.

— C'est que vous m'avez quittée un peu tôt, monsieur.

Il me sourit, de ce sourire taquin qui savait si bien me charmer.

— Vous ai-je manqué, madame ?

— Par moments.

— Par moments! Par moments, seulement?

— C'est que j'ai eu beaucoup à faire. J'ai dû gagner mon ciel, moi, monsieur. Vous ai-je manqué?

— Me manquer! Le mot est faible, madame. Sans vous, je ne vis plus. Pas un instant je n'ai cessé de vous espérer. L'Éden sans vous est d'un tel ennui!

Je ris.

— N'exagérez-vous pas un tantinet, monsieur?

— Je n'exagère en rien! Tout, tout de vous m'a manqué. Vos yeux couleur d'émeraude, votre bouche vermeille, vos éclats de rire, vos assauts, vos assauts! Ah, vos assauts, *Napeshkueu*!

Se penchant, il baissa la voix.

— Vous avez votre épée?

— Oui, j'ai mon épée.

— Ah, quel bonheur nous aurons, ma toute belle, quel bonheur nous aurons!

Il s'inclina bien bas, se releva et me tendit la main.

— Vous dansez avec moi, madame?

Je posai ma main dans la sienne.

— Pour l'éternité, monsieur, pour l'éternité.

Il m'enlaça.

Dès lors, le temps s'arrêta.

Épilogue

Le 20 décembre de l'an de grâce 1654, en Nouvelle-France, plus précisément au cap Tourmente, dans la grande salle de la maison de ferme de ses grands-parents, Séléné, fille de Marianne et de *Nigamon*, donna naissance à son premier-né, un garçon. Lorsque Marguerite Lesage, sa grand-mère, eut lavé et langé le nourrisson, elle le déposa avec précaution dans les bras de sa petite-fille, qui, éblouie, lui offrit le sein. Quand l'enfant fut repu, Séléné demanda à sa grand-mère de l'enfouir dans le manchon de fourrure, tel que le voulait la tradition de leur famille. Ce manchon de peau de castor, joliment décoré de trois étoiles et d'un croissant de lune, accueillait les nouveau-nés depuis trois générations.

Lorsqu'elle eut remis le précieux colis dans les bras de sa petite-fille, Marguerite Lesage ne put contenir ses larmes tant ce tableau la ravissait. Cela lui rappela ce matin de décembre où sa sœur Geneviève, sage-femme de Paris, lui apporta sa fille adoptive, ainsi emmitouflée dans ce même manchon.

Bien qu'émerveillée par l'enfant qu'elle tenait dans ses bras, Séléné regretta amèrement que sa mère Marianne ne soit plus de ce monde. Elle était morte si jeune, trente ans, à peine! Séléné effleura délicatement la joue poupine de son petit avant d'essuyer les larmes coulant sur la sienne. Tant de joie et tant de peine entremêlées! Comme elle aurait aimé que sa mère fût là, aujourd'hui, auprès d'elle à câliner son petit. Sa consolation lui vint du manchon dans lequel il reposait, plus précisément des souvenirs qui y étaient rattachés. Désireuse d'apaiser son chagrin, elle se remémora le récit qu'elle tenait de sa mère, Marianne, la muette.

Cela se passa par-delà les mers, en terre de France, il y avait de cela près de quarante ans. Un jeune maître pelletier follement amoureux d'une belle et gente dame lui offrit un jour ce manchon, en signe de leur amour. Par malheur, la dame n'était pas libre. Malgré tout ce qui les séparait, ils s'aimèrent passionnément, en secret. Aussi, le jour où la dame sut qu'elle était grosse, dut-elle se réfugier dans un monastère, loin de la ville de Paris, afin de protéger son amoureux de la mort, et leurs familles du déshonneur.

Lorsqu'elle entra en gésine, sa santé était à ce point critique que sa tante, Geneviève Lesage, pourtant sage-femme de grande renommée, dut recourir au talent d'Antoine Marié, un chirurgien de qualité. À son corps défendant, ce dernier dut entailler le ventre de l'accouchée. Ainsi put-il sauver de la mort et la mère, et les jumeaux qu'elle portait : un garçon et une fille. Le garçon, plus vigoureux, fut confié à une honnête nourrice, Élisabeth Devol. La fille, par contre, était si frêle qu'on douta qu'elle survive plus d'une semaine. Voilà pourquoi dame Geneviève cacha sa venue au monde à sa mère, déjà si lourdement accablée de douleur et de tourments.

Elle confia la petite fille frêle aux bons soins de sa sœur Marguerite qui l'affectionna aussitôt. Elle la prénomma Marianne, engagea sur-le-champ la meilleure nourrice du comté et fit tant et si bien que l'enfant survécut. Lorsqu'elle eut atteint l'âge de deux ans, sa mère adoptive dut admettre la pénible évidence : Marianne était muette. Ce fait surprenait tous ceux qui la côtoyaient. C'était une enfant si enjouée, si dégourdie, qu'on avait peine à croire qu'elle ne pouvait entendre. Ses parents l'adoraient. Ils formaient une vraie famille, une famille heureuse. Voilà pourquoi dame Geneviève ne révéla jamais son existence à celle qui lui avait donné le jour.

Marianne avait huit ans lorsqu'elle débarqua à Québec avec ses parents, Martin Pivert et Marguerite Lesage. Lorsqu'elle fut en âge de le faire, elle épousa *Nigamon*, valeureux Montagne, auprès de qui elle vécut heureuse pendant plus de quinze ans.

Quand Séléné vint au monde, sa grand-mère Marguerite la glissa dans le manchon de fourrure, ainsi que le fera Séléné, à son tour, pour ses petits-enfants, ainsi que le feront toutes les femmes qui viendront après elle. Elles le feront en souvenir de leurs ancêtres, le maître pelletier et la gente dame qui, en des temps anciens, s'étaient si follement aimés.

Telle était la merveilleuse histoire que sa mère, Marianne, la muette, lui avait maintes et maintes fois racontée.

FIN

Gracias!

À tous ceux et celles qui m'ont ouvert une petite fenêtre sur le vaste univers de leurs connaissances.

– Mme Louise Garneau, ergothérapeute, m'a permis de pénétrer dans l'enceinte secrète des Petites-Maisons.

– Mme Hélène Saint-Onge, spécialiste en langue innue, a donné la parole à mes personnages montagnes.

– Amélie Côté a inspiré la touche espagnole de «*Gracias a Dios!*».

– Sœur Aline Côté a guidé mon esprit dans les labyrinthes religieux. Chacun de ses encouragements a touché mon cœur... et mon âme.

Comment passer sous silence les clins d'œil du quotidien si généreusement donnés? Ils ont un nom: solidarité.

Les judicieux conseils de Réal, les vidéos d'Émile, les courriels de Bernard, de Lyse, de Jean-Jacques, les petits pots de confiture de tante Yvette, les bons mots des tantes Georgette, Yolande et Constance, les sourires de Diane, de Lucie, de Suzanne, la petite touche de fierté dans les yeux de l'autre Suzanne, les fines tisanes de Mme Denis, «Le petit velours» de Sylvie, ma voisine, «Les pompons» d'Amélie, l'heureux hasard du prénom d'Hélène, les orages de Françoise, le coup de ciseaux de Brigitte, les «steppettes» d'Odette et de la «gang», l'extraordinaire Marguerite, les pressions de Lyne et les torsions de France.

Gracias à tous ceux et celles qui ont osé la petite question «À quand le tome 3?»: Chantal, Ginette, Louise, Mario, Pierre, Jean-François, Sébastien, Nancy, Valérie, France, Lyne, Denise, Diane, Linda, Marie-Claude, Nathalie, et tous les autres que j'oublie. Finalement, à tous ceux qui, de loin, se réjouissent que l'une des leurs soit allée de l'avant dans cette fantastique expérience d'écriture.

Merci encore à mes fils qui ont si bien accueilli l'arrivée d'Hélène de Champlain dans notre famille. Ils en sont fiers.

Merci enfin à Luc, mon ami-mari qui m'a, durant ces sept années de production, amoureusement soutenue sans jamais défaillir. Comme quoi la vie de couple comporte certains avantages.

Sans lui, rien n'aurait été pareil. Je vous l'assure : Ludovic, enfin presque...

À vous tous enfin, qui serez touchés par la fascinante histoire de ce maître pelletier et de cette gente dame qui en des temps anciens se sont si follement aimés.

Bibliographie

AMSTRONG, Joe C.W., *Samuel de Champlain*, Montréal, Éditions de l'Homme, 1988.

Angèle Merici, Éditions Sadifa, France, 1984, 48 p.

ANTIER, Jean-Jacques, *Thérèse d'Avila, de la crainte à l'amour*, Perrin, 2003, 437 p.

BARRIAULT, Y., *Mythes et rites chez les indiens Montagnais*, Société historique de la Côte-Nord, 1971.

BEAUDRY, René, «Madame de Champlain», *Les Cahiers des dix*, nᵒ 33, 1968, p. 13-53.

BERTIÈRE, Simone, *Les reines de France, au temps des Bourbons, Les deux régentes*, éditions de Fallois, 1996, 636 p.

BORDONOVE, Georges, *Les Rois qui ont fait la France, Louis XIII*, Paris, Pygmalion, 1981.

BOUCHER, P., «Histoire véritable et naturelle des mœurs et production du pays de la Nouvelle-France», *Société d'historique de Boucherville*, 1964, p. 315, 371, 372.

CHAMBERLAND, R., LEROUX, J., AUDET, S., BOUILLÉ, S. et M. LOPEZ, *Terra Inconita des Kotakoutaouemis, l'Algonquinie orientale au XVIIᵉ siècle*, Sainte-Foy, Les Presses de l'Université Laval, 2004.

CLÉMENT, Daniel, «L'ethnobotanique montagnaise de Mingan», *Nordicana*, nᵒ 53, Centre d'études nordiques, Sainte-Foy, Université Laval, 1990, p. 63-69 et p. 93-108.

CLIO, le collectif, *Vivre en famille dans l'histoire des femmes au Québec depuis quatre siècles*, Montréal, Le Jour, 1992.

COIGNARD, Jean-Baptiste, *Histoire des Ordres Monastiques religieux et militaires*, MDCCLXX, Paris, p. 150-167.

Collectif, *Richelieu*, Lausanne/Monaco, Éditions Trois-Continents/ Éditions du Rocher, 1999.

Collectif, *Traditions et récits sur l'arrivée des Européens en Amérique*, Montréal, Recherches amérindiennes du Québec, volume XXII, n°s 2-3, automne 1992.

Constitution du R.P.J. Lalemant pour les Ursulines du Canada, 1647-1681, 132 p.

D'Avignon, Mathieu, *Samuel de Champlain et les alliances franco-amérindiennes: une diplomatie interculturelle*, mémoire de M.A., Faculté des lettres, Département d'histoire, Université Laval, Sainte-Foy, 2001.

——, «Un certain Pierre Dugua de Monts», *Cap-aux-Diamants*, Québec, hors série 2004, p. 20-24.

Des Gagniers, Jean, *Charlevoix, pays enchanté*, Sainte-Foy, Les Presses de l'Université Laval, 1994.

Douville, Raymond, *La Vie quotidienne en Nouvelle-France*, Hachette, Paris, 1964.

Duchêne, Roger, *Être femme au temps de Louis XIV*, Perrin, 2004, 428 p.

Gélis, Jacques, *L'Arbre et le Fruit: la naissance dans l'Occident moderne (XVIe et XIXe siècle)*, Paris, Fayard, 1982.

Gourdeau, Claire, *Les Délices de nos cœurs, Marie de l'Incarnation et ses pensionnaires amérindiennes, 1632 à 1672*, Sillery, Septentrion, 1994.

Gros Louis, Gilles, *Valeurs et croyances amérindiennes*, Sainte-Foy, La Griffe de l'Aigle, 1999.

Groulx, Lionel, «L'œuvre de Champlain», *Revue d'histoire de l'Amérique française*, vol. 12, n° 1, juin 1958, p. 108-111.

Laberge, Marc, «Affichets, matachias et vermillon», *Recherches amérindiennes au Québec*, Montréal, coll. «Signes des Amériques», 1998.

Lachance, André, «À l'aventure sur l'Atlantique aux XVIIe et XVIIIe siècles», *Revue Québec-Histoire*, vol. 1, n°s 5-6, p. 26-31.

Laguë, Micheline, «La question de Dieu et la divinisation de l'être», *L'Église canadienne*, 7 novembre, 1991, p. 391-396.

——, «"Boire à son propre puits": une expression de Bernard de Claivaux?», *Église et théologie*, 29 (1998), p. 303-326.

——, «La spiritualité chrétienne: sa raison d'être dans une faculté de théologie», *Thoforum*, 33 (2002), p. 61-75.

——, « La non-pertinence des catégories masculine, féminine, féministe en spiritualité chrétienne », *Cahiers de spiritualité ignatienne*, 106, p. 9-28.

LAMARRE, Daniel, *La Roue de Médecine, des Indiens d'Amérique*, Montréal, Éditions Quebecor, 2003.

LE BLANT, Robert, « Le triste veuvage d'Hélène de Champlain », *Revue d'histoire de l'Amérique française*, vol. 18, 1964-1965, p. 425-437.

LEBLANC, Joël, « Le Québec a 11 000 ans », *Québec Science*, juillet-août 2003, p. 34-42.

Le Grand Siècle au pays de Meaux, Bossuet, Bibliothèque et Musée de Meaux.

LEJEUNE, Paul, *Un Français au pays des « bestes sauvages »*, Montréal, Agone, Comeau, Nadeau, 1999.

Les Œuvres de Champlain, de l'an 1619 à 1625, présenté par Georges-Émile Giguère, Montréal, Le Jour, 1973.

LESSARD, Renald, *Se soigner au Canada aux XVIIe et XVIIIe siècles*, Hull, Musée canadien des civilisations, 1989.

Les Chroniques de l'ordre des Ursulines. La vie de mère Hélène Boullé, dite de S. Auguftin, Fondatrise et Religieufe Urfuline de Meaux, Paris, Jean Henault, imprimeur-libraire, 1673.

Le Témoignage de Marie de l'Incarnation, Gabriel Beauchesne, éditeur, 1632, Paris, 350 p.

NADEAU-LACOUR, Thérèse, *Augustin, Les combats de l'esprit*, Anne Ségnier, 2005, 184 p.

NOËL, Gabriel Sr., *Prier 15 jours avec Marie Guyart de l'Incarnation*, Nouvelle Cité, 2002, 125 p.

NOËL, Michel et Jean CHAUMELY, *Arts traditionnels des Amérindiens*, deuxième édition, Montréal, Hurtubise HMH, 2004.

NOËL, Michel, *Amérindiens et Inuits*, Montréal, Trécarré, 1996.

Nos Racines (revue), « Une immigration française », vol. 1, p. 4-20, « La traversée et ses périls », vol. 2, p. 21 à 40.

PARENT, R., *Les Amérindiens à l'arrivée des Blancs et le début de l'effritement de leur civilisation*, mémoire de M.A., Faculté des lettres, Département d'histoire, Université Laval, Sainte-Foy, 1976.

PERRIN, Michel, *Le Chamanisme*, Paris, Presses universitaires de France, coll. « Que sais-je ? », 2001.

Picard, François, «Les Traces du passé», *Québec Science*, 1979, p. 35-47, p. 131-142, p. 162-170.

Platt, Richard, *À bord d'un vaisseau de guerre*, Paris, Gallimard, 1993.

Relations des Jésuites, 1611, chap. IV et VI, 1633, chap. V, 1634, chap. IV à IX, Montréal, VLB Éditeur, 1972,

Robitaille, André, *Habiter en Nouvelle-France, 1534 à 1648*, Beauport, Éditions MNH, 1996.

Rousseau, J., «Ces gens qu'on dit sauvages», n° 24, 1959, p. 10-11, p. 15-20, p. 33, p. 62-67; «Premiers Canadiens», *Cahier des dix*, n° 25, 1960, p. 9-64; «Peuples sauvages de la Nouvelle-France», n° 23, 1958.

——, «Le partage du gibier dans la cuisine des Montagnais», Naskapis, *Anthropoligica*, n° 1, 1975, p. 215-217.

——, «*Astam mitchoun*! Essai sur la gastronomie amérindienne», *Cahier des dix*, n° 22, 1957, p. 193-211.

Simonet, Dominique, dir., *La plus belle histoire de l'amour*, Paris, Le Seuil, 2003.

Saint-Arnaud, Yvon, *L'Art de jouir des plaisirs illimités*, Novalis, 2005, 184 p.

Sträter, Pierre-Henri, *À bord des grands voiliers du XVIIIᵉ siècle*, Paris, Hachette, 1979.

Thérèse d'Avila, *Conseils spirituels*, Foi Vivante, Éditions du Cerf, 1985, 122 p.

Tooker, Elisabeth, *Ethnographie des Hurons, 1615 à 1649*, Montréal, Recherches amérindiennes au Québec, 1997.

Tremblay, V., «À la pointe aux Alouettes», *Saguenayensia*, vol. 17, n° 6, nov.-déc. 1975.

Trudel, Marcel, *Histoire de la Nouvelle-France*, tome 2: *Le comptoir, 1604-1627*, Montréal, Fides, 1966.

——, *Histoire de la Nouvelle-France*, tome 3: *La Seigneurie des Cent-Associés, Les événements, 1627-1663*, Montréal, Fides, 1979.

Trudel, Marcel et Mathieu D'Avignon, *Connaître pour le plaisir de connaître*, Série Entretiens, Les Presses de l'Université Laval, 2005.

Vigarello, Georges, *Histoire des pratiques de santé. Le sain et le malsain depuis le Moyen Âge*, Paris, Le Seuil, 1993.

BIBLIOGRAPHIE

Vincent, Sylvie, avec la collaboration de Joséphine Bacon, *Le Récit de uepishtikueiau, l'arrivée des Français à Québec selon la tradition orale innue*, Québec, Bibliothèque nationale du Québec, 2003.

Actes notariés: Actes d'exhérédation d'Hélène Boullé
Contrat de mariage entre Samuel de Champlain et Hélène Boullé
Testament de Samuel de Champlain
Contrat d'engagement d'Ysabel Tessier

Table des matières

QUATRIÈME PARTIE

Les coïncidences

Paris, 1636

CINQUIÈME PARTIE

Justice de Dieu, justice des hommes

Paris, 1636-1638

SIXIÈME PARTIE

Les Marchands de rêves

Nouvelle-France, 1623-1624